MEMORY HOUSE
记忆坊文化

祸国

HUOGUO

归程

十四阙·著

江苏凤凰文艺出版社
JIANGSU PHOENIX LITERATURE AND
ART PUBLISHING, LTD

菩提明镜，惹了尘埃。

目录

CONTENTS

009
·
第一卷 今生·蛇眠

弃妇 | 楔子

真可怜。

秋姜坐在窗前，看着外面的雪，耳朵里，却听着三十丈外奴婢房里传来的聊天声。她们都在说——她好可怜。

"夫人求了那么多次，公子都不肯来，真是半点往日情分都不念了……"娇俏的女声，是那个叫阿绣的婢女的。

"被送上山来的，都是失了宠的。"疲惫苍老的声音，是那个叫月婆婆的管家的，"这么年轻，就要一辈子待在这里，没个儿女傍身的，可怜哇……"

"早知今日，何必当初。听说她是得罪了大夫人，才被弄到山上静心养性，一养就大半年……看来，是没希望回去了。"阿绣感慨着，难免抱怨，"我们也得在山上陪一辈子不成？这里好冷啊，洗衣服洗菜能冻死人。"

"要不，再去求求老管家，求她去公子面前递个好，只要公子能来看看夫人，没准一切就还有转机……"

秋姜静静地听着。

她其实什么都不记得了。

年初的时候大病一场，醒来后头疼欲裂，什么都想不起来。

她不知道自己是谁，曾经做过什么，身体也完全不听使唤。

像个刚出生的婴儿一般，需要重新认知眼前的世界。

幸好还能听懂别人说话。而且，听觉特别灵敏，很远的地方的声音都能听见。

因此，这些天，她一直静静地坐着听。

她所住的地方，叫陶鹤山庄，建在一座叫作云蒙山的山顶上，常年积雪，加上正值深冬，格外寒冷。

她听阿绣抱怨说这个月的炭用得特别快，全烧完了，因此，屋子冷得跟冰窖一般。

现在日头出来了，稍稍好一些，月婆婆就将她抱到窗前晒太阳。

窗外是个荒芜的院子，没有任何景致可言。倒是天空湛蓝，万里无云，干净得有如明镜。

据说她叫秋姜，是一个叫风小雅的人的十一侍妾，因为顶撞大夫人而失宠，被送上山来闭门思过。

除了她，陶鹤山庄里还有好几个同样失宠的侍妾，但彼此独门独院，相距甚远，从不往来。

这几个月，除了月婆婆和阿绣，她没见过第三人。

她想见见风小雅，但月婆婆几次递话过去，都没回应。月婆婆每次找的理由都不一样，什么公子可能还没消气，你再等等；公子太忙最近没时间，你再等等；公子病了出行不便，你再等等……

可秋姜早已从月婆婆和阿绣的私下耳语中得知：风小雅拒绝来看她。

真可怜。

阿绣和月婆婆都这么说她。

秋姜面无表情地听着，一言不发。

然后，她深吸一口气，试着抬动手臂，慢慢地、一点点地抓住窗棂，差一点，就差一点了……

"啪！"

月婆婆和阿绣闻声匆匆赶来，冲进房间时，看见秋姜又一次摔在了地上。

"拿什么做什么，叫我们一声便好。你身子还没好利索呢，别逞能啊！"阿绣带着几分埋怨地将她抱起来，十六七岁的年纪，力气倒是很大，抱着她回榻，半点不喘气。

月婆婆掀开她的衣服，果不其然地看见她身上又多了几块青痕。

阿绣一边为她抹药，一边继续责怪道："才三天，就摔了七八次，药膏都快用完了。要等初一他们才送东西上山，还有十天，什么都得省着用。"

秋姜并不说话，她五官平凡，沉默不言时像个没有生气的木雕。

阿绣无奈地叹了口气，给她盖上被子："行了，你还是躺着吧。快午时了，我去做饭。"

阿绣离开后，月婆婆正要走，忽听被中传来一声呜咽，极轻极浅，满是压抑。

月婆婆回头看了被中的可怜人一眼，心事重重地离开了。

当晚秋姜就病了。

高烧不退，浑身战栗，米汤难进。

阿绣慌了："这、这可怎么办？得请大夫来啊！可我们是不准下山的，怎么办怎么办？"

月婆婆犹豫许久，才去暖阁里抓了只鸽子，夹张字条让它飞下山了。

阿绣很是震惊："婆婆，您养的鸽子原来是做这个用的？"

月婆婆叹气："公子说了，不到万不得已，不许给他放鸽子，可我看夫人这状况……怕是熬不过这几天了……"

"公子真是无情之人。"没有见过风小雅，只是听说了他许多事迹的阿绣如此道。

这位无情的公子终于在第二天晚上，踏足陶鹤山庄。

阿绣只抬头看了一眼，便心脏"扑扑"乱跳：太、太……太俊了！

风小雅素有"燕国第一美男子"之称，可阿绣没想到，他比她想象的还要好看。他穿着一身黑衣，从马车上走下来，自他出现后，周遭的一切便不再存在。

天上地下，所有光束华彩，尽只照着他一人。

阿绣屏住呼吸，不敢再看，低头守在门旁。

跟公子一起来的是个灰衣随从，身形枯瘦，同样不苟言笑。他走上前为秋姜搭脉，片刻后回禀道："惊风着凉，寒气入体导致，不是什么大病。"

阿绣瞪大眼睛——都病成这样了，还不是大病？

风小雅点点头："不弃，你跟月婆婆去煎药。"

该随从便跟着月婆婆离开了。

如此一来，房间里只剩下风小雅和秋姜二人。

阿绣心想挺好，这场病没准就是夫人跟公子和好的契机呢。希望公子能够原谅夫人，让夫人回家，然后把她也带下山，因为这里实在是太冷了。

风小雅来到榻旁，他的动作很慢，走路的姿势也较常人不同，像是拖着千斤重担前行，十分吃力。

秋姜听闻声响，迷迷糊糊地睁开眼睛，看见了一道因为冷漠而显得极为深邃的目光。

而比眼睛更冷的，则是他说出的话语："你故意生病，好让我来看你。如今，目的达成了。"

秋姜有些怔忪，她的头又昏又沉，他的身形也似跟着扭曲模糊了。

"你想要什么？"风小雅问她。

秋姜心头茫然：我想要什么？

"我不可能接你回去。"

为什么？为什么不能？

"你待在此地，绣花、参佛、酿酒……什么都好，给自己找点事做。"

绣花参佛也就罢了，酿酒一说从何而来？

"很多手段只能用一次。所以……下次再装病，我也不会来了。"

秋姜心底生出一股不甘，挣扎着坐了起来。

两人视线相对。

秋姜感觉自己心中的火苗汹涌澎湃地冲出来，却撞上冰层"刺啦"一下全灭了。

她一直想见风小雅。

她什么都不记得了，却仍执着地想要见一见他。

总觉得，如果见到了他，便能想起些什么，改变些什么。

可现在她知道了，一切不过是虚幻一场。

风小雅是个薄情之人。

而她，大概是受的伤实在太痛，所以选择了自我保护的遗忘。

秋姜浑身战栗，汗如雨下，浸湿了她的长发和衣衫，整个人看上去荏弱苍白，触之即碎。

风小雅看到这个模样的她，眼神忽然一变，俯过身来，似是想亲她。

秋姜没有动。

在即将触及的一瞬，他却长袖一拂，将她用力一推。

秋姜不受控制地倒回榻上，心中惊悸难言。

风小雅的表情再次恢复成冷漠，甚至比之前更阴沉，还有点生气，却不知是气她还是气他自己。

"好自为之吧。"说了这么一句话后，他想走。

秋姜实在忍不住，厉声道："为什么要这样对我？我做错了什么？我什么都不记得了！就算要惩戒我，也得让我知道到底发生了什么吧？！"

风小雅猛地回头，眼中似有水光一闪而过，再次凝结成了霜："你真的不记得了？"

"是！"秋姜咬着嘴唇，不屈道，"我哪里得罪了大夫人？为什么要把我关在这种地方一辈子？！"

风小雅定定地凝视着她，却不说话，最后还是灰衣随从捧着煎好的药回来，打破了僵持。

"公子？"灰衣随从不明所以，转身把药递给月婆婆，示意她去喂药。

月婆婆将药捧到秋姜面前，秋姜却一滚，从榻上摔了下去。

月婆婆吓一跳，想要搀扶，秋姜却死死地盯着风小雅，用手一点点地朝他爬过去："怎么？我所犯之错就这么难以启齿吗？你为什么不敢回答？这样将我关在此地，我不服！"

月婆婆和闻声进屋的阿绣都吓坏了，万万没想到居然有侍妾敢这么跟主人说话。

风小雅闭了闭眼睛，再睁开时，万物寂灭，不喜不悲。

"你，于去年除夕夜，挑衅小慧，称我父与她有染。父亲当场呕血病逝。"小慧是他的正妻之名。

秋姜终于得到了答案。

却发现，还不如不知道好。

自那天后，月婆婆和阿绣对她的态度完全变了。

她们从前背后议论她，都说她可怜。现在，都说她可恨。

也是，区区一介妾室，气死了公公，按照律法都可以处死了，风小雅不杀她，只是将她软禁在别苑，已算仁慈。

更何况，她的那位公公，不是一般人。

月婆婆抹泪道："丞相大人竟已仙逝了……这消息要是传出去，大伙儿得多伤心啊。"

"因是家丑，所以瞒下了吧？十一夫人生得一张老实面孔，没想到竟是个毒妇！竟敢污蔑丞相大人！丞相大人一生廉洁，为国为民，怎么可能跟大夫人爬灰？气死我了气死我了，我不想伺候这种人！"

阿绣说到做到，自那之后，再不进屋。

月婆婆稍好一点，但也不像之前那般悉心周到。

秋姜就在冷水冷饭中，饥一顿饱一顿地慢慢熬着。

她形销骨立，虚弱不堪。

阿绣想，她大概快要死了吧。这样的人，活着也只是遭罪，还不如死了算了。

时光荏苒，很快过去了一年。

秋姜始终苟延残喘、半死不活地活着。

阿绣想，这人可真能熬。

第二年三月，冬雪开始融化的时候，月婆婆说有客人来，让阿绣回避。

阿绣非常震惊，这种地方居然还有客人？她心中好奇得不得了，但只能乖乖待在屋子里等着。隔着窗户的缝隙看了一眼，来的是一男一女两个人。

那两人直奔秋姜的院子而去，显然是来看她的。但并不入内，也不跟她交谈，只是看了一眼后，便又离开了。

事后阿绣问月婆婆那两人是谁，月婆婆摇头："公子没说，只说是贵客，不得怠慢。"

阿绣想，恐怕是十一夫人的亲戚，但都找到这儿了，为什么不索性将她接走呢？

看来公子是真的打算关夫人一辈子，以作惩戒了。

想到自己也要跟着在这冷得要命的山庄里耗一辈子，阿绣就十分绝望。

然后又一年平淡无波地过去了。云蒙山的雪积了又化，化了又积，杂草长了又枯，枯了又长。

转眼到了第三年。

阿绣算算日子，已是华贞六年的七月了。

秋姜仍是那副魂游天外的样子。

云蒙山的七月还算暖和，但阿绣已屯了许多柴火和炭，准备迎接即将来临的寒冬。

这一日，秋姜坐在窗前，盯着院子里的一块石头，神色怪异。

阿绣从院外走过时，发现她在哭。

两行眼泪无声地从她脸上滑落，五官虽依旧木讷，但眼瞳中有了些许人间烟火的气息。

阿绣心中"哼"了一声，马上就是中元节了，主家那边该祭拜相爷了，这女人还有脸哭呢！

秋姜哭了许久。

当天晚上没有月亮，雷声阵阵，下了一夜的雨。

阿绣一边打哈欠，一边端着隔夜的硬馒头走到秋姜房前，把馒头放地上，踢了踢门："吃饭了。"

她扭头就走。

再过来是午时，她端着随便糊弄的米糊走到廊前，发现馒头还在地上，没有动。

阿绣生气道："哟，还闹脾气不吃？那就永远别吃！"当即把馒头和米糊都端走了。

到了第二天，月婆婆问道："怎么还不去给夫人送饭？"

"她不肯吃。"

"她不吃，是她的事。咱们该送还是得送。"

"我不想惯着那种女人！"阿绣仍是愤慨。

月婆婆叹了口气："我也不喜欢她。但是，她毕竟是公子明媒正娶过门的十一夫人，万一哪天想起她，发现我们苛刻她，到时候要处置的就是我们……"

阿绣被说服了，两人一起捧着饭菜来到小院，发现门窗紧闭，万物萧条。

月婆婆敲门，无人回应，便推开了房门。

门里空空，没有人。

月婆婆大惊，连忙四处搜寻，也没有找到秋姜。

秋姜不见了。

她逃走了。

什么也没拿。金银细软、衣服食物，通通没有少。

阿绣忍不住想：她为什么不带点值钱的东西走呢？一个女人，身无分文，还体弱多病的，能逃到哪里去？

然后又想：怎么还有脸逃？果然是个不安分的贱人！

几日后，主宅来了通知，她和月婆婆终于可以下山了。

阿绣被安排进了主宅，从主宅的仆婢口中才得知公子病倒了。秋姜被送上山的第二天，公子就一病不起。后来秋姜生病那次，他是强撑病体上的山，回来后病情加重，至今未能下榻。

也就是说，秋姜上山三年，公子就病了三年。

而这一次，秋姜失踪的消息送到，公子当场吐血。

不会吧？阿绣想：公子真的喜欢那个其貌不扬的女人啊？

"当然啦！"主宅的婢女道，"公子自从娶了十一夫人，一直带在身边，形影不离，眼睛里只有她，再无其他夫人的存在。若非出了那么大的事，公子根本不可能送她离开，而且，送她上山也是为了保护她啊！"

阿绣咋舌。她伺候了十一夫人三年，没觉出她有什么好的。

回忆起来，全是秋姜在那儿拄着拐杖一步一步艰难行走的样子。

秋姜被送上山时基本是个废人，手脚都不能动弹。

后来不知什么时候起，慢慢地，就会自己穿衣梳头吃饭了，再后来，就能走路了……

阿绣突然心悸。

扪心自问，若是自己病成那样，是否还能逃，还敢逃，答案对比鲜明。

真是个坏女人啊……

伤了公子的心，害死了老爷子，最后还逃了。

真正的无情之人，是她啊。

今生·蛇眠

第一卷

到底是怎样的过去，
才会让一个人的内心如此软弱。
不能光明正大地活，不能义正词严地说，
甚至不能……为自己辩解。

秋姜静静地站在队伍末端。

九名侍婢一字排开，被叫到花厅里训话。

管事的张婶一个个挑剔过去，吹毛求疵地看谁都不顺眼："你，领子歪了不知道吗？你，胸口开得这么低干什么？准备勾引谁啊？这是相府不是妓院！还有你，衣袖上那么大两个补丁，不知道的，还以为相府多苛待下人不给发衣服呢！"

被训的婢女小小声地反驳道："是好久没给发布了呀。上次发还是公子去世前呢，都过去一年了。"

"你说什么？"张婶瞪眼。

那婢女连忙噤声。

张婶继续挑剔："你，膝盖上有污渍；你，头发太油腻，去洗一洗；你……"轮到最后一个秋姜，从上到下——

乌黑的长发一丝不苟地绾在脑后，用一根竹簪紧紧箍住。

小脸白白净净。

衣服整整齐齐。

从头到脚没有丝毫出挑的地方，自然也没什么可数落的。

最后，张婶只好咳嗽着说了句："别一副呆呆愣愣的样子，机灵点。"

秋姜应了一句"是"。

声音不高不低，不好听也不难听，就跟她的人一样，放人堆里就找不着了，不具备任何特点，因此也就不会犯什么错。

张婶把这九名丫头又从头到尾看了一圈，语重心长道："今天晚上的宴席十分重要，宴请的客人十分尊贵。你们都给我打起精神来，把差事办得妥妥当当、漂漂亮亮的，崔管家那儿有赏！知道吗？"

"知道。"九人齐齐应道。

张婶点点头，吩咐"那就开始准备吧"，说完一扭一扭地走了。

一名绿衣婢女对着她的背影啐了一口："区区一个厨娘，真把自己当根葱了。要不是崔管家病了，哪轮得到她指手画脚？"

"嘘，不要说啊，被她听见可就惨了！"

"听见就听见，反正这府里头的差事我也不想做了。公子在世的时候，一年发两回布，逢年过节还有红包。薛相接手之后，一直没发布，红包更是一文没有！他可也是当过下人的，把当下人的苦全给忘了！"

衣袖上有补丁的婢女连忙捂住她的嘴巴："越说越不像话了，相爷岂是我们能议论的？人家那是天上的凤凰，就算一时被贬为奴，也跟咱们不一样，更何况又飞回天上去了。"

"要不是公子死了，轮得到他？"绿衣婢女说着，眼圈红了起来，"公子为什么去得这么早啊，可怜的公子……他可知道，他一走，连府里头的下人们都跟着开始受苦了哇……"

被张婶指责头发太油腻的婢女则翻了个白眼，道："你要这么不情愿就走啊，相爷又不是没说过，大家想走的尽管走。你自己非赖在这里受苦的，又怨得了谁去？"

"你这油头妹有什么资格说我？丑八怪！"

说着，双方吵起来了，劝架的劝架，拉人的拉人，各自回了住处。

小屋是四人合住的，摆放了四张床，除此之外，还有一桌一椅一衣柜。木头都是好木头，却有一段年份了，上面的漆都脱落了大半。

油头发的婢女还在生气，进屋后一屁股坐到床上，骂道："气死我了气死我了！等我当上管家，肯定要给柳絮颜色看！"

衣袖上有补丁的婢女一边找衣服一边道："行了东儿，光在这里骂有什么用，先把活干了。晚宴要在露华轩那儿办，那儿都一年多没打扫了，地得洗，桌得换，还有厨房里也需要人帮忙，一堆活呢，赶紧！"她挑了半天，翻出一件稍微新点的衣服，比了一比，"你们看这件怎么样，还行吗？"

叫作东儿的油头发婢女点点头："凑合吧。对了，香香，说起来，这还是薛相第一次在府内宴请宾客吧，什么客人这么重要？"

"听说有百言堂其中一位大人。"

东儿一惊："不会是那个花子大人吧？"下一刻，表情就转成了厌弃，"啊呀，他好讨厌的！最烦他了！"

"为什么？他长得挺英俊的呀。"

"英俊什么啊，流里流气，一副地痞小流氓的样子，故意女声女气地说话！还特别挑剔，一会儿嫌我们端上去的茶难喝，一会儿嫌书房里有霉味。"东儿啧啧感慨，"你等着看吧，晚宴上他还会继续挑毛病的，整一个男张婶。"

香香"扑哧"一笑："人家可是百言堂的大人，你把他比作张婶，也太抬举张婶啦！"

这时门又开了，长得最美，也是被指责胸露得太多的婢女走进来道："我说你们去哪儿了，果然回来偷懒了。"

"我可是回来换衣服的！"香香对天发誓。

东儿道："我刚跟柳絮打完一架，看见她那张脸就烦，回来透口气。"

美貌婢女道："别提那人了，你们快帮我参谋参谋，穿哪件衣服好。"

香香掩唇笑道："有区别吗？反正怜怜你哪件衣服的胸口都开得一样低。"

叫怜怜的美貌婢女瞪了她一眼："你知道什么，我刚打听到晚上的客人是谁了。"

"谁？"大家全都精神一振。

"风小雅。"

秋姜的睫毛不由自主地颤了一下。

而那边，尖叫声已响成了一片。

"风小雅？是燕国丞相家的公子风小雅吗？"香香捂着红扑扑的脸，双眼开始闪闪发光。

怜怜纠正她："是前丞相啦，笨蛋，风乐天风大人已经辞官告老很多年啦，现在燕国没丞相，燕王眼巴巴地盼着咱们相爷能过去呢！"

"哎呀，管他前任现任，听说他是燕国第一美男子啊！因图腾为'鹫鹩'，故又人称鹤公，他家肯定养了很多很多仙鹤。"

秋姜垂下眼皮——草木居她不记得了，但陶鹤山庄里，是一只仙鹤都没有的。

"听说他有一百个老婆！燕国的女孩们都想嫁给他啊！"

秋姜看着自己的手——不，是十一个。而她，就是那倒霉的第十一个。

"这样的男人，又有钱，又有权，又风流，又倜傥……真是完美啊……"

"可我听说他是个残废！"东儿一语惊人。

"我听说他的病治好了呀……"众说纷纭。

"有没有残废，晚上不就见到了？"怜怜说到这里，走到镜前拢了拢头发，"我得好好打扮打扮，如能被他看上，收我做夫人，后半辈子就不用愁了。"

其他两人笑她："就凭你？人家什么样的美人没见过啊，哪看得上你？"

"我有这个。"怜怜挺了挺胸。

香香和东儿看了看她，再看了看自己，一致闭上了嘴巴。

秋姜认同地想：确实，如果比这个的话，想必绝大多数女人都是比不过的。

这时张婶在外面吼："快给我出来干活！"

大家吓一跳，连忙出去了。

"真是一刻看不到就偷懒，都跟我走，去厨房洗菜切菜！"张婶指挥四人朝厨房走。秋姜一如既往地跟在队伍末端，张婶在前面朝她们"唰唰"飞眼刀，于是她知道，自己失去了最好的逃走的机会。

秋姜所在的府邸，原是璧国三大世家之一——姬家的产业，淇奥侯姬婴临终前，将其传给了他的仆人薛采。自璧国国君昭尹一病不起后，由皇后姜沉鱼代为听政，姜沉鱼极是欣赏薛采，破例免了他的奴籍，提拔为相。因此造就了一段八岁封相的佳话。

没错，她现在的主人，璧国的丞相，是个现今只有九岁的孩子。

而且，性格孤僻，少言寡语，对下人很苛刻，自己也过得很穷酸，恃才傲物，看不起大家。

这是府里头的下人们一致讨论出来的结果，并纷纷认为，跟温文多礼的姬婴相比，薛采实在是天差地别。之前薛采刚接手姬府时，已经放了一批下人出去，一部分人要不就是没别的去处，要不就是贪恋在相府当差的美名，觉得有面子，执意留下，后来发现待遇全然不同，想再走已没戏。每每念及此事，众人都捶胸跺地后悔不已。

如今，府里头一共剩了二十名下人：九名男仆，十一名女仆。九名男仆负责干粗活，平日里不许进内院，女仆中包含了真正的大管家崔氏，但她年岁已高，身体很差，动不动就病倒，等于是在府里养老了。其次厨娘张婶，势利小人，不得人心，对薛采倒是忠心耿耿，十足的狗腿一条。最后就是她们九名婢女。除了秋姜是新来的，其他人都是姬婴时代留下的姑娘，每每提及英年早逝的公子，无不眼泪汪汪。

不过，除了二十名下人以外，还有一些奇奇怪怪的人。

那些人平日里根本感觉不到他们的存在，但一旦出事，比如说某天香香在书房里熏香时，不小心起火了，"呼啦啦"顿时跳出一圈黑衣人来，以迅雷不及掩耳之势将火扑灭。当时，书桌后的薛采，淡定地将书翻过一页接着看，像是什么都没发生过一般。

只有香香吓得够呛。自那之后，如厕、沐浴时她都疑神疑鬼，生怕有黑衣人躲哪儿偷看。

其实她真是抬举自己了，因为，那些暗卫只跟着薛采，薛采在哪儿他们在哪儿，婢女的院子，薛采不来，他们自然也不会来。

秋姜进府三个月，只去过书房一次，还是香香临时肚子疼，换了她去给薛采磨墨。当时薛采还没回府，张婶让她把笔墨纸砚都给备好，说相爷吩咐了回来要画画。这些表面功夫张婶向来做得极好，却丝毫不管后院薛采不去的那些地方，任之荒芜。

秋姜一边叹气，一边把笔墨给备好了。刚想走人时，薛采回来了。

她只好站到一旁，垂头，把自己当个摆件。

事实上她最擅长的就是当摆件，她想不引人注意，一般人就绝对不会发现屋里还有这么个人。

结果，那天却出事了。

就出在墨上。

薛采在书桌前坐下，纸张已经铺好，数支毛笔也从粗到细井然有序地挂在笔架上，两具砚台里都磨好了墨，一切看起来都符合要求。

但他提了笔，从左到右又从右到左地，在砚上方划过，犹豫了一下。

就是那一下，让秋姜的心一"咯噔"，立刻意识到自己错了。

薛采抬头朝她看过来："墨是你磨的？"

"是。"

"新来的？"

"是。"

薛采看着她，不说话了。

满脸笑容的张婶从外头赶来，本想着办好了差事，来主人面前邀功的，却见屋内气氛有异，不禁问道："怎、怎么了？相、相爷可是有哪里不满意吗？"

薛采勾起唇角，忽然一笑。

"没有。"

他低下头，蘸了右边的墨汁开始画画，"唰唰"几笔，画的貌似是女子的头发。

秋姜只看到了这里，张婶对她说没什么事了，让她退下。她躬身退出，却感到薛采那双又亮又冷的眼睛一直盯着她，盯得她的后背都起了汗。

她回去后问香香："你平日给相爷都是怎么磨墨的？"

"就那样磨啊。"香香一脸茫然。

秋姜只好把话说得明白些："我看见抽屉里有各种不同的油墨……"

"噢，随手拿起来磨磨就好了。"

"不做区分？"

"什么区分？"

秋姜知道了问题所在。

当时，她打开抽屉，看见里面有各种油墨，材质齐备，十分古雅考究。又加上薛采要画画，因为不清楚他要画什么，她就各挑了一款油烟墨和一款松烟墨出来。油烟墨由桐油烟制成，墨色黑而有光泽，能显出墨色浓淡的细致变化，宜用于山水画，而松烟墨暗淡无光，多用于翎毛及人物毛发。

她哪料到书香世家的婢女竟会沦落至此，什么也不懂！照理说不应该啊，姬婴公子生前，可是出了名的雅士，要不然他书房的抽屉里，也不可能有全套的笔墨纸砚。

秋姜忍不住问香香："你在这府里头干了多久了？"

"有五六年了呢。"

"一直在书房伺候吗？"

香香摇头："淇奥侯在世时，是别的姐姐侍奉的，相爷接手后那姐姐出府嫁人了，所以就调我过去了。"

原来如此。"那相爷，没挑剔过你什么吗？"

香香睁大眼睛："挑什么？"

"没什么，随便问问。"秋姜一笑，将话题带过，心中却是冷汗涔涔。她只道要四平八稳不让人挑错，就是好婢女的生存之道。哪料到堂堂相府的婢女，竟然良莠有别，堕落至此，连分墨都不会！

自那之后，她说什么都不敢再踏进书房，离薛采越远越好。此人多智近妖，恐怕早看出了什么，不说破而已。

再等等吧。熬过一年半载，要还是打听不到什么，就换地方。

然而，此刻在厨房"噔噔噔"剁鸭子的秋姜发现，已经没时间了。

因为，那个人……来了。

同一时间，一辆纯黑色的马车，缓缓停在了薛府大门前。

薛采亲自走到门口迎接。

车门开启，薛采上了马车。

马车驰进府门，前往露华轩。

"什么？"

当满心期盼贵客出场的怜怜，将她躲在大门旁偷看到的这一幕回来说给大家听时，大家全都惊了。

"他没下车？"

"没有。"

"怎么可能，淇奥侯府门前所有客人落马下车，是不成文的规矩啊！"

"对啊对啊，我记得皇后娘娘当年来时，也是在门口就下车了。虽然她那时候还没当皇后，但也贵为淑妃啊！"

"什么风小雅嘛，架子居然那么大！"

"他明明只是一介布衣，没有官职在身的。"

"啊？燕王没给他什么爵位吗？"

"没有。说是风老丞相不让，说他既然已经辞官退隐，就要退得干干净净，不让儿子从政。"

"那他傲个屁啊！"

香香见众人义愤填膺，连忙劝阻："大家不要这样，反过头来想想，这岂非更说明了风公子厉害嘛！连进咱们相府都不下车。"

一派议论声中，秋姜把蒸熟的鸭子从笼里取出装盘。

一旁的张婶看在眼里，重重咳嗽了几声。大家全都安静了下来。

"有时间说三说四的，不如多干点活！"张婶训斥。

大家习以为常，没精打采地"噢"了一声后各自散开。

张婶转向秋姜道："阿秋啊，你跟柳絮一起上菜吧。"

"嗯？"秋姜一怔。

怜怜不满地叫道："为什么？不是我去上菜吗？"

"等你学会把胸藏好再说。"张婶冷冷道，"快去，别磨蹭。"

绿衣婢女柳絮得意地看了怜怜一眼，提着菜篮就走。秋姜无奈，只好跟上。

从厨房到露华轩，有一条弯弯曲曲景观秀美的曲廊，秋姜打量四周，思忖着薛采的那些暗卫是否藏匿此中，还有没有机会可以逃走。最后她绝望地发现，不行，走不了。

这条曲廊，不过百丈距离，但两侧起码埋伏了十二名暗卫。奇怪，平日里薛采就算在府，也没这么多护卫，难道是因为风小雅来了，增加人手了？

秋姜一步一步，走得十分谨慎。

出了这条曲廊，就是露华轩了。

轩前一片花海。

风柔月明，映得这些蓬勃盛开的花朵格外娇俏可爱。露华轩经过了彻底打扫，窗明几净纤尘不染。

一辆黑色的马车停在轩外。

秋姜心中一悸。她的视线落在马车车轮上方的白色图腾上——那是一只仙鹤，正在懒洋洋地梳翎，姿态慵懒，显得温柔宁静。

两名男仆"哼哧哼哧"地把长案从花厅里抬出来，放到马车旁的地上。

柳絮睁大眼睛，莫名其妙："这、这是做什么？"

一名男仆匆匆过来道："相爷说，今天的晚宴就摆院子里。"

"在院子里用饭？"

"嗯。客人还没到齐，你们两个等等再上菜。"说罢，又匆匆回去搬榻了。

柳絮回头看秋姜，秋姜低着头，长长的刘海覆下来，遮住了大半张脸，一副旁人勿扰的模样。柳絮本想找她商量的，但见她这副要死不活的样子，也就算了。

这时一阵环佩声"丁零当啷"由远而近。

柳絮回头，见一个衣服花得晃眼的男子，摇着扇子，一路笑着走过来。沿途的风景，明媚的阳光，都不及他抢眼。

"花子大人！"柳絮上前两步，躬身行礼。秋姜见状，也跟在她身后行礼。

来人正是百言堂的第八子。

百言堂是天子的智囊团，现直接听命于皇后，虽无正式官职，却可参议国事，故而人人敬畏。他们本是七人，分别以衣服的颜色称呼，花子加入后，就成了最特殊的第八人。

因为，他是由薛采直接举荐的。

也是八子里唯一一个住在宫里头的。

更是她们最熟悉的一个。

薛相的客人很少，花子算是难得的常客。

花子看见柳絮，眉一扬，眼一眜，把轻佻味做了个十足，再用一种甜死人不偿命的声音道："柳絮姐姐，好久不见了呀，越来越美貌呢。"

柳絮绯红了脸："大人千万莫再这样叫我，羞煞小婢了。"

花子吸了吸鼻子："好香。篮子里是什么？"

秋姜还没来得及有任何反应，花子已从她手中取走了食篮，隔着盖子闻了一闻，眯起眼睛道："唔，我来猜猜……清蒸鲈鱼、红梅羊方、八宝酒蒸鸭，还有、还有……"

柳絮抿唇笑道："还有一样，若大人能全猜出来，就算大人厉害！"

"真是小看我啊。"花子直起腰，眼睛扑闪扑闪，炫亮夺目中自有一股子勾人的风情。

秋姜觉得此人很假。

比如他明明声线清朗，却故意嗲声嗲气说话。

比如他明明是周正的英俊小生长相，却老翘个兰花指作妖媚状。

再比如此刻，他明明半点真心都没有，却跟婢女肆意调笑，搞得她们以为他对自己有意，意乱神迷。

被他那闪啊闪的眼神迷倒的，眼前就有一个。

不过——

这一切跟她又有什么关系呢？

秋姜垂下睫毛，继续当摆设。

结果，花子眼波一转，却飘到了她身上："最后一道菜，就跟她有关了。"

秋姜下意识皱了下眉。

柳絮娇笑道："怎么说？"

花子忽然靠近秋姜，轻佻地在她耳边道："好香。"

秋姜不动，而柳絮的脸上已经有些变色了。

花子伸手在秋姜耳后那么一弹，指上突然跳出一朵素菊，而他把花拈到鼻尖嗅了嗅，道："春兰秋菊，果是世间至香。"

柳絮松了口气，娇嗔道："大人还没猜最后一道菜是什么呢。"

"我猜了呀。"花子笑眯眯道，"最后一道，就是菊。鲍鱼菊汁。对不对？"

"对！对！大人好灵的鼻子。这么多味道混在一起，还能分辨得出来。"柳絮拍手。

花子凑到秋姜面前不走："听说你叫阿秋？姓秋，还是名秋？"

秋姜额头冒出了薄薄的汗，瘦骨嶙峋的手，也紧紧绞在一起。

柳絮横拦过来，挡在她面前道："大人您就别逗她了。这是我们府新来的，不懂事，没见过什么世面。"

"是吗？"花子又将秋姜上上下下打量了一番，"呵呵"着转身走了。

他一走，秋姜觉得连空气都清新了几分。

柳絮瞪了她一眼："呆头呆脑，一点眼力都没有。把菜篮给我，你回去拿新的吧！"

秋姜一听，如释重负，忙把菜篮给她，转身刚要走人，花子的声音便远远传了过来："那个秋天，你过来。"

装作没有听见吧！秋姜往前走了一步。

"喂，叫你呢！秋菊花——"

没有听见，我什么都没听见。我也不叫什么秋菊花！秋姜又飞快地往前走了两步。

花子眼珠一转，唤道："那位行如风的姑娘，停步。"

秋姜止步，无奈地握了下拳头，松开，然后转身，低头走回去。

一步一步、老老实实地走到花子和马车面前。

在此过程中，她的心都几乎提到了嗓子眼。

可马车车门并没有开，里面的人，也没有探头出来看。

花子随手丢过一串铜钱。

"我问了你们相爷，果然没有备酒。无酒的宴席还叫宴席吗？快，去给爷买两壶好酒来！"

秋姜忙将铜钱揣入怀中，转身离开，像有头老虎在身后追她一般。

花子这才回头对紧闭的车门道："你们两个就准备这样一直坐车上，不下来了吗？"

"当然不。"薛采的声音冷冷地从车中传出。

伴随着他的这句话，两名车夫下马走到车旁，各自从车壁上解开几个铁扣，然后用力做了个对拉。

"咔咔咔咔。"

原本密不透风钉得死死的两侧车壁被卸了下来。

两名车夫再在车壁上一折，半面车壁折下来，稳稳当当落地，变成了临时撑板，将另一半车壁架住。如此一来，等于马车两边凭空搭出了两张桌子，车里的人不用下车就可以直接用饭了。

花子看得叹为观止，感慨道："早就听说你是天下第一大懒人，没想到你竟懒得如此霸气，如此威武，如此高水准啊！"

马车车厢因为没了两侧车壁，变成了一个徒有顶棚的框框，框内两人对坐，一黑一白，一大一小，对比鲜明。

身穿白衣的小人是薛采。

铺着纯黑色丝毡的软榻中间，摆着一张小几，几上一壶新茶初沸。而薛采，提起了那壶茶，倒在一旁杯中。

玉白如脂的羊首提梁壶，在薛采手中，灿灿生光，壶里的茶更是色碧如春，倒入同为玉石雕刻的岁寒三友纹杯中，上面的兰花也仿佛跟着开放了一般。

花子眼前一亮："好壶，好杯！快，也给我一杯尝尝。"刚要上前，薛采凉凉地看他一眼，道："你不是要喝酒吗？"

"酒要喝，茶也要品。"花子伸手去抢。眼看指尖就要碰到杯柄，杯子却突然沿着小几滑出一尺，稳稳落到了另一个人手中。

那人道："酒是你的，茶是我的。"说完笑了一笑。

那人笔直地跪坐在软榻上，黑丝软榻与他的长发几乎融为一体，可他的皮肤是那么白，素白中，隐隐透着蓝，给人一种很不健康的病弱感。

他的身形十分端正，也许过于端正了，但他的表情是放松的、惬意的，笑得温畷和绵软。

花子细细打量着这个人，然后问薛采："就是他吗？"

"嗯。"

花子啧啧感慨道："我生平见过的美男子很多，能比得上我的，只你一个。"

"扑哧！"一旁的柳絮不合时宜地笑了出来，然后连忙捂唇，羞红了脸。

那人不以为意，淡淡道："多谢三皇子夸奖。"

柳絮还在纳闷，什么三皇子？那不是花子大人吗？薛采已转头吩咐道："柳絮，去看看酒买回来了没。"

"是。"纵然心中万般好奇，但柳絮知道，这是相爷要跟贵客们议事了，连忙躬身退下。

等她一离开，花子的表情就变了，收了笑，一脸严肃地看着那人："发生了什么事，竟让你不远千里地来璧国！"

男子微微一笑："你猜。"

"燕王死了？"

薛采咳嗽了一下。

花子睨着他："干吗，你不也是这么盼着的吗？"

薛采冷冷道："我没有。"

"少来，如果燕王此时驾崩，皇后就能发动战争，趁火打劫，以战养国，既解国穷，又转内乱，一举两得，是天大的好事啊！"

风小雅道："真可惜，让你们失望了。燕王身体强壮，连伤风咳嗽都没有，恐怕你们还得等个七八十年。"

花子睁大眼睛："不是他，那就是你爹死了？"

薛采连咳嗽都懒得咳嗽了。

风小雅沉默了一下，答道："家父确实在大前年去世了。"

"节哀……那是为了什么？"花子很是不解，"像你这样的人，如果不是国君死了、父亲死了那样的大事，又是什么急迫的理由，让你不远千里地来找薛采？"

"其实……"男子缓缓开口，每说一句话，都似乎要想一下，"见薛相是其次，我此番来，主要是见你。"

"见我？"花子受宠若惊。

"嗯。"男子点点头，望着他，缓缓道，"有件事我想征求你的意见。"

"什么？"

"我想要程国。"

花子脸上的表情僵硬了。他挖了挖耳朵，把头转向薛采："我听错了吗？好像听见了很了不得的一句话。"

"你没有听错。"薛采神色淡淡，看不出喜怒哀乐来，"风小雅想要程国。"

风小雅凝眸一笑，对花子道："所以，我来征求你的意见，程国的……前三皇子。"

花子不是花子。

在他成为花子前，他是一位皇子。

唯方四国中程国的三皇子——颐非。

两年前他在皇权的争斗中，输给了自己的妹妹颐殊，从此潜逃出国，背井离乡，隐姓埋名地待在璧国，做了皇后姜沉鱼的小小幕僚。

颐殊至今还在四处派人抓他。

所以，他的身份在璧国，是绝对的机密，也是烫手的山芋。

薛采留下了这个山芋，慢慢炖着，以备不时之需。

颐非自己心中也很清楚，璧国收留他的目的十分不单纯，但又没有别的办法，只好一天天、一月月地留下来。

一待就是两年。

而如今，有个人竟然跑来说，他想要程国。

如果此人是别人，颐非肯定认为他疯了，但因为这个人是风小雅，又有薛采坐在身旁，顿时让他意识到，有一盘很大的棋开下。而他，幸运也不幸地成了其中的一枚棋子。

颐非定定地看了风小雅半天，然后笑了，笑得又是嘲讽又是刁钻："你想怎么要？程国的百姓虽然四肢发达头脑简单，但也容不得一个异国人当自己的君王。除非……你娶颐殊，做程国的王夫。"

"嗯。"

颐非"啪"地栽倒在地，好半天才爬起来，满脸震惊："你说什么？"

薛采将一封信笺递给他。

缎布包裹、绣有银蛇纹理的精美信笺，一看即知来自程国的皇宫，是国书的象征。颐非打开信笺，里面只有三句话——

"程王适龄，择偶而嫁。举国之财，与君共享。九月初九，归元宫中，诚邀鹡鸰公子来程一叙。"

颐非皱眉，好半天才抬起头，用一种奇怪的目光打量着风小雅，道："妹夫啊，你想我怎么帮你啊？"

他本意调侃，风小雅却一本正经道："候选者共有八人，其中，程国五大氏族各占一人，燕国是我，宜国是胡九仙……"

"等等！"颐非打断他，"胡九仙？就是那个天下首富吗？"

"是的。"

"他快五十岁了吧？"

风小雅道："我也有十一个夫人。"

这！倒！是！

颐非感慨：他确实不该低估颐殊的承受能力。那女人，只要对自己有利的男人，管他什么身份，通通可以上床利用。区区五十岁算什么，十一个夫人又算什么呢……

可当风小雅说出最后一个人选时，他还是狠狠吃了一惊。

因为，最后一个人选是——

薛采抬起头，平静地说道："璧国是我。"

秋姜揣着钱一路往前，她走得很快，希望能够顺利出府。只要离开相府，就安全了。

颐非真的给了她一个非常好的机会。

然而，眼看大门就在三尺外，她很快就可以走出去时，张婶突然出现叫住了她——

"去哪儿呀？"

秋姜只好停下，老实巴交地回答："给花子大人买酒……"

"我知道他让你买酒，我的意思是，你知道去哪里买吗？"

秋姜一怔。

张婶走过来，从她怀中拿走那串铜钱，掂量了一下，脸上笑开了花。

"我知道哪儿有酒卖，跟我来。"张婶转身带路。秋姜看了眼三尺外的大门，决定要放手一搏，可她刚鼓起勇气冲到门口，就看见了一队银色盔甲。

她立刻转身，折返，回到张婶身后。

张婶没有察觉到她的这番小动作，一边领路一边道："算你运气好，我那当货郎的侄子今天正好来府里头送香料，他的货架里正好有酒，还是好酒呢，便宜花子大人了！"

秋姜嘴里敷衍着，人却情不自禁地回头，心中无限感慨。

张婶扭头，顺着她的目光也看了一眼门外，道："噢，你也看见了吧？听说那是风公子的随行娘子军，他走到哪儿，这三十三位穿银甲的姑娘就跟到哪儿。都是如花似玉的美人呀，那位风公子，可真会享受的。"

秋姜苦笑。

她当然知道，那些姑娘有个统一的名字，叫风筝。

意思就是被"风"小雅牵引着的"筝"。

风小雅在哪儿，风筝们就在哪儿。

别看她们年纪小，但个个武功很高，平日里负责保护风小雅的安全。

说来风小雅也是个怪人，比如他明明带了这么多姑娘随行，真正侍奉他衣食起居的，却是他的两个车夫——一个叫孟不离，一个叫焦不弃。

他们为他洗澡、梳头、穿衣、赶车……做一切本该由婢女来做的事，风小雅从始至终一根手指都不用动。

真是懒到没边了！

秋姜一边心中暗讽，一边跟着张婶到了后院。有个货郎等在院中，看见她们，立刻迎了过来："姑姑，怎么样？"

"酒呢？"

"在这儿。"货郎打开担架，里面果然有两壶酒，"姑姑你放心，都是好酒，外头卖至少要一百五十文，给您只收八十文。"货郎殷勤地将酒壶递上，张婶示意他将酒壶递给秋姜，秋姜却不肯接。

张婶诧异："怎么了？"

秋姜咬唇："张婶，这酒……不行……"

张婶还没说话，货郎已叫了起来："你这丫头怎么说话的呢？什么叫我的酒不行？我的酒怎么就不行了？这可是十年陈的竹叶青！特地从宜国名酒乡进的！"

秋姜摇头："不……不是……"

张婶的脸色开始有点不好看："什么意思？"

秋姜怯生生地看着她："花、花子大人给了一百文钱。"

"那又如何？"

"相爷席间没有备、备酒，说明只有花子大人一个人喝。"

"你到底想说什么？"

"东儿她们跟我说过，花子大人很挑剔的。他能给一百文，说明，要的就是值一百文的好酒。"

货郎不满道："你的意思是，我的两壶酒不值一百文？姑姑，我可是看在你的面子上才只收八十的！换了其他人……"

"我知道我知道，你别急啊……"张婶转向秋姜，厉声道，"别磨蹭了，快把钱给他，带酒回去交差，省得客人到时候嫌你慢！"

"我如果带这两壶酒去，更会被骂的……"秋姜坚持。

张婶倒吸口气，第一次发现她还有这么不听话的一面："你……知道自己在说什么吗？"

秋姜伸手接过其中一壶酒，摇晃了几下，再打开壶盖，壶内的酒上浮起一片泡沫，又很快地消散了。

秋姜将酒泼到地上。

琥珀色的液体在青灰色石面上流淌了一地。

货郎和张婶双双变了脸色。

没等张婶发怒，秋姜已先道："张婶你看，竹叶青酒本应是略带翠绿的金黄色，清澄透明没有杂物，且泡沫持久不散，方是好酒。这壶酒泡沫消得如此快不说，更有这么多悬浮物。我不用喝，就知它不好，等入了花子大人的嘴，被他尝出是劣酒，我受责罚没什么，坏了相府的名誉可事大啊。"

张婶张了张嘴，很是尴尬。

秋姜叹气道："不如这样，劳烦这位小哥再去外头买两壶好酒来？一百文还是给他，我一个子儿都不要。量少点也没事，但要对得起这价。"

"也……只能这样了！你还不快去？"张婶踢了货郎一脚。

"是是是，我马上去换。"货郎说着接了秋姜的铜钱，飞快地跑了。

张婶打量着秋姜，缓缓道："你这丫头，懂得倒是多，还能分辨酒的好坏。"

"奴婢的娘亲会酿酒，奴婢耳濡目染，所以会这些……"

"懂得多没什么，当丫头的，最重要的是知道什么该说什么不该说，什么该做什么不该做……"张婶意味深长地眯起眼睛。

秋姜忙道："奴婢懂的！今日那位小哥帮奴婢买酒，是给了奴婢一个天大的人情，奴婢会记着的。"

张婶微微一笑："果然是个聪明人。"

"我好像听到了一个可怕的消息……"颐非呆住了，怔怔地看着薛采。

薛采为自己倒了杯茶，素白的小脸上没有太多表情。

风小雅微微一笑道："你没有听错，璧国的候选者确实是他。"

颐非拍案："禽兽啊！竟然连九岁的小孩都不放过！"

薛采似想到了什么，眉头微蹙。

颐非道："你肯定是不会去的！"

"嗯。"薛采点了点头，"所以你替我去。"

"啊？"颐非怔住了。

薛采一本正经道："你阔别故土两年，不想回去看看吗？"

颐非眸光闪烁，忽有所悟："别兜圈子了，你们想要干什么，又想让我做什么，直说吧。"

"三皇子果然爽快。"风小雅给了随从一个眼神，沉默寡言的孟不离从袖中取出一把扇子，扔向颐非。

颐非接住，打开一看，扇面上画的是地图——程国的地图。

他面色微变："什么意思？"

"意思就是，你助我娶到颐殊，我得到程国后，图上红色区域，就全是你的。"

地图宛如小蛇长长一道，程国本是海岛，面积狭小，如今更被红墨一分为二，以程国帝都芦湾为分界线，下面的三十六郡十二州，全划入了红色范围。

颐非望着那半片殷红，陷入沉思。

风小雅缓缓道："颐殊当年用不入流的手段劫持了你父王，杀了你的两个哥哥，抢了皇位，又让你颠沛流离有家难回……换了谁都不会甘心。可惜，你一无人手二无钱财，宜国燕国都已明确表示了不会帮你，你如今虽在璧国安身，只能糊口而已，想要逆袭，难如登天。所以，你不妨考虑一下我的提议。"

颐非看着地图，清瘦的脸庞一旦敛去了笑意，就显得很是深沉。

"胡九仙虽然有钱，但老矣；程国那五大氏族是什么货色，你心中比我清楚；薛相又不参与此事。那么，你不觉得我是八位候选者中，最有希望成为王夫的吗？"风小雅微笑浅浅，明眸如星，让人觉得无论什么时候，能跟这样一个人说话，都是件非常舒服的事情。

但颐非心里觉得更不舒服了。

他慢慢地合起扇子。

"你那十一个老婆怎么办？"

风小雅轻描淡写道："休了。"

够狠！颐非注视着眼前这个看起来毫无伤杀力的阴柔男子，想着有关此人的生平传闻，不禁大为感慨。

风小雅。

燕国前丞相风乐天的独子。

众所周知，燕国的先帝摹尹看破红尘出家当和尚去了。走前把儿子彰华托付给了最信任的臣子风乐天。而风乐天不负所望，勤勤恳恳、兢兢业业地辅佐着彰华，令四海安定，稳稳妥妥后，才辞官告老，云游天下去了。

因此，燕王一直感念这位重臣的好，对风小雅处处照顾。尽管风乐天早放下话说，要退隐就得退得干净彻底，不让儿子做官，可风小雅虽无官职在身，得到的恩宠丝毫不比任何贵胄子弟少。

燕国人全知道，他们的君王平生有三爱——

一爱薛采。

二爱如意吉祥。

三爱就是前丞相家的风小雅。

风小雅人如其名，是个名斐燕国的雅士。他精乐律，擅工笔，通禅道，懂享乐，还最是怜香惜玉，虽有妻妾无数，但对每一个都爱如珍宝。

男人们都想结交他。

女人们都想嫁给他。

总之在燕国的民间传说里，他是个完美得不行的贵胄公子。

然而，此刻跪坐在锦榻上的男子，是无情的，充满野心的，浑身散发着一种巨大的侵略性……他虽然在笑，笑意却不抵达眼睛；他虽然在求颐非，却丝毫没有求人的姿态。

颐非看看风小雅又看看薛采，忍不住想——物以类聚人以群分，难怪这两人能凑到一起去。果然一只狐狸一头狼，早商量好了要算计他这只小绵羊啊！

颐非一挑眉，笑了起来，笑得格外惬意："你什么都考虑周全了，我好像没别的可以选了，那么……就请多多关照了。"

"三皇子果然痛快。"

颐非豪气干云地挥一挥袖："酒呢？酒还没来吗？"

"来了来了——"回应他的，是柳絮一连串的催促声，"快点啊，阿秋，花子大人都等急了！"

秋姜提着酒低头快步走进来。

颐非接过酒坛，拔开盖子一闻，面露喜色："好酒……"

柳絮笑道："大人喜欢就好！"

颐非打量着秋姜："一百文能买到这样的好酒，你这个小丫头不错啊。"

柳絮忙道："大人的事情我们肯定上心的，而且相府的人去买酒，酒肆老板多少给点优惠，不敢糊弄。"

"是吗？我平日里去买酒，可没见他们这么老实。"

柳絮掩唇："凡夫俗子，又怎认得出大人的尊贵呢？"

"真会说话……"颐非仰起脖子，将酒一口气全倒进了嘴巴，惊得柳絮睁大眼睛，正待劝阻，薛采开口道："上菜。"

柳絮只好先布菜，一扭头，见秋姜还木头似的站在原地，便在她胳膊上拧了一把。

秋姜只好跟着布菜，一盘清蒸鲈鱼端到车壁搭成的案上时，风小雅皱了下眉，目光直勾勾地看向她。吓得秋姜手一抖，两双筷子清脆落地。

她连忙弯腰去捡："我、我去洗筷子！"

一双修长的手先她一步捡起了地上的筷子，颐非笑眯眯地睨着半弯腰的她，弹了弹筷身道："这筷子不错啊……怎么不是以往的银筷了？"

秋姜怔了一下：咦？以前用的是银筷子？没人告诉她这点啊！

虽然没有抬头，但可以感到有两道炽热的目光始终盯在她身上，她不敢起身，只能继续保持着那个吃力的姿势，卑微回答："那个，鲈、鲈鱼清香鲜嫩，配今年新竹劈制的竹筷，更、更为适宜。"

颐非"扑哧"一笑，转向薛采道："没钱就没钱呗，还说得一套一套的……你这小婢女真有意思。"

"多、多谢夸奖……"秋姜只能看着自己的鞋尖。

颐非将脏了的竹筷递给她，秋姜连忙伸手接，结果那筷子在空中转了个弯，反而抵在她的下巴上，然后力度缓缓向上，秋姜被迫抬起头来。

颐非笑眯眯道："长得也很漂亮。"

他眼睛瞎了吗？秋姜心想，自己这种长相也能叫漂亮？

果然，一旁的柳絮很不满，嘟哝了一句："花子大人真会鼓励人。"

就在秋姜这么一抬头中，风小雅的目光已飘过来，和她撞了个正着。

秋姜顿时手脚冰凉。

完了，她想。

折腾这么久，终究没能逃脱。

那个人……看见她了。

她名义上的所谓夫君，看见她了。

秋姜在陶鹤山庄的时候，是真的以为此生就这样了。日复一日、年复一年地煎熬着度过。带着茫然，带着愧疚，带着悔恨。

她对一切都不再抱有希望。

直到一天晚上。

她昏昏沉沉地睡着时，做了一个很不安的梦，梦见了风小雅。

风小雅用一双雾蒙蒙的眼睛注视着她，看上去十分哀伤。他说："走吧。"

走？她能去哪里？

"去你想去之地。"

可哪里是她的想去之地？

就在那时，一记巨响震碎梦境，她从梦中惊醒，发现窗外有亮光。

秋姜艰难地爬下床，过去推开窗户，看见空中闪烁着美丽的烟花。

她听见阿绣在院外雀跃地对月婆婆说："过年啦！过年啦！月婆婆，恭贺新年，万事如意！"

过年了？

秋姜怔怔地看着空中的烟花，听着一声接一声的爆竹声，烟花是山下人放的，在她的位置却看得最清楚。

火焰在空中绽放，有时是蝴蝶，有时是流星，还有几束是花，姜花。

秋姜的手不由自主地抠紧了窗棂。

"你叫秋姜，是蓝亭山下一个叫作'归来兮'的酒铺老板的女儿，因为身体不好，自小在山上的庵堂里养病。公子上山参佛时，看见酒铺意外着火，你父母双双隐难。公子见你孤苦，便纳你为姜，带回草木居。"

脑海中，有个声音如此道。

秋姜的头剧痛起来，她捂住脑袋，那个声音仍在继续："你父本是程国凤县人，因在程国活不下去就去了璧国，在璧国帝都卖酒时认识了你娘。两人成亲后生下了你，为了给你看病辗转到的燕国。所以，你的户籍在程。但你父孤儿出身，家中已无亲眷。而你母冯茵有一位姐姐叫冯莲，还在帝都，是你在这世上唯一的亲人……"

秋姜满头大汗地抬起头，看见窗棂被她抓出了无数道指甲印。

冯莲……帝都……亲人……

她默默地重复着这些关键信息，眼中有什么被点亮，跟烟花一样"砰"地燃烧了起来。

她从那晚开始决定逃。

她要回娘家看一看，起码，看看在这世间仅剩的亲人。

就那样，秋姜一边装病麻痹月婆婆和阿绣，一边更加刻苦地活动身体积蓄力气。

第三年的春天，她已完全恢复了行动力。与此同时，脑海里也记起了更多东西。比如，下山的路怎么走，哪里有水源，哪里有果林，哪里有人家，哪里有驿站。

她每天节省一点口粮，攒够了三天的分量后，在中元节那天晚上趁着夜雨离开了。

阿绣跟月婆婆呼呼大睡，山庄里没有其他守卫，她也没有迷路，就那样一路顺利地下了山。

她想起了如何捕捉兔子，如何寻找松鼠藏起来的坚果，如何利用水源掩藏踪迹，如何跟路人打交道……这些技能像被淤泥裹住的珍珠，当淤泥一点点被擦去时，就自然而然地出现在了脑中。

她甚至去了一趟玉京，在草木居外的茶铺里坐着喝了一盏茶。那条巷子的尽头有很多人在弹奏，茶铺老板说一开始是些慕名来听鹤公弹琴之人，后来发展为彼此较艺，如今已是玉京的一道盛景，叫作——听风集。

她从茶客们口中听了很多关于风小雅的事迹，可关于她的，就只打听到了一句"秋姜，性灵貌美，擅酿酒，通佛经"。

她心想传闻果然有虚。首先她并不貌美；其次，她也不会酿酒和参佛。当然，后者有可能是她忘记了，但前者，秋姜对着擦得锃亮的茶壶照了照自己的脸——无论怎么看，都是个眉目寡淡的平凡人。

而且也没人知道风乐天已死，大家都说老丞相游山玩水去了。

秋姜听着听着，黯然离开。

我……的过去，究竟是怎样一个人呢？

我真的是在庵堂长大的吗？为什么没有养出贤良的品性，会做出气死公公这样丧心病狂的事情？还是，我是遇到了什么，被逼无奈才说出公公跟大夫人有染？

我的父母，真的是死于火灾？他们生前对我，又怀抱了怎样的期盼和希望？能为了我而背井离乡，必定很爱很爱我吧？

还有风小雅，他娶了孤苦无依的我，是我的恩人吗？可他父因我而死，心中必定怨我恨我……

我是真的做错了，还是被冤枉的？

若是有人故意陷害我，我怎能就此蒙冤含屈，坐以待毙？

秋姜走得很远了，最终没忍住，回头看了一眼草木居。

草木居是座很普通的三进院落，坐落在天璇大道的巷尾，占地不过半亩，白墙黑瓦很是朴素，门楣却是当今天子亲题。

据说当年还是太子的燕王彰华跟太傅谈及风小雅和姬婴两人孰美时，风乐天谦虚，说了一句："小雅阴郁似雪，姬婴磊落如月。雪会冻死人，月却能照亮夜啊。"

彰华并不认同，事后挥笔写了八个字，命人送交风小雅，让他挂在门上。

如今，这八个字就挂在草木居的大门横梁上。

"浮光折雪，草木间人。"

意思是："世人道你阴郁，像光束落在雪上；但你分明是茶，暖香绵长。"

自此，风小雅荣登燕王三爱之一。

燕王那样的人会看走眼吗？秋姜不认为。

也就是说，很有可能，风小雅真的是个外冷内热之人，整个事件都是她对不起他。

那么……

我不是逃。

我只是，不想死得不明不白。

等看过亲人，祭拜完父母，探明所有的前因后果，回忆起一切后，我会回来的。

回来跟你了结所有的恩怨情仇。

秋姜在心中暗暗发誓，然后扭身离去，再没回头。

她一路逃到了璧国。

打听到冯莲这几十年都在白泽府当差，没有回家。

于是她又找到白泽府，这才知道姬婴已经去世了，这座坐落在朝夕巷的宅院，如今是丞相府，新主人叫薛采。

她跟门卫报上身份，求见冯莲，病中的崔管家亲自接待了她，告诉她姬婴去世后，身为乳母的冯莲太过悲伤，也撒手人寰了。因为她老家已无亲人，破例容她葬在了白泽公子墓旁。

崔管家让东儿领她去了墓地，冯莲身为奴身，碑上没有她的名字。

秋姜万万没想到，自己历经艰辛千里迢迢地来璧国寻亲，最终却是这个下场，旅途辛劳加上心力交瘁，一下子晕了过去。

等她再醒来时，已被东儿背回了相府。

崔管家看在冯莲的分儿上愿意收留她，秋姜也想留在璧国再找找父母生前的故人，继续打听从前的事，便签了活契留下来当了婢女。

她的才能令她很快胜任了相府的工作，而她的性格又让她能够把自己隐藏得很好。

人忙碌起来就不容易去思考痛苦，她很喜欢这里的日子，想着再干半年，攒够了去程国的路费后就离开。

没想到，现实最高明的地方在于它的残忍——明明已经相隔千里，兜兜转转，却还是再遇了。

如今，她僵硬地抬着头，回视着风小雅的目光，用一种近乎悲壮的心情等待着谎言被揭穿的一刻。她想她没什么可畏惧的，最坏的结果，不过是被押回那个活死人墓般的山庄罢了。

只要她还活着，一切就还有盼头。

所以……来吧！

结果，风小雅的目光很随意地从她脸上掠了过去，转头对薛采道："你打算让花子大人以什么身份替你出席？"

薛采想了想，还没来得及说话，颐非已"扑哧"一笑，眨了眨眼睛："药童怎么样？比如说江晚衣的师弟什么的……"

薛采面色微变。

秋姜自是听不出颐非是在用姜皇后的陈年旧事揶揄薛采，她只是感到很震惊——

风小雅居然、居然、居然……没认出她？

他神色平静，没有丝毫变化，也不再看她，很认真地注视着薛采，等着他的回答。

难道他不记得她了？

怎么可能？！

秋姜僵直地愣在原地。

之前千方百计地想躲避，希望这个人没有发现她，如今他真没发现她，她反而感到异常难受起来。

在秋姜一团紊乱的思绪中，晚宴继续进行。

颐非喝酒，薛采吃菜，唯独风小雅喝着茶，什么也没碰——他果然跟记忆中一样，是不沾荤腥的。

三人的交谈并不密集，许是有下人在场的缘故，话都点到为止。偶有几句争执，秋姜也没听进去。只知道最后当柳絮推她时，却是颐非醉了，薛采命她送颐非去客房休息。

柳絮很不高兴，她对颐非一直抱有幻想。然而，薛采冷冽的目光能洞穿一切私心，当他看了柳絮一眼后，柳絮便不敢再争，将颐非交到了秋姜手上。

秋姜只好扶着东倒西歪的颐非去客房。

走到一半，颐非忽然蹲下身呕吐，秋姜等他吐完，想再扶他起来，他却索性往地上一躺，睡了。

秋姜没办法，只好把他背起来，扛回屋中。

颐非在她背上咯咯笑，口齿不清地说："你力气好大，居然能背得动我。"

秋姜点头："我连马都扛过。"

"哟，这么狠？什么时候？多高的马？"

"有次在山路上，遇到一位姑娘，因为爱马被蛇咬了而哭泣。我替她扛马下山求医，她十分感激，给了我一片金叶子。"幸亏那片金叶子，她才有了来璧国的盘缠。

颐非叹道："好心有好报。"

到客房后，秋姜打水给颐非擦脸。颐非笑着笑着，忽然收了笑，定定地看着她。

他眼中有很深的情绪。

有点悲伤，有点留恋，还有点说不上来的怨念。

看得秋姜心中一抖。

秋姜道："大人，睡吧。"

颐非回答："咦？我不是一直没醒过吗？"

说完这句话他就睡过去了。睡容恬静，在褪去轻佻的、张扬的、猥琐的笑意后，这人倒也不那么讨人厌了。

秋姜帮他压了压被角，转身离开。刚打开门，一个人影出现在面前——

那人头戴斗笠，身穿灰衣，不是别人，正是风小雅随行两名车夫中的焦不弃。

焦不弃在看见秋姜后，拱手行了一礼："夫人，公子有请——"

秋姜的手在衣袖中握紧，莫名松了口气。

风小雅果然认出了她。

晚宴上之所以装作不认识，是因为有外人在场吧。

秋姜垂头，默默地跟着焦不弃离开。

床上明明沉睡过去的颐非忽然翻了个身，睁开眼睛，黑瞳剔透，哪有半分醉意？

风小雅依旧住在马车里。

马车的车壁合起，恢复成了原来的样子。

焦不弃将秋姜带到车门前，车门由内自开，车内温暖如春，洋溢着一股淡淡的清香。黑色的软榻旁有一只白玉脂瓶，瓶里插着一束白色鲜花，香气便是从此而来。

秋姜的睫毛微微一颤。她想了起来，这是姜花。

风小雅道:"坐。"

秋姜在他对面坐下。

风小雅看着她,目光怪异、专注,却又看不出什么情绪。仿佛她只是幅画,而他正巧在研究这画上的人是如何一笔一笔画出来的。

无爱亦无恨。

秋姜忍不住先开口道:"你是来抓我回去的吗?"

"是,你当如何?"

好像……也只能束手就擒……秋姜握紧双手,沉默了半晌后,却抬眼道:"你不是来抓我回去的。"

要是的话,早抓了,不必如此迂回地在薛相和花子大人面前装作不认识。

风小雅将一样东西推到她面前:"就差你了。"

秋姜打开来一看,居然是休书。

她诧异抬头,映入眼帘的,是风小雅平静得看不出任何端倪的脸。

她忙将休书仔仔细细地看了一遍,里面写着因为嫉妒无子,故而休之。

秋姜心想:呸,之前席间听他和薛采他们的谈话,分明是此人想要娶女王,所以才把侍妾们全休掉。

不过,如此一来,是否意味着……她自由了?

他不但不计较她私逃之罪,还愿意放她自由?

秋姜不禁凝视着风小雅。

陶鹤山庄相见时她病得迷迷糊糊,并未看个真切。刚才宴上她心乱如麻,也没能好好打量。算起来,这是她第一次近距离地、好好地看他。

她的第一个结论是:此人果然是一个久经痛苦之人。

在燕国街头巷尾百姓皆知的版本里,风小雅生来不幸,患有融骨之症。那是一种非常罕见并让人无比绝望的病。因为骨骼无法正常长成,随着年纪的增长,骨关节逐渐肿大,出现不同程度的弯曲和增生,令整个人行动艰难,无时无刻不处于疼痛之中。

但传奇之所以是传奇,就在于他并没有被此病拖垮,变成半身不遂的废人,而是另辟蹊径勤奋练武,坚挺地活了下来。

人们在提及他的名字时,想到的全是此后的功成名就:他那名震朝野的宰相父亲,他那十一个出身卑贱却又貌美如花的妻妾,他那号称"玉京三宝"之一的乐技,以及燕国国君对他的无上宠爱……他活成了潇洒自由的样子,阴霾与病痛,都似已离他远去。

但秋姜看着他,就知道这个人的痛苦,巨大到常人无法想象。

严格自律、昼度夜思的人,才会这么正襟危坐,脊柱笔挺,像一把拉满了的弓。

而要让一张弓保持这个样子,半点不得松懈。

稍有懈怠，就会崩溃。

秋姜的第二个结论是：他真美。

在玉京，有一首民谣："鹤来速关窗，姑娘勿多望。望一望，啊呀，就要别爹娘。"说的就是风小雅的美貌和风流。

他的眉毛很黑，眼角很长，鼻子高挺，脸庞消瘦，整个人像镀了一层白釉。因为过于精致，从而俊美无匹，又因为过于冷白，而显得脆弱易碎。

这样的人，会爱她？

爱她爱到生父因她而死，也不处置她？爱她爱到都私逃出走了，还肯放她自由？

秋姜虽没有从前的记忆，却直觉地不相信。

那么——为什么？

总有理由可以解释种种不合常理。

不找到那个理由，她不甘心。

也许是她注视的时间过长，风小雅有些不耐烦了，沉声道："结束这场姻缘，于你于我都有好处。"

秋姜伸出指尖轻轻抚摸着休书："墨香村的极品羊毫笔，文秀坊的云墨，千文一张的洒银卷莲纸，用来写休书，真是诚意十足。如此，我还有什么可说的呢？"

她毕恭毕敬地向风小雅行了个大礼："休书已收，一别两宽。祝君……一切顺利。"

说罢打开车门跳下去。

风小雅忽然叫她："秋姜！"

他声音喑哑，似乎有些着急，她落地后回头，风小雅却又别过脸去，没有跟她对视。

他看的是那束姜花。

过了好一会儿，他才道："没什么了。去吧。"

一直等在车旁的焦不弃突然上前，将车门关上。

另一个头戴斗笠的灰衣奴仆走到她面前，做了个请的手势。

秋姜皱眉跟着此人离开。她在心中得出了第三个结论：风小雅恐怕……真的很喜欢她。

一时间，心头百感交集，越发焦灼——

我一定得找到记忆！

我得知道，我跟他之间，到底发生过什么！

秋姜回到客房，没等进屋，就听颐非扯着嗓子在屋里喊："渴死啦——渴死啦——有没有人呀？"

她连忙取了茶端进去："来了来了，大人请用茶……"

一个"茶"字还没说完，原本在床上翻来滚去的颐非突跳起蹿到她身后，一把捂住她的嘴巴。

秋姜手里的托盘，顿时掉到了地上。

茶壶一分为二，茶水流了一地。

秋姜被反绑在一辆花里胡哨的马车里。

马车跑得很快，车身颠簸得厉害。秋姜的头好几次磕在了车壁上，但她没有发出任何声音。

颐非见她不哭不闹，眼中闪过一抹欣赏之色，原本警戒的表情放松了许多，拿着从她怀中搜出的休书看了好几遍，哈哈大笑道："你知道吗？第一次在薛府见到你，当时你给我拿汗巾，光看那卷汗巾的方式我就觉得你不是普通丫头，怀疑你很久了。果然不出所料，原来你是风小雅的小夫人。"

"侍妾。"秋姜纠正他，"不是夫人，更不是什么小夫人。"

"听起来很幽怨的样子啊……"颐非啧啧道，"也是，你那夫君真是我生平仅见的绝情之人。普通人家养猫猫狗狗，养个两三年也都有了感情，舍不得丢弃。而他，十一个老婆，说休就休。"

"因为他知道，如果成功的话，他可以娶百个千个。"

颐非悠悠道："那他就太小看颐殊了。颐殊如果是会放纵丈夫纳妾的女人，根本当不上女王。"

秋姜不想深谈这件事，便看着飘荡不定的窗帘，试图从缝隙里看到点窗外的风景，可惜马车实在跑得太快，快得她根本来不及分辨外面有什么。她不禁问道："你要把我带去哪里？"

"你猜？"颐非朝她眨眼睛。

"我猜不到。"

"恐怕不是猜不到，是懒得猜吧。"颐非笑眯眯地打量着她，"明明是颗七窍玲珑心，却要伪装木疙瘩，也挺不容易的。"

秋姜学他的样子笑了笑："在伪装这方面，大人是我的前辈。我怎敢班门弄斧？"

"看看，獠牙露出来了……"颐非一边"昧昧"地笑，一边靠近她，忽然用很低沉的声音说道，"其实，我知道你想干什么。"

秋姜的心"咯噔"了一下。

在这样近的距离里，颐非的眼眸扑闪扑闪，很欠抽。

"别告诉我你是凑巧卖身进的薛府，薛采何许人也，他的住处，你一个新人怎么可能随随便便就进来？那小狐狸年纪虽小，眼睛可亮得很，连我都能看出你有问题，更何况身为主人的他？"

颐非忽然伸手，拈起她的下巴，打量着这张不漂亮却十分顺眼的脸，笑得越发深邃起来："说吧，你跟他之间有什么交易？"

秋姜的瞳孔在收缩。

　　"他是不是让你在他府里等风小雅？因为他知道，风小雅一定会来的。风小雅要娶颐殊，就得休掉全部妾室。而你，是那十一个人中唯一的漏网之鱼。只有风小雅来了，薛采才有机会跟他谈条件。他们谈的条件是什么？他们想要利用我做什么？别拿一半的疆土这种话来搪塞我，我不是三岁小孩，欺骗和诱哄，对我没有用。"

　　"那什么对你有用？"秋姜反问。

　　"事实。"颐非懒洋洋地往车壁上一靠，惬意地舒展开四肢，用最舒服的姿势跟她说话，"把事实告诉我，由我自己来决定要不要帮、怎么帮、帮到什么程度。"

　　秋姜垂下眼睛，颐非也不催促，任她沉思了很长一段时间。

　　最后，秋姜终于抬起头来，问道："除了卷汗巾，我还有哪里露出破绽了吗？"

　　颐非得意一笑："太多了。比如你看似柔弱，其实会武功啦；比如你背我去客房时，周围埋伏了三个人在保护你啦……"

　　秋姜听到这里欲言又止。但颐非没有给她开口的机会，继续说了下去："比如三更半夜，风小雅却把一个婢女叫到马车上去说悄悄话……"

　　"然后你就知道了我是风小雅的人？"

　　颐非纠正道："然后我就肯定了你是薛采的人。"

　　秋姜沉默。

　　颐非笑道："好了。我已经把我要说的都说了，接下去，是不是该由你来为我解惑了？"

　　秋姜叹了口气。

　　颐非道："你不敢出卖薛采吗？确实，他是挺难缠的，但是，我也并不比他好多少。我现在对你客气，是因为觉得你有用。但如果一颗棋子不能为我所用的话，再怎么好用也是徒劳。你说对吗？我的脾气不太好，耐心有限。所以，在我们出城之前，你不妨好好考虑一下。等出了城墙，如果你还不坦白的话……"

　　颐非笑，没有往下继续说。

　　与此同时，秋姜看到车窗窗帘的缝隙里，有白光在闪烁。

　　璧国帝都的城墙，与其他各地全不一样，因为，它是真真正正用白璧镶嵌而成的，在月夜下便如仙境一般，散发着朦朦胧胧的折光，极尽奢华灿烂。也曾一度被抨击为劳民伤财。正因为璧国总是把钱浪费在这种门面功夫上，所以才导致近些年来国库空虚、入不敷出。

　　而此刻，外头的光便正好宣告了这一点——城墙已在眼前。

　　秋姜咬了咬唇。

　　颐非以手支额，凝眸而笑："倒数开始，五、四、三、二——"

秋姜无奈地开口："不是我不想说……"

"噢？"

"而是……我没什么可说的。因为我不知道。"

"什么？"颐非的笑容僵住了。

秋姜叹道："你全部猜错了。我根本不是薛采的人，也没跟他做什么交易，更没跟他一起来算计你。所以，你抓我是没有用的。"

颐非扬眉："你觉得我会相信吗？"

"你应该信她的。"

这句话不是车内发出的。

这句话来自车外。

声音清脆、清冽，带着三分的傲，七分的稳，冷静得根本与其主人的年龄不符合。

这是孩子的声音。

这是薛采的声音。

颐非面色大变，突然扣住秋姜的手臂，连同她一起撞破车窗跳出去，结果，一张大网从天而降，不偏不倚，将他俩罩了个正着。颐非反手抽出匕首，只听"哧"一声，网被划破，他拉着秋姜破网飞出，顺势在持网者的手臂上一踩，翻过众人头顶，跳到了马车车顶上。

一排弓箭手出现在城墙上方，铁骑和枪兵蜂拥而至，将马车重重包围。

而其中最醒目的，莫过于薛采。

他骑在马上，一身白衣，在乌泱泱的人群中格外醒目。

他身旁，停着一辆漆黑的马车。正是风小雅的马车。

颐非手中的匕首往秋姜颈上紧了一紧，微笑道："好巧啊，三更半夜的，大家都不睡觉，来这儿赏月吗？"

"你劫持我是没有用的。"秋姜道。

"是吗？"颐非压根不信，"可我觉得你家相爷和你的夫君，都紧张得很呢。"

"他们紧张的是你，不是我。"

"噢？"颐非扬眉看向薛采，"她真的不是你的人？"

薛采沉声道："她是我的婢女，也仅仅只是个婢女。"

"可她是风公子的侍妾。"

"前侍妾。"马车内，传出风小雅的声音，"她已经被我休了。"

颐非转了转眼珠："既然如此，那她没用了。"尾音未落，他的刀已飞快割过秋姜的咽喉，猩红色的血液顿时喷薄而出。

薛采面色微变。

颐非看在眼中，更是镇定，笑眯眯道："出来两年，其他都还好，唯独想念糖人的味道，想得都成了煎熬。"说着，他凑过去在秋姜流血的喉咙上舔了一舔，啧啧道，"颜色不错，可惜味道不够甜……想当年，我最喜欢的就是用人来熬糖了……"

车内的风小雅冷冷道："你想怎样？"

颐非朝他抛了个媚眼："怎么，这就受不了了？不是说只是前侍妾吗？而且还是个不怎么受宠的侍妾，就算她被我一口一口吃掉了，也与你没什么关系了呀。"

马车内沉默了。

颐非笑得更欢："如果大家觉得月亮赏得差不多了的话，我是不是可以走了？"

薛采道："你要去哪儿？离开璧国，你还有地方可去？"

"那就不劳费心了。总之不要追来就好。如果再被我发现你们追来，那么这位姑娘少了的，可就不止胳膊、腿什么的了……"颐非说着摇头叹道，"好可惜呢，薛相，本想跟你再共事几年，可惜天下无不散的宴席，我要走了。这两年承蒙关照，日后有缘再见。"

薛采似乎想说什么，但最终没有说。

颐非还是第一次看到他如此憋屈的样子，不由得心情大好，架着秋姜转身刚想走人，一道黑影突从空中飞来，与此同时，一把软剑流星般割断了秋姜身上的绳索，秋姜手脚一松，重获自由的第一反应，就是反手抢过颐非手中的匕首，并把他从车顶踹了下去。

颐非落地，还没来得及跳起，又一张大网从天而降，他没了武器，这一回，终被捆了个正着。

颐非直勾勾地看着车顶。黑影站在秋姜身旁，比她高了整整一个头，黑色的皮裘从头到脚，只露出了他的脸——一张消瘦的、在月下泛着郁郁青白的脸庞。

颐非讶然："你不在马车里？那刚才在车内说话的人是谁？！"

马车里，焦不弃探出头来："回三皇子，是奴在说话。"

前半句用的还是风小雅的声音，后半句就恢复了本音。

颐非认栽，望着黑衣人苦笑："你这随从的口技不错。"

黑衣人淡淡点头："嗯。我平日里足不出车，为的就是遇到这种情况时，好吓你一跳。"

这个人，当然就是传说中的天下第一大懒人，风小雅。

这一次，他不但动了手指，还全身都动了。

而当他动起来时，世间就再没有人能比他更快。

秋姜凝视着近在咫尺的风小雅，身为被保护者，她居然并不感到安心，反而莫名害怕。

她忽然发现，她怕这个人。

发自内心地，怕他。

为什么?

半个时辰后,四人重聚薛府书房。

一开始薛采还想找大夫来为秋姜疗伤,结果发现那不过是颐非的一个恶作剧——他的匕首是特制的,一按把手,就会往外喷红水,远远看去,便如喷血一般。因此,秋姜其实根本没受伤,唯一的损失大概就是她的衣服,衣领红了大片。

侍卫将那把匕首送到薛采面前时,颐非嘻嘻一笑道:"很便宜的,二十文钱一把,没想到真的骗过了薛相,太值了。"

薛采冷哼一声,没追究此事,而是开口道:"我们来重谈一下合作的条件吧。"

风小雅霸占了书房里唯一的一张榻,没有坐,而是躺下了。大概是之前动用了武功,此刻的他看上去十分疲惫。

秋姜和薛采站着,唯独颐非是坐着的——被五花大绑地坐在地上。

因此,薛采这么说,颐非便自嘲地看了看身上的绳子:"你以为我为什么要逃?答案就是我不跟你们谈,任何条件都不谈。"

"你觉得自己还有拒绝的机会?"薛采冷冷道,虽然年幼,但他一沉下脸,整个房间里的空气都似冻结了一般,压抑得人难受。

可颐非好像完全感觉不到,继续咧着嘴笑:"没有,但幸好我还有死的机会。"

一句话后,室内一片死寂。

薛采不知道在想什么,目光闪烁不定,似乎也拿这个家伙很头疼。至于风小雅,秋姜觉得他好像睡着了。

然而就在这时,风小雅突然睁开了眼睛,目光宛如石子击碎水面时激涌而起的水花,清澈而凛冽。

"三十九万七千。"风小雅侧过头,用那样清冽深幽的目光紧盯着颐非,沉声道,"你知不知道这个数字意味着什么?"

颐非明显怔了一下。

"三十九万七千,是这二十年来燕国和璧国失踪的孩童总数,仅仅只是记录在册的,没有案宗可查的更是不计其数。那么,你知不知道这么多孩子,都失踪去了哪里?"

颐非的脸色一下子变了。

"去了程国。"不知是不是错觉,秋姜觉得风小雅的脸看起来异常悲伤,但仅一瞬间,便又变成了尖锐,"身强力壮的,被卖去兵器工坊做苦力;漂亮的,被卖去青楼。程国靠着这两样收入,得与三国抗衡。"

颐非发出一声冷笑:"那又如何?你也说是二十年了,这个毒瘤都已经长了那么多年,烂进骨头里了,现在才想起来要追究,不嫌晚吗?"

"我不追究。"风小雅一个字一个字，很慢却很有力量地说，"我要直接挖了它！"

　　有风呼啸着从窗外吹过。

　　光影仿佛一眨眼就暗淡了。秋姜定定地看着风小雅，有些震惊，又有点别的什么东西，让她觉得自己离他越发遥远，远得根本看不清晰。

　　程国，唯方四大国之一，本是区区一座海岛，土地贫瘠人员稀少。不知何时起，岛上的居民发现了一种铁，用那种铁打制出来的兵器格外锋利。因此，在全民习武的情况下，再配以神兵利器，加上当时国主的野心，程国开始向外扩张，没几年，就将周边岛屿全部囊括旗下。程王为了更好地统治国家，将岛上原部族全部杀光，就这样，以铁血手腕奠定了程国的根基。

　　一晃百年。

　　第三十五代程王铭弓试图效仿先祖继续扩张，可惜时过境迁，燕、璧、宜三国都已非当年弱国，国力雄厚，易守难攻，铭弓虽有神兵猛将在手，亦难作为，连连败仗之下，气得中了风。当然，另有一说是颐殊为了夺位，对他下了毒。总之，以战养国的计划彻底失败。然而，程国还是很有钱。

　　钱从何来？

　　明面上看，是兵器买卖和歌舞伎场的赋税，令它的经济畸形却又繁荣地继续增长，深入挖掘后发现远不止此。

　　光从璧国来说，姜皇后的父亲姜仲，就养有三千名死士，这些死士有着严密的分工和纪律，能够完成许多艰难的任务。而这样的人才，绝非三两年就能培养出来的，他们必须从小接受专业训练，经过重重考验才能成为死士。光靠姜仲自己，根本不可能做到。那么这些死士是哪里来的，又是如何培育的呢？

　　答案就在那三十九万七千之中。

　　二十年来，有档可查的三十九万七千名孩童，就这样被人贩子拐走，送到程国，由一个秘密的组织对他们进行挑选分拣：适合练武的，送去训练；长得漂亮的，送去卖艺；体弱多病的，奴役干活后任之死掉。

　　日复一日，年复一年。

　　滴水穿石，成绩惊人。

　　在姜皇后与其父闹翻之后，她终于查出了家族死士的由来，这个秘密终于浮上水面。

　　因此，她要做的第一件事情就是——终止罪孽。

姜沉鱼对薛采道："我不管别的国家如何，但凡璧国境内，私贩人口者，死。"

薛采定定地看了皇后很长一段时间，才欠身鞠了一躬："臣遵旨。"

他彻夜难眠。皇后的命令听来简单，但要实施起来，艰难至极。

首先，经过这么多年的累积和沉淀，贩卖组织已经颇具规模，自成一个完整体系，他们有钱，有势，还有人，渗透在生活的方方面面，根本不可能一下子铲除；其次，组织真正的头领在程国，璧国境内怎么折腾都没什么，一旦涉及别国，稍有差池便成了国与国的大事；还有，不得不说，璧国也是此组织的受惠者，如果没有这些死士，没有这些像草芥一样可以随意牺牲掉的棋子，那些不方便放到明面上来解决的事情，怎么处理？

最后，还有一点，也是最重要的一点，姬婴临死前对他说过一个计划，一个足以惊天地泣鬼神的计划。姬婴本想用五年时间去完成它，却没有机会了，只好把这个遗志留给了薛采。

"你可以做，也可以不做。"姬婴当时是这么说的，"你做了，我感激你；你不做，我也不会怪你。只当是姬家的命，四国的命，天下人的命罢了。"

垂死之人，再多遗憾、再多不甘、再多委屈、再多痛苦，但因为知道快要结束，所以反而通通看开了。

年仅八岁的薛采跪在他面前，又气又急，整个人都在抖。

最后他恨恨地说："谁在乎你的感激，谁又在乎你怪不怪！"

姬婴闻言一笑，伸出手，迟疑地、轻轻地，最终坚定地放在了他头上。

太小了。要是再大一点就好了。

太短了。要是教他的时间再长一点就好了。

太残忍了。竟将这样的秘密交付给这样一个孩子。

"小采……"他一个字一个字地说，"别怕。"

薛采的战栗，因这一句而停止了。他抬起头，注视着眼前这个被称为主人的男子，看着他的笑容，看着他温柔的眼眸，心中像有一道门被推开了，自那后，天高海阔，无所畏惧。

别怕。小采。

薛采于一年后，在白泽府的书房，想起姬婴当时的表情，不知为何，心头一松，笑了起来。

他将案卷合起，闭上眼睛慢慢地思索着。这件事实在牵涉太广，影响太大，他必须要把每个细节都顾虑周全。他看似傲慢，其实心细如发，在政事上最擅长把握杀与放的界限，给人的印象虽然强硬，但大部分事情其实都处理得很婉转。

要不就一击必中，要不就隐忍不发。

这就是璧国的新相、年仅九岁的薛采的行事作风。

最终，他决定暂时不动。这个毒瘤，起码三年内都先不碰。

他把这个结果汇报给姜皇后时，姜皇后什么都没说。当天黄昏，姜皇后去内院看望她曾经的死士师走。师走的花因为一场暴雨都被淹了，他坐在轮椅上艰难地用一只手扫水，姜皇后看到那一幕时，眼眶微红。

也就在那一天，疲惫的薛采独自一人回到相府，关在书房里写了一封信。

收信者是燕国的君王彰华。

不日，收到回信。

回信中，彰华给了一个建议："公了不成，何不私了？撼树蚍蜉，未必不成。"

薛采如醍醐灌顶，立有所悟。

他一边让人在程国放出流言说国主无子，不合国体；一边收买大臣在朝堂上对颐殊进行施压；再让宫人在女王身边吹风哪个氏族家的儿郎如何如何俊俏……三管齐下，颐殊终于心动，决定选夫。

程国境内，当然优先考虑五大氏族家的子嗣。其他三国嘛，宜国看中的是胡九仙的财力；璧国无所求，皇后又跟她不和，为了气姜沉鱼，颐殊故意点了薛采的名字；燕国的贵公子太多，颐殊本没考虑风小雅，但彰华说选谁都可以，只要不是小雅。如此一来，颐殊反对风小雅上了心，一打听，这个男人居然如此霸道——

他有十一个侍妾！每次都是娶一个，处几天，不喜欢了，扔山上去，再娶新的。

颐殊听得牙痒痒，怒道："他把女人当什么了！"

而且，听说他还是个超级懒汉，吃饭都要人喂，出入马车滑竿，很少自己走路！

世人皆猎奇，权力越大的人越爱。颐殊无疑是已站在权力巅峰上的女人，该经历的磨难都经历了，见过的奇人异士多如过江之鲫，但像风小雅这样的，还是第一次听说。因此，在探访风小雅的死士送回这样的密报后，颐殊毅然决定，燕国选风小雅当王夫候选人。

就这样，人选敲定，只等九月初九，八位公子齐聚芦湾，归元殿上，一决雌雄。

而在六月初九这日，风小雅来了璧国，与薛采会面。

他们的计划就是——毒瘤难治，就把生长毒瘤的大树砍掉。而且，要做得神不知鬼不觉。

这个计划看似粗糙简单，细想之下，成功率却很高。为了加重筹码，薛采押上了颐非。

程国内，马、王、周、云、杨五大氏族根深蒂固，地位不容动摇，想要战胜他们当选王夫，并不是那么容易的事情。但是，有颐非在的话，会好办很多。

首先，除了马、王两家是颐殊的死忠，周、云两家都是见风使舵的墙头草，当年也是看二皇子涵祁和三皇子颐非都不行了，才转头效忠颐殊。如果此刻颐非回去，开出的条件够吸引人的话，将那两家争取过来的可能性很大。

至于杨家，名存实亡，虽还挂着贵族的头衔，但早从三代前便被发配邻岛，日日捕鱼晒网，跟普通百姓没什么两样。只不过这一代出了一位贤者杨回，四处开学收徒，在民间名望兴盛。但是这个杨回十分迂腐，认为女人称帝大逆不道。颐殊为了表示大度爱才，登基后曾去拜访这位"程国版言睿"，却被他闭门不见，引为笑柄。如果不是此人实在名气太大，早被斩了。所以，颐殊这次故意钦点了他的儿子杨烁，估计不是想再次讨好他，就是想气死他。大家都觉得，后者的可能性更大些。

总之，薛采对王夫之位势在必得。但他也很清楚，颐非绝不是这么容易乖乖受摆布的人。所以他先试探一下，如果颐非在半个程国的利益引诱下就同意的话，那么，此人就算废了。

书房中，薛采讲完了前因后果，望向颐非："你果然没有令我失望。"

"你少用一副爷爷欣慰地看着孙子的表情看我。"颐非不屑。

"如果你真的答应了之前的条件，那么我们反而不能用你了。"薛采破天荒地笑了笑，那样一张故作深沉的小脸，只有笑起来时，还稍稍有点这个年龄的孩子应有的稚嫩气息，"无欲乃刚，有私则斜。此事太过重要，我不希望一开始就在择人上出现纰漏。"

颐非哈哈一笑："所以你认为我抵挡住了诱惑，就变得可以信任了？"

"其实……"薛采慢吞吞地说道，"我一直觉得你可以信任，只不过——"

"只不过是证明给我看。"风小雅微微一笑，"毕竟，我不认识你，也不了解你。"

颐非沉默了。

风小雅和薛采都不再说话，任由他一个人静静地想。

过了很长一段时间，颐非突然抬头，朝秋姜看过来："她到底是谁？"

秋姜一颤，内心深处，暗潮涌动着，晃荡着，因这一番解释而再度变得难受起来。

风小雅之所以休了她，是因为要做那样的大事。他果然是个好人。

他若是好人的话……自己就是……坏人。

从前的我，真的是个混账东西吗？

秋姜的睫毛如蝶翼般颤抖着，想看看风小雅此刻的表情，却又不敢去看他此刻的表情。

"她是……"耳中，听见风小雅刻意放低的嗓音，宛如一根蛛丝，紧紧吊着她的心，随时都会断裂，秋姜的呼吸不由自主地停住了。

风小雅从她身上收回目光，恢复了淡然的表情："她是我的前侍姜。"

"没有别的？"颐非的眼眸闪闪发亮，"如果还对我说谎，所谓的合作就到此为止。"

风小雅和薛采交换了个眼神。

最后还是薛采开口道:"你知道的,正如人贩组织扎根在程国,最好的细作组织也在程国。"

秋姜一惊,有种不祥的预感。

"组织名叫如意门,领头者是一个叫如意夫人的人,如果出的价钱够高,他们可以承接一些委托,让你一遂心愿。而秋姜……"薛采看了她一眼,"是如意夫人派去刺探风兄秘密的细作。"

"你胡说!"秋姜立刻反驳道,"不可能!我不是!"

薛采无视她的抗议,继续说了下去:"有人想从风兄身上挖掘秘密。所以,秋姜出现了,成了他的十一侍妾,陪在身边半年,被风兄察觉,身份曝光……"

"你胡说!不可能!绝不可能!"秋姜慌乱地冲到风小雅面前,急声道,"你告诉他们不是这样的,我怎么可能是细作?"

风小雅静静地看着她,虽然他一个字都不说,但秋姜的心悠悠荡荡,像被水草勾住的浮萍,终于沉了下去。

"你发现瞒不下去了,索性陷害风丞相跟龚小慧有染,气死风丞相。风兄不得已对你出手,你头部受伤,醒来后就不记得从前的事情了。风兄饶你一命,将你送上云蒙山。但你反骨犹在,不声不响跑掉,机缘巧合下来了我府中。风兄知道后拜托我不要说穿,任你在此长住。"薛采一口气说完,睨着风小雅道,"还要我帮你说得更彻底些吗?"

"不用。这就是事实。"风小雅冷冷地看着秋姜,"你还有什么疑问吗?"

"你胡说,你们通通都是骗子!我不相信,我不信!"秋姜大喊一声,扭头撞开书房的门冲了出去。

屋子里的三个人都没有动,彼此对视了一番。

风小雅转向颐非:"那么三皇子呢,还有什么疑问吗?"

颐非皱着眉头:"她真的是细作?"

"如意夫人的嫡传弟子,代号玛瑙,人称七儿,精百计,擅伪装,又名千知鸟。"

颐非"哇"了一声:"这样危险的女人你还留着?见我杀她还那么紧张?"

风小雅的目光闪烁了几下,别过头去不说话了。

薛采则悠悠道:"其实,我是刻意把她留给你的。"

"什么?我?"颐非扬眉。

"她失忆了,对如意夫人的忠诚也就荡然无存。但技能还在,如果你想做点什么事,她将是个很好的帮手。所以,你知道该怎么做了。"说完最后一句话后,薛采走上前亲自解开了颐非身上的绳索。

颐非道:"我好像还没答应加入你们这个疯狂的狗屁计划。"

"你会的。"薛采扬唇自信一笑。

依稀有光从大开着的窗棂外照了进来，点亮了他的这个笑容。颐非忽然发现，自己再也说不出一个字来。

他已无话可说。

薛采太了解他了。

了解到，知道他不可利诱，却有软肋可以打动。

二十年……

三十九万七千。

这个数字里，其实包含了三个人。

三个深深烙印在他的记忆里，难以忘怀也不会褪色，变成疮疤疼痛着腐烂着，但永远也不会愈合的名字——

松竹，山水，还有……琴酒。

图璧四年六月初八，程国宫变。

公主颐殊在燕、宜两位君王的扶植下，迅速掌控了时局，而颐非，作为这场皇位之争的失败者，不得不烧了府邸连夜逃亡。

逃亡的密道早已备好，就在湖底，不料竟真有用到的一天。

他跳入湖中，憋着一口气沉到湖底，好不容易游到湖西北角的巨岩旁，就暗道一声不妙。

密道始挖于五年前，五年来从未用及，加之要避人耳目，自不可能疏通打理，年份一久，湖底的淤泥和水草竟将洞口糊了个严严实实。

侍从们见此光景，忙拔剑的拔剑、掏匕首的掏匕首，上去披斩。

眼见时间一点点过去，洞口的藤蔓越来越少，有几个实在憋不住浮到水面换气，结果岸上飞来一片箭雨，瞬间将他们射成了刺猬。

琴酒在水下一看不好，连忙臂上加力，将洞口的藤草劈出一个缺口来，虽然很小，但已够一人钻入。

琴酒比手势让颐非先走。

颐非刚要钻，身后一道寒光袭来，他连忙朝旁闪避，那道光擦着他的身体划向了岩壁。

转头一看，却是颐殊的追兵们赶到了，刚才上去换气的侍从暴露了他们的行踪，追兵们纷纷跳湖下来追捕。

颐非虽精通水性，但毕竟入水时间已久，无法换气的后果就是行动迟钝。第二道刀光劈来时，他想躲，没能躲开，一刀正中后背，若非刀在水中重力大减，只怕会被就此劈穿。

松竹脚上一蹬，冲了过来，一边将他推向密道，一边用自己的身体挡住了剩余的刀光。

颐非费力地爬进洞口，转身刚想救松竹，就见猩红色的液体在水中膨胀开来。

与此同时，继他之后爬进洞的琴酒一把扣住他的胳膊，将他往密道深处拉。

湖水冰凉。

但眼眶处，又痛又涨，一片温热。

水草随着这场打斗四下摇摆，宛如幼年噩梦里张牙舞爪的妖魔，而在妖魔的笼罩下，青衣的松竹，还有白衣的山水，就那样一点点地被染成了鲜红。

颐非永远无法忘记，松竹和山水死前的样子。

更无法忘记，他逃出程国时是多么屈辱和狼狈。他们约好了要一起走，重头来过，可一眨眼，最重要的人已人鬼殊途。

很多东西其实是无法割舍的。

尤其是，他失去的已经太多太多，到头来，两手空空，连仅有的三个生死与共的下属，也全没了。

继松竹和山水之后，琴酒也一病不起，他们好不容易东躲西藏找到了璧国使臣的船，再也抵抗不了病痛折磨的琴酒，为了不成为颐非的累赘，背着石头沉进了海里。

他们三个，都是童年时被拐卖到程国的孩子，接受残忍的训练后，成为合格的死士。颐非从品先生手中买了他们，从此之后，他们成了他最亲密的人。

他还记得第一次跟他们见面时的情景。

品先生领着三个一般高矮胖瘦，甚至长相也差不多的十七岁少年进来，让他们现场展露武功给颐非看。

三个少年全都武技不凡，百步穿杨。

颐非很是满意，问品先生："怎么卖？"

品先生伸出了五个手指。

"五十金？不贵。来人……"他刚要命人拿钱，品先生呵呵笑了起来："不是五十，是五百金。"

颐非吃了一惊。以他对死士的了解，一人五十金算顶天了。而这三人，居然要五百金！

"为什么？"他忍不住问。

"如果你单买一人，五十金。如果你三个全要，那么，五百金，不讲价。"

"买三个你不打折，还抬价……他们有什么过人之处？"颐非何等机灵，品先生这么一说，他顿时明白了。

品先生什么也没说，只是把三个少年的眼睛蒙上，然后给每个人一个鼓，让他们随便敲三下。

在安静得针掉到地上都能听见的房间里，三个少年静静地站着，然后同时抬臂、击鼓、停止。过了一会儿，又同时抬臂、击鼓、停止。

三记鼓声，全部同时起同时止，心有灵犀，宛如一人。

颐非叹为观止，当即命人去准备五百金。

在等钱的过程中，颐非问品先生："他们武功不错，又很有默契，那么忠诚方面如何呢？"

品先生听后，对三个少年道："每人打自己一拳。"

少年们还蒙着眼罩，一听这话，丝毫没有犹豫，各打了自己一拳，拳声同样整齐。

品先生上前挑开他们的衣服，只见黝黑的胸口上，三个青红色的拳印高高肿起——果然是对自己没有半分留情。

颐非将这一幕看在眼中，若有所思。这时黄金取到，品先生点清了金锭，一笑道："好了，你们三个从现在开始就是三皇子的人了。三皇子是你们的主人，你们知道该怎么做了。"

"拜见新主人！"三个少年同时跪地。

颐非上前将他们的眼罩一一解开，眼罩下的脸庞，年轻呆板，面无表情，连受伤的痛苦都毫不可见。

颐非的目光从第一个人看到第三个人，然后再从第三个人看回第一个人，最后，从袖子里取出三块糖，朝他们笑了一笑："我请你们吃糖。跟着我，不挨打，能吃糖。"

就是这么一句话，顷刻间点亮了三张原本已经死去的脸。

跟着我，不挨打，能吃糖。

彼时的颐非是真的认为，自己一定会赢的。比起荏弱无能的大哥麟素，刚愎寡恩的二哥涵祁，他无论从哪方面来说都是最适合的储君。

没有显赫的出身又如何，不被父王喜爱又如何，在程国这个实力大于一切的国度里，他韬光养晦，玩世不恭，一点点地积攒和扩张着自己的势力……

结果，却输给了一个女人。

世事讽刺，莫过于此。

跟着他的属下们不但没有糖吃，还纷纷丢掉了性命。

山水、松竹、琴酒。

他们本来当然不叫这三个名字。他们本有自己的名字、自己的家，却被万恶的人贩诱拐，从此开始了地狱般的人生。生得屈辱，死得也毫无尊严。

而像他们那样的人，有三十九万七千，甚至更多……

这是程国的罪孽吗？

颐非仿佛已经看见末日来临，有神灵在天上宣判，说——

"程，汝罪恶滔天，当淹没。"

然后，那座形似巨蛇的岛屿就沉下去、沉下去，沉了下去。

一朵浓云飘过来，遮住隐透的晨光。

秋姜坐在台阶上，倚靠栏杆，看着阴下来的天空，就那么痴痴地看着，仿佛那已是她关注的全部。

一件彩衣忽然撞进视线当中。

颐非出现在院门口，与她遥遥相望。见她丝毫没有要招呼他的意思，便抬步走进来。

"你真的不记得了吗？"

"他们说谎。"

"噢？"

"他们说谎。"

"噢。"

"他们说谎！"秋姜突然激怒，跳了起来，"风小雅说谎，我不是细作！我也不稀罕做他的侍妾，就算他不给我休书，我也早就想摆脱他的，何必要捏造罪名，强加给一个无依无靠父母双亡的我……"

颐非突然出手。

他的手很快，一下子扣住她的手腕，另一只手朝她头顶拍落。秋姜下意识地翻身一扭，腾空踩着他的肩膀飞起，一个跟斗跃到了他身后。然而不等秋姜站稳，颐非已出腿扫她下盘。

颐非边打边问："你的武功哪里来的？"

"父亲教的。"

"你父亲是谁？"

"秋峰，曾做过镖师。"

"区区镖师能教出你这样的女儿？"

"我青出于蓝。"

对话间，两人已过了十招。

颐非攻击不断，秋姜则飞来飞去地闪避。颐非快，秋姜却更灵巧。

"何为佛教三藏？"

秋姜呆了一下，但仍是极为流畅地答了出来："总说根本教义为经，述说戒律为律，阐发教义为论。"

"何为三坟？"

"伏羲、神农、黄帝。"

"何为十二律？"

"黄钟、大吕、太簇、夹钟、姑洗、仲吕、蕤宾、林钟、夷则、南吕、无射和应钟。"

"何为如意七宝？"

"一宝金，二宝银，三宝琉璃，四宝颇梨……"秋姜本是踩着栏杆想跳上屋顶的，但背到这里，突似想到什么，整个人一震，脚下踩空，摔了下来。

颐非也不救，任她摔到地上，沉声道："想起来了？"

秋姜浑身颤抖地看着前方，喃喃背出后半句话："五宝砗磲，六宝赤珠，七……七宝……玛瑙。"

"你通音律，晓佛学，知百史，会武功……你还觉得，这些都是巧合吗，玛瑙？"

"我不是玛瑙！"

"那么……七儿？"

"我也不是七儿！"秋姜愤怒地爬起来，抹去脸上的泥土，转身就走。

颐非步步紧跟："你还想伪装多久？"

秋姜头也不回："我没有伪装！"

她快步走到小屋前，打开门，正要进去，却在见到里面的场景时骇目惊心——

小小的屋子里四张床。

因为要下雨天色很暗，但已近卯时，平日里这个时候相府的婢女们就该起床干活了，然而此刻，三人躺在地上，全都惊恐地睁着眼睛，一动不动。

秋姜冲进去，抱起其中一人的头："东儿！东儿！"

东儿没有呼吸。

她又去抱第二人："怜怜！怜怜！不、不……"

颐非站在门口，也是一脸震惊。

秋姜急切地摸索着怜怜的伤口，颤声道："她们是被一剑割喉而死，出剑的人动作很快，只用了一剑，三个人就全死了……"

颐非走进来，检查第三人，也就是香香的咽喉，点头道："确实。几乎没怎么流血。"

"怎么会这样……"秋姜求助地看着他，"是谁？是谁杀了她们？为什么要杀她们？"

"你问我？你不是一直在外面的台阶上坐着吗？"

秋姜顿时变色。她自书房跑出来后，心乱如麻，虽然回了小院，却没进屋，坐在外头发呆，哪料到屋内竟然出了命案！

颐非看到一样东西，目光一亮，再看秋姜的表情里就多了很多情绪："其实……你不应该看不出来吧？"

"什、什么？"

"这么快的刀，难道你是第一次见？"

秋姜大怒，正想反驳，颐非掰开香香紧握的拳头，从里面取出了一样东西，拈到她面前——

那是一只风铃。

铃身是用颇梨雕刻而成，血般鲜红。

仿佛一只血红色的魔眼，凝住秋姜视线的同时，也定住了她的心。

"你是不是想说，这玩意儿你也是第一次见？"

秋姜的眼泪毫无预兆地流了下来。

她定定地看着颐非手中的风铃。

颇梨雕制的风铃，只有铃壁没有铃芯，因此是没有声音的。因为它本就不是为了发声而制。它是信物，也是象征。

代表着拥有者的身份，乃是天下最神秘的组织——如意门中最厉害的七个弟子里的第四人——颇梨。

秋姜是第一次见到这个风铃。

正因如此，她才哭了。

因为，她本不该认识这样东西，却在看见的第一眼就知道它是什么。就像她看到薛采书房抽屉里的那些墨石时，第一眼就知道它们分别是什么类型的墨，适合用来做什么。

没有人可以天生拥有这种技能。

必须经历大量严苛的训练才能掌握。

而秋姜，偏偏忘记了那个学习的过程。

这同时意味着，她忘却了自己本来的身份。她只记得自己是风小雅的侍妾，却忘记了，她怎么嫁给他的，又为什么嫁给他。

"有人想从风兄身上挖掘秘密。所以，秋姜出现了，成了他的十一侍妾，陪在身边半年，终被风兄察觉，身份曝光……

"你发现瞒不下去了，索性陷害风丞相跟龚小慧有染，气死风丞相。风兄不得已对你出手，你头部受伤，醒来后就不记得从前的事情了。风兄饶你一命，将你送上云蒙山。但你反骨犹在，不声不响跑掉。机缘巧合下来了我府中。风兄知道后拜托我不要说穿，任你在此间长住。"

薛采的声音于此刻回响在耳边，映衬着眼前的三具尸体，显得越发触目惊心起来。

秋姜浑身发抖，必须极力遏制才能再次扶起东儿的头，面对这张一度最亲近的同伴的脸庞——东儿睁着大大的眼睛，虽然喉咙上的剑伤非常干脆利落，说明她死得很快，但她的表情十分恐惧，五官全都扭曲了。

所以，东儿、怜怜和香香在死前经历过什么，秋姜连想都不敢想。

她只能泪流满面地将东儿抱入怀中，抱着那具已经僵硬冰冷的身体，泣不成声。

颐非在一旁冷冷地看着她，一改平日的轻浮夸张，显得冷酷异常："她们是因你而死的。"

秋姜死命地咬住下唇。

"凶手肯定是来找你的，而当时我正好劫持了你逃离在外，白泽的下属们全出来追我们，府内疏于防范，凶手才得以直闯而入，向她们逼供你的下落。"

"不、不……"

"这些婢女自然不会知道老实乖巧的阿秋，就是如意门的七儿，凶手什么都问不出来，又找不到你，一怒之下杀人灭口。"

"不要……再、说了……"

"他留下这个风铃，也许是无意，也许是故意，他在故意提醒你和警告你，要你赶快回去。"

"不要再说了！"秋姜大吼一声，跳起来一拳打向颐非胸口。

颐非不闪不避，硬生生地挨了她一拳。

拳头入肉，便像是被墙挡住了一般，再不能进入半分。

秋姜张了张嘴巴，却没法再说一个字。

颐非忽然伸手，包住她的拳头："愤怒吗？"

秋姜一颤。

"还是……觉得委屈呢？"颐非的眼神宛如一把锋利的刀，慢慢地、不动声色却又切切实实地剐剜着她，"是不是觉得这一切跟你有什么关系？明明都不记得了，不是吗？不记得自己做过怎样伤天害理的事情，不记得自己都跟谁有过交集，把过去抛了个彻彻底底干干净净！所以，想不起来就是想不起来，为什么要为此事负责，为什么要变成自己的罪过——你是不是这么想的？"

秋姜的拳头在他手中拼命挣扎想要挣脱，却被他死死握住，丝毫动弹不了。

于是秋姜后退，但她退一步，颐非就前进一步，一步一步，最终将她逼到了墙角。

一道白光映亮他和她的眼睛，紧跟着一记重雷轰隆隆地砸了下来。

暴雨酝酿到此时，终于倾盆而下。

秋姜的眼泪跟门外的雨一般，汹涌肆流。

一时间，氤氲的水汽，熏染了屋内的死寂，淡淡的血腥味再次蔓延，秋姜的呼吸变得无比急促，她觉得自己快要透不过气来。

颐非沉声道："我再问你一遍——真的，想不起来了吗？"

秋姜开口，声音却突然哑了，怎么也发不出来，她拼命深呼吸，想让自己冷静，但越着急就越不行，急得她额头上的冷汗跟着眼泪一起流下来。

颐非突然松手，秋姜双腿一软，倒了下去。

她倒在墙角，额头抵着冰凉的墙，浑身颤抖。

颐非露出失望之色，发出一声冷笑："还以为会有多厉害呢，不过如此而已。"

他转身走了出去。

大雨如泼，但他丝毫没有理会，就那样大踏步地走了出去。

大雨很快将他全身打湿。

他的每一步都走得很坚定。

他一直走一直走，最后走到薛采的书房前，"唰"地拉开门，雷电在他身后扯裂了黑幕，他的身影看起来又是高大又是孤傲。

而颐非，就用那种孤傲的神情，望着薛采，沉声道："我去程国。"

薛采本在书桌后看奏书，闻言将文书一放，抬起霜露凝珠般的眼眸。

颐非与他对视，目光毫不退让："但我有三个条件。第一，不得干涉我的任何行为；第二，不得跟踪监视我；第三，也是最重要的一点——我不要那个女人。"

薛采目光闪烁，过了片刻，才点一点头："行。"

颐非转身就走。

薛采在他身后道："关于最后一点……我可不可以问问为什么？"

颐非笑了笑："第一，我对别人的女人没兴趣；第二，我对你拼命想塞给我的女人更没兴趣；第三……"

薛采静静地等着。

颐非却闭上嘴巴，眼中闪过一线异色，没再往下说，重新淋着雨走掉了。

薛采一直望着他的背影，直到密密麻麻的雨珠将他完全吞噬。

"被你说中了，他真的是个很谨慎的人。"只点了一盏灯的书房阴影幽幽，而在最浓幽的屏风后，孟不离和焦不弃抬着风小雅走了出来。

薛采的目光依旧停留在颐非消失的地方，答道："谁遭遇了他那样的事情，都会变得很谨慎的。"

"他会照着我们的计划走下去吗？"

"也许会比你的计划更精彩。"

"你对他这么有信心？"

薛采这才将目光收回来，转投到坐在滑竿上的风小雅脸上，微微一笑："此地的主人生前曾对程三皇子有过一句评价。"

风小雅的眼睛亮了起来："你是说淇奥侯姬婴吗？"

"他说——如果程国落到颐非手中，璧国将很危险。我将之视为最高赞美。"

风小雅沉吟道："所以姬婴当年扶植他的妹妹当程王？"

"是。"

"既然如此，为何你今日要纵虎归山？不怕璧国陷入危险之中？"

"因为……"薛采低下头，轻轻抚摸着手上的奏书，缓缓道，"有些东西，比王权霸业重要。不是吗？"

奏折是户部尚书写的，上面统计了图璧五年内失踪的所有孩童的资料。然后姜皇后写了批语。

批语只有一句话——

"家失子，国失德。民之痛，君之罪。"

最后的"罪"字，被什么东西晕开了，几乎看不清楚。

薛采知道，那是姜沉鱼的眼泪。

他抬起头，长长地叹了口气，然后叫来张婶，让她好生安葬无辜死去的三名婢女，再通知府内下人，最近有凶徒出没，相府不安全，赐众人卖身契放归。

张婶大惊失色慌忙劝阻，薛采却不为所动，最后张婶没办法，只好哭哭啼啼地去办了。

薛采吩咐完这一切后，起身走到门口，望着外面的雨，凝眸不语。

风小雅始终没有离开，直到此刻才再度开口道："我们会成功的。"

薛采回眸，乌黑的瞳眸点缀了他素白的脸颊，他仿佛还是个少年，又仿佛，已老去了很多年。

多情灭心，多智折龄。

尘世不饶人。

颐非的马车冲破重重雨幕，飞快地奔驰在长街上。

暴雨的缘故，长街冷冷清清，街旁的店铺也迟迟未开，毫无平日里的喧嚣热闹。

一家酒楼的旗子被风吹得呼呼作响，竹竿终于承受不了重量，"啪"地折断，倒了下来。眼看就要砸在前行的马车上，车夫连忙勒马，两匹马却受了惊吓，抬蹄就要嘶吼，一道青影闪过，以车为跳板，纵身跃起，脚尖踢上断折的竹竿，只听"呼啦"一声，旗子被掉了个头，倒向了另一边。

那人动作不停，翻身横落在马背上，将正要癫狂的马强行压回地面。

一切都发生在电光石火间。车夫只觉眼前一花，一切已都归复原样。

而这时，意识到不对劲的颐非才探头出来道："怎么了？"

青衣人顺着马背滑到地上，反手打开一把伞，青色的油纸伞面上，一朵白色的姜花静静绽放。

随着那姜花图案一点点抬起，伞下先是露出尖尖下颌，紧跟着，是小口瑶唇，鼻尖秀美，鼻翼挺直，眸亮眉长，额头光洁……

来人正是秋姜。

却又有点不一样了。

彼时的秋姜，是相府里最不起眼的婢女，低眉敛目温顺乖巧，不张扬，也不出挑。

但此刻站在车前的这个秋姜，瞳极亮，宛如映照在黑琉璃上的一弧月影，流光溢彩；笑极静，宛如覆在烟雾上的纱，底下氤氲荡漾，但表面波澜不惊。

她是那么自信。

自信得让人几乎认不出来。

颐非定定地望着她。

而秋姜，就那么笔直地站在前方，拦住马车，挡住去路，抬头说了一句话——

"我也要去程国。"

颐非"噢"了一声，摆了摆手："再见。"

他"啪"地关上车门。

秋姜一怔，连忙拍门："等等，再见是什么意思？"

车内，传出颐非因为不再那么轻佻，而显得有些陌生的声音："再见，就是再也不要见面。"

车夫无奈举鞭，驱动马匹，马车从秋姜身边擦身而过。

秋姜跺了跺脚，追上去。

"为什么？之前不是你硬逼我面对事实的吗？我好不容易鼓起勇气要跟你一起去程国寻访真相，为什么拒绝我？"

"咔嚓"一声，车窗开了。

颐非只露出半张脸，一只眼睛，厌厌地望着她。

"纠正你三点。第一，我烦你；第二，我很烦你；第三，我特别烦你；第四……"

秋姜扬眉："不是只有三点吗？"

颐非张了张嘴巴，说不下去，最后"咔嚓"一声，把车窗又给关上了。

马车加快了速度，在雨幕中疾驰。浓密的雨线宛如一张大网，罩住不可知的前途。

眼看就要远得看不见了，秋姜竖起三根手指，悠悠数道："三、二……一！"

话音刚落，前方一声巨响，原来是车轮的辖辘崩掉了，整个车子顿时散了架，七零八落地瘫痪在了路上。

颐非狼狈地从碎裂的车厢里爬起来，拨开被雨淋湿的头发，转头看向秋姜。

长街又复寂静，他和她站在道路的两端，遥遥相望。

秋姜向他伸出手，掌心上，赫然躺着两块伏兔，正是从马车车轴上卸下来的。

"我要去程国。带我去。不然，我有九百九十九种方法，让你一路不得安宁。"

颐非气得抹了把脸上的雨水，破口大骂："不要脸！"

秋姜挑了挑眉毛："就算我不要脸，也是……"

"我不是说你！"

秋姜一怔。

颐非恨得牙痒，必须拼命遏制自己，才能忍住心底的怒火和冲动，最后"啐"了一声："小狐狸，果然说话跟放屁一样，没一句算话的！"难怪薛采刚才答应得那么痛快，因为他算准了秋姜会自己跟上来。

"小狐狸？"秋姜蹙眉，"你是指薛相吗？"

"不要再在我面前提这个人！如果你还想跟我一起走的话。"颐非翻身上马，示意秋姜上另一匹马。

秋姜大喜，连忙跑过去跳上马背。

"约法三章。第一，不得干涉我的任何行为；第二，不得跟踪监视我；第三……"颐非说到这里，忽然闭上了嘴巴。

秋姜等着下文。

"算了，没有第三了！"

"你算数好像不太好，刚才也数错了。"

"闭嘴。"

"为什么？"

"第三，闭嘴！"颐非拍了一下马屁股，马儿立刻撒腿狂奔。秋姜连忙跟上。

残破不堪的车厢碎片里，车夫淋着雨，呆呆地注视着两骑飞快消失在道路的那一头，才喃喃说了一句话——

"那个……你俩骑马走了，我……怎么走？"

大雨下了整整一天。

入夜时依旧没有停歇。

颐非和秋姜抵达一处名叫"锦珀"的小镇。

璧国帝都附近的城镇多以玉为名，这个名叫锦珀的镇子虽小，却因为是进京要道，十分繁华。

青石长街两头灯光璀璨，映得地面水光斑斓。

颐非在一家看起来最大最豪华的客栈前下马，把马缰扔给迎上来的伙计后，吩咐道："来壶好酒，再来十个馒头。"停一停，看了眼秋姜，又补充道，"至于她，稀粥咸菜。"

"等一下！"秋姜不满地抗议，"为什么我是稀粥咸菜？我要吃好的！"

颐非睨着她。

她只装没看见，吩咐道："我要二斤八两重的清蒸鲈鱼，红焖菇盒一个，茭白还没过季，来份素炒茭白。荤菜嘛，小牛腰煎到四分熟即可。主食要咸肉千张包。唔，差不多了，再来一碗莼菜汤。"

颐非的目光转为瞪视："你要宴客？"

"只是便饭。"

"你区区一个婢女要吃这么多？"

"你错了。"秋姜纠正他，"之前，我是个区区婢女，但现在，我自由了。"

"自由地变成了一个饭桶吗？"颐非一边冷嘲热讽，一边大步走进客栈。

大堂内灯火如昼，雨夜的缘故，客人很多。

颐非挑了张最东角的桌子坐下，没多会儿，秋姜点的那些菜便陆陆续续上来了。但颐非只是喝酒，那些香喷喷的菜肴一筷子也没有碰。

他不吃，秋姜也不劝，径自捧起汤碗为自己盛了满满一碗，刚喝一口，就将碗"哐当"一声砸在地上。

所有人的目光霎时朝这边转了过来。

秋姜拍案骂道："这做得都是什么玩意儿，难吃死了！你们厨子是谁？叫他出来！"

店伙计们面面相觑，大堂内一片寂静，所有人都屏住了呼吸看热闹。

秋姜挑了挑眉，厉声道："怎么，敢做不敢承认？做得这么难吃，这家店还是趁早关门算了！"

话音刚落，一人从后室冲了出来："是、是、是谁？说、说、说老子的菜难、难吃？"

有人指了指秋姜，于是那人一路狂奔到秋姜面前，指着她的鼻子问："你？"

此人四十出头年纪，骨瘦如柴，一副营养不良的模样，还口吃，没想到，竟是此间客栈的大厨。

秋姜神色不变，镇定地说："是的。这个莼菜汤难喝死了。"

"你、你、你敢说老子菜难、难吃，不、不想混了？方、方圆十里，谁、谁、谁不知道我、我厨三刀？！"大厨气得眼都红了，"你、你、你可知是哪三、三刀？"

"唔……龙牙、虎翼和犬神？"

颐非"扑哧"一笑。

大厨压根没料到秋姜竟会回答，不由得一呆："什、什、什么乱七八、八、八糟的？"

"上古三大邪器不是吗？乱世时曾出现过的。"

"你才、才、才邪器！""唰唰唰"三道银光闪过，大厨双手各拿一把菜刀，口中还叼了一把菜刀，摆了一个十分炫酷的造型，引得周遭一干人等纷纷鼓掌。

"好棒！又见到厨三刀的三刀了！"

"是啊是啊，好久没见到了啊！"

"这女娃要倒霉了……"

在议论声中，厨三刀对秋姜道："看、看、看好了！"

伴随着最后一个字，三把刀同时飞起，如疾风骤雨一般落到了秋姜面前的清蒸鲈鱼上。

而等刀光再停下来时，桌上的鲈鱼看似没有变化，但鱼身上出现了无数道刀痕，每一道间的距离都是均等的。

"一百刀，你数数。"

厨三刀满脸骄傲。

要知道鲈鱼极嫩，尤其是熟了的鲈鱼，筷子一夹就碎了，更别提用菜刀再连肉带刺地这么均匀切成一百片了。

不得不说，此家客栈之所以能成为锦珀第一，大半也是靠了这位大厨的神技。

四周掌声如雷。

厨三刀得意扬扬地看着秋姜："你服不？"

秋姜忽然伸手。

她的动作并不快，所有人都看得很清楚，包括厨三刀自己，想要躲避，却没避开。厨三刀就那么眼睁睁看着自己的刀莫名其妙地落入了秋姜手中。

"你！"他刚骂了一个字，秋姜就用他的刀开始切鱼了。

还是那条鲈鱼。

被厨三刀竖向切成了薄如蝉翼的一百片后，又被秋姜拿来切。

与厨三刀那令人眼花缭乱异常华丽的刀技不同，秋姜的手法十分简单。

所有人都能看得清清楚楚。

看着她刀起，切落，刀起，再落……一刀接一刀，三把刀带着一种特殊的节奏，在她手中依次落下，将鱼又横向切了一遍。

鱼片本已极薄极软，在她手下却异常听话，仿佛花朵绽放一般，有条不紊，错落有序。

如此过了一刻钟时间。

当秋姜终于停下来，把三把刀都接在手中时，人人都不由自主地长吸了一口气。

"一百刀，你要不要也数一数？"秋姜冲着厨三刀微微一笑。

厨三刀已无法回答。

他根本连一个字都说不出来。

鱼身细长，竖切一百片已是登峰造极，而此人，却能横着再切一百片。

这是何等可怕的技艺？

秋姜将菜刀递还，用同样缓慢到足够让所有人都能看清楚的动作，但厨三刀还是没能躲开，被硬塞了三把刀在手中。

"这道汤，虽然也是用鸡丝火腿做汤底，却偷懒没有事先将莼菜煮沸沥干，被直接丢到原汁里煮，你怕味道不够香，还淋了一勺猪油进去。汤过醇则腻，菜不焯则涩。我现在可以说它做得难吃了吗？"

厨三刀张开嘴巴，然后又闭上，再张开，再闭上，最终跺一跺脚，扑地就拜："你、你、你是我祖宗！我、我、我服！收、收我为徒吧！"

秋姜温柔地伸手，将他扶起来，然后温柔地笑笑，温柔地说了一句："我不要。"

大堂一片哄笑。

而这笑声，久久未绝。

半个时辰后，秋姜住进二楼的地字三号房时，还能听到楼下大堂的喧嚣声。

所有客人都在兴致勃勃地讨论刚才发生的这一幕。他们说，锦珀镇来了个女易牙，一手好刀工，一上来就砸了鼎鼎大名的厨三刀的场。

然而秋姜注视着桌上的烛火，没有丝毫得意之色，相反，她的表情十分沉静，还带了点阴郁，眼底丝丝缕缕，尽是思绪。

她从头上拔下几根头发，仔仔细细地别在门缝和窗缝里，然后衣服也没脱，吹灯上床睡下。

她睡得很不安稳，梦境里一片氤氲水汽，像是发生了很多很多事情，但又什么都没发生。

等她再睁开眼睛时，天已大亮。

她第一个动作，就是窜到门边查看昨晚别进去的那根头发，然后，脸色顿变——

头发……没有了……

也就是说……

昨夜有人打开过这道门……

进到了她的房间……

而她……

完全没有察觉到。

秋姜下楼吃早饭时，大堂的客人们还在讨论她，她那神奇的一百刀，以及她的年轻。

当她出现时，大家同时指指点点，口中说着"就是她就是她"。

而厨三刀更像是等了许久似的，"嗖"地冲到她面前，满面红光道："祖宗，您、您起了？"

大堂内有人嗤笑。

厨三刀回头瞪他："笑、笑什么笑，愿、愿赌服输！这姑娘今、今天起就是我祖宗了！"

这下子，所有人都笑了。连秋姜的脸都有点绷不住，笑了笑。

"这、这边请——"厨三刀殷切地将她领到视野最好的雅座上，只见上面赫然已满满摆了一桌佳肴，"早、早饭……请祖宗指、指点。"

秋姜一看，八荤八素，荤菜固然精致，素菜也着实不含糊，看得出是费了一番心思做的。

秋姜夹了一筷香拌豆干放入口中，厨三刀紧张地屏住呼吸："如、如何？"

"好吃。"秋姜笑了笑。

厨三刀松一大口气，从袖子里取出块汗巾擦了擦已经冒汗的额头："做、做一夜，没、没睡。"

"那真是辛苦了……"秋姜看着桌上的菜肴，目光闪烁不定，过了好一会儿，才抬头道，"你知不知道鲈鱼怎样做更好吃？"

"请、请赐教。"

"昨晚的鲈鱼你用了十二味香料烹饪调制它的汤汁，确实又香又醇，但是，汤汁不该直接浇在鱼中一起蒸，而应放小碗中跟鱼一起焖蒸，待鱼熟后再将汤汁从碗中倒在鱼上，如此一来，浇汁比生汁要少一些涩味，鱼肉会更加鲜香温软。"秋姜说到这里，扫了眼在座全部倾耳聆听的客人一眼，对厨三刀勾了勾手指，"还有最最重要的一个秘方，你附耳过来，我只跟你说。"

厨三刀大喜过望，其他人则纷纷露出失望之色。更有客人拍案道："女易牙，别藏私啊，有什么好方子说出来大家一起分享嘛！"

"对啊对啊，让我们也学学嘛！"

秋姜一笑："行啊，只要你们也认我当祖宗。"

一语冷场。

所有人同时闭上了嘴巴。只有厨三刀哈哈大笑，得意道："我、我认的，所以，只、只教我！"

他凑到秋姜面前，秋姜压低嗓子，用只有他们两个能够听到的声音道："那个秘方就是——让替你做这桌子菜的人去死。"

伴随着最后一个"死"字，秋姜一下子掀翻桌子，冲入后堂厨房。

厨三刀高声喊道："拦住她！"

厨房里原本有三个打杂的下厨，闻声抄起菜刀朝她扑过来。秋姜毫不留情，一抓一个丢出门去，直冲到最大的灶台面前。

厨房里一共有三个灶。

最大的灶台在最里面，光线也最暗淡。一个头发花白的男人弓着背用一根半人多长的竹筒在吹火，每吹一口气，就停下来咳嗽一声，再吹，再咳嗽。

秋姜放慢脚步，一步一步走过去。

男人忽然开口道："往锅里再加壶水，避开那些汤盅，七主饭后都要喝一碗炖得酥酥烂烂、香香浓浓的汤，而我炖的汤啊，最地道，因为我从不往里面加水……用的都是锅里的蒸露，蒸露滴进盅里，一滴一滴，尽得精髓。"

秋姜走到锅旁，掀开足有一张圆桌那么大的盖子，只见里面架着一个大蒸托，托上放着七七四十九只鸡蛋大小的盅罐，每只的材质还不一样，有的是竹子的，有的是木头的，有的是玉的，有的是石头的……而罐子里装的东西也琳琅满目，一眼看去，光肉类就有十二种之多，更别提一些奇形怪状的香料。

蒸托下方是一大锅沸腾的水，水汽弥漫上来，凝结到锅盖上，一滴滴地滴进那些盅里，一时间，满鼻子都是诱人的香味。

秋姜想了想，依言将一壶冷水倒进锅里。

男子呵呵笑，声音沙哑难听："好功夫。"

确实，要避开那么密密麻麻的，看起来几乎没有间隙的罐子把冷水倒到蒸托下，并不是一件容易的事情。但秋姜毫不费力地瞬间完成了，恰恰体现出了她双手之稳、动作之快、用力之准。

"我不但能往这锅里倒一壶水，也能装一个人。你信不信？"秋姜拿着锅盖，迟迟没有盖上，锅里的水平静了一段时间后，又开始蒸腾，袅袅水汽弥漫上来，她的眼睛在迷蒙的白烟中亮如寒星。

然而，男子并没有害怕的样子，反而又笑，边笑边咳嗽："这么久没见，七主的性子果然也变了呢。"

"噢，我本该如何？"

"换了以前的你，从你掀起锅盖的那刻起，老夫就已经死了。"

"那是因为我现在觉得，好东西要慢慢炖，人也应该慢慢杀。"

男子站起来，抬头露出一个笑容："那你就错了。你刚才没动手，就没机会动手了。"

秋姜立刻感觉到了四肢在变沉。事实上，当此人抬起头，让她看到他的脸时，她就知道坏事了。

因为背影也好，花白的头发也好，此人怎么看都是个老头，但他的脸十分年轻，清瘦，英俊，眼瞳是异样的浅绿色，在幽暗的光线里，看起来就像狼。

一头马上要扑过来将她吞噬的狼。

秋姜踉跄后退，身体不受控制地撞到一旁的小桌子，上面的蔬菜哗啦啦砸下来，砸到她脚上。

她稍稍清醒了一些，再看向一旁水汽蒸腾的大锅，便知道问题究竟出在了哪里——就是这口锅！

因为，锅里煮的不是什么汤，而是药……迷药……

秋姜咬住下唇，极力保持清醒，但男子的脸在视线中开始扭曲，变得越来越模糊，连他的声音也仿佛被调慢了，一个字一个字都拖拉得很长——

"你应该庆幸，遇到的是我……"

接下去说了些什么她便再也没听见。

秋姜晕了过去。

不知过了多久，太过强烈的光线让她悠悠苏醒。

秋姜不敢睁眼，因为即使闭着眼睛都能感觉到炽烈的光，此刻睁开只会自毁双目。

在黑暗的世界里，感官逐渐清晰。

首先清醒的是大脑，然后是听觉。

她听见有两个人在对话。一男一女，男人是之前那个，女人的声音则是初闻。

女人道："我不相信她！我不能冒险！"

"但我们无权定她的罪，要带回去交夫人处置。"

女人冷笑："谁不知道夫人最偏爱她？！而且夫人说什么闭关，一闭好几年，根本见不着面！没准都已经死了，否则出那么大的事，她早该露面了！"

"不得对夫人无礼。"

"哼，你们这帮愚忠！总之我不管，我要为小五报仇！"

秋姜感觉到一样冰凉的硬物抵在了自己的脖子上，她没有动。

很快，硬物消失了，大概是被男子拦回去了。

"在璧国，我的身份最高，你得听我的。我说，带七儿回去。"

女人咬牙切齿道："好，算你狠！我让你带她走，但只要你一出璧国，我就杀了她！"

男子冷冷道："你杀她，我就杀你。你可以试试看。"

"你！"女子跺脚，然后是狠狠踢门的声音，再然后，门被重重甩上，几乎连地面都在震，最后，脚步声远去。

屋子里安静了好一会儿。

男子终于开口："别装了，我知道你醒了。"

秋姜回答："我是醒了，但不敢睁眼。我不想变成瞎子。"

男子一笑，紧跟着，光感撤离。

秋姜这才睁开眼睛，打量四周。

男子道："几个窗，几扇门？"

秋姜身处的乃是一个特别空旷的屋子，三面都是窗，总计有十二扇之多，门则有两扇，是个璧国标准的花厅建筑。

但秋姜只扫了一眼，便道："没有。没有窗也没有门。因为全是封死的。"

"那刚才的姑娘怎么走的？"

"虽然听起来像是摔门而出，但我知道，她是从上面飞走的。"

秋姜指了指屋顶。

屋顶上，有个不大不小的洞。

"一般在光线明亮的屋子里，很少有人会去注意头顶上方。你的视线刚才并没有抬起来，又是如何知道上面的洞才是真正的门？"

"因为风。"

几乎感应不到的气流，从头顶的洞落下来，再被肌肤敏锐感知。而这种感知，往往比眼睛和鼻子，更可靠。

男子开始鼓掌，笑声铜锣般刺耳："不愧是七儿。"

还是花白的头发、微驼的背和年轻的脸，但组合在一起，就变成了一种奇特的魅力，尤其是他笑起来时，脸上皱起沧桑的纹路，眼睛却扑闪扑闪，显得天真又单纯。

"七儿，他们都说你失忆了。"

秋姜的心"咯噔"了一下。

"如果你失忆了的话，恐怕我就不得不杀了你了。我不能带一个危险人物回组织，你知道的。"

秋姜没有作声。

"那么，现在告诉我，我是谁。"

秋姜静静地看着他，还是不说话。

"我数三下，如果你不回答，那我只能说对不起了。"男子说着，将长长的竹筒伸过来，抵在了她的脖子上，"三……"

秋姜看着他扑闪扑闪的、宛如孩子般的眼瞳。

"二。"

秋姜看着他消瘦的、黝黑的手指。

"唔……还不说？那只好……得罪了。"伴随着最后一个字，竹筒刺了过来。

秋姜没有动。

"咻咻"几声，她身上原本捆得死死的牛皮绳索断了。

青漆竹筒带着优美的弧度，旋转着回到男子手中。男子顺势站了起来，一边咳嗽，一边以竹筒点地，蹒跚地往门那边走。

"接下去我要带你回如意门。这一路上都不会太平。我们会遇到很多人。有些人，会杀你；而有些人，会帮你。"

"谁要杀我？"

"那些认为你背叛了组织的人。"

"那谁要帮我？"

男子咯咯一笑："比如说——我。"

他在说第一个字的时候，还是那个难听的声音，而等到说最后一个字时，声音就变了，变得有点脆又有点腻，还有那么一点点猥琐。

这是非常特别的一个声音。

也是秋姜很熟悉的一个声音。

秋姜的脸色顿时变了。

"颐……非？"

男子回身，冲她眨了眨眼睛。

秋姜大惊——真的是他？！她的手脚已得自由，当即飞身过去近距离观察。

易容之术，一直以神秘闻名于世，但事实上，一个人并不能真正地易容成另一个人，人皮面具什么的都是传说夸大。不过，想要看来比较相像，却是可以借助化妆和道具实现的。

此刻的颐非，粘粗了眉毛，涂黄了脸，加厚了嘴唇，仅是在五官上做了些许调整，便看起来跟原来有了很大不同。再加上他换了衣服，驼着背，总是低头，不仔细看，还真认不出这个有着垂死老头般佝偻身形的人，就是风华正茂的颐非。

"怎么会是你？"秋姜想不明白。

"其实你并不认得我——这个我，对不对？"颐非扬袖，展示了一下自己这身新装束。

秋姜的目光停留在他手中的青漆竹筒上。

颐非将竹筒的把手那端倒递给她，上面赫然刻着一个"琉"字。

秋姜惊道："三宝琉璃？"

颐非一笑："是啊，想不到吧。此地的伙夫，竟是你的三哥。"

秋姜沉下脸，冷冷道："我没有哥哥。"

"那换个说法，你曾经的同伙？"

秋姜咬住下唇，冷冷看着颐非，道："堂堂三皇子，只会耍嘴皮子，欺负一个弱女子吗？"

"弱女子？在哪里？"颐非东张西望中。

秋姜终于有些怒了："我没有时间跟你扯嘴皮子，如果你不能好好说话，那我去找能跟我好好说话的人。"

她伸手推门，门不开，再一扯，整扇门都掉了下来，露出后面的墙。

颐非"扑哧"一笑，她这才想起这门是假的。明明刚才都发现了的端倪，却因为生气忘记了。秋姜不由自主地想：情绪果然影响判断，此大忌，下次一定要注意才行。尤其是，这一路上，注定风雨多事，一步错，步步错。

"好了好了，不逗你了。事实上我们必须要抓紧时间了。"颐非将手伸给秋姜，"走，边走边说。"

秋姜将信将疑地握住他的手，那手上立刻传来一股巨力，将她整个人往上拔升，却原来是颐非飞身跳起，拉着她一起从屋顶的洞口跳了出去。

屋顶外，枝繁叶茂爬满花藤。因此，在屋里虽然能看到出来的洞口，但从外面看，洞口被藤蔓树叶挡住，不容易发现。

而等秋姜跳出来后，就知道为什么颐非会把她关在这间屋子里了。因为外面就是客栈的阁楼，阁楼东南西北连在一起，形成一个回字，正好将这间屋子死死围在了中间，又因为屋子四面都是墙，唯一出入口在屋顶上，人在阁楼间行走，只当是普通墙壁经过了，不会知道里面另有乾坤。

不得不说，这样的隐蔽设计既简单又巧妙。

颐非带着秋姜滑下屋顶，跳进东边的阁楼走廊，再经由走廊直接下楼，抵达客栈后院马房。他们的马，就拴在里面。

颐非示意秋姜牵上自己的马，却没有骑上去，而是走到院子的另一侧，那里有一大片空地，停放着好几辆马车，颐非挑了最气派的一辆，将原有的马匹解开，把自己的马换上去。

秋姜有样学样，跟着照做。

换好马后，颐非在原本属于他的那匹马上重重一拍，马儿吃疼，立刻拉着新套上的马车冲了出去。

不一会儿，远处的大堂方向便响起了一片惊呼声——

"啊，张兄，那不是你的马车吗？"

"浑蛋！给我停下啊！来人，快去追老子的马车——"

一群人冲出大堂追逐马车而去。颐非趁机示意秋姜赶紧上马，两人调转马头从后门离开。

新换的马儿极是神骏，快如闪电，一眨眼间，便已远离了客栈。

颐非哧哧笑了起来："果然车好，马也好。这两匹马，可比之前薛小咨啬给我的那两匹好太多了！"

秋姜无语，原来他刚才折腾那么一出，是为了换马。

"而且，没了那两匹马，追着蹄印跟踪我们的人，线索就断了。"

秋姜忍不住问道："薛相在那两匹马的蹄上做了记号？"

"不知道。"颐非咧嘴一笑，"但小心点总没错。"

虽然他表现得满不在乎，秋姜却觉得他其实很在意。颐非很在意薛采。确实，如果薛采是敌非友的话，那一切就太可怕了。

但现在下结论还为时过早。秋姜决定先不考虑薛采的真实意图。昨晚到底发生了什么事情，颐非又为什么会变成三儿，这才是目前最需要弄清楚的事情。

"昨晚我睡着后，到底发生了什么事？"

"你先回答我——你故意挑衅厨三刀，目的何在？"

秋姜没有隐瞒，回答得很快："为了让人知道我在这里。"

"噢？"

"如果真如你所说，怜怜和东儿她们是被如意门的人所杀，而那个人正四处找我的话，那么，当他听说有个能把鲈鱼横切一百刀的姑娘时，就会知道是我。我要诱他出来……"

颐非替她接了下去："然后杀了他替那几个婢女报仇？"

秋姜没回应，她只是望着前方，眼神悠远而深邃。这令她看起来有一种坚毅之美。颐非忽然发现，这个女人纵然不算美女，但只要她愿意，就能轻易让人为她着迷。

当年的风小雅，是不是就是被她不经意间散发出的风华所惑，一时情动娶了她呢？

她到底是不是如意门的七儿？她的失忆是真的，还是假的？

这些问题都像此刻前方的山峦一样，看似清晰明白，却又遥不可及。不知还要探寻多久，才能抵达真相。

颐非眼底起了一系列的变化，他将目光从秋姜身上收回，缓缓道："那家客栈是如意门的据点之一。"

"你怎么知道？"

"我当年跟他们做过交易。他们负责送我安全抵达璧国帝都，而我许诺了一些东西给如意夫人。"颐非说完笑了笑，笑容里却有很沧桑的味道，看得秋姜心中一悸。

他……也是如意门的主顾？

"当年他们与我碰头的最后一个地方，就是那家客栈，与我碰头之人，就是三儿。"颐非指了指青漆竹筒。

"当年是去年?"

"是。"

"你见到了三儿?"

"是。因为我许诺的东西很贵重,贵重到他不得不亲自来取。"

"所以那个时候起,你就知道这家客栈有问题。"

"是。但当时他们与我并无利害关系,相反还算有恩于我,所以,我没有必要揭发。"

秋姜盯着他:"那么现在呢?"

颐非忽然笑了,笑得神秘而诡异:"现在我可是如意门的老三,更要为组织尽点力。比如说——"

"带着我回去。"

秋姜已经明白了。

其实想想也应该知道,如意门既然是那么出类拔萃的细作组织,又地处程国,身为程国三皇子的颐非怎么会不知道呢?他不但知道,还一早就跟他们有所往来,因此知道一些外人不知悉的细节。

比如三儿的长相;比如那家客栈的密室;再比如……昨夜在她不清醒的情况下所发生的一场布局。

"昨天我故意带你住进这家客栈,他们第一时间发现了你,当晚你一进房间,外面就起码埋伏了十个人等着破门抓你。但他们迟迟没有行动,我很奇怪,伺机混进了他们的队伍,这才知道此地主事的三儿不在,底下的人不敢轻举妄动。"

"于是你抢先一步杀了真正的三儿,假扮他出现?"

"没错。"

秋姜仔细打量颐非。

颐非扬眉:"怎么?"

"我竟不知你还懂得易容。"

"要想假扮别人,是不太容易,但要假扮三儿,却不难。"颐非笑了笑,"你可知道为什么?"

秋姜想了想:"因为他的体型跟你差不多?"

"唔,这的确是很关键的一个原因。"

"因为他当时待在那个光线暗淡、水汽蒸腾的厨房里?"

"唔,这也是原因之一。但最重要的你还是没说。"

秋姜望着他,从他花白的头发看到他蜡黄的皮肤,再看到他有点泛绿的瞳仁,"啊"了一声。

颐非的手在眼前轻轻一抹,原本绿色的眼瞳便又恢复成原来的黑色。

秋姜"咦"了一声:"这是什么?"

"你不知道？"颐非笑了，朝她伸出手，手心中赫然躺着两片薄薄的绿晶薄片，"这是用五色稀铁提炼出来的五色足镔，这一款叫绿软，比水晶透，比丝绢软。"

秋姜接了过来，仔细辨认，脑海中像有什么一闪而过，等到要去捕捉时，却又消失了。

"不知为何，觉得很熟悉。"

"你是应该熟悉，因为这是你搞来的。"

"什么？"

"你，噢不，七儿姑娘，曾经假扮南沿谢家的大小姐——谢柳，为的就是得到谢家独有的稀铁冶炼配方。皇天不负有心人，你认谢缤当了足足五年的爹，总算取得了他的信任，把这配方传给了你。"颐非说着，将绿软收回，又戴回了眼睛里，他的瞳仁，再次变成了浅绿色。

比这种变化更令人震惊的，则是他说的话。秋姜愣愣地看着自己的手，谢柳？足镔？配方？这……又是怎么一回事？

"正是因为有了这个，我才有恃无恐地冒充三儿。"

秋姜心想：恐怕颐非一开始就知道会途经这家客栈，想好了要对付三儿，所以才连这么稀罕的玩意儿都准备好了吧。

"可惜啊，这玩意儿不能近看，一看就穿帮。所以刚才红玉在时，我都不敢抬头。"

秋姜喃喃道："红玉？是之前……说要杀了我为五儿报仇的那个女人吗？"

"嗯。"

"她是老几？"

"她没有排名。如意门内按照能力分为七宝，金门留在本营护卫安全，银门外出执行普通任务。这两派人数最多。真正的核心弟子在剩余五宝，人数较少。琉璃负责暗哨接应；颇梨负责卧底暗杀；砗磲负责监视同门；赤珠执掌青楼歌坊；而玛瑙……是作为未来的接班人培养的。"

秋姜的瞳孔在收缩。

"五宝中最顶尖的那个人才有排名。红玉是砗磲门老大五儿的婢女，也是五儿的情人。而你杀了五儿。"

"我杀了他？"秋姜努力回想，却什么都想不起来。

颐非看着她，目光闪烁不定，似在探究，又似只是欣赏："你可是个十足的人才啊。因为四年前的正月初一，你狂性大发，突然杀了二儿、五儿和六儿。也就是说，如意七宝，一口气被你干掉了三个。"

秋姜的心沉了下去——

四年前的正月初一……

也就是她被风小雅送上山之前。

那时候，她本是风小雅的宠姿，却突然被抛弃，送到山庄自生自灭。

那时候，她是如意门的七儿，却杀了自己的三个同伙。

那时候……究竟发生了什么？

那个谢柳，又是怎么回事？

颐非带秋姜故意投宿这家客栈，不得不说，是存了私心的。

虽然按照薛采的说法，秋姜应该是失去了记忆，并且她也确实表现得对过去一无所知，但生性多疑谨慎的颐非，怎会如此轻易信服？

因此，这一路上，他都在观察，在试探。

但秋姜的反应很微妙。

她一进客栈，就挑衅大厨，可以说是不知底细地成心闹事，也可以说是在跟同伙三儿传达信息。

颐非继续等。

等到秋姜上楼、熄灯、睡着。

他潜伏在暗处，看见陆续有伙计模样的人悄悄摸到秋姜房前，其中一人还试图开了下门，手法十分老到，一眨眼就把锁打开了，刚把门推开一线，就被另一个人拦住。

后来者警告道："三哥未来，不得轻举妄动。"

于是推门的人又将门合上，退了下去。

如此一直等到天色微白，埋伏在秋姜房外的伙计们忽然同时撤退，颐非知道，这意味着——三儿到了。

他悄无声息地打晕一个伙计，换了衣服，混入其中一起撤离。

厨房中，两年前曾有一面之缘的三儿果然已坐在了灶边。

他在吃一盆茱萸干。

茱萸去了黑子，荫得干干的，一看就知道很辣。

三儿舀了一勺送入口中，大口大口地咀嚼，再倒一杯白酒，仰脖一口喝干，闭眼满足地吁了口气。

却把颐非看得起了一身鸡皮疙瘩。

他自己完全不能吃辣，因此看见如此嗜辣的人时，总有一种惊悚感。

三儿吃完，就开始咳嗽，厨三刀立刻递上一杯茶，他闻了闻茶香，点点头道："出门在外这些天，每每吃饭，就少了三刀你的这壶小岘春。"

厨三刀连忙赔笑道："是是是。下回三哥出门请一定要把小的一起带上。"

"那怎么行？"三儿横他一眼，"这客栈哪少得了你。"

"是是是，那我教一个徒弟出来跟着三哥，保管跟我泡得一模一样。"

三儿一笑，没再接话，而是将目光转向颐非所在的众伙计，淡淡道："七主呢？"

"就在楼上。地字三号房。"

"没惊动她吧？"

"小慢试图开门进去，被我们拦了。"

三儿瞥了一眼刚才开门的那个伙计，伙计吓得扑地跪倒。三儿淡淡道："我给你改名小慢，就是要你做事情别那么急躁，先停下来好好想清楚了。这爱出风头、事事抢先、不顾后果的毛病，看来你是改不了了。"

小慢连忙磕头："三哥恕罪！三哥恕罪！小人一定改，下次再不犯了！"

三儿又舀了一勺子茱萸，就着白酒吃下，然后剧烈地咳嗽——颐非总算知道这家伙为什么年纪轻轻，声音却那么苍老，还咳嗽连连，一副痨病鬼的样子了。敢情都是辣出来的。

所有人都不敢抬头，屏息以待。

三儿慢条斯理地喝完茶后，才开口道："哪只手推的门啊？"

小慢颤颤巍巍地抬起右手。

三儿"唔"了一声："自己断了吧。"

此言一出，众人大惊，厨三刀忙道："三哥！"

三儿笑了笑："怎么，你有意见？"

厨三刀又是焦虑又是胆怯，表情十分复杂："哪里哪里，怎敢对三哥有意见。只是……小慢的绝技就靠他的手，如果断了……"

"一个绝世的盗贼，如果不听话，就是一个祸害。而我不需要这样的祸害。"三儿笑吟吟地望着小慢，"你说呢？"

小慢早已吓得整个人都弯腰缩在了地上，闻声抬起头，脸上全是眼泪。

三儿扬了扬眉："还不动手？"

小慢颤抖地将手按在地上，一咬牙，左手如拳，"砰"的一拳砸下去。

众人的心跟着那一声重响抽了一下。

小慢的五官因痛苦而扭曲。

但三儿冷冷道："不够。"

小慢只好再次抬起左手，握紧，向下捶落。

颐非眼神忽动。

与此同时，那本该再次落到右手的左拳突然拐了个弯，朝坐在板凳上的三儿打过去。"我跟你拼了——"小慢嘶声扑上去。

三儿的板凳突然后滑三尺，小慢的那一拳落了个空。

其他人反应极快，连忙上前将他擒住，小慢拼命挣扎，甩开那些人，再次向三儿冲去，然而他只冲了一步，就停住了。

从颐非的方向看不到他的正面，因此不知道发生了什么事情，却可以看到三儿在笑，笑得很自信。

"你知不知道为什么同属琉璃门，我是头，你是跟班？"三儿从板凳上站起来，悠悠走到全身僵直了的小慢面前。

小慢"啪"地向后直挺挺倒下，脑袋正好冲着颐非，于是颐非看见，他的眉心正中央插了一根勺子——正是三儿用来舀茱萸的那根勺子。

"这就是原因。"三儿轻轻将勺子的把手拔出，喷薄的血液这才流出来。他就着小慢的衣服擦了擦勺子。厨三刀虽也震惊，但更有眼力地立刻把板凳搬回桌边。

三儿满意地点点头，重新坐下开始吃饭。

颐非眼睁睁看着他用那根沾过脑汁和鲜血的勺子再去舀茱萸，然后送入口中，一股酸水就从肚子涌到了喉间，差点吐出来。

他自己就是个很变态的人，当年为了逼供也没少拿活人的身体浇糖画，但不得不承认，三儿之变态远在他之上。

屋内鸦雀无声，死一般沉寂。

三儿又开始咳嗽，一边咳一边道："七主是自己一个吗？"

厨三刀忙道："还有个男人跟她一起来的，但两人并不同住。那男人住在地字二号房。"

"什么样的男人？"

"这个，暂时不知……"

颐非心中一笑。他当年来此跟如意门的人接头时，是蒙着面的，只有三儿一人见到了他的真容，当年他是为了逃避颐殊的追捕，现在看来，小心驶得万年船果是至理名言。

三儿沉吟道："先把男人给我抓过来。"

一个伙计迷惑地问道："哎？不先抓七主吗？"

"抓她？"三儿似笑非笑，"你以为她凭什么排在老七的位置上？武功会比我差？"

"我们可以用迷烟。"

"那迷烟还是她炼制的。"

伙计们顿时不说话了。

三儿抖抖衣袍站起道："七主喜欢炖汤，我去焖上一锅。你们把男人抓到这儿来，我要亲自问问他，七主到底想干吗。"

颐非连忙跟着伙计们一起退了出去。大伙走楼梯，他则直接爬墙翻窗回房，然后换了衣服静静等着。

于是，伙计们蹑手蹑脚地将房门推开一线，企图进来抓人时，看见的就是跷个二郎腿坐在门口椅子上的颐非。

伙计们吓一跳，下意识拔刀。

颐非笑了起来："我等你们很久了。请带我去见三哥。"

伙计们怔住。

颐非被押回厨房时，三儿正在熬汤，他用青漆竹筒在一口巨大的锅内搅拌着，厨房里到处都是水汽，又热又湿，一走进去，衣服就被沁透了。

三儿见人抓来了，手中也没停，继续一边搅拌一边道："姓名，出身，来历。"

"唔……姓三名儿，出身名门，排行老三。"

三儿的手停了下来："我是在问你。"

"我说的就是我呀。"颐非穿过袅绕的水汽，走到他面前。

三儿本是一脸怒意，但在回头看见他的脸时，变成了错愕："是你！"

颐非比手指做了个噤声的手势，三儿会意，当即命令道："你们都退下去。"

众伙计虽然奇怪，但立刻转身出去，将门合上。

三儿继续搅拌着锅内的汤汁，表情恢复了镇定："原来是三殿下。"

"你三我也三，真有缘分啊，又见面了。"

"原来七主是跟三殿下在一起。"

"她接了我的委托，帮我做点事情。"颐非一边打量灶台上的瓶瓶罐罐，拿起其中几只嗅了嗅，一边漫不经心道，"但现在看来，好像出了点问题啊。"

"三殿下何出此言？"

"没问题的话，为什么你要派人半夜三更来抓我呢？"

三儿定定地看着他。

颐非也直直地回望着三儿。

两人不知对视了多久，直到颐非提醒道："水开了。"

三儿这才回身，把蒸架放进锅内，开始往架上摆放瓶瓶罐罐，一手四个，眨眼间摆好了四十九个，密密麻麻放了一锅。

他将锅盖盖上。

颐非注视着他的一番举动，笑道："这汤是给谁喝的？"

"不知道。"

"你煮的汤，却不知道给谁喝？"

"那要看对方需不需要、该不该喝。"

颐非扬眉："那你觉得我需要吗？"

三儿睨了他一会儿，忽然笑了："三殿下是聪明人，咱们明人不说暗话。七主出了点问题，需要回如意门给夫人个交代。三殿下的事情如果不介意的话，交给别人来做。这样井水不犯河水，省得您麻烦，我们也不用为难。"

颐非却露出为难的样子："但我的委托十分困难，只有七儿可以完成，怎么办？"

三儿眼底闪过一丝嘲讽："请相信，我们如意门的每个人都很优秀。"

"这点我完全相信。咱们上次的合作就很愉快。"

这句恭维显然很有用，三儿点了点头："所以，有什么事大可再交给我。"

"真的？"

"真的。"

"什么委托都可以？"

"七主既然接，就说明肯定做得到。可以。"

颐非拍手道："那太好了！其实我正觉得你们那个七姑娘不是很可心，脾气差、难相处，还神神秘秘让人无法信任。但如果是三哥就不同了，咱们可是老交情了，你做事最缜密牢靠。"

"那么，三殿下究竟跟七主做的是什么交易呢？"

"她啊……她答应帮我……"颐非忽然靠近三儿，将声音压得极低，"生儿子。"

三儿的笑容顿时僵住了。

颐非满意地看着石化了的三儿，眼中笑意越发深浓，最后哈哈大笑出声。

三儿沉下脸道："三殿下，这玩笑一点都不好笑。"

"确实不怎么好笑，但很有效。"颐非退后两步，上下打量他，啧啧道，"这身高，这体态……真是越看越满意，越看越合我心意啊！"

三儿眼中闪过一丝怒意："三殿下难道要我帮你生儿子不成？"

颐非"扑哧"一笑，忽然伸手摸上他的脸。三儿大怒，想要挣扎，却发现自己完全动不了，双脚像被什么东西钉死在了地上一般，再不能挪动半分。不仅如此，他的手也动不了了，但视觉还是有的，能够清清楚楚地看见颐非在他脸上摸了又摸。

"你……你！你对我做了些什么？"三儿突然想到了锅里的汤，更想起颐非之前拿起其中几个罐子看了看，难道是在那时，他动了什么手脚，在里面下了药？

颐非扬起唇角，笑得极尽猥琐："我对你做什么，你不是正在感觉吗？"

"三殿下！请自重！"

"啊呀呀，我还以为邪门歪道的你，在遭遇这种事情时反应会跟普通人不一样，怎么也这么庸俗呢？"

"什、什、什么？"

"你们如意门在执行任务的时候，不是为了达到目的什么都可以做吗？区区猥亵，就受不了了？"

"你……"

"这样怎么当上组织老三的？名不副实啊。你们七主就乖多了，就算把她衣服脱光了扔大街上，也跟没事人似的。"

三儿额头冒出了一头汗，不知是被水汽蒸的，还是吓的。

　　颐非摸完了脸，开始脱他的衣服，手法极尽邪恶，哪里敏感往哪里掐。三儿明明怒到了极点，却只能咬牙忍着，表情又是屈辱又是愤怒。

　　"你怎么不叫外面那些人进来救你？"颐非凑到他耳边，咻咻笑了起来，"噢，我知道了，你怕他们进来，看见你赤身裸体的样子，对不对？虽然我这是第三次见你……"

　　"不是第二次吗？"三儿一怔。

　　颐非没有理会他的质疑，把他的衣服脱了下来，然后开始脱裤子，一边脱一边道："虽然这是我第三次见你，但我发现了，你可是个非常要面子的人呢。你总是展现给别人看特别残忍、残暴、邪恶的一面，想让大家都怕你。当然大家确实也被你吓住了，怕得要死。但我不是别人，我太了解你了。因为表现得越变态的人，内心越是个胆小鬼，害怕的东西最多。"

　　颐非说到这里，解开他的裤带，抬起头，静静地看着三儿。

　　三儿整个人都在发抖，但又动不了，因此显得十分可怜。他眼神慌乱，如果说之前是愤怒和屈辱，那么到了此刻，则变成了彻彻底底的恐惧和战栗。

　　"你到底想怎样？"

　　"是你自己答应的，说接替七儿帮我的。"

　　"我、我是男人！"

　　"我知道啊。那更好。"颐非说完手往下一拉，三儿的裤子就被脱了下来，落到了脚背上。

　　三儿双眼一翻，整个人直直朝后倒了下去。

　　颐非连忙一把揽住他，轻手轻脚地将他放到旁边的柴堆上，然后对着三儿的裸体摇了摇头，用一种很失望的表情低声道："原来此人是个天阉。难怪……"

　　颐非眼珠一转，不知想到了什么，笑了起来，一边笑，一边把三儿的衣服穿到了自己身上，然后把三儿的头发全部剃下来，粘到自己头上，如此一来，他的头发就变成了花白色。再用灶台上的调料往自己脸上东抹点西涂点，最后他从怀中取出一个小盒子，小心翼翼地打开，从里面取出两片薄如蝉翼的绿色晶体，戴到自己的眼睛里……做完这一切后，他就着水缸里的水照了照自己的脸，再回过身来时，赫然成了另一个"三儿"。

　　一个虽不十分相像，但只要低下头就不会轻易穿帮的三儿，再加上厨房光线暗淡，水汽蒸腾，实在是很适合隐蔽和伪装。

　　颐非满意地点了点头。

　　他将自己的衣服给三儿穿上，然后对被剃成光头昏迷不醒的三儿叹了口气："别怪我兄弟，像你这样的早死早投胎，来生做个真正的男人吧。你要不服气，尽管变鬼来找我。等你哟。"

　　说完这句话，颐非一掌拍在他脸上，三儿的整张脸顿时塌了下去，变成了一张饼，与此同时，整个人飞起来，不偏不倚地落进墙角的大水缸中。

厨房的门立刻开了，伙计们冲进来道："怎么了怎么了？"

"此人……咳咳……竟敢对我下手……咳咳咳……"颐非指了指上半身浸在水缸里的三儿，话没说完，伙计们已持刀冲了上去。

颐非转过身去，没有看。

刀锋砍进骨头的声音却是听得清清楚楚明明白白。

他在心中暗暗叹息：三儿用勺子杀小慢时，肯定不会想到自己竟然也会死，而且是死在自己手下的刀下。

一伙计停手，回身禀报道："三哥，他好像死了。"

"按老法子，跟小慢一起处理了。"

"是。"

两名伙计抬着三儿的尸体走了出去。至于怎么处理的，颐非毫不关心，他相信如意门必定有一套十分缜密的处理尸体的办法，才能让这家客栈这么多年都没有引起官府的怀疑。

锅里的汤再次沸腾了起来。

颐非掀开锅盖，看着那些沸腾的汤，喃喃道："唔……汤好了，该让七主下来品尝了。"

"接下去的事情你知道了。"马背上的颐非复述到这里，转头对秋姜微微一笑。

秋姜却还沉浸在震撼之中，好半天才回过神来："也就是说，你杀了真正的三儿，然后假扮成他，等我出现。"

"是他的手下把他杀死的呀。"颐非摊了摊手，"我最多是毁容而已。"

秋姜皱眉。

颐非的行为看来既解气又过瘾，而且对方并非善类，手上不知沾了多少条人命，颐非间接杀了他也没什么大不了的。但她就是觉得有点怪怪的，从内心深处涌起一种厌恶感。像是吃了一口生肥肉，咽不下去，又吐不出来。

秋姜自认为不是个卫道士，如果薛采和颐非他们说的是真的，她自己过去更不是什么好人。但在已经丢失了部分记忆后的现在，再听这种行为，就变得有些硌硬，有些无法忍受。

"我这是怎么了？"秋姜忍不住问自己，却没有答案。

为了排除那种不适感，她换了话题："那么红玉呢？她又是什么时候来的？"

"她是我把你弄到密室后到的。如果我没猜错，应该是听说你在这家客栈出现，所以眼巴巴地赶过来寻仇。见我阻止，只好走了。"

"你没有问二、五、六是怎么被杀的吗？我为什么要杀他们？"

颐非看她的眼神就跟看白痴一样："如果你当时处在我的情况下，顶着所谓三儿的身份，你会问她这些话吗？"

秋姜哑然。

确实，那样的情况下，遮掩自己都来不及，哪还能去套对方的话。尤其是，对方还是个愤怒和怨恨的女人。女人相对来说，要比男人敏感得多。

秋姜心有余悸地看着前方的道路，忍不住问道："她还会出现的吧？"

"嗯，所以你要做好心理准备。虽然我不让她杀你，但如果她挑拨别的什么人来杀你的话……"

"别的什么人？"

颐非的视线忽然定在了前方，用一种哭笑不得的口吻道："来了。"

伴随着这句话，两个人出现在了道路前方。

颐非喃喃道："来得还真快啊。我本以为怎么也要三天后，各路追杀才会陆续到来。可见你果是人才，他们得多恨你，才能一听说你重出江湖后就马上赶来啊……"

秋姜没有理会他的揶揄，仔细打量那两人。

两人都身披黑色斗篷，帽檐压得很低，腰别短刀，脚上的皮靴都磨破了边，一看就是久走江湖的老手。

颐非突然高声道："我只是过路的，跟这个人不认识。你们寻仇只管找她。请便，请便。"

秋姜呆了一下，一扭头，只见颐非已拉着马离开了一丈远。

秋姜心中暗骂了一句"浑蛋"，硬起头皮，朝那两名刀客前进了一步。

不走还好，她一走，那两人反而退了一步。

秋姜一怔，试探性地策马再前进了一步，结果，那两人又退了。这——是怎么回事？

不是来寻仇的吗？

就在她疑惑的一分神间，两名刀客已纷纷拔刀跳起，扑了过来。秋姜立刻一个纵身跳到半空，正准备与之交手，结果，两道黑影"唰唰"从她身侧划过，宛如流星般飞向了她身后。

——她的身后，是颐非。

颐非惊道："不会吧？找我的？！"眼看要逃已来不及，他索性一勒马缰，整个人像鱼一样滑到了马肚下。

马儿吃疼向前狂奔。

两名刀客反应十分迅速，立即转身，追上马匹。

颐非一边手忙脚乱地应付追杀，一边吼道："喂，别站着看啊！救命啊——"

秋姜慢悠悠地抱胸旁观。

两名刀客一刀接一刀，毫不留情地朝颐非劈去，颐非虽然躲开了，却劈中了他的马，马儿连中两刀，原本雪白的肚子上立刻出现了两道血痕，格外触目惊心。

秋姜面色微变，立刻出手。

她策马上前，一把揪住其中一人的衣领将他扔开，再从马肚下将颐非捞起，带回自己的马背上，接着一个旋身飞踢，踢掉了另一个人的刀。

那人大惊，刚要弯腰拾刀，秋姜脚尖一点，短刀先他一步跳入她的手中，而她头也没回反手一刀，堪堪架住了之前被丢开又爬起冲过来的另一人的脖子。

秋姜一手反抵着一名刀客的脖子，一脚踩在另一名刀客的背上，冷冷道："别动。否则，死。"

颐非骑在秋姜的马背上，拼命鼓掌："好，帅气！打得不错。"

秋姜白了他一眼，继续盯着那两名刀客："你们是谁？为什么杀他？"

刀客不回答。

"严刑拷问他们！这个你拿手的！拷问他们，别客气！"颐非喊道。

秋姜却突然收脚，并把刀也随手往地上一丢，淡淡道："我没什么可问的了。你们自己解决。"

不得不说，这一变故大为出乎意料。不只颐非呆了，两名刀客也呆了。

秋姜走到受伤的马匹前，开始为马止血和包扎伤口："只要不殃及无辜，随便你们怎么打。"

"喂喂喂，难道你是为了马才出手救我的吗？"颐非强烈不满。

秋姜回眸一笑："不。我救的是马。不是你。"

两名刀客突然提刀朝颐非砍去。

颐非眼珠一转，抬腿往马身边躲。刀客的刀眼看就要落到马身上，想起秋姜的警告，连忙又停下。

颐非一看，果然有效，当即更加不要脸，拼命拿马当挡箭牌，一边躲一边挑衅："砍我啊，砍我啊，别客气，来啊。"

秋姜心中顿时升起了跟刀客们一样的感受——太贱了！

眼看一场追杀演变成了一场闹剧，一声长啸远远传了过来，两名刀客立刻收刀转身跑出了五丈远。

颐非松开了抱着马脖子的手，秋姜也好奇地转头。

只见道路前方，出现了一条线。

一条黑色的线。

那黑线跳动着，扭曲着，逐渐变大、变高……越来越近……赫然是人！

一排排跟这两名刀客一样穿着打扮的人！

秋姜只扫了一眼，就已看出来了不下百人。

完了……她想，这把玩大了。

再看颐非，他呆呆地看着前方乌泱泱的人群，喃喃道："真要被你们如意门害死了……"

"什么？"

颐非苦笑："你当他们追的是我？别忘了，我现在可是三儿。"

秋姜"啊"了一声。

"明白了？"颐非问。

秋姜点点头，回答了两个字："活该。"

在两人如此简短的对话中，刀客们已齐刷刷地一字列阵到了跟前。

每个人都是黑斗篷，牛皮靴子，腰别短刀，连高矮胖瘦看上去都差不多。

颐非揉了揉眼睛，开口道："阿七啊，拿点醒酒汤来吧。"

秋姜皱眉："什么？"

颐非说："我肯定是喝醉了啊，眼前都有一百个重影了。"

"你没有喝醉。"一名看起来像是头领的刀客冷冷开口，然后一挥手，人群立刻涌过来，将两人围在中央。

颐非低声问秋姜："逃吗？"

秋姜问领头的刀客："此事跟我有关？"

领头刀客打量着她，还没开口，之前跟秋姜交手的两名刀客已冲到他面前汇报道："老大，他们是一伙的！"

秋姜差点没吐血。而颐非"扑哧"一声笑了出来，然后仰着脑袋，学她之前的口吻说了两个字："活该。"

领头刀客挥手："两个都拿下！"

颐非连忙举起双手："别打！别打！我投降。"

众人怀疑地盯着他。

颐非笑了笑："送人上路也要给句说法啊。小弟我如何得罪了各位兄台，为何要如此……嗯，这么大阵势，不知道的还以为是打仗了呢。"

"丁三三，废话少说，速度受死吧！"伴随着一个清亮高亢的女音，前方刀客纷纷后退，让出了一条小路。

一个金光闪闪的人影由远而近，在阳光下极是刺眼。

秋姜忍不住闭了下眼睛，再睁开时，那人已经走近了，竟是一位姑娘，还是一位看起来长得相当不错、穿了一身金色盔甲、背着一根比人还要高的金色长枪、打扮得跟个男人似的姑娘。

秋姜这边还在震惊，颐非那边已更吃惊地喊了出来："云闪闪！是你！"

金甲少女一听，勃然大怒："我的名字岂是你叫得的！"说着，一枪，毒蛇般刺向颐非眼睛。

颐非立刻闪到秋姜身后。

少女枪头不停，跟长了眼睛似的在半空转弯，跟着刺到秋姜面前。

秋姜一看这架势，不打是不行了，只好双手一夹，夹住了枪头。没料到对方力大无穷，秋姜这么一夹，暗道一句不好，连忙松手，双脚直直在地面上划出三丈才缓过劲来，再看自己的手，被擦出了一道很深的口子，几乎连肉都翻了出来。

颐非却依旧紧贴着她，半步不离。

云闪闪冷哼道："就知道躲在女人背后的懦夫！受死吧！"说着振臂又是一枪，比之前更快更猛。

秋姜吃了一回亏，这次绝不肯硬接，见身后不远就是大树，立刻假意避闪后退，眼看枪头就要刺中她的心脏时，她整个人朝后飞起，在空中转了个圈，踏在了树干上。

几乎同时，云闪闪的枪头也一下刺中了树干，她刚要抽回，秋姜已轻轻一落，跳到了枪身上，脚步不停，顺着枪身直窜到云闪闪面前，一把揪住她的衣领，将她用力掷在地上。

云闪闪一连滚了好几圈，直到那些刀客挺身上前，用自己的身体当肉垫接住了她，这才停下。

秋姜反手将插在树上的金枪拔下，枪柄上刻着四个字：金枪云家。她"唔"了一声："你是程国五大氏族云家的丫头？"

云闪闪睁大眼睛看着她，突然甩开扶她的人的手，跳起大骂道："丫你个头啊！你看不出小爷是个男人啊！男人！"

一旁的颐非已经笑得连腰都直不起来了。

秋姜无语。

此人容貌极为娟丽，皮肤更是又白又嫩吹弹可破，声音又亮，因此虽然穿着男人的盔甲，但秋姜只当是女扮男装的姑娘，没想到竟是个男人。联想到五大氏族可是颐殊选中的王夫候选，难不成这位云闪闪，也是候选者之一吗？

而他跟丁三三，也就是三儿之间，又有什么深仇大恨？为何如此兴师动众，还追到了璧国来？

一连串的问题在脑中飞闪，秋姜只觉自己像是踩进了一条满是沼泽的道路，前行的每一步，都充满了危机和意外。

云闪闪怒瞪着她："臭娘们儿，快把枪还给我！"

颐非立刻道："给他给他！"

秋姜本无意不给，结果颐非这么一说，她反而不想还了，提着金枪小退了一步。

云闪闪大怒："来，来人，拿暗器，射死她！"

"你们敢动手，我就折断它。"秋姜说着一掌拍在树干上，臂般粗的树"啪"地折断，倒了下去。

一片尘土飞扬。

所有刀客都被吓得目瞪口呆。

秋姜笑笑，举起那杆枪，作势要折，云闪闪忙道："停停停停停！有话好说！有话好说！"

"这就对了。你们只是要找他——"秋姜指了指颐非，"何苦揪着我不放？"

颐非一脸严肃道："咱们是一伙的。"

"我跟他不是一伙的。"

"怎么不是？咱俩从小两小无猜，长大郎情妾意，约好了要一起私奔，现在不正私奔着吗？"颐非露出伤心欲绝的表情，捂住了心口，"难道你要抛弃我？"

秋姜总算知道了什么叫作睁眼说瞎话。

据说她在失忆前是个伪装高手。但她觉得，就算是失忆前的自己，也不及此刻的颐非之万一。

而云闪闪看看她又看看颐非，一脸茫然，显然不知道该相信谁好了。最后他大喝一声："好啦好啦！把枪还给我！我放你们走！"

一名刀客急声道："少主，这……"

云闪闪抬起一只手，制止他往下说，盯着秋姜手中的金枪道："那是我们云家的传家宝，我不能冒这个险。你们把枪还给我，然后走吧！我云二少爷说话算话，绝不来追你！"

秋姜手持金枪朝前走了几步，刀客们果然纷纷避让。

就这样一直走到马旁，云闪闪果然十分忌惮，半点都没拦阻。

颐非步步紧随，跟影子一样飘在秋姜身后，秋姜只好带着他，刚要翻身上马，手中金枪枪头突然冒出一股白烟。秋姜暗叫一句不好，连忙用最大力气把枪掷出去，却已来不及了。

那白烟虽然一点味道都没有，但效果极强，虽只吸了一小口，整个人立刻变得沉甸甸的，站立不住。

秋姜试图挣扎了一下，结果却是双腿一软，倒了下去。

倒下去前，她好像听见颐非叹了口气道："都说过叫你把枪给他的……"

秋姜晕了过去。

云闪闪叉腰，仰天大笑："哈哈哈哈，臭娘们儿，真以为小爷会因为一杆枪就放了你们吗？也太小看小爷了……"

"少主。"一名刀客试图插话。

云闪闪丝毫没有理会："告诉你，小爷生平有三好，枪狠钱多智谋高，就你区区一个娘们儿……"

"少主。"这下，连刀客首领都试图插话了。

但云闪闪还是没有理会："想跟小爷斗，也不掂掂自己的分量……干吗？元叔你干吗扯我？"

被称为元叔的首领一脸悲壮地将一样东西双手呈上，云闪闪先是一愣，继而跳了起来，大叫道："我的枪！我的枪——"

只见那根插进树没有断、被秋姜恐吓着要折断也没有断的金枪，赫然断成了两截——

就在秋姜昏迷前的最后一掷下，断了。

云闪闪嘶声哀号，声音凄厉，直冲云霄。

一旁的颐非掏了掏耳朵，叹道："唔……不愧是枪烂钱多人很傻的云二公子。当年云笛怎么没弄死你，留你继续跟他争家产不算，还祸害人间呢？"

云闪闪，程国五大氏族云家的二公子。

长兄云笛，乃素旗营统领，在帮颐殊夺位时立下大功，故颐殊登基后便封他做了大将军，金印紫绶，位同三公，加上举国重武轻文，因此，可算是现在程国女王之下第一人。

但他有个很大的缺陷，就是出身卑微，其母是青楼歌妓。相反，比他小了足有十岁的云闪闪却是正妻所出，是云家的嫡子长孙。因此云笛从小奋发图强，终凭一身本领出人头地。但在外无论怎样风光，到了家中，尤其是云家这种重礼教胜于一切的世家，将来继承产业的仍是云闪闪。

以云笛那阴险冷酷、睚眦必报的性子，大家都在猜测云闪闪什么时候会遭其毒手。可令人意外的是，这么多年，云闪闪一直好好地活着，不但如此，还越来越嚣张跋扈，尤其这两年，仗着他哥的权势在外尽惹是生非。提起这位金枪云家的云闪闪，谁都知道是个枪烂钱多人巨傻的混世小魔王。

云闪闪哀号完后，把仇恨的目光转向了地上的秋姜，阴阴道："把这娘们儿带走！至于他……"

颐非连忙讨好地笑。

云闪闪却露出厌恶之色，冷冷道："杀了！这家伙敢放小爷鸽子，让我白白在芦湾等了那么久，活得不耐烦了！"

眼看刀客们齐刷刷举刀，颐非连忙喊道："等一下！小人有话说！"

"不听！"云闪闪手一挥，刀客们的刀纷纷落了下来。

颐非一边闪避，一边喊道："我已查出风小雅的病是什么了！"

云闪闪立刻做了个停的手势，刀客们齐齐收刀。云闪闪飞快走到颐非面前，拧着两道比女孩还要秀丽的眉毛，道："说！"

"你现在想听吗？可惜……我不想说了呢。"

"你敢耍小爷？"

眼看云闪闪就要暴怒，颐非道："你可知道那个被你弄晕的女人是谁吗？"

云闪闪顺着他的目光回头，看见了昏迷不醒的秋姜："不是你的相好吗？"

颐非笑了起来："我倒是想要，可惜，消受不起。她是风小雅的第十一个老婆。而风小雅现在正到处派人追杀她。你可知是为什么？"

云闪闪很努力地想啊想，想了半天："因为她发现了风小雅生的是什么病，所以风小雅要杀人灭口？"

"聪明啊二公子！没错！这就是小人为什么没有赴您的约，让您在芦湾白白等了……"他含蓄地放慢语速，云闪闪果然主动接了话："十个月啊！浑蛋！"

颐非连忙道歉："是是是，十个月，小人罪该万死……不过，我为您准备了更好的礼物，正要把她送去给您，您就先来了。"

刀客首领元叔在一旁轻声提醒："少主，不要相信此人，他根本没打算带这个女人来找您……"

云闪闪大刺刺地一挥手，满不在乎道："算了，看在他还有点用的分儿上，就先饶他一命吧。"

"二公子英明！真是仁慈善良正直公道杰出睿智大度豪爽豁达的新一代世家楷模啊！"

"但是——"云闪闪明明受用得不行，还是故意沉着脸道，"死罪可免，活罪难逃，我之前委托你办的那件事，你还是得给我继续办了！"

颐非眼中闪过一丝疑惑，却不敢表露出来，忙道："是是是，那是自然的。"

"把两人都给我带上！"云闪闪转身，豪气干云地吩咐，"咱们回程了！"

就这样，颐非和秋姜才走出璧国帝都两天，刚逃出狼窝，就又进了虎口。

只不过，这一次的老虎，在颐非看来，跟小猫没什么两样。

昏昏沉沉，悠悠晃晃。

秋姜在梦境里，辗转反侧，拼命挣扎。

暗幕像巨网一样罩下来，压着她，压住她，压得她喘不过气来。

空中白雪翻飞，一点点、一片片，迅速延绵，最后变成一片苍茫。

白色中，有一点黑影，分明是渐行渐远，却越来越清晰。

秋姜的手抖了一下。

那是……

风小雅。

风小雅穿一身黑色狐裘，走在前方，他的脚印落在雪地上，每一步之间的距离都是一样的。

她知道一样，因为她偷偷量过。她知道他会武功，更知道他从不信任别人。所以，她跟在他身后，刻意保持了三尺的距离。这样的距离，会让他觉得安全。

她是那么小心翼翼，步步为营。

结果，他却突然停步，回头，朝她看过来。

她心头一惊：难道自己犯了他的忌讳?

下一瞬，就见他伸长手臂，抓住她的手。她轻轻挣扎了一下，没挣脱，反而被他拽得更紧。然后，身子不由自主地前行了两步，与他并肩站在了一起。

风小雅的眼睛宛如寒星，却闪烁着春风旭阳般的暖意，对她微微一笑，什么都没再说，就那么牵着她的手，继续前行。

于是雪地里的脚印变成了平行的两道。

雪纷飞，天地寒。而他的手，那么那么温暖。

秋姜想这不是真的，这绝对不是真的。

风小雅是那么懒的人，从来不肯自己走路，他怎么会独自一人走在这样冰天雪地的地方呢? 又怎么可能会对她笑，笑得这么温柔?

有关她和风小雅相处的那些朝朝夕夕，她一点都想不起来。

一切都是源于听说。

她听说她是他的姜，她听说他对她极其宠爱，可她丝毫不记得他们是否像其他夫妻一样亲密，他是否有帮她画眉，而她是否有帮他理衣。

一句话像穿破黑幕的霹雳，骤然砸了下来——

"没有细节的记忆，就是假的！"

秋姜一下子醒了，猛地坐起来，睁开眼睛，听前方"哐当"一声，有陶瓷碎裂的声音。

她的视线有好一阵子的模糊，才慢慢恢复了清明。

置身处是一个极其华丽的房间，她躺在一张十分宽敞的软榻上，顶上是浅金色的帐子，上面缝着一排金色的流苏，那流苏无风自摇，一荡一荡。

扭头四顾，虽然这屋子看起来跟普通的屋子没什么两样，但没有窗，整个屋子都在轻轻摇摆。

秋姜瞬间得到了答案——船上！

一个小丫头正蹲在地上捡碎片。想必之前那记碎裂声，就是由此而来。

小丫头捡完了地上的碎片，起身冲她微微一笑："夫人醒啦！"

秋姜转了转眼睛："这是哪里？"

"船上。"

"什么船？"

"我家少土的船。"

秋姜挑了下眉："云闪闪？"

"是。"小丫头不过十三四岁年纪，长得极为乖巧，收拾完碎片后倒了杯水过来，递给秋姜，"你睡了好几天啦，渴不渴？"

秋姜接过水，嗅了嗅，觉得应该没什么问题，便慢慢饮下。冰凉滑润的清水流入身体的同时，神志也跟着清明了许多。

首先浮出她脑海的问题便是："我的同……唔，那个丁三三呢？死了吗？"

小丫头掩唇偷笑。

"怎么了？"

"他没死。不过……跟死也差不多了……"小丫头说到这里，又是"扑哧"一笑。

颐非确实很想死。

他可以弄出绿色的眼瞳，蜡黄的脸颊，花白的头发和佝偻的身姿来伪装丁三三，却独独伪装不了一点——吃辣。

颐非嗜甜，一点都吃不了辣和苦。可眼前的三道菜又辣又苦，辛辣的味道一个劲往他鼻子里钻，他觉得自己快要崩溃了。

偏偏，云闪闪还兴高采烈地说道："来来来！上次我弄了自认为已经很辣的菜请你，结果你二话不说吃完，耀武扬威地走了。我回去后痛定思痛，听说燕国南山居的蜀葵末号称唯方第一辣，是用蜀葵根研磨而成，直冲鼻喉，眼泪一下子就能流下来，因此当地山人称之为'泼妇煞'。我好不容易弄到手，这三盘，分别是微辣、中辣和重辣，你尝尝！"

颐非一滴冷汗从额头流了下来："泼妇……煞……"

"小爷我可是吃下去了噢！总之，老规矩，你吃不了，比不过我，就得死。"

这是什么规矩啊！颐非心中呐喊。

云闪闪将盘子往他面前推了推，眼睛里的用意相当明显——要么吃、要么死。

颐非叹了口气道："我死了谁去替你办事？"

云闪闪冷哼一声："你拖了我十个月，本就没什么戏了。有没有你都一样！"

颐非不禁好奇：云闪闪委托丁三三办的会是什么事呢？

他临时冒充，自是不知道丁三三过去的事情，但以他跟丁三三合作过一次的经验来看，丁三三并不是一个不遵守承诺的人。那么，是什么样的任务，让他拖了十个月都没能办成？

而且如意门做事神秘，颐非只知道丁三三叫作三儿，云闪闪却知道他的全名，他们之间的交情看来并不一般。

但如果真是那么好的交情，云闪闪会认不出自己这个假冒的丁三三吗？还是，他已经知道了，故作不知，想着法子来对付自己？

一连串的问题在颐非脑中回旋，偏偏云闪闪还一个劲地说："快吃啊！等什么呢？"

颐非只好拿起一旁的勺子，舀了一勺微辣的蜀葵末送入口中。一股激流直冲口鼻，颐非整个人一震，下意识就想吐出来。视线前方，却是云闪闪圆溜溜的葡萄一般的大眼睛，眨也不眨地盯着他，问："怎样怎样？好吃吧？！"

颐非用了内力，以一种壮士断腕的悲壮心情把那口蜀葵末咽下去，眼睛里冒起了一层泪光。泪光模糊了镜片，让他再也看不清晰。

"我就知道微辣对你来说还是太轻了，来来来，尝下一个中辣吧！"

颐非手一抖，勺子"哐当"掉到桌上。

云闪闪皱起了两道弯弯的柳眉。

眼看这位二公子又要发火，颐非连忙道："我……直接……尝……重……辣吧！"

天知道他是何其艰难，才能吐出最后两个字来。正所谓伸头一刀缩头也一刀，既然今天这一槛摆明了非过不可，何必多受罪？

颐非决定直接吃最辣的！死也死得彻底些！

云闪闪再看他时，眼神里充满了崇拜："好样的！不愧是三哥！来——"

伴随着这一声"来"，另一把雕工精细金光闪闪的勺子递到了颐非面前，像一道催命的魔符，幽幽泛着地狱之光。

颐非用颤抖的手接过勺子，看着第三盘蜀葵末。

这盘蜀葵末是黑色的。

黑得像云闪闪的眼睛，黑得像云闪闪的心。

颐非在心中诅咒了他千万遍，然后一咬牙，一狠心，闭上眼睛，开吃！

刀客和仆婢们围观着这千载难逢的画面，并对此品头论足、指指点点——

"哇，你看他脸上全是汗！"

"他眼睛也在流汗！"

"笨啦，眼睛流的当然是眼泪了，怎么可能也是汗啊……"

"他是觉得太好吃了，所以感动的吧？"

"他的脸变成紫色的了！好神奇，第一次知道有人吃辣会吃得脸都紫了的！"

"还差一半，努力吃啊！"

……

一开始大家还在嘻嘻哈哈地笑着，到了后来，看到颐非都这样了还在努力吃，都被莫名地感动了，不由自主地开始为他鼓掌喝彩。

"吃啊——吃啊——吃啊——"

当秋姜跟着小丫头来到上一层船舱的花厅时，看见的就是这样一幕。

颐非的头发衣服全被汗浸透了，一张脸涨得红中发紫，一边吃一边哗啦啦地流眼泪。他一只手拿勺，另一只手抵在肚子上，像是因为太痛苦而在强迫自己忍受，又像是在鼓励自己继续努力。

盘子里的蜀葵末还剩一小半，颐非舀了一勺几度送到嘴边，却怎么也张不开口。

秋姜的目光闪了闪，突然走过去，压住拿勺的那只手。

颐非诧异抬头。

秋姜没看他，而是径自拿走他手中的勺子，吃了一口，露出若有所思的表情，然后将盘子里剩下的蜀葵末全吃了。

颐非和云闪闪目瞪口呆地看着她。

秋姜吃完蜀葵末，把盘子刮得干干净净的，最后将勺子往空盘子上一扔，冷笑道："这种淡到鸟的东西也好意思拿出来？"

四下一片哗然。

颐非跟着秋姜回到甲板下的船舱时，还在咻咻笑，一边笑一边睨着秋姜道："你太厉害了！你真的是太厉害了！云闪闪看着你的眼神就跟看见了鬼一样！"

秋姜一言不发，径自推门，回到之前的房间。

颐非一看桌上有壶茶，连忙拿过来"咕噜咕噜"一口气喝干，然后吐着舌头道："辣死我了辣死我了……忍得好辛苦。若非你来救场，我估计在上面一命呜呼了。"

秋姜还是不说话，走到床后的马桶前，打开盖子"哇"地吐了出来。

颐非怔住了。

秋姜一连吐了半炷香时间，才盖回盖子，抹着红肿的嘴唇转身。

颐非有些呆滞地看着她："原来……你也不能吃辣？"

秋姜淡淡道："草木居的仆婢道我有三技，一是禅机，一是酿酒，还有一个，就是会做素斋。"

颐非的目光在闪动："而一个精于素斋的人，口味必须清淡，否则会品尝不出滋味的差别。"

秋姜点点头。

"那你刚才还帮我吃那盘……"颐非说不下去了。

秋姜微微一笑，道："你是我的同伴，我怎能见死不救？"

颐非沉默。

秋姜又补充道："更何况，我知道你为什么这么做。"

"什么？"

"之前我还奇怪，为什么你要假扮三儿。但看到云闪闪后，我知道了。"秋姜很认真地望着颐非，"你是不是想见如意夫人？"

颐非低下头，不知在想什么，既没承认，也没否认。

"你故意带我出现在三儿的客栈里，因为你知道他们看见我后肯定会有所行动。当你探清三儿想要抓我，是敌非友后，就除掉他，然后顶替他的身份，顺理成章地带我回如意门。但你又怕我身份曝光，一路上会有很多阻碍，所以想借把大伞挡风遮雨。而这时云闪闪恰好来找三儿的麻烦，你就利用他带我们一起回程国。"秋姜说到这儿，伸手摸了摸房间的木板墙，"这艘船，如果我没猜错，就是去程国的。"

颐非拍了拍手："果然冰雪聪明。"

秋姜盯着他："但我有三点不明白。"

"你可以问，但我未必答。"

"即使我刚才救了你？"

颐非咧嘴一笑："所以下次救人前要看清楚对象，是不是那种会饮水思源、投桃报李的好人。"说完这句话后，他还坐在矮几上，跷起了二郎腿，一副"我就是无赖你奈我何"的模样。

本以为秋姜会生气，但她的表情依旧平静，平静得像刚才吃掉那半盘蜀葵末一样。

颐非的心，忽然颤了一下。

他说不出这种滋味是什么，就像……很小的时候，滴水成冰的冬天，母亲偷偷从厨房偷了个脆饼，揣在胸口上，等看见他了，把饼从怀里取出来，热乎乎地递到他嘴边。

那时候母亲只是个无权无势不受宠爱的妃子，他也只是皇子里最孱弱矮小的一个。但他觉得自己比其他所有人都要幸福。

颐非的眼瞳幽深幽深，然后，又笑了，自嘲、自轻、自省地笑了。

就在这时，秋姜提问了："第一点——"

颐非试图阻止她："我没答应回答。"

"第一点，"秋姜不管他，"你为什么要见如意夫人？如你所说，你是仗着如意门的帮忙才逃到璧国，你等于是他们的老主顾了，想要再次接触并不困难。为什么还要绕弯子，伪装三儿带着我过去，搞得这么神秘复杂？"

颐非没有回答。

于是秋姜问第二个："第二，你明明知道风小雅和薛采不怀好意，另有图谋。而此事本来与你无关，你羽翼未满，实力尚薄，一切都没有成熟，为什么选择在这么敏感的时期回程国？你当然不是为了帮风小雅成为王夫。你真正的目的是什么？"

颐非还是不回答。

秋姜吸了口气，缓缓道："第三，你是如何说服云闪闪带我们上船的？"

这个问题颐非终于回答了，但秋姜觉得他还不如不回答。

因为，他的答案是："我告诉他你知道风小雅得的是什么病。"

秋姜定定地看了颐非许久，才长长一叹。

颐非却冲她眨了眨眼睛。

秋姜也坐下了，尽量让自己显得很冷静："那么你觉得我该如何编造一个病情，来搪塞云闪闪？"

颐非扬眉："你不知道？"

"不知道。"

"也许你是知道。只是……"颐非的笑容很微妙，"忘记了？"

秋姜腾地站了起来，一把揪住他的衣领，将他拖到跟前，近在咫尺地盯着他那张看起来又贱又坏，让人好想扇几巴掌过去的脸，一字一字道："如果，你再这样试探我，甚至不惜让你我都陷入危机，不用等云闪闪动手，我就先杀了你！"

"你不会。"颐非笑眯眯的，一点都不害怕。

秋姜眯起了眼睛。

颐非慢慢地、一根根地掰开她的手指，悠悠道："如果你是真失忆，为了寻回曾经的一切，你必须忍受跟我这样的人合作，即使是被怀疑、被猜忌、被时不时地陷害，也要忍受。因为你知道，在程国，我能做的事情，比大部分人要多得多。"

颐非抬起头，眼睛晶晶亮，仿佛能直透人心地望着她："而如果你是假失忆，必定是为了图谋什么，图谋的事情没有达成，你怎舍得杀了我这么好的一颗棋？"

秋姜小退了一步。

颐非拉正自己的衣领，站了起来："咱们打开天窗说亮话，你我都不是省油的灯。我不信任你，你也不信任我。我本不想带着你，是你非要找上我。所以，如果忍受不了我，大可一拍两散。正如你问的第一个问题，想见如意夫人，我还有其他方法，不是非你不可。在你想清楚自己到底要做什么，要做到怎样的地步后，再来找我。"

颐非转身走到门边，打开房门，停了一下，回头一笑："对了，忘了说，不管怎样，还是很谢谢你刚才帮我吃了那半盘泼妇煞。"

说完这句话后他就走了，并把门轻轻带上。

秋姜望着紧闭的房门，缩在袖子里的手在轻轻颤抖，她用左手压住右手，才能控制住那种因愤怒、屈辱以及一些别的情绪带来的颤抖。

如果……如果是一个好人的话，就不用受到这种对待了吧？就不会在面对这样的质疑和羞辱时，无力反驳了吧？

到底是怎样的过去，才能让一个人的内心如此软弱，不能光明正大地活，不能义正词严地说，甚至不能……为自己辩解。

秋姜不停地颤抖，最后，她捂住自己的脸，颓然坐到了地上。

灯光寂寥。雨打车壁噼里啪啦。

风小雅在下棋。

棋盘乃是用一整块上好的翡翠雕刻而成，加上羊脂白玉和纯黑欧泊做成的棋子，光是看着，便已是一种享受。

更何况拈棋人的手，指节修长，指腹温润，指甲修剪得干干净净，没有丝毫老茧，连纹路看起来都是细腻清浅的，宛如一件上好的艺术品。

车身轻轻摇晃，车壁上的灯也跟着一荡一荡，落到棋盘上，流光溢彩，映得风小雅的眉眼，明明灭灭。

指尖棋子迟迟未落，而窗外风雨已急。

风小雅抬起头，问了一句："什么时候了？"

"回主人，马上就入夜了。"

"又一天过去了……"风小雅呢喃了一句后，看着几上的棋局，局刚起步，黑白双方都在紧锣密鼓地布局，尚看不出输赢之势。但他眼中露出了一丝倦意，一丝纠结，一丝难掩的失落，仿佛已提前看到了结局。

雨点密集，宛如鼓声。

夜灯晕开黄色光圈，照在几旁的姜花上，其中一朵已经枯萎了，恹恹地耷拉着。风小雅伸出手，轻轻抚摸着那朵姜花，口中问道："他们到哪儿了？"

"已经上了云闪闪的船。"

风小雅有些感慨："真是一步好棋。"

"主人……"焦不弃口吻迟疑。

"什么？"

“就这样任由夫人跟那个人去程国……真的……不管吗？万一路上有个三长两短……”

风小雅的眼底泛起了许多涟漪，宛如摇曳的灯光落在棋盘上。这一刻他想了很多，又什么都没想，最后，说了一句：“已经跟我们没关系了。”

车辕上的焦不弃和孟不离双双回头，马车的门帘被风吹得飘拂不定，在那偶尔的惊鸿一瞥里，风小雅拥被倚躺在柔软的车榻上，闭着双目，似乎已经睡着了。

棋盘上，放着一朵枯萎的姜花。

秋姜的颤抖并没有延续太久。

因为颐非走后没一会儿，云闪闪就来了。

云闪闪一边嚷着“谁允许你们私自回房的”，一边很不客气地推门而入，看见屋内只有秋姜一个人，愣了愣：“他呢？”

“走了。”

“去哪儿了？”

“不知道。”

云闪闪扭头吩咐身后跟着的一名刀客：“去看看丁三三在哪儿，押回货舱不许他乱跑。对了，把他跟鸭子们关在一起好了。”

刀客应声而去。

云闪闪走进来，大剌剌地往秋姜面前一站。

秋姜下意识后退了一小步。

此举无疑让云闪闪感到很愉快，只听他故意冷笑几声，恶狠狠地说道：“知道怕了吧？让你刚才乱出风头！你以为小爷救你是为了让你跟我比赛吃辣？我留着你的小命是为了套你话！说，你相公得的是什么病？”

秋姜在心中暗叹了口气——如此直接问话，还真是符合这位二公子的性格。

“快说，不然我对你不客气！”云闪闪“嘎嘣嘎嘣”地掰着自己的指关节。

秋姜保持沉默。

云闪闪等了一会儿，见她一点反应都没有，心虚地看了看身后的刀客们，再回头时，表情又凶狠了几分：“不说？好，看起来你不怎么怕死。那么，你知不知道女人最重要的是什么？是名节！你如果再不乖乖回答，我就、我就……”

“就奸了你！”一名刀客实在忍不住，插了一句。

云闪闪一呆，反身就是一巴掌，怒斥道：“胡说八道！小爷是这种禽兽吗？”

“对、对不起！二公子我错了！”刀客连忙捂着脸认错。

云闪闪这才罢休，转回来对秋姜道：“你再不说，我就、就……让他奸了你！”说着，手指指向那刀客。

该刀客一呆。

云闪闪得意道：“嘿嘿嘿，现在知道怕了吧……”话还没说完，他被秋姜一把扣住了手腕，紧跟着，身体在空中转了一圈，跌到了床上。

众刀客大惊。

而秋姜已欺身上床压住云闪闪，冷冷道："谁奸谁，还不一定吧？"

云闪闪的一张小脸顿时吓得煞白煞白，结结巴巴道："你、你、你、你要做什么？"

秋姜"哧"地将他胸口的衣服撕开。

云闪闪拼命挣扎，冲门口呆立着的刀客们吼道："你们是死人啊！快进来救我啊！"

刀客们这才反应过来，刚要上前，秋姜手一扬，一件浅金色的外衣丢到了他们脚边。紧跟着，云闪闪的声音变成了哭腔："别、别进来！都、都出去啊！"

秋姜微微一笑："再说一遍，让他们听得清楚些。"

云闪闪尖叫道："出去出去出去！没有我的吩咐不许进来！给我滚啊浑蛋们——"

刀客们面面相觑了一会儿，躬身退了出去。

秋姜骑在云闪闪身上，将帐幔顺手扯下，粉红色的纱帘罩住大床的同时，也遮挡了众人的视线。

于是，想偷偷趴在门缝看一下到底是怎么回事的刀客们只好放弃，站在门外彼此对望着，不知道该怎么办。

房内"乒乒乓乓"一阵乱响。

一名刀客忧心忡忡地对另一名刀客道："二少爷不会出事吧？"

"唔……也许是在享乐？"

于是大家同时噤声，不再说话。

房内噪音不断。

秋姜丢了一个花瓶，又丢了一个枕头，最后，还将床单撕开，丢出床帐。

被她压着的云闪闪小心翼翼道："你、你到底要对我做什么啊？"

"闭嘴。"

云闪闪立刻闭上了嘴巴，但过了一会儿，又忍不住开口道："那个……你起码让我先穿上衣服再说啊……"

"穿了衣服你还会这么乖吗？"秋姜凉凉地看了一眼他赤裸的身体。云闪闪的皮肤比女人还白，身体尚未完全发育，小兽乖巧地蛰伏在腿间，毫无激动的反应。

如果不是有隐疾，大概就是别方面的原因。唔……莫非喜欢男色？秋姜想。

云闪闪别过脸，流下了屈辱的泪水。

但身上的这个女人显然并不准备放过他，冷冷逼问道："你探查风小雅的病症做什么？"

云闪闪本不准备回答的，但秋姜加了一句："不说我就喊门外的人进来。"

他连忙回答："为了淘汰风小雅，不让他娶到女王。"

秋姜微微拧眉,虽是意料之中的答案,却又冒出了更多的疑惑:"为什么?"

云闪闪抿了抿嘴巴:"我哥想让我中选。"

"就你?"秋姜的目光在他腿间转了转。

云闪闪羞恼地整张脸都红了,却没法反抗,秋姜似乎并没有太用力,却让他又酸又软,提不起丝毫力气来。于是他只能老老实实地答道:"我哥说他自有办法,只要我能中选就行。"

"有什么办法?"

"他没有跟我说。"见秋姜露出怀疑之色,云闪闪连忙辩解,"是真的!我哥做什么都不会跟我明说的,总之他说什么我照做好了……"

"包括让你戴绿帽?"如果她没记错,颐殊跟云笛可是有一腿的。

云闪闪眼圈一红,不知想到了什么,忽然别过脑袋不说话了,也不反抗,就那么僵硬地躺着,一副任她屠宰的模样。

秋姜盯着他,从他吹弹可破的肌肤,看到保养得当的双手;从他微湿的眼角,看到紧抿的双唇……简直比女孩还娇滴滴。

云笛为什么不自己竞选,反而让草包弟弟出马?颐殊又怎么可能看得上这种雏儿?除非……这一切的一切,不过是颐殊的圈套?

颐殊假装自己中了薛采的计,公开招婿,其实是反过来布置了更大的阴谋等着薛采和风小雅,还有……颐非?

秋姜的脑子转得飞快,被这一连串的可能性弄得有点惊慌。如果真的如她所想,那就太可怕了……

云闪闪哗啦啦地流着眼泪,显得说不出地可怜。

秋姜想到他只有十六岁,而且什么也不知道,只是棋子一颗,就心软了。她放开云闪闪,在床尾坐下。

云闪闪虽然重获了自由,却还是一动不动地躺着继续哭。

秋姜淡淡道:"别哭了。"

"你欺负我,呜呜呜呜……"

秋姜道:"是你欺负人在先的。"

"我……"云闪闪一骨碌地坐了起来,瞪着她,"那怎么一样?我哥可是云笛!"

"我前夫是风小雅。"

云闪闪瞬间没了气势,尴尬地张了张嘴巴,最后嘟哝道:"有什么用,他有几十个老婆!"

"十一个。"秋姜纠正她,"而且都已经休掉了。"

她不说还好,云闪闪一下子来了兴趣,两眼放光地朝她凑近:"都休掉了?什么时候的事?他是不是真的那么风流?他对你们十一个老婆都好吗?"

秋姜冷冷看着他。

云闪闪终于意识到自己离她太近，便冷哼一声，挪回到床头坐着，问："我什么时候可以穿衣服？"

"等到芦湾。"

"什么？"云闪闪大喊起来。

门外，刀客们还在锲而不舍地偷听——

"啊，好像听到二公子在说话！"

"是完事了吗？"

"这么快？他是不是……不行啊？"这人的话立刻招来了一片白眼。

另一名刀客则笑眯眯地摸着下巴，悠悠道："二公子，也该长大了啊……"

"但那个女人不是风小雅的老婆吗？他们这样子传出去没问题吗？"

"有什么关系，传出去就说是我们二公子睡了风小雅的老婆！多有面子啊！"

"对对对，好有面子！"大家纷纷点头。

"但二公子不是要娶女王吗？"一人插嘴。

又一片沉寂。

最后，一名刀客咳嗽一声，沉声道："今天的事谁也不得对外泄露！"

"是！"

"你要扣着我一直到程国？"云闪闪不敢置信。

秋姜却很明确地点了点头："没错。"

"我不干！"

"恕我直言，你没有选择。"

云闪闪看了眼自己光溜溜的身子，咬牙道："你这样对我会有报应的！总有一天你也会被人脱光了威胁的！"

"我不怕脱光光。"

云闪闪语塞，瞪着秋姜半天，小声嘀咕道："你到底是不是女人啊……"

秋姜问："你跟丁三三之前到底有什么交易？"

"不说！"

"你们准备了怎样的陷阱要对付风小雅和薛采？"

"不知道！"

"除了风小雅和薛采，还有其他四大氏族，你们想好对策了吗？"

云闪闪眼中犹豫之色一闪而过，却被秋姜敏锐地捕捉到了。

秋姜眯起眼睛缓缓道："你们……五大氏族，是不是决定联手，先一致对外？"

云闪闪一震。

秋姜的心则沉了下去——果然，这是一场针对风小雅和薛采的陷阱。而设局的不仅仅是云笛，还有其他四大氏族。

而此刻，颐非误打误撞地假扮成丁三三上了云闪闪的船，云闪闪又落到了自己手中，所问出的这些，是真？是假？是无意揭开的秘密，还是另一场精心策划过的陷阱？

秋姜忽然发现自己无法分辨。

她甚至不能分辨，眼前的这个云闪闪，是不是真的就是传说中的云家二公子。也许跟颐非冒充丁三三一样，云闪闪也是别人假冒的？

秋姜的眼眸深沉了起来。她忽然伸手在云闪闪额头弹了一下，云闪闪立刻晕了过去。

然后秋姜开始搜他的身。

秋姜搜得很仔细，什么地方也没有放过。

云闪闪身上没有任何奇怪的地方，没有胎记、没有伤疤，更没有老茧，肌肤如丝缎一般光滑，是一个绝对养尊处优的富家公子才能拥有的本钱。

明明是本该十分失望的结果，但秋姜的眼睛越来越亮，最后，当她脱掉云闪闪的袜子，看到脚踝上的一条链子时，她拈起链子，意味深长地笑了起来。

然后秋姜掀帘下床，捡起地上的被子给云闪闪盖上，再放下帘子，走去开门。

"扑通"一下，贴着门的一名刀客摔了进来。

众人七手八脚地连忙把他拉起来，讪讪地看着秋姜。秋姜嫣然一笑："二公子睡了，吩咐任何人都不得打搅。"

刀客们面面相觑了一会儿，一人道："我怎么确定二公子是睡着了，而不是死了？"

"你不信就自己进去看吧。"秋姜让出道来。

该刀客迟疑了一会儿，上前伸手将床帐拉开一线，见云闪闪确实躺在里面，表情平静呼吸均匀，看起来并无大碍后，便转身回到门外。

秋姜笑吟吟地看着他："如何？放心了吗？"

刀客狠狠瞪了她一眼，朝众人做了个手势："走！"

秋姜目送着众人离开，身形也跟着一闪，消失在门内。

秋姜当然没有离开。

一艘行驶在大海里的船，是最强的天然囚牢，没有人敢擅自离开。对比人祸，天灾绝对要可怕得多。

因此，秋姜在看了一眼外面一望无垠的大海后，打消了伺机离船的念头，而是提了一盏灯，走到最下面的船舱。

船舱底部，一般都是用来堆货的。

除此之外，还压着一些巨石，用来镇船。

因为没有阳光，密不通风，空气十分混浊。

秋姜沿着小木梯走下去，第一眼便看见了颐非。

——跟一大群鸭子在一起的颐非。

鸭子嘎嘎嘎嘎，扑闪着翅膀，企图驱逐这个侵占它们地盘的人类。而颐非，手上铐着铁链，蜷缩在角落里，任由鸭子啄他的衣服头发，就是不挪地。

他也确实没法挪移，因为那铁链很短，两头牢牢钉死在船壁上，如果不能用钥匙打开锁铐的话，只能撬墙壁，而墙壁一旦被撬掉，海水估计就涌进来了。

真是损人不利己的行为啊。

秋姜一边感慨一边走到颐非面前。

鸭子们冲她仰脖嘶叫。

她只冷冷看了一眼，鸭子突然全部噤声，各自散了，还有的把脑袋埋进了翅膀里，不敢抬头。

颐非明明蜷着腿貌似睡了，却忽然叹了口气道："连鸭子都怕你，你的杀气到底有多重。"

"那要看某人到底愿不愿意说真话。"

"什么意思？"

"说真话的话，就能活。"秋姜走到他面前，盯着他，一字一字道，"不说真话，这里所有人，包括鸭子，都得死。"

颐非睁开眼睛。目光宛如寒月，清冷而清冽。

秋姜却笑了，笑得清扬而清灵。

"是你的人吧。"

"什么？"

秋姜将一条链子递到颐非面前。

链子异常柔软，颜色奇特，在灯的照映下流泻着五色斑斓的弧光。而在衔接处，刻了一个图案——

比翼鸟。

颐非的脸色变了。

与此同时，秋姜低柔的、无比悦耳的声音悠悠响起："崇吾之山，有鸟焉，其状如凫，而一翼一目，相得乃飞，名曰蛮蛮。蛮蛮，是程三皇子，您的，图腾。"

颐非的视线从图腾上往上移，对上了秋姜的眼睛。

那是一双清透得像能洞穿世间万物的眼睛，他几乎能从这眼瞳中看到自己的脸。

颐非的睫毛颤了起来，垂下，扬起，复又垂下。

嘎嘎嘎嘎，鸭子们在不知疲倦地叫唤。

而颐非的声音，便丝丝缕缕、若有似无地在喧闹中透了出来："你猜得没错，确实是我的人。"

"我依稀记得云笛曾是你大哥麟素的心腹，后被颐殊收买，临阵倒戈投靠了颐殊，现在是程国首屈一指的大将军。"

"你的记忆没错。"

"那么他的弟弟云闪闪怎么会是你的人？"

颐非淡淡道："一个能被收买一次的人，为什么不能被收买第二次？"

秋姜微微错愕："云笛又背叛了？"

"一个能背叛一次的人……"

秋姜应和着他说完下半句："就能背叛第二次，对吧？"

颐非眨眨眼睛："聪明。"

秋姜定定地看着他，细细地打量他，猜测这话到底有几分真几分假。颐非的表情很坦然。也是，一个能在鸭子喧叫声中睡觉的人，还有什么事能不处之泰然的。

秋姜从头上拔下一根发簪，开始帮他解除镣铐上的锁。颐非眼睛一亮："你还会这手？"

"我是细作不是吗？细作都会这手。"

颐非笑眯眯地看着她，一双眼睛水汪汪的，令他看起来又艳丽又多情："我好像有点知道风小雅是怎么被你迷倒的了。"

秋姜的手僵了一下："他没有被我迷倒。"

"他娶了你。"

"在我之前，他娶了十个。"

"啧啧啧，一股子酸味呢……"

秋姜停下手，冷冷看着他："你是不是不准备离开这里了？"

"离开，当然离开。"颐非忽然张口，从她手腕上咬走了那条刻有图腾的链子，然后故意慢条斯理地当着秋姜的面，将链身往左手的枷锁上一套，再用牙齿轻轻一拉。

"咔嚓"轻响，镣铐的锁被打开了。

秋姜大吃一惊。

颐非则昧昧笑了起来："忘了告诉你，虽然我不是细作，但也会开锁；还有这链子不仅是链子，也是钥匙。"说话间，另一只镣铐的锁也被打开了。颐非活动了一下双手，悠悠起身。

秋姜瞪着他。

颐非揉了揉脖子，又踢了踢腿，最后一抖衣袖道："自由啰，走。"

"去哪儿？"

"你本来想救了我后去哪里？"

"回房间。"

"那咱们就回房间。顺便——"颐非眨眼，"见见云二。我知道，他一定是落到你手里了，所以你才得到了这链子。"

秋姜下意识伸手想拿回链子，颐非却轻飘飘地飞了起来，蝴蝶一样轻盈地落到楼梯上，然后，用贱得能气死人的表情冲她甜甜一笑："你都知道这是我的蛮蛮了，还眼巴巴地抢，难道想跟我比翼双飞？"

秋姜嘲讽道："这链子之前戴在云闪闪脚上，难道你原本打算跟他比翼双飞？"

"这链子是我给云笛的信物，约好了事成之后娶云家的姑娘做皇后，谁知道怎么会在二货脚上。"颐非一边摇头叹息，一边打开船舱的门走了出去。

秋姜只好跟上。

沿途遇到随船侍奉的婢女们，看着她们目瞪口呆的表情，颐非招了招手："大家好，我又被放出来了。"

一名婢女丢了手中的水瓶，尖叫一声转头跑了。

颐非痛心疾首地看着地上碎裂的瓶子和四下流淌的清水："清水在海上比黄金还珍贵，就这么浪费了，罪孽啊……"

他一边摇头晃脑，一边往房间走。秋姜也不管他，隔了五步远地跟着。

没过多会儿，刀客们气势汹汹地从甲板上冲进来："丁三三逃了？逃哪儿了？在哪儿在哪儿？"

此时颐非已走到秋姜之前的房间门前，一脚踢开门迈进去，回头露出半张脸懒洋洋地应道："在这里——"

刀客们立刻挥刀向他冲去，颐非突然手臂一长，把秋姜也拉进屋，然后"砰"地关上房门，厚实的门板跟第一个冲到跟前的刀客来了个亲密接触。

刀客立刻丢刀捂住自己的鼻梁："痛痛痛痛痛……"再一放手，两道血从鼻孔里缓缓流下。

该刀客大怒，捡起地上的刀"咔"地砍进门内，入木三分，正要拔出再砍，颐非在房中道："别进来。进来我就奸了你们二公子。"

刀客们集体僵硬。

颐非走到床边，望着帘子内鼓囊囊的被子，一手掩唇味味贱笑了两声："你们可想清楚了，就你们二公子这样的，被打被骂被杀被剐都没什么，但如果被人那个啥了，还是被男人那个啥了，他会怎么样？"

刀客们集体颤抖，一片寂静中，一个带着几分愤怒几分冷傲几分难以言说的声音羞耻地响了起来——

"会怎样？"

屋内的颐非怔了怔，看向秋姜："我好像耳朵听错了？"

"你没听错。是他。"

颐非变色，立刻扯掉床帘掀开被子一看，里面鼓起来的是两个枕头，哪里有云闪闪的身影？

与此同时，一人"砰"地一脚踢在房门上，整扇门就那样倒了下来，震得船身都跟着抖动。

云闪闪愤怒到极致的面容赫然映入眼帘："你要对我怎么啥？说！什么是那个啥？！"

他身后，刀客们训练有素地围成两圈，宛如一张密不透风的网，将廊道堵了个水泄不通。

这里是甲板下的下等船舱，没有窗，唯一的门被踢掉了。门外有个恨不得将他挫骨扬灰的云二公子，云二公子身后有二十多把亮闪闪的刀，而在他们脚底下，还有一大群能把人心都给叫碎了的鸭子。

颐非眼珠一转间，已审时度势完毕，当即上前两步，单膝跪下，把图腾项链恭恭敬敬地举过头顶，呈递到云闪闪面前。

"小人从那臭娘们儿手中夺回了蛮蛮，特地来献给二公子。"

他身后的秋姜翻了个白眼——

她就知道！

这家伙，危急时刻果然又出卖了她！

云闪闪怒冲冲地上前一步拿链子，谁料指尖刚碰到链身，脚下一滑，整个人前倾，而下一瞬，颐非已迅雷不及掩耳地将他一把架住，囚固在自己身前。

刀客们大惊失色，刚要救人，颐非已将那条头发丝般粗细的链子绕在了云闪闪的脖子上，作势轻轻一拉，云闪闪已杀猪般叫了起来："我听你的！什么都听你的！"

"识时务。"颐非笑眯眯地瞟了他一眼，"先告诉我，是谁把你放了的啊？"

"我。"

清幽飞扬的语音，分明清晰入耳，却一时间让人分不出来自何方。

颐非的眼神乱了一下，就在那一乱间，只听一阵重响，头顶上方的天花板破了个大洞，数条拴着绳索的铁钩从上面掷下来，将颐非的袖子、腿、衣领、后腰穿了个透，然后跟钓鱼似的一拉，颐非就被拉上去了。

秋姜一看不好，连忙飞身抓着跌在一旁没来得及有反应的云闪闪一起，也从洞口跳出去。

洞外就是甲板，微腥的海风把她的头发吹得朝后笔直飞起。

与此同时，无数把枪戳过来将她围在了中间。

秋姜立刻松开云闪闪——从某种角度来说，她比颐非还要识时务。

甲板上，乌压压的士兵。

跟刀客们截然不同的，充满肃杀之气的士兵们。

这是久战沙场训练有素的精兵才有的气势。

秋姜的心"咯噔"了一下——不妙。

在她头顶上方，颐非被铁钩吊在船帆上，见秋姜也被擒，不禁苦笑道："你跟着出来干吗，瞎折腾。"

秋姜咬了下嘴唇，没有回答。

前方的士兵忽然转身，立正手中的长枪，齐声道："将军！"

一位三十出头身穿铠甲的英武男子，像一杆最锋利的枪，气势逼人地从船头走过来。

虽然秋姜是第一次见这个人，但她立刻猜出了此人的身份——云笛。

此人就是程国当朝第一名将云笛吗？

没想到，他也在船上！

秋姜刚这么想，就发现自己错了。因为在这艘大船对面，还有另一艘更大更威武的战船。

也就是说，在她提灯去船舱底层救颐非的时候，云笛已登到这艘船上救了他弟弟，不仅如此，此刻还生擒了颐非。

他……要抓的，是丁三三，还是颐非？

如果是丁三三，为什么？如果是颐非……颐非跟他不是一伙的吗？

秋姜正在思索，云笛已大步笔直走到了她面前，盯着她，表情古怪。

"你怎么在这里？"

秋姜一头雾水，但她最擅长的就是不动声色。脑袋里虽是一团紊乱，表情却波澜不惊，她静静地回视着云笛，并不答话。

云闪闪娇呼一声，冲到了云笛身边："哥，就是这女人欺负我！你要给我报仇啊！"

"我没有。"秋姜道。

云闪闪大怒："什么？你不承认？你脱我衣服羞辱我！"

"我是女人。"

"什、什、什么？"

"我想献身给你，才脱你衣服。我这叫自荐枕席，不叫羞辱。"

"你！你！你……"云闪闪气得鼻子都歪了，一跺脚，转向云笛，"哥，你可一定要给我做主啊！"

云笛没理他，径自盯着秋姜，将她上上下下打量一番，道："跟我进船舱。"说着一挥手，指着秋姜的长枪立刻收走，让出一条路来。

秋姜只好硬着头皮跟云笛走。

头顶上方，颐非忽然开口叫道："等等，我怎么办？"

云笛压根没理他，只有云闪闪一听这话，眼睛一亮，抬起头朝他狞笑："你？就让小爷我来跟你玩玩吧！"

颐非哀号。

哀号声很快被关在了门外。

一层船舱前半部分，乃是个巨大的花厅，布置极为华美，左右各有八扇窗，全部大开着，风呼啦啦地往里灌，海风很冷，秋姜不禁打了个寒噤。

云笛看了她一眼，走过去把窗户关上。

秋姜留意着他的举动，心中全是疑问。

云笛关完最后一扇窗，却不回身，背对着她，忽然开口道："我以为你在燕国。"

秋姜眉睫微颤。

"闪闪飞鸽传书来说抓了份大礼给我，我以为他是指丁三三，没想到是你……"云笛的手在窗棂上握紧，又松开，又握紧，声音越发低沉，"你为什么要回来？你……你若不回来，我虽然思念，但心是平静的。你一回来……我……我的心就乱了。"

秋姜呆住了。

如果此人不是那么严肃，如果此人不是身穿铠甲，如果此人说得再柔情密意一些，如果此地不是船舱而是花前月下……那么，这样的对话足以成为情人重逢的感人场景。

可惜，被表白的对象，是失忆了的秋姜。

她只觉得异常尴尬，还有点怜悯，又有点自厌——她之前到底是个什么人，跟风小雅纠缠不清不算，还跟这位程国名将有一腿？

云笛突然一拍窗板，像是终于做了什么决定似的，转过身来。与此同时，腰间的宝剑"哧"的一声脱鞘而出，明晃晃地指向了秋姜的眉心。

"我对你说过，也对自己说过——不要再回来。只要你再踏上程国半步，我就杀了你！"明晃晃的剑刃，格外清晰地倒映在了云笛眼中，令原本就严肃的他看起来越发凌厉，冷静而冷酷。

剑尖，距离秋姜的眉心，只有一分。

而这一分，秋姜知道，自己逃不过去。

眼前的这个男人，不是空有架子的花瓶，他的每一分功勋都由厮杀而来，他杀的人比许多人一辈子见过的人还要多。他的交手经验之丰富，远在她之上。

作为细作，她擅长的是暗杀，是谋略，而不是明刀明枪的决战。

因此，秋姜索性将眼睛闭上。

置之死地而后生。

她不信，一个看她冷就立刻去关窗的人，能真的动手杀她。

果然，剑尖抵住了她的眉心，却没再往里刺入，而是停住了。

剑刃冰凉，让她的肌肤起了一阵战栗。

但她很快冷静，因为刃上的轻微颤动，没有停。

秋姜知道——云笛的心，是真的乱了。

因为心乱，所以手抖，因为手抖，所以剑颤。

这一剑，他不会刺进来了。

她安全了。

秋姜缓缓睁开眼睛。

映入眼帘的，是云笛依旧一丝不苟，凝重到阴沉的脸庞。

他盯着她，目光里并没有迷恋、不忍和痛苦，有的，只是深深地绝望。最后，他终于将剑转手一掷，剑"砰"地刺进窗板，钉在了上面。

"你……为什么要回来？！留在你的燕国不就好了吗？留在风小雅身边不就好了吗？你杀了那么多如意门的弟子，你以为夫人会放过你？你知不知道就算我不杀你，还有无数人等着手刃你报仇？你只要一踏上程国的疆土，就必死无疑！"云笛说着转过身，又去面壁了。

秋姜无言以对。

"你跟风小雅……到底发生了什么？"

秋姜沉默。

云笛终于忍不住回头，盯着她："到现在你还不肯说实话？"

"实话……"秋姜忽然笑了，笑得云淡风轻，"什么是实话，什么又是虚话？我说的，你就信吗？"

云笛斩钉截铁道："只要你说，我就信！"

"那么……"秋姜慢吞吞道，"如果我告诉你，我是为了你回来的。你信吗？"

云笛整个人重重一震。

秋姜直视着他，索性靠近："因为思念你，所以我还是回来了。我抛弃了一切，只想回来找你，哪怕你要杀我，哪怕你要我死，我也要回来。"

她每靠近一步，云笛就后退一步，这一回，轮到她对他步步紧逼。

秋姜继续道："我一直在想——你为什么要背叛颐殊，为什么跟颐非暗通款曲，为什么要在这种莫名其妙的时候，出现在这个莫名其妙的地方，然后对我说这些莫名其妙的话……"

"你……"云笛开口想说话，却被秋姜打断。

"直到你刚才对我出剑，我才想清楚——原来，你是为了我来的。"说完最后一个字时，秋姜已经逼到了云笛面前，近在几乎能碰触到他鼻尖的地方，然后，慢慢贴上去，靠在他怀中。

这个男人的身体立刻僵硬了。

秋姜伸出手，在他胸口画圈，刚画一半，手被云笛抓住。

云笛的表情十分古怪，像是在强忍着什么，抓她的手也在轻轻地抖，最后还是忍不住，将她一把推开。

秋姜跌倒在地。

明明是十分尴尬的场景，秋姜却笑了，捂着脸笑了起来。

"云大将军，你的演技真差呀！"

云笛怔住。

秋姜笑得上气不接下气："是谁教你的那句，什么你不来，我虽然思念，但心是平静的，而你一来，我的心就乱了……真是难为你了。能把那么情意绵绵的话说得跟背书一样，估计也挺难的吧。"

云笛紧皱眉头，沉声道："我不知道你在说什么。"

"不，你懂的。不只你懂，外面的那个人也懂。请他进来吧。别再演了。这种肉麻苦情的戏码不适合你，更不适合我。"秋姜说着，从地上爬了起来，走过去打开门。

外面，云闪闪正在用长枪戳颐非，颐非的衣服已被戳得千疮百孔，全是洞，他拼命闪躲，底下的人看得哈哈大笑。

秋姜也静静地看了一会儿，才转向云笛："你还不叫停？你的盟友就要被你弟弟玩死了。"

云笛眯了眯眼睛，终于开口道："住手！把丁三三放下来！"

云闪闪一听，不满道："不要啦，人家还没玩够！"

云笛只冷冷看了他一眼，他就立刻低下头，乖乖去解绳索了。绳索一解开，被吊着的颐非降了下来，只见他空中一个翻身，自行解脱了身上的钩子，稳稳停在了甲板上。

云闪闪握着空荡荡的绳头，呆了一呆："你、你、你居然不是真吊？"

颐非扭了扭脖子，再揉了揉自己的手臂："谁说不是真吊？吊得我手脚都麻了。"一边说着，一边大步走进船舱。

云闪闪一头雾水，睁大眼睛看看他又看看秋姜，最后看向云笛："哥，这到底是怎么回事啊？"

"没什么。你不需要知道。"云笛等颐非一进门，就"砰"地关上了房门。

依稀听到云闪闪在外抱怨，但那抱怨声很快没了，估计是被谁劝住了。而船舱内，只有颐非、秋姜和云笛三个人。

云笛依旧严肃。

秋姜表情冷然。

只有颐非，笑眯眯的，被虐待半天还一副心情好好的样子，啧啧道："我就说你不行。果然，连一盏茶的时间都没撑到，就被识破了。"

云笛冷哼了一声。

秋姜道："你知道他不行，还让他来试？"

"他不自己试一下，怎么会死心呢？"颐非往榻上一倒，看着自己满身伤口，无奈地叹了口气，"其实你比我好多了。你只是被谈情说爱了一番，我却是当了人肉枪耙啊。"

秋姜清凉如水的目光转向了云笛："你们真是亲家？"

"嗯，未来的大舅子呢。"颐非替他回答。

秋姜沉下脸："我没问你。"

颐非吐了吐舌头，从怀中取出个药瓶子来："算了，我先疗伤，你们继续。"

然后他开始老老实实地给自己上药。

秋姜再问云笛："你为什么要试探我？"

云笛沉默了很长一段时间，才终于抬头，做出了反应："我不能让你这么危险的人物回程国。尤其是，跟着他一起回来。"

"所以你要确定我是真的失忆，而不是伪装成失忆的样子故意跟着他，其实另有所图？"秋姜无法理解，"我不明白。如果我没有失忆，就知道你是假的，你根本骗不了我……"

"他是真的。"颐非突又插话。

秋姜一怔："什么？"

"他……"颐非点点云笛，"真的认识你。而且——"

"也真的说过，只要你再踏上程国一步，就杀了你。"云笛说这话时的表情一如既往严肃和认真。

但这一次，秋姜的心，真真切切地乱了。

她不由得后退了几步，坐到了榻上，脑海里思绪翻滚，一时间，完全无法反应。

颐非认真地给自己上着药，而云笛不再说话，花厅里很安静。

安静得仿佛能够把一切唤醒，又仿佛能把一切埋葬。

秋姜不由自主地抓着自己的胳膊，艰难出声："我之所以知道你在演戏，是因为三点。第一，那些钩住颐非的绳索，虽然看起来很粗很结实，但以我对他的了解，是不难挣脱的，他却乖乖让你们吊起来，这肯定有问题；第二，你演得实在太差，你根本连我的碰触都难以忍受，怎么可能如你所说的喜欢我；第三……你在套我的话，别人纵然察觉不出，但作为一个久经训练的人，这些问话技巧怎么可能察觉不到？其实你真正想问我的是——为什么离开风小雅，对吗？"

云笛的目光闪动了两下。

秋姜苦笑："何必呢……一个两个，都拿过去来试探我，为难我。真的……何必呢？"

"我说过，我不能让你这么危险的人物回程国……"

"尤其是，跟我一起回来。"颐非再一次接了云笛的话，但这一次，他的表情异常认真了起来。

他注视着秋姜，用一种前所未有的凝重表情道："因为，船只一旦抵达芦湾，就没有回头路可以走了。所以，在这之前，我，以及我们所有人，都要确保不会有意外发生。而你，无疑是最大的一个意外。"

"因为你是薛采指定的人，是风小雅背后推动的人，也是……"云笛上前两步，一字一字道，"女王的人。"

一阵风来，吹开了被剑刺中的那扇窗户。

窗户吱吱呀呀摇晃，窗板上的剑柄颤啊颤。

仿若悬在秋姜脑中的记忆，在这一刻，摇摇欲坠。

"你叫秋姜，是蓝亭山下一个叫作'归来兮'的酒铺老板的女儿，因为身体不好，自小在山上养病。"

假的。

"公子上山参佛时，看见酒铺意外着火，你父母双双陨难。公子见你孤苦，便纳你为姜，带回草木居。"

假的。

"你父本是程国凤县人，因在程国活不下去就去了璧国，在璧国帝都卖酒时认识了你娘。两人成亲后生下了你，为了给你看病辗转到的燕国。所以，你的户籍在程。但你父孤儿出身，家中已无亲眷。而你母冯茵有一位姐姐叫冯莲，还在帝都，是你在世上唯一的亲人……"

通通都是假的，假的，假的！

突然一阵狂风刮来，窗户狠狠一撞，插在上面的剑终于承受不住力道掉了下来。

摇摇欲坠的记忆，在这一瞬，全面崩塌。

秋姜终于想起了如意门。

想起了她本来的名字。

她当然不叫秋姜，也不叫七儿。"七儿"的所谓人生是从一场大雪开始的——

天寒地冻，风雪呼啸。

她被关在一个大大的屋子里，身边有很多人，都是孩子，年纪最大的看起来不到十六岁，她是里面最年幼的。

身边的孩子们大都在哭，还有争吵和打架。屋子里乱哄哄的，而且冰冷冰冷，没有火炉，更没有衣物。

屋外是一大片雪地，雪地尽头，是高高的围墙，像一个巨大的罩子，罩着这栋孤零零的屋子。

她等啊等，不知过了多久，终于有个大人走进来，对他们说马上开始一场考验，只有通过试验的孩子才有机会去圣境。于是，他们被丢弃在屋子里，七天七夜，没有食物没有救援。

七天之后，那个大人终于回来了。屋子里的孩子们因为各种原因死的死、病的病、伤的伤、残的残。

她是唯一一个完好无损的孩子。

她被单独挑选出来，带到一个叫作品先生的男人面前。

品先生盯着她看了很久很久，问她在去极乐世界之前，有没有什么想说的。她回答："有。我是谁？"

品先生回答她："你是谁不重要。从今天起，你想叫什么名字就叫什么名字。"

他说这话的时候，身旁的等高花瓶里姜花正艳，芳香沁人心脾，宛如一只停在翡翠簪头的蝴蝶，清丽灵动。

也许是因为她注视的时间久了些，品先生看了那瓶花一眼，折下一朵递给她："喜欢？是你的了。"

她惊诧，而品先生的下一句话是："今后你喜欢什么，都可以得到。因为——在圣境里，无所不有。而你必将，无所不能。"

品先生没有说谎，但他也没说实话。

她确实去了一个叫作圣境的地方，后来也确实无所不能，但那是不断以濒临死亡为代价换来的。

她从九岁长到十二岁，开始外出执行任务。

每一次任务完成后，她在圣境内的地位都会高一些。

她成了如意夫人最喜欢的弟子。她在圣境内被尊称为七主，是如意七宝中的玛瑙。

到了十九岁时，所有人都在说如意夫人会把衣钵传给她。她也在积极等待那一天来临。

而就在那时，如意夫人给了她一个筹谋多年的任务——四国谱落到了风小雅手上，伺机接近他，窃取此物。燕国的大长公主钰菁，会给予帮助。

四国谱，是流传在唯方大陆的一个传说。

传说璧国的姬家之所以迅速崛起，百年不倒，就是因为他们有一本《四国谱》。里面记载了世家的秘密，任何一个说出来都足以震惊天下。而姬家，就是用这些秘密要挟各大世家，操纵他们为自己办事。

如此重要的东西既然落到了风小雅手上，必须赶在姬家有所举动前，抢到手中。

夫人给她安排了新的身份——酒庐老板的独生女儿，在填写姓名时，她忽然想起品先生递给她的那朵花，于是提笔写下了"秋姜"二字。

如意夫人看着这个名字，扬眉一笑："秋天的姜花？词简意美，不错。"

新身份就那样被一步步完善——

秋姜，性灵貌美，擅酿酒，通佛经。

父程国人，母璧国人，七岁随父母移居燕都郊外蓝亭山下，经营酒庐为生。因其父酿得一手好酒，无数权贵慕名远来，踏青品酒，自成风景。秋姜因为病弱，被送往山上庵堂养病，鲜少出现在人前。

如意夫人把写到这里就停了的名录册递给她，嫣然道："接下去该怎么填写，你自己看着办吧。"

七儿看着上面结体宽博，气势恢宏的字迹，想了想，提起毛笔接着写了一句话——

"菩提明镜，惹了尘埃。"

第二卷

前世·蛇魅

愿你此后梦中，
没有苦难，唯有欢喜。

愿你千锤万炼，百折不屈，
仍能回到人间。

"豆腐。"

素白的手垂入木制盆的清水中洗净，用丝绢拭净了，挪到一板半尺见方的豆腐前。

"又称膏菽。言好味，滑如膏。取黄豆用石磨磨成粉，熬成浆，以纱布滤净，再反复熬制，加石膏粉兑之，放入板盒，以石压之。一个时辰后开盒，即成膏。"

玉手拿起竹刀，"嚓"地一切，切下巴掌大小的一方，放入木盘。

"说来简单，但想做得好，每一步都要做到极致。好比这块，为何好？"修长的手指一翻，指尖多了一枚针，举到一尺高的地方松开，银针坠落，稳稳地插入了豆腐中。

"晶白细嫩，遇针不碎。"

竹刀如风，每一下、每一顿，都极具韵味。不一会儿，便将豆腐雕成了一朵白玉莲花。

双手未停，翻搅着另一只小碗，将一朵真正的荷花捣碎，浇入蜂蜜，混成粉色后，将汁浇在豆腐莲花花瓣的尖尖上。如此一来，豆腐莲花上也泛呈出了逼真的渐粉色。

再取来几片荷叶，剪入盘中。

将剩余的荷花蜂蜜烧热，加入绿豆粉，捏了一只蜻蜓出来。

最后，把糖泥蜻蜓小心翼翼地放到豆腐荷花上。

一盘"蜻蜓落荷"便栩栩如生地呈展在了木盘中。

手的主人再次洗净了手，用丝绢擦干，将木盘托起，走向一旁的软塌。榻上闭目盘膝坐着个眉发皆白、身形枯瘦的老和尚，还有一位年约四旬风姿犹存的道姑。

道姑用满是欣慰的眼神看着那盘佳肴，躬身对老和尚道："小徒拙计，献丑了。恭请无牙大师品评。"

老和尚这才睁开眼睛——

看见做菜的女子对他盈盈一笑。

清雅绝伦的白玉豆腐莲花，在她的笑靥下也黯然失色。

无牙静静地看了她一会儿，伸手拿起筷子夹了一口豆腐放入口中。

中年道姑忍不住问道："敢问大师，可行？"

无牙慢慢地咽下那口豆腐，再抬眼看做菜的女子时，便多了许多情绪："这盘豆腐，得形、色、香、味，却不得魂。"

女子脸上的笑容消失了。

"这样的素斋，招待寻常人无妨，想献给鹤公，却是不够。"无牙大师说着轻轻咳嗽了起来，拢了拢身上的袈裟，叹声道，"罢了，还是老衲自己来吧。"

女子直勾勾地盯着他，语音有些不甘："请问大师，何为魂？"

"素斋之魂，是'净'。心不净之人，做不好心食。"

"大师由何看出我心不净？"

无牙的眼神充满悲悯，看着她，就像看着一件打碎了的绝世瓷器，片刻后，一笑，垂下眼皮不再说话。

女子却似大悟，沉默了好一会儿后，将整盘豆腐"啪"地回扣在托盘上，竟是生生毁去了。

中年道姑惊道："秋姜，不得无礼！"

秋姜盯着无牙，她笑起来时眉眼灵动，光华夺目。一旦不笑，其貌不扬，更有股死气沉沉之气，宛如一具雕工拙劣的木偶。

"我再去练。"她木然地说，然后转身离去。

下一刻，秋姜走出厨房，山风吹过来，吹起她的月白僧衣和长发，宛若流风回雪。

门外被绑着的小和尚，看见她却如看见鬼魅，嘶声道："你、你把我师父怎么了？你这妖女，快放了我师父！我师父是得道高僧，你如此不敬神佛，是会遭报应的！"

秋姜冲他一笑，用手中的竹刀敲了敲他的光头："想救你师父？就得听我的。"

小和尚含泪悲愤："小僧誓死不从！"

"那我切了老和尚的手，让所谓的天下第一素斋就此消失吧。"秋姜作势要扭身回屋。

小和尚连忙唤住她："你到底想做什么？"

"很简单，一件事——六月初一的心食斋，由我来做。"

小和尚先是一愣，继而想到一事，惶恐地睁大了眼睛："你、你……你想对鹤公做些什么？！"

秋姜明眸流转，一身僧袍，硬是被她穿出了章台平康花团锦簇的风姿，看在小和尚眼中，便是活生生的摩登伽女，念着先梵天咒准备去迷惑阿难。

"阿弥陀佛，造孽啊！"

六月初一，风和日丽。

每年的这一天，风小雅都会前往蓝亭山缘木寺参佛。

这位名动燕国的鹤公，大概是天生重疾，看破生死，因此一方面放荡风流，娶了十个老婆，极尽享乐之事，另一方面却又推崇修身养性，结交了不少高僧雅士。

蓝亭山上有两座庙宇，一寺一庵，都名缘木，分别招待男客女客。地处京郊，达官贵人富商文士总去踏青，久而久之，自成风景。

山下有一间酒庐，名叫"归来兮"。

店主是一对夫妇，姓秋。

有路人问："你们明知山上是寺庙，过往行人大多是去烧香的，见菩萨时要诚心诚意，怎么可能停下来喝酒呢？"

秋氏夫妇笑笑，答："正是因为此地方圆十里无酒无肉。故而卖酒。卖茶的已太多了。"

别说，还真是如此。一开始大家都不去，慢慢地，酒庐的生意就好起来了，到得最后，把邻边所有的茶铺也给挤走了。

原来大家拜了菩萨下山后，都觉得可以放松了，便纷纷到酒庐喝几盏；也有山上的香客馋酒，偷偷下山买；更有那百无禁忌的，该喝的喝，该拜的拜。

秋氏夫妇道："来烧香拜佛的，都是对菩萨有所求的。往往这样的人，才容易贪杯。"

再加上他家的酒确实酿得不错，一晃十年，已成金字招牌。许多人就算不拜菩萨，也会刻意驾车去品尝。

秋氏夫妇有个女儿，据说从小体弱多病，寄养在庵中。秋姜偶尔下山，被人看见，也只说是面黄肌瘦，其貌不扬。

而这一年，华贞三年的六月初一寅时，风小雅的马车经过秋氏夫妇的酒庐时，听前方一阵骚动呼喊声，便掀帘看了一眼。

他一向懒惰，能不自己动手就绝不动，这一次，却是鬼使神差地掀了车帘——

初夏的晨光还很朦胧，但那熊熊大火燃烧正旺，几将整个天空都给映红了。

风小雅皱了皱眉，问赶车的车夫："怎么回事？"

车夫共有两人，全都身穿灰衣，其貌不扬，一个名叫孟不离，一个名叫焦不弃。

焦不弃下车询问一番，回来禀报道："秋家酒庐不知怎的着火了。大家正在救火。"

风小雅"唔"了一声，身体方面的原因，他一向鲜少沾酒，尽管对这家酒庐早有耳闻，但始终不曾踏进一步。如今见它失火，也未在意，他吩咐道："继续上山。"

孟不离和焦不弃驾驭马车离开，走出很远还能听见后面屋宇倒塌的声音。焦不弃道："那酒庐里不知藏了多少烈酒，才会烧得这么惨烈，看来没个把时辰是熄不掉的。"

孟不离频频扭头回望，十分感兴趣地点了点头，"嗯"了一声。

"不知道老板和老板娘逃出来没。希望烧物不烧人啊！"

"嗯。"

"不过烧了物也可惜，他们家的酒真是挺不错的，这一烧一砸，估计全没了……"

"嗯。"

"没准就是菩萨对他们的惩罚。在山下开什么店不好，非要酒啊肉的，不知祸害了多少修行之人呢……"

孟不离连忙紧张地冲他摇头："妄议、菩萨、不敬。"

焦不弃哈哈一笑："是是是，吃人嘴软，吃了菩萨的饭，便不该再妄言菩萨的事了。"

车内的风小雅忽然咳嗽了一声。二人彼此对望了一眼，笑着加快了速度。

其实他们没有说错，风小雅此行的目的，根本不是什么修禅谈佛，他每年的六月初一会去缘木寺的原因是——吃素斋。

缘木寺有一位高僧名叫无牙，人虽无牙，却有一手好厨艺，做的素斋可以说是一绝。但其人喜爱云游，每年只有几天回燕国，又只有初一的时候才肯下厨做菜。所以风小雅才会在这一天专程坐车去蓝亭山。

外人不知，以为他也是去烧香的，还道这位丞相家的公子一心向佛。

马车抵达缘木寺前，一个面目清秀的小和尚提着灯笼已在等候，见他到了，连忙引入后院，边走边道："鹤公一路辛苦了，这边出了点事情……"

"怎么了？"

小和尚支支吾吾："我师父……病、病了，起不了床。"

"什么病？"

小和尚摇头："不知道……他说休息几天就会好。但鹤公不用担心，您的这顿斋饭是早就许下的，不能让您白跑一趟，所以，请了其他人来做……"

话音未落，风小雅已道："停。掉头，下山。"

小和尚大惊："鹤公怎么了？"

风小雅淡漠得略显傲慢的声音从马车里传了出来："我只为无牙大师的素斋而来，其他人，不配让我如此舟车劳顿赶来吃。"

小和尚很是尴尬，想拦，却又不敢拦。

孟不离和焦不弃向来是主人吩咐什么立刻照做，当即掉转车轮往回走。

刚走几步，空中传来了一缕奇香。

那香味散散淡淡，却又能真真切切地闻到。

焦不弃不由自主地停下了驱车的手，吸吸鼻子道："好香！"

身后，他们本来要去的厢房起了一阵响声，一双素手伸出来，将四扇纱窗——

打开。

袖白如雪，手莹如玉。

孟不离和焦不弃彼此使了个眼色——女人！很好，这下子公子估计不走了。

伴随着窗子的开启，香味渐浓，沁入心脾，令人食欲大动。不同于寻常食物的香气那么油腻酱稠，这香味是冷的，带着些许甜柔，还有点奶味。

风小雅在车中也闻到了这味道，果然好奇："停车。"

孟不离和焦不弃又将车掉回去，来到厢房前。

这时，厢房的门"吱呀"一声开了，一个穿着月白僧衣的姑娘出现在门内。她虽然穿了僧侣的衣服，却留了一头乌黑长发，肌肤素白，眉目清浅，周身如照月华。

——就像从经文旁香炉的烟雾中走出来一般。

风小雅通过车窗看见了她，手中把玩着的一串佛珠就那么松落到了膝上。

僧衣女子躬身行了一礼，用跟烟雾一样缥缈柔弱的声音道："素斋已备好，请公子入座。"

小和尚连忙道："鹤公，这位就是小僧临时找来为你做素斋的秋姜姑娘。她的厨艺也很不错，您且试一下吧。您要这么走了，师父知道了会怪小僧的。"

风小雅的目光像是黏在了秋姜身上，再也听不到其他声音。

他久久地盯着她，一言不发，一动不动。

小和尚等了又等，还是没见回应，有些尴尬。

而秋姜也似等得不安，疑惑地抬起眼睛，望向车窗中的风小雅。

唔……此人就是鼎鼎大名的鹤公啊。

燕国第一宠臣，确实是个特别的人。

最特别的是他的眼神。

他静静地看着她，眼神专注而阴郁，带着某种古怪却又诱人的倦意，像块将碎未碎的冷玉，让她很想……快点敲碎！

秋姜眸光微转，垂下眼睫，遮住了心中的欲念。

而孟不离和焦不弃双双下马，将车壁上的扣环打开，把一侧车壁放了下来支成了临时的几案。

焦不弃吩咐秋姜道："那就上菜吧。把菜都端到这儿来。"

"这里？"秋姜有些好奇地打量这辆别具一格的马车。

小和尚却是见惯了的，闻言忙进屋把斋菜端了出来。

以往，无牙大师都是做够一百零八道斋菜，寓意佛经中的一百零八种苦恼，吃了就等于是把那一百零八种苦恼全部咽了、化了、舍了、忘了。

这一次，秋姜却只做了六道菜。

六道一眼望去，看不出什么的菜。

第一道，是一碗羹汤，浅碧色的汤汁上，漂着一片苇叶，除此之外再无其他。

风小雅看着这道汤，却像是看见了十分有趣的东西，难得眼神微热："一苇渡江？"

秋姜躬身回答道："鹤公好眼力。这道汤的名字就叫一苇渡江，源于当年梁武帝派人追赶达摩祖师，祖师走到江边，见有人追，便折了一根芦苇投入江中，化作扁舟飘然离去。"

孟不离舀了一小碗捧与风小雅。

风小雅尝了一口，皱眉放下勺子问道："黄连熬制的汤？"

秋姜点头："是。"

孟不离一怔，连忙取了另一个勺舀起一口品尝，刚喝下去，就"噗"地吐了出来，五官全都皱在了一起。

焦不弃当即拔剑，怒斥道："大胆！竟敢做这种东西给我家公子吃？！"

秋姜既不害怕也不生气，只是淡淡道："风公子，你为何要吃素斋？"

风小雅还没回答，焦不弃已道："我家公子一向吃素！"

"那就更奇怪。普通人吃素大多两个原因——一为换换口味，大鱼大肉吃腻了，换点清粥小菜清清肠胃；二为表心诚，来拜菩萨满嘴油光不好。风公子既然一向吃素，为何还要刻意来此呢？"

焦不弃怒道："你懂什么！无牙大师的素斋乃天下一绝，极品美味……"

秋姜打断他："那大可请无牙大师上府烹制，为何要跋山涉水不辞辛苦地上山？"说着瞥了一眼那辆巨大的特制马车，"山路狭小泥泞，人爬上来都很费力，更何况车。"

焦不弃道："自然是为了表示我家公子对无牙大师的尊重……"

"修行之人，本就该摒弃贪嗔痴慢疑五戒，连酒肉都要割舍，还去追求口腹之欲，岂非自相矛盾？"

"这……"

"无牙大师既是高僧，更不应，也不会沉溺于此。所以——"秋姜抬起头，用一双烟雾中明珠一般的眼瞳凝望着风小雅，"风公子，您，为什么要来吃素斋呢？"

风小雅的表情莫测高深，看着她，悠悠道："你觉得呢，我为什么来？"

他如此轻描淡写地把包袱抛还给了秋姜，秋姜不由得一笑，答道："小女斗胆，猜测公子是刻意为了品尝那一百零八种苦恼而来，也就是说，菜是其次，菜里蕴含的意义，才重要。"

这话分明意味不明，但风小雅的目光一下子犀利了起来，宛如利刃，在她身上游走，仿佛随时都会劈落。

但秋姜还是一点都不害怕，她明明看起来柔柔弱弱怯生生，一双眼睛却异常坚定，还带了点莹莹闪烁的笑意，让人实在不能对这样一个小鹿般的姑娘发脾气。

风小雅也不能。

所以他很快收起了目光中的锋芒，重新恢复成平静无澜的模样，对孟不离道："不离，把第二道菜端上来。"

第二道，是一个大大的托盘，盘子的左边是一株半尺高的树，仔细看的话会发现乃是用萝卜雕刻而成，枝丫上还垂挂了几十片半透明的叶子，形态极为逼真。右边则是一个白玉丹心壶，热气正源源不断地从壶嘴里冒出来，之前闻到的淡淡甜香便是从壶中传出来的。

孟不离和焦不弃不禁对这位秋姜姑娘收起了些许轻慢之心。不得不承认，她做的菜味道如何不论，雕工却是一流的。

秋姜道："请允许我为公子布菜。"

风小雅点了点头。

于是秋姜走到车前，把托盘放到案桌上，介绍道："阿修罗道中，有一棵如意果树，三十三天的有情可以享用，阿修罗们却不能。于是，他们想方设法弄死了如意树。"

风小雅接了下去："但只要天界众生洒下一种甘露，如意树就会复活。"

秋姜点头一笑，提起右边的白玉丹心壶，倒在萝卜树上。

乳白色的琼浆，缓缓从壶嘴里流淌出来，带着扑鼻的甜香，浇淋在树上。于是，树上那些透明的叶子"唏"地蒸腾了，消失不见，与此同时萝卜熟了，变得更加晶莹剔透，美不胜收。

秋姜放下壶，望向风小雅。

风小雅提筷，折断一根树枝放入口中，细细咀嚼，原本微拧的眉头，慢慢舒展开来，表情也跟着柔和了几分，"花蜜？"

秋姜点头："是取蔗糖和十二种花蜜调制后，将雕好的萝卜浸泡其中足足十二时辰，取出风干，挂上冰片。吃的时候，用热蜜一浇，冰就化了。如此热中有寒，乳中有脆，再加上你刚喝过苦汤，更觉甘甜。这一道菜，是乐。"

孟不弃看得垂涎不已。他陪在风小雅身边多年，也算是见多识广了，但这样的菜肴，当真是从没见过。

风小雅道："先苦后乐，接下去是什么？"

"是舍。"

风小雅目光微闪，缓缓道："苦、乐……舍……八根三受。"

"是。苦、乐、舍；好、恶、平。此六根也。我做菜慢，做不了如无牙大师那样的一百零八道菜，所以，只能简化。"

"苦乐舍合计十八种，好恶平合计三十六种，再加过去、现在和未来三世，一共就是一百零八种烦恼……原来如此。"风小雅呢喃了一句后，忽然抬眼望着秋姜，"但你只做了六道菜，没有过去、现在和未来。"

秋姜盈盈如水地回望着他，两人目光相对，连天地都仿佛静止。

在那样静止的天地间，秋姜轻轻开口，说了一句："三世我也做了。而你……

会懂的。"

风小雅眼中起了一阵涟漪。

过了好一会儿，他才别过眼睛道："我先尝下面四道。"

第三道菜的盘子里先是铺了一层珍珠，珍珠上铺了一层樱桃，樱桃上又铺了一层荆棘。

"天中大系缚，无过于女子；果中最绝色，无过于樱桃。"秋姜将这盘菜端上案桌，"这道菜的名字，叫色。"

风小雅将荆棘拨开，夹了一颗樱桃放入口中，眉头立刻皱起。一旁的孟不离连忙递上手帕，他便将刚吃下的那颗樱桃吐在了手帕里，那股酸涩之味，却萦绕舌尖迟迟不散。

于是孟不离又捧上一杯茶让他漱口。

风小雅漱完口，才望向秋姜道："女色，涩也。故要我舍？"

秋姜凝眸道："世人皆知公子有十位娇妻，但娶了这么多，就真能尽享齐人之福吗？"

"大胆！"焦不弃再次不满，"我家公子的事，哪轮得到你指手画脚！"

"是，秋姜逾越了。"秋姜见好就收，并不就此深谈，捧起了第四道菜。

第四道总算像道真正的素斋了，翠绿的茼蒿，被水烫过，犹带水珠，看上去极为鲜脆可口。

风小雅夹了一筷放入口中，却觉味道与普通茼蒿不同，不但又脆又嫩，还有点丝丝凉滑的口感，咽入喉中，则蕴成了雅香，回味无穷。

"冰镇过的？"

"是。"秋姜点头，"先炝水沥干，放入碗中镇于冰上，其间取少量梨汁轻轻喷七次，再取出来，就变成了这个味道。"

第五道是炒柿子，虽然颜色诱人香味扑鼻，但联想到之前的苦和舍，这道寓意为"恶"的菜，着实让人下不了手。

风小雅看着那盘炒柿子，忽然问："这真的能吃？"

秋姜掩唇一笑："公子不敢？"

"柿子甜熟烂软，你又用火将它炒熟了，味道必定会很怪。"

"怪不怪，公子为什么不尝尝再说？"秋姜笑得既神秘，又挑衅，"我保证，这道菜，你会很喜欢。"

于是风小雅还是提起了筷子，夹了一块放入口中，然后整个人一怔。

第一口咬下去，明明还是柿子，但再一咬，就尝到了核桃的碎末，其后每咬一口味道都有变化，等到一整块吃完，只觉绵软香浓，妙不可言。

"这道菜叫十恶，选上好的火晶柿子，腹中掏空，塞入核桃、花生、桂花、豆沙、玫瑰等十种配料，调入蜜柚砂糖，再煎熟。故而一口一个滋味，变化无数。"秋姜笑盈盈地看着他，"我说过，公子一定会喜欢的。"

"你倒是了解我。"

"了解客人的口味喜好，是一个厨子成功的要诀。您是无牙大师的贵客，我怎敢怠慢？但是……"

"还有但是？"

"但是公子太过嗜甜了，终归不好。所以这最后一道菜，是助消化用的。"秋姜说罢，将最后一道菜送到风小雅面前。

最后一道既然要符合"平"的意思，自然是做得四平八稳，看起来像是普通的蔬菜泡饭，只不过里面菜品之多，一眼看去，足有二十余种。味道清清淡淡，入胃后更是温温润润，感觉异常舒服。

如此，这六道菜，风小雅算是全部尝过了，他尤其喜爱最后的泡饭，将整盅都吃光了。

孟不离和焦不弃跟随他多年，还是第一次见他有如此食欲，又是惊奇又是欢喜。再看秋姜时，目光里多了几分认同。

风小雅放下筷子，看着秋姜："你想要什么赏赐？"

秋姜目光闪动："什么赏赐都可以吗？"

"只要是我认为当得起这顿素斋的，都可。"

"好，听闻鹤公音律天下无双，号称玉京三宝之一，多少人趋之若鹜。今日恰逢机缘，小女也想一饱耳福。"

此言一出，孟不离和焦不弃交换了个意味深长的眼神。

这么多年来，用各种姿态各种契机出现在公子面前的女人多如过江之鲫，那些女人的心思，其实也不难懂，都是有所图和有所求。这个秋姜也不能避嫌，看起来是个不好对付的主。

只不过，在公子许了她这样的承诺后，居然不要金要银或者直接开口要嫁给他的，秋姜还是头一个。

她要听公子弹奏？

还真是别出心裁。

风小雅的眉头微微皱了起来，看起来不太想答应。

秋姜忽然旋身飞起，在房门上轻轻一踢，一匹白练"唰"地从门内飞了出来。而她身形不停，将白练一直拉到二丈外的梧桐树上，将一端系在了上面。如此一来，从房门，到梧桐树，赫然挂起了一条长三丈宽三尺的白练。

秋姜转身，对风小雅嫣然一笑，然后跳上白练，开始跳舞。

宽大的僧衣飞扬，她的脚步轻盈如落花，点到哪里，哪里的白练就起了一阵波澜，像是被风撩动的湖水，层层扩散。

她的头发是那么黑，衣服又是那么白，除了唇上一点嫣红之外，再无别的颜色。而就是那么一点嫣红，变成了勾魂的咒，摄魄的毒，让人无法转开目光，也不舍得就此转开目光。

一旁的小和尚不敢再看，连忙垂眼，心中直念阿弥陀佛："完了完了，摩登伽女的先梵天咒要开始了……"

正如他担忧的那样，风小雅动了。

风小雅从椅座下方，拔出了一管洞箫，应着秋姜的舞开始吹奏。

箫声一开始是清脆的，点点轻盈，点点灵动，宛如一只翩翩蝴蝶在春光中肆意飞翔；跟着几个转滑，变得激昂起来，蝴蝶遇到了思念的花，围着花枝旋转；再然后，是一段旖旎风光，款款情愫切切思绪，一波一波地往上推……

突然间，一阵风来折断花枝，花朵轰然坠落，跌入山溪。蝴蝶惊急想要扑救，却眼睁睁看着花朵被溪水冲走。

一连串的高音密集如雨，白练上的秋姜旋转得飞快，仿若蝴蝶在拼命追逐花朵一般。其后，箫声逐渐低迷，将断未断，几番挣扎，却终究无力。

伴随着最后一个长长的拖音，秋姜柔弱无骨地伏在了白练之上，久久没有抬头。

一时间，万籁俱静。

随从和小和尚都震撼无声。

小和尚不必多说，随从们则是震撼于秋姜竟然能跟上公子的曲调！两人合作的这一曲，当真可以说是天衣无缝，仿佛之前练习过无数次一样。

孟不离和焦不弃还在沉醉，忽听风小雅道："走。"

二人愣了一下，什么？公子说的是什么，走？就这么走了？回头，见风小雅已将洞箫插回了座榻下方，闭上眼睛一副与己无关的模样。于是他们知道，没听错，公子真的要走。

孟不离和焦不弃当即把碗碟挪走，将车壁重新扣回去，然后掉转马头离开。

秋姜从白练上起身，望着他们一言不发。

眼看马车就要走出寺门，一伙乡民突然从外疾奔进来，口中喊着："秋姜秋姜，快回去！快回去——"

秋姜从白练上跳下来，问道："陈伯伯、陆大婶，怎么了？"

"啊呀，我的好孩子，你可千万得挺住啊，可怜的……"被称为陆大婶的村妇一把抱住她大哭。

陈伯伯则沉声道："你家……不慎着火，你爹跟你娘……都不幸去了……"

秋姜拔腿就跑。

坐在车辕上的孟不离和焦不弃，只觉一阵风掠过身边，再定睛看时，秋姜已冲出寺门，她的长发和僧衣在风中笔直飞起，而她的双足……是赤裸的。

再回头一看，白练下，不知何时掉了两只鞋。鞋也是僧侣专用的男鞋，明显偏大，故而一激动就脱落了。秋姜刚才是穿着这么大的鞋子——跳舞的？

孟不离和焦不弃再次对视了一眼，眼神复杂。

车中，风小雅隔着帘子望着秋姜，静默的脸上并没有什么表情，只是又吩咐了一句："走。"

马车悠悠晃晃下山，远远看见秋家酒庐的火已经扑灭了，但还在冒烟，被烧毁的断壁残垣淹没了原先的繁华。人群还没散去，月白僧衣的秋姜便是那格外醒目的一点，在灰暗的背景中突兀绽放。

焦不弃叹道："原来她是秋老板的女儿……她跟爹娘可真不像……可怜，这下父母双亡了……"

孟不离又"嗯"了一声。

走得近了，便见秋姜跪在两具焦黑的尸体前，雪白的赤足上全是鲜血，她没有哭，只是低着头，用一种异常平静的表情撕下衣袖盖在尸体的脸上。

马车缓缓驰过酒庐。

秋姜站了起来，向众人一一鞠躬，村民们纷纷回礼。

那画面异常安静，仿佛整个天地，都在为之默哀。

马车离开了酒庐。

秋姜谢完众人，将尸体抱到一旁村民拉来的推车上，然后推着车子朝相反的方向走去。

无论是马车上的风小雅，还是推尸上山的秋姜，彼此都没再回头，没再看对方一眼……

灯下，秋姜跪坐在棋盘前，凝望着上面的棋局，指尖拈着一枚黑棋，久久沉吟。

房间的一角，依旧绑着无牙大师和他的弟子。

小和尚眼泪汪汪："小僧已经按照你说的做了，为何出尔反尔，还不放了我师父？"

秋姜叹了口气，目光仍胶凝在棋中："奇怪……"想了想，扭头问小和尚，"我的素斋做得不好？"

小和尚一愣。

"我的舞跳得不好？"

小和尚又一愣。

"我的身世不够凄惨？"说到这里，秋姜起身悠悠睽了几个来回，"风小雅的十位夫人，有三个共同的特点。"

小和尚忍不住问："什么特点？"

"一，都有一技之长。大夫人龚小慧擅经商，人称女白圭；三夫人商青雀擅一切享乐之事；四夫人王伏雅擅养花草；五夫人罗缨擅棋；六夫人段锦擅绣；七夫人沈胭脂擅文；八夫人张灵擅医；九夫人裴惜玉擅武。只有二夫人李宛宛比较神秘，暂不得知所长。"

小和尚细想一下，确实如此。

"二，都不是众人眼中的好姑娘。龚小慧比他大八岁；李宛宛弃他而去；商青雀是寡妇又加跛足；王伏雅是个侏儒；罗缨是别人家的逃妾；段锦眇目；沈胭脂是妓女；张灵也是寡妇；而裴惜玉更离谱，曾是女囚……"

小和尚睨了她一眼："你也符合了。"

"三，在嫁给风小雅前，她们都过得很凄惨。龚小慧身负巨债；李宛宛是乞丐；商青雀是玉京名秀中的笑柄；王伏雅被达官巨贾连同花草一起送来送去；罗缨被丈夫毒打；段锦被奸商盘剥；沈胭脂最高一天接过五十名恩客；张灵被恶霸骚扰；裴惜玉被情郎背叛……啧啧啧，真是集天下悲惨于一室啊。"

"而你如今父母双双死于火宅，也很悲惨。"

秋姜点头："对啊。所以，我先在他面前展示了高超的厨艺和对佛理的精通，然后又展示了音律舞蹈上的造诣，最后，营造出身世凄惨的样子……却还是没成功。为什么？"

小和尚无语。

一旁垂眉敛目的无牙至此微微睁开眼睛，刚要说话，就被秋姜一只手按在脸上堵了回去。

"你不要说话，我不耐烦听你啰唆。"秋姜说着弹了记响指，门外立刻进来两个黑衣人，"六月初一既已过，老和尚又该远游了，这一次走了，就不用再回来了。"

小和尚一听，立刻急了："这怎么行？我们缘木寺……"话未说完，被黑衣人用布团塞住了嘴巴，连同无牙大师一起拖了出去。

无牙望着秋姜，眼中满是慈悲，忍不住还是说了一句："以若所为，求若所欲，犹缘木而求鱼也。阿弥陀佛，回头是岸。"

秋姜嘲笑道："大师久在方外，处处通达，恐已忘记了红尘中有很多人，是没有回头路的。"

"有心自有归路。"说话间，黑衣人将无牙拖出了门槛，房门再次合上，屋内便一下子安静了下来。

秋姜脸上那种似笑非笑的嘲弄表情也一点点消失了，垂头看着自己赤裸的双足，上面满是伤痕，她的眼眸沉沉，难辨悲喜。

"有心自有归路……"秋姜将脚踩在了地上，伤痕裂口中立刻渗出血丝来，而她恍若不觉，就那么一步一步地走过冰冷的青石地板，迎向风吹来的方向。

最后，化作一笑——

"我却是无心之人啊，老和尚。"

两具被烧得面目全非的尸体，被埋进土里。

秋姜将铲子放下，抹了把额头的汗，看着面前小小的坟包，牌子上写着"蓝亭秋氏夫妇之墓"。

风吹得林叶沙沙响，午后的阳光炙热地落下来，把坛子里的酒浇入土中，酒很快挥发了。

她就那么跪在坟边，一坛接一坛地倒着。

盛夏蒸腾，酒香熏得人晕晕乎乎。

她在心中默默数数，数到三千二百九十六时，终于坚持不住，视线一晃，晕了过去。

等再醒来时，人已在一张硬木板床上。

房间里点着冰麝熏香，偶尔有悠扬的钟鼓声远远传来，如置神仙境地。

秋姜慢慢起身，看见自己的脚用纱布包了起来，不知道上的是什么药，丝丝冰凉，说不出地舒服。

她趿了拖鞋下地，推开房门。门外，是一个僻静的小院，院子中央有一棵巨大的梧桐，梧桐树下摆着一张矮几，几上放着一把古琴。

除此之外，再无别物。

院门紧闭，围墙高耸，映入秋姜眼中，起了一阵波澜。

记忆深处某个伤疤毫无防备地爆裂，遍体生寒起来。

秋姜四下走了一圈，最后回到古琴前，这才发现琴下压着一张纸，上面写着一个字——弹。

这是什么意思？

对方要她弹琴？

秋姜想了想，在琴前坐下，调试了几下弦后，随意弹了一曲《菩提净心曲》。

一曲完毕，"吱呀"一声，院门由外开了，两个身穿银甲的妙龄少女走进来对她躬身行礼，道："姑娘请跟我们来。"

秋姜起身，跟着她们往外走。

院子外面是茂密的竹林，在小暑天分外阴凉，行走其中，但觉清风拂面，淡香盈盈，说不出地惬意。

走过铺着光洁鹅卵石的小径后，前方赫然出现了一角红楼。楼后有一小瀑布，大约三十丈高，哗啦啦地落下来，汇成一湾溪流，绕着红楼蜿蜒游走，叮叮咚咚，颇具情趣。

溪流上浮着些许碧绿荷叶，银甲少女们带着秋姜踩着荷叶往前。秋姜本有些疑惑，但踩上去后发现那些荷叶是假的，不知何物所雕，栩栩如生，取代了原本应有的桥梁，显得别致有趣。

穿过溪流后，有十二级白玉石阶，上面就是红楼。楼高两层，占地宽广，碧瓦朱檐，丹楹刻桷，好不精美。

门前有一石桌，桌上摆着一盘棋，棋已下了一半，看起来黑子将胜。

棋盘下也压着一张纸，上面写着"解"。

秋姜也不多废话，仔细沉吟了一会儿后，拈起白子走了一步。

只听"咔咔"一声，红楼的大门开了。

银甲少女们做了个请的手势。

秋姜独自一人走进楼内，银甲少女们便将房门关上了。

门一合上，光线骤暗，秋姜眯了眯眼睛，再睁开时，里面漆黑一片，什么都看不见。

她试探性地往前走了两步，地上突然蹿起七簇火光，七盏油灯同时点亮，在地上排成了北斗七星的阵势。

明亮的火光，映得秋姜脸色苍白。

她的手在身侧握紧，深吸口气，朝前走了一步。

"嗖嗖"两声，一排飞箭突从两壁射出，幸亏她反应极快，立刻退回门边。箭支齐齐射中了她原先所走的地方。

是机关吗？秋姜暗暗皱眉，抬头打量四壁，在摇曳的灯光里，看起来像一张大张的嘴巴，等着将她一口吞噬。

既然如此……那就……

秋姜一掌击出，七盏油灯同时破灭，趁着黑漆漆什么都看不见，她飞了起来，几个翻腾，踩着七盏油灯跳到了对面的楼梯上。

一阵掌声响了起来，似是从楼上传来的。

秋姜想也没想，冲了上去。

明亮的光，一下子罩了过来，秋姜抬手挡住眼睛。不得不说，有时候光线运用好了，也是杀人的利器。若有人趁此机会偷袭，她肯定躲避不及。

但幸好，没有人偷袭。

秋姜心中松了口气，但等她适应了亮光将手挪开，看到面前的景象时，一颗心顿时沉到了谷底——

房间内绑着两个人。

左边是个四十出头的矮胖男人，大腹便便头发半秃，看起来老实巴交；右边是个徐娘半老的美貌妇人，一双水汪汪的杏花眼，不笑时也有三分风情。

这两人看见她，全都露出惊恐之色，拼命摇头，示意她赶紧离开。

秋姜的双脚像是被钉子钉死在了楼梯口一般，不能动弹分毫。

因为……

这两个人不是别人，正是秋家酒庐的老板和老板娘——她名义上的父母——本该烧死被下葬了的两个人。

一时间，全身血液都朝头顶涌了上来。

秋姜深吸口气，慢慢抬步朝二人走过去。

没有人出现阻止。

她很顺利地走到了秋氏夫妇面前，将他们的穴位解开："爹……娘……你们……怎么会在这儿？"

秋氏夫妇有苦难言，之前明明紧着用眼神催她走，这会儿得了自由却又全都不说话了，只是面色灰败，又是尴尬又是害怕。

秋姜伸手将他们一一扶起，并把他们衣服上的灰尘拍掉——做着女儿应做的事情，最后抬起头，环视四周。

二楼也是空无一物，看上去这个精美雅舍被空置了许久，然而，她不信没有其他人。

对方布置了这么多环节，还抓了秋氏夫妇，为的不就是看谎言揭穿的一瞬吗？如此精彩的场面，怎么可能舍得不看？所以，肯定藏在了什么地方。

可是，放目望去屋中一片空旷，并没有可以藏身的地方。

秋姜目光微闪，踱起了步子。

从东到西，一遍；从南到北，一遍。每一步都是一样的距离。

她突然狠狠地往西边的墙壁撞了过去。

眼看墙壁要被她撞个大洞，"咔嚓"一声，整堵墙突然移走，秋姜撞了个空，一头栽进去。

栽倒在一双鞋边。

鞋子是纯黑色的，方口素面，朴素无华。但落在识货者眼中，就知道是用玉洗坊的贡锦所制，单这么一双鞋，便需常人小半年的开销。

秋姜暗叹口气：这么好的鞋，却穿在一个不走路的人的脚上，真是暴殄天物啊。

——这个不走路的人自然就是风小雅。

秋姜抬起头，看见风小雅坐在滑竿上，静静地望着她。

他那两个如影随形的随从——孟不离和焦不弃没在他身边。

是什么让他如此有恃无恐？

秋姜没有起身，保持着那个伏在地上抬头的姿势，怯生生地问道："为什么救我？为什么带我来这里？又为什么抓了我的父母？"

风小雅笑了。

他眉目阴郁，但此刻笑容一起，眼神变得格外温柔和灵动。

"你的父母不是烧死了吗？怎会出现在这里？"

"他们是假死。"

"噢？为什么？"

"有个厉害的仇敌来寻仇，所以先一步佯死避世而已。"

"既然如此，你为什么不跟着一起假死？不怕对方找不到你爹娘，对你下手？"

"总要有人出来收拾残局。那个仇敌还是有点原则的，不会对晚辈出手。"

风小雅"唔"了一声，笑意越发深邃了起来："好口才。这个说辞确实说得过去。可惜你爹娘没你这么机灵的反应……"

秋姜不由得转头看向秋氏夫妇，果然，二人都羞愧地低下了头。

耳中，听风小雅悠悠道："不过也怪不得他们。因为他们赶到下一个据点时，遇到的接头人，被我调包了。"

也就是说，风小雅提前一步派人到了下一个据点，假扮成接头人，套了秋氏夫妇的话？

可是……怎么可能？

他怎会提前知道这个计划？又是如何在这么短时间内就把一切都查清楚了？

除非……

秋姜骇然地看向窗外的天空——天色大亮，旭日悬中，分明是初夏再标准不过的晌午，但也许，是另外一天？

"发现了？"风小雅看出了她的想法，点头道，"没错，你已晕了三天四夜。今天，是六月初五。"

秋姜咬着下唇，不说话了。

她之前，之所以在坟地里晕倒，是因为发现有人在暗中监视，所以装晕而已。没想到对方竟真的让她昏迷了，不仅如此，还一睡睡三天。

三天时间，足以让很多真相浮出水面。

如果说一开始说谎是为了圆场，那到这一步还说谎就是笑话了。

秋姜当机立断，从地上爬了起来，拍拍身上的尘土。由于风小雅是坐在滑竿里的，她一站起来就比他高了一头，因此，变成了他仰视她。

两人彼此对望，秋姜什么也没说，拍完灰尘后转身回到秋氏夫妇面前。

秋氏夫妇哆哆嗦嗦，无比愧疚地看着她，喃喃道："对、对不起……"

秋姜没等他们说完，开口道："背叛组织者，死。"说着一掌朝秋老板头顶拍下。

掌到中途，被人拦下。

秋姜扭头一看，竟是风小雅。

风小雅居然从滑竿里飞了过来，并出手将她拦下。

秋姜挑眉："哟，原来你还是会自己走路的。"

风小雅反手握住她的手腕，平静的脸上有着难以言说的深沉："不要再杀人了。"

"哈？"秋姜冷笑，"还有一颗菩萨心肠。"

风小雅并没有理会她的嘲讽，只是又说了一遍："不要再杀人了。秋姜。"

"我不叫秋姜。"秋姜沉下脸。

她确实不叫秋姜。

她没有名字，只有一个代号——七儿，隶属于一个叫作如意门的组织。

如意门按照佛教的如意七宝将门内弟子分类：一金二银三琉璃四颇梨五砗磲六赤珠七玛瑙。七门中最优秀的人，可以得到七宝的头衔，拥有排行。

而她，便是第七宝——玛瑙。

自她十五岁时受封此号，四年来，玛瑙再没换过人。

三个月前，有密报说四国谱落到了风小雅手中，组织一连派了三批弟子查探真伪，却都折在了风小雅手上。于是，这一次，由她亲自出马。

秋氏酒庐是如意门安插在玉京的据点之一，秋氏夫妇是门内弟子，负责监视玉京动态，用送酒的方式通传情报。每当需要大妇亲自离开处理一些任务时，就会以"上山探望女儿"为借口关闭酒庐。

因此，她选择了"秋姜"的身份——一个体弱多病、带发修行、会酿酒的小姑娘。再加一项善舞的长技和一段凄惨身世，以素斋为切入点，制造跟风小雅的见面。

但现在看来，在她布局试图诱惑风小雅的同时，也一脚踩进了风小雅所布的陷阱中。

秋姜定定地看着眼前之人，想着他到底是什么时候发现的，又是如何发现的。还有为什么，他看自己的眼神会如此奇怪，就像看着一个久违之人。

风小雅用那种古怪的眼神，一字一字对她道："只要你愿意，你就还可以是。"

秋姜皱眉："什么意思？"

风小雅的手从她的手腕移到五指，轻轻握住。

手指被握住的同时，秋姜的心也跟着抖了一下。风小雅的手很凉、很软，在微热的季节里被这样一双手握住，是很舒服的一件事，却让她莫名不安。

秋姜试着挣扎了一下，没挣脱掉。

于是她立刻明白——风小雅虽然是天下第一大懒人，但他，确确实实，是有武功的。

"不要再杀人，不要再回去。如果答应……"风小雅就那样不轻不重地握着她的手，眼睛宛如浸在冰雪中的暖玉，"我就娶你。"

秋姜愣了半晌后，唇角轻扬："好啊。"

这可真是……越来越有意思了。

七月初一。

大红花轿抬过长街，无数百姓涌过来看热闹。

"鹤公又娶新夫人了？这是第十一个了吧？"

"这回是逃妾是女囚还是寡妇？"

"听说是个孤女，还是个带发修行的尼姑。"

"哇……"众人啧啧。

秋姜坐在轿中，流苏盖头蒙住头，一身锦衣胭脂红。左手上戴着串颜色暗淡的佛珠。

她轻轻抚摸着佛珠。

这不是普通的珠子，一共十八颗，每颗里都藏着不同的东西。有毒药，有迷烟，有针，还有一种可以拉得很长的丝。它是南沿谢家的传家宝，是用一种叫作"镔"的特殊材质打造而成的，比银细软，比水轻，却比铁还坚韧。

今晚，会不会用到它，就要看风小雅的造化了。

一旦拿到四国谱，就杀了风小雅。

秋姜将戴着佛珠的手按到胸前，没有大战前夕的兴奋和激动，有的，只是深入骨髓的平静。

风小雅抛出了一个十分奢侈的诱饵：跟着他，得到他的庇护，彻底与如意门决裂。换成别的人，可能会就此倒戈。可惜偏偏对象是她。

她可是要接掌如意门的人。

对她来说，成为如意夫人，比任何事情都重要。她已为此等了太多太多年。

风小雅虽是宠臣，却无功名，是白衣之身，因此娶妾也是十分简单，不用设宴，不用行礼，轿子抬到院中，人扶进厢房，厢房里布置了红帐红烛，便算是洞房了。

秋姜没有自带的仆婢，全程陪伴她的是两个银甲少女，行动间步伐轻快，武功不俗。

秋姜坐在榻上，那俩少女就站在前方死死地盯着她，与其说是陪伴，不如说是监视。

换了旁人，必定不自在，秋姜却自行揭了盖头，拿起矮几上的瓜果零嘴吃了起来。

两个银甲少女对视了一眼，一人道："请姑娘把盖头戴上。"

"热。"秋姜一边啃梨，一边悠悠道，"还有，叫我夫人。"

少女明显一噎，不悦道："礼不可废，请夫人忍着热，盖上盖头。"

秋姜瞥了她一眼，那一眼，让少女心中一"咯噔"，莫名预感到了某种危机，她下意识将手按在腰间剑鞘上。

秋姜微微一笑："礼不可废啊……那么请问洞房之内佩剑着甲，是风府独有的礼节吗？"

银甲少女又是一噎，涨红了脸，想要反驳，被另一少女拉住，两人同时退出房去。

秋姜何等耳聪目明，听见二人在门外嘀咕——

"裳裳，你别上她当，真吵起来等会儿公子面前告你状。"

"公子才不会偏心偏信！"

"你跟个妾计较什么？公子的性子你又不是不知道，就这几天新鲜，过几天就把她给忘了。还有，风筝是风筝，姬妾是姬妾，你既已选择了要一辈子服侍公子，就别再想些有的没的……"

"我没有！"叫裳裳的少女急得直跺脚，"我才没有非分之想，纯粹是觉得她、她失礼！"

"好啦好啦，你忍一忍。很快的，很快这位也要上云蒙山去的……"两人渐行渐远，竟是真的走了。

秋姜若有所思地放下梨，迅速在脑海中过了一遍草木居内的格局，虽然精美，但确实不大，不像能住下十个妻妾的样子。也就是说，那些妾目前不在此地，而在什么云蒙山上吗？

那这些风筝又住在哪里？大燕不许豢养私兵，身穿银甲的风筝们却是例外，为什么？如意门的情报里没有这些讯息，是觉得不重要所以没写，还是查不出来？

风小雅为什么会有四国谱？

还有钰菁公主，来玉京这些天，还没来得及去拜见这位燕国位高权重的大长公主，她是燕王彰华的姑姑，这些年却始终跟如意门有密切往来，图的又是什么？

门人都说如意夫人宠爱七儿，都说七主肯定是下一任门主人选，然而，只有她自己清楚，夫人并没有完全信任她，很多核心机密都没有告诉她。

只有真正成为如意夫人，才能彻底掌握如意门的命脉。

因此，此次任务至关重要。

秋姜起身走到窗前，窗外红灯绵延，夜已深沉，然而新郎久久不至，令她生出些许不满，忍不住将手上的佛珠摸了又摸。

大概戌时一刻，才听到远处有脚步声，隔着窗子一看，孟不离和焦不弃抬着滑竿过来了。

秋姜立刻回到榻上坐好，将盖头重新盖上。

房门轻轻打开，滑竿落地，再然后，孟不离和焦不弃抬起滑竿离开。虽然没有听见第三个脚步声，但秋姜知道——风小雅进来了。

视线中出现了一双鞋，鞋底厚实，鞋身方正，跟他的人一样，外表紧绷内里柔软。行走无声，说明此人的轻功极为精湛——奇怪，他是怎么练的？

秋姜一边思索着不相关的问题，一边等待着。

风小雅却迟迟没有动作。他只是站在她面前，似在看她。

秋姜笑了起来："你要让我等多久？"

风小雅这才如梦初醒般动了，没有拿挑杆，而是直接伸手慢慢地、一点点地掀起盖头。

秋姜抬眼，见他背光而立，面容因暗淡而有些模糊，唯独一双眼睛，如水晶灯罩中的烛火，跳跃着，燃烧着，熠熠生辉。

这眼神真复杂，复杂到连她都无法解读。

但不管如何，风小雅明显对她很感兴趣。只要他对她感兴趣，就好办。

秋姜冲他微微一笑，娇俏地喊道："夫君。"

风小雅的手抖了一下，盖头再次落下，遮住了她的眼帘。

秋姜想，搞什么啊。她忙不迭自行掀开，却见风小雅已背过身去，在对面的坐榻上坐下。

他的坐姿向来是很端正的，这一刻，却微弓了脊骨，像在忍受什么痛苦。

秋姜连忙凑过去问："夫君，你怎么了？"

风小雅侧目，画皮骷髅，近在咫尺，一呼一吸，尽是折磨。再将目光转向胳膊——秋姜的手扶着他的胳膊，她伪装关切，却令他痛不欲生。

他的眼中依稀有了泪光。

看得秋姜一愣：不会吧？这是要哭？他哭什么？

风小雅轻轻推开她，挺直脊柱，重新坐正。

秋姜看着自己的手：这是被嫌弃了？

风小雅恢复了平静和冷漠，完全不像个要洞房的新郎："坐好，我有话要对你说。"

秋姜依言坐下。

风小雅从袖中取出一个小包，放到她面前。

秋姜挑了挑眉："这是什么？"

"姜花的种子。"

秋姜的睫毛颤了一下。

"院中花圃已清，你明日起便可种植此花……"

"等等！"秋姜打断他，"你是不是有什么误解？你都知道我的名字是假的……"

"你喜欢姜花吗？"

秋姜愣了愣，咬了下唇："就算喜欢，也没想过要自己种……"

"那就想一想。"风小雅将小包往她面前又推了推，"花开之日，如你所愿。"

秋姜眯起了眼睛："你知我愿是什么？"

"无论什么，都可以。"

秋姜感觉很不好，十分不好。因为在她跟风小雅的这场角逐中，风小雅一直在抛饵，吊着她不得不跟着他的节奏走。她很想逆反地说一句不，手却伸出去，最终接过了小包。

"我不会种花。"她道。

"我教你。"

秋姜无语。

"时候不早，你休息吧。"风小雅说罢起身要走。

秋姜惊讶："你不留下？"洞房花烛夜，新郎官竟要走？

风小雅凝视着她，再次露出那种复杂的、古怪的眼神，过了好一会儿才看了她的佛珠一眼。

秋姜心中一"咯噔"。虽然风小雅什么也没说，但她知道——他知道佛珠的秘密。

风小雅开门走了。

秋姜望着他的背影，直到看不见了，才"啐"了一声："欲擒故纵……吗？"步步攻心，果是情场高手。可惜偏偏遇到她。

"我可是个无心之人啊……"秋姜抚摸着佛珠，轻轻道。

秋姜睡了一个好觉。

她已许久未曾做过好梦了。

常年精神戒备紧绷的人，梦境大多都是混乱的，现实中不会表露出来的焦虑烦恼，都在梦里发泄。

可这天晚上不同，不知为何，她梦见了潺潺清澈的溪水，碧草茵茵的草地，迎风招展的鲜花，还有蝴蝶。

她梦见自己跟着蝴蝶飞，无忧无虑，畅快淋漓。

等她醒来时，耳中欢快曲调未歇——不是梦的延续，而是真真切切地从窗外传来的。

秋姜起身来到窗边，就看见了风小雅。

风小雅坐在花圃旁的滑竿里，手持洞箫，吹的正是初见时那曲《蝶恋花》，只不过调子轻灵婉转，比上次愉快得多。

初秋的阳光照在他冷白如瓷的脸上，也一改怏怏之态，看起来心情很是不错。

秋姜跳窗而出，几个起落掠到他面前，笑着招呼道："早啊。"

风小雅放下洞箫，点了点头："嗯……开始吧。"

"开始什么？"秋姜问了之后，立刻反应过来，不会吧？他一大早等在这里，难道是为了——

"风和日丽，正好播种。"风小雅一本正经道。

秋姜的笑容顿时僵在了脸上。

风小雅竟是来真的，真要她亲手栽种姜花！

不仅如此，他还全程监督她干活。她在花圃里挥汗如雨时，孟不离替他撑伞，焦不弃替他扇风，他则慢悠悠地喝着茶，时不时地开口指点她。

秋姜心中生气，面上不显，老老实实地干了起来。她是极聪慧之人，又一向很能吃苦，虽是第一次种花，却一点就透。

风小雅见她如此快就从生疏到熟练，眼神越发深沉。

秋姜心想此人果然是个闷骚，脸上不显，其实一肚子坏水，尽想着怎么整她。但她任务在身，不得不低头，只能按着他的节奏来。

他要她种花，她就种。她虽给自己起名姜，但这十年里除了在品先生那儿见过一次姜花外，再没见过。此花据说源于天竺，在唯方是个稀罕物。如今有了这等机会，种几株看看也好。

此后的日子里，秋姜老老实实地留在草木居里种姜花。

有一日，风小雅带了一人过来。那是个非常俊美的年轻男子，白衣一尘不染，左眼上有一道剑痕，令人过目难忘。

秋姜看到这个剑痕，立刻想了起来——听闻大燕有所求鲁馆，是燕王所设，会集天下巧匠，制作各种机关工具。他们的领头人，是个叫公输蛙的美男子，自称鲁班后人，发明了一种袖弩，叫作"袖里乾坤"。半年前，如意夫人想得到这种弩，就派四儿去偷。

四儿不但没有偷到，还被对方发现，此人虽不会武功，却极其难缠，屋子里全是陷阱，眼看四儿就要折在那个布满机关暗器的屋子里时，他的剑无意中划过了公输蛙的脸。

公输蛙当即大惊失色，哇哇尖叫着冲出去找镜子了，四儿这才侥幸得以脱身。

经过此事，四儿结论："此人弱点在脸。"

如意夫人自不甘就这么放弃，却又担心折了四儿那么难得的棋子，便准备换个人再去偷偷看。到现在也没进展，可见一直失败着。

而这次风小雅请公输蛙来，是来帮她种花的。

姜花喜爱温暖，玉京寒冷，很难存活，因此请公输蛙想想办法。

公输蛙围着花圃转了半个时辰，冷笑道："浪费！"

风小雅问："何意？"

"这姜花一不能吃二又费力，有这心思不如种田，还能换口饭吃。"公输蛙满脸不屑。

秋姜想，这还是个务实派，当即笑道："算啦夫君，不要为难这位大人。若能种，玉京早有花匠老农种出来卖了。"

公输蛙一听，眼睛上的剑痕立刻扭曲了："你竟把我跟花匠老农那等蛮牛相比？"说罢怒气冲冲地甩袖走了。

秋姜想，他大概没把袖里乾坤随身带，否则哪敢这么随意甩袖。

再看风小雅，一脸无奈地看着她。秋姜摊了摊手道："我不是故意的。我也想种好花，毕竟花开之日如我心愿嘛。"

风小雅无语地摇摇头，也走了。

结果三天后，公输蛙又回来了，不仅回来了，还带了一堆弟子和牛车来，叮叮咚咚围着花圃砌了半天，用竹子搭建了一个圆拱形的小棚屋，棚屋顶部贴着纸，底下花圃则被挖成一条条小沟，沟上用绳和竹子搭成一个个小架子。

公输蛙做示范道："这叫花堂。往沟中灌入热水，再添加牛溲等物，你，平日里就在这儿拿着扇子扇热水，利用热水熏蒸花棚，如此一来，温度提升，可令花卉提前开放。"

秋姜顿时有一种搬起石头砸自己脚的感觉。她好不容易翻完土播完种，现阶段只要偶尔浇水除虫即可，这花堂一搞，又平添了许多活儿。

秋姜立刻抗议："我不干！"

"由不得你。"公输蛙冷冷道，"你不是说老农花匠都解决不了吗？我要让你知道我能解决。"

"那你索性一步到位把花催给我看？"

"谁的花谁催。反正办法我给你想出来了，东西也搞好了。"公输蛙说罢要走。秋姜一把拉住他的衣袖，哀求道："不行不行，这花圃说大不大，说小不小，好歹也有一百株姜花，光靠我一人可怎么行啊……"

公输蛙冷哼一声，头颅高高地昂了起来。

秋姜哭得更伤心了："大人，是奴错了，怨不得奴见识浅薄，实在是没想过还能这般种花，难怪听闻求鲁馆乃大燕的镇国之宝……"

公输蛙愣了愣，倒有几分不好意思起来，唇角却不由自主地翘起："你知道就好。那个……不想扇风也可以。旁边架一锅炉，装个自转风车，让风车将热水源源不断……"正兴奋地说着，袖中突然发出一声锐响。

"嗖——"

却是袖里乾坤的机关被触动，袖箭飞射出来，将秋姜射了个正着。

秋姜心口中箭，一下子倒了下去。

公输蛙面色大变，不敢置信地看看她又看看自己的衣袖，顿时明白过来："你在偷我的袖里乾坤？"

秋姜刚才一边恭维一边将手伸入他的衣袖摸索，她动作极轻，他又说得兴起，压根没有发现。若非秋姜不慎触动机关，射发了袖箭，此刻怕是已经神不知鬼不觉地将袖里乾坤偷走了。

公输蛙大怒，当即冲过去抬脚要踢："小贼！竟敢偷到我身上！"

眼前黑影一闪，这一脚，却踢在了飞身过来的风小雅背上。

"让开，我踹死她！"

风小雅检查秋姜的伤势，也顾不得回话，将她抱起来就走。

公输蛙追上去，喋喋不休："这女人是贼啊！她偷我东西啊！你要提防，她嫁给你没准也是要偷你东西！"

不得不说，他从某种角度而言，真相了。

秋姜心口中箭，受了重伤，听闻此语居然还咧嘴笑了笑："你踹啊！踹不着……"

公输蛙气得哇哇叫，几次伸手想夺人。

风小雅终于忍不住说了一句："闭嘴！"然后抱着秋姜冲进屋子，将他锁在了外面。

风小雅把秋姜放到榻上，熟门熟路地找出药箱，正要为她疗伤，秋姜笑道："你还会医术啊？"

风小雅不答，取出剪子剪开她的衣服。

"羞煞人了，竟然看奴的胸。"

风小雅闭了下眼，深吸口气，再睁开来时，继续"咔嚓咔嚓"将心口那片衣服剪掉，露出中箭的部位。

秋姜继续笑道："全部脱了嘛，这样多不方便啊！"

风小雅先是点了周边的穴道，然后两指拈住露在外面的箭头，用力一拔，秋姜顿时面色一白，什么声音都发不出来了。

风小雅看了看箭身，此箭很短，不到两寸长，呈梭形，没有放血槽。他明显松了口气，将小箭放在一旁，开始上药包扎。

而公输蛙还在门外拍门，"砰砰砰"中伴随着他的骂声，倒是显得挺热闹。

秋姜又是咧嘴一笑："他这玩意儿不行啊，都射不死人。交到我手上，淬上见血封喉的毒药，保管一射一个准……咳咳咳……"

风小雅额头有青筋跳了几下，但他还是没说什么，包扎完后，给她盖上了被子："睡吧。"

"那花怎么办？"

"我先让裳裳她们试试。"

"那只蛤蟆怎么办？"

风小雅瞥了她一眼，眼眸幽幽："我去打发。"说罢将暗箭拿起来，带出去了。

过不多时，公输蛙的骂声果然远去了。也不知风小雅是怎么打发的。

秋姜躺在榻上，对着天花板默默地出了会儿神后，翻身下地，找出纸笔，将刚才那支箭的样子画了下来，再加了两行字："此袖里乾坤，重不过二斤二，长五寸，配有暗箭三枚。每枚长一寸六，重约七钱，十分小巧，便于携带，速度极快，防不胜防。若有图纸，配以南沿谢家的冶炼术，必能量产。"

写罢将纸张吹干，折起来，掀开某块挖空的地板，把纸塞了进去。

做完这一切后，视线发黑，她只好爬回榻上躺着喘了半天。

"这可真是……用命在换情报啊……"秋姜闭上眼睛，自嘲地笑了笑。笑过之后，眉头微微地皱了起来，再然后，身子也蜷缩了起来。

不疼。

我不疼。

我一点都不疼。

袖里乾坤极快，难以躲避，但公输蛙设计此物时没有加入恶意，并不致命。因此秋姜养了大概一个月就痊愈了，继续百无聊赖地种她的花。

大概是怕她再任性妄为，自那后，风小雅一直就近陪着。

她种花时他看着，她休息时他离去。

但他真的是个很闷的男人，如果她不主动找话题的话，他就一直沉默。

秋姜有次实在受不了，抱怨道："我干活你看着，长此以往，我心里很不平衡啊。"

风小雅想了想，当即取了一张琴来。

自那后，她干活，他在一旁弹琴，倒也生出些许"分工协作"的情分来。

可始终也没圆房。

秋姜一开始还以为他是故作姿态，后来发现风小雅是真的没有碰她的打算，不由得又是震惊又是不解还有那么点小怀疑——此人竟不喜欢我，莫非真是燕王男宠？

再联想风筝们口中除了正妻龚小慧，其他姬妾全都进门没几天就被送去云蒙山之说，心中越发狐疑。

秋姜开始留意风小雅的一举一动。她带了猜测之心去看，便觉处处都是痕迹了。

首先，风小雅对风筝们也颇为冷淡。

风筝共有三十三人，全部住在别处，风小雅只有正式外出，比如入宫时才带着她们，更多时候，他只带孟不离和焦不弃同行。

其次，风筝们不许进他的院子，负责日常起居的没有婢女，全是男仆——与之相反的是他爹风乐天，全是婢女不用男仆。

还有，他的马车可以直入宫门，不必下车。听说彰华陛下的蝶屋，他也可以自由出入。

最后，他看似深不可测，是个阴沉之人，但时常眉眼带愁，双目含泪——有一种难言的脆弱之美。

秋姜生平所见男子众多，没有一个这样的，心中不禁唾弃：都说燕国男儿多阳刚，第一美男子却是这么一副病恹恹、弱兮兮的样子，真是世风日下！

她越想越觉不甘心，越不甘心就越想喝酒，于某夜摸黑爬进厨房找酒，最后只找到半瓶用来做菜的黄酒。

黄酒就黄酒吧。秋姜将酒瓶揣入怀中又溜回了屋，躺在榻上对着月光呷了一大口，舒服得眼睛都眯了起来，只觉这几个月的疲惫和劳累全都烟消云散。

再敬月光第二杯时，就看见了风小雅。

她手一僵，下意识要把酒瓶往身后藏，转念一想，又觉没什么，索性直勾勾地回视对方，继续对着瓶口喝了一大口。

风小雅站在窗外，遮住了半个月亮，看她喝酒，显得很惊讶，但什么也没说，转身离开了。

秋姜喃喃道："爹娘都是酿酒的，身为秋姜，嗜点酒也没什么吧？干吗一副见鬼了的样子？"

这小半年来，虽嫁给了风小雅，成了他的十一夫人，但其实什么进展都没有，白天种花发呆，晚上发呆睡觉。草木居一共就三个院子，公爹风乐天一个，风小雅一个，她一个。风乐天的院子有重兵把守，她从外溜达而过，没找到机会；风小雅的院子静悄悄，她从外溜达而过，不敢进；她的院子六间房，连地板都撬起来翻过了，什么都没有。

就这样一天天纯粹地浪费时间。

事实上，当"秋姜是如意门细作"的身份暴露后，她就丧失了这次任务的主动权。好比一盘棋局，中路已失，只能往边角想办法。

秋姜郁卒地将半瓶酒喝光，然后躺下睡了。

第二天醒来时，睁开眼睛，看见前方的长案上摆着十个瓶子。

瓶身极为精致，白底黑花，素雅清新。拔掉盖子，甜香扑鼻而至。秋姜挑了挑眉——酒？

风小雅昨夜看她喝酒，所以一大早就送来十瓶酒？

秋姜喝了一口，味道清甜泛酸，是种果酒，她沉吟了一下，又喝了一口，这一次没急着咽，而是慢慢地在舌尖转了一圈，尽享其味后才咽下。

"婆娑酒。"一个声音从门口传来。

秋姜回头，果不其然地看见了风小雅。

她摇了摇酒瓶："这就是鼎鼎大名的玉京三宝之一的婆娑酒？"

"不喜欢？"

"大燕向来推崇阳刚之美，但玉京三宝，一个捏之即死的蝴蝶，一个甜不拉几的酒，一个……"秋姜瞥了他一眼，把娘里娘气改了口，"缠缠绵绵的乐。"

风小雅并不生气，抬步走了进来："物以稀为贵。"

这倒是，越缺什么，越稀罕什么。风小雅这相貌得亏生在燕国，要在璧国，肯定夺不了魁。

秋姜又喝了一大口婆娑酒，点评道："此酒绵软甘甜，用来哄小姑娘不错。"

风小雅似一怔。

秋姜立刻想到风小雅送这酒给她，岂非也等同于"哄小姑娘"……不禁咳嗽起来。

风小雅忽问："你何时起喝酒的？"

秋姜想了想，回答："一直就会。这次为了扮演酒铺老板的女儿，更恶补了一番天下美酒。"之前对酒不过尔尔，这次却似开了悟，觉得酒可真是个好东西。

风小雅目光闪动："除了酒，还恶补了什么？"

秋姜嘻嘻一笑："那就多了。比如，把无牙抓来，逼他教我做菜论道。但那老和尚吝啬得很，到底没交底。我只能另辟蹊径，故意做些味道奇怪的菜应付你。"她那些菜，只是好看，完全不好吃，但披了人生七味的噱头，倒也似模似样。

只是当时觉得风小雅被自己唬住了，现在再看，分明是自己被他给唬了。

风小雅想起当日情形，也勾唇轻笑了一下。

他笑起来倒真是好看。秋姜忍不住想，很多女人大概会为了博他一笑做任何事。啧啧，妖孽。

"还有呢？"

"还有……"秋姜转了转眼珠，凑上前踮脚附到他耳边，"房中术，要试试吗？"

风小雅怔住了。纵然依旧面无表情，但耳朵不受控制地红了。

秋姜心想，不会吧？为何是如此毛头小子般青涩的反应？她心中起疑，当即靠得更近，嘴唇几乎贴在他的耳朵上："如意门中奇技淫巧众多，但以此术最强。听闻你的七夫人沈胭脂曾是广袖楼的花魁，但我保证，我比她更棒……"

风小雅听了这话，眼神却越发悲凉。

秋姜心想这个眼神倒是跟当初无牙老和尚看她时一模一样，着实令人生气。恶意丛生，她索性伸手将他抱住，感到对方的躯体明显一僵。

"夫君……想要我吗？"

风小雅垂头看她，秋姜仰着头，露出修长白皙的脖子，美好的弧线一直延伸入衣襟。她是个非常独特的美人，可以面目模糊泯然于众，也可以风情万种诱人沉沦。更何况，他本就对她……

风小雅的喉结动了动。

秋姜心想有戏！刚要再进一步，风小雅忽然动了。

也不知他怎么动的，突然间脱离了她的怀抱，停在门边。

——就像一只受了惊吓后掠三丈的鸟。

啐，这病鸟果然不让碰！

风小雅冷冷地看着她："七儿。"他第一次如此叫她。

秋姜的心沉了下去——看来，他不仅知道她是如意门弟子，还知道她的玛瑙身份。按理说，这次任务是顶级机密，知情者不会超过三人。类似秋氏夫妇那样的底层蝼蚁，只知"上头派了个人来"，不会知道"上头把七主派过来了"。所以，风小雅绝不可能是从秋氏夫妇那儿获知的讯息。

那么，是谁出卖了她?

风小雅继续道："你知不知道，为什么会来到我身边? "

秋姜不回答。

"如意夫人是不是跟你说，四国谱在我这儿，叫你来查核真相? "

秋姜心中一悚——果然是局!

"在你之前，如意门已派过三个人来调查我，你是第四人。"

她知道。因为前面三个全部失败了，才会轮到她出马。

"那么，你觉得他们为什么会失败? "

秋姜抬起眼睛，直视着风小雅："因为四国谱根本不在你手上。这是你故意对外放出的假消息。"

"没错。我的目的只有一个——你。"

秋姜的瞳孔在收缩。

"我想见你，但我不知道你在哪里。与其满世界找你，不如等你来找我。四国谱之说，别人不信，如意夫人却是信的。因为她知道一些事，一些可以证明四国谱是存在的事。"

"你为什么要见我? "

风小雅深深地看着她："我一直想见你。"

秋姜的睫毛颤了颤。这是一句很耐人寻味的话。从他口中说出，像情话，也像警告。

"七年前，程国南沿谢缤找到了流落在外的私生女谢柳，带回族中。谢柳乖巧伶俐，最后超过他的嫡子嫡女，成为他心中的继承人。谢缤将足镶的配方交给了谢柳。又半年后谢柳出嫁，夫婿李沉未等船到便已病故，谢柳只好折返回家，途中溺水身亡，尸身浮肿，面目难辨。"风小雅的目光落到她的佛珠上，"这是你在如意门接的第一个外出任务。干净利落，全身而退。"

秋姜情不自禁地摸了摸那枚佛珠。

"自那后，你又接了三个任务，一个比一个难，但都成功完成，令如意夫人对你刮目相看。门人皆知今后得其衣钵者，必定是你。"

"这跟你有何关系? "

"有。"风小雅重新走回到她面前，在近在咫尺的距离里注视着她，"我想救你。"

秋姜"啊哈"一声笑了出来。

"如意门恶贯满盈，终将灭亡。在那之前，我要把你拉出来。"

秋姜道："你是参禅参傻了吗，还是想要出家了？"

风小雅并不介意她的调侃，一本正经道："只要你留在此地，如意门与你再无干系。"

"你想说，你之所以娶我，只是善心发作，想把我拯救出火坑，并不是——"秋姜眨了眨眼睛，压着舌尖说出了后三个字，"想、睡、我？"

风小雅面色微变，僵了片刻才道："是。"

"为什么？难道你的十位夫人，都是这样来的？"

"是。"

秋姜的目光闪了闪，道："商青雀，前太傅商廉的嫡女，名满京都。嫁给庞阁老的二子，婚后不久丈夫意外去世，襁褓中的儿子也不幸夭折。夫家被燕王流放后，她回到娘家闭门不出。结果某个冬日在屋前摔跛了左脚。"

"她的恋人是马夫之子，出身卑微，商太傅执意不肯，秘密将那恋人遣往边疆送马，在路上偷偷杀害，再逼她嫁入庞家。而她当时已有身孕。丈夫后来发现自己被戴了绿帽，要杀儿子。她以命相搏，将丈夫杀了，可惜没能救回儿子。庞家失势后，商太傅命她回家，将她再嫁。她无奈之下自断一足，绝了商太傅的心……"风小雅声音淡然，眼眸却似别有深意，"她来求我救她离家，我便娶了。"

"那么沈胭脂？"

"她厌倦了倚栏卖笑的生涯，想找个好人嫁了，但她心仪的书生考中恩科后反而唾弃她的过去，娶了富贾的千金。"

"所以她十分高调地嫁给你，为的就是气负心人？"

"富贾岳父见到宰相儿媳尚要阿谀讨好，女婿又当如何？"

秋姜心想这倒有趣……风小雅风流好色的表象下，真相竟是如此妙趣横生。

"为你育有一女的罗缨呢？"

"那个女儿是她前夫的。前夫嗜酒成性，酒后频频施暴，她无法忍受，得知自己有身孕后，为母则强，毅然决定逃离。逃了两天晕倒路边，被我救起。"

"于是你娶了她？"

"一个除了下棋什么都不会的女人，想要独自抚育孩子，很艰难。"

秋姜明眸流转，又道："那擅长医术的张灵总有谋生技能吧？"

"右骁卫大将军看上了她，她来求我救她。将军说要他放弃，除非朋友妻不可戏。"

"李宛宛呢？"如意门的情报里，李宛宛是唯一一个空白之人。

风小雅沉默了一会儿，抬眉："你问了那么多，其实都是在为这句做铺垫吧？"

秋姜被识破心事，索性摊开直说："没错。我想知道，你那神秘得不得了、据说因为失宠而出家了的二夫人，究竟是何方神圣？"

"你常住此间，会见到她的。"

秋姜沉吟着，悠悠道："所以，你想告诉我，你的姬妾都是幌子，你一个也没碰过？"

风小雅回视着她，神色凝重："是。"

秋姜笑了起来，一边咻咻笑，一边凑得更近："怎么办，你这个样子，我反而……更想睡你了。"

风小雅眼中再次流露出那种古怪的、说不出悲伤的神情。

"你睡了我，我就死心塌地地跟着你。怎么样？"秋姜提议。

风小雅伸出手。

秋姜静静地等着，唇角笑意越深。

风小雅的手迟迟停停，似用尽了全部的力气，才最终落在她的头上："好。姜花开时，如你所愿。"

秋姜看向花圃里只冒出个头的嫩芽，那岂非还要半年？说到底，是对方的缓兵之计吧？

她有些不满，当即一把将他的手甩开，然后挑衅地应了一声："一言为定。"

心中却想：老娘才不奉陪！

秋姜当晚就逃走了。

她是为了任务而来，既然这是个陷阱，那还留在这里做什么？

风小雅算错了一点：秋姜对他根本不感兴趣。

换作别的女子，遇见这种难得一见的美男子，也许会兴起征服之心，玩一场风花雪月的暧昧，打破他的禁欲外壳，看他沾染情愫的样子。

但对秋姜来说，她的目的始终很明确：任务第一，其他通通都是多余的东西。

尤其是情感。

若非如此，她也活不到今天。

因此，她逃得十分果断，毫无负担。

第二天，当裳裳惊慌来报说十一夫人不见了时，坐在榻旁喝药的风小雅动作顿停，沉默许久后，才将药碗缓缓放下。

别久成悲，伊人却是不懂。

伊人不懂，轻易话离别。

"追。"他只说了一个字。

秋姜眯起眼睛，看着前方的山庄——

围墙极高，原木大门没有上漆，匾额上写着"陶鹤山庄"四个大字，笔锋飞舞风流，正是出自当朝宰相风乐天之手。

薄薄积雪未化，被山风一吹，更觉面如刀刮。

秋姜忍不住搓手，暗道一句好冷，不愧是弃妇的"冷"宫。

风小雅的姬妾们全都娶来没几天就被送上云蒙山，那么，云蒙山到底是个什么样的地方？那些姬妾现在还住在里面吗，还是改头换面另求新生去了？

不管如何，她一时半会儿逃不出玉京，如果要藏匿在某处的话，陶鹤山庄是个很好的选择。

毕竟，最危险的地方，就是最安全的地方。

因此，她寻到了云蒙山，没想到山峰入口，竟在皇家猎场万毓林内，有天子侍卫把守，常人难进。

秋姜费了好些力气才引开那些人，趁机上山。到山庄前转悠了一会儿，见无人看守，便越墙而入。

墙内院子很大，只种一种树——松树，除此外，一片荒芜，景致萧索，与草木居红楼瀑布的精致园林相去甚远。

秋姜耐心地等了许久，终于见个老头提着篮子远远经过。

老头矮矮胖胖，时不时咳嗽，如此冷的天气里还一边走一边掏出帕子擦汗，步履沉重，看样子不会武功。秋姜便跟了上去。

只见他来到东北角的小屋前，推开房门，里面是个厨房。

胖老头打开篮子，从里面取出一把茴香、几个鸡蛋、一袋黍米，开始生火做饭。

秋姜看了一会儿，没看出什么异常，便又离开了。

山庄很大，分了八处院落。秋姜一个个查探过去，屋子都是空的，那些姬妾果然不在此地。

最后她又绕回厨房，锅里已散发出浓郁的鸡蛋炒茴香的香味。

胖老头拿了张矮几出来，摆在门口檐下，又拿了两个垫子出来。

秋姜看到这里，心生警觉，刚想退，胖老头开口道："远来是客，用顿饭再走吧。"

秋姜不动，屏住呼吸。

胖老头将鸡蛋炒茴香盛到盘中，又舀了两碗饭，拿了两副筷子，在几上摆好，然后坐下来，用汗巾继续擦头。

秋姜看到这里，目光微闪，从藏身的阴影处走了出去。

胖老头朝她一笑。他有一张非常和善的圆脸，笑起来形如弥勒。秋姜因此猜出了他的身份。

她在此人对面坐下。

胖老头伸手做了个请的姿势，径自吃了起来。

秋姜见他吃得极香，觉得既来之则安之，便也下筷了。

菜一入口，舌尖生艳。

秋姜很震惊。没想到这么简单的一道菜，竟能被做得如此好吃！

"想知道窍门吗？"胖老头含笑问她。

"愿闻其详。"

"加酒。"胖老头从身后摸出一壶酒，摇了摇，"两滴，即可满盘生香。"

秋姜盯着那壶酒。

胖老头便又笑了："来点？"

"我去取杯。"秋姜冲进厨房翻出两个酒杯。在喝酒一事上，她素来积极。

胖老头给她满上。两人举杯对饮。

酒一入喉，眼睛更亮，秋姜赞道："这才是酒啊！要的就是这股子火烧火燎的劲。"

"没错！干！"胖老头一口饮尽，然后又咳嗽了起来，一边咳嗽一边解释道，"我这嗓子老毛病，一喝酒就咳。"

秋姜刚要说话，他又道："你若劝我戒酒，我便不请你喝酒了。"

秋姜笑了起来："劝人戒酒好比劝人休妻，我才不做这么煞风景之事。"

胖老头听得十分高兴，当即再次举杯："说得好！敬你！"

秋姜仰脖一口干了，再吃一筷子菜，只觉人生惬意，莫过于此。

"儿媳啊，听说我儿一直在找你啊。"胖老头一边咳嗽一边貌似不经意地说道。

秋姜眸光微闪，笑了起来："是啊，公爹。"

这位长得一张笑面，形如弥勒的人，不是别人，正是大燕第一名臣——风乐天——风小雅的爹。

"想回去吗？"

"不怎么想。"

风乐天给她满上："可以多嘴问句为什么吗？"

"他不与我同房。"

风乐天顿时剧烈地咳嗽了起来，只不过这一次，是被酒呛着了。

秋姜笑吟吟地看着他。

风乐天好不容易把气顺过去，叹了口气："确实是我儿的错。他那身子……唉。"

"他得的是什么病？"

"中毒。"

秋姜一怔——她其实是随口一问，本不指望风乐天会告诉她。毕竟关于风小雅到底得的是什么病，以及为什么病成那样了还能练出一身武功，如意门探查多年都没能搞明白。

没想到风乐天竟一口回答了，更没想到，竟是中毒！

"不说是什么融骨之症吗？"

"也算吧。他娘怀着他时，被人下毒，他娘拼死把他生下自己走了。他出生时毒素已入骨髓，逼不出来。而且随着年纪增长，骨头越来越软，最后会全身瘫痪。"

秋姜盯着他："那……又是如何治好的呢？"

风乐天给自己满上，呷着酒缓缓道："我找了六位高手，往他体内同时注入六股内力，控制了正经十二脉，助其行走……"

秋姜惊呆了。

风乐天眨了眨眼："疯狂吧？"

"闻所未闻！"

"是啊，当初大伙都觉得我异想天开，不可能实现，小雅自己也觉得不可能。只有一个人相信我能做到。"

"谁？"

"一个小孩。姓江，名江。叫江江。"

秋姜的眉头蹙了一下，在心中默念了一遍这个名字——江江？为何觉得似曾听闻？

"是小雅儿时的未婚妻。"

"儿时？"谁都知道风小雅后来娶的妻子是龚小慧，不是江江。

"对。她失踪了。十年前的十二月十二日，幸川，走丢了。"风乐天看着她，目光却像透过她，看着另一个人。

这一瞬，他的眼中也露出了风小雅那种哀伤的、怜惜的、难掩绝望的神情。

秋姜看到这个眼神，心跳突然骤快，一个荒诞至极的想法跳入脑中，因为太过荒诞，整个人都在不由自主地颤抖。

不、不、不！

不可能!

十二月十二日,在燕国的玉京是个特别的日子。

城郊的幸川结了冰,百姓们在河边聚集,雕冰,赶集,放孔明灯,祈求来年风调雨顺,万事皆安。

这个习俗是从十年前开始的。

十年前,宰相风乐天的独生爱子风小雅身患绝症,生命垂危,消息传出后,百姓纷纷来到此地为风小雅祈福。

那一夜,幸川河上足足会聚了千人之多。

第二天,风小雅的病竟奇迹地好转了。

因这机缘,人们觉得是祈祷起了作用,一传十、十传百,久而久之,大家都在十二月十二日去幸川放孔明灯。

其间真有部分人心愿达成的,为传奇更增光彩。

可对风小雅来说,十二月十二日,却是一个噩梦。

那天晚上,他的未婚妻江江,也跟家人去了幸川,被人群冲散,不知所终。

风乐天早有退隐之心,因此为儿子择的亲家也很普通,祖父是致仕归隐的太医,父亲在京城开了家药堂,有个女儿叫江江,比风小雅小一岁。

江江很是聪慧,七岁起就帮家里的铺子抓药。因为风小雅天生顽疾,常年用药,药堂忙不过来时,便让女儿送药。

一来二去,就认识了。

风乐天十分喜爱这个活泼开朗的小姑娘,一次玩笑道:"若我儿病愈,娶你为妻可好?"

江江回答"好呀"。

江父听说后,连忙上门求罪,声称齐大非偶不敢高攀。江江生气地追过来,道:"为人若不守信,与畜生何异?我既已答应,就非风公子不嫁了!"

风乐天本是玩笑,但被江氏父女这么一闹,反变成了真的。风乐天对江父道:"若我儿病愈,便娶江江为妻。若我儿福薄先走一步,我认江江为女,待她及笄之日,亲备嫁妆送她出阁。"

江江闻言回头,朝坐在一旁默不作声的风小雅灿烂一笑,露出缺了门牙的牙齿,显得很是滑稽。

那个画面,却久久烙在了风小雅的脑海中。

十年了,他其实已不太记得江江的模样了,只记得那个缺了两颗门牙的笑容。

江江失踪后,风乐天下令严查,最终抓到一个人贩子,称见过这么个孩子,被押上青花船去了程国。

风乐天派了许多人秘密去程国寻找江江,担心一旦身份曝光,被人利用拿捏,又或是逼得太紧,对方索性将她灭口。

就这样，一年年过去了。

根据种种蛛丝马迹，最后断定——江江没有死。不但没死，还成了如意夫人最喜爱的弟子，当上了如意七宝中的老七。

在如意门潜伏多年的探子回禀时显得有些犹豫，迟疑再三才道："她可能跟你们找的那个人，已经完全不一样了。"

十年，足够让一个孩子变得面目全非。

更何况，如意门是地狱般的存在。能在那样的环境里出类拔萃的人，只可能是一种人——坏人中的坏人。

风小雅看着前方堆积如山的档案，里面写着七儿这些年做过的事情，虽只查到了一部分，却已足够触目惊心。

他沉默了许久，才一个字一个字道："即使如此，我也要寻她回来。"

伊人入魔，本是他过。

既是他过，当由他断。

秋姜一口酒噎在喉咙，像被刀子割一样疼。

过了好半天，她才勉强将酒咽下，用沙哑的声音道："你们觉得我就是江江？"

"不是觉得。而是……你就是。"

秋姜皱眉："证据？"

风乐天笑了笑："唔……算算时间也差不多了……"

"什么？"秋姜刚问完，就感到自己的身体有些异样，脸上像有虫子爬，痒痒的。她忍不住伸手轻挠了一下，然后发现手上也长出了密密麻麻的小红点。这是什么？！

"江江失踪时不过九岁，面貌与你有些像。但世上相像的人很多，幸好，有一样东西是伪装不来的，那就是——江江不能吃茴香。对她来说，茴香是风发之物，食之风邪。"

秋姜看着手上的红点，感觉整个人都不好了。

风乐天注视着她，眼神又和蔼又悲凉："我们……找了你十年。"

秋姜低头沉默不语。

"我知道你一时间很难接受，没关系，你可以在此地慢慢想。"风乐天起身，走了几步，回头朝她一笑，"对了，厨房下有地窖，里面藏了二十坛这种酒，想喝自取。"

说完他真的离开了。

秋姜独自一人坐了许久，她似乎什么也没想，又似乎想了许多许多。

等她终于站起来时，夕阳已沉，暗幕一点点地熏染了天空。

她来到主院的主屋，找到火石将蜡烛点亮。这里的生活用品一应俱全，正如风乐天所言，确实可以住在这里慢慢想。

但是，主屋的书案上放着一堆册子，最上面那本的封皮上写着"玉京复春堂江氏"七个字，摆明了诱她去看。

秋姜在案旁坐下，就着蜡烛拿起手册打开，里面记录的正是江江的生平。

江江，祖父江玎，跟璧国太医院提点江淮系出同宗，世代学医，但他天赋有限医术平平，在燕国并无建树，年纪到了就退了，跟独子江运在玉京开了一家复春堂药铺。江运有个女儿，其妻早逝，江运又忙，对她疏于管教。

手册里记录了一些药铺伙计对江江的评语，大多是一个"野"字。

"小姐胆子很大，不让做的事情非做不可，不让碰的药非去碰，有一次好奇误食了八仙花，腹疼如绞，满地打滚！病好后仍不改性，还是各种尝试，并理直气壮道：'神农尝百草，众口交赞，为何我尝百草，却受责罚？'"

"小姐很是聪慧。有一年我老家梨子大卖，乡农们纷纷购买梨种，她劝我父不要跟风，应改种柳树。果然第二年梨子丰收，而我父卖柳枝供乡农编筐盛梨，收入颇丰。掌柜知道后问小姐为何劝人种柳，她道：'父亲以往采买药材，但凡某药丰产，其价必降。物以稀为贵。大家都种梨子，来年梨子泛滥，箩筐必不够用。'掌柜觉得她有经商之才，十分赞赏，更加放任。小姐自此更加胆大妄为……"

"小姐对来铺里赊药的人各种冷嘲热讽，天寒地冻，商户们商量布衣施粥，她总不肯。众人都笑她抠。但我父病重时，她偷了一株山参送到我家。我父靠山参吊命最终挺过那劫。掌柜发现少了山参，大怒彻查，别的伙计揭发说是我偷的，小姐见瞒不住便跳出来承认说是她拿的。掌柜当着众人的面抽了她十藤鞭……小姐的恩情我没齿难忘，我可怜的小姐……"

"小姐去丞相府送药，回来说要嫁给风公子，我们都以为她在说笑话，没想到后来丞相大人竟然真的上门提亲了！掌柜十分不开心，因为风家的那个公子病恹恹的，随时都会咽气的样子。问小姐为何要嫁他，小姐说风公子的病好特别好有趣，她想陪在身旁记录下来，如果能治好，她就是独树一帜的神医了！对了，小姐一直想当大夫，理由是'看病人拼命求自己，很受用'……"

厚厚书册，从不同的人口中拼凑出那个名叫江江的小姑娘。

胆大的行动派，头脑聪明，性格看似跳脱，实则坚毅，还有点小坏。

扪心自问，倒真是跟自己挺像。

秋姜翻看着江江的生平，也看到了这十年风氏父子是如何找她的，用一句"倾举家之财，耗半生之力"也不为过。若非后来娶了个能干会赚钱的龚小慧，光靠宰相大人的俸禄，早入不敷出了。

线索很是零碎，拼拼凑凑，无不将矛头指向七儿。七儿就是江江的可能性很大。

最最重要的是……

秋姜抬起手臂，红色的斑点来得快，去得也快，不过这么一会儿工夫，便又褪了个干干净净。

遇茴香会风邪——江江一个不为人知的特点。

而她，也如此。

秋姜深吸口气，将书册合上，起身举着蜡烛走向厢房。她方才搜索时来去匆忙，没有细看，如今走进寝室，才发现主屋的布置跟别院不同。

一张白虎皮软绵绵地趴在矮几旁，几上放着写了一半的大字，笔迹稚嫩，但十分工整。周围是与墙等高的药柜，每个抽屉上都写着药材的名字，但里面是空的。靠北的角落里摆了张锦榻，小巧精致，枕头被褥上绣着针脚马虎的小花。

秋姜忽然了然——这是江江儿时的房间。

为了唤醒她的记忆，还真是用心良苦。

秋姜叹了口气，索性吹熄蜡烛，在榻上睡下。

药柜虽是空的，但残留着各种药材的味道，秋姜闻着淡淡的药香，翻来覆去地睡不着。

最后她索性起身，去了厨房的酒窖，里面果然有二十坛酒。

秋姜拎了两坛回到主屋，跳上屋顶，就着月光开喝。

酒性极烈，入喉如烧。她心口也似烧着一团火，又憋又痛又禁锢着发不出来。

秋姜喃喃："真是痴儿啊……"

她想了想，还是决定先睡一觉，明早起来再想。这么多年，遇到事情时，如果不那么急，她都让自己先睡一觉，醒来再思考解决之法。久而久之，成了习惯。

怪夜色太深，人心亦沉沦。

又怪凡世多难，命不由人。

秋姜正要飞下屋时，忽见远远的山庄大门处有了一点微光。

她心头一惊，立刻伏在了屋顶没有动。夜色中，黑衣的她与屋脊浑然一体，仿若隐形。

那点微光朝主屋走来，借着月色仔细辨认，是风小雅！

孟不离和焦不弃不在，走在风小雅身边的人，是风乐天。

秋姜暗叹口气，越愁什么越来什么，看样子是没法等到明天再想解决之法了。

她以为风小雅是来找她摊牌的，谁知，他走到主屋院外时，却停步了。

月光淡淡地照在他脸上，为他原本就苍白的容色又覆上了一层哀愁。

秋姜以往看他，觉得他太过阴郁，现在知道了原因，想到这样一具行走的肉身中，竟有六道内力互相对冲抗衡，就觉得着实可怜又可敬。

秋姜伏在屋脊上看他。

他则一直盯着主屋的门。

风乐天在旁拍了拍他的肩膀："进去吧。"

风小雅却仍不动。

"最难的话，我都帮你说了。现在，该轮到你跟她谈一谈了。"

风小雅目光闪烁，最终抬步前行，刚走到檐下，突然抬头——

秋姜暗道一句不妙，风小雅的武功深不可测，必定是发现她了！当即从另一侧屋脊滑落，想也没想就要跑。

身后风声袭来，风小雅果然追了上来。

"秋姜！"他叫道。

秋姜回手扔去酒坛，风小雅闪身避开，酒坛落地，"哐当"砸了个粉碎。

秋姜趁他这一瞬的耽搁，加快脚步，飞身来到围墙前，脚尖一点，就要越墙，身后风小雅又叫了一声："秋姜！"

声音急促，最后一个"姜"字破了音。

秋姜抓住墙头，手臂借力往外跳落时，扭头看了一眼，正好跟风小雅的目光撞了个对着——

电光石火，万语千言。

秋姜心底深处似有一根弦，被他的目光狠狠一拨，发出了一记悲鸣，震得两耳嗡嗡作响。而在这时，风小雅素来笔挺的身躯摇晃了两下，突然倒了下去——

像一件空衣服，鼓着风，软绵绵地落地。

秋姜心中一紧，本是按在墙头借力的双手，改为抓住墙头，最后，跳回院内。

她缓缓朝风小雅走去。

风小雅伏在地上，身体抖个不停，似是痛苦到了极点。

是陷阱吗？为了拖住她，所以故意示弱吗？

秋姜心头闪过狐疑，但最终强压下所有不堪的设想，蹲下身，抱起了他的头。

风小雅定定地看着她，冷汗如雨般划过他苍白文弱的脸庞。

他用冰冷的手抓住她的胳膊，牙齿打战，吐字模糊。

但秋姜还是听懂了。

他说的是："江江。"

二字如山，沉甸甸地朝她压落。

秋姜感觉自己的耳朵再次嗡嗡啸叫起来，而她避无可避，退不敢退，陷入深深的困境。

风小雅晕了过去。

秋姜把他背起来，一步步地朝主屋走去。

他又轻又瘦，像具骨架般压着她，却让她的每一步都迈得十分困难。

秋姜想，我应该不管他，继续逃的。他晕倒了，所有人都会着急，忙着救他，就顾不上追我。这本是最好的逃离机会。

可是……

她心中有点犹豫，有点生气，还破天荒地有点难受。这种情绪对她来说十分少见。这么多年的训练，她以为她的意志已经足够坚硬。

却偏偏遇见这么一个人。

孽缘。

秋姜把风小雅背回主屋时，风乐天正等在那里，见此情形面色顿变："他怎么了？！"

"我不知道。"秋姜把风小雅放在榻上，他已陷入昏迷，却依旧紧抓着她的一只胳膊，不肯松开。

风乐天为他搭脉。

"怎么样？"

"内力反噬！"风乐天的神色变得很难看。

秋姜还在琢磨为什么会内力反噬时，风乐天对她道："这次情况不妙，他已昏迷，自己无法梳理，需要你帮忙。我说，你做。"

秋姜点点头，按照风乐天教的输入自己的内力，一点点地帮助风小雅梳理他体内紊乱不堪的内力。整个过程非常复杂，若非风乐天在旁指点，还真是做不下来。

最后，终于平息下来的风小雅安详地睡着了。

秋姜抹了把额头的汗，从榻上下去时，只觉整个人疲惫不堪。

一盒药膏递到了她面前。

秋姜扭头，风乐天指了指她的胳膊。秋姜掀起衣袖，这才发现自己的胳膊被风小雅抓出了指印。他太用力了，以至那一块都有点青了。

秋姜接过药膏，道了一声谢。

风乐天注视着熟睡中的儿子，目光里满是担忧。

秋姜忍不住问道："他这是？"

"反噬。那六道内力虽能令他继续行动，可心绪不宁，内力不稳时就会反噬其身，更增痛楚。他本该剃度出家，戒骄戒躁，但是……"

秋姜垂下眼睛。但是，他为了找她，仍在红尘中煎熬。

"就算你不是江江，留下来，趁机跟如意门了断，不好吗？"风乐天朝她看过来。他有一双特别温柔的眼睛，被这双眼睛注视着，让人很容易放下戒备，生不出任何逆反之意。

"真能了断吗？"秋姜轻轻一语，却令风乐天沉默了。

"如意门成立已有一百二十年，组织比你们想象的更加庞大。甚至在燕国的世家皇族内，亦有夫人的耳目。我们的门规只有两条：一，胜者为王；二，不得背叛组织。触犯第二条的，没一个有好下场。"秋姜直视着风乐天的眼睛，淡淡道，"我知道您是燕国的宰相，但是，我不认为您能保得住我。"

更别提一个自身都难保的风小雅。

风乐天的唇动了动，想说什么，但最终没有说。

秋姜向他行了一礼，转身离开。

风乐天没有阻止。

秋姜就那样一步步地走出主屋，走出陶鹤山庄。

月色逐渐淡去，天边露出微薄的光。

秋姜走进万毓林，本要出林，半途却沿着溪流一拐，上了另一座小山。

山腰处有几间竹屋，屋前围着栅栏，一个少年正在晨起砍柴，如此寒冬竟裸着精壮细瘦的上身，砍柴的动作干脆利落，带着说不出的美感。

秋姜跳上栅栏，盘腿坐着看他砍柴。

少年半点惊慌的样子都没有，甚至看都没看她一眼，继续着手里的动作。

不知为何，看着看着，秋姜的心，也跟着平静了许多。她忽然开口："我饿了。"

昨天一整天就吃了几口茴香炒鸡蛋，亏得酒喝得多，肚子火烧火燎没顾得上饿。这会儿酒劲过了，便觉得浑身难受。

砍柴的少年终于瞥了她一眼，放下斧头进屋去了，屋里传出"当当当"的切菜声。

鸡窝里的公鸡开始打鸣，太阳出来了，照着眼前的一切，回忆昨日，恍如隔世。

过不多时，少年端着半只切好的烧鸡和一碗莼菜豆腐汤出来。秋姜立刻跳下栅栏，蹲在砍柴用的木墩上，像饿死鬼般吃了起来。

少年将砍好的柴火捆在一起，摆得整整齐齐。

秋姜一边大口吃肉喝汤，一边口齿不清地说道："四儿啊，我好想你啊！"

少年并不理她，捆完柴，便将鸡鸭放了出来，给它们喂食。

秋姜看到一群鸡鸭围着他嘎嘎叫，扑棱着翅膀要食，不禁"扑哧"一笑："你可真是接了个好差使，这几年都很逍遥快活吧？"

少年仍不说话，喂完鸡鸭后开始扫地擦窗打扫屋子。

秋姜一边啃鸡腿一边问道："老皇帝又出去了？我说，你这样不行啊，让你监视老皇帝，你却安安分分地守在这里当杂役。老皇帝去哪儿云游，见了谁做了什么，你都不管。五儿跟夫人告了你一状，说你玩忽职守，消极怠工。所以夫人让我来燕国时，顺便看看你。"

少年擦窗的动作终于停了一下，但也只是一下，冷冷道："那就让五儿来接替我。"

秋姜嫣然道："你明知他不会做饭干不了这活儿。"

少年擦完窗户时，秋姜也吃完了饭，摸着肚子大咧咧地往地上一躺："你做饭的水平高了很多嘛，都快赶上无牙老和尚了。"

"你杀了无牙，我就是当世第一。"

秋姜又笑了："我不杀贱民和方外之人。"

"那皇后呢？"

秋姜扬了扬眉毛。

少年注视着她，一本正经道："谢家十九女已入京近半年，行为出格举止乖僻，世家皆不喜，想要换皇后。"

秋姜两眼弯弯，睫毛扑扇扑扇："如此有趣的人物？"

"钰菁公主等你多日，久候不至，便送讯到了我这儿。"年轻人说着手指一扬，一颗珠子飞入秋姜手中，捏破后里面有张卷得很小的字条，上面写着：奏春计划开始。

秋姜的瞳孔收缩了起来，片刻后，问道："你对这个计划知道多少？"

"老规矩，你懂的。"

秋姜确实懂。也就是说，四儿接到的任务只是监视老燕王辇尹，其他的一概不知。他跟她一样，只知道如意夫人跟燕国的大长公主钰菁拟定了一个叫作"奏春"的计划。但内容是什么，谁负责执行这个计划，尚不得知。

此番，钰菁公主送来字条，告诉她计划开始，莫非认为她是为了此计划而来？又或者，是见她跟四儿都在玉京，所以一并叫上？

秋姜沉吟许久后，将字条扔入厨房的灶火中，淡淡道："看来，不得不去见见燕国的这位大长公主了……"

四儿忽道："荟蔚。"

"什么？"

"钰菁之女。她的软肋。"

秋姜含笑看着他，忽起身在他头上摸了一把："谢了哥哥。"

四儿打开她的手，严肃的脸上终于崩裂出几丝怒意："我比你小！"

"哈哈哈哈……"秋姜已飘然远去。淡泊的光照着她纤细灵活的身躯，似一只不知何为愁物的鹤。

四儿望着她的背影，半晌，才喃喃说了一句："这般没心没肺，倒也真适合当下一任如意夫人。只是……"

只是之后，声音戛然而止。

秋姜回到玉京，却没直接进大长公主府，而是先去了知止居——未来皇后的住处。

谢十九娘名叫谢长晏，今年才十三岁，是前太子妃谢繁漪的堂妹，燕王将她提前召入京中，打算悉心调教，等待及笄后大婚。

可这位谢姑娘完全不像她姐姐，到京后惹出一堆事来：先是得罪了荟蔚郡主，然后公然讽刺东美公子的婆娑酒，搅黄了斗草大会后，弄死了献给陛下的蝴蝶，不肯出席燕王寿宴，最后还弄塌了求鲁馆。

她的表现粗俗严苛，任性妄为。

令原本就惶惶自危的世家们更添不安，细究其种种作为背后燕王的真实意图，就不寒而栗。

因此，他们抱团起来，想要换皇后。起码，换个会为世家利益考虑的皇后。

燕王当然不会同意。

所以，说穿了目前就是皇帝和世家的角逐。谢长晏被换，世家赢；谢长晏不被换，则是燕王赢。

真是山雨欲来，风云际会的时刻啊……

秋姜颇有些嘲弄地勾了勾唇角，潜入知止居。

这座坐落在天玑巷尾的前太子府，跟草木居差不多大，都是三进的院子，有一个很漂亮的天然湖，湖边柳树已秃，枝干上积着累累白雪。

秋姜这才意识到，时间过得竟如此快。她来玉京已半年，从盛夏到寒冬。万物全都藏在了白雪之下，忍受着煎熬，等待着复苏。

就像她一样。

秋姜注视着夜色中微微泛光的屋子，停下遐思，深吸口气，飞掠了过去。

谢长晏不在。

从门卫的聊天中得知，风小雅在半盏茶前赶着马车来把她接走了。

秋姜听得一怔——风小雅明明被内力反噬，一根手指都动不了了，这么快就好了？还能赶车？

被雪覆盖的道路上残留着清晰的车痕，秋姜心有疑惑，索性追踪而去。

她倒要看看，风小雅到底在搞什么鬼。

没准，正如四国谱是假的，所谓的江江，也是假的！不过是诱她继续入局的说辞。

秋姜眼眸渐沉，跑得更快。

车痕一路延续，越走越偏，半途又下起了雪花，地面越发泥泞湿滑。秋姜心想，她果然一点都不喜欢燕国，又冷又干，相比之下，还是璧国好，气候宜人四季如春。

如此追了大概一炷香工夫后，来到一条河前。

长河已冻结，月色下宛如一条从天上挂下来的银带，无比璀璨地铺呈到脚边。

百丈远外的河岸旁，停着一辆马车——黑色的马车——正是风小雅的马车。

秋姜心头蹿起一股怒火，捏紧手心，动作却更加谨慎，悄无声息地借着风声靠近马车。孟不离和焦不弃都不在，车内传出了女孩的声音："我的脚好看吗？"

秋姜一震，一时间脑海闪过了无数个念头。

紧跟着，响起了一个男人的轻笑声。

她那被高高揪起的心，因着这记轻笑，突又落回了原处——不是风小雅。

马车里的男人，不是风小雅。

秋姜想看看车里的人是谁，但又怕离得太近又无遮挡而被发觉，索性后退，飞奔回岸，重新找了个位置藏好。

就在这时，脚下踩到一物，借着月色仔细一看，是一只孔明灯，不知被谁遗弃在岸上，并未破损。

秋姜的手一抖，突然反应过来——幸川！

这里就是幸川！

十二月十二日，放灯求福，可得安健的幸川！

十年前，江江的失踪之地！

再看孔明灯上的字条，上面果然写了心愿："求让阿弟的病快快好。"

字迹歪扭，似出自孩童之手。

如此粗心，将灯带来却又忘了放，遗落在了枯草中。

可秋姜看着这行字，眼底泛起了些许温柔：这个人的弟弟也有病啊……再回头看一眼马车，心中有了主意。

她掏出火石，把灯点燃，随手给放了。

孔明灯在飞舞的雪花中袅袅升起，放眼看去，一马平川的荒原上，这是唯一的一点火光。

马车那边的人果然看见了，一人探出头，朝这边望来。

秋姜躲在石头后，如此一来，对方看不见她，她却能将他看得很清楚。那是个二十出头的年轻男子，有一双异常深黑的眼睛，看上去比四儿还严肃。联想起他刚才在马车里的笑声，跟脸实在挂不上钩。

电光石火间，她醍醐灌顶般反应了过来——燕王！

此人，恐怕是燕王彰华。

只有他能随便使用风小雅的马车。

也只有他能私自将大燕未来的皇后谢长晏带出知止居。

秋姜转身就跑。

那人反应极快，立刻解开拉车的一匹马追过来。

秋姜想，未见到钰菁公主之前，还是不要横生事端，该避免跟燕王有所交集。

燕王的武功还可以，追踪的经验却很匮乏，秋姜没费什么力气就将他甩脱了，绕道的路上，却意外地再次看见风小雅的马车。

秋姜飞身上了某处屋顶，注视着马车匆匆而来，想着刚才那个娇俏活泼的女声："我的脚好看吗？"

谢长晏……吗？

她的唇勾了起来，轻笑一声道："姐姐给你个见面礼。"

某酒家门前立着旗杆，她随手抽下挂旗的绳索，在手上绕顺了，赶在马车前抵达一处必经的路口，将绳索横拦在路上，然后在心底默数："十、九、八……"

数到"三"的时候，马车果然朝这边驰来。

"三、二……一。"几乎是一字音刚落，马车就一头撞上了绳索，从冰滑的地面上横飞出去，眼看就要撞到路旁一侧民居的围墙，黑暗中前后左右突然飞出四道黑影，扑向马车。

秋姜眯了眯眼睛："跟着暗卫啊……"也是，大燕未来的皇后，怎么可能孤身一人出行。

罢了，目的达成，先行告退。

秋姜转身一跳，飞快地隐没在夜色之中。

对世家们不喜的准皇后出手，是秋姜送给钰菁公主的见面礼，为了表达"咱们是一伙的"，以及"你看，我完全有能力干掉她"。

钰菁公主果然对此很在意，见面就问："你为何要动谢长晏？"

她是个美丽的女人，五官美艳皮肤光洁，据说她的保养秘诀就是采阴补阳，驸马死后，她与多名年轻武将私通，纵情声色的同时，还很好地维系了同世家们的密切关系。

从这方面看，倒是跟程国的三公主颐殊挺像。

这样的女人，都有一个共同的特点——野心。

或者说得更直白点——欲望。

欲望极盛之人，光男色不足以满足，必定还有更大的图谋。

颐殊公主的图谋她知道，想当程国的女帝。那么钰菁公主呢？奏春奏春，把"奏"变成"春"，岂非正是"偷天换日"的意思？

也就是说，光换皇后不够，还要换皇帝？

虽然此番如意夫人并没有告诉她"奏春"的具体内容，只让她入京后协助大长公主。但秋姜在草木居小半年，多少也听了些京中八卦。比如说——大长公主跟燕王不和。世家们也对燕王这两年的行事作为颇有微词。再比如说——大长公主的女儿荟蔚郡主，喜欢风小雅。

因此，秋姜断定，世家们之所以敢把主意动到换皇后上，跟这位钰菁公主肯定脱不了干系。她故意弄个绊马绳，吓谢长晏是其次，主要是为了试探钰菁。

而钰菁，果然上当，主动提起了谢长晏。

秋姜往火盆里加了勺水，懒洋洋道："听说是大燕未来的皇后，便忍不住看看。"

"你既要看，为何不做彻底，让她死了？"

秋姜正色道："现在杀她，不过杀一稚龄幼女；他日再动，就是杀大燕的皇后。我不杀贱民。"

钰菁公主冷笑起来："只怕他日你根本没有机会。"

秋姜目光闪动，想诱使她说出更多线索，便恭维道："有您在，怎么会没机会？"

钰菁公主不知想到了什么，转移了话题："陛下那边的戒备越发森严了。"

"这岂非正是公主您要的？陛下以为是世家所为，世家则是伤鸟惊弓，两边斗个你死我活，届时，渔翁得利者，是您。"秋姜继续试探。

钰菁公主的目光转为阴冷："我不要利，我只要他死！"

有意思，此人是彰华的姑姑，亦是皇族，却不帮自己的亲侄子，反而伙同世家外人想要弄死彰华。燕王啊燕王，你的处境也不比程王铭弓好多少啊。

想到这里，秋姜笑了："放心吧殿下。如意门既接了你的任务，就必定让您——如意。"最后两个字，说得无比暧昧。

钰菁公主盯着她，面色深沉："但风乐天不死，陛下不会输。"

很好，他们还打算对付公爹。秋姜便往铜盆中慢悠悠地又加了一勺水，淡淡道："那老狐狸比他儿子还奸，他儿子是毫无破绽，他是浑身破绽，都不知从何入手……"说到这里，眉心微蹙，她突然动了。

秋姜飞过去一脚踢开门，把在门外偷听的人抓了进来，扔在火盆旁。

那人嘤咛一声倒在地上，手中折册飞散，凌乱不堪地挂了一身。

只见她十六七岁年纪，左眼下方有一颗痣，像滴将落未落的眼泪，因此抬眸看人时，显得楚楚可怜，更有股说不出的媚态。

秋姜心中啧啧，这媚态可不是天生的，是训练出来的。此人是谁？大长公主养的媚奴吗？

"壁脚好听吗？"她问。

少女立刻跪直了看向一旁的钰菁公主："殿下，我没有！我没有偷听！求你相信我，我真的没有！"

"那你在门外做什么？"

"我、我……叔叔的忌日将至，我列了一份清单，本想让殿下看看合不合适，走到门前，见屋内没有点灯，便迟疑了一下下，就一下下，真的什么都没听见啊！"少女上前抓住钰菁公主的下摆，哭了起来，"我没有偷听，我说的都是真的！"

秋姜有点意外，原来不是奴婢，而是已逝驸马的侄女。她此来机密，本不能让第三人知晓，如今被此女撞破她同钰菁见面，照理说，是应该杀了灭口的。但看钰菁公主的神色，恐怕不舍得此女死……

秋姜便笑了一笑："我不杀贱民。殿下自己看着办。走了。"说罢转身就走，耳中听到那少女哭求不止，钰菁公主心软地叹了口气，道："起来吧……"

唔，看来这位钰菁公主的软肋，不是荟蔚，而是……那位已死的驸马呢。

为了那位驸马，钰菁公主不惜与如意门谋皮，置国家族人百姓于不顾。真是可怜之人必有可恨之处。

秋姜掠出公主府时，看见一地积雪，不知为何，突然有些怔忪。

白雪皑皑，如锦如缎，入夜后的公主府无人出入，因此毛茸茸的雪毯十分完整，没有一丝痕迹。

一时间，满目苍茫，竟是看不出哪里是路。

"入雪原后，人在行走时要往前方投掷一样鲜艳物件，作为目标，才能不被无穷尽的白色迷惑，丢失方向。"脑海中，一个声音乍然响起，震得她心中一抖。

"你要做的，是一件非常艰难、孤独、不为世人理解，而且希望渺茫的事。你会遇到很多诱惑，困境，生死一线。而你只能独自面对，没有人可以提供帮助。"

"如果你的心有一丝软弱，就会迷失。"

那声音慢慢远去，眼前的雪下得更大了，像诱惑，又像告诫。

秋姜取下佛珠，丢在路上，然后朝佛珠步履坚定地走过去。

必须完成任务。

必须成为下一任如意夫人。

于她而言，从一开始，就只有征途，没有归程。

秋姜回到了四儿的住处，四儿却不在。

她不以为意，倒头睡在了四儿的榻上。此地很是安全，下方有重兵看守，又没什么人知道老燕王摹尹隐居于此，她也是借了四儿的光才知道这么个神仙住所。

不得不说，如意夫人的这颗棋子安插得极好，唯一的缺点就是四儿性格执拗，不善言辞。但若非如此，摹尹当年也不会在那么多随从中独独选他。

这一觉睡下，再醒来已是第二天。

屋外传来节奏均匀的砍柴声，一起一落，十分好听。

四儿有点小癔症，比如葱一定要切成一寸才吃，柴一定要砍成均匀的八块，手一定要干干净净……能在如意门中活到现在还成了七宝之一，着实不容易。

秋姜一边伸着懒腰一边推门出去："你回来啦！"

四儿在挥斧头的间隙里伸出一根手指，指了指门。

秋姜侧头一看，这才发现门上插着一支毛笔，她抽出毛笔，将笔管打开，从里面抽出一张字条来，上面写着：杀风乐天。

秋姜眯了眯眼睛。

这是如意夫人的笔，意指"亲笔"，毛是鸡毫，意指很"急"，也就是说，这个任务要赶紧办。

昨晚她见钰菁公主时，钰菁就提过"风乐天不死，燕王不倒"，今日收到夫人的指令，看来，她们果然等不及了。听闻燕国的奏春计划已酝酿了很多年，为何偏偏今年开始行动？是什么让他们觉得时机成熟了？因为她来了玉京，还是因为……谢长晏也来了玉京？！

秋姜将字条和笔一起扔入炉灶烧掉，转身就走。

四儿欲言又止，最终没有出声。

他继续将剩下的木头砍完，然后走进厨房，掀开锅盖，里面整整齐齐地摆放着两人份的饭食。

四儿盯着饭食看了许久，最后默默地将两份都吃掉了。

风乐天已不在陶鹤山庄了。

不只他，风小雅和他的随从也不见了。

陶鹤山庄空无一人，除了地窖里少了两坛酒，没有留下任何有人来过的痕迹。秋姜很想再喝两坛酒，但又担心酒气泄露行踪，只能作罢。

"等我有机会了再来喝你们！"她对一地窖的酒坛十分遗憾地说道。

等她回到草木居时，风氏父子依旧不在，听下人们的意思，竟是失踪了。

难道风小雅反噬得太严重，所以他爹送他就医去了？

秋姜一边沉吟一边潜入风小雅的院子。难得小狐狸和老狐狸都不在，此时不查更待何时？

她闪进了风小雅的书房。

书房极大，但被杂物堆得满满的。各种琴、瑟、箫、笙琳琅满目地摆在架上，乍看之下还以为是进了乐器行，最离谱的是还看到了箜篌和编钟。

看来世人皆道风小雅极精音律，各种乐器信手拈来不是虚言，就不知他拖着那样一具身体是如何学乐的。

墙角还有半人多高的矮柜，上面密密麻麻地塞着书册。秋姜随手翻了几本，全是曲谱。

秋姜转了一圈，得出一个结论：风小雅不怎么读书，书房里除了曲谱，一本别的书都没有。

书房有一侧小门，推开后，里面是风小雅的卧室。

床头拴着一串铜铃铛，想必是身体不适时用来召唤随从的。

床榻旁是一组矮柜，里面瓶瓶罐罐全是药。

除此外，她还看到了一盆姜花。

这盆姜花就放在枕头旁，虽是寒冬，但因为屋内生着地龙十分温暖，开放正艳，花朵纯白无瑕。枕头旁还放着一把铜制药杵，比一般药杵要小许多，杵杆一端刻着一个"江"字。

秋姜心神微悸——这恐怕是江江儿时用过之物。

杵身锃亮，显然有人常常把玩。

想到这么多年，风小雅手握此物追思江江的画面，饶是她自认无心，也不由得有些痴了。

就在这时，她听到了脚步声，立刻放下药杵跃起，跳上横梁，伏在上面。

片刻后，门被轻轻推开，进来一人，却是孟不离，肩膀上还蹲了只黄色的狸猫。

秋姜屏住呼吸。

孟不离没有发现她，而是径自走到柜中取了一件风氅出来，他肩上的猫，在他弯身的一瞬跳到他背上，孟不离笑着转身抱住它——

秋姜暗道一声不妙，将身子又缩了缩。

但孟不离并没有抬头，抱住猫后，拿着风氅出去了。

秋姜当机立断，立刻翻身落地。这风氅自然是给风小雅的，跟着孟不离，就能知道风小雅去哪里了。

她追了出去。

孟不离独自一人来到马厩，牵了一匹马走。秋姜不敢靠得太近，但又不能被马落得太远，追得十分辛苦，心中第一百次咒骂起燕国的冬天。

幸好孟不离的目的地并不远，半盏茶工夫就到了。他停在知止居外，却不进去，而是将马拴在树下，自己翻身跃过了围墙。

难道风小雅藏在知止居？秋姜心中越发疑惑，当即也翻墙潜了进去。

知止居内一团混乱。

仆婢们正进进出出地收拾东西，偶尔几句私语飘入她耳中——

"谢姑娘怎么敢这样做啊？也不怕杀头！"

"可陛下没杀她头，还应允了谢夫人的退婚请求……"

什么什么？！秋姜大吃一惊。

"退了也好，我本就觉得她不够资格当咱们大燕的皇后，举止粗鲁，成日里嘻嘻哈哈的，没个大家闺秀的样。"

"别说了，人都要走了，留点口德吧。"

"我是实事求是呀。你觉得她像皇后的样子吗？还有谢夫人，抠抠搜搜的，也是一股子小家子气……"

秋姜没再听下去，摸索着去了谢长晏的屋子。

闺房窗户半开，里面有两个人。一个是三十出头的妇人，衣着朴素，鬓发微白，脸上还有两道较深的法令纹，面相显得有些凄苦；另一个则是跟妇人差不多高的少女。

秋姜在树杈间蹲了下来，心想，这就是谢长晏啊，倒是跟想象中的很不一样。

之前听她在马车中说话，还以为是个娇俏软萌的小姑娘，没想到，长得如此棱角分明，眉目深长，不甜美也不可爱，带着些许锐气。真不知芝兰谢氏是怎么养出这么个异类，居然敢退燕王的婚约？

她可没忘记谢长晏对彰华说的那一句"我的脚好看吗"，一听就是在撒娇。而彰华回应她的笑声，也很温柔亲昵。

前几天还在歪腻的两个人，今天就毁婚，为什么？

少女一边收拾东西一边对妇人道："娘，那些都不必带，咱们抓紧。趁这会儿天黑，悄悄走，免得被人围观。"

妇人看着一屋子的箱子，颇为不舍地叹了口气："也罢，都是身外之物。可以走了。"

谢长晏灿烂一笑，拎起两个最大的包袱出了门。

墙角有黑影一闪，秋姜认出来，那是孟不离。

孟不离为何也如此鬼鬼祟祟的？

幸好，幸好她一路十分小心，离得也远，应该没被孟不离发现。

秋姜摸索着跟了上去。

知止居的院子里备好了马车，谢长晏把包袱扔上车，再扶妇人上车，另有两名婢女也跟上车去。此外所有仆人，全部列队站在门旁恭送。

谢长晏朝他们挥了挥手："这段日子劳烦各位费心了，有缘再见！"说罢跳上车辕，接过车夫的马鞭，亲自挥了一鞭，"驾——"

马车碾碎冰雪，驰出了燕王曾经的府邸。

灯笼摇曳，在白雪上晃出一地星星点点的碎光。

旁观着这一幕的秋姜忍不住想，她可能亲眼看见了一场传奇——

若不是谢长晏，换了任何一个别的女子，都不敢也不可能退皇帝的婚。

而若不是彰华，换了其他皇帝，也不会允许这种事情发生。

偏偏是这样的姑娘遇到了这样的帝王。

这一幕终将记入史册，石破天惊。

那么，究其背后的真正原因：是皇帝输了，世家赢了吗？

秋姜的眸色转为深沉。

而这时，孟不离也牵回了自己的马，看样子要离开。秋姜决定暂时放下谢长晏，还是先找到风乐天要紧。

她没想到的是，孟不离并不是放弃跟踪谢长晏，而是先谢长晏一步帮她安排客栈去了。

秋姜在湿滑酷冷的雪地里追了二十里，追到渭陵渡口，看到孟不离在最大的客栈门外停下时，一口血差点没吐出来。

孟不离向客栈老板展示了一下刻有鹤图腾的令牌，老板面色顿变，弯腰道："最好的房间一直留着呢，小人这就领你去。"

孟不离却摇摇头，从怀中掏出一幅人像画，向他展示了一下："等会儿，她来住。"

客栈老板记下画上人的模样，道："是是，一定安排周全。"

孟不离点点头，在大厅里找个角落坐下，要了杯茶，把帽子一压遮住脸庞。

他这是在等谢长晏吧？

客栈老板吩咐一名伙计道："贵客马上就到，去把地龙烧起来。"

伙计连忙应了，秋姜趁机跟上伙计。从后门出去是个院子，积雪已扫净了，露出湿漉漉的青石路，蜿蜒着通向隔壁的院子。那是个一进的小院，共有四间房，西房门前种着一株罕见的梅树。

伙计把地龙烧了起来，秋姜则趁机把四个房间转了一遍，没有发现什么异常。

伙计干完活就走了，而谢长晏还没来。

秋姜趁机在西屋榻上坐下，捶着酸软的腿，忍不住自嘲道："这半年光顾着种花，吃饭保命的本事却退步了，这可不行啊……"

思绪则情不自禁地飘到了风小雅身上。

他跟他爹到底去哪儿了？是真的因病离开了，还是听说如意门要对他们动手，故意躲起来了？

风乐天看似一张笑面，却能坐镇大燕朝堂二十年，绝非简单人物。以他的权势人脉，没准知道世家跟钰菁公主之间有勾结，接到风声也不奇怪。

那么，他的失踪绝非简单的"躲藏"，应该是在布局反击。自己如若莽撞出手，恐会中计。

还有谢长晏的退婚，是世家博弈的后果，还是皇帝的布局？

秋姜沉吟，决定留下来接触一下谢长晏，不管怎么说，谢长晏只是个十三岁的小姑娘，应该比风氏父子好对付多了。

她等啊等，等了足足一个时辰，才听到脚步声朝这边过来，凑到窗边看了一眼，来的果然是谢长晏她们。

她一个纵身，飞到横梁上藏好。

谢长晏先将行李拎进东厢，又跟母亲说了会儿话后才走进西厢来。

秋姜听到她在门外笑着说："知道啦知道啦，那娘你先休息，我也睡一觉……"但人一进来，关上门后，脸上的笑容就没了。

不仅不笑了，还低着脑袋，显得情绪十分低落。

谢长晏走到窗边，对着窗外的梅树发呆。阳光从窗外照进来，给她镀了一层金边。

秋姜从上方打量着她，觉得她像一匹还未被驯服的小马，眼睛里带着浓烈的爱和恨，虽在发呆，也能看出些许不羁来。

"这是……要冻死了吗？"谢长晏忽然喃喃了一句，将身子探出窗外，折了一截梅树的枝干下来，拿在手里翻来覆去地看。

秋姜想了想，索性跳下去问道："你怎么知道？"说罢，将梅枝从她手上夺了过来。

谢长晏迅速转身，惊道："你是？"

"你先答我，如何看出要死了？"

谢长晏虽满头雾水，仍乖乖答道："大燕梅子昂贵，源于梅树难种，尤其是北境冬寒，无法成活……梅树怕冷……"

秋姜还是第一次听到这说法："梅树怕冷？不是说映雪拟寒开吗？"

谢长晏一笑："梅树较别的花卉耐寒，但毕竟不是松柏。这么一场雪下来，这树冻得不行。再加上雪前久旱，水浇得不够多，如今底下的树根怕是已枯了。"

秋姜想，这小姑娘，对植物倒懂得挺多，应该跟自己换一换，她替她去知止居读书，她替她去草木居种花才对。

这时谢长晏又问道："你……是谁？"

秋姜狡黠地朝她眨眨眼睛，然后比了个绊马索将马车绊飞的动作。

谢长晏十分聪慧，立刻猜到了幸川那晚的马车事故，目光情不自禁地朝一旁的矮几挪了过去。

秋姜连忙遏制她那不切实际的小算盘："喂喂喂，妄动的话，恐怕不安全哟。"

"你想做什么？"谢长晏顿时涨红了脸，果然还是个小姑娘，"我、我已不是皇后了！"

"我知道。我不杀贱民。所以你现在很安全。"秋姜看着梅枝，目光闪了闪，"你还知道什么有趣的事，再说点给我听呗。"

孟不离帮她租了客栈，必定会亲眼确定谢长晏无恙后才会离开。所以，此刻应该还没走。

而孟不离之前既然刻意回草木居拿了风小雅的风氅，必定会跟风小雅碰头。

正所谓她找不到风小雅，但可以让风小雅来找她。

秋姜决定主动现身，好让孟不离看见她，去跟风小雅通风报信，顺便跟这位差点要当大燕皇后的小姑娘聊一聊。

前大燕准皇后虽然年纪幼小，才十三岁，但还真不是个寻常姑娘，慌乱不过一瞬，很快镇定了下来，问："你想听什么？"

"你来猜我是谁。你若猜到了，我就给你个小奖励。如何？"

"若猜不到呢？"

"那就……杀了你娘？"

谢长晏大惊："我娘已不是诰命了！"

她脸上写满了"你刚刚还说不杀贱民，怎么这会儿就说话不算话了呢"的着急和谴责，看得秋姜好是愉悦。

真好啊……这么年轻的年纪，这么未经人事的天真……看来谢家和燕王，都把她保护得挺好呢。

秋姜有些嫉妒，便忍不住想让她更着急："这样啊，那就抓了你娘？"

"你！"谢长晏明明气恼到了极点，但不知想到了什么，靠着矮几坐下了，然后直勾勾地盯着她看。

她的眼睛极好看，形如月牙，瞳仁又大又亮，显得整个人特别精神，尤其是这么盯着人看时，有股子不屈的蛮劲。

让人特别想驯服她。

秋姜忍不住想，自己当年是不是也是这个样子呢？这样的姑娘，难怪当不了皇后啊……她伸出手，摸了摸谢长晏的脸："小姑娘，谁教你这样看人的？看得人心痒痒的……"

谢长晏立刻将她的手打开。

秋姜哈哈一笑。

谢长晏道："你的僧袍是旧的，穿了有半年，虽然浆洗得很干净，但右袖重新缝补过。"

秋姜一怔，连忙抬袖，真的看到了缝补的痕迹。她逃离草木居时换回了原来的装束，穿着僧袍走的，这几日四处奔波，没顾得上更换，有破损在所难免。可奇怪就怪在，那些地方居然都补好了！

什么时候？谁给补的？四儿吗？

谢长晏又道："补袖子的线是好线，手工却差得很。"

秋姜想，那就不是四儿了。四儿有癔症，必定是补得极好才会动手。不是四儿的话，又会是谁呢？

总不会是风小雅吧？

"如此寒冬，你穿的这般少，刚才摸我脸的手，却很温暖，说明你不畏寒——你会武功。你手腕上的佛珠，是用程国的足镤打制。足镤提炼复杂，极为昂贵，铸兵器时仅用于锋刃那一处，你却以之做珠。"

秋姜有些意外——小姑娘竟然认得镤？！隐洲谢家真那么博学？

谢长晏一边观察一边继续道："我猜，那应该是你的武器。你若那夜用此珠击马，而非绊马索，我此刻已不在人世了。"

秋姜哈哈一笑："谁说我要杀你了？"

"知道。因为我是贱民嘛。"

秋姜想，小傻瓜，恰恰相反啊，正因为你身份特殊，才不能死啊……

"你的鞋底虽然满是泥垢，但都干了，说明你进此屋起码有半个时辰了——在我之前。半个时辰前，差不多是孟不离替我订房的时候……你是跟踪他来的这里？"

秋姜悠悠道："还有吗？"

"你跟踪孟不离，不是为了找我吧？如果打一开始目标就是我，直接跟踪不会武功的我，比跟踪孟不离要容易得多。你认识孟不离，又这副模样……我想，我知道你是谁了。"

"噢，我是谁？且说好，猜错了的话，你娘可就……"

未等她说完，谢长晏便叫出了她的名字："秋姜。"

秋姜一怔，她都这么出名了吗？竟连前准皇后都知道这个名字，明明是个临时用的假身份……

谢长晏表情严肃，微微蹙眉道："我已非皇后，对你而言已经没有价值，可你

160

还耗在这里，跟我拖延时间……你在逃？而且也被困渡口了，对不对？"

虽猜得不完全对，但小姑娘已经尽力了。秋姜笑了起来："小姑娘，这么聪明可是会不长命的呀。"

谢长晏目光灼灼地瞪着她。

秋姜咯咯一笑，又伸手过去摸她的脸："都说了别这样看人，看得人受不了……"

谢长晏再次将她的手打开。

秋姜收手，吹了吹被打的地方："你怎么跟那病鸟一样，都不让人碰啊……"

谢长晏正色道："我猜对了。奖励呢？"

秋姜眸光流转："奖励就是……这个。"说着把梅枝还给谢长晏。

谢长晏果然露出哭笑不得之色，看得秋姜大悦，正要再戏弄一番时，忽听到一丝异动。她立刻扔了梅枝，飞上横梁，撬了块瓦片，露出个洞来，人却不走，重新跳回柱后躲在卷起的帘子里。

她动作极快，因此对不会武功的谢长晏来说，等于凭空消失，梅枝掉落的瞬间，秋姜就不见了。

谢长晏十分震惊，四下搜寻了一番，也没看到秋姜的身影。

这时院外传来马车声，谢长晏回头，就看见肩膀上蹲着小黄狸的孟不离将一辆全身漆黑的马车停在院门前。

再然后，焦不弃跳下车，跟孟不离一起用滑竿抬着风小雅走进来。

谢长晏十分好奇地打量着风小雅。风小雅则抬头，看到了屋顶上那个被撬走瓦片的小洞，他的唇角轻勾了一下，然后看向谢长晏道："我来找秋姜。打搅了。"

帘子后的秋姜挑了挑眉，果然如自己所料，她不去找他，他也会来找她。

谢长晏有些拘谨地道："不、不打搅。"

"若再见她，请代为转达一句话。"风小雅语音微顿，过了一会儿，才继续道，"她要的谱我有，若想听，正月初一子时老地方见。"

秋姜皱眉。

谱？四国谱？不是假的吗？怎么又当作诱饵抛出来了？还有老地方又是哪里？草木居还是陶鹤山庄？！

最最可恶的是，就算是假的，知道是个陷阱，还得按着他的节奏走。

秋姜情不自禁地咬住下唇。

耳中，听风小雅将一物递给谢长晏道："见面礼。陛下与我同承家父所学，隶属同门。而你婚约虽废，师名仍在。算起来，也是我的师妹。若有所求，可将此翎随信寄回。"

秋姜的眼睛眯了起来——这是什么意思？是觉得这位前准皇后退了婚，从某种角度上说成了弃妇，所以又蠢蠢欲动地想要挽救她那"可怜"的命运了吗？

风小雅没再说什么，孟不离和焦不弃抬着他走了。

谢长晏送到院门口才折返，进屋后看着风小雅送她的鹤翎。秋姜从帘后走出去，将鹤翎夺了过来。

谢长晏显得很无奈："你为何又回来？"

秋姜打量着她，唔，虽然还小，但五官都很有特点，将来长开了必定是个美人，没准真会成为鹤公的十二夫人。

不知为何，心底生出些许不满、些许嫉妒、些许克制不住的恶意。

谢长晏……你的离开，是帝王对你的无情，还是对你的保护呢？让我好好地看一看吧。

离正月初一还有几天，姐姐先陪你玩一玩。

百祥客栈外，马车轧过积雪，缓缓前行。

焦不弃将一杯茶递到风小雅面前，道："适才公子与谢姑娘说话时，夫人就躲在帘后。"

风小雅抬手接茶，睁开的眼睛里满是疲惫之色："我知道。"

焦不弃不解道："为何不直接抓人？"

"她要逃就逃吧。"风小雅呷了一口茶，胸有成竹道，"反正正月初一，她必会回来。"

最重要的是，只有说出明确的时间，才能令她放下防备，有所懈怠。

而他，要的就是她的懈怠。

只有懈怠之时，才有机会剥开伪装的外壳，看到里面的心。

只有抓住心，才是真正地抓住她。

"那风……唔，师兄说的话，你也听到了，我就无须转达了。"谢长晏道。

瞧瞧，这么快就改口叫师兄了！

"病鸟从不做多余之事，也绝不是什么重情重义之人，但他将这么重要的鹤翎给了你一根……说明你对他来说今后还有大用……难道，退婚是假的？"秋姜试探道。

谢长晏显得一头雾水。

装！你继续给我装！

秋姜凑到她面前，笑嘻嘻道："你偷偷告诉我，你跟陛下的婚约，其实还作数的吧？"

谢长晏伸手夺回了鹤翎，冷冷道："我不知道你在说什么。"

"行行行，我知道，做样子给蛇精公主那帮人看的嘛。"

谢长晏沉声道："我真的不知道你在说什么。君无戏言。而且婚约大事，怎可朝令夕改？"

还装，小骗子！

"可我看你眼中满是不舍啊。"

谢长晏一愕。

"我就说嘛，天底下怎么会有不想当皇后的女人呢？"

谢长晏沉默了一会儿，终于忍不住道："你到底要做什么？为何还不离开？风师兄约你正月初一见，你不去准备？"

"准备什么？我才不去。"

谢长晏很惊讶。

"至于我为何还不离开……"秋姜说着，凑上前搂了她的腰，姐俩好地将脑袋搭在了她的肩膀上，"因为，我要跟你一起出海呀。"

这句话说完，她明显感到谢长晏的身体僵硬了。

秋姜说到做到，当晚就去厨房借厨具。

厨子不肯，被她捆了起来。

秋姜当着他的面做了一碗粥，一边做一边道："茯神粥，取新米浸泡半个时辰后，三七兑水，米三水七，再加一成牛乳。煮沸后熄火，焖半个时辰，掀盖后加以大枣麦冬添色。诀窍有三：一，米最好是仙桃新米；二，水最好是活眼山泉；三，牛乳需提前烧沸滤末。如此一碗，才尽善尽美。"

秋姜说着将粥盛入盅中，端给厨子看。厨子眼睛都直了，怔怔地看着她，不知该说什么好。

秋姜笑着拍了拍他的脸："我借你厨房用，是看得起你。这可是无牙大师的独家菜谱。"

厨子颤声道："既是独、独家，你、你为何告诉我？"

"那老和尚敝帚自珍，小气吧啦，什么都藏着掖着不外传，简直罪大恶极，不配当佛门弟子！我这是帮他传道积善，让世人都能吃到这么好吃的素斋。阿弥陀佛。"

秋姜说着端着粥出去了。

厨子用一种看疯子的眼神看着她，突觉身上一松，却是捆他的绳索不知何时断开了。他连忙爬起来，想去报官，跑到门口却又迟疑，最终回到灶旁，捡了根炭条赶紧把那菜谱记了下来。

秋姜捧着托盘走进郑氏的房间，行了一个大礼，自我介绍道："伯母您好。小女秋儿，与长晏一见如故，正好我也要出海，便约了携手同行。叨扰之处，还请见谅。"

郑氏正在跟谢长晏对坐着分线，闻言有些讶异地看了女儿一眼，随即放下线，回了一礼："姑娘客气，同行是缘，请坐。"

此人虽面相凄苦，但气度高华，一举一动都优雅到了极点，不愧是芝兰谢氏出来的。但谢长晏明显没有学好礼仪，同是坐姿，她偏盘着腿显得疏懒随意，毛毛躁躁。

秋姜笑了笑，将盖子掀开，露出里面的茯神粥。

"小女擅做素斋，伯母旅途劳顿，怕是休息不好，喝一碗茯神粥，有助安眠。"

谢长晏的表情顿时紧张，想要阻止，但郑氏已盛了一碗，小尝一口，赞道："姑娘好手艺！"

"伯母喜欢，我可松了口气呢。"

谢长晏又急又气又不能发作，只好起身道："我吃饱了，你跟我来。"说着，抓住她的手臂，将她强行拉出房间。

这小丫头虽不会武功，却有蛮力，秋姜被拉得生疼，笑道："啊哟哟，这是做什么呀？"

"你要躲要藏要同行都由着你，只是不许骚扰我娘！"

"你管讨好叫骚扰？"

"谁知道你那粥里加了什么？"

秋姜面色一沉，道："你可以质疑我的人品，但不能质疑我的手艺。一粒米需七担水，对待食物，怎敢不敬？"

谢长晏闻言一愣。

秋姜有心炫耀，故意甜滋滋道："更何况，若非这项手艺，怎勾搭得到鹤公？"我啊，可是你的好师兄的十一夫人呢，小家伙。

谢长晏果然露出些许好奇来。

秋姜继续诱惑她："你娘是有口福的人。你不跟着尝尝？"

眼看谢长晏有所动摇，正要答应，一个声音突然冒了出来："她说谎，你别信。"

秋姜扭头，居然看见了公输蛙。说起来这还是中箭后第一次跟公输蛙再见，秋姜打招呼道："哟，蛤蟆也来啦。"

公输蛙十分戒备，一把将谢长晏拖到自己身后："此女心如毒蝎口蜜腹剑，不知祸害了多少人，你若轻信，死无全尸！"

秋姜挑了挑眉："喂喂喂，蛤蟆，如此当人面说坏话，不怕我生气吗？"

公输蛙抬起一臂，袖中有个黑漆漆的筒口，对准了秋姜。

吃过亏的秋姜神色顿变，身子后退了一步。

公输蛙冷冷道："速离此地，不许再来。事不过三，看在鹤公面上，这是第三次。"

等等，怎么就第三次了？难道他把四儿偷的那次也算她头上了吗？不过，风小雅的十一夫人这个身份，有时候还真是挺好用。

秋姜撇了撇嘴道："不想我还能托他的福苟活。"

公输蛙的手臂绷了绷，秋姜立刻横飘出数丈远，逃到了院门口，此物厉害，她心口上还留着疤痕，可不想再多添一道。

"也罢，好死不如赖活着，那我先走了。小姑娘，下次再见。"

公输蛙目光一凛，秋姜已咯咯笑着翻过了院墙，气他道："蛤蟆，看好你的袖里乾坤，可别大意弄丢了噢……"此等利器，加她亲测，夫人不会罢休的。到时候，如意门跟求鲁馆必有一战。啧啧，想想就激动。

秋姜走出客栈，忍不住扭头看了眼院子那头的梅树，玉京时局已乱，如此寒冬，不生把火的话，不只这棵梅树，万物都会被冻死。

秋姜生起了火，火很旺，烧得柴火噼里啪啦响。

秋姜就着火暖手，想了想，扭头道："有酒吗？"

百祥客栈的厨子又是畏惧又是无奈，还有点小期待地缩在角落里看着她，闻言哆哆嗦嗦地起身，从柜子里摸出壶酒递过去。

秋姜接了酒笑道："谢啦。"说罢拔开壶盖灌了一大口，点评道，"难喝。"

厨子委屈："就图个暖和，月钱都带回老家供养家人了，哪有余钱买好酒？"

秋姜挑了挑眉："都有什么家人啊？"

"上有八十老母下有……"

"停！"秋姜打断他，"少来这套。"

厨子愁眉苦脸道："姑娘，你要这样把我关在家里多久？客栈这段日子正忙，我不上工，会被掌柜开了的。"

"正好。"秋姜睨他一眼，"就凭我教你的那道粥，可去玉京达官显贵前卖个高价。"

厨子苦笑起来："姑娘说得轻巧，光一道菜哪够？那些贵人的舌头都刁得很，一天恨不得换一百个花样。"

"你倒是挺清楚。"

"要不，姑娘再教几道？"厨子的表情转为谄媚。

秋姜踢了他一脚："借你破屋住几天，就想偷师，想得美！"

厨子被踢得翻了个滚，又缩回到了墙角里："不是你说要把无牙大师的绝技传遍天下吗？"

"我倒是想。可他没教啊！"秋姜叹了口气，那老和尚不但跟风小雅交好，跟另一个人也关系匪浅，她不看僧面看佛面，也不好意思太折腾他。

就在这时，屋外声动。秋姜目光一闪，手在佛珠上轻轻一按，一股白烟立刻朝厨子喷去。

厨子两眼一直，一声未吭地晕了过去。

秋姜拍了拍手，看着门口道："外面冷，快进来吧。"

门开后，走进来的人，是四儿。

他打量着这个破旧狭小，还有一股子挥之不去的油烟味的小土房，皱了皱眉："为何住这儿？"

秋姜指了指唯一的一扇窗："开窗就能监视谢长晏。"

"你为何找她麻烦？夫人又来催了。"四儿说着将一支新的鸡毫毛笔递给她。

秋姜打开笔管，里面写着：速杀风乐天。加了个"速"字，看得出来确实很急。

秋姜不屑道："她说杀就杀？啐。"随手将字条扔进灶里烧了。

四儿嫌弃地看了眼油腻腻的毡子，没肯落座，而是站着道："按旧例，两次不应，下次来的就不是笔，而是五儿了。"

"就要他来。让他亲眼看看，大燕的宰相是那么好杀的人吗？"

"可你是他儿媳。总该有机会。"

秋姜冷哼道："你还是老皇帝的贴身随从呢，怎么这么多年都不见你动手？"

四儿一本正经道："我的任务只是监视。"

两人大眼瞪小眼地互相对视了半天，四儿别过脸："笔已带到，我回去了。"

"等等！"秋姜叫住他，然后挤出一个跟之前厨子求她时一模一样的谄媚笑容，"四儿哥哥，帮我砍点柴再走呗？"

四儿的眼角抽了抽。

厨子醒过来时，秋姜已不见了。灶里炉火未熄，屋子暖和得不得了。

他一个打挺跳起来往门外冲。

女魔头不在，赶紧出去报官！

然而脚下踩到一物，差点摔倒，定睛一看，竟是木柴，切面光滑至极。再看过去，倒抽一口冷气——

只见门后面堆着小山一般的木柴，每一根都跟他手上的一样长短。

厨子愣了半天。

要不……还是……不报官了吧？这可是上百根柴火，足够他度过整个冬天了！只要女魔头不再回来，此事就此作罢……吧？

女魔头蹲在某艘船的桅杆上，一边喝酒，一边看热闹。

因为渡口结了冰，停满了无法离开的船只。偏偏有个叫胡智仁的商人急着发货出海，许以重金召集了上百名纤夫拉船。

而谢长晏不知何故也在其中，拉着绳索满头大汗地往前拖。

秋姜喝完酒，拿起一旁的套绳，甩一甩，扔到冰上的某个箱子里，那里还有一些残余的酒壶和皮裤，正是胡智仁之前分给纤夫们的。

套绳精准地套中其中一个酒壶，拉回来，接着喝。

秋姜想，燕国也是有优点的，比如这么冷的天喝酒，酒就显得更好喝了。

这时，那个叫胡智仁的商人不知跟小厮说了什么，小厮朝谢长晏跑过去，跟谢长晏说了几句话，谢长晏正摇头时，船的另一边响起了一阵惊呼声。

秋姜蹲得高看得清楚，是冰层突然碎裂，掉了几个人进去。纤夫们连忙丢下绳子救人。谢长晏也不甘寂寞地跑过去看热闹。

秋姜远远地注视着她，若有所思。

那边纤夫们陆陆续续地拉了几个人上来，却少了一个叫小孙六的人。谢长晏二话不说把头发一盘，脱了外罩的狐裘，系着绳子跳进了冰窟。

秋姜下意识地站了起来，万万没想到那丫头说跳就跳，毫不犹豫。

不能让她死！

此人死了，后面的所有计划就完蛋了！

秋姜立刻翻身跳下船帆，见甲板上晒着几件水靠，当即拿了一件换上，然后奔到冰窟窿旁，推开人群："让开！"

"扑通"一下，她也跳了下去。

冰水极冷，秋姜想，幸好她喝了酒。

也不知谢长晏扛不扛得住，那种娇生惯养细皮嫩肉的小姑娘，这一跳肯定落病！

她很快找到了谢长晏，谢长晏正抓着小孙六拼命往上游——水性倒是出乎意料地好，不愧是海边长大的。

秋姜朝她游过去，抓住她的腰带，将二人拉出水面。

谢长晏被救上去后，看见救自己的人是她，愣住了。

秋姜抹了把脸，朝她一笑："挺见义勇为啊，小姑娘。"

一旁的小厮连忙将狐裘披回到谢长晏身上："你没事吧？吓、吓死我了！"

谢长晏如梦初醒，连忙扭头去看一旁的小孙六——只见他脸色惨白，半死不活，按了半天胸口也没反应。

一人摇头叹道："不行了不行了，时间太久了……"

谢长晏顿时眼眶一红，似要哭出来。她嘴唇苍白，浑身战栗，头发还在一个劲地往下滴水，样子极其狼狈。

秋姜看在眼中，莫名地，心软了一下。

她救谢长晏，是因为谢长晏身份特殊，于她有利。谢长晏救这个什么小孙六的，却是纯粹出于善念。

有善念的人，就像美丽的花一样，总是看着十分赏心悦目。

秋姜推了谢长晏一把，道："丑死了，丧脸。看姐姐的。"说着上前坐到小孙六身边，从怀里摸出一袋银针，将几个主要穴道扎通，借助内力将水逼出此人胸腹。

小孙六咳嗽起来，翻了个身开始呕吐。

旁观的众人大喜："活了！神了神了！活了！"

"他虽活了，但也废了，赶紧抬走。"秋姜收起银针，看向谢长晏——小丫头如此帮忙，估计也想提前出海，罢了，送佛送到西，当即环视众人道，"已经耽搁了半炷香，时间紧迫，其他人回归原位，听我号令，务必在天黑之前，顺利出海。"

"是！"应者如云。

谢长晏仍在呆滞中，怔怔地仰头望着她。

秋姜看着她湿漉漉的衣服，提醒道："你也别闲着，回去换身衣服再来。"

谢长晏"噢"了一声，乖乖走了。

秋姜扬唇一笑，对胡智仁的小厮道："喂，取个鼓来！"

当谢长晏换完衣服再回来时，秋姜正在甲板上敲鼓，率领纤夫们齐步前进："一二嗨！一二嗨！"

不知是第几任琉璃曾对此有过研究，认为有节奏的口号能够控制呼吸，从而让整个队伍更有效率地持久运动。所以练兵、急训都偏爱此法。

果然，原本散沙般的临时纤夫们，被这口号一带，步伐稳定了许多，速度也快了许多。

谢长晏急匆匆地追上来，问道："我做点什么啊？"

秋姜从腰间解下腰带一卷，把她卷上船来。

谢长晏人刚站稳，手里已被塞了根鼓槌。

秋姜往船舷上一坐，揉捏自己的肩膀道："来得正好，我敲累了，你替我来。"

谢长晏乖乖地敲起鼓来，但她似乎毫无乐感，敲的鼓点时快时慢，不一会儿，众人的口号声也变得时快时慢，脚步跟着乱了。

秋姜一看不妙，连忙喊停，示意众人停下，然后复杂地看着谢长晏道："若非你也急着出海，我真以为你是故意来砸场的。"

谢长晏显得很尴尬。

秋姜只好拿回鼓槌："行了行了，你也就配干干体力活了，拉船去。"

谢长晏跳下船，正要继续帮忙拉船，远远的渡口方向奔来一队士兵，领头之人赫然是孟不离。

秋姜的眼睛眯了眯，心中迅速做出了判断：虽然孟不离是风小雅的随从，但风小雅并不能调动天子的私兵，所以这队私兵应是彰华派来的。那么目的不在她，而在谢长晏。

秋姜的心稳了，决定按兵不动，暂不急着逃。

果然，孟不离来到船前，示意士兵们加入纤夫的行列帮忙拉船，并未对船头的她多看一眼。

谢长晏则直勾勾地看着孟不离，看得孟不离不得不开口道："上命，送你，一程。"

秋姜眸光流转，心想，燕王跟小丫头果然藕断丝连。

谢长晏的表情有点难过，但没说什么，继续帮忙拉船。

在秋姜的率领下，再加上士兵们的帮忙，一个时辰后，船只终于进入了泛着冰屑的海域。

众人欢呼起来。

胡智仁在岸旁向孟不离致谢，孟不离摆手道："留间船舱，给……"回头想指谢长晏，不料谢长晏不知何时偷偷离开了。

眼看孟不离大惊失色，秋姜趴在栏杆上冲他笑了一笑："小姑娘走了，大姑娘还在呀。那间船舱留给我呗。"

孟不离瞪了她一眼，一言不发地转身寻人去了。

秋姜想，这人果然不急着抓自己，风小雅是算准了她正月初一肯定会赴约吗？

这时胡智仁上前行礼道："这位姑娘，想要哪个房间？"

秋姜打量着他，听说夫人在首富胡九仙家早已布下了棋子，莫非就是此人？她当即笑了一笑，将鼓槌递到他手中："留给别人吧。"说罢脚尖轻点，飞身下船，迅速离开。

胡智仁出现在这里，是巧合吗？

所谓的奏春计划，以她推测，目的是为了换掉燕王。已做的步骤是换掉了未来的皇后，未做的步骤是要杀风乐天。除此之外的其他事情，夫人全未对她明说。

这不符合如意门的行事作风。

一个任务，必定会有一个从头跟到尾的执行者，还有一个潜在暗处的监视者。比如当年南沿谢家的雀巢计划，她是执行者，负责假扮谢柳，五儿是监视者，负责向夫人汇报进程。

可奏春里，夫人让她跟钰菁公主碰头，又让她去杀风乐天，却没有对她解说计划的所有步骤，这很诡异。如果另有执行者，为何这两件事不派那人去做，却交给她？是因为对她起疑，所以试探？

还有彰华，他既允了谢长晏的退婚请求，为何又派士兵送她出海？做得如此藕断丝连，是情难自控，还是在迷惑世家？

燕王跟钰菁公主之间，到底为何不和？彰华可是钰菁唯一的侄子，且老皇帝还活着，钰菁哪来的能力换皇帝？

秋姜心头划过无数个念头，越想越觉得其中说不通的地方实在太多。

而顺着别人的节奏走，从来不是她的行事作风。

这件事上，她决定，主动出击。

秋姜回到渡口时，天已黑了，她可不想在滴水成冰的寒夜里再奔波二十里回玉京，便准备去厨子家窝一晚，明天再走。

厨子再次看见她，十分无语，却主动下榻，去角落里睡了。

秋姜冲他甜甜一笑道："谢啦。"

"那个……"厨子指了指某个柜子，"里面有酒。"

秋姜微讶，伸手一摸，果然摸到了一壶酒，顿时笑得眼睛都眯了起来："够意思，好兄弟。"

喝了一口，比之前的酒好了许多。难道是刻意买来等着她的？

秋姜回眸看向厨子，厨子却将脑袋缩入被中，一动不动了。

"你有孩子吗？"她一边喝酒一边问道。

厨子沉默了半天，声音从被子里飘出来："有。"

"几个？"

"两个……噢不，三个。一个丢了。"

秋姜的目光闪了闪："丢了？"

"嗯，男娃，上山捡柴，没了。有人说被野狼叼走了，有人说被人贩拐走了……"

"找了吗？"

"没时间也没那个精力。我得出来干活，老人家腿脚不好走不出屋，两个孩子又小离不开娘。"

"那就丢了？"

"不然呢，还能咋办？"厨子将头从被子里伸了出来，一脸疲惫地看着她，"这都是命啊。"

秋姜想了想，将酒壶递了过去。

厨子迟疑了一会儿，鼓起勇气接了，另找了个杯子给自己倒了一杯，再把壶还给秋姜。

秋姜笑了："你倒是个讲究人。"

"我看得出来，姑娘是个有身份的人。"

"噢？"

"百祥客栈来过很多达官显贵，给我印象最深刻的是吏部尚书李放南李大人。他进门时总是先迈右脚，他说男右女左，侧身而行勿踩门槛，是一种古礼。李家子孙都是这么做的。姑娘也是。"

秋姜一愣，下意识地看向自己的脚。

"虽不知姑娘为何流落至此，也不知姑娘现在以何为生，但是……"厨子喝了酒，壮了胆子，"以姑娘的本事，若能用于正途，必会造福世人。就像我，白得了一道食谱和一堆柴。"

秋姜勾了勾唇："你是病鸟派来的说客吗？"

"什么？"

"没什么。你太吵了，该睡觉了。"秋姜一按佛珠，白烟再次喷出，将厨子迷倒。

然后她一口气喝完了壶中的酒，将油乎乎的破毯子盖在身上，闭上眼睛睡着了。

天塌下来，也要先好好睡一觉。

当做到"天塌下来，也能先好好睡一觉"时，就会发现，已经没什么难事了。

心大得不行的秋姜美美睡了一觉，起来发现厨子竟在灶里留了几个烤芋艿，还热着，想必是刻意留给她的早饭。

她便一边剥着芋艿一边溜达出门，看看能不能搭辆便车去玉京。结果还没走到车行，就看见了谢长晏。

谢长晏站在车行门前，深吸口气，脸上带着一种远超年龄的决绝，昂首挺胸地走了进去。

秋姜顿时好奇，偷摸进去看她想做什么。一听壁脚才知道，谢长晏正在给车行老板推荐一种特别的马车，想以此换取钱财。

咦？

堂堂大燕的前准皇后，居然缺钱，落魄到来车行乞讨？

最重要的是，老板根本不吃这套，让伙计将她赶了出去。

"滚滚滚！再来胡说八道，就报官抓你！"

谢长晏被扔在地上，灰头土脸，一脸挫败。

秋姜忍不住"扑哧"一笑。

谢长晏听到声音转过头，就见她坐在马厩的栅栏上，好整以暇地跟着众人一起看热闹。

谢长晏默默地站起来，拍了拍衣服上的尘土。

秋姜叹道："明明可以靠脸赚钱，非要靠脑子。"

谢长晏白了她一眼，转身就走。

秋姜慢悠悠地跟着她，继续道："脑子虽然不错，眼光却是不好呢。"

"怎的不好？"谢长晏显得很不服气。

秋姜挑眉："这是请教于人的态度吗？"

谢长晏想了想，居然毕恭毕敬地向她行了一礼："还请夫人赐教。"

"夫人"这个词莫名取悦了秋姜，秋姜笑道："但凡扒手行窃，首选老人和怀抱孩子的妇人，其次选脸上写着心事眼神恍惚之人，再选呼朋唤友的富家子弟。因为这三类人最易下手。"

见谢长晏一头雾水，秋姜又道："同理，骗子行骗，首选贪婪之人，其次畏缩之辈，最末才选愚昧之徒。为何？"

"容易？"

孺子可教！"所以，你要忽悠人送你马车，就得选好对象。"

"我不是忽悠，我是真心献策啊。"

"良策也要有慧眼识得才行啊。你画的那个饼太大，寻常商人第一从没想过，第二看到了也不敢吃。再看你选的这家车行，在此镇经营三十年还是这么点门面，说明什么？"

谢长晏很认真地思索了一番，答道："不思进取，墨守成规。"

"是啊，所以你向他献策，等于将美人送给了瞎子。"秋姜笑盈盈地看着她，"甘罗智辩，若遇到的不是秦始皇；冯谖弹铗，若遇到的不是孟尝君，又有何用呢？"

谢长晏整个人一震，若有所悟。

秋姜问道："所以，现在你知道该做什么了？"

"知道。我去找姓胡的那个商人。"

这下轮到秋姜诧异：她怎么会想到胡智仁呢？"为何？"

"他于冻河之时第一个想出蹚冰出海，是个有主见有魄力更有执行力之人。我去向他献策，必能成功。"

秋姜不置可否地一笑。

谢长晏想到就做，当即去找胡智仁了。

阳光下，她的长发一荡一荡，高挑的身躯里满是活力。

秋姜望着她的背影，眸光逐渐深沉："胡智仁这条鱼，就要靠你这只饵帮我钓钓看了……小丫头。"

奏春计划肯定有执行者和监视者。

此等重大事件，夫人不会派普通弟子出面，所以，会来的只会是核心弟子。

而此刻在玉京附近现身的如意门核心弟子，只有她和四儿。

不是她也不是四儿，会是谁？

如意七宝中，她目前见过一儿、二儿、四儿和五儿。

三儿、六儿是谁，尚不得知。

胡智仁会不会就是其中之一？

如果是，他出现在此地就不是巧合。

秋姜一边想着，一边暗中跟着谢长晏，只见她真的去拜会了胡智仁。

胡智仁客客气气地在花厅接见了她，耐耐心心地听她介绍了她构想的那种古怪马车，并毫不犹豫地取了十两金，表示愿意资助她造车。

谢长晏松一大口气，高兴地拿了金子告辞。

胡智仁微笑着亲自将她送到门口。他身旁的小厮满脸狐疑道："公子，她说的是真的？这种马车真能赚钱？"

"你可知此女是谁？"

伏在屋顶的秋姜听到这里，心想胡智仁果然认出了谢长晏。

胡智仁对小厮道："听闻隐洲谢氏十九娘被选为帝妻，却以难堪重责为由推了这门婚事。如果我没猜错，就是这位谢姑娘。"

小厮很震惊。

"从天子身畔来的人的消息，怎能不听？你派人跟着她，若她有什么难处，暗中解决了。"

小厮道："公子想施恩于她。"

"经商人家，怎能不知奇货可居之术。去吧。"胡智仁打发了小厮。

一切到此为止都很正常，但之后，他端起茶杯轻轻吹一口气，悠悠道："屋顶天寒地冻的，七主何不下来喝杯热茶？"

秋姜一听，这是发现自己了啊，索性从窗户跳了进去，在他对面坐下："昨日相见还不相识，今日就肯与我相认了？"

胡智仁亲自为她沏茶："在下愚钝，未能第一时间认出七主，回来后琢磨再三，越想越不对劲，传讯问过四儿，这才确定，果真是你。"

秋姜眯起眼睛："那么我该如何称呼你？三儿，还是六儿？"

"七主抬举，在下只是赤珠门一普通弟子，尚不是门主。"

秋姜想起去年曾听闻六儿执行任务时不慎受伤，如今看，他的伤怕是不会好了。所以，夫人想换掉六儿，升此人接替赤珠之名。

而要成为七宝，光武功超越门主是不够的，还要对组织有巨大贡献。她当年能成为玛瑙，靠的就是得到了南沿谢家的足镣配方。此人的贡献……也许就是奏春计划。

秋姜迅速想通了此中玄机，再看胡智仁时，目光已不同。

她反手将茶泼了，哥俩好地搂上对方的肩，笑道："哎，我看你天庭饱满地阁方圆，生得一脸福相，赤珠之号必是你的。今后你是六儿我是七儿，咱们就是好兄妹。好哥哥，咱不喝茶，喝点酒行吗？"

胡智仁忍俊不禁，忙让小厮取了酒来。秋姜喝了一口，眼睛大亮："二十年的汾酒，美啊！"

"之前不曾听闻七主嗜酒，没想到竟是行家。"

"之前呢，是任务之中不敢碰酒。这次的任务好，必须擅酒，趁机大饱口福。"秋姜故意主动提及自己的任务，以看看对方到底知道多少。

胡智仁道："风丞相确实嗜好美酒。"

秋姜放下酒杯，叹了口气。

"七主怎么了？"胡智仁帮她将酒满上。

"夫人让我速杀风乐天，可我试了好几次，根本半点机会都没有。"

"风丞相号称大燕当官的人里武功最好的，会武功的人里官职最高的。确实不好对付。"

秋姜一怔——风乐天会武功？不可能！她那次在陶鹤山庄与他见面，他分明脚步沉重，不会武功！

"但你身为儿媳，难道也没有下毒的机会？"

"父子两人都狡猾得很……只能等年夜饭时看看有没有机会了。"秋姜说着盯着杯中的汾酒，似想起了什么地问，"你这边呢？奏春开始了？"

胡智仁含蓄地点头一笑："目前一切顺利。就等风乐天死。"

秋姜心中一沉——杀风乐天，果然是奏春计划的一部分。风乐天是燕王最倚重的臣子，他死了，燕王就等于被断了一条手臂。

眼看胡智仁并不打算深谈此事，她转移了话题："你觉得谢长晏如何？"

"异想天开，大胆活泼。"

秋姜想，倒是跟自己的结论一样。

胡智仁又补充道："她身上有一种被宠爱的特质。大概是先被她母亲宠溺着长大，后又被燕王捧在手心里呵护的缘故，让人很想惯着她依着她。"

秋姜敏锐地愣了一下——胡智仁的眼睛里闪着光，那是男人对女人感兴趣时才有的危险的、充满某种不可说的意图的表情。

但胡智仁很快收敛了那种眼神——事实上，若非秋姜，寻常人也察觉不出他的这点异样，他恢复成温文尔雅的模样："七主是跟着她来到我这儿的吧？七主对她也有兴趣？"

"本以为是大燕皇后，自是有兴趣。现在不过一个小姑娘，就不觉有趣了。我主要还是来见你的。"秋姜笑着举杯道，"我独在大燕，没有人手。唯一的联络人四儿，懒得要死住得又偏。想来想去，还是你比较方便……"

胡智仁笑道："如有差遣，尽管直言。"

"爽快。那敬你一杯，未来的六哥。"

"我也祝七主一切顺利，早返圣境。"

两人对视一笑，一切尽在不言中。

秋姜喝完酒，又从胡智仁那儿要了马车和车夫，舒舒服服地躺着回京了。

马车极稳，锦榻的被褥都用木樨花香熏染过，柔软得像云层。

然而秋姜躺在榻上，半点享受之色都没有，反而眉头深锁，心事重重。

胡智仁说话滴水不漏，她旁敲侧击半天，也没能从他口中套出什么有用讯息。目前只知道：一，他确实是赤珠门弟子，还没取代原来的六儿。二，他和她都是如意夫人派到燕国来执行任务的，但彼此独立，互不干扰。三，奏春计划里针对风乐天的一项，是夫人单独拎出来给她的，没安排别人。四，胡智仁应该只是奏春计划的监视者，而不是执行者。

为什么？

秋姜深思一番后，觉得是因为他身份不够。

胡智仁再有钱，也不过是一低贱商人，这个身份兴风作浪可以，但想撼动大燕政局，换掉皇帝，不可能！

所以，必定还有另外的执行者。会是谁？是已经出现了，但被自己忽视掉了，还是至今仍没出现？

而所有的疑惑，归根结底一个原因——如意夫人并没有真的将她当作未来的继承人。

她还在考验她。

秋姜忍不住伸手捶打自己的眉心。这个汾酒喝着绵软，后劲却足。她酒量极好，千杯不醉，还是第一次这么头疼……当即吩咐车夫："找个药铺停下，买份醒酒汤来。"

头发花白身躯佝偻的车夫应了一声。过了片刻后，将车停下了。

秋姜靠在车榻上继续捶头，顺便掀帘朝外看了一眼，这一眼，看得她心中一抖。

复春堂！

车前的药铺，竟叫复春堂！

她抿紧唇角，亲自下车，走进药铺。

药铺很大，内设诊室，有大夫坐诊。车夫正在跟伙计买醒酒药，转头看见她进来了，不由得一怔。

秋姜给他比了个手势，示意他不用理会自己，然后继续负手而行，走走看看。

难怪风小雅会来此买药，这大概是玉京除了皇宫外药材最多最齐的地方了。共有伙计八人，包药的纸张十分雅致，右下角印着一个"王"字。

秋姜的眉毛挑了挑，忍不住招来一名伙计问："此地换主人了吗？"

伙计茫然了一会儿才明白过来："姑娘是说原来的掌柜江运吗？他早不干啦。把铺子盘给了王家。"

"为什么？"

"听说家里出了变故，谁知道呢……"

这时另一名伙计插话道："我知道我知道，是他女儿丢了，他就把铺子卖了，到处找女儿去了。"

前一个伙计好奇道："那找到没有？"

"那就不知了，已经很久没有消息了，连他是死是活都不知道呢……姑娘，你问这个做什么？"伙计问道，却见秋姜脸色苍白神色恍惚，便跟前一个伙计对视了一眼，双双转身继续干活去了。

秋姜凝视着前方与墙等高的药柜，一行行草药的名字从她眼前划过，仿佛看见那个叫江江的小姑娘在柜前爬上爬下地翻找，而她的父亲便在一旁笑着指点她……

——可偏偏，不是记忆，只是幻觉。

秋姜垂下眼睛，什么也没说地回车上躺着去了。过了一会儿，车夫捧来醒酒汤，她一边喝汤一边若有所思地问他："为何刻意停在复春堂？"

车夫沉默片刻后，答道："鹤公说，带你来故居走走。"

"你是风小雅的人？"

"是。"

"胡智仁知道吗？"

"不知。"

"胡智仁有额外交代你什么吗？"

"他只让我伺候好您，顺便看看您去哪里。"

秋姜打量着这个看起来年过六旬、忠厚木讷的车夫，忍不住笑了："双面细作，难为你了。"

车夫再次沉默。

秋姜凝视着他，忽问："你是被胁迫的吗？"

"什么？"

"为何听命于风小雅？"

车夫目光闪烁，秋姜提醒他："你要知道我这样的人，你说的是不是真话，一眼就能看出来。"

车夫犹豫了许久，用左手轻轻抚摸自己的右手虎口。秋姜注意到，他的右手虎口处有一块皮没有了，应是若干年前被刀切走了，如今已成旧疤。他抚摸着那道疤痕，轻轻道："我的大儿子阿力三十年前丢了。"

秋姜呼吸微停。

"我还有三个儿子要养，走不开，没法去找他。这三十年来，时常梦中看见阿力哭。如今，儿子都成家了大了，我也可以松口气了，便加入了'切肤'。"

"切肤？"她看了眼那个疤痕——切肤之痛的意思吗？

"都是丢了孩子的人，做什么的都有，加入后，彼此交换情报，留意路人，盼着能有一天把孩子找回来。鹤公，也是我们的一员。"车夫说到这儿，用一种说不出的复杂眼神看着她，"他没有胁迫我，我们都是自愿的。"

秋姜沉默。

车夫放下车帘，回到车辕上赶车去了。

秋姜注视着手里的醒酒汤，片刻后，长长一叹。

脑袋还是昏沉沉的，车身一晃一晃，眼皮沉如千斤，她被晃荡着，手指忽然一松，药碗掉到铺着锦毡的地板上，没有发出任何声响。

无边的黑暗劈头盖脸地朝她笼罩下来，秋姜闭上了眼睛。

等她再醒来时，人还在马车里。

马车是静止的，不知停在何处。

过了一会儿，车门打开了，车夫拿着绳索走进来，见她醒了，吃了一惊，没想到她竟醒得这么快，连忙上前用绳索把她紧紧捆住。

秋姜看着他，却是笑了起来："鹤公让你捆我？"

"不是。"

"那你这是做什么？"

车夫脸上闪过挣扎和犹豫，最终红着眼睛抬头："我听胡智仁叫你七主，你是如意门中有身份的人。"

"对，然后？"

"想必那个叫什么如意夫人的，愿意用阿力换你。"

秋姜明白了，这是想用自己当人质换他丢失多年的儿子呢，不由得叹道："第一，你如何知道阿力还活着？第二，你凭什么觉得夫人会愿意换？第三，你用我换你儿子，那'切肤'里其他人的孩子就不管了？"

车夫的嘴唇不停颤抖，最后大吼起来："我顾不得其他人！我只要我儿子！你是那女魔头的得意弟子，阿力只是个微不足道的，她肯定会换的！"

秋姜注视着他手上的伤疤，幽幽一叹："切肤之痛啊……"

"你闭嘴！总之，你快写信给那个女魔头，我把阿力的相貌特征报给你……"他的话还没说完，看见秋姜身上的绳索一节一节像变戏法似的断了。

车夫惊愕地睁大眼睛。

再然后，得了自由的秋姜伸手拢了把头发，朝他笑了一下。

车夫如遭重击："你、你……你没被迷、迷倒？！"

"如意七宝若这么容易就被迷药放倒，可活不到现在。"她之所以假装昏迷，不过是想看看对方到底想干什么。现在确定了，不是风小雅的授意，而是此人擅自的行为，便懒得继续做戏了。

车夫大叫一声，朝她扑过来，秋姜伸出一个手指在他额头轻轻一点，他便倒下了。

极为不甘地倒在了车榻上。

两只眼睛睁得大大的，满是不甘地瞪着她。

秋姜伸出手，摸向他虎口上的伤疤。车夫顿时筛子般抖了起来："你杀了我吧！杀了我吧！反正我也不想活了！我早就不想活了！"

"所谓不切肤不知其痛。你丢了儿子，所以急、悔恨、内疚，三十年了仍想求一个结果。可到头来，也只看到了自己的痛苦。"秋姜喃喃，"同理，江江丢了，风乐天跟风小雅才那般着急，耗费心力地找她。"

风小雅设局找她，找到她后，提出的要求是："留在我身边，我保你平安。"

他想救她。

他只救她。

其他人，他看不见，也不管。

可如意门中，除了个别是被亲爹亲妈卖了的，绝大部分是人贩私掠的。如意七宝哪个不曾是伤痕累累命运多蹇的孩童？

所以，虽然风小雅为江江所做的一切，经常会令她悲伤，却并不感动。

如意门已存在一百二十年，达官贵族皆对它听而任之，毫不作为，为什么？

孟不离、焦不弃，是如意门所出；老燕王的小易牙，是如意门所出；璧国右相姜仲的暗卫，是如意门所出；还有程王的随从、颐殊公主的婢女、颐非皇子的死士，皆是如意门一手训练出来的……

秋姜想到这里，嘲弄地笑了起来："皇亲贵胄，俱获其利，怎舍其死？所以看不见老父寻子，背驼手抖；看不见母亲哭儿，眼睛泣血；看不见荏弱孩童，被麻木地押作一排，挨个抽打，连哭泣反抗都不会……到头来，所谓的切肤，也不过是，找回自己的孩子就好。"

车夫被这番话震撼到，后悔、内疚、彷徨全都融在了一起，眼泪一下子流了下来。

"你看不见，我不怪你，因为你只是个……贱民。"但那些人看不见，那些身居上位者看不见，就是罪，是毒瘤的根源所在！是让如意门屹立不倒的真正的罪魁祸首！

"我不杀贱民。"秋姜又轻声说了一遍这句话后，径自下车。

车外是条僻静小路，白雪之上立着一个黑衣人。

秋姜的呼吸瞬间停止。

两人相隔不过一丈，寒风吹着雪花飘到二人面前，将说不清道不明的情绪染上眉睫，既真实，又虚幻。

世界仿佛静止，又仿佛乱成了一片。

在如此苍茫一片的世界里，风小雅轻轻开口道："原来，你是这么想的。"

马车车夫的失控，不过是一场试探。

风小雅，先让车夫带她去复春堂，搅乱她的心；然后，让车夫暴露身份，观察她的反应；最后，用车夫的冒犯，试探她的底线。

而秋姜，在此过程中，首次表现出了她的怜悯、宽容，和凉薄表象下的深思。

她并没有真的被如意门变成怪物。

在她内心深处，始终遵循着"不乱杀人"的底线，同情着失去孩子的人群，更对所有被拐入门的弟子怀有感情。

风小雅想起他之前收到的关于七儿的情报，那是个狡猾、冷血、无情的杀人工具，为了达到目的不择手段。他所见到的秋姜，一开始也确实表现得如此。可是，他一直在凝望她。凝望到，终于看见了一些别的东西。

她会放弃逃跑的机会，回头来救他。

她会在谢长晏陷入困境时，颇为多事地指点她。

她会给厨子留一条生路，没有杀人灭口。

她也计较车夫意图绑架她去换儿子的行为，只是哀叹所有人的切肤之痛，都是自私之痛……

她是一只伪装得极好的刺猬，尖锐的竖刺之下，一颗心，柔软细腻。

风小雅定定地望着她，像是第一次才看清她，又像是很早很早前，就已熟知她。

"这就是你……一直不肯对我坦言的原因吗？"

即使我和父亲都表现出了十足的诚意，说要救你，想让你摆脱如意门，你仍不肯。

因为，你想要的，原来不只是自己的自由，还有那么、那么多。

秋姜张了张嘴巴，却发现自己什么都说不出来。

一时失察，没有发现风小雅就在车外，中了他的计，以为车夫真是个愚蠢无知的老父，一心只想救自己的儿子，所以，不小心说出了真实的想法。

她十分不习惯这种感觉。

这么多年，她始终把心思藏得很好，连如意夫人也不曾察觉。

却在风小雅"寻找江江"的这个局中，因为心软、失望、愤怒和种种不该有的起伏情绪，露了端倪。

太狡猾了……

故意说出正月初一等我的话，好让我放松警惕，以为你真的暂时放弃了对我的监视，在某个所谓的老地方等着我自投罗网。

但其实，你一直一直跟着我，步步为营地算计我，诱我说出真心。

真是、真是……太狡猾了。

秋姜的手，在身侧握紧又松开。

风小雅忽然上前几步，握住了她的手。

秋姜第一反应就是想挣脱，但风小雅握得很紧，她竟没能脱手，只好被他拉住，继续前行。

秋姜心头震撼：此人这是要去哪儿？还有，为什么走着去？他能自己行走那么久？

鹅毛般的大雪纷纷扬扬，漫天遍地，风小雅穿着黑色狐裘，走在前方，他的脚印落在雪地上，每一步之间的距离都是一样的。

她再次挣扎，反而被他拽得更紧。紧跟着，身子不由自主地快走了半步，与他并肩走在了一起。

风小雅什么都没再说，就那么牵着她的手，继续前行。

雪地里的脚印变成了平行的两道。

秋姜低头注视着这两道平行的脚印，心中五味杂陈，像个沸开的铁锅，不停地冒着气泡，最后只能叹一句：罢了。

被发现就被发现吧。

这股子火，憋在她心头已太久太久，久到无法发泄，久到无人可说，久到很多时候连她自己都不太记得了。

秋姜情不自禁地用另一只自由的手，摸了摸佛珠。

两人走了大概一里地后，来到一个小村落。

如此大雪，村落里竟有集市，家家户户门前都支着棚顶，铺着草席，席上摆满了琳琅满目的商品。

"这里……是哪里？"

"幸川的下游，归巢村。"

集市里有很多人，却没有热闹的感觉。大多数人的神色是麻木的、疲惫的，偶尔精光绽放，露出些许期待，但很快就被淹没了。

秋姜走在人群中，忽然发现他们都有一个共同的特点——都少了一块皮肤。

有的是手，有的是脖子，有的是腿……都像那个车夫一样，留着疤。

她立刻明白过来："切肤?"这里是"切肤"组织的大本营?

风小雅点了点头。

秋姜再看那些人,原来他们根本不是在赶集,而是在交换信息。

"每月廿一,失孩者至此登记,记录孩童特征,下个月过来询问。他们彼此留意,彼此帮助,这些年来,共找回了三十六个孩子。"风小雅注视着形形色色的人群,轻轻道,"你说得对,官府不作为,光靠切肤之痛的当事人,力量实在太渺小了。"

秋姜想起车夫那句"鹤公也是我们的人",不由得好奇地打量风小雅——他也割掉了一块皮吗?哪个部位?

"我父并不是不想作为,而是……力不从心。"风小雅眼瞳深深,蕴满悲伤,"十年前,为了救我,他把所有的内力都给了我。"

秋姜一惊——难怪胡智仁说风乐天会武功,可她看到的是个不会武功的胖老头。

"人身除了正经十二脉外,还有奇经八脉。他找了六位高手,为我注力控制了十二脉,但剩下的八脉,实在找不到第七个人,只能自己上。"

所以,他现在体内是七股力在互相制衡?!

"六位高手每人只需分一半内力给我。但我父是全部,不如此不足以控制八脉。失去内力后他迅速衰弱,体虚畏热,大冬天仍汗如雨下,脑子也大不如前。但他知道自己不能倒下,所以一直强撑着。陶鹤山庄是他给自己修建的退隐之所,但十年了,仍没机会辞官。因为,陛下离不开他。"风小雅说到这儿,回头看着她,"而我,更是废人一个,每天睡下后,都不知道明天还能不能醒过来。"

秋姜沉默了。

"这样的我们,确实,也做不了什么……"风小雅沉默半晌,声音突然一转,"但幸运的是……有人在帮我们。"

秋姜下意识抬头看向前方——错落有致的村屋,干净整洁的街道,井然有序的人流……这一切绝非偶然,也非自发,而是有人在暗中组织的!

是谁?

秋姜脑海中迅速闪过了很多线索,得出结论:"你的……夫人们?"

离开草木居,消失在大众眼前的夫人们。传说中被送上云蒙山,却不在陶鹤山庄里的夫人们。具有独特本领、经历过人生劫难,从而获得新生的夫人们……

"这就是'切肤'的缘起。"

他们是一群有切肤之痛的人,聚集在一起,一点一点,聚沙成塔,用绵薄之力,对抗着如意门。

他们绝大多数人都不会武功,甚至没有体面的身份,干着下九流的活计,更像之前那个车夫一样,腰弯背驼,行将就木。

他们组成了眼前的一切——

大雪纷飞，风寒地冻，万物蛰伏的世界里，却有这样一处集市，扫开雪，撑着伞，人们会集起来，用从身体里呵出的气，来温暖那少得可怜的希望火苗。

最终找回了三十六人。

分明是杯水车薪，螳臂当车，萤火之光，却因为有那三十六个孩子的存在，拥有了莫大的意义。

秋姜望着眼前的一切，半晌后，才扭头回视着风小雅："你的计划是什么？"

"以四国谱为饵诱你来到我身边，娶你为妾，然后以不喜为由将你送上云蒙山，过得几日让你因意外而死，让秋姜彻底从这个世界上消失。"

秋姜的睫毛颤了几下，却没表达出任何情绪："然后呢？"

"然后，你重归于江江的身份，同你父团聚，想行医也好，想务农也罢，在大燕之内，总能为你留个安身之所。"

"那你呢？夫人没有得到四国谱，又折损了七儿，不会罢休。如意门会如附骨之疽地缠着你。"

"我自有办法。"

"你唯一的办法就是死。把我安顿好后，当如意夫人再找上你时，你两眼一闭两腿一蹬干脆利落地走掉，她就彻底没了办法。"

风小雅的目光闪了闪，意外地沉默了。

秋姜心中又好气又好笑，此人竟是真的这么打算的！忍不住讥讽道："以你之命换我新生，我好感动呀。"

风小雅直视着她，低声道："在那之前，我确实……不敢死。"

秋姜一僵，笑声立止。

风小雅眼神平静宛如深夜中的大海，却令她不由自主地起了一阵战栗。

为了找回你，接受洗髓之术，忍受蚀骨之痛，强撑无力之身地……活到现在。死于我而言，才是解脱。

——这是风小雅未曾说出的话。

而她，已彻底明白。

秋姜定定地看着他，嘴唇动了又动，最后轻轻道："你不后悔吗？"

"我只后悔一件事……"风小雅眼中流露出无尽的悲伤，"十年前的十二月十一日，没能干干脆脆地走。"

如果那天走掉，就不会有第二天的事情。

百姓们不用去幸川放灯，江江不会走丢，父亲不必耗尽内力救他。那样父亲就能更好地辅佐彰华，有精力推行新法严惩略卖，打压如意门……

一切都是他之孽。

是他贪生，不肯死，最终拖累了这么这么多人。

风小雅的视线模糊得起来，他有些立不住了。身体疼痛得像被千万根针扎个不停，又像被放在火上炙烤，烫热难忍。脊柱很想歪曲，四肢很想蜷起，想要向无形之力臣服……

就在这时，一双手伸过来，摸上了他的脸。

温暖的、纤长的、美丽的手。

风小雅一个激灵，脊背重新挺直了。

他有些怔忪地盯着近在咫尺的秋姜。

秋姜就那么捧着他的脸，一个字一个字道："好，那就按你计划做吧。正月初一，我因对公爹不敬，被送上云蒙山，染病而亡。"

风小雅刚要说话，秋姜又道："而在那之后，我不会回去当江江。我要来这里，帮助这些人，把三十六，变成三十七、三十八……甚至更多。"

两人对视，从彼此眼中看到了自己的身影。

风小雅突然一把抱住她。

紧紧地抱住。

拥抱和碰触都令他更加疼痛。可他觉得，这种无休无止的疼痛第一次拥有了意义。

江江回来了。

她在他面前。

她在他怀中。

再没有比这，更好的结局。

"你们这么多年来，一直在调查如意门，查到了什么？"

两个时辰后，秋姜跟风小雅回到了草木居。

经过这么一番折腾，风小雅明明已经十分疲倦，却舍不得跟她分开，因此命焦不弃取来了美酒。

秋姜果然看到酒就留下了，一边温酒，一边与他说话。

风小雅平躺在榻上，回答道："如意门是百年前一个自称如意夫人的女子所建。她用雷霆手段，降服了程境内的流民草寇，令他们归顺。再然后，规定章程，以掠贩人口、训练死士歌姬为生。因为向各大世家输出极为可靠的死士美人，从而获得了他们的支持。久而久之，就成了现在神秘强大的如意门。"

"那么，第一代如意夫人是谁，查到了吗？"

风小雅摇了摇头："年份太长，已无可考。"

"那么，这一代如意夫人是谁，查到了吗？"

风小雅露出些许尴尬之色，仍是摇了摇头。

"我来告诉你。我接下去说的每个字都很重要，你要听好……"秋姜拿起酒壶呷了一口，看着温黄的炉火，思绪有些飞扬，"一，如意夫人，只是个代号。每一任如意门的掌权者，都叫这个名字。二，如意夫人是女人。因此，如意七宝也多以女性居多。"

风小雅意外地扬了扬眉："据我探查到的，如今的如意七宝，除了你，其他皆是男子。"

"对。因为女的都被我杀了。"秋姜说这话时神色淡然，仿佛只是在说天气很好。

却听得风小雅心头剧烈一跳。

他的手下意识握紧，再慢慢地松开——这不是她的错，她在如意门中，要生存，只能如此。

"这半年，你拼命观察我，考验我，试探我，想证明我还是个人，还心存善念……"秋姜虽是对他说话，但平视前方，目光穿过墙壁仿佛在看着遥远的什么人，"但别忘了，如意七宝，各个擅长伪装。也许我所表现出的，甚至我现在所说的，都是假的，故意展现给你看的。"

风小雅沉默片刻，方道："我自己会判断。"

秋姜无所谓地笑了笑，继续道："因为如意七宝目前只有我是女的，所以大家觉得我会是下一任如意夫人。但是，如意七宝是随时可以换的。也就是说，在七宝之外，夫人还看中了几个弟子，里面必有女子。我'死'之后，那个女子，就会被提拔为新的七儿。"

风小雅的眉头皱了起来，喃喃道："百足之虫……"

"钰菁公主跟夫人素有往来，她们酝酿了一个叫作'奏春'的计划，如果我没猜错，是针对燕王的。但执行者不是我，也不是我所知道的任何一人。你要提醒燕王，务必小心。"

风小雅终于躺不住了，坐了起来，直勾勾地盯着她："为何对我交代这些？"像是……遗言。

秋姜一口将壶内的酒"咕咚咕咚"全干了，然后把壶一扔，摇摇摆摆地起身走到他面前，将他一推。

风小雅始料未及，被推回到榻上，再次躺平。

秋姜横跨上去，坐在了他腰上。

"你……"风小雅的耳朵腾地红了。

秋姜伸手开始解他的衣带。

风小雅试图挣扎，被她按住，一时间，震惊到了极点，也慌乱到了极点。然而紊乱中还有那么一丝莫名的欢喜、忐忑的期待。

"你、你不必如此……"风小雅放弃抵抗，低声恍如叹息，"我……"

他的外袍被脱掉了。

风小雅忍不住闭上眼睛。

然而，秋姜并没有下一步动作。

风小雅等了一会儿，见她始终不动，便睁开了眼睛。然后他发现，她在看他的心口——心脏上方，有一块皮肤被割掉了，愈结成了铜钱大小的疤痕。

他的心陡然一紧，身体却放松了。

秋姜盯着那个疤看了许久后，捂了把脸，颓然倒向一边，躺在他的身旁。

风小雅心乱如麻。有很多很多话想问，却又不知如何问起。

你这些年……到底是怎么度过的？

你还记得……小时候的事吗？

你是不是……不舍得我死？

你是不是、是不是……觉得……我……还不错？

风小雅的眼瞳由浅转浓，忽又变成了悲凉。身体里七股内力各种乱窜，他的手脚都提不起丝毫力量，如此废物的自己，就算有个不错的皮囊，温良的性情，又怎样？

风小雅用了很大的力气才将头侧过一点，看向秋姜。秋姜却已闭着眼睛睡着了，温热的含着酒气的呼吸喷在他脸上，痒而真实。

许久之后，他伸手拉过被子，将她和他一起罩住。

"睡吧。"

愿你此后梦中，没有苦难，唯有欢喜。

愿你千锤万炼，百折不屈，仍能回到人间。

腊月廿九时，玉京过年的气氛已经很浓了。

家家户户挂起了红灯笼，贴上了红窗纸，写起了春联。

而这一天，秋姜走进堂屋时，发现姜花竟然冒出了花骨朵，再有几日便能开放了。她蹲下身，抚摸着幼小的花苞，喃喃道："老蛤蟆竟真有两下子啊……"

当即要找风小雅来看，结果风小雅不在住处，仆婢回答说一大早进宫去了。

秋姜只好折返，途经风乐天的院子，发现他在院子里摆了长案，正在写春联，一旁还有个红衣美人为他侍墨。

风乐天看见她，笑着招了招手："十一啊，过来看看这三副对联，哪副最好？"

秋姜负手走进院中。随着距离的拉近，红衣美人的面容也清楚了起来。此人长眉大嘴，额头宽大，颧骨高耸，五官有着女人罕见的硬朗，看得出是个做事极有魄力之人，再联想到她对风乐天的恭敬和亲昵，当即笑着向二人依次行礼："公爹，大夫人。"

这位红衣盛装的美人，想必就是风小雅的正妻，有女白圭之称的龚小慧。

龚小慧没有笑，带着几分探究和倨傲，将秋姜细细打量了一番，点了下头便做回应了。

秋姜没有介意她的反应，走到风乐天身旁看向那三副写好的春联，指着中间一副道："我最喜欢这一副。"

对联写的是"拥彗折节无嫌猜，输肝剖胆效英才"。

风乐天哈哈一笑，将这副卷起，递给一旁的随从："去贴我院门上。"

随从应声而去。

风乐天又将另一副"山水有灵惊知己，性情所得未忘言"递给龚小慧："这副给你。"

龚小慧连忙跪谢道："多谢公爹。"

风乐天再看向秋姜："这最后一副给你？"

最后一副写的是"春露不染色，秋霜不改条"，确实挺配她的名字。可惜……秋姜想，可惜我并不叫秋姜。

但她没说什么，温顺地接过了对联："多谢公爹。"

这时随从端来清水，龚小慧亲自绞了帕子，一边为风乐天净手一边道："父亲，我从青海侍珠人手中买得一颗极品紫珠，磨粉后服用，可延年益寿。"

风乐天不以为意地哈哈一笑："珍珠这种东西还是你们小姑娘吃吧。给我这糟老头，纯属浪费。"

龚小慧放下帕子拍了拍手，两个银甲少女便推着一辆独轮车走了进来，车上赫然摆了十二坛酒。

风乐天和秋姜的眼睛同时亮了起来，然后注意到彼此垂涎的表情，相视一笑。

"怎么办呢？"龚小慧叹了口气，"已加到酒里了。父亲不要，那我就……"

"等等！"风乐天连忙按住车轴，"都送来了就不要浪费！来来来，十一咱俩对半分！"

"是，公爹！"秋姜脆生生地应了一声，提议道，"不如叫厨房切块鹿肉来，咱们围着火炉喝酒炙肉？"

"啧啧啧……"风乐天给了她一个"你最懂我"的眼神，亲自搬着酒坛进屋去了。

秋姜正要跟进去，龚小慧有意无意地拦在她前方，低声道："父亲身子不好，悠着点。"

"是。"

"还有……"龚小慧面色凝重地盯着她，似要说什么，一名银甲少女走进院来道："夫人，账房先生们都到了。"

龚小慧只好转身离去。

秋姜想，原来是年底要对账，这位大夫人才回来的啊。而这些银甲少女，表面上是风小雅的侍女，其实是龚小慧的。按理说，她跟风小雅有名无实，为何对自己充满敌意？唔……难道是多年夫妻假戏真做出了感情，还是……她知道自己是如意门弟子，所以心生厌恶？

秋姜一想，一边抱着酒坛走进屋，随从端着切好的鹿肉和火炉进来，风乐天则摆好了矮几软榻，邀她对坐。

秋姜夹起几片鹿肉放在铁架上，随意聊天道："公爹今日休沐？"

风乐天淡淡一笑："我已向陛下辞官啦。"

秋姜一怔——这么快？但一想他为自己修建的退隐之所陶鹤山庄已建好多年，又觉得不快了。

只是这个时候辞官……燕王会头疼吧？

燕王去年虽成功打压庞、岳两大世家，开科举选拔人才，但毕竟时间太短，羽翼尚未丰足。而其他世家，因为目睹庞岳之亡，人人自危，反而联起手来意图阻挠新政。这个时候宰相换人……不是吉兆啊。

再看风乐天，见他不停擦汗，呼吸急促，声杂而气浊，确是有病之躯，但眼神温和，笑容满面，又感觉不到虚弱之相。如果说，风小雅的病态是绷直外放的，那么他父亲的病态则是克制内敛的。

不愧是父子。

秋姜想到这里，亲自为风乐天将酒斟满："是身子的缘故吗？可请名医看过？"

"我才不看。他们会劝我戒酒忌肉，那样活着还有什么意思？"风乐天说着夹起一片烤得外焦里嫩的鹿肉，放入口中咀嚼，满足地吁了口气。

秋姜心想，此人如此嗜酒好吃，难怪胖成这样。

风乐天又感慨道："活着本身，是一件很没意思的事，再不找点开心的事，怎么熬一辈子？"

"公爹身为大燕之相，一人之下万人之上，竟也如此想？"

"一人之下万人之上啊……"风乐天眸光微沉，轻轻一笑，"我十五志于学，三十九岁封相，算是风云人物了吧？可我父陨于天灾，我妻死于人祸，我唯一的儿子，更像一个无底洞，投多少心血下去，都不见希望……再看我自己，看似位极人臣风光无限，但将来史书写我，必不会赞我，为什么？"

秋姜心头触动，有些难掩的惊悸。

"二十年前灭戎之战，虽扩大了燕的版图，但死了三十万将士，为了打仗强征粮草兵役，又饿死了两百万百姓，至今边疆六州仍是荒芜一片，千里无人烟。掌权三十载，养出了庞岳两条毒蛇，虽借新帝雷霆之势将其覆灭，但如今国库空虚人心不稳，一场风暴即将来临，而我已无力再战。更有掠人之恶，在燕境内泛滥成灾，可久居高堂，花团锦簇迷惑了我的老眼，靡靡之音塞住了我的耳朵，若不是江江丢失，还不知要被蒙蔽到何时……百年后史书写我，最多夸我一个无私，却无智、无德、无大才。"风乐天说到此处，剧烈地咳嗽了起来。

秋姜上前为他拍背，他摆了摆手，继续道："亏我壮年时自比管仲姜尚，到老了才知连许昌都不如，都不如啊……"风乐天咳嗽地越发急了，说到后来，"噗"地吐了一口血出来。

血沫如梅花般溅落于地，风乐天和秋姜都盯着那口血，好久没说话。

如此又过了很长一段时间，风乐天才抬起头，对秋姜缓缓道："是我们这些长辈太没用了，没能给你们创造一个盛世，反而留了个大烂摊子，要你们背负……"

秋姜一震，颤抖地抬起睫毛。

"你是个好孩子。"风乐天伸出手，轻轻地拍了拍她的手背，用一种说不出的慈爱眼神注视着她，然后轻轻说了一句话。

听到那句话后的秋姜，眼眶一下子红了起来，一时间，手都在抖，带着不敢置信，带着极度惶恐。她的耳朵嗡嗡作响……

秋姜猛地睁开眼睛，发现自己竟不知何时睡着了。

是梦？！

她一愣，松了口气。对啊，风乐天怎么可能对她说那么古怪的话，原来是梦……

秋姜找了木屐穿上，走到窗边，外面天已经黑了，不知谁家在放烟火，噼里啪啦，煞是好看。

秋姜看着那些五颜六色的焰火，竟看得痴了。

一件外袍轻轻地罩在她身上。她回头，看见了风小雅。

风小雅的衣服还残留着外界带来的寒意，秋姜伸手去摸他的手，果然也是冰凉冰凉的："回来了？"

"你在等我？"

"嗯。跟我来。"秋姜牵着他的手，提了盏灯，小跑着走进堂屋，姜花的花骨朵果然又多了一些，"今早看见，便想邀你共赏。"

风小雅注视着烛光里的花骨朵，一时间，眼中明明灭灭，难分悲喜，半晌后，才红着耳朵轻轻道："所以……你是想让我履约？"

秋姜一愣，这才想起当初她曾说过"你睡了我，我就死心塌地地跟着你"，而风小雅给的回答是："花开之时，如你所愿。"

如今，她这么急巴巴地拖着他来看花……

风小雅的视线从花骨朵处移回到她脸上，然后又迅速挪走。

秋姜想：完，他真的误会了！怎么解释才好？

还没等她想好，风小雅突然伸手将她横抱了起来。秋姜下意识发出一声惊呼，搂住他的脖子："你！"

风小雅抱着她走出堂屋，朝厢房走去。

秋姜忙道："不是，我不是那个意思！那个，我纯粹就是找你一起赏花，也不是，我喝醉了，对，我今天跟公爹喝了很多酒，头晕晕乎乎的，有什么事明天再……"

"安静。"

秋姜一下子安静了。

此刻心绪，宛如水面上的浮萍，随波荡漾，碰撞得悄寂无声。

风小雅踢开卧室的门，寒风吹起两人的头发和衣袍，错乱地交织在一起。室内只留了一盏灯，昏黄暧昧。

从秋姜的视角看过去，看到他弧形清瘦的脖子和凸起的喉结，下巴处微微冒出一层浅青色的胡楂——这让她第一次真切地认识到，风小雅是个男人。

不管他看上去多么病态苍白阴郁柔美，他都是个男人。

意识到这一点后，秋姜下意识想逃，却被他放在榻上，按住了双手。

风小雅俯下身，眼眸被灯光晕染得一片氤氲，像深渊。明知危险，却又让人跃跃欲试。

事已至此，秋姜索性放弃反抗，静静地躺着，等待着。

风小雅的手按在她的手腕上，轻轻抬起，再缓缓落下。秋姜顿觉一股热流冲击着手腕，然后向手臂上方蔓延。

风小雅的手跟着那股热流来到她的双肩，一按，她的双肩一酸，两条手臂顿时失去了控制力。

秋姜意识到有些不对劲，刚要问，风小雅挥出衣袖，唯一的灯被风扑灭，整个房间陷入黑暗。

风小雅的手往下，点了她的脚踝，再上移到腿根。她的双腿顿时也失去了控制力。

唯有那股热流，一直涌到胸口来，像柔软的丝茧将心脏层层包裹。

风小雅附在她耳旁，终于轻轻开口："化蛹术。"

秋姜挑眉，什么意思？

"用内力封住周身穴位，护住心脉，令你沉睡，看上去就像死了一样。内力不及我之人，就算查探，也察觉不出。可维持二十四个时辰。二十四个时辰后，以同等内力刺激，即可恢复。"

秋姜明白过来——这是风小雅给她安排的"假死之术"！

风小雅在她手腕、肩膀、脚踝、腿根上迅速点了四下，热流立散，四肢慢慢地恢复了知觉。

秋姜连忙坐起："此等秘法你如何得知？"

"今日入宫，请教的陛下。"

燕王还会这个？

风小雅解释道："皇家多隐秘。"

这倒是……秋姜活动着手腕，问道："若二十四个时辰后没来得及刺激，会如何？"

"那就真死了。"

秋姜想了想，又问："若内力比你高，就能查出来？"

风小雅笑了一下。虽然屋内很黑，但秋姜视力极好，还是看到了这个笑容，一个带着些许自傲、些许苦涩的笑容。

此人天赋异禀，又有奇遇，体内杂了七股内力，虽然乱七八糟，时不时反噬，但较真起来，确实当世不会有第二人内力比他高了。

所以这法子只有他用才有效。

秋姜却还是想问："我可以这般脱身。那你呢？"

风小雅一怔。

秋姜直勾勾地盯着他："你怎么脱身？"去哪里再找第二个高手对他施展此术？孟不离焦不弃？他们不行，连她都不如，而她的武功，在如意门里只算中上。风乐天武功已废，燕国境内，还有可靠的绝世高手让他也能假死脱身吗？

风小雅沉默了。

"你也得活着。"秋姜伸出手，抱住了他的脖子，感觉到他的身体明显一僵，"你既欠了我十年，不还我十年，怎么行？"

风小雅的眼中露出了悲哀之色，然而夜幕深沉，令痛苦和悲伤都显得微不足道。

"你说你是为了找回我，才坚持活到今天的。那么，你就不想跟我厮守白头吗？为了痛苦都能活着，为了幸福，更能活着的，对不对？"秋姜将脸贴在他怀中，感觉他的心跳时快时慢，紊乱一片。

如此过了好久，那心跳才慢慢恢复正常。风小雅握住了她的一只手，低声道："好。"

"如何好？"

"活下去。我试试。"

"怎么试？"

"昔日为我护脉的六位前辈，已经仙逝了四人，还有二人活着。他们虽都只剩下一半功力，但两人联手应能为我施展化蛹术。"

"能找到？"

"他们就在玉京。"

"太好了！"秋姜抱紧风小雅，眼眶微湿地说了一句，"这真是……太好了……"

同一时间的渭陵渡口，更夫哆嗦着沿路打更，实在太冷，从怀里摸出壶酒喝了几口，这才感觉身体暖了一些，但他不舍得多喝，连忙又将酒壶塞回怀中。等交了班先去趟屠夫家，年底了该切点肉了，再给女儿买朵珠花，老婆早死，他也不太懂女孩子家的事，没留意到一眨眼，女儿就已出落得亭亭玉立了……

就在这时，更夫眼角余光看见了异样。

更夫侧头，只见已经冻结成冰的渡口在月夜下犹如银带，而银带与天幕交接处，有四个小点在飞快移动。

他心想这么冷的夜里还有鸟在飞啊？走了几步后突又警觉，再次回头看时，那四个小点已大了许多，也近了许多，竟是四个人！

四个头戴斗笠，身披长氅的人。

更夫这下吃惊不小——渡口前方连着海，也就是说，这四人是从海上来的？因为结冰船进不来，所以跑着来？

在他的迷惑震惊中，四人越来越近，几百丈的距离竟是几个眨眼就拉近了。

四人也都看到了更夫。

其中一人"啊呀"了一声："他看见我们了。"

下一个眨眼，更夫只觉视线中的一切全都变成了鲜红色，包括银带般的冰河，天边的弦月，还有四人的斗笠长氅……

他倒了下去。

脑海里的最后一个念头是：还没给女儿买珠花……

一人持刀，长长的刀刃处滑落一颗血珠，正是从更夫身上带来的。血珠滴落后，刀刃再次恢复了一尘不染。

先前说话之人又"啊呀"了一声："你把他杀了？藏尸很麻烦的，这里可是燕国！"

另一人也指责持刀之人："就算要杀人也别用刀，随便往冰层下一扔，当作喝醉酒失足淹死岂非更好？"

最后一人上前一步，一边咳嗽一边盯着更夫看了会儿，从怀里掏出个瓷瓶，把里面的粉末倒在更夫脸上的刀口上："找个有老鼠的地方弃尸。明早太阳出来时，就会被老鼠啃得面目全非，查不出来了。"

持刀人一言不发收刀入鞘，上前背起更夫，去找有老鼠的地方了。

喜欢说"啊呀"的人叹了口气，又"啊呀"了一声："真不想跟他同行啊，一点常识没有，就会杀人。"

"行了，五儿。走。"咳嗽之人收起瓷瓶，继续前行。

三人宛如三道流星，很快遁入夜色之中。

大年三十，比之昨日更加热闹，一大早便有接连不断的鞭炮声，更有银甲少女跳上屋檐扫雪，嘻嘻哈哈。

秋姜坐在镜前梳妆。

她一向眉目寡淡，衣着简朴，此刻换上一身朱红色的新衣，整个人便立刻不一样了。

秋姜看着镜子里的自己，仿佛看见小小的白衣女童端坐镜前，眼神明亮充满好奇；然后，白衣变成绿衣，八九岁的女童也变成了十二三岁的模样，神色怯怯，懦弱温顺；再然后，绿衣变成僧袍，长成了十八九岁嬉皮笑脸，没心没肺的样子……

最后，回归朱红，盘了发，涂了胭脂，有了烟火的气息。

秋姜伸出手指，按在镜子里的脸上，喃喃道："'春露不染色，秋霜不改条'吗……不过是一颗鬼血化成的玛瑙罢了……"

说罢反手，将镜子盖倒。

积雪被扫净后，银甲少女们便离开了。草木居的仆人本就不多，有的放回家过年去了，仅剩下无家可归的寥寥几人。

这几人里，便有焦不弃。

秋姜看到他，便想起已多日未见孟不离，难道是跟着谢长晏走了？奇怪，燕王要保护谢长晏，为何不指派自己的侍卫，反而从风小雅这儿调人？还有谢长晏，没了准皇后的身份，就只是个普普通通的清流之女，为何要派孟不离去保护她？

不管如何，走了也好。此刻草木居的人越少，对她来说越好。

秋姜走进堂屋，姜花将绽欲绽，还是没有开。她便往沟渠里又添了许多热水，蒸腾的水汽令视线一片迷蒙。

秋姜立在门旁注视着朦朦胧胧的姜花们，直到焦不弃前来请她："夫人，晚宴准备好了。公子请你过去。"

秋姜"嗯"了一声，将水勺放下，起身走人，走出几步，却又回头，再看一眼那些花，还是没有开。

她不再迟疑，跟着焦不弃走出院子，来到风乐天所住的院子。此刻花厅厅门半开，里面传出悠扬的琴声。秋姜一听就知道是风小雅弹的。

琴声舒缓流畅，说明他的心情非常放松和愉悦，还带了点小雀跃和小期待，让听琴之人也情不自禁地跟着开心起来。

秋姜挤出微笑，掀帘走进去。

花厅里张灯结彩，人人都有座位，主位的风乐天挽着袖子正在用小火炉煮汤，边煮边招呼秋姜道："十一啊，来来来，坐我身边，咱们好对饮。"

坐在风小雅身边的龚小慧立刻道："只能喝三杯。"

风乐天露出为难之色，龚小慧皱眉刚要说什么，风乐天忙打断她："行行行，就喝三杯！三杯！"

秋姜走过去跪坐在他身旁。

龚小慧这才收回视线，从袖中取出一管洞箫，和着风小雅的曲调吹了起来。

风小雅在专心弹琴，没有分心，旋律越发轻快欢愉。

除了他，厅中还有焦不弃和两名秋姜看着面生的老仆，一共七个人。

风乐天招呼道："都趁热尝尝，今天的菜可都是我做的。"

一名老仆道："相爷的厨艺，当世第一！"

另一名老仆踹了他一脚，不屑道："马屁。"

"有种你别吃啊！"

"我偏不！"眼看两人吵闹起来，吹箫的龚小慧不得不停下来喝止："你们两个，再吵就给我出去！"

两名老仆齐齐瑟缩了一下，立刻闭上嘴巴不说话了。

看来这两个是龚小慧带回来的仆人，难怪之前没见过。秋姜心中正漫不经心地想着，听风乐天问她道："十一啊，喝汤吗？"

"好呀。"

风乐天从盅中舀出一碗漂着菜叶的热汤递给秋姜，秋姜闻到一股熟悉的香味，再一喝，顿时睁大了眼睛。

风乐天朝她眨眼，两人交换了个心有灵犀的眼神。

风乐天又往里面撒了几根葱："这汤啊，可是炖了许久，得趁热喝。"

"是，公爹。"秋姜捧着碗想，把酒当水煮骨头，然后往里面加一堆菜叶，此事也就风乐天干得出来。

不过他的厨艺确实很好，加了这么多乱七八糟的东西，这酒居然还挺好喝。

窗外天色渐暗，厅中的灯光摇曳，衬得坐在东侧弹琴的风小雅，切磋如玉。

一个滑调后，他忽然抬眸，朝秋姜看了过来，神色庄重，却又光华灼灼，不掩情意。

秋姜的心陡然一悸，手中的汤碗眼看要洒，风乐天伸手过来替她端稳。

视线中，风乐天朝她微微一笑："没事的。"

秋姜的视线却模糊了起来，宛如火炉上的沸汤，拼命想要往外溢。就在这时，风小雅的琴突然停了："谁？"

话音刚落，厅中的蜡烛齐齐熄灭，包括火炉也"哧啦"一声，被水扑灭。

世界骤暗的同时，几道风声从外跃入。

风小雅伸手将龚小慧拉到身后，反手拨琴，朝某处一击。那处立即发出一声闷哼。

龚小慧趁机从怀中取出火石，"哧"地擦亮。火光亮起的瞬间，风小雅看到厅内多了四个人。

一道风声扑至，火石微光立灭，龚小慧不知被何物击中，发出一声惊呼。

"躲！"风小雅说了一声后将琴朝风声来源处掷去，与此同时，从琴中抽出一把软剑，与对方斗在一起。

暗室再无余光，漆黑一片的花厅里不时响起粗重的呼吸声和凌乱的打斗声。

风小雅感到对方用的是刀，速度极快，便用了个拖字，以软剑拖住对方的刀。那人果然慢慢地不耐烦起来，招式越发狠戾。

风小雅终于找到漏洞，一剑卷住刀刃，一振，对方的刀顿时脱了手，甩到地上发出清脆的哐当声。

风小雅正要乘胜追击，某个角落里突然响起秋姜的一记闷哼，风小雅立刻扭身朝那边冲去，一路不知踢翻多少杂物，可等他赶到那儿，一张大网从天而降，将他捆了个严严实实。

再然后，一双手点亮蜡烛，再将蜡烛插到某盏灯台上。

整个花厅恢复了微薄的亮光。

只见厅中一地狼藉，焦不弃、龚小慧和两名老仆都倒在地上，昏迷不醒。

点蜡烛的是个四旬左右的白胖男子，面有病容，有两个很大的眼袋。他身旁站着个二十多岁、形如竹竿的年轻男子，抓着自己的一只手，虎口不停有血滴下来，正是一开始就被风小雅的琴弦所伤。

除此外，还有个长得像小姑娘一样乖巧漂亮的少年，表情却充满了戾气，狠狠地瞪了风小雅一眼后，走过去将地上的刀捡了起来，而那把刀已卷了刃。

一人在横梁上啧啧叹道："刀刀啊，你的这把刀可真脆啊。"

风小雅抬头看向说话之人，是个脸蛋圆圆，眼睛细长的年轻人，一笑就眯成了两道直线，显得十分和善："鹤公的武功，果然名不虚传。"

风小雅没有理他，目光继续搜罗着，却不见秋姜，也不见父亲。他们去哪儿了？进内室了？

"最终还是得靠我呀，呵呵。"圆脸蛋的年轻人笑着抓着巨网的顶端跳下来，不知按了什么，网收得更紧，风小雅使了个千斤坠牢牢将双足钉在地上，才没被他拖倒。

圆脸的年轻人拖不动他，也不强求，将巨网顶端的钩子往柱子上一挂，走到持刀少年面前，见他还在心疼，便道："别心疼了，办好了差事，让七主用足镪给你重打一把，保管不卷刃。"

风小雅面色顿变："是秋姜召集你们来此的？"

圆脸的年轻人笑着梳理着自己的头发："不然呢？大年三十阖家团圆的日子，谁愿意千里奔波在外啊……"

风小雅顿时不说话了，像是受了极大的打击。

圆脸的年轻人瞅着他苍白的脸，恶意地笑了起来："你不必如此难受，你也不是第一个栽在七主身上的蠢货，之前那几个叫什么来着？李沉？袁……"

咳嗽的男子忽道："办正事。"

"好吧好吧……"圆脸的年轻人收了笑，环视四下道，"七主哪儿去了？"

这时地上的焦不弃呻吟几声，挣扎起来。

圆脸的年轻人挑了挑眉："哟，吸了南柯一梦，还能这么快苏醒，不愧是咱们银门出来的弟子。"

风小雅看向厅堂中之前被熄灭的蜡烛——这些蜡烛被动了手脚。加了迷烟？谁做的？秋姜？

圆脸的年轻人又笑着回眸睨了风小雅一眼："据说你百毒不侵，看来是真的。南柯一梦对你一点效果也没有嘛。"

风小雅紧抿唇角，脸色更见苍白。

焦不弃看清眼前的情形，拔刀就要起身，被圆脸的年轻人一脚踩回地上。

风小雅沉声道："放开他。"

圆脸的年轻人笑了："是。"说着，脚下越发用力，几可听见骨骼碎裂的声响。

风小雅垂下眼睛，突然连人带网一起冲向此人，却在距离他一尺处硬生生停下——网钩的长度不够了。

圆脸的年轻人笑得越发愉悦，脚却更用力了几分，一副你能奈我何的模样。

就在这时，躺在一旁昏迷不醒的两名老仆双双跳起，出手如电，一人抓住圆脸年轻人的一条胳膊，只听"咔咔"几声，胳膊立断。

圆脸的年轻人还来不及惊呼，地上的焦不弃抱住他的脚，又是"咔嚓"一声，他的左脚也断了。

咳嗽之人反应极快，一挥袖飞出数点白光，朝老仆打去。而持刀少年更是一个飞跃冲到风小雅面前，想要劫持他。

风小雅人在网中，本无可避，但身子徒然一折，像球一样朝上卷起，避了过去。与此同时，焦不弃已抽身过来，一刀砍向少年后背。

一切发生得极快。唯一的蜡烛被风扫过，灭了，花厅再次陷入黑暗。

片刻后，火石敲打的声音轻轻响起，紧跟着，火苗蹿起，而这一次的点灯之人，是风小雅。

屋内形势逆转。

圆脸的年轻人被焦不弃踩在了脚下，四肢断了三肢，痛苦得直抽气；一开始就虎口受伤的男子更是晕厥在地昏死过去；刀刀被一名老仆反手扣住；只剩下咳嗽的男子，独自一人靠着柱子站立，咳嗽得越发急促。

风小雅用蜡烛将每盏灯重新点亮。

圆脸的年轻人看到这一幕，露出不敢置信的神情："怎么可能？南柯一梦竟然无效？！"

咳嗽男子苦笑道："七主出卖了我们……她根本没在蜡烛里放迷药。"

圆脸年轻人的震惊顿时变成了愤怒，刚要说话，一人淡淡道："她放了。"

那人整整衣服，风姿绰约地走到风小雅身旁，正是龚小慧。

"在宴会之前，我又重新检查了一次吃食火烛，发现蜡烛被人换过，就又重新换了回来。"龚小慧说到这里，看了一眼风小雅道，"我跟夫君不同，夫君信任秋姜，我可不信任她。所以，今晚的家宴，我刻意请了季、孟二老过来，就是为了防止这一幕。"

两名老仆闻言一笑，其中一人道："不，我是为了风丞相的饭菜来的。"

圆脸的年轻人顿时暴怒地大喊道："七儿！你出来！你在哪里？你把我们叫来送死，自己却逃了？！"

"吵死了。"伴随着这句话，秋姜挽起内室的帘子，出现在了光影中。

风小雅盯着她，神色极尽复杂。

圆脸的年轻人骂道："你跟阿仁说你什么都布置好了，叫我们过来帮你缠住风小雅就行，结果……"

秋姜将一样东西扔出来，那东西骨碌碌转了几个圈，停在年轻人脚边，溅了他一脚的血。

定睛一看，竟是人头！

脸蛋圆圆胖胖，还带着笑，看上去无比和蔼可亲，却因为只有一个头，而更显恐怖。

龚小慧第一个尖叫了起来："父亲！"

她冲过去，一把抱起了头颅，温热的感觉从指间蔓延，激灵得她如遭电击。

所有人都被这一幕惊呆了——包括如意门弟子。

之前，秋姜找到胡智仁，让他带消息给如意夫人："计划于除夕夜杀风乐天，但我需要帮手。起码再派三个人过来，越快越好。"

于是，如意夫人便派了二儿、五儿、六儿过来。其中，二儿负责带队，五儿负责监督，六儿则是顺带来燕看病的。但出发时，又多了一个叫刀刀的少年。夫人没说理由，三人也没多问。

四人同行，六儿资格最老，能镇得住局面，久而久之，就变成由他主导。一路紧赶慢赶，总算在除夕之日抵达玉京，稍事休息便潜入了草木居。

草木居果然遣散仆婢，无人看守。

四人埋伏在花厅之外，等待暗号。

秋姜给胡智仁的计划是："除夕是最好的日子，因为大家都要回家过年，就算不回家的，心思也在家里，看守不会太严。而我身为姬妾，年夜饭是唯一可以光明正大地跟公爹共处的时候。我会提前在蜡烛里放入南柯一梦，将众人弄晕，你们见机行事。"

如此一刻钟后，厅内灯光果然灭了。四人认准了方位冲进去，虽然风小雅未受迷药影响，但依旧被擒。

只是没想到，龚小慧竟提前察觉了蜡烛的异样，并带了两位一流高手来，导致形势逆转。

然而此刻，秋姜再次出现，还扔出了风乐天的人头——形势再次逆转！

圆脸的年轻人看向风小雅，风小雅的眼中满是血丝，整个人一动不动。

秋姜却是微笑着的，轻松愉悦的五官在暗淡的光影里，看上去颇是诡异。

"任务完成了。"说着，她伸出了三根手指，慢悠悠地数道，"三、二……"

龚小慧意识到某种危险，忙道："跑！"

但秋姜已数到了"一"。伴随着这个字的尾音，龚小慧和焦不弃两人同时倒了下去，两名老仆挣扎了几下，最终还是没能逃脱突如其来的晕眩感，"啪啪"倒地。

秋姜指着风乐天的人头道："南柯一梦在这儿呢。"

如此一来，厅中还清醒着的，便只剩下了风小雅和提前服用了解药的如意门弟子。

圆脸的年轻人趴在地上，抱怨道："七主，你下次能不能早点？看我都伤成这样了……"刀刀走上前帮他接骨。

咳嗽的男子拿起人头仔细辨识，确定是风乐天的后，抖出一块手帕来将人头仔仔细细地包了起来。

秋姜则走到风小雅面前，看着一动不动一言不发的他，微微一笑道："没什么想问我的？"

风小雅并不说话，只是原本绷直的身体在一个劲地发抖，随时都会绷碎一般。

秋姜伸出手抚摸他的脸庞，笑道："你问啊，你不问，我好没有成就感啊……"

圆脸的年轻人"扑哧"一笑："他现在肯定想扒你的皮，喝你的血，吃你的肉，啃你的骨！"

"他不舍得。"秋姜嫣然，动作越发轻柔，"对不对，夫君？"

风小雅的唇颤抖着，终于哑着声音开口了："我父……真是你杀的？"

"我说他是自杀的，你会好受些吗？"

风小雅眼中浮起了泪光。

秋姜贴近他耳旁，如情人呓语般说道："我往他煮的酒里加了南柯一梦，然后扑灭蜡烛，趁机抓着他进了内厅。就在你们交战之时，我用这个……"说着，一按佛珠手串上的某颗珠子，从里面拉出一根极细的丝线来，"绕在他的脖子上，像翻花绳一样轻轻一拉，他的脑袋就掉下来了……"

风小雅的眼泪终于承受不了重量，滑出眼眶。

圆脸的年轻人哈哈大笑起来："此人号称大燕第一美男子，哭起来果然比女人还好看！哎哟！刀刀你轻点！"

刀刀帮他接好了骨头，扭身捡起自己的刀，眼中突然闪过一道寒光，拿着卷刃的刀就朝风小雅砍了过去。

秋姜面色顿变，一脚将刀踢飞。咳嗽男子赶紧上前拖住刀刀，厉声道："你疯了？干什么？"

"士可杀，不可辱！"

圆脸的年轻人气笑了："我就说不要带他来！看看，风小雅毁了他的刀，他反而帮起他来！"

刀刀冷冷道："他弄卷我的刀，凭的是真本事。"

"你的意思是我们就不是凭真本事了？"圆脸的年轻人故意挑唆地睨了秋姜一眼。

刀刀冷哼一声，被咳嗽的男子强行拖到一旁。

咳嗽的男子看着晕死过去的那个高瘦同伴，叹气道："任务既已完成，快些收工吧，免得消息传出去，就离不开了。"

秋姜笑道："你们急什么？这会儿城门未开，你们也出不去。"说着伸到风小雅怀中摸出块令牌，手指轻轻抚过令牌上的花纹，确认无误后将它丢给咳嗽的男子，"六儿！"

咳嗽男子六儿伸手接住令牌。

圆脸的年轻人，也就是五儿在地上笑道："还是七主想得周到。"

秋姜问风小雅："你还有什么想问的？"

风小雅闭上了眼睛，不愿再看到她。

六儿看向地上的两名老仆，道："季连山，孟降龙……这俩老怪居然还活着！"

五儿道："他们的武功大不如前了。若是从前，我们必死无疑。"

秋姜道："因为他们把一半内力拿来给夫君续命了呀。对不对？"

风小雅闭着眼睛没有反应。

秋姜咪咪笑道："昔日为你护脉的六位高手，就剩下这两个了。你让龚小慧把他们请来，是为了给你施展化蛹术的，对不对？"

"什么化蛹术？"五儿好奇。

"就是用内力封住一个人的经脉，造成假死之相。他一心想救我出如意门，想让我假死脱身呢。"

"太感人了！"五儿啧啧道，"鹤郎果然是痴情人。"

"可惜啊……"秋姜抚摸着风小雅的脸，一个字一个字说得异常轻柔，"我一点都不喜欢你。"

风小雅终于睁开了眼睛。

他的眼瞳无比清楚地倒映出秋姜的脸——美丽的、妖娆的、笑得冷酷无情的一张脸。

他低声说了一句话，但声音实在太低了，以至秋姜没听清楚。

"你说什么？"秋姜附耳过去，靠得近了一些。

"别……"风小雅重复道，"别怕。"

秋姜一愣，紧跟着一股巨力席卷而至，将她整个人都震了出去。秋姜于半空中拉住一根柱子想要借力，但柱子"咔嚓"一声断成了两截。

房屋顿时坍塌。

众人反应极快扭身就逃，然而头上横梁重重砸下，挡住去路。与此同时，风小雅身上的网绳一一崩裂，他抬步往秋姜走过去。

刀刀向他扑过去，只觉眉心被什么东西划过，整个人顿时扑地，再也站不起来。

五儿见情况不好，立刻将六儿一推，转身想跑，眼前黑影一闪，却是孟降龙拦在了前方。他的瞳孔开始收缩，倒映出一个巨大的手掌。

他拼命想要挣扎，可刚接好的腿一阵剧痛不受控制，最终被那一掌击中天灵穴，顿时没了呼吸。

六儿被五儿推到孟祥龙身前，瞬间洒出漫天花雨般的暗器，然而身后突然出现了一把刀，从后将他扎了个对穿——正是刀刀掉在地上的那把卷刃刀。

六儿扭过头，看见的是龚小慧，她的红衣上全是血，他的血。

而这时，风小雅已走到了秋姜面前。

秋姜五脏六腑全被刚才那一击击碎，张了张嘴，吐出了一摊血块。

风小雅直到此刻，才问出了她刚才想听的那句话："为什么？"

秋姜一边喘气一边回答："什么？"

"你在我父的人头上，确实下了迷药，但药效极短。为什么？"

秋姜抹了把嘴边的血，笑了起来："不如此，怎么给你们机会杀了他们几个？"

此刻，二儿、五儿和六儿都已死了。只有刀刀还活着，他趴在地上一点都动不了，意识却是清醒的，听到了两人的对话，眼睛一下子瞪圆了。

风小雅盯着秋姜，又问了一句："为什么？"

"我带着你父的人头和四国谱回去，可以抵消折损三宝的过失。而如意七宝少了三个，需要提拔新人继任，就可以安排我的人。然后我会成为新一任的如意夫人。"

"你这么自信，如意夫人一定会传位于你？"

"若有别的人选，她想一个，我杀一个，杀得她只能传给我。"暗淡的烛光里，秋姜的脸忽明忽暗，配以她没有表情的表情，像破败庙宇中老朽的邪神雕像。

风小雅伸出手，捏了捏她的手腕。秋姜顿觉那只手不能动了。他又捏了捏她的肩膀，那条胳膊都不能动了——整个过程，跟昨夜他对她做过的一模一样。

她顿时意识到了什么，露出了慌乱之色："你要做什么？！"

风小雅没有回答，挥动衣袖拂中她的腿，秋姜顿时连腿也不能动了。

化蛹术！

他竟还要对她用化蛹术？他想做什么？二十四个时辰后，他会救她，还是就此放任她沉睡着死去？

秋姜开始挣扎，气得眼睛都红了，形容鬼魅："放开我！风小雅！你有种马上杀了我，我不要睡！不要睡！不要……"浓浓的困乏感席卷而来，她的瞳孔开始涣散。

风小雅的手指最后停在了她的心脏处，凝视着她的眼睛，再次问道："我父……真是你杀的？"

秋姜的意识变得很模糊，却依旧笑了一下："无心无心……我，是无心之人啊……"

风小雅的手指落下去，她的呼吸停止了。

"阿修罗道中，有一棵如意果树，三十三天的有情可以享用，阿修罗们却不能。于是，他们想方设法弄死了如意树。"

"但只要天界众生洒下一种甘露，如意树就会复活。"

"苦乐舍合计十八种，好恶平合计三十六种，再加过去、现在和未来三世，一共就是一百零八种烦恼……但你只做了六道菜，没有过去、现在和未来。"

"三世我也做了。而你……会懂的。"

一滴眼泪滑出风小雅的眼睛，滴在了秋姜的脸上。

与此同时，百丈远外的堂屋里，姜花一朵一朵地绽放了。

华贞四年正月初一凌晨，玉京的夜被大雪覆盖，寒冬酷冷，春天未来，山河表里，万物沉寂。

那一把翻天覆地的火，终究是没能烧起来。

今生·蛇炼

第三卷

天将降大任于斯人也。

总有人在痛苦中挣扎，不甘心就此沉下去，想要做点什么，改变世界。

更何况，这是……她的原罪。

突然一阵狂风刮来，窗户狠狠一撞，插在上面的剑终于承受不住力道掉了下来。

摇摇欲坠的记忆，在这一瞬，全面崩塌。

秋姜终于什么都想了起来。

她朝前走了几步，将剑慢慢拾起，明晃晃的剑刃映着她的脸，是她，又不是她。

她的手开始发抖，体内似还残存着昔日的感受，肺腑破碎四肢虚软，各种意识拼命碰撞，刺激得她再也压抑不住，嘶声尖叫，直入云霄。

叫声震得船舱内的小物件们跳了起来，颐非和云笛顿时戒备后退。

秋姜"噗"地喷出了一大口血，然后直挺挺地向后倒下，正好倒在颐非脚边。

云笛惊魂未定道："她想起了什么？怎么反应这么激烈？"

颐非盯着惨白如纸的秋姜，以及地上那一大摊带着黑色血块的瘀血，目光闪动，低声道："像是揭开了某种封印，放出了什么怪物呢……"

然后，他走过去，将这只虚弱的怪物抱了起来，带她回房。

秋姜整整昏迷了两天，第三天早晨才醒过来。

其间颐非去看过，见她在梦中战栗，眼泪源源不断地从眼角滑落，将头发和枕头都打湿了。

"秋姜？"他试探地叫了一声。秋姜并无异动，对这个称呼没有反应。

他又叫："七儿？"还是没有。

于是他便把风小雅、薛采、如意夫人、颐殊、风乐天等能想到的名字都叫了一遍，秋姜只是哭。

最终，颐非放弃了，摇头叹了口气："不愧是玛瑙，这样了都不会泄底……但若不是为了风乐天和风小雅，又是为了什么呢？"

他知道秋姜在崩溃。

——因为他也经历过。

云笛在一旁有些担忧地问道："要请大夫吗？"

"大海茫茫，能请得到？"

云笛头疼："只能返航。"

颐非又盯着秋姜看了一会儿，淡淡道："不用了。她会醒的，等她醒了就好了。"

有人的崩溃天崩地裂，有人不动声色，还有的人，如秋姜和他般只敢在梦中哭泣。

如此第三天，他再来时，秋姜果然好了。

她梳好了头、洗干净了脸，正跪坐在几旁吃饭。

颐非远远地看着她，觉得她整个人发生了极大的变化。

在白泽府初见时，她是个循规蹈矩的婢女，沉默寡言，谨小慎微，像一杯寡味无色的水；后来，风小雅的十一夫人身份暴露后，她摇身一变，变得自信果决，高深莫测，像水冻结成了冰，藏了许多无法参透的秘密，偶尔能看到裂纹，显露出情绪；可此刻又是一变，冰重新融化成冰水，再也看不出任何杂质，却隐透着拒人千里的寒意。

颐非朝她走过去："醒啦？挺警觉啊，知道自己再睡下去，就会被丢下船喂鱼了。"

秋姜淡淡道："你不会。"

"噢？"

"我恢复了记忆，对你们而言，更有用。"秋姜说着继续吃饭。

她吃得很多，颐非知道，现在的她急于恢复体力。

"你真的什么都想起来了？"

秋姜低低地"嗯"了一声。

"那么，你真是颐殊的人？"不知为何，颐非忽然有点紧张，感觉自己的心跳得有点快。

秋姜把所有食物全都吃完后，才放下筷子，回视着他，正色道："应该说，颐殊，是我们的人。"

颐非听出了区别，他的表情一下子严肃了起来："颐殊跟你们有合作？"

"如意门并不希望发生战争，可令尊一意孤行，非要攻打宜国，我们只能对他下毒，让他中风。"

颐非的瞳孔开始收缩。他以为父亲中风是大哥和颐殊联手下的毒，没想到竟出自如意门。

"我们想要一个更听话的傀儡，便选了颐殊。如果不是我失忆了被困云蒙山，三王会程时，我应在场。"

颐非的目光闪了闪，忽然笑了："也就是说，两年前我们就该认识了。"

秋姜毫不留情地打断他的暧昧："是。你本应死在那晚的。"

颐非顿时闭上了嘴巴。

"我不知道为什么如意门会帮你逃走……"秋姜沉吟道，"在我失忆的四年里，门内肯定发生了不小的变故。"

这四年里，颐殊虽然按计划当了程的女王，却也脱离了原先的步骤，恐怕，如意门对她的控制已大不如前。

而燕国的钰菁公主死了，说明如意夫人的奏春计划彻底失败。燕王有了戒备和警觉，甚至很可能反扑。

至于图璧……秋姜的心脏骤然一痛，她不得不垂下眼睛，以掩盖这一瞬的失态。

姬婴竟然死了。姬婴死了，昭尹也病倒了，如今朝堂为姜沉鱼和薛采把持，所有的计划，所有的安排……全部灰飞烟灭。

四年。

四年里，发生了这么多事。而她，全部错过。

我在杀风乐天前就已布好了退路，为何没有按照计划执行？

如意三宝死于玉京，如意夫人怎么可能善罢甘休，不派人追查？

就算我被风小雅所伤，失去记忆，为何不来唤醒我？

是哪一步出了差错，导致我在云蒙山耽搁了整整三年？

又是谁故意误导我，说我在这世上唯一的亲人在璧国白泽府，将我引到那里又耽搁了一年？

是风小雅吗，还是他跟薛采共同的局？引诱失忆的我跟着颐非一起回程国，也是他们的一步棋吗？

还是，眼前的颐非，也是布局之人？

秋姜用一种冷静却又诡异的眼神盯着颐非，盯得他起了一阵鸡皮疙瘩，他连忙整个人后飞了一尺："你再这样色眯眯地看着我，咱们可就没法继续往下谈了。"

"我要回如意门。"秋姜沉声道，"我要知道到底发生了什么事。"

"小七啊，三哥本就是要带你回去的啊。"

"不能这样回去。"

颐非扬眉。

"我不知道你跟薛采他们达成了什么交易，原来的我，想要寻找记忆，所以跟着你们走。现在……"

颐非悠悠道："现在，你已经不需要寻找记忆了，自然也就不用跟我们同行了。"

"你想杀我吗？"秋姜的眼神一下子尖锐了起来，像一把剑，明晃晃地刺过来。

颐非没有退缩，顶住了那逼人的锋芒。

两人对视了很长一段时间。

颐非轻轻开口道："不是友，即是敌。"

"但你真的知道谁是友，谁是敌吗？"

颐非沉默。室内再次陷入沉寂。

如此又过了好一会儿，换秋姜开口道："薛采是璧国人。风小雅是燕国人。而我和你，都是程国人。"

颐非的眉头跳了跳，这句话，似是戳到了内心深处的某个地方。

"如意门再为非作歹，颐殊再荒淫无道，都是程国自己的事，岂容外人插手？燕和璧趁火打劫，你身为程国的前三皇子，皇族血脉，难道要帮外人瓜分自己的国土，鱼肉自己的子民？"

颐非紧抿着嘴唇，一言不发。

"如意门之前可以选颐殊，现在就可以选你。只要我回到如意门，查明一切，拿回权杖，成为新一任如意夫人。程国的事情……"秋姜说着，上前几步，握住他的手，"由我们程国人自己解决。"

颐非的眼神起了一系列变化，似海面上突然倒映出了一轮弯月，泛起光的涟漪，紧跟着，那涟漪变成了笑。

"真是……让人没法拒绝的理由啊。"

"你同意？"

"为什么不？正如你所说，如意门跟程国才是命运同体。"颐非反握起秋姜的手，放到唇边慢悠悠地吻了一下，似刻意调戏，又似情不自禁，"咱俩……也是。"

秋姜皱眉。

颐非便朝她眨了眨眼睛，笑得亲昵又恶心。

这时外面传来云闪闪的叫声，秋姜趁机抽回手，两人分别坐好，云闪闪拿着一封请柬冲了进来："天啊！你们猜我收到了什么？！"

红色的请柬，左上角绘着一个"玖"的花体字。

颐非眼睛一亮："胡九仙？"

秋姜立刻反应过来："快活宴？"

云闪闪奇道："你也知道？"

"每年七月初一至七月十五，四国首富胡九仙都会在宜国的海域里举办快活宴，邀请二十四位贵客参加。算算日子，差不多了。"

"你只说错了一点！以往的快活宴，确实是在宜国举办的，但今年，挪到程国来啦！看——"云闪闪说着上前推开窗户，只见远处有一艘黑色大船，桅杆上悬挂着跟请柬上一样的"玖"字旗。

云闪闪的船已是十分豪华，但在那艘船面前，就像蚂蚁站在了大象面前一般。

颐非啧啧道："这大概是当今世上最大的一艘船了。"

"玖仙号，船长三十二丈，宽十六丈，分四层，甲板上三层，甲板下一层，可容八百人，载重四万石。"秋姜精准地背出了脑海中的数据。

云闪闪跟颐非都直勾勾地看着她。

半晌后，颐非勾了勾唇："不愧是千知鸟啊。"

秋姜没有理会他的调侃，盯着百丈远外的"玖仙号"，皱起了眉头："看来胡九仙是要去程国选夫，顺带路上把今年的快活宴给办了。"

"他要被选中的话，这一次就是最后的狂欢了。"

"快活宴有多快活？"云闪闪眼中充满好奇，"为什么大家都趋之若鹜？"

"美酒美人赌局，还有奇珍异宝，有缘者得。"

"奇珍异宝？什么样的？"

颐非看向秋姜，秋姜想了想，答道："五年前的三样是长生剑、珍珑棋谱和夜光灵芝。"

"这几年的呢？"

秋姜抿唇："这几年的我不知道。"

颐非一挑眉毛，似要嗤笑，被她冷眼一扫，不笑了，改为拍手道："想知道今年的是什么，上去看看不就行了？"

云闪闪看着请柬，嘿嘿一笑："没想到小爷我也能收到请柬，看来是看在同为王夫候选人的分儿上。"

"那你可知其他二十三位客人是谁？"

"我去打听打听！"云闪闪说着又兴奋地跑出去了。

颐非盯着秋姜道："我本打算搭乘云家的船直接去芦湾……"

"现在改变主意了？"

颐非注视着远处的玖仙号，缓缓道："胡九仙的客人里必定还有其他几位王夫候选者，正是一网打尽的好机会。要知道，在海上做点什么，可比在陆地上容易得多。"

"最后还可以把一切都推到胡九仙头上。"

颐非回眸朝她一笑："跟心有灵犀的人说话就是舒服。"

秋姜沉默了一会儿，点头道："行。"她也想知道，胡智仁那条线现在是什么情况。

秋姜手持一把锋利的匕首，朝颐非划了过去。

颐非没有躲。于是那一刀就落到了他的眉骨上，一截眉毛应刀而落。

秋姜刀快如电，无比精准地游走在颐非脸上，颐非享受地闭上了眼睛。

一时间，屋内只剩下"沙沙沙沙"的细微摩擦音。

最后，当秋姜停下刀，把一块热毛巾覆在颐非脸上，再掀开时，颐非的样子又变得不一样了。

如果说，他之前只是有六分像丁三三的话，此刻，则变成了九成像。

秋姜把镜子递给颐非，颐非一边照着镜子一边啧啧有声："这就是传说中的易容术吗？"

"只是易妆术而已。"秋姜把刀收起来，一边洗手一边淡淡道，"丁三三性格孤僻，对下属又十分严苛，外头的人不了解他，你很容易蒙混过关。可是，一旦回到圣境，那里都是跟他一起长大的同伴，你那三脚猫的水平很容易穿帮。"

"我现在有了你呀。"颐非满不在乎。

"所以你从今天开始要习惯这种装扮，习惯自己脸上十二个时辰都擦着药，习惯低头，习惯跛脚，习惯时不时咳嗽，以及……"秋姜不怀好意地勾了勾唇，"习惯吃辣。"

颐非整个人明显一抖。

他很认真地想了半天："我可不可以找个说辞来逃避这一点，比如我受伤了暂时不能吃辣什么的？"

"不可以。"

"为什么？"

"你知不知道丁三三为什么总是咳嗽？"

"肺病？"

秋姜摇了摇头："喉炎。"

"那他还吃辣？！"

"他说，只有不停吃辣才能证明他还活着。"秋姜说这话时，眼神里有很深邃的东西，"如意门的每个人都会用不同的方式来发泄。有的是找一群妓女狂欢，有的是拼命洗澡，有的是故意去抓一只小老虎，养大点再放生回山林，有的……就是吃辣。不停地吃，不停地咳，不停地痛苦。"

颐非盯着她："那么你呢？你怎么发泄？"

秋姜沉默。

颐非的目光在闪烁："我不相信你是例外。"

"有些事情想知道的话，要自己去找。"秋姜淡淡道，"有些人习惯表现，有些人习惯隐藏。"

"你是后者。"

"起码我不会当别人的面吃糖人。"

这下轮到颐非脸色微变。他听懂了秋姜的意思。

没错，其实每个人都有怪癖，他的怪癖就是吃糖人，源于不可言说的童年。那么秋姜呢，秋姜的怪癖，或者说，她的阴影是什么？

一时间，心中的好奇溢得满满的。

但他也清楚，秋姜不会说的。

他和她的关系，远没到可以完全分享彼此秘密的地步。所以她若不说，他就只能自己去找。

秋姜见他不再追问，便将水盆端出去泼了。在此过程中颐非一直注视着她。

这个女人如果光看背景泯然于众，穿衣打扮都很没特点，转过身来看着正脸也不过觉得"还算清秀"，但为什么第一次到薛采府中看见她时，他就有一种很奇怪的感觉，然后就莫名留意到了她。而了解得越多，心中那种奇怪的感觉就更浓。

就好像此刻他明明注视着她，她也没有走得很远，只是在做一件再普通不过的事情，却让人感觉跟她的距离十分遥远，她像是记忆中的一幕画，眼睛一眨，就会消失不见。

难道，这是一个细作所必要的特质？

还是，这是秋姜特有的，所以，如意夫人才格外钟爱她？

这时，云闪闪又雀跃地回来了："打听到啦！给，客人名单！"

颐非顿时收敛心神，接过名单看了起来。

秋姜泼完水回来时，见颐非冲她古怪一笑："看来你也得易一下妆了。"

"什么？"

颐非将名单轻弹，飞到秋姜手上，秋姜第一个看见的名字，就是——风小雅。

海面上下起了小雨。

海水湛蓝，而小雨莹白。

雨珠宛如一个多情的少女，奋不顾身地扑入心仪之人的怀抱，然后被无情地吞噬了。

风小雅坐在甲板上，望着下雨的海面，眼瞳深深，像是什么都没想，又像是想了很多很多。

焦不弃走出船舱，将一件黑色的风氅披到他身上，低声道："外头冷，进舱吧，公子。"

风小雅道："今天几号？"

"七月初一。"

风小雅的眸光闪了闪："又是一年七月初一啊……"五年前的今天，他娶了秋姜。曾以为那是再续前缘的开始，最终却成了孽债。

偶尔几滴雨珠被海风吹得落在风小雅脸上，他整个人都缩在黑氅之中，只露出忧郁的眼睛和苍白的鼻子，然后，轻轻说了一句："泛彼柏舟，亦泛其流，我心匪石，不可转也。"

"谁伤了鹤公的心，为何有此感悟？"伴随着一个高亢尖细的语音，船舱的挡风帘被掀开，一个人走出来。

此人约莫四十出头年纪，穿一身青色长袍，美髯白脸，一副精明干练的模样。

风小雅回眸，表情转为微笑："葛先生可好些了？"

"咳，别提了！我这晕船的毛病估计是一辈子都改不好了，你说那胡九仙也真是的，在哪儿举办快活宴不好，非挑船上！害我每次都上吐下泻不得安生啊……"葛先生一边抱怨，一边裹紧外袍走过来，眺望着前方的海面道，"唔，这雨看来还得下一阵子……能见度这么低，别错过他们的船才好。"

"放心吧。我有天下最好的掌舵手。"

葛先生无比艳羡地看了焦不弃一眼，感慨道："每回别人问我为何羡慕鹤公，我都回答原因有三。一是相貌，二是爹，第三，就是'不离不弃'这对仆人。"

风小雅莞尔："所以你就哭着认我父亲当干爹吗？"

"我是想认，但他不肯啊！"葛先生捶胸叹息，"话说回来，好久没见令尊了，他老人家又去哪儿逍遥了啊？"

风小雅眼底闪过一丝不可捉摸的异色，淡淡道："他老人家已经过世了。"

葛先生一愣："什么？风丞相去世了？什么时候的事？为何不曾听闻？"

风小雅凝望着空中的雨珠，缓缓道："家父曾言，生老病死人间百态，不要大肆张扬，省得仇者快亲者伤。就当是一场雨，来过，看过，化了，润了万物便好。"

"好一个来过，看过，化了，润了万物。他老人家的气度，果然非我等庸俗凡人所能企及……"葛先生黯然。

风小雅换话题道："虽然一二是没戏了，但第三你还是可以努力努力的。"

葛先生顿时精神了，眼巴巴地望着焦不弃："不弃兄弟，你开个价吧。要怎样你们兄弟才肯来我这儿？风贤弟说了，卖身契早在四年前就还给你们了。"

焦不弃沉默半天才闷声回答："既已自由，就不再卖了。"

"不卖不卖，咱租还不行吗？你们为我工作，我支付你们薪酬。如何？"

焦不弃看了眼风小雅，声音更低，口吻却更加诚恳："公子在一日，不离不弃就不离不弃。"

葛先生肃然起敬，拱手行了一个大礼："是我唐突了。今后再不提此事。"

焦不弃感激道："多谢先生。"

葛先生摇头叹气："怎么训练出的这两个可心人儿，真是羡煞旁人啊……"

风小雅笑笑："放心。有机会的。"

"你就别安慰我了。你一日不挂，他们绝不离弃，你又比我年轻许多，我哪还有机会？"

"放心，有机会的。"风小雅又说了一遍，依旧是云淡风轻的面容，却听得人心头一紧。

葛先生似乎意识到了什么，道："你，没事吧？这次见你，好像与上次不一样了……对了，你的那位小夫人呢，怎么没陪你一起？"

风小雅目光微闪："休了……"

"啊？为了程王？"葛先生惊讶。

风小雅点了点头。

葛先生呵呵笑了起来："也是，女人哪有江山来得过瘾。更何况，程王相貌更在你那位秋夫人之上。休了也好，休了也好。"

说话间，一船夫匆匆从舱内跑出来，禀报道："公子，看见胡老爷的船了。"

风小雅和葛先生全都精神一振，凝目远眺，果然，在他们的左前方，依稀有一个黑点。

葛先生高呼道："快鸣笛！放黑焰！"

船夫吹响号角，与此同时，三枚黑色的焰火直蹿上天，在空中炸开，红光闪烁。

三下之后，左前方的黑点上方果然也蹿起了三道银线，在四周阴霾的雨天里，看起来格外醒目。

葛先生喜上眉头："太好了！就是他们！加足马力开过去——"

风小雅所在的船只立刻鼓足风帆朝黑点驰去，伴随着距离的逐渐靠近，那黑点也越来越清楚，越来越大，最后，一艘极为雄伟庞大的黑色大船便呈现在了眼前。

船高三层，长三十余丈，全用榫接结合铁钉钉联，共有五桅，桅杆上挂着以竹子编制而成的黑色船帆，上面画了一个华丽丽的"玖"字。

看到这面船帆，风小雅便知道他们确实是到了。

——到了一年一度的快活宴现场。

而此时的秋姜和颐非，已经扮作两位仆人，跟着趾高气扬的云闪闪上了"玖仙号"。

"快活宴举办至今，已十年了。今年是第十年……"葛先生说到这儿，暧昧地朝风小雅笑了笑，"为了不让它成为最后一届，还要鹤公多多努力，让胡九仙落选王夫才是。"

风小雅淡淡道："精明的商人不会把身家性命全部押在一处。"

"鹤公的意思是胡九仙只是走个过场，不会娶女王？"

风小雅看着手里的宾客名单，目光落在其中三个上："除非，他另有图谋……"

葛先生也看到了那三个名字，沉吟道："确实，以往贵客都是与胡家有生意往来的，今年却多了同是王夫候选者的你们四个，着实让人琢磨不透啊……"

"长琴马覆……小周郎周笑莲……金枪云闪闪……"风小雅低念了一遍这三个名字，抬眸看向葛先生，"先生对他们了解多少？"

葛先生闻言一笑。

云闪闪登船后，被胡家的管家引到"立冬"房间内。

颐非和秋姜第一时间开始搜查房间，确定没有暗格密道和监视后，坐下开始商议具体事宜。

他们同样看到了马覆和周笑莲的名字。

但这次，解说的人，变成了云闪闪。

"长琴本是大皇子麟素的图腾，他死后，女王把这个封号赐给了马覆。除了因为马覆的琴弹得极好之外，更因为他武功很高，是程国百姓公认继涵祁之后，武功最高的年轻人——当然，比起我哥还是差了那么一点点的。"

颐非笑嘻嘻地看着秋姜："你有补充的吗？"

秋姜想了想，道："马覆没有上过战场，如果真的交手，确实不及云笛。"

云闪闪闻言大悦，赞道："有眼光！"

风小雅沉吟道："太子长琴，始作乐风。欢则天晴地朗，悲则日晕月暗。"

"对。"葛先生颇为感慨，"我有幸见识过马覆的武功，他用的武器就是琴，不愧长琴之名。这大概就是所谓的歹竹出好笋，他爹马康，可是全国的笑柄啊。"

"就是那个骑象上朝的马康吗？"

"没错，就是他。当年程三皇子颐非，因为气恼马康只送汗血宝马给二哥涵祁，故意使坏，说了句'大人就当配大骑。此间以马大人最为年长，而百骑之中，又以象最为巨大，马大人今后就骑象上朝吧'。自那之后，马康只能骑象上朝，撑了几日实在受不了，辞官归隐了。"

风小雅若有所思："涵祁与马覆交过手吗？"

"没有。马覆和涵祁生前私交不错，经常切磋武艺，而且一直没赢过涵祁。故而他的名气，是这两年才起来的。"

"未必是赢不了，也许是故意输。"

"如此说来，此人倒是心机深沉之辈，需要提防。"葛先生停了一下，说第二人，"至于小周郎……"

风小雅接了下去："百年周家，兵器之王。"

"程国民间流传着这样一句话——用的十把菜刀里，周家独占其六。菜刀都如此，更何况其他。与之相比，所谓的谢缤之流不过是月边萤火不足为道……"

颐非听到这里，似笑非笑地睨了秋姜一眼，秋姜没有任何表情。

"如今不打仗，兵器买卖不好做，好多店家都倒闭了，只剩周家还在支撑。人说瘦死的骆驼比马大，更何况其母是和安公主，可惜死了，不然周家的势力会更大的。这个周笑莲，长得还不错，故而外号小周郎。"云闪闪皱了皱鼻子，"不过他性格怪得很。闷嘴葫芦一个，问十句话才答一句，经常不知道在想什么，而且痴迷修真。"

"修真？"

"嗯，天天炼丹想升天。"

风小雅露出感兴趣的表情："有意思……"

"所以胡老爷这次居然也把他请来了，让我很是意外啊。有他在估计会煞风景的吧。"

"那么，云闪闪呢？"

"云二公子是个纨绔，仰仗兄长之势，狐假虎威，倒是没什么心眼，也没听说有什么恶迹。"

"先生认为为何八位候选者，胡九仙只选我们四个？"

葛先生沉吟片刻，回答："小人拙见，薛相他是请不到的……"说到这里他露出一个暧昧的笑容，"虽然薛相可以说是他的半个女婿。"

风小雅扬眉："你指胡倩娘那件事吗？"

"是啊，薛采封相，文士不服，薛采摆下擂台，效仿鼎烹说汤之举挑战众人，第七天，来了个书生要与他比弹琴，却被他弄断了琴弦。"

"于是那女扮男装的书生就吵着要嫁给他……"提及此事，连风小雅也不由得啼笑皆非起来。

"那书生就是胡老爷的独生女儿，芳名倩娘，今年十六岁。因为母亲早逝，胡老爷对她娇宠得没了边。虽然挺漂亮的，但性格真是不敢恭维。"

风小雅道："那就糟了。薛采最不喜欢任性妄为的人。第一他羡慕，第二他嫉妒，第三他绝不会承认这两点。"

"薛相才多大呢，哪有那个心思。不过以胡家的权势，倒也配得起，可惜比薛相大了足足六岁，等薛相大了，胡小姐也人老珠黄了。"

眼看话题就要深入，风小雅及时打住："此事先不细说。"

"好。剩下的两个候选人中，王予恒与人比武受了伤，在家养着，下月能不能去得了归元宫都是问题；至于杨烁……不够资格。"

"为什么？"

"五大士族，现在最厉害的当然是我们云家，但是杨家总吹嘘他们历史悠久，出过三任大将，有个屁用！后继无力，还不是没落了？这代的当家叫杨回，一心想在文章上出人头地，可惜天赋不高，蹉跎了大半辈子都无所建树……"云闪闪说到这里，突然表情一肃，"但我们要小心他的儿子杨烁。"

"噢？"

"马覆最多不过城府深一点，人虚伪一点。杨烁却是恶心的小人啊！"

秋姜挑了挑眉，又"噢"了一声。

看着云闪闪义愤填膺的样子，颐非轻笑了起来，悠悠道："杨烁可是个妙人啊……"

"照理说有那么个老古板的爹，儿子也应该一板一眼正正派派，但杨烁不是，他十一岁就跟杨回闹翻了，离家出走长达十年，在外漂泊，交游广阔，上到达官贵人下到贩夫走卒，都有他的朋友。"

"也许他性格豪迈，喜欢交朋友？"

葛先生摇头："但他结交过的朋友，事后没一个说他好话的，全在骂他。"

风小雅目光微动："骂他什么？"

"骂他欺诈，骗朋友的钱去赌，赌输了还玩失踪；骂他无耻，朋友的老婆和女儿也染指；骂他坑蒙拐骗，总之这十年来就没做过什么好事。"

"他都这样了，还能交到那么多朋友？"

"没办法，他虽然是个坏痞，却有万里挑一的真本事。"

"是什么？"

葛先生指了指自己的眼睛："首先，他有一双好眼。"然后又指了指自己的手，"其次，他有一双好手。"

风小雅眼睛一亮。

葛先生道："好眼，是指看到东西，第一时间就能判断出它的来历，估算出大概的价格；而好手，就是能将东西仿造出来，其所做的赝品，可以以假乱真。"

风小雅悠然道："这样的人当然会受欢迎，因为很多见不得光的事情都需要他帮忙。"

"是的。但会请这种人办事的人，本身都有点问题，所以被他阴了吃了哑巴亏，也没办法。"

风小雅皱了皱眉："淫人妻女还是太过了……"

"要不怎么说他没资格上胡老爷的船呢。"葛先生诡异地笑了起来，"女王之所以选他，估计是想气死杨回，否则万万轮不到这样一个人成为程国的王夫。"

"至于风小雅，就不用我多说了。你们想好对策了吗？"云闪闪拍拍手，结束了解说。

颐非挑眉看向秋姜："你可有主意了？"

"伺机活擒周笑莲和马覆，再沉船脱离，交给云笛做人质。"

"那么风小雅呢？"

秋姜回答得很快："杀了。"

"你舍得？"

"活擒难度太大。"秋姜冷冷道，"老子都杀了，何况儿子？"

颐非抚掌称赞道："不愧是杀伐果断冷血无情的七主。"

"很好，那就这么决定了！"云闪闪拍案，"行动！"

淅淅沥沥的小雨中，风小雅的船跟玖仙号越来越近……

黑船放下踏板，孟不离和焦不弃用滑竿抬着风小雅走过去，葛先生紧跟其后。

一个相貌俊美、二十出头的英武男子前来迎接，笑吟吟道："风公子，葛先生，辛苦辛苦。快请进——"

一池碧水首先映入眼帘。

只见甲板正中央刻意挖出一个三丈见方的洞，用防水木板封死后引入清洁水源，硬生生地变出一个池塘。池水十分清澈，底下的鹅卵石历历可见，更有几位绝色美人不怕雨，穿着红衣在水中悠闲地游来游去。那水应是热水，蒸腾的水雾如烟如云，红色丝带飘来拂去，当真是犹如梦境。

大海之上，清水如金，异常珍贵。

此船却将这么多水拿来游泳。仅此一景，已不负"快活"之名。

风小雅心中赞叹，但表面不动声色地继续前行。

过了池塘后，高阔的船舱便呈现在了前方。右侧有楼梯直通二楼，底层未开，想来是宴客专用。

孟不离和焦不弃正要抬风小雅上楼，梯旁"咔咔咔"落下一个一人多高的大铁笼。说是铁笼也不确切，镂空花纹十分秀美，里面还铺着柔软的波斯地毯，更像一间华丽小屋。

英武男子解释道："听闻风公子行动不便，故而特地准备的此梯，请进。"

五人连同滑竿一起进去，还不嫌拥挤，男子将扣门合上，又一阵"咔咔"轻响，整个笼子便缓缓升了上去，直达二楼。

风小雅看了看这个铁笼，赞道："此物不错。"

男子殷勤道："公子如果喜欢，宴会结束离船之际可一并带走。"

"那倒不用。不过是鬼匠韩窗的机关术，虽然罕见倒不难做。"风小雅淡淡道。

男子见他一语道破此铁笼的机关来历，眼神立刻多了几分敬意："也是。风公子向来博闻强记，小艾班门弄斧了。"

"你叫小艾？"

葛先生介绍道："他是胡府管家，艾小小。"

艾小小愁眉苦脸道："真名实在寒碜，让公子见笑了，称呼我小艾即可。"

风小雅笑道："你是小艾我是小雅，咱们连起来倒也有趣。"

葛先生哈哈大笑起来："艾雅，哎呀，果然有趣！"

一番话让大家都笑了起来。尤其是艾小小，道："风公子真是幽默风趣，有机会请一定让我敬你几杯。我知道风公子不喝酒喜欢茶，所以准备了几款茶中珍品，就等公子浅尝。"

葛先生拍了拍他的肩膀："看到了吧，这就是胡老爷的管家，把客人的喜好都摸透了！难怪年纪轻轻就成了天下首富家的管家啊！"

"葛先生折杀小人了。"艾小小谦虚地将他们带到舱门前。

二楼一共有二十四扇门。雕梁画栋不说，每扇门上都刻着一个名字——"立春""小雪""寒露""惊蛰"等，原来是二十四节气。

"这就是客房。两位请随意选择一扇门吧。门上挂着灯笼的说明里面已经有客人了。"

二十四道门，此刻有六盏都挂起了灯笼，说明除了他们，已经来了六位客人。

葛先生笑道："我这个人很长情，自从第一次来住的'谷雨'后，就次次住'谷雨'。这次也不例外。鹤公选哪间？"

风小雅迟疑了一下，才回答："'立秋'吧。"

"立秋是个好日子。"葛先生走向房门，边走边道，"那咱们暂别一段时间，等会儿见。"

风小雅等他进门了，示意孟不离和焦不弃抬他进"立秋"。

"立秋"位于船舱最西侧，从外面看，黑门黑墙，与别处并无不同。推开门后，里面是个布置得异常柔软舒适的房间，分里外两间，外间还有专供仆人休息的床榻。

因为位于船侧窗户比其他房间多，内间十分明亮。铺着绿色锦毡的榻旁，有一个半人高的象牙花插，里面放了一把犹带露水的姜花。

风小雅微微变色。

秋姜像蜘蛛一样攀爬在三层船舱的天花板上，注视着下方的一群莺莺燕燕。

她已将整艘船查看了一圈，甲板下一层是货仓和仆婢们的住处。甲板上一层前半部分是宴客厅，后半部分是厨房和侍卫们的住处。二层是客房，三层则是胡九仙自己和家眷们的住处。

船上共有侍卫一百人，水手二百人，仆婢杂役一百人。每位客人可带两名仆人上船，一共差不多六百人。

胡九仙的独生女儿胡倩娘也在船上，光她一人，就有二十名婢女。这些婢女全都穿着红色衣衫，只不过红的颜色有深有浅，婢女的名字就是她的衣衫颜色，如妃色、品红、胭脂、茜色什么的……

此刻，这些红衣婢女正围着胡倩娘。胡倩娘约莫十五六岁，身形高挑，五官秀丽，是个漂亮姑娘。

只见她抽掉其中一块地板，底下露出一片碗口大的水晶。

婢女们在旁七嘴八舌道："小姐小姐，看到了吗？"

"风小雅选的'立秋'呢！"

"他是不是真的那么英俊啊？"

天花板上的秋姜一怔——她们竟能看到二楼客舱内的情形？可是，她跟颐非明明检查过云闪闪所住的"立冬"房间，并无暗格啊！还是，只有少数几个房间能偷窥？

一时间，不禁有些好气又好笑——如此隐蔽的机关，却被这位大小姐跟婢女们浪费在看美男上，胡九仙估计得气死……

底下的房间里，焦不弃看到姜花，惊讶道："他们竟连这个都准备了？"

"胡九仙要让所有的客人都敬畏他，自然要给一个下马威。而这姜花和刚才的铁笼，都不过是在告诉我——他很了解我。"

孟不离和焦不弃有些担忧地对视了一眼。

这时风小雅眉心微动，比了个嘘声的手势。

然后他抬起头，不偏不倚地看向了天花板上的某处——

"就是他吗？"

"就是他！"

"让我看看！让我也看看呀……"

"等等，我还没看清楚呢……"

天花板十分华丽，布满雕花，看不出有什么异样，可叽叽喳喳的声音，又确实是从上面传来的。

"呀，他抬头了！会不会发现我们了呀？"

"怎么可能！只能咱们看见他，他看不见咱们的！"

"我说你们都给我小声点……"

风小雅对孟不离使了个眼色，孟不离会意，突然飞起一掌击在天花板上。只听上面女孩子们惊呼一声，但木板没有碎。

孟不离怔了一下，他那掌用了五分力度，莫说木头，石头也要裂一裂，怎么这天花板却纹丝不动？

风小雅皱眉，还没想好下一步怎么做，一个声音格外清晰地响了起来："行了，都被发现了，还藏什么藏？！光明正大地下去看吧！"

伴随着这个又清脆又娇俏的声音，头顶两块木板突然移开，扔下一根绳，一个锦衣少女抓着绳子飞了下来，像朵花一样轻盈地落到了风小雅面前。

只看得一眼，风小雅就知道她是谁了。

因为，少女全身并无配饰，只在腰间挂了一把钥匙。

朱红色的钥匙，雕琢成花的形状，粗看只有一朵，细看就会发现乃是用上百朵花密密麻麻连在一起，才拼凑出来的。

这是四国最有名的园林的钥匙。

园林坐落在璧国的帝都，单名一个"红"字。

人间天堂——红园。

它的主人正是胡九仙。而红园，是他送给独生女儿倩娘的礼物。

"胡小姐？"风小雅扬眉。

少女展齿一笑："我是。你就是燕国赫赫有名的鹤公吗？"

胡倩娘说着绕着他走了一圈，将他细细打量："你残废了？"

"唔……没有。"

"你生病了？"

"唔……也没有。"

"那我问你，为何你从来不自己走路，非要坐车，此刻上了我的船，也还坐在滑竿上？"

胡倩娘清亮的眼瞳，宛如一枚针，毫无预兆地扎了过来。

从来没有人……当面问过风小雅这个问题。

风小雅静静地注视着胡倩娘，胡倩娘等了一会儿，见他迟迟不答，便挑起了眉毛：“怎么，那么难以启齿？”

风小雅将目光转开，淡淡道：“我知道薛采为什么不喜欢你了。”

此言一出，胡倩娘的脸"唰"一下变白了。

而头顶上方，顿时响起一片叽叽喳喳的叱喝声——

“你说什么呢！谁说薛相不喜欢我们小姐的！你不要胡说八道啊！”

“就是就是，你这个人怎么这么讨厌啊，你说不喜欢就不喜欢啊？”

“哼，还以为是多么了不起的男人呢，不过是个残废罢了！凭什么……”

正吵作一团，胡倩娘怒道：“你们给我闭嘴！”

上面霎时安静了。

胡倩娘深吸口气，冷眼望着风小雅道：“你说，为什么薛采不喜欢我？我倒想听听原因。”

“因为你无礼。”

“你！”胡倩娘双目圆瞪，眼看就要发火，却又生生忍住，“他……他这次为什么没跟你一起来？”

“他为什么要跟我一起来？”

“你不是从他府里过来的吗？”胡倩娘急了，“我让人加送了请柬过去的，为什么他不来？”

风小雅笑了：“所以，你其实是来找他的？”

“是！但也是来找你的。”

“就为了问问我为什么不自己走路？”风小雅扬眉。

“我是问问你，对婆颐殊那个不要脸的女人到底有几分把握！”胡倩娘气坏了，索性一口气吼了出来。

风小雅"唔"了一声：“跟你没关系。”

“怎么没关系了？我可是看好你的呀！”

风小雅怔了怔：“噢？”

胡倩娘冷哼一声：“虽然你是个残废，但年轻，长得不错，还有十几个老婆，对付女人肯定很有一套。所以我押你。”

“押？”

“你不知道吗？自从颐殊那个不要脸的女人要选丈夫的消息出来后，陛下就搞了一个博弈，让大家猜你们谁会中选，本来买长琴公子的人最多。”

胡倩娘是宜国人，她口中的陛下指的是宜王赫弈。那可是个非常有趣的君王，又称"悦帝"，他能做出这种事情来，风小雅一点都不奇怪。

“那现在呢？”

“现在我买了你，所以你一下子变成最被看好的了！”胡倩娘说起这话时，神色极为倨傲，一副"你快来谢恩"的表情。

风小雅只是笑了笑。

胡倩娘果然很不满意他的反应："你不感激我？"

"你买了我，赢了钱是你的，与我何干？"

胡倩娘的表情转为严肃："我既然买了你，当然会千方百计地力挺你入选，而且，你非赢不可！"

"是什么让你如此看好我，并把宝押在我身上？"

"我说了呀，你年轻，长得不错，对女人很有经验……"

风小雅打断她："开门见山吧，胡姑娘，绕着圈子说话是很累的。"

胡倩娘的脸由白到红，再由红转白，眼圈忽然湿润了起来。

风小雅也不催促，默默等着。

他不急，楼上的婢女们却各个急了，七嘴八舌地喊了起来——

"小姐，快告诉他呀！"

"是啊，你买都买了，不能反悔了的！"

"小姐肯定是后悔了，早知道鹤公是这样一个人，才不要买他呢！"

"对对……"

胡倩娘再次叱喝道："你们给我闭嘴！然后——滚！通通滚！"

楼上响起凌乱的脚步声，大家忙不迭地走了。

如此一来，房间总算彻底安静。

胡倩娘深吸口气，沉声道："我不能让我爹娶颐殊。"

"为什么？娶了女王，对你们胡家来说是锦上添花，百利而无一害。"

"总之不许！我不能让任何女人来取代我娘的地位，就算对方是皇帝，也不行！"

风小雅淡淡想：果然是个被娇宠坏了的姑娘。如果是秋姜的话……

内心深处某个地方突然轻轻一悸，像是一颗石子投进水里，泛起涟漪无数。

风小雅忽然想起，秋姜跟胡倩娘不一样。她们怎么会一样呢？一个是无父无母无依无靠、接触着人生最阴暗面的细作；一个则是含着金汤匙出生、要风得风要雨得雨的豪富之女……所以一个万般算计，一个肆无忌惮。

风小雅的眼瞳一下子寂寥了。

胡倩娘紧张地观察着他的反应，见他神色有异，便烦躁道："你到底要不要我帮忙，给句痛快话啊！"

风小雅垂下眼睛："有些话我只说一遍。胡小姐，你要听好。"

胡倩娘怔了一下："什么？"

"一，我很讨厌别人胡乱对我指手画脚，即使对方是皇帝，也不行。"风小雅抬头睨她一眼，平淡的语音里有种难以描述的冷酷味道，"更何况你还不是皇帝。"

胡倩娘眼中冒起了怒火。

"二，你并没有你所认为的那么神通广大，你帮不帮我，不会改变任何事情。"

胡倩娘大怒:"你!"

风小雅根本不给她说话的机会,继续道:"三,也就是回答你之前的那个问题——为什么我不自己走路。因为我喜欢,因为我的随从愿意,更因为你管不着。"

胡倩娘颤声道:"你……你……你得罪了我,会后悔的!"

风小雅微微一笑:"如果你是薛采的妻子,我还会有点内疚,但很显然你不是。"

他句句戳中胡倩娘痛脚,只把胡倩娘气得够呛,一跺脚,扭头就走。

房门被她一脚踢在墙上,震得地板好一阵轻颤。

直到胡倩娘的身影消失不见后,焦不弃才忐忑开口道:"公子……为何这样对她?"

风小雅望着门口的方向,眼底依稀有些感慨:"你也觉得我过分了?"

"有点……公子本不是这样刻薄的人。"

"她会生气吗?"

"她都快气死了……"焦不弃十分担忧。毕竟这在人家船上,要胡倩娘真的报复起来,可怎么办?

风小雅并不说话,而是在滑竿扶手上一拍,整个人飞了起来,直接跃上了三楼。

上面是个巨大的房间,摆着一张琴案,旁边各有两扇屏风,看起来是胡倩娘的休憩之所。因为婢女们都被胡倩娘斥退了,此刻空无一人。

风小雅走了几步,停下了。

他抬起头,注视着上方的横梁。一开始上方人多嘈杂,没有注意到,可等胡倩娘遣走婢女后,此地仍有一人的气息藏匿着。

那气息十分微弱,几不可察,但对他而言,实在太过熟悉,瞬间反应了过来。

他的眼瞳由浅转浓——

秋姜,是你吗?

秋姜一溜烟地逃回了"立冬"房间,关上房门后,还觉得心"扑通扑通"跳得极快。

之前什么都不记得了,面对风小雅时虽然茫然,但还算镇定。可此刻记起一切,再见他,心境已截然不同。说不出的愧疚、懊恼、怨恨……像蛛网一样缠在心间,不得安宁。

秋姜不得不深呼吸,闭上眼睛一遍遍地想:我是无心之人,我是无心之人。

当她睁开眼睛时,前方赫然出现了三儿的脸——当然不是真正的三儿,而是颐非。距离超乎想象得近,五官被仔细放大后,呈现出某种隐晦的真实来。

可那真实不过昙花一现，在与她的视线对上后，立刻再次沉入伪装。

她情不自禁地想：颐非，也是个无心之人。

"你遇到了什么？"颐非一笑，开口问她，"风小雅吗？"

"胡倩娘的房间可直达'立秋'。我怀疑'立冬'也不安全。"秋姜说着飞身跃起，检查上方的天花板。

颐非歪着脑袋看她。

秋姜仔仔细细检查了一遍后，没发现异样，看来"立秋"属于特殊情况，是因为胡倩娘要见风小雅，所以才安排风小雅住那个房间的吗？可是，房间不是由客人们自己挑选的吗？

似看出了她的疑惑，颐非道："房间不可换，门牌却是可以换的。"

也就是说，房间是早布置好等在那里的，风小雅无论选什么节气，都会被领到那里。难怪屋里还有姜花。

秋姜沉吟片刻，翻身落地，问颐非："你打探到了什么？"

"周笑莲住在'小雪'，马覆住在'惊蛰'，他们都是孤身前来，没带随从。"

"他们真放心胡九仙。"

"胡九仙一向信誉良好，快活宴也风评极佳。更重要的是——"颐非邪邪一笑，"带着随从不够快活。"

秋姜立刻明白了他的意思。船上的那些美人，可不是光摆着看的。她转移了话题："找到胡智仁了吗？"

颐非大咧咧地坐下，指了指几上空着的茶杯。秋姜只好上前为他将茶斟满。

颐非呷了一口茶，轻描淡写道："他死了。"

"什么时候？怎么死的？"

"去年。他勾结燕国大长公主钰菁意图造反，被揭穿后逃走，先是落到了宜国密使郑端午手中，后逃脱，被孟不离所杀。尸首被送回玉京面呈谢皇后，确认无误。"

秋姜皱眉，觉得哪里怪怪的。

"不过，送尸首的箱子里有张字条，署名却是谢繁漪。"

秋姜脑海中有关奏春计划的碎片终于被一根线串联了起来，这条线就是谢繁漪。

颐非继续道："据说燕王有个孪生弟弟，因有天疾被老皇帝所弃，后被三才先生谢怀庸救回家，改名谢知幸，同谢繁漪青梅竹马两情相悦。钰菁公主知悉后暗中筹谋，想用谢知幸替换彰华成为燕王。"

偷天换日，原来是真的偷天换日！

两人既是孪生兄弟，相貌必定一样，杀了风乐天，换掉近侍，再加上有长公主在旁操控，确实可以做得神不知鬼不觉。

"谢繁漪没有死？"在她所知道的情报里，谢繁漪出嫁时遇到海难死了，所以彰华后来才另选谢长晏为后。

"没有。她在如意门的安排下假死，跟谢知幸一起来到程国，隐姓埋名等待时机。"

果然，谢繁漪才是燕国奏春计划真正的执行者，而不是胡智仁。

秋姜想到这里，手握成拳，沉声道："这个时机就是谢长晏吗？"

"对。谢长晏退婚后化名十九郎，游山玩水写游记，名声渐著。去年她来到程国时，颐殊还去拜访过她。而等候多年的谢繁漪，趁机绑架了她。"

去年，也就是三王会程之前……秋姜用手指有一下没一下地敲着几案，沉吟道："彰华得知谢长晏失踪，亲自前去程国寻她，就这样落入了谢繁漪的陷阱？"

"对。但他其实早有提防，而且运气很好，没有死成，最终扳回一局，谢繁漪输了。"

谢繁漪输了，即意味着钰菁公主输了，如意门输了。

"胡智仁受到牵连，被胡九仙察觉，死于谢繁漪跟孟不离之手。以上，就是我探听出来的全部。"颐非呷了一口茶，不再说话，静静地注视着秋姜。心中忍不住想，如果当年秋姜没有被送上云蒙山，没有失忆，还在如意门中的话，也许一切就都不一样了。

冥冥中似有一只神奇的手，拨乱反正，逆了乾坤。

秋姜低着头，不知在想些什么，眼眶竟然有点发红。她是在难过吗？因为如意门的计划失败了，所以难过？

在他的猜测中，秋姜抬起头，深吸一口气正色道："如意门的钉子，最少两人。一个出事了，另一个可以顶上。"

也就是说，胡智仁虽然死了，但这快活宴上，最少还有一个如意门的细作。会是谁？长袖善舞的艾小小，还是泯然于众的某个人？

忽见秋姜的目光掠向了他，颐非心头一紧，不会吧？"你要十吗？"

"帮我找出那个人。"秋姜停一停，补充道，"你以丁三三的身份出现，应该会比较容易。"

"以七主的身份出现，也许更容易。"

"可风小雅在这里。"

颐非想，好吧，如此一来，确实只有自己比较方便："那怎么让对方知道我在找他呢？"

秋姜手一翻，从丁三三的腰带里抽出一把软剑——颐非一惊，他换上丁三三的衣服多日，竟不知腰带里面还藏着一把剑！

"此剑名薄幸，意思就是它像薄幸的人一样，能伤人于无形，铭心于刻骨，一生都不会愈合，是圣境内的十大神器之一。"秋姜说到这里，想起了一些往事，在不堪回首的少年记忆里，训练是辛苦的，淘汰是残酷的，但奖励，也是十足丰厚的。

圣境的十大神器，只有最优秀的孩子才能得到。

她那一批弟子，三百人最后死的只剩下十个。如意夫人带他们十人去藏剑阁内选兵器时，秋姜第一眼就看到了它。

一条腰带静静地悬挂在架子上。

细作们的武器，讲究隐蔽实用，大多暗淡无光，唯独这根腰带，镶金嵌玉，包着绸缎，绣着纹理，垂着流苏，精致又华美。

如意夫人问："谁要？"

十人全都默不作声。

如意夫人笑了："因为觉得太抢眼了，所以不敢要？"说完，她把腰带解下，从扣环处缓缓拉出了里面的软剑。

腰带不过是剑鞘，真正的武器是里面的剑。

比起腰带的华丽，剑刃朴素无光，二指宽，二尺长，薄薄软软，像张纸片。如意夫人挽了个剑花，那纸片就"嗖"一下挺直了，再反手一插，软剑插进石壁之内，只剩下与剑身同样轻薄的剑柄在外面。

如意夫人拈住那一截剑柄，把它拔了出来。石壁上出现一条细细的裂缝，然后"咔咔咔"像蛛网一样裂开，整堵墙都碎了。

十人都惊呆了。

吹毛断刃的兵器并非不存在，像这把软剑一样至柔至利的，却很稀少。一下子大家全沸腾了起来："我要！我要！"

如意夫人一句话打消了其中一半的念头，她笑眯眯地说："剑长二尺，你们也看见了，一旦没有控制好，后果不堪设想。所以只能放在这个特制的剑鞘中。"

这根腰带二尺二长——这是个很尴尬的长度，对女子来说，过粗了，对男子来说，又过细了。最后，只有丁三三一个人适合。

他是个腰围二尺二的男子。自那之后，为了这把剑，他极力控制饮食再没让自己胖起来。

因此，此刻秋姜握着此剑，想起丁三三二尺二的腰围，然后不合时宜地怔忡了一下——咦？颐非的腰也那么细啊……

颐非叹了口气道："幸好那天我抢先出手，没让丁三三抽出这把剑。"

秋姜把剑递给他："你知道该如何做了？"

"知道。如此奇珍，当然要拿到快活宴上去卖个好价。"而看见了这把剑的细作，自会主动走过来。

秋姜点点头，目光则情不自禁地再次往颐非的腰上飘——唔，还真是二尺二的腰啊。

颐非自是不知道她的小心思，将剑小心翼翼地装回腰带中道："我去找云二。"

"他在做什么？"

"做猪。"

秋姜挑眉，然后明白过来，云闪闪在赌博。

作为如意门弟子，秋姜自也精通赌术。

在圈内人看来，云闪闪这种豪客是猪，入了赌局得先养，养得懒了没戒心了再杀。

而此刻的云闪闪，正被养得很愉快，面前已经摆起了一堆筹码。两位红衣美人一左一右地靠在他身边，一个剥樱桃，一个扇扇子，极尽讨好之事。

云闪闪惬意地一边吃着喂到嘴边的樱桃，一边卷起袖子把筹码全部往前一推，大喝一声："大！给小爷开——"

庄家打开骰盅，三颗骰子分别是三三六，正是大。

云闪闪当即兴奋地大跳起来："赢了！"

"二公子好厉害啊！这么旺！"美人趁机谄媚。

云闪闪随手丢了几枚筹码给她："来来来，继续继续！"

颐非看到这里，知道这猪算是养好了。他索性将手抄在袖中，等着看庄家如何杀猪。等云闪闪输了之后再拿出薄幸拍卖，更合情合理。

那边，庄家抄起了骰盅，骰子摇动撞击盅壁的声音宛如催命的魔音，多少人死在里面而不自知。

与此同时，秋姜提着一个空水壶走出房间，立刻有一名绿衣婢女注意到了，迎上前来："这位大娘，有什么需要的吗？"

"我家公子玩累了回来后是要喝茶的。船上可有泉水？"

婢女笑道："有。我去为您取……"说着便要来接她的水壶。

秋姜道："可有泉水？"

婢女愣了愣，答道："有。"

"劳烦你带我去，我来选可好？"秋姜说着无奈地叹了口气，"二公子的舌头刁得很，一般泉水他是不喝的。"

婢女想必对云二的娇蛮作风有所耳闻，当即欠身道："如此请跟我来。"

秋姜跟在她身后下了一楼。一楼是主要的宴客场所，看守极严，每隔二十步就有一名侍卫。

两人来到另一侧楼梯，正要下甲板时，不远处呼啦啦走来一群人。

走在最前面的正是胡倩娘，身后的红衣婢女一边追一边劝道："小姐！您消消气！他是老爷的贵客，有什么事等他下船了，我们一定给您报仇！"

"是啊，小姐，该走的人是他不是你啊！还有我们现在在很深很深的海上，方圆几十里都没陆地，小船根本划不到岸的！"

胡倩娘怒道："我不管！我要去璧，亲自去问问，为什么他不来！"

一行人来到近前，绿衣婢女连忙退开，让出通道。秋姜也低头照做了。

　　胡倩娘果然没有留意她们，快步走了过去。倒是她身后有个红衣婢女开口道："艾绿，你不在二楼伺候，怎么在这里？"

　　"回茜色姐姐，云二公子要喝茶，我带他的仆人来选泡茶用的水。"

　　茜色还待再问，但见胡倩娘走远了，只好作罢，追了上去。

　　艾绿继续领秋姜走下甲板，底下是一个圆弧形的大厅，两头通着一间间舱室。几个褐衣妇人坐在厅中做针线。

　　艾绿上前管其中一人说明缘由，妇人起身掏出一把钥匙，将其中一间舱室的门打开。

　　艾绿道："大娘请进。我们船上一共备了十二种泉水，分别是……"

　　秋姜走进去，里面是个货仓，整整齐齐地摆着几十个木桶，每个桶上都贴着名字。除了泉水，还有各种酒水。

　　秋姜的眼睛先是一亮，然后又黯淡了。

　　艾绿介绍完十二种泉水，神色恭敬中掩藏着骄傲——在大海上，能够储备如此多泉水的，也独此一家了。"不知哪种符合云二公子的口味？"

　　秋姜下意识去握自己的手腕，然后才想起她的佛珠没有了。自陶鹤山庄醒来后，她的佛珠手串就不见了，想必是被风小雅摘走了。没了那件利器，真是太不方便。否则，趁这机会下点毒，一切将更容易。

　　她一边心中遗憾，一边回答道："中冷泉吧。"

　　艾绿掀开中冷泉的桶盖，将壶装满，递给她道："可要配什么茶叶？"

　　"不必，我们自带了。"

　　"那我稍后送炭炉上去。"

　　两人取了水，妇人重新锁好门。秋姜跟着艾绿上楼，还没走出楼梯口，就听甲板那头传来一阵嘈杂声。

　　艾绿面色微变，快走几步，秋姜连忙跟上，定睛一看，只见胡倩娘正在船尾跟艾小小说话。

　　艾小小道："小姐对不起，老爷吩咐过，随行的十二条小船都是有用的，不能擅用。"

　　"我用也叫擅用吗？你快给我！再派个能干点的船夫给我，我要回家！"胡倩娘说到这里，刻意往二楼的客房瞄了一眼，"船上有些人我看见了就想吐。"

　　"我可以为小姐准备止吐的汤药，但小船真的不行。"

　　胡倩娘一巴掌打过去。

　　艾小小没有躲，硬生生地挨了她一耳光。

　　莺莺燕燕的红衣婢女们全都吓得鸦雀无声。

　　胡倩娘打完，冷冷道："现在行不行？"

　　艾小小笑了笑，神色很平静："不行。"

眼见胡倩娘又要生气，艾小小索性把另半边脸凑了过去："小姐再打，小人的回答也是一样的。"

"是吗？"胡倩娘冷笑一声，第二个巴掌狠狠扇了过去，竟是半点都没留情。

艾小小的脸立刻肿了起来。

胡倩娘一边揉着自己的手，一边道："我平生最讨厌那种把别人家的东西当自己家的来管的人。你是管家没错，但别忘了我姓胡，你管的可是我的船！钥匙拿来！"

白生生的一只手，笔直伸到艾小小面前。

艾小小沉默了一会儿，低声道："海上气候凶险，这几日会有暴雨……"

话音未落，胡倩娘就打了他第三个耳光。

与此同时，宴客厅中的云闪闪汗如雨下地看着盅里的骰子，三个六，庄家豹子通杀。

他眼睁睁地看着庄家的竹竿伸过来，把他面前的筹码全部拿走，心头拔凉拔凉的。直到此刻他才意识到一件事——他好像、似乎、可能……欠下了巨额赌债。

完了完了，要是被哥哥知道了……

正惶恐时，听外头一阵喧哗，竟是比厅中还热闹。他本就生气，当即跳起推窗骂道："吵死啦！还能不能——"

话没说完，看到外头胡倩娘打艾小小，顿时一愣。

胡倩娘的目光如飞刀般朝他抛过来："我教训家奴，跟你有什么关系？"

云闪闪一听，瞪大眼睛从窗户跳了出来："你吵到小爷玩骰子，害小爷输钱，就有关系！"

"你输钱是因为你丑！"

"什么？"云闪闪大怒，当即叉腰骂道，"我眼睛比你大，鼻子比你高，皮肤比你白，腰比你细，腿比你长，连脚趾头都生得比你好看！你才丑！"

众人哗然。最要命的是，除了最后一项，其他的还真是！

胡倩娘长这么大，头一天遇到敢对她不敬的人，还遇到了两次！一张脸由白到红又从红变黑，整个人气得说不出话来。

站在艾绿身后的秋姜发现颐非袖手站在窗边看热闹，立刻瞪了他一眼。

颐非忍着笑，指了指某处。

秋姜顺着方向看过去，看到两名护卫陪着一个男人走了出来："倩娘，不得无礼。"

伴随着这个声音，所有人都面色一正，连站姿都直了几分。

秋姜想，啊，东道主登场了。

此人身高六尺，体格魁梧，虽已年近五十，却比大部分年轻人还要精神，面泛红光眼神锐利，看起来像个久经沙场的将军，而不像商人。

胡倩娘见父亲来了，气焰顿时消了大半，退后一步诺诺道："我……我问小艾要船，他不给。"

艾小小解释道："咱们一共只带了十二艘……"话还没说完，胡九仙已道："给她。"

艾小小吃了一惊："可是现在的天气……"

"她要找死，就让她去。"

胡倩娘眼中顿时有了眼泪："我就走！就去找死！"

胡九仙"哼"了一声："我不会拦你。"

胡倩娘咬着嘴唇，双手握紧成拳，看得出十分愤怒。

艾小小连忙道："小姐，你不要走了，都已经来到船上了，就等船到了目的地再说吧。"

"滚开！"胡倩娘推开艾小小，再看云闪闪在一旁乐，当即又狠狠踩了他一脚。

云闪闪吃痛，抓着脚跳了起来："啊哟，我的脚……"

颐非飞身上前扶住他："二公子，我们回屋吧。"一边趁乱带云闪闪离开，一边跟角落里的秋姜交换了个眼神。

秋姜会意，做出受惊之色往后一退，壶中的水顿时洒了大半。

那边艾小小急声道："老爷，真让小姐一个人这时候离开？"

"我本就不让她来，她以为薛采会来，非要跟着来。来了又惹是生非，也该让她吃吃苦头了。不要管她，给她船，让她走！"胡九仙说罢，进了一楼宴厅。

他一走，其他人也各自散去。

艾绿对秋姜道："大娘，水洒了，回去补？"

秋姜面露痛色，弯腰去揉脚踝道："我的脚……"

"可是刚才扭到了？"

秋姜将壶递给艾绿："劳烦姑娘去帮我重新装满可好？"

"那你坐这儿稍等，我马上回来。"艾绿不疑有他，礼数周全地拿着水壶下楼去了。

秋姜趁机靠在船舷上，只见胡倩娘正在一帮婢女的阻挠下固执地跳进一艘红帆船，一群人七嘴八舌十分喧闹。

秋姜借着衣袖遮挡，摘了一只耳环弹出去，耳环在落水前穿入红帆船身，消失不见。

然后她回到楼梯旁等艾绿回来，再提着水壶回"立冬"房间。

颐非正在给云闪闪上药。胡倩娘那一脚真没省力，白皙的脚背全都青肿了。云闪闪边哆嗦边骂道："歹毒的女人！敢踩小爷，等落到小爷手上，要她好看！"

"那你可以开始准备了。"秋姜走进去，淡淡道。

"什么意思？"

"胡倩娘的船被我动了手脚，大概半个时辰左右就会漏水。"

颐非会意地眨了眨眼，接道："真巧，我恰好让云笛的船在不远处候着，看看有没有漏网之鱼可以捞。"

云闪闪眼睛一亮："也就是说……"

"她很快就会落到你哥手里，你可以好好想想，怎么报这一脚之仇。"

云闪闪顿时神清气爽，刚要说话，颐非笑眯眯道："不过二公子在那之前，还要想一件事。"

"想什么？"

"欠庄家的三千金怎么还。"

云闪闪顿时蔫了。

风小雅坐在花瓶前，静静地凝视着姜花，直到"立秋"的房门被敲响。

孟不离打开门，只见艾小小拱手行礼道："晚宴已备好，我家老爷正在厅中等候，为公子接风。"

风小雅注意到他的脸上红肿一片，问道："脸怎么了？"

艾小小苦笑道："小姐见薛相没来，气冲冲地走了，没拦住……"

风小雅瞥了眼外面的天色，没再说什么，示意孟不离和焦不弃抬起滑竿。

四人坐着铁笼降到一层宴客厅，厅中已坐了好些人，见孟不离和焦不弃抬着风小雅进来，纷纷侧目。

而在云闪闪身后，颐非看向秋姜，秋姜垂首安安静静地跪坐在阴影中，跟灰暗的背景几乎融为一体，不刻意去看的话，真的注意不到还有这么个老仆。

天赋啊……颐非想，她可真是天生当细作的料。

胡九仙从主座上起身，迎到风小雅面前，拱手道："鹤公好久不见。一切还好？"

"很好。多谢你在屋中为我备了姜花。"

"我这个人记忆不太好，但有些东西想忘记是很难的……"胡九仙一边笑，一边亲自引他入座，位置紧挨着主座，倒是离云闪闪较远。颐非暗中松了口气。

"……比如，若干年前有位多情的公子托我在天竺的商队为他带姜花的种子，就因为他的新夫人名字叫姜……"

颐非听到这里，情不自禁地再去看秋姜。秋姜低垂的眉眼没有丝毫变化，依旧一副木讷老实的模样。伪装功力比在薛采府时更精进了。看来，恢复了记忆的秋姜，才展现出了真正的实力。

那边，葛先生跟在风小雅身后进了大厅，接话道："鹤公向来心思过人。"

胡九仙向他行礼，三人一起入座。

胡九仙笑呵呵地继续道："那位夫人想必很满意。"

葛先生道："别提了，被他休了。"

胡九仙目光闪动，一笑道："也好，前方也许有更好的等着呢。"

一个声音突然插了进来："只可惜等在前面的，未必就是你的。"

风小雅随着声音来源处回头，就在厅门处看见了长琴。

与人等高的古琴，被抱在一个男子怀中。古琴极高，他却走得十分从容。长发飞扬，云袖宽广，端的是画里的谪仙、书中的玉人。

颐非垂下头，用只有两人能够听见的声音耳语道："马覆。"

云闪闪撇了撇嘴，不屑道："装腔作势的家伙。"

只见马覆一路走到风小雅面前，继续说了后半句话："也许是小弟的。鹤公以为呢？"

云闪闪小声地兴奋道："哟，这就开战了？"

颐非也意外地扬眉，马覆在他印象中是个城府颇深之人，怎么这次一来就挑衅？

风小雅沉默了一下，学马覆的样子笑了笑："我认为，你应该效仿令尊骑象出行，让我也开开眼界。"

此言一出，全场气氛瞬间降至冰点。

唯独颐非作为这个典故的始作俑者一口气堵在胸口，想笑不能笑，想咳又不能咳，忍得很是辛苦。

云闪闪慢悠悠地夹了一筷子菜，喃喃道："这两人真是来参加快活宴的？我怎么看像是来把快活变成不快活的呢？"

不得不说，云二公子说出了很多人的心声。

胡倩娘坐在红帆船头，注视着下方的大海，心中充满了惆怅。

雨已经停了，大海波涛不惊，平静的海面宛如一整块上好的蓝宝石，倒映出她的影子。都说她命好，会投胎，生在了当世首富家，从小要风得风要雨得雨。然而，她既无娘亲可以依靠，也无父亲可以撒娇，更没有可以谈心的朋友——跟在她身旁的，不是仆婢，就是趋炎附势之辈，虚伪的嘴脸看得多了，也就懒得去一一分辨和较真了。

十六岁的胡倩娘，正在人生最能感到孤独的阶段。偏偏在这时，遇到了薛采。

她至今还记得那天发生的所有细节。小到薛采鞋子上绣着的银凤凰，大到当时天边的彤云，还有鼎沸的人群，断弦的古琴，全都深深地烙印在记忆中……

胡倩娘在见到薛采之前，就已经耳闻他许多许多年了。

唯方大陆共有四个国家，总计人口七千万，这是一个百家争鸣的年代，惊才绝艳的人物层出不穷，但是，细究其中最著名的，便是薛采。

他是图璧前大将军薛怀的孙子，姑姑薛茗曾是皇后，因为得罪了皇帝昭尹，被满门抄斩。当时的淇奥侯姬婴求情留下了他，自那以后他便成了姬婴的奴隶，侍奉左右。后姬婴逝世，将白泽之号传给了他，在新后姜沉鱼掌权后，更是提拔他当了丞相。

那一年，薛采九岁。

而她，十五岁。

自胡倩娘有记忆起，便听过他的若干传闻，对这位久负盛名的神童充满了好奇，一心盼着能够亲眼见一见。

机会终于在去年秋天姗姗而至。

姜皇后提拔薛采为相，书生不服闹事，每日在市井街头胡说八道诋毁他。

薛采被激怒了，当街贴出告示，以鼎烹说汤为例，宣称七天之内，无论是谁，只要觉得比他更有实力做璧国的丞相，都可以去挑战他，若能将他击败，就将相位拱手相让。

此言一出，天下俱惊。

得闻讯息的人从四面八方会集帝都，胡倩娘当时正好途经红园，便在婢女石榴的陪伴下换了男装去凑热闹。

整整七天。

从午时到戌时。

那个个子还没她肩膀高的孩童，穿着白衣，鞋子上绣着凤凰，就那么大剌剌地往主座上一坐，舌战群儒，雄辩滔滔，直将一干书生，辩得哑口无言。

胡倩娘第一日去，是好奇。

第二日去，是兴奋。

第三日去，是探究。

第四日去，是惊讶。

第五日去，是钦佩。

第六日去，是叹服。

而到了第七日，则是彻彻底底地来了兴趣。

她是胡九仙的女儿。

打出生起，命运就与凡人不同。按父亲胡九仙的话说——便是一国的公主也没有她矜贵。

富甲天下，其实是很可怕的字眼。因为无所缺，也就无所求。

这个世界上能让她感兴趣的东西，并不多。

然而，那一刻，胡倩娘望着眉目漠然、年仅九岁的薛采，像看见了世间最稀罕的珍宝，切切实实地感受到了一种名叫渴望的东西在她内心深处发了芽，长出嘴巴，开开合合间，叫嚣着两个字——

我要。

我要！

我要这个人。

她打定了主意，抱起琴，在众人以为大势已定的第七日戌时时分，走出人群，走上大堂，朗声道："且慢。晚生不才，想与丞相一较琴艺。"

满堂皆惊。

薛采设台，与人比的是经略之才、为相之术，她却要与他比八竿子都打不着关系的琴艺，其实胡倩娘自知也是无理取闹，但心中不知为何，就是知道——薛采一定会答应的。

他如果真是传说中的那个冰璃公子，就应该允诺她，并狠狠地击溃她，才不负傲世之名。

来吧，薛采，让我看看你究竟是不是我心目中的那个人。

那个可以凌驾我、压制我，让我与世人一样对你俯首称臣的人。

薛采脸上没有太多惊讶的表情，只是微微蹙了下眉，似乎有点不耐烦："你说什么？"

　　"我要与你比琴。"胡倩娘朝他走近了几步，在拉近的距离里，他的五官变得越发清晰，黑瞳沉沉，睫翼浓长——一个九岁的孩子，竟长了一双看不出深浅的眼睛。

　　她心头一颤，表面却不动声色："丞相不是说，这七日内无论谁来挑战你都可以吗？我，就来挑战看看丞相的琴艺。"

　　四周议论纷纷。

　　薛采睨着她，半晌，冷冷一笑："好。"

　　四周的议论声顿时变成了抽气声。

　　而她心中的芽抽长着，开出了花。

　　薛采又道："我知道你心里想的是什么，如果我不答应你，你肯定会对外宣称我设下的擂台有漏洞，如此有漏洞的比赛规定，比出来了，也根本做不得准、算不得数，从而进一步将我这七日来的辉煌成绩全部抹杀——对吗？"

　　对，对，你说得都对。胡倩娘有些着迷地望着他。

　　薛采一字一字沉声道："所以，我绝对不会如你所愿。你要比琴是吧？来啊！那就来比吧！"

　　他如她所愿地接下了挑战。

　　也如她所愿地赢了她。

　　直到今天她还记得那天薛采说的最后一句话："权势也是一种实力。你若没有超越我的实力，凭什么想要取代我？"

　　一个明明不会弹琴的人，却用一种绝对强势的方式赢了精通琴技的她，别人以为他用的是武功、是权势，但只有胡倩娘自己知道——那是傲气。

　　让她宛如饮下毒酒般既致命又销魂的，是他的傲气。

　　百年难见的傲气。

　　胡倩娘回想到这里，感觉自己的脸很凉，伸手一摸，眼泪竟不知不觉中流了一脸。

　　她自那天起便决定要嫁给薛采。可所有人都觉得那是异想天开。

　　便连父亲，也觉得她不可理喻。

　　"不就是大六岁吗？你的那些姬妾通通比你小二三十岁！为什么男人比女人大可以，女人比男人大就不行？"她记得自己当时气急败坏地反驳，也记得父亲的眼神冷如冰霜："我可以用钱逼迫她们，你可以吗？"

　　是啊，纵是天下首富的女儿又如何？薛采……可是一国之相啊……

　　父亲骗她，她根本没有公主矜贵，所以，程王颐殊可以明目张胆地指认薛采为夫婿候选人，而她胡倩娘说要嫁，世人都道是桩笑柄。

　　胡倩娘擦掉脸上的眼泪，却越擦越多，正在委屈时，忽听船夫尖叫起来。

　　她心中不悦，训斥道："鬼叫什么？没看见我在想事情吗？"

　　"小、小姐！漏、漏水了！"

胡倩娘大吃一惊，连忙回身，见船底不知哪里漏了，正汩汩地往里进水。船夫找了个水桶拼命往外舀水，然而倒水没有进水快，很快船身开始下沉了。

胡倩娘气得直跺脚："出发时你不检查的吗？"

"我检查过了，是好的呀。而且当时您催得急……"

"废物！快放焰火求救！"

船夫手忙脚乱地从某个箱子里找出焰火，面色顿变："沾水了……"

胡倩娘放目眺望，此刻她们距离玖仙号已经很远了，但她水性极好，应该能游得回去，她一咬牙，翻出水靠穿上："拆船！抓着木板游回去！"

刚要拆船，船夫忽然看见一物，面色大喜："不、不用游啦！那边！那边有船！"

胡倩娘扭头，看见遥远的海边，出现了一艘战船，旗帜上绣着"云"图腾。

她松了口气。

玖仙号上，气氛仿佛冻结。

只因风小雅这句"骑象出行"。

谁不知道此乃马康生平最耻辱的事情，如今被风小雅毫不留情地扔到马覆脸上，这位名誉程国的后起之秀脸色明显一僵。

他眯起眼睛，沉声道："听闻鹤公武艺精绝，世间罕见……"

风小雅笑了起来："你要与我决斗吗？"

马覆将抱着的古琴横托胸前，神色极为严肃："长琴不才，请鹤公赐教。"

客人们一听有架打，立刻精神振奋，睁大了眼睛看热闹。

艾小小连忙打圆场："宴席已经准备完毕，不如大家先用膳……"话没说完，胡九仙给了他一个眼色，艾小小心头一怔，当即收音，但心中疑惑渐浓——老爷不阻止？成心想要客人们打架吗？

葛先生也是唏嘘不已。他可是快活宴的老客，总共参加过四次，往年宴客纵有矛盾，表面上还能和和气气虚情假意，今年倒好，撕破脸直接开打了。风小雅和马覆按理说都不是一点就燃的爆竹脾气，现在三言两语就要大打出手，莫非真是气场不和？

艾小小使个眼色，本在歌舞的美人们全都退了出去，让出空旷的大堂来。

马覆手在琴上轻轻一拨，金玉之声铿锵响起，他的眉眼一片肃杀。

风小雅收了笑，示意焦不弃离开自己。

焦不弃虽有迟疑，但还是照做了，退后了几步。

颐非低声对秋姜道："来押注谁赢？"

云闪闪一听，立刻道："当然是风小雅！"

颐非凉凉地扫了他一眼："你还有钱押？"

云闪闪立马不说话了。

秋姜则在皱眉，片刻后道："薄幸交上去了？"

"交上去啦。放心吧，晚宴吃得差不多时就会开始卖了，耽误不了你的事。"

秋姜"嗯"了一声，又低下了头，显得对风小雅和长琴之间的决斗毫无兴趣。

颐非转了转眼珠，不再说话，专心看向场内。

那边，马覆沉声道："我的琴，虽不及长琴太子有五十弦，但也有十五根。每一根上都有玄机。鹤公要小心。"

风小雅淡淡回应："好。"

他的话音刚落，马覆长袖轻挥，手指宛如点水的蜻蜓一般在琴上弹了起来。伴随着急促的琴声，周遭人全都感到一股巨大的压力以马覆为圆心迅速扩散，连忙将各自的几案又后挪了些许，免得被殃及。

而身为目标对象的风小雅安然不动。

琴上一根弦断，笔直朝他飞去。眼看那根断弦就要刺中风小雅的眉心时，他左手一翻，突从滑竿下拔出一把伞。

伞面"砰"地旋转打开，风小雅的人也跟着飞了起来。

那是一把浅蓝色的油纸伞，在弥漫的雪花中，看起来像一朵优雅绽开的兰花。

马覆手指不停，第二根、第三根弦急速飞出。

在场的客人都是身份尊贵颇有见识的，却无一人说得出他弹的是什么曲子，只觉那琴声十分激越，听得人血液沸腾莫名烦躁，恨不得也冲上去大开杀戒。

颐非原本散漫的表情变得严肃了起来，低声道："天界大战，阪泉之争，长琴一曲炎怒，令万物凋零……这是《炎怒曲》。"

云闪闪扭头："你知道曲名？"

颐非道："不止，你且看着，会有火……"

他刚说出"火"字，飞舞在空中的两根断弦"砰"一下跳起了火光，火光宛如巨龙，紧紧追逐着风小雅的伞，看起来，便犹如双龙夺珠一般。

火龙虽急，雪伞更轻。

如果说马覆的攻击呈现的是力量迅疾之美，那么风小雅的防御则是风流灵动之美。他那么漫不经心地一点、一踩、一跳，就让火龙的攻击全部落了空。

颐非忍不住赞道："好武功。"回头又看秋姜，心中感慨真是英雄难过美人关。风小雅如此武功，照理说当世已无人能在他身侧杀人，偏偏娶错女人，最终让枕边人祸害了自己父亲。

风乐天竟是死在秋姜之手，虽不知其中是否另有原因，但也足够令人唏嘘。

场中马覆眼看久战不下，又一振琴弦，变了曲调。

琴声由急转缓，由重转轻。之前分明万马奔腾，突然间，鸟语花香，就剩下了一只小鹿在欢快奔跑。

颐非悠悠道："唔，这是《放鹿曲》。"

第四根弦脱离琴架，盘旋着朝风小雅刺去。

风小雅手一抖，伞面"唰"地合起，他整个人轻飘飘地落到了甲板上，然后立住不再四下飞跃，而是以伞为剑，将攻击一一接住，并反弹回去。

颐非叹道："刚才以柔克刚，现在以静制动。不愧是鹤公。"

云闪闪问道："也就说马覆要输了？"

颐非摇头："那倒未必。阪泉、涿鹿两场，长琴一方本就是输的。但到了不周山，就……"

仿佛为了回应他的这句点评，马覆的曲子又变了，变得忽急忽慢，不可捉摸起来。

与此同时，剩下的十一根琴弦同时脱手，漫天遍地地朝风小雅飞去。

眼看风小雅整个人都被罩在弦中，难以脱身，所有人都看得心中一紧——

他突然不见了。

就那样——凭！空！消！失！

马覆一惊，连忙抱着琴跳过去。

偌大的甲板上有一个洞。

原来是千钧一发之际，风小雅踩破地上的木板，顺势掉了下去。

比试至此，马覆也实在拉不下脸跳下去继续纠缠，只好冷哼一声，转身一言不发地走回到位子上。

云闪闪"啐"了一声："小爷饭都不吃了就给我看这个？没劲。"

众人也跟着议论纷纷。

艾小小哈哈一笑道："不愧是鹣鹣、长琴，两大图腾的主人。这一场比赛真是不分上下、精彩纷呈，令我等大开眼界！今日先点到为止吧，时候不早，咱们赶紧开宴，菜凉了厨子们该哭了！"

丰肌秀骨的美貌侍女们将美酒佳肴一一端上，大厅西侧有一高台，花团锦簇的帷幕后方，八音迭奏，舞姬们重新回到场内翩翩起舞，婢女们陆续开始上菜，艾小小则转身去了舱底。

颐非刚要跟秋姜说话，扭过头，却发现秋姜已不见踪影。"什么时候走的？"他问云闪闪，云闪闪瞪大了眼睛："连你都没发觉，我怎么会知道？"

艾小小来到甲板下，正要进破洞所在的舱室，被提前一步下来的孟不离拦在门外："公子，更衣中，稍候。"

艾小小连忙应是，跟他一起等在外面。

一门之隔的室内，焦不弃帮着风小雅将外袍脱去，只见里面的亵衣已被汗水浸透。

风小雅的身子摇了摇，站立不住。焦不弃连忙扶着他平躺在地，拿了汗巾帮他擦汗。

"公子，你觉得怎样？"焦不弃关切地问道，"要让不离进来一起帮您吗？"

风小雅紧闭眼睛调整呼吸，体内内力紊乱，令他痛苦得完全说不出话来。

焦不弃从怀中取出一支香点着，奇异的香味很快扩散开来，风小雅的呼吸慢慢地稳了些许。

焦不弃守在一旁，他知道如今正是公子运功的关键时刻，不可有任何打搅，因此格外戒备。

就在这时，他听见了脚步声。

焦不弃立刻回头，却只看见了花白的头发，连对方的脸都没看清，就晕了过去。

来人抱住焦不弃倒下的身躯，轻轻放在地上，她已足够小声，但闭着眼睛的风小雅还是听见了，耳朵动了动，一张脸陡然涨红，额头青筋鼓起，显得面目有些扭曲。

就在这时，一双微凉的手轻轻地捧住了他的脸庞。

原本躁动不安的风小雅先是一僵，然后神奇地平静了下来。

那双手将源源不断的内力输入他体内，伴随着满室的熏香，像夜月下起伏却又平静的海水，一遍遍地不厌其烦地将凌乱的贝壳、海蟹等杂物冲走，最后留下平坦如毯的沙滩。

风小雅觉得整个人在极度紧绷后再极度放松，都快要睡着了。

突然，他一个激灵，睁开眼睛。

一旁的香只烧了三分之一。

室内只有躺在地上的焦不弃，并无第二人。

焦不弃揉着眼睛坐了起来："我睡着了？等等！刚才有人来过！"可等他跳起，看清周遭的情形后，迷惑道，"那老头呢？"

风小雅的表情变得很古怪："不是老头。"

"那是老太婆？"焦不弃搜查室内的物件试图找出什么蛛丝马迹。

"是秋姜。"

"什么？！她也在船上？！"焦不弃大吃一惊。

风小雅抚摸着手上的佛珠。他之前在胡倩娘房间感应到秋姜的气息，现在则确认了——秋姜确实也在船上。不但如此，她还恢复了记忆。

他同马覆比武，有两个目的，第一是试探对方底细，看看能否直接淘汰对手。马覆的武功比他想象得高，真动手时需要尽快速战速决才行。第二是想看看秋姜会不会对此有所反应。

而秋姜真的出现了，并帮战后内力紊乱的他梳理了气脉。

这个方法父亲生前只教给了她。她会用，说明恢复了记忆。

可是……她若真恢复了记忆，为什么……没有趁机杀他？毕竟，如意门冷血无情的七儿，在四年前没有被他感化，反而杀了他父，跟他已是死敌。

还有，秋姜在，那么颐非呢，是不是也在？

他们两个本该直接去芦湾，为何上了此船？他们的目的是什么？

风小雅看着佛珠，思考着最后一个问题——秋姜为何不趁机取回此物？这本是她的东西。这是否说明当时的她……

心乱了？

艾小小回来时，正上到第七道菜。

颐非摸着下巴道："莫非风小雅受伤了？"

云闪闪好奇："为什么这么说？"

"不然光是换衣服的话，不需要这么久呀。"几乎是他话音刚落，换了衣服的风小雅就坐着滑竿回来了，脸色苍白神情阴郁——但因为他一直如此病态，反而让人无法分辨到底有没有受伤。

云闪闪期盼地看向已在用膳的马覆，好希望他们继续再打一架。结果两人谁也不看谁一眼，面容平静得仿佛刚才的比武并没有发生一般。

云闪闪心头好生失望。

而这时，颐非看见了秋姜。他一直刻意睁大了眼睛等着，这才看到秋姜跟在送菜的婢女身后走进宴厅，并在婢女经过云闪闪时自然而然地停在了他身后——没有引起任何人发觉，除了他。

颐非的目光落到她微湿的鬓角上，心中分析：唔，这是去做了桩大事啊。

云闪闪扭过头想跟颐非说话，却看见秋姜回来了，不由得一个激灵："你刚干吗去了？"

秋姜将一样东西递给她，是一只耳环。

云闪闪纳闷："这么粗糙的手艺，完全不值钱呀。"

"一个时辰前，我将此物射进了……小船里。现在，它回来了。"

云闪闪虽没什么心眼，但这会儿也明白了，胡倩娘落到他哥手里了，顿觉心中底气更足，狠狠咬了一口新送上桌的蹄髈。

而秋姜垂下眉睫，顺服地站在了他身后。她的手情不自禁地摸了摸手腕，也意识到了一个问题——她刚才，忘了拿回自己的镯子。

风小雅的目光在厅中搜罗了一圈，没有放过任何一个人。然而，并没有看到形似秋姜的人。不过他也知道，秋姜想要伪装成陌生人时，光看，是看不出端倪的。

她既在船上，又很可能恢复了记忆，那么，必有作为。

按理说，只需等待即可，然而不知为何，他心绪不宁，有种不祥的预感。沉吟片刻后，他低声吩咐了孟不离几句，孟不离点点头，转身出了宴厅。

这时，婢女们鱼贯而入，奉上香茗。通常这也意味着晚膳结束，不会再上菜了。

西侧的高台上一阵鼓声密集响起，紧跟着，所有丝竹全部停下，帷幕缓缓拉开，大家心头狂跳——

真正的好戏，终于开始了。

快活宴，之所以被历届参加过的客人们津津乐道、念念不忘，除了美酒佳肴软玉温香之外，更有一项独一无二的环节——操奇计赢。

所谓的操奇计赢，顾名思义，就是囤积断缺物资而牟利的一种经商手段，也是胡九仙生平最被人津津乐道的地方。

他之所以能成为四国首富，除了祖业殷实父辈勤勉之外，跟他与生俱来的独到眼光和明智决策也是分不开的。他总能第一时间找出商机，并用强悍的方式垄断，赶上三十年前四国大乱，趁机大发一笔，再加上战后休养生息的好时机，财富犹如雪球般越滚越大，一跃成为四国第一人。

因此，他在这快活宴上也做了一番布置，为的就是让客人们玩得刺激，玩得过瘾。

在众人期盼的目光中，艾小小登台，为初次来玩的客人讲解规则："多谢各位贵客贲临，我家老爷特地准备了三件宝物，由各位对其进行估价，估对者即可获赠此物。为了以示公正，宝物的真实价格都是事先写好放在对应的格子里的。每人只能估一次。其间，大家手里都有三块令牌，可凭令牌提问，只要不涉及价格我都会据实作答，但是，每问一个问题，都需要给我十金酬金。"随着这句话，婢女们为二十四位客人分别送上了三块令牌。

风小雅一看，令牌是竹子刻成的，入手轻滑，倒也雅致。

艾小小见大家都拿到了令牌，一笑道："这样，我来为第一次上船的新客们演示一把，就清楚了。"

他招了招手，一名婢女捧着个托盘走上前来。

掀开托盘上的红布，里面放着一只翡翠镯子，在灯光下散发着幽绿色的光。

在场的客人们纷纷动容。

果然一出手就非凡品。

这镯子一看就价格不菲，胡家的管家却只是拿它来演示用。

艾小小高高举起镯子，以便大家看得更仔细些，然后从托盘上又拿起一封封了口的信笺，朗声道："镯子的价格写在信里，现在，请各位估价。有问题问我的，请亮出令牌。"

就在众人还在彼此猜测打量疑虑盘算时，风小雅想也没想举起了第一块令牌。

艾小小忙道："鹤公请问——"

"我问的问题，我用的令牌，答案是不是就只告诉我？"

艾小小答道："不，小人会当场回答，让所有人都听到。"

风小雅又举起第二块令牌："你保证你写的价格就是真的？"

艾小小怔了一下。

"一石米，自农户手中十钱可得，到了商人那儿就要五十钱。那么，正确答案是十还是五十？"

此言一出，众人纷纷点头。

尤其是云闪闪，大声道："是啊！我去买东西那些奸商都会往死里坑的啊！"

周遭顿时起了一片哄笑声。

坐在风小雅身侧的葛先生轻笑道："难为云二公子意识到了这一点。"

风小雅的视线从云闪闪身上扫过，不经意地掠过颐非时稍稍停了一下。颐非心中"咯噔"一下——不会他也认识了三三吧？

但风小雅很快又看向了艾小小，等着他的答案。

这个问题很显然在胡九仙设计游戏之初就考虑过，因此艾小小立刻答道："鹤公说到重点了。所以，我们这个游戏才叫作'操奇计赢'。因为——虽然你没有猜对，却可以改变它的定价。"艾小小举起手里的信笺，朝众人摇了摇，道，"这个镯子最后一次交易时的价格被写在了信上，各位估价后，如果没有人猜对，则进入下一步，就是竞价。只要你出的价格比场内所有人都要高，就可以买到这封信，然后，里面的数字你说了算，这个镯子想值多少钱就值多少钱。"

风小雅道："我出一百钱。"

艾小小环顾四周："还有比鹤公出价高的吗？"

众人又是一阵盘算，云闪闪试探道："二百钱？"

"好，云二公子出了二百钱。还有吗？"艾小小等了片刻，见无人再出价，便道，"那么，这封信就以二百钱的价格卖给了云二公子。同样的，这个镯子也是云二公子的了。"

云闪闪没想到居然没人跟，连忙摆手道："我才不要！"

众人又是一阵哄笑。风小雅则是若有所思。

艾小小轻咳一声，环视道："各位还有什么疑惑吗？"

风小雅又道："也就是说，大家先猜价格，猜对了就得到宝物，猜不对，就出价买？如果我们谁都不买呢？"

艾小小自信一笑："我家老爷既然会选那三样宝物，自然是有让各位非要买不可的原因的。"

一旁的葛先生也呵呵笑了起来，点头道："确实，我之前参加了四次，每次见到的宝物，都令我不枉此行啊！"

被他这么一说，众人更是期待不已，眼巴巴等着看胡九仙到底准备了什么样的好货，是否真如传说的那样穷奢极欲。

秋姜却突低声问道："薄幸呢？"

颐非答道："卖完主人家的宝物，就轮到客人们的。别急。"

秋姜面色微异，颐非看出来了，问道："怎么了？"

她却不答，只是两片薄薄的唇又抿紧了些。

颐非忽然想到，秋姜很流畅地背出过五年前快活宴所卖宝物的名字……再一想，快活宴好像是三年前才新增了项目，让客人们也可以自行宝物交易，难怪她不知道。莫非她是在因这个生气？

毕竟，对博闻强记的千知鸟而言，突然空白了四年，从无所不知变成一无所知，也确实落差挺大的。

颐非忍不住嘲弄地勾了勾唇。

那边，艾小小道："鹤公还有问题吗？"

风小雅摊了摊手："我虽还有问题，却没有免费的令牌了。"

艾小小哈哈笑了起来："所以，各位要珍惜这仅有的三次机会啊。来，令牌还给鹤公，演示结束，接下去再问问题，可要真算钱了。"

婢女将令牌捧还给风小雅，并将镯子撤走。

一阵欢快的锣鼓声后，艾小小宣布游戏正式开始——

第一件被捧上来的宝物，是一只酒杯。

酒杯不过半只手掌高，壁薄如纸，莹白如玉。

艾小小把竹叶青酒倒进杯中，场内顿时发出一片赞叹声。

只见原本郁白色的杯身，缓缓渗出了浅绿色的花纹，竟是两条鱼在荷叶下嬉戏。看得久了，那鱼便仿佛活了，随着杯中酒浆的晃荡而轻轻摇曳。

"各位请估价。"艾小小做了个请的手势。

而客人们，仍在谨慎地观望。

云闪闪见众人都不开口，便自告奋勇道："先估对价格的人得到这只杯子，是吗？那我猜，猜——五十金！"

艾小小呵呵一笑，也不表态，只是望着其他人道："诸位觉得呢？"

众人一看有人带头，当即也七嘴八舌地乱猜起来，基本都在三十到八十之间。这时，一个身穿白衣、面如冠玉的俊美男子突然起身，直勾勾地盯着那个酒杯道："这是曦禾夫人的酒杯吧？"

伴随着这句话，一枚令牌被他丢到了艾小小脚边。

艾小小捡起令牌，回望着该男子，答道："是的，周公子。这的确就是璧国曦禾夫人生前用过的酒杯。"

四下哗然声起。

艾小小解释道："众所周知，那位夫人有个怪癖就是扔杯子，而璧国皇帝昭尹为了讨伊欢心，特地命巧匠做了一套给她丢着玩，一共是三百个。如今，美人已乘黄鹤去，这套酒杯也碎得差不多了，完好存于世上的不超过十个。这是其中保管得最完好的一个。"

众人听得啧啧不已。曦禾夫人已经死了一年多了，有关她的传说却越来越多：她的美貌，她的嚣张，她的歹毒，她的怪癖和她的一夜白头……俨然已是个妖魔化的人物。

但，比起这样巧夺天工的酒杯，居然是被那位绝世美人扔着玩更令在场众人震惊的，是识破此物由来并第一个用令牌提问题的人，竟然就是跟个木头人似的坐在角落里，对之前风小雅和马覆的争执丝毫不关心的——小周郎周笑莲。

他静静地坐在那里，剑眉星目宛如墨染，眉心一点红色朱砂，比唇色更艳。看起来颇有几分超凡脱俗的仙气，因此站起来一说话，就吸引住了所有目光。

然而众人看他，他的眼里却只有那杯子，过了好一会儿，才说了第二句话："一百金。买信。"

众人微微一惊，直接上来就买信，还抛出如此高价，是势在必得吗？

其实璧瓷杯虽很传奇，却不是什么稀罕之物，毕竟属于当代工艺，如果喜欢，大可按着样子另请工匠再做，基本上二三十金也就够了。可周笑莲执念如此，想来在乎的是"曦禾的杯子"这一特质了。

难道这名誉程国的后起之秀，也爱慕那位四国第一美人不成？不是传说他是个修行之人吗？

艾小小环视众人道："唔，还有没估价的客人吗？鹤公？"

风小雅目光流转，微微一笑："我猜不出来。"停一停，又道，"但我可以出一百零一金买信。"

四下顿时起了一片骚动——风小雅惹恼了马覆不够，又要挑衅周笑莲吗？

连马覆也大感意外，眼睛微微眯起，望着周笑莲，看他做何反应。结果，周笑莲的神色很平静，只是加价道："二百金。"

风小雅呷了口茶："二百零一金。"

周笑莲怔了一下，如梦初醒般回头，看向风小雅："我对这杯子势在必得。"

风小雅点点头："真巧，我也是。"

周笑莲皱眉："我只带了三百金……"

马覆见机开口："我借你。"

众人本就爱看热闹，见此情形全都好生激动。马覆此举无疑是要跟周笑莲结盟，公然跟风小雅对着干了！且看风小雅如何反击！

风小雅一本正经地问马覆："你有多少钱？"

马覆回答："多到可以买到这只酒杯。"

气氛僵至顶点，几乎可见箭在弦上顷刻即发。

云闪闪无比兴奋，不停念叨："打起来，打起来，快打起来啊……"

结果，在众人殷切期盼的目光中，风小雅转头对艾小小道："那我不要了。"

艾小小一呆："也就是说？"

"三百金，卖给他。"风小雅随手一指周笑莲，然后捧起面前的茶杯津津有味地喝了起来，边喝边低声道，"三百钱的杯子卖出三百金，也算可以了。"

一客人惊道："什么？三百钱？！"

众人齐齐把目光转向艾小小，艾小小迟疑了一下，将那信封送到周笑莲面前，周笑莲刚打开，他身侧的客人已伸颈过去看，并念出了里面的内容："璧瓷杯，购自老宫女贾氏之手，计三百钱！"

众人哗然。

也就是说，风小雅其实知道这杯子的价格？他是怎么知道的？！他既然知道，为什么之前不估价，反而要跟周笑莲抬价呢？

一时间，人人脑海中浮现起了四个字——操奇计赢。

操奇计赢！

用一点点小花招就让买主花费百倍的价格购物，这才是真正的操奇计赢！

葛先生叹道："我参加快活宴四次，唯独这次，才真正领悟了这个名字的真谛啊……"

一客人不满道："但卖的钱又不给鹤公！难道鹤公跟胡老爷是一伙的……"

胡九仙哈哈一笑："先说好了，这钱可不是给我。本就是要白送给大家的宝贝，竞个价卖个钱，只为添兴。偶有所得，拿去赈灾便是。"

葛先生附和道："我可以做证，以往几次拍到的钱，确实是直接给了我，胡老爷分文未留。"

一客人目光炯炯地打量着他："传闻燕国有个姓葛的大善人，每年在四国间游走，为失去孩子无依无靠的老人们发放米粮衣物……就是阁下吗？"

葛先生拱手行了一礼："贱名不足挂齿，叫我老葛即可。"说完又对风小雅摇头苦笑道，"鹤公此举害死我也。如今人人都知这三百金是要落我腰包了，免不得怀疑你跟我串通好了来讹钱。"

风小雅淡淡道："周郎要修仙，散点钱财做善事正是助他一臂之力，他感激你都来不及。是吧，周郎？"

周笑莲睁着一双雾蒙蒙的眼睛，看起来很是心不在焉，就在众人猜测他什么时候会生气爆发，他却直直走到艾小小面前，道："我买到了，杯子给我。"

艾小小连忙把杯子递上。

周笑莲像捧着至宝一般小心翼翼地接过杯子，回到座位坐下，眼睛里再没容下别物。

云闪闪本还盼着他能跟马覆联手对付风小雅的，没想到此人压根不以为意，只要杯子到手就心满意足万事不理了。一时间，失望不已。

艾小小见厅内气氛有些异样，连忙转移话题道："咱们继续看下一个宝贝吧！"说罢打了个手势。

男仆敲响花盆鼓，帷幕缓缓拉开，一个蒙着面纱的红衣女童，轻盈如花地走了出来。

众人都盯着她的手，却发现伊两手空空，刚在纳闷，红衣女童伸手摘下了面纱。

好几人同时"咦"了一声。

她蒙着面纱时，大家以为是个十岁左右的小孩，但摘下面纱才发现，此人分明是个十七八岁的少女，只不过身形太过娇小，让人误会罢了。

身子虽矮，脸却生得真是真好。巴掌大的脸庞上，一双扑闪扑闪的大眼睛，带着种与生俱来的天真好奇，一笑起来有两颗小虎牙，真是可爱得不得了。

艾小小介绍道："小玉儿，十八岁，身高四尺，体重四十。"

被唤作小玉儿的少女冲客人们嫣然一笑。

客人们则面面相觑——难道，这第二件宝物，竟是活人？

颐非则瞳孔一缩，目光闪烁起来。

艾小小问小玉儿："小玉儿，你是宝贝吗？"

"回艾爷，小玉儿是。"

"为什么？"

"小玉儿会跳舞。"

"会跳舞的姑娘多着呢。"

"但我会跳这种舞。"小玉儿大眼睛一眨，整个人忽然凌空跃起，宛如蝴蝶一般飞到了艾小小的手掌上。

幕后的乐师们连忙再次弹奏，丝竹声悠悠响起。小玉儿便应着乐声开始翩翩起舞。

她身形娇小本已得天独厚，再加上腰肢轻软舞艺出众，在人掌上起舞，便真如蝴蝶般轻盈飘逸。

葛先生不禁叹服道："好一个'掌中舞蝶肆欢笑，嬛嬛一袅楚宫腰'。竟是失传已久的飞燕舞。"

"不是。"风小雅随口应了一声。

"不是？"葛先生诧异。就在这时，小玉儿足尖轻点，突从艾小小的掌心掠上了他的肩头。乐声也随之变了，鼓点带着某种独特的神韵，跟小玉儿的脚一起，蜻蜓点水般从艾小小的翳风、天牖、扶突、天鼎、肩井……一路滑下。

厅内众人齐齐一振——至此，终于看出了名堂。

小玉儿的舞步，竟一一对应着人身上的一百零八处穴位。与平日里趴着针灸不同，艾小小此刻是站着的，可以腹背同时受力。一种又痒又麻、又痛苦又愉悦的表情在他脸上纠结，若不是在大庭广众之下，他只怕早就叫了出来。

鼓点密集，小玉儿身形更快，真如一只绕着花枝忙碌不休的彩蝶。伴随着最后一记鼓响，小玉儿重新飞回到他手掌上，俯身一拜。

艾小小手一软，身体因极度放松而踉跄后退了几步，"啪"地坐到了地上，羞涩道："失态了，见谅，见谅。"

"人小姑娘都没啥呢，你这个享受的倒先脚软了。小艾啊，你那个，不行啊。"满堂哄笑。

笑声里，风小雅握着茶杯，思绪突然飞扬，仿佛回到了五年之前——

六月初一，缘木寺内，秋姜拉出的那条白练。同样的蝴蝶，小玉儿跳得花团锦簇，秋姜却跳出了生离死别。

他的眼底泛起层层涟漪。

身后的焦不弃有些激动："公子，这丫头不错，可以买来给公子按按！"

再看厅内其他贵客也都眼神发亮，跃跃欲试。

艾小小跟放小猫似的将小玉儿轻轻放到地上，然后拍拍衣袍起身拱手："刚才跳的舞名'鹏游蝶梦'，起源于远古时代一种白骨生肌祛病辟邪的巫舞，然而传承至今已无那分神奇。只能用于松缓筋骨、消减疲累，跟针灸一术很像，又有不同之妙。至于究竟怎么个奇妙滋味，呵呵，还待贵客亲自体验了。"

"妙极妙极！此舞既赏心悦目，又养身健体，真真是一举两得。还等什么，快估价吧！"一位豪客已经迫不及待。

艾小小不再废话："好，请诸位估价。若无人猜对，再进行比价。"

葛先生对风小雅道："鹤公喜欢？我若猜中，转送于你。"继而提高声音喊道，"我猜五百金。"

他既开了头，其他宾客也都不再犹豫，纷纷报出了自己的猜价。云闪闪更是猜出一千金的高价，秋姜瞥他一眼，他连忙赔笑道："只是猜猜，我不买，不买。"他可还欠着赌场钱呢！

倒是周笑莲，依旧全神贯注地盯着手里的瓷杯，对小玉儿毫无兴趣。如此一来，只剩下风小雅还没猜。

艾小小笑望着风小雅道："风公子不猜上一猜吗？"

风小雅抬头，注视着自跳完舞后就跪坐在原地一动不动的小玉儿，似乎感应到他的目光，小玉儿抬起头，小脸红红地朝他笑了笑。

"一钱。"风小雅道。

群客哗然。这个报价，当真是比之前那个瓷杯的三百钱还离谱。

然而，小玉儿听了这个价格，眼睛一弯，笑得更开心了几分。

艾小小将写着实价的信笺递给葛先生："劳烦先生公布吧。"居然没有进入比价环节，说明有人猜对了。会是谁？

葛先生拆掉信上的火漆，打开来念道："上月初九于宜国会晤永信禅师，得赠舞姬一人，名小玉儿。推辞无方，不得已，取一钱酬之。"

还真是一钱！最让人惊讶的是，这个小玉儿居然是个和尚送给胡九仙的！

主位上的胡九仙哈哈一笑道："此缘法太盛，胡某不敢受，故而让出，盼有缘者接。如今看来，鹤公就是有缘人了。"

小玉儿十分识趣，当即走到风小雅面前，拿起茶壶将他空了的茶杯斟满，然后举过头顶捧到他面前："小玉儿拜见公子，以后就是公子的人了。望公子不要嫌奴粗鄙。"

颐非见秋姜直勾勾地盯着这一幕看，便揶揄地低声笑道："吃醋了？"

秋姜冷冷地看了他一眼。他连忙抬手："当我什么都没说。"

那边，风小雅也什么也没说，接过了她捧的茶，垂下眼睑呷了一口，长长的睫毛覆下来，遮住眸色万千。

葛先生感慨道："你这一猜一个准的，看来第三样宝物也要花落你手了。"话音刚落，第三样宝物被人捧进了大厅。

同样是一方红巾盖着托盘，第三样宝物的体积看上去比瓷杯更小，毫无隆起之处。

艾小小道："刚才见过了璧国的骨瓷，宜国的蝶伶，下面这样东西，产自燕国，造于程国，可谓是集两国之精华于大成。"将众人的胃口吊起后，他掀开了红巾。

托盘上是一块布。

说是布也不尽然，颜色剔透，颇像传说中"穿五层还可见痣的素纱禅衣"。然而，灯光映于其上，流光溢彩，又说明其材质绝不是纱。

马覆的眼神一下子热了起来："谢家的至宝天衣甲！"

"长琴公子好眼力！"艾小小赞了一声，拈起那块似纱非纱的织物，抖落开来，真是一件比甲。

"谢家？程国的谢家？也就是说这件衣服是用五色足镔做的？可五色足镔不是由五色稀铁提炼而成的吗？五色稀铁是璧国的产物，怎会说出自燕国？"宾客们纷纷质疑。

艾小小笑了笑，解释道："因为它不是铁，而是骨。燕国平妥县产一种金顶蚕，平日里与家蚕并无两样，但到了要吐丝时头会变成金色，这时取冰冻住，摘其金顶，融为骨胶，再以谢家的冶镔术淬为丝线，编织成甲。此小小一甲，需耗费十万只蚕。因此，这么多年，也不过得了两件。"

有客问："这天衣甲有何特别之处？"

艾小小直接将一盏油灯的灯罩摘掉，将比甲放在上面，半天也点不燃；再用一把匕首在上面划来划去，未留丝毫痕迹。如此一来大家立刻明白了——水火不侵，刀枪不入。

葛先生低笑着对风小雅道："这次的三件宝物倒挺有说法，第一件宝物怡情；第二件宝物强身；第三件宝物直接多送一条命。"

确实，穿了这么一件衣服在身上，可不比别人多一条命吗？

"可杀手的第一目标多是咽喉，不是心脏。"风小雅不以为然，"累了。回去试试这第二样宝物。"

他瞥了小玉儿一眼，小玉儿的脸便更红了。

然后他在一片比价声中带着小玉儿拂袖而去，将一室喧闹尽数丢在了身后。

颐非见他们走了，对秋姜道："你不跟去看看吗？"

"我为什么要跟去看看？"

"小玉儿也出现在船上了，你不觉得奇怪吗？"秋姜既已恢复了记忆，当认得出来此人是谁。

"比起她……我更在意的是……天衣甲为何会出现在这里。"秋姜的面色十分凝重，"这是圣境十大神器之一，而它的上一个主人是……"

如意夫人。

第十八回 | 重遇

"立秋"房间内，姜花香依旧。

小玉儿羞答答地跟着风小雅进来，闻到这股香味时下意识皱了下眉，但她恢复得很快，立刻挂上甜甜的笑容，主动上前搀扶风小雅的胳膊："公子，我扶您上榻吧。"

风小雅一抖袖子，从她手中滑脱，拉出了三分远的距离。

小玉儿的手顿时僵在了空中。

"一，我不喜欢别人随便碰我；二，我不喜欢别人随便碰我的东西；三，我不喜欢别人随便进我的房间。"

小玉儿委屈："小玉儿知错了。但，这样子的话，我怎么给你跳鹏游蝶梦呢？"

风小雅道："去那边，把纱帘拆下，将两头系在床柱和门柱上。"

小玉儿转动眼珠，上前照做，当她将纱帘全部系好，看着横拉在房间里的白条时，面色微变，似是明白了风小雅的意图。再回头，只见风小雅眉睫深黑，面色素白，像刷了一层釉的瓷器，看上去无情无绪。

"现在，你可以跳了。"他如是道。

小玉儿咬着下唇，没再说什么，足尖轻点，飞身上布，无乐自舞。

跟在风小雅身后如影子般沉默的孟不离和焦不弃至此，终于明白了主人的意图，双双异样地对视了一眼。

风小雅拿下插着姜花的花瓶，手指轻弹，一片叶子飞了出去——

击中小玉儿的右膝，她的舞姿微微一斜。

紧跟着，第二片叶子飞到，击中她的左肩，她身子后仰。第三片、第四片……一片片地打在小玉儿身上，却没有干扰她的舞步，反而令这无声的一曲舞蹈显得更加完美。

如此一直到小玉儿跳完，屈膝于纱，俯身叩拜。发髻微乱，大汗淋漓。

风小雅淡淡道："十七处。"

小玉儿抬头望着他，双目有些发红。

248

"是你跳错的地方，也是我纠正你的地方。"风小雅抚摸着瓶中剩余的白色花朵，"是什么让你觉得，你可以取代秋姜来到我身边？"

此言一出，小玉儿的表情顿时变了。如果说，她原本看起来像个甜软多汁的水蜜桃，此刻，已干瘪成了桃干。一双大眼睛里，充满了羞恼与愤恨。

宴客厅中，天衣甲受到了极大的追捧。毕竟，衣服谁都能穿。但直到所有人都猜完，还是没有结束，说明没有人猜中价格。

秋姜当机立断，对云闪闪道："把信买下来！"

云闪闪颤声道："可是……我没钱……"还倒欠了很多钱呢。

"我有。你尽管出价。"秋姜道。

颐非好奇地看着秋姜："你真有钱？"那一路上还吃他的用他的……

"我知道如意门的金库在哪里。"

光这一句话，云闪闪看她的眼神瞬间不一样了，当即拍案兴奋地喊道："五千金，买信！"

颐非一口气呛在胸口咳嗽了起来，叹道："二公子，真是不是自己的钱不心疼啊。"

"你不懂！这种竞价，一定要一出手就震慑住他们。"

颐非看向秋姜，秋姜对此不以为意，完全不心疼的模样。

颐非想，我大概是这一年太穷了，才会对钱财开始斤斤计较。想当年，程三皇子也是个视金钱如粪土的人啊……他深刻地检讨反省了一下。

果然，被云闪闪这么一喊，众人全都陷入了寂静。一时间，无人敢跟。

云闪闪大咧咧道："各位，给个面子，小爷对此宝衣势在必得。"

葛先生忍不住道："二公子，若出了价但最后没履诺，你可知是什么后果？"

"岂有此理，小爷是赖账的人吗？"云闪闪虽是这么说，却有些心虚地看了秋姜一眼，见秋姜面色镇定，勇气顿生，当即挺了挺胸，"少废话，若无人跟，这信就是我的了。"

"是。"艾小小正要将信送上，一个声音忽然响起："慢。五千零一金。"

众人一看，原来是马覆。

有意思！风小雅走了，马覆却跟云闪闪对上了！同为女王候选者，果然彼此不对付啊。

云闪闪瞪大了眼睛，怒视着马覆道："你非要跟我抢？"

马覆望着他轻轻一笑："你我本就是竞争关系，也不差这一件宝衣。"

云闪闪大怒，当即喊道："一万金！"

众人哗然。

马覆道："一万零一金。"

云闪闪冷笑："有本事你翻倍呀，学什么风小雅？"

马覆不以为意道："有本事你也学他退让，君子有成人之美。"

"呸！我出、我出……十万金！"

此言一出，满室俱静。

十万两金子，要是堆在一起，都差不多可以把这个宴厅填满了。

马覆的表情也变得很是不好看。

云闪闪挑眉道："你跟啊，继续跟啊！"

马覆悠悠道："十万金……整个云家，都没有十万金吧？"

云闪闪僵了一下，强撑道："我家有没有，关你什么事？"

"云笛一年俸禄四千二百石，就算十年不吃不喝加起来也不过黄金五万。请问，这多出来的五万，是哪里来的？"

云闪闪一听，这是含沙射影地说他哥贪污受贿啊，当即怒道："我家自有别的营生！你管我哪里来的？"

马覆微微一笑，不说话了。

但云闪闪越想越不对劲，这要真被他回头去女王面前告一状，哥哥恐怕会头疼。当即扭头对秋姜道："小爷为了你而惹此是非，若因此牵连我哥……"

秋姜淡淡道："将死之人的话，听听就好。"

云闪闪一想，对啊，他急什么？这两人的目的本就是要活抓马覆和周笑莲，到时候马覆都落到他哥手里了，还怎么去女王面前告状？

云闪闪瞬间放松，不再理会马覆，笑眯眯地对艾小小道："他不跟了，信给我。"

艾小小使了个眼色，一旁的婢女捧着笔墨上前道："请云二公子画押。"

云闪闪便大咧咧地在十万金的欠条上写了名字，艾小小这才将信交到他手中。

秋姜透过云闪闪的肩膀看向信笺，里面写着："去年七月螽斯山山洪暴发，山下房屋倒塌无数。胡家赈灾救人时于地下挖出此物。原价为零。"

秋姜的手在袖中慢慢拽紧。

如意门的大本营，就在螽斯山，取其继继承承的好彩头。如意夫人说过那是程国境内难得的风水宝地，百年来从无地震飓风侵扰，怎么会山洪暴发？！

还有红玉之前说夫人在闭关，已经闭了好几年，那她有没有平安转移？她这么多年没有露面，贴身宝甲又流落在外，是不是说明……她死了？

不！不可能！

秋姜心头惊悸，如雷电乱劈，只觉自己睡了一觉，醒来后一切都改变了。

她咬了咬牙，突然扭身离开。

这时婢女捧来了天衣甲，云闪闪正拿在手里爱不释手地把玩，颐非忽摸了摸鼻子道："我想到一个问题。"

云闪闪随口道："什么问题？"

"任谁买到此信都会打开宣读，自知此物出处。那么，我们真有必要花十万金买这玩意儿吗？"

云闪闪顿时愣住了。

小玉儿突然出手，指甲处弹出像猫一样尖锐的利爪，直朝风小雅抓了过去。

"砰"的一声，青色伞面撑开，利爪落在上面，不但没破，反而滑了开去。

小玉儿顺势扭身钻进伞中，抓向风小雅面门。

青伞瞬间合起，风小雅用伞柄挡了一挡，与此同时，孟不离和焦不弃双双扑至。

小玉儿身形娇小，闪避极快，踩着焦不弃的脑袋，借力再次扑向风小雅。风小雅却将伞送入她怀中。

小玉儿下意识接住，原本合起的伞面再次"砰"地展开，将她整个人都振飞出去。

小玉儿一个跟斗落到房顶的横梁上，撞破那块装有水晶机关的木板，飞上了三楼。

"追！"风小雅命令。

孟不离和焦不弃立马跟着飞了上去。

然而房间里已无小玉儿的痕迹。

身侧风动，却是风小雅亲自上来了，他的目光在房间里迅速扫了一圈，撞向某侧船壁。船壁在碰触到他身体的一瞬自动划开，露出隔壁的房间来，竟是一道暗门。

门内无窗无灯，漆黑一片。

却有一丝若有似无的气息。

风小雅忽然出声："是你吗？秋姜。"

跟在他身后的孟不离和焦不弃顿时戒备。

黑暗中无人应答。

风小雅却盯着某一处，慢慢地走了过去："你恢复记忆了，是吗？"

那气息微重了起来，这下，孟不离和焦不弃也听到了。

"你恢复了记忆，所以没去芦湾，而是上了玖仙号。你想做什么？"

黑暗中有什么东西在挣扎，然后脱离了禁锢，嘤咛一声冲了出来，扑向风小雅。风小雅一把将对方扣住，手腕入手，却是超乎想象地小。孟不离立刻吹亮火折，风小雅借光一看，自己抓住的，正是小玉儿。

小玉儿面目狰狞，张嘴就咬。风小雅不得不一掌将她推开，小玉儿的身形再次遁入黑暗。

孟不离走上前，用火折的弱光扫视，刚照到一个木桶，火光突灭，黑暗中，一人出手如电，将他放倒。

孟不离一个翻滚，滚回到风小雅脚边。

风小雅盯着该处，忽然摘下了手上的佛珠，捏在第三颗上："出来。不然，我会捏碎此物。"

佛珠共有十八颗，每颗都有不同的作用。第三颗里的，正是南柯一梦。

这本是秋姜之物，如今却被反过来对付她。秋姜果然受激，第一万次后悔为什么之前没趁风小雅病发时拿回该物，只好硬着头皮慢慢地从黑暗中走出来。

只不过，她是提拎着小玉儿一起出来的——就像老鹰提拎着小鸡那样。

小玉儿面容扭曲四肢僵硬，既发不出声音也动不了，只能用仇视的目光瞪着秋姜。秋姜索性一记手刀切在她后颈处，小玉儿顿时晕了过去。

秋姜把她扔破布般扔在地上，然后直视着风小雅，伸出手："还我。"

风小雅打量着她，看着这个面目全非的中年妇人，眼瞳如霜，隐透着一种说不出地绝望："你……果然恢复了记忆。"

宴厅内，在云闪闪的极度傻眼中，下一环节开始了。

"下面是客人们自己带来的货物进行交易，就不猜了，价高者得。"艾小小说着，让婢女们捧出了第一件货物，赫然就是薄幸剑。

然而，大概是二尺二的尺寸过于苛刻，众人显得对此兴趣不大。

云闪闪一开始急得不行，后来一想，反正船都是要沉的，到时候欠条自然也就没了，便镇定了下来。

颐非观察着众人的反应，心中沉吟：秋姜想以此物钓出潜伏在胡九仙身边的如意门弟子，现在看来效果不会太好，谁能想到胡九仙自己拿出来的三样宝物中，就有两样跟如意门有关呢？

想到这里，他侧头看了看身旁空着的位置，秋姜还没回来，是遇到什么事了吗？

这时，有个姓郭的富豪用一百金买下了薄幸剑，结果已出，颐非便对云闪闪耳语道："记得把剑拿回来。"然后便离开了。

三楼胡情娘房间的暗室内，秋姜听了风小雅的话后，忽笑了笑。

"是啊。多谢你当年手下留情，活命之恩，无以为报，便让你死得痛快些吧。"

焦不弃愤怒地喊了起来："秋姜，你还有没有良心？公子为了你付出了那么多，连宰相大人都……"

秋姜冷冷地打断他："杀父之仇都能原谅，你觉得是痴情？不好意思，我觉得是废物。"

焦不弃和孟不离都震惊得说不出话来。万万没想到，当事人竟如此不领情。

秋姜睨着面无血色的风小雅，接下去的话便说得更加肆无忌惮："风小雅，你给我听好了。这个世界上，我最瞧不起的人，就是你。我要是你，要不就拔剑为父报仇，要不就跳下海去死个干净，省得再苟延残喘浪费粮食。"

风小雅的身体颤抖了起来。孟不离连忙担忧地上前扶住他："公子！你别听这妖女胡说八道！"

孟不离更加干脆，拔剑刺向秋姜。

秋姜一边闪避一边冷笑道："还有你，孟不离，不能说话憋死你了吧？"

孟不离一僵。他本是如意门弟子，风乐天在追查江江的下落时，故意声称要给体弱多病的儿子买护卫，请人牵线找上如意门。风乐天提的要求是话少武功好。可孟不离生性活泼，极爱说话，于是如意门便给他灌了服毒药，毁了他的声带。自那后，他发音艰难，能不说话就不说话。

"你效忠的人毁了你的嗓子，奴役你为仆。你没有自由，没有自我，活得根本算不得人。你养什么猫，你该养狗啊！给根骨头就摇尾乞怜的狗！"

孟不离暴怒一声，出剑更厉。

秋姜却闪避得越发轻松："把你们养大的，是如意门；教你们本事的，是如意门；放你们生路的，是如意门。你们两个恩将仇报，竟帮着一个残废对付我，狗还记得原主人呢，你们两个，连狗都不如！"

孟不离越发焦躁，破绽渐多。焦不弃在一旁忙喊道："不要听她的！她想让你心乱！"

秋姜的目光顿时扫向了他："孟不离是个天阉，这辈子是没戏了，焦不弃你却不是，难道不想着娶妻生子？杀了风小雅，你就自由了！"

"少废话！"焦不弃放开风小雅，拔剑加入战斗。

秋姜以一敌二，却半点不弱，还有空扭头对风小雅道："你怎么不动手？噢，你不敢。你既不敢自杀，也不敢杀我，果然是废物呢……"

风小雅颤抖得越发厉害，看着她，看定她，犹如望着深渊一般，近不得，退不得，回应不得，不回应也不得……

"哧"的一声，焦不弃的剑划破了秋姜的衣袖。若非她躲得快，这一剑已将她的手砍了下来。

秋姜皱了皱眉，忽然看向某处道："你还不出来帮我？"

黑暗中，有人幽幽叹了口气："如此场面，在旁看着，是好戏；加入了，可就不是好戏了。"

"我死了，你就没戏看了！"

"也对。"话音刚落，颐非突然出现在了风小雅身后，一把扣住他的咽喉。

孟不离和焦不弃大惊，双双停了下来。

颐非劫持着风小雅，笑眯眯道："风水轮流转啊，鹤公，上次我劫持秋姜，你来救。这次，我劫持你，救秋姜。"

风小雅闭了闭眼睛，再睁开来时，之前的悸颤、慌乱、痛苦等情绪全部消失，像被雪覆盖的大地，只剩下一片冷然的白。

颐非突然预感到某种不祥，像机警的猎物般后退，但已来不及，一条细丝不知何时绕上了他的脖子，一动，就拉出了血痕。

"别动！"秋姜连忙提醒。

风小雅却没有乘胜追击，而是手一抖，将细丝收回了佛珠里。

颐非心有余悸地摸上脖子上的血痕，差一点，刚才他的脑袋就掉了。

风小雅拿着佛珠，走向秋姜。

秋姜却后退。

"不是要我还你吗？"风小雅淡淡道，"伸手。"

颐非这才知道这个古怪玩意儿是秋姜的，不禁苦笑道："小姑奶奶，下次撒手铜落人家手上时，记得提醒一声啊。"

秋姜没理会他的话，直勾勾地盯着风小雅，他前进一步，她就后退一步，从内心深处涌起恐惧。

风小雅的武功比她高许多。一直以来，她所倚仗的不过是此人把她认作江江，对她怀有深情。可一旦这份情谊没有了，与这样的人对上，她毫无胜算。

风小雅见秋姜不敢接，唇边露出一丝轻蔑冷笑，随手将佛珠戴回到手腕上。

"我不杀你，并不是因为对你余情未了。"他轻轻地却异常清晰地说道，"就像这串佛珠一样，留着，是因为有用，而不是喜欢。"

颐非有点想笑，但看了眼秋姜凝重的表情，只好忍住了。

"同理，你活着，比死了有用。我父确实是你杀的，但我的仇敌，不是你，或者说，不只你。"风小雅的脸在阴暗的光影中异常地白，双瞳则浓黑如墨，黑白二色出现在那样一张琼林玉质的脸上，更显惊心动魄，"你问我为什么不去死，为什么还活着，我的答案就是——如意门不倒，我绝不死。"

秋姜一动不动，似是被震到了，半个字都说不出来。

气氛死一般沉寂。

颐非看看她又看看他，忽然拍起手来："说得好！如此看来我们的目的都是一样的，自己人自己人……"

说着上前，哥俩好地想要打圆场，结果船身突然一个巨震，隔壁房间里的所有能动物件全都不受控制地横飞出去。

秋姜使了一个千斤坠钉在地板上，却听颐非说："动手！"

秋姜一愣，万万没想到颐非这就开始。

颐非扑向风小雅，风小雅立刻闪避，但又是一个巨震，船身反了个方向倾斜。颐非趁机一把擒住他。

然而手臂入手，却像烧红的烙铁一般灼热，烫得颐非立刻松了手。

孟不离和焦不弃双双上前，挡住颐非的攻击道："公子快走！"

颐非看向一旁一动不动的秋姜，又说了一遍："动手！"

秋姜一震，终于清醒过来，飞身上前拦住风小雅。

屋内又是一阵"丁零哐当"乱飞乱跳。

四下飞腾的物件里，两人目光相对，秋姜忽觉风小雅的脸模糊了，变成了另一张脸——圆圆的、弥勒佛般慈祥的、风乐天的脸。

她心一抖，出手便慢了一拍。

风小雅撞破墙壁飞了出去。

秋姜连忙跟着跳下去。

狂风呼啸，船身跌宕，秋姜冲出三楼船舱，飞落直接跳到一层甲板上。

只见一楼甲板被炸得四分五裂，蓄满清水的池塘不见了，露出个巨大的黑洞，还在着火冒烟。船工们手忙脚乱地奔走其中，扑火救人。

一时间人头攒动，竟看不出风小雅去了哪里。

船尾又是一记爆炸，船身再次震动，船帆上的一根横木突然断裂，掉下来打中了站在船头控制招叶的扳招手，该船工连声都没来得及发出就飞了出去。

眼看那人要栽进海里，一道黑影闪过，却是躲在暗处的风小雅飞过去拉住了船工。他的另一只手抓在船舷上，栏杆承受不了重量，瞬间折断。

这时秋姜赶到，眼睁睁地看着风小雅和船工一起掉下去，电光石火间，风小雅手不卸力，直接将船工抛回甲板，自己则摔进水中，像一滴水，没有激起浪花就被大海瞬间吞没了。

风小雅会水吗？！

船夫趴在甲板上，劫后余生地失声痛哭。

哭声萦绕在秋姜耳旁，她只觉耳朵里又是一阵嗡鸣。

"江江——"

我不是江江！

"你是个好孩子……"

不！我不是！

心中一个声音无声地呐喊着。秋姜的眼瞳由浅转浓，身体先意识一步做出反应，一把抄起旁边的绳子缠在桅杆和自己腰间，纵身跳了下去！

冰冷的海水瞬间从口鼻间涌了进来，秋姜屏住呼吸，睁大眼睛寻找。巨大的旋涡一个接一个往身上撞，压得每根骨头都生疼。

在哪里？

去哪里了？！

心急如焚之际，终于看见十余丈外有个黑影在往下沉。

风小雅果然不会游泳！

秋姜双腿一蹬，朝他游过去，眼看就能追上，绳索一僵，却是长度到了极限。秋姜咬牙，索性解开绳索，继续游过去。

绳索悠悠荡荡，像是某个即将露出水面的真相，慢慢地浮上去了。

而秋姜也终于抓住了风小雅。风小雅本是闭着眼睛的，至此才睁开来。

水纹让一切扭曲，扭曲的画面里，风小雅竟似在笑。

秋姜心中涌起一股难言的挫败感，但此时想不了太多，只能抓着他拼命往上游。

然而，气息不够了。

下沉太深，又负荷了一个男人的重量，秋姜只觉胸口快要爆炸，一口气终于没憋住，喷了出去。

她连忙捂住口鼻，狠狠咬牙，咬出了满口血腥，痛觉一下子令她清醒起来。

她可不是谢长晏，跳水救人做事不顾后果！对如意门长大的人来说，没有什么比活下去更重要。

她要活下去！活下去！活下去！

正在危急时刻，风小雅伸手将一样东西递给了她——她的佛珠。

秋姜立刻捏动其中一颗珠子，飞弹出那根镶丝来。

镶丝疾飞出去，却没钩中什么，荡了回来。秋姜咬牙再次弹出去，来点什么！来点什么！

也许是强大的求生欲带来了幸运，她依稀感觉镶丝那头缠住了什么，当即借力抓着风小雅游过去。

脑袋终于浮出水面，秋姜拼命呼吸。

就在这时，她看见自己钩中的东西，是一截掉落的船舷栏杆，足有一人多长。

木制的栏杆漂在水上，刚才害风小雅落水，这一刻，却救了他们。

这难道就是传说中的好心有好报？

秋姜把风小雅平放在栏杆上，抽空喘了口气。

视线中没有大船的影子，也不知是他们漂离得太远，还是船已沉了。他们尚未脱离危险，可趴在栏杆上的风小雅，仍在笑。

秋姜抹了把脸上的水："你笑什么？"

风小雅收了笑，极为专注地盯着她，问："为什么救我？"

"你还有用，而且我不想被燕王追杀。"

风小雅便又笑了。

秋姜听着他的笑，觉得恼火得不行。偏偏这时，风小雅又问："我父……真是你杀的？"

"说了一万遍了，是的，是的，是的！"

"骗子。"

轻轻两字，却让她的心"咯噔"一跳。

"我找仵作解剖了我父的尸体，父亲五脏衰竭，肺部长满恶瘤，就算没被割头，也活不过一个月。"风小雅凝视着上半身趴在栏杆上的秋姜，伸出手将湿漉漉的头发从她脸上拨开，动作又轻又柔，"你和我父，是不是达成了什么交易？"

脸庞完全暴露在对方面前的秋姜再也遮不住表情，海水太冷，冻得她的嘴唇都在抖，而比身体抖得更厉害的，是她的心。

就在这时，一条小船出现在视线中，紧跟着，一根绳索飞过来，卷在了秋姜腰间。

风小雅惊呼道："放开她！"

秋姜只觉身子一轻，再一沉，被扔在了小船的甲板上。

小船上，颐非将绳索慢慢地缠回手间，对着风小雅冷冷一笑："她没事，有事的好像是你啊，鹤公。"

秋姜稳住心神，定睛一看，小船船尾绑着二人，正是周笑莲和马覆，两人全都闭着眼睛昏死过去，云闪闪正看着他们。

也不知颐非是怎么做到的，竟没知会她一声，真的活擒二人炸了船。

想到这里，她心中又一沉——剩下的，就只有风小雅了……

颐非慢悠悠地从袖子里取出一样东西，秋姜一看，那不是公输蛙的"袖里乾坤"吗？

"求鲁馆的火药真的很好用，那么大的船说没就没。现在，就让我再试一试这把弩，看看是不是真的那么神乎其神。"颐非微笑着，将袖里乾坤对准了风小雅。

秋姜下意识地跳起按住他的手，颐非扭头，目光至冷，她突然清醒过来，连忙松手。

颐非嗤笑了一声："一日夫妻百日恩，女人心思多变，我能理解。"

秋姜抿了抿唇道："他可以死，但不能死在你手上。"

"噢？为什么？"

"你是要当程王的人，如果风小雅死于你手，燕王不会善罢甘休。"

"这个理由找得不错。"颐非笑眯眯地贴近她的脸，亲昵轻佻地说，"可惜……我并不想当程王呀。"

秋姜面色微变。

颐非再次将袖里乾坤对准风小雅，毫不犹豫地扣下了按键。这一瞬间极短，看在秋姜眼中却极长，长得足够将很多事情都想起——

"我一直想见你。"

"我想救你。"

"花开之时，如你所愿。"

"我只后悔一件事……十年前的十二月十一日，没能干干脆脆地走。"

"活下去，我试试。"

一幕幕，都是他说这些话的样子。

秋姜绝望地闭了闭眼睛，再次出手，而这一次，她从颐非手上夺走了袖里乾坤，然后将黑漆漆的箭孔对准了颐非。

颐非挑眉道："你果然临阵倒戈。"

秋姜脸色素白，并不说话。

"说什么程国的事程国人自己解决，说什么要回如意门当如意夫人，这就是你所谓的合作？"颐非朝她走了一步，索性将衣襟一扯，露出赤裸的胸膛，"来啊！动手！往这儿射！"

秋姜依旧不说话，也不动。

颐非再次冷笑："原来你既不舍得杀他，也不舍得杀我呀。"

秋姜沉声道："不要逼我。"

颐非则用比她更低沉的声音道："我就逼你！要不他，要不我。今天，只能活一个！"

秋姜只觉原本就咬破了的口腔再次溢出血来，腥甜的气息令得她烦躁难安，偏偏颐非又朝她走过来，随之同来的是巨大的威压。

杀风小雅，还是杀他？

颐非自然比风小雅有用得多。只有颐非才能帮她顺利回程，夺回如意门的权杖，成为如意夫人。他如果死了，一切就要从头开始，会更加艰难。

而且杀了他，就得杀云闪闪灭口，否则云笛追究起来，后患无穷。还有周笑莲和马覆，怎么处理？她现在孤身一人，没有帮手怎么成事？

不！不行！不能杀颐非！

秋姜脑中波涛起伏，剧烈碰撞，手指却坚定地按了下去——她的洞口，对准的是颐非。

"咔嚓"一声。

机关扳动了，但箭，并没有飞出来。

秋姜连忙再次按动按键，"咔咔咔"，只有声音，没有箭。

她顿时明白，自己上当了。

立在前方的颐非脸上有一种很古怪的表情，竟不知是解脱，还是失落，但他很快轻笑了一声，手中绳索飞出去，这一次，卷住风小雅的腰，将他拉回了船上。

风小雅定定地看着秋姜，神色却是难得一见的激动。

颐非亲自扶着他站稳："恭喜啊，鹤公。她选了救你。"

秋姜的手一松，袖里乾坤"啪嗒"落地，她的心，也似跟着落到了地上，变得说不出地疲惫："这是对我的，又一次考验吗？"

她早该知道，颐非和风小雅才是一伙的。

风小雅不停地试探她，颐非也不停地试探她，然后这一次，他们两个联起手来试探她。

逼得她，终于露出了原型。

海面上的太阳很晒，她只觉热得不行，衣服已经蒸干了，热汗源源不断地涌出来，顺着头发往下淌，像是谁在替她哭一般。

然而秋姜眼中一滴眼泪都没有，有的只是愤怒。

眼看着一点点重新变得冷静冷酷的秋姜，颐非心头一阵乱跳，忙道："你别胡思乱想，我这一次，可是真的为你好。"

秋姜用一种平静的、陌生的眼神看着他。

颐非苦笑起来："算了，还是让鹤公来说吧。"说罢，他转身叫上云闪闪，把周笑莲和马覆抬进了船舱。

船舱很小，塞了四个人后就没剩下多少空地。

云闪闪嘀咕道："我哥怎么还不来啊？

"不是说好了看见黑焰就赶紧赶来的吗？

"这小船上的食物我看了，只够我们几个吃三天的。大海这么大，可别彼此错过了……"

他说了半天，发现无人应答，不禁回头看向颐非："喂，问你话呢！"

颐非盘膝坐在角落里，背对着他，低着头，不知在想什么。

云闪闪凑过去问道："你怎么了？"

颐非的目光闪了闪，揉了揉自己的脸道："没什么。"

云闪闪却轻笑起来，朝他眨了眨眼："我知道，你心里失望对吧？人家为了救前夫，可是选择杀你噢。"

颐非惊讶地看着云闪闪。

云闪闪觉得自己猜中了，当即安慰地拍了拍他的肩："正所谓一日夫妻百日恩，她救风小雅不是正常的嘛！你也别难过，女人世上多得很，只要你跟着我和我哥，事成之后，要钱有钱，要权有权，要多少女人就有多少女人。"云闪闪目前还不知颐非的真实身份，还当他是丁三三，只不过是被他哥收买了，替他家做事，因此如此安慰。

颐非看着这张一无所知的脸，轻叹了口气："真是个有福气的人啊。"

"你说我吗？那是当然，小爷的福气自然是一等一得好！"

颐非笑了笑，起身走到帘前，将帘子掀开一条缝，看向外面——

秋姜跟风小雅面对面站着，谁也没有说话。

这两人，一个是海底针，把自己的心思藏得极深，不允许他人窥探；一个是痴情种，百虐不悔，坚信对方是有苦衷的，非要大海捞针。

神仙打架，却把他搅和其中，逃不开，脱不得，受了牵连。

再看袖里乾坤，不知何时滚到了角落里，黑漆漆的洞口，却不偏不倚地对准了舱帘方向，对准了站在这里的他。

似有一道无形之箭飞射出来，刺入他心。

颐非的手抖了一下，然后慢慢抬起，捂住了心口。在有选择的时候，除了娘和松竹山水琴酒，没有人会选他的。

这个道理他早已明白，不是吗？

期待太多的人，得到的，往往是失望。

因利益而生的纠葛，怎么比得上真情实意？

颐非松开手，帘子再次落下，他走回到角落里重新坐下，不再看，也不再听。

小船漂浮在水面上。

像极了她跟风小雅初见时做得第一道菜"一苇渡江"。

宿命走了一圈，重新回到起点，秋姜忍不住想，这可真是因果轮回。

眼看风小雅抬脚，要朝她走过来，她下意识喝止道："站住！"

风小雅笑了，脚步却真的停下了。

秋姜捏着手指，好半天才一根一根地松开，叹了口气道："我救你，不是你所想的那个原因。"

"你知我如何想？"

"你必定觉得，我……对你有情，所以不忍你死。但不是！"

风小雅只是看着她，脸上的浅笑在阳光的招摇下，晃得有些刺眼。

"我不杀贱民。而且，你活着，比死了有用……还有……"

她没能说完，因为风小雅已走过来，一把将她搂入怀中。

在一片擂鼓般的心跳声中，风小雅低声道："还有，你要当如意夫人……我明白。"

鼻息间闻到了熟悉的香味，那是姜花的味道，秋姜原本要挣扎的手，便一下子失去了力气，垂落在身侧，无法迎合，却也无法拒绝。

真是……孽缘啊……

"我父是不是告诉你，拿着他的人头回程，如意夫人就会把位置传给你？"

秋姜一抖，抬眼震惊地看向他。

"我父是不是跟你说，他已经一败涂地，但是……"风小雅在近在咫尺的距离里凝视着她，一个字一个字地说出了后半句道，"你，却有机会。"

"轰隆隆——"

耳朵里再次响起轰鸣声，眼前的脸模糊了，变成了风乐天，记忆也仿佛回到了大年三十那天——

那一天，风乐天对她说："你是个好孩子……我已经一败涂地，但是你们，还有机会。"

她将那番话深埋于心，根本不敢回味，偶尔想起，也只当是梦境一场。但实际上，那不是梦。

"如意门已成立一百二十年。正如你所言，组织庞大，人手纷杂，跟各国朝堂都有千丝万缕的关系。即使是如意七宝，彼此之间互相竞争互相监视又互相合作，想要分而破之，事倍功半，几不可能。但如果从内部解决，则不同。"风乐天说这话时，笑得两眼弯弯，每条纹路里都藏着洞悉与理解，还有难言的悲伤，"你一旦成为下一任如意夫人，如意门的一切就是你说了算。这条路满是荆棘，但你已走了九十九步，就差最后一步。"

现任的如意夫人已经老了。

这些年，秋姜杀光了所有的竞争对手，并让如意夫人走火入魔，不得不经常闭关休养。

她是公认的下一任如意夫人。

只要完成风小雅的任务再回去，如意夫人就不得不把门主之位传给她。

可风小雅的任务无法完成，那么能够累积功劳的，便只有风乐天的死了。

"我行将就木，活不久啦。与其苟延残喘，不如用这把老骨头，送你一程。"风乐天伸出手，将她的手包拢住，温热的体温似能将一切融化。

我是……无心之人啊……

秋姜提醒自己，可是这一次，这句十年来都百试百灵的咒语，失了效。

她的眼中升起一片雾气。

"人口略卖，皆为利益。只要有人买，就一定会有人卖。灭了一个如意门，还会有下一个如意门。我所做这一切……"她声抖、人抖、心也在抖，"也许毫无意义。可是、可是、可是……"

可是，不试试，她不甘心。

天将降大任于斯人也。总有人在痛苦中挣扎，不甘心就此沉下去，想要做点什么，改变世界。

更何况，这是……她的原罪。

耳朵里的轰鸣声渐渐远去，秋姜抬起头，眼神重新转为坚定："你既已知道，为何不早点唤醒我？"

她终于承认了。

四年前的大年初一，她先借风小雅之手除去二儿、五儿和六儿，然后会有人黄雀在后出现，将她和风乐天的人头带走，帮她回如意门向夫人邀功。

可是，那个事先说好的人没有出现。

而她，被风小雅使了"化蛹术"，再醒来后，莫名失了忆。

这其中到底是何缘故，她这么急着回如意门，除了寻找如意夫人外，更是为了调查此事。莫非，此事也跟风小雅有关？

风小雅闻言，却摇了摇头："我是直到刚才，才能确认这一点的。"

直到她不惜一切跳下海来救他，他才能确认她是真的有苦衷。因为，七儿既是如意门最出色的细作，谁能保证她跟风乐天的对话不是假的呢？没准是借机哄骗风乐天自愿献出人头。

这其中的真真假假，除了生死之际，实在无法分辨。

秋姜也自知这一点，便提了另一个问题："那么，我为什么会失忆？"

风小雅沉默了一会儿才答道："我不知道。我……赶在最后一刻钟，才做出救你的决定。"

在那之前，他犹豫挣扎了整整二十四个时辰。

那时候仵作正在检查风乐天的遗体，另有收敛师等在一旁要把人头缝回去安葬。他坐在父亲和秋姜中间，希望眼前的一切都是梦境。

只要醒来，就会发现是假的。父亲还好好地活着喝酒吃肉，秋姜还在堂屋里种着姜花。那时候一切都看起来还有希望。

但最终，海誓山盟变成了笑话。

口口声声说要他活下去，要自己跟她厮守一生的女人，割下了父亲的头颅，并且毫不留情地扔到他面前。

风小雅满脑子想的都是一件事：为什么要活下来？

为什么十年前不死？

为什么要忍受这么多年的煎熬，一次次地重复失望、痛苦和打击？

命运在苍穹上对他始终充满戏弄地凝视着，仿佛在问他：活着，有意思吗？

风小雅在那一刻，决定放弃。他叫来孟不离和焦不弃，把卖身契还给了他们："你们自由了。想去哪儿便去哪儿吧。"

孟不离和焦不弃顿时惶恐起来："公子，你这是要？"

他垂眼看着秋姜的睡容，淡淡道："我不准备唤醒她了。等父亲的尸首收敛好，你们把我们三个葬在一起吧。"

也算团聚。

"公子！万万不可！"他们惊慌地想要阻止他，他却心意已决，任凭二人哭泣哀求，都一字不言，一动不动。

直到仵作检查完毕，洗净手走到他面前，沉声道："鹤公，在下发现令尊的肺部长满肿瘤。"

他在呆滞中，好半天都没明白那是什么意思。

倒是焦不弃先反应过来，狂奔到他身边，按住了他的双腿道："公子！可能另有隐情！"

有时候，人在绝望的时候，给一点火星大的希望，就会改变一切。

焦不弃的这句猜测在当时，救了风小雅，也救了秋姜。

既然最坏的结局都已发生，那么，为何不再等等？

风小雅看着落在膝上的焦不弃粗糙的双手，忽然想，死其实多容易，可要活，何等艰难。这二人都是从如意门的地狱中逃脱，活到现在，等到了自由，难道他就懦弱得只能往死中求解脱吗？

就算要死，也要先解脱，再死。

风小雅立刻命令召集所有仆人，询问他们父亲生前都做了什么，说了什么，有何异样。然后，一点点细节，一句句话语，汇聚一处，形成了一张通向真相的蛛网。

父亲，最多只有一个月寿命。

他生前，跟秋姜独处过好几次。

他总跟秋姜一起喝酒，相谈甚欢的模样。

他写给秋姜的春联"春露不染色，秋霜不改条"，似乎另具深意。

如意门损失了三个精英弟子，还有一个被他扣下了……

风小雅亲自审讯那个名叫刀刀的少年，发现他对外界的一切可以说是一无所知。他出生在如意门，从会拿筷子起就开始拿刀，因此刀法颇具天赋，十岁便杀了第一个人。只服比他武功高的人，其他一概不理会。如意夫人反而极爱他这样的性子，提拔到身畔伺候。

据刀刀说，如意夫人年纪大了，逐渐不爱动弹，以往还会亲自外出巡视各国据点，这几年都是七宝们回来向她禀报。

她疑心极重，谁都怀疑，尤其是七儿。

因为有传闻说如意门这些年陆续折损的女弟子，都是七儿下的手。

夫人一边欣赏她，一边忌惮她，一边防着她。所以七主外出办事，暗中都有三个人监视。三人之间彼此不认识，不允许互通讯息，每个月都要写信回禀。

风小雅问他是否知道都有谁在监视秋姜，刀刀说只知道其中一个是四儿，因为做饭很好吃。

风小雅再问他："你觉得七儿会是下一任的如意夫人吗？"

刀刀回答："会吧，从目先生最喜欢她。"

"从目先生？"

"品先生。"

风小雅自是知道如意门有个叫作品先生的头目，跟如意七宝不同，他是负责略人的，是所有人贩子的老大。

江江当初就是落到他手里，通过考验，被送进了如意门。

只是，他第一次听说品先生还有个称呼——从目先生。似乎在门中颇有话语权，能干涉如意夫人的很多决定。再想细问，刀刀却是答不上来了。

他甚至描述不清二人的长相，只道："如意夫人是个很好看的女人，但头发是假的，眉毛是假的，牙齿是假的，笑起来脸是僵的，感觉哪儿都是假的。从目先生是个很高很好看的男人，跟你差不多好看，但他老了，你还年轻。"

风小雅最后问他："你有什么想要的吗？"

刀刀沉默许久，才道："我想要一把世界上最快的刀。七主有足镖，但差了一位锻造大师。"

"好。我现在要把你送往监狱，罪名是杀害更夫。只要你乖乖在牢中待足十年，届时我送你一把当世最快的刀。"

刀刀用一种古怪的眼神看着他，问："你若死了呢？"

风小雅笑了一下，指着一旁的孟不离和焦不弃道："那么，他们把刀带去给你。"

刀刀真的去坐牢了。

燕王对此举大为赞赏，感慨万千："这年头，世家江湖全都滥用私刑草菅人命，难为你还记得国有律法。"

"那么陛下，何时更新大燕律法？略人之恶，父亲生前没能推行新政惩戒之，小雅愿继承家父遗志，祝君一臂之力。"风小雅说罢，俯身深深一拜。

那一年的风小雅，拖着病重之身各种奔走。

那一年的燕王，因为谢长晏而牵引出了多年前的旧事，正式下决心要铲除如意门。

那一年的谢长晏，决定去大海的另一端看看如意门所在的程国。

那一年的秋姜，用内力催化后发起高烧，全身僵硬。大夫声称需去寒冷干燥之地静养，才能慢慢恢复行动力。于是她被送上了云蒙山，醒来后忘记了所有的事情。

第二年，也就是华贞六年年初，燕王终于力排万难，颁布了新令，禁止民间略卖人口。一经发现，无论是否已卖，都处以磔刑，知情收买者与同罪，不知情者黥为城旦春，举报者赏帛三匹。十岁之下孩童，不管其父母是否自愿，皆视为略。

新政颁发后，切肤组织人人弹冠相庆，抱在一起痛哭流涕。

如意门的青花组织受到重创，决定正式开始实施燕国的奏春计划：谢长晏假死遁世的堂姐谢繁漪，带着燕王的孪生弟弟谢知幸，同钰菁公主秘密相会，想用谢长晏引出燕王，趁机谋朝篡位。

如意夫人依旧闭关不出。

如意门内一团混乱。

然后，品先生出现，稳住时局，并且，帮助颐殊公主谋夺程国的帝位。

风云际会的华贞六年，也就是图璧四年，三王齐聚芦湾，成为后来史书上最最浓墨重彩的一笔。

而最初构想这一切的两个人，一个失忆待在山上想要恢复行走。另一个，在回去的路上死了，终究没能归程。

【未完待续】

图书在版编目（CIP）数据

祸国·归程：全 2 册 / 十四阙著 . —— 南京：江苏
凤凰文艺出版社，2019.6（2024.6 重印）
ISBN 978-7-5594-3592-7

Ⅰ.①祸… Ⅱ.①十… Ⅲ.①长篇小说 – 中国 – 当代
Ⅳ.① I247.5

中国版本图书馆 CIP 数据核字 (2019) 第 072978 号

祸国·归程

十四阙 著

选题策划	北京记忆坊文化
特约策划	暖 暖
特约编辑	诗 杰 朱 雀
营销编辑	杨 迎
责任编辑	白 涵 刘洲原
封面绘图	无 轩
人设绘图	魈 尧
封面设计	80 零·小贾
版式设计	天 缈
出版发行	江苏凤凰文艺出版社
	南京市中央路 165 号，邮编：210009
网　　址	http://www.jswenyi.com
印　　刷	环球东方 (北京) 印务有限公司
开　　本	670×970 毫米 1/16
印　　张	32.5
字　　数	647 千字
版　　次	2019 年 6 月第 1 版　2024 年 6 月第 3 次印刷
书　　号	ISBN 978-7-5594-3592-7
定　　价	76.00 元（全二册）

江苏凤凰文艺版图书凡印刷、装订错误可随时向承印厂调换

MEMORY
HOUSE

HUOGUO

归程

 十四阙 著

江苏凤凰文艺出版社
JIANGSU PHOENIX LITERATURE AND
ART PUBLISHING LTD.

姜花开时，如你所愿。

目录

CONTENTS

071
·
第四卷 前世 · 蛇环

秋姜垂着眼睛沉默了许久，最终抬起头，凝视着风小雅道："我要回如意门。"

风小雅道："我陪你去。"

"不。"秋姜摇头，"你应该去做更重要的事。不然，怎么对得起胡九仙帮你设的这个局？"

风小雅一怔："你知道？"

"胡九仙不愿去程国，故意借快活宴，配合你和颐非演了一场戏。这场戏的结局，是不是玖仙号沉没，胡九仙虽然获救但重病不起？他提前一步激女儿离开，甚至放任我做手脚，将胡倩娘送入云笛之手，也是因为你们早就约好了的。"

风小雅目光闪动："还有吗？"

"他还帮你们引来周笑莲和马覆，如此一来，程国五个候选者，你们搞定了三个。剩下的杨烁和王隋玉，入程后再见机行事。你跟颐非商量好了，表面上，是你选王夫吸引外界视线，内地里，是他联手世家改朝换代。作为交换条件，你甚至要求他帮你监视我、考验我，或许，还想再次改造我。"

风小雅一笑，满是叹息："你真是我生平见过的最聪明的女子。"

"正如我觉得，只要我当上如意夫人，就能彻底结束如意门一样，你们觉得，换颐非为程王，才是彻底消灭略人组织的方法。燕王，姜皇后和未来的程王颐非，三王联手，唯方将会有一番新景象。"

"没错。这是我们真正的计划。"

秋姜闭了闭眼睛，神色却是难掩萧索，半晌后，惨然道："世事如此无常……谁能想到……璧国，竟会搞成这样……"

昭尹为了一己之私，灭了薛家不算，还打压姬家，扶植姜家。姜老狐狸竟生出个姜沉鱼那样的怪胎，当了皇后，得了璧国的权杖。

而被姬婴看好的颐殊因为脱离如意门的控制，变得荒淫残暴，令程国陷入了更加不堪的境地，倒让当初姬婴不看好的颐非，有了东山再起的机会。

秋姜忍不住想：莫非老天见她没能赶上去年的三王会程，所以特地补偿她重新来过?

一念至此，心中突生希望：是啊！虽有无数悲愤、痛苦、遗憾，幸好还有重新再来的机会。

秋姜迅速做出了决定："你们尽管按照你们的计划走。我先自行回如意门，随时配合你们。"

"如意门现在不知什么情况，你独自一人太危险，我们一起。"

"不行。带着你，就什么都做不了了。"

风小雅的眸光暗了下去，体内不断跳动的六股内力无比清晰地告诉他——她说得没错。他每次动用武功后，都需要大量时间休息，平日里也要时时刻刻保持平静，免遭反噬。这样的他，于秋姜而言，确实是个拖累。

"那带着我呢？"船舱中，忽然传出了颐非的声音。与此同时，舱帘挽起，佝偻消瘦的"丁三三"就那么笑嘻嘻地走了出来，他的腰间重新系上了那根被卖掉的薄幸剑。

秋姜冷冷一瞥，他便收了笑，弯腰开始咳嗽起来，认认真真地扮演好角色。

秋姜真不知是气还是笑，问道："你不随云笛回去处理大事？"

"玖仙号沉没，云笛关心弟弟安危，第一时间赶到现场抢救，再载着幸免者们回芦湾，那般人多眼杂的，我跟着他，是生怕别人认不出我吗？"

"那周笑莲和马覆怎么处理？"

"云家船救了许多幸免者，独独找不到周马二人，只能向女王请求支援。我那妹妹大概会派她的新宠袁宿处理此事。当袁宿坐着战舰出海四处寻找时，你说他会想到周马二人其实就在云家船的密舱里囚着吗？"

好计！秋姜认同这一点，最明显的地方，确实是最容易疏忽的地方。而且，袁宿想必是个棘手的人物，将他从颐殊身侧调走，也更方便云笛行事……

"所以……"

"所以，还是三儿我，带你这个叛徒回如意门找夫人，听候夫人发落。"颐非冲她眨眼一笑，然后看向风小雅，"对不住了鹤公，你的心肝宝贝还得继续跟我混。放心，我肯定把她照顾得妥妥当当、平平安安，毫发无损地带回来给你。"

风小雅望着他，过得片刻，深深一拜："多谢颐兄。"

秋姜眼底闪过一丝尴尬。他们两个这番话，说得好像她还是风小雅的十一夫人一样，明明是假的，而且已休了。只是……她跟风小雅之间，也确实说不清楚了。

金钱易讨，情债难还。

罢了。

云笛很快派了小船来接应，将风小雅、周笑莲、马覆和云闪闪带走。颐非则操桨划着小船带秋姜离开。

风小雅离去时，似有万语千言要说，但秋姜抢先一步道："我会平安的。你要保重。"

风小雅便没再说什么，笑了一笑，挥手而去。

秋姜心中似落了一块千斤重石，松了口气。回头，却见划船的颐非眼神揶揄地笑道："这算不算是'望君烟水阔，挥手泪沾巾'？"

"分明是——行道迟迟，载渴载饥。我心伤悲，莫知我哀。"她心中究竟是如何想的，不足与外人道也。

秋姜说着就要进舱，却听颐非望着广阔无际的大海，悠悠道："你看这悠悠空尘，忽忽海沤，浅深聚散，万取一收。"

秋姜一怔，脚步下意识停止。

再扭头看向颐非时，他不再说话，专心地划起桨来。阳光曝晒，他的面目如被融化，看不出真实表情。不知为何，秋姜直觉地认为，这一刻的颐非，是悲伤的。

一种万事与我无关，我与喜悦无关的悲伤。

他这样的人，会因为什么事而真正地高兴呢？得到皇位，成为一国之君后，就会开心吗？可如果不开心，又为什么要去争呢？

也许，是跟她一样，天降大任，摆脱不了。

是宿命，更是……原罪。

秋姜心中十分清楚，此趟旅程危险重重。但她没想到的是，第一重磨难，会来自老天。

跟风小雅分别不久，海上的风就变大了。

颐非放下桨，爬上桅杆眺望一番后，开始收帆。

秋姜见他面色凝重，便也出来帮忙，问道："要有风暴？"

颐非叹了口气道："我出海前忘了拜龙王，你拜了没？"

秋姜想了想，问："现在拜还来得及吗？"

两人对视一眼，彼此莞尔。

收好帆，藏好桨，封好门，清点了一番食物和水后，颐非在角落里坐下道："好了，能做的都做了，听天由命吧。"

"为何不发焰火求救？"风小雅的船应该没走远。到云笛的大船上，总比这艘小船平安些。

颐非做了个掐指算命的动作："因为我们要等另一艘船经过，算算时间快到了。"

"什么船？"

颐非看着她，别有深意地说道："青花。"

秋姜瞳孔微缩。

从燕、宜、璧三国略来的人，都是用青花船偷运到程的。一艘装一百人的船，因为大多是孩子，往往塞够了二百人才走。因此船舱里又闷又挤，再加上缺水少饭，常常有人挺不过去，半路上就没了。

没了自然被扔进海中，尸骨无存。

秋姜忽然想起了某件事，一件她以为自己忘记了，但其实一直记着的事。

她的身体不受控制地颤抖了起来。

这时一只手伸了过来，手里有个酒瓶。

秋姜一愣。

颐非将酒瓶往她跟前又递近了些，目光中有了然之色。

秋姜便没再拒绝，接了过来，小船随着海风摇摆，晃得那酒浆也荡个不停。

"听说你以前很爱喝酒。"颐非给自己也开了一瓶，"咕噜噜"喝起来。

秋姜注视着瓶中琥珀色的酒浆，点头"嗯"了一声。算起来，她已经五年没有喝酒了。

"那为何不喝？"颐非挑眉。

秋姜垂下眼睛："我认识的人里，不要命也要喝酒的人，有两个。"

"一个是'我'呀！"颐非笑嘻嘻地指了指自己绿色的眼珠，他指的自然是一口辣椒一口烧刀子的丁三三。

"另一个，是风乐天。"

颐非的笑容僵了一下。他自是知道风乐天是被秋姜杀的。虽然现在被证实风乐天是求仁得仁，但很显然，这道槛在秋姜心里还没迈过去。

其实算算，秋姜恢复记忆不过三天，对她来说，杀风乐天相当于是三天前刚发生的事，确实挺闹心的。颐非心中有些后悔，当即一把将酒瓶抢了回来，笑道："行了行了，我正心疼要分给你呢。还是我喝吧！"

秋姜定定地看着他。

看到那样一个人，顶着丁三三的脸，做出一副沉醉不已的模样，颇是滑稽。

程国的三皇子颐非也好，姜皇后的花子也罢，在世人眼中，他一直是个滑稽的人。秋姜在薛采府做丫鬟时，其实是很看不上他这种滑稽的。

此刻，却品出些许别的味道来。

"我其实很羡慕风小雅。"秋姜忽道，"他有一个世界上最好的父亲。"

颐非正灌了一大口酒，闻言诧异地瞥了她一眼。

"你父不也很好吗？听说自你丢了后，便把药铺卖了，到处去找你了……对了，你还没见过他吧？"

秋姜的眼睛又垂下了，看不到里面的情绪，只是继续道："你父程王，暴虐乖僻，常年酗酒，还对如意夫人不敬。"

"有这事？"

"夫人比他年长，又以立王之功自居，因此，见他开始不听话后，便存了换帝之心。"

颐非唇角一勾，嘲弄地笑了起来："所谓的一国之君，不过是如意门的棋子，亏我小时候还觉得他是世界上最厉害之人。"

"如意门的略人之恶，是浮在外面的，以损害百姓之益为权贵谋利。而它更深的恶，是……"

"操控时局，玩弄权术，令朝堂忙于内斗，令皇权无力革新。"

秋姜心中一悸，忍不住看向颐非——他看出来了？

"如意门盘踞程国，牢牢将历任程王掌控在手。我的父王、皇祖父、皇曾祖父……全是暴虐之人。为什么？因为，如意门只选这样的人为帝。这样的皇帝才会为了权欲穷兵黩武，无视百姓疾苦。所以，我装出残暴放荡之相，想借他们之力上位，结果……"颐非说到这里自嘲一笑。

秋姜将话接了下去："结果，如意门却选了长袖善舞乖巧可人的颐殊。"

颐非直勾勾地盯着她："为什么？你可否为我解惑？"

"因为这个决定不是如意夫人做出的。"

颐非的瞳孔在收缩："是你？"

秋姜笑了笑："我可没这么大的权力。是品先生说服夫人，选了颐殊。"

"品先生，就是从目先生？"颐非从风小雅那儿听过这个人。

"是。"

"他姓品，名从目？"

秋姜的目光闪了一下："假的。官府档籍查无此人。"

颐非想也是。正如如意夫人只是代号，这个品先生、从目先生，也只是个称呼而已。

"品先生为何选颐殊？"虽然最大的可能是品先生跟颐殊也有一腿，但颐非觉得真正的原因应该不是这个。

秋姜犹豫了好一会儿，刚要回答，小船突然横飞出去，两人在舱中顿时倒了个个。匆忙中颐非抓住柱子，反手拉住她，沉声道："坚持！"

话音未落，小船又调了个个，就像皮球一样被巨浪卷入腹中，再高高抛起，重重跌下。

虽然有所准备，但小船的颠簸还是超出了想象，秋姜只觉胸腹翻滚，几近晕眩。细想起来，她已多年没有碰水坐船，武功也荒废得厉害，早已不复当年的巅峰状态。

颐非看起来就比她好许多，如此混乱之际，仍能抓住她的一只手，像壁虎一样牢牢吸附在柱子上。

耳里全是浪撞船壁的哐哐巨响，秋姜觉得这只小船可能支撑不了多久了。果然，她刚那么想，船板中间裂了条缝，海水汩汩涌入。

颐非将她往柱子上一按，自行跳下去用早就准备好的木条往上钉，堵住缝隙。然而这边刚堵住，另一边又裂开了，眼见越裂越多，颐非突然竖起了耳朵："听！"

秋姜倾耳一听，依稀有鸣笛声。

颐非掐指一算："来了！"

二人对视一眼后，撞破船壁跳了出去。

果然，不远处有一艘大船，也在风暴中起伏，但因为船身巨大，所以受风浪的影响较小，看上去处境比他们好很多。

两人当即拼命朝那大船游去，边游边喊："救命——救命——"

大船上的船员们正在往外舀水，其中一人眼尖，看到了海里的两个黑点，忙道："有人求救！"

"自顾不暇，哪里管得了？别废话，快舀水！"另一人训斥。

颐非一个飞踢，如剑鱼般冲向小船，抓住了船壁上垂挂的渔网，当即就往上爬，边爬边道："救人！救人！"

刚爬上去，训斥人的那个船员过来，一桨砸在他脑袋上，把他重新砸回海里。

秋姜一惊，连忙游过去捞起他，重新向大船游去。

"是女人！"眼尖的船员道。

训斥人的船员继续训斥："那又怎样？不明身份之人，不能上船的！"

刚说到这里，一个四十出头的彪壮大汉走出船舱，沉声道："你们两个，还不干活？"

"熊哥，海里有两个人求救，一个女的。"眼尖的船员连忙汇报道。

彪壮大汉熊哥皱眉，趴在船舷旁看向秋姜和颐非，此时风稍小了一点，但雨开始下了，豆大的雨点砸在二人身上，如果不救，必死无疑。

训斥人的船员道："咱们的规矩是不救人的。"

熊哥看着看着，突然面色大变，反手一巴掌扇在他脸上："那是三哥！"连忙亲自跳下船，将颐非救上船。

"三哥，你怎么在这里？"

这时一个大浪打过来，船身一震，颐非推开熊哥扑到船舷边，指着被冲远了的秋姜道："快！救她！"

秋姜被巨浪卷入海中后，运气十分不佳，脑袋撞上一块四分五裂的小船船板，一口气没憋住，顿时全喷了出去。

她拼命挣扎，身子却一个劲地往下沉。

而且，头上似乎砸破了口，猩红色的血雾漂在眼前，她的意识也开始模糊。

不行！不能晕过去！

秋姜拼命往上游。

头越发疼痛，视线中一片红色，她到底流了多少血啊？

秋姜实在坚持不住，慢慢地闭上了眼睛。

就在那时，一人抓住了她，紧跟着身子一轻，重新浮上水面。

意识昏沉的她将眼睛睁开一线，透过密集的雨幕，看见一双亮晶晶的眼睛。秋姜本以为那是风小雅的眼睛，但随即想起风小雅的眼线要更长一些，也不是绿色的，最最重要的是，风小雅眼中永远不会有嬉笑轻浮的神色，他总是那么沉稳内敛，像个玉雕一样……

秋姜想了好多好多，但其实不过一瞬，再然后，整个世界就此暗了下去。

"这可是我第二次救你啦！"

什么？

"一个人如果救了另一个人三次，那么那个人的命，就属于他。"

什么什么？

"你要不想，就记得别再给我第三次机会哈。"

意识昏昏沉沉，这个声音也听起来忽远忽近，扎得脑子一阵一阵地疼。

秋姜有点烦，忍不住呻吟了一声，那声音便远去了。

再然后，依稀有温热的东西贴上了她的额头、脸庞，顺着脖子一路擦下去。对方的动作很轻柔，拭擦的力度也很舒适，秋姜却一个激灵，猛地惊醒。

视线那头，替她梳洗更衣的，竟是颐非！

而且他握汗巾的手，眼看就要擦到关键部位！

秋姜就那么睁着眼睛，一动不动，异常冷静地看着颐非。

"这个时候我不是应该失声尖叫，再一巴掌打过去吗？"一个声音在她的脑中说道。

"这个时候你不是应该失声尖叫，再一巴掌打过来吗？"颐非笑了。但因为易容成了丁三三，贴着胶皮的眼角和唇角纹路被海水泡得发白，扭曲着遮住真面目，呈现出古怪。

秋姜垂下视线，看着那只距离自己的胸不到一分的手。她的外衫已被脱去，仅剩下一件抹胸，因为湿透了，几乎是毫无缝隙地贴在身上。分明是尴尬到极点的境地，脸却像冻僵了，扯不出任何表情来。

秋姜抬手，接过颐非手里的汗巾，坐起自行拭擦了起来。

她如此淡定，颐非反而退了一小步，想了想，又背过身，"识趣"地避了嫌。他的眼神投注到门闩上，眸色有些恍惚，像是想起了一些往事，一些温柔的、难以磨灭却又无法重拾的往事——

若干年前，也有一个少女，在他面前落水。

只不过，那个少女是被他逼着跳下去的。而她落了水后，还是那么倔强，一声不吭，既不呼救，也不叫屈。

再然后，他让琴酒把她救了起来。那时候他是个表面放荡，但心还有点软的少年，所以将人捞起来后，就交给婢女们侍奉了。只是惊鸿一瞥，见那人窝在婢女的手臂间，素白的脸，漆黑的发，在刨去高贵强硬的假象后，实际上是个柔弱单薄的小姑娘。

而那种柔弱单薄的模样，深深印在了他心里。此后再见，对方地位越来越高，离他也就越来越远。初遇时光宛若一梦，又像是终此一生，无法对任何人言说的奢念。

其实秋姜跟那个人没有丝毫相像的地方。

那人出身高贵，举止优雅，是百年世族精心养育的明珠，一朝除尘，可亮天下。而秋姜，出身神秘，是细作组织用毒液灌溉出的毒花，讳恶不悛，鬼神难测。

可是……颐非不知为何，就把二人联想到了一起。

想到这里，他忍不住回头看了一眼。

秋姜换上了一旁的船员服，正用汗巾一点点绞着头发，被水浸湿的发像一匹上好的黑缎，在灯光下闪耀发亮。

似乎是被那种亮光震慑到，颐非连忙又转回头去，一时间，心头起伏，隐讳难言，连忙默念："她是风小雅的未婚妻，噢不，是风小雅的十一侍妾，噢不，是前十一侍妾……总之，朋友妻，要规矩，少接触，保距离……"

房间里静悄悄的，只有两人的呼吸声，清浅几不可闻。

秋姜擦完了头，见颐非还不走，便走到窗边，打开木窗往外看了一眼，风暴不知何时已停了。他们成功上了青花。

这个大概是船长的房间，不过七尺见方，十分肮脏，有一股常年不洗澡的臭味。

但她知道，这已是青花船上最好的房间了。

"我们进行到哪步了？"

颐非还沉浸在某种诡异的思绪中，被她开口的这句话瞬间敲醒，仿佛一盆冷水泼下来，浇熄了妄念的火苗。

"此船的船长邓熊，见过丁三三一面，所以认出了我，现在我已接管此船，一切听我号令。"

如果换一个不认识丁三三的船长，或者是熟悉丁三三的船长，此计都不可成。看来，颐非果然是事先就全部计划好了的。

"我……想去船底看看。"

颐非的目光闪了闪，没有阻止，只是淡淡地说了一个"好"字。

秋姜束好头发，走出船舱，路上遇见了之前见过的两个船员。其中一个大概是因为用桨砸过颐非的脑袋，此刻将脑袋垂得低低的，不敢抬起。

另一个眼尖的那位船员，则自觉自己有心救他们，算是有功，十分殷勤地上前道："三哥，两位有什么吩咐？"

"去船底看看。"

"是！我们这趟收成不好，您也知道燕国那边禁令很严，我们等了三个月，才收了二十个。熊哥正头疼呢，怕回去后被品先生责罚。三哥您能不能给说说情？"眼尖的船员边说边带路，掀起楼梯口的木板，一股酸腐之气顿时涌出。

颐非下意识地捂住口鼻，却见秋姜面色不改踩着梯子走了下去。

青花的船舱底部为了能最大程度地节省成本，是不分间的，别说跟走廊都铺着天竺地毯的"玖仙号"比，就是普通的货船都比它条件好。被掠来的孩童女人们堆在一起，虽只二十人，但吃喝拉撒全在里面，又不通风，臭气熏天。

秋姜下去时，二十人里只有两个孩子抬起头看，仍保持着好奇之色。其他人全都麻木地歪着睡着，一动不动。

秋姜走到那两个好奇的孩子面前，一男一女，男童四五岁年纪，女童八九岁年纪，应是姐弟，相貌中上。

女童的好奇转为戒备，第一时间将弟弟护到身后，盯着她道："你要做什么？"

"你们叫什么名字？"

"关你什么事？你是谁？"

秋姜还没说话，船员已上前一巴掌扇了过去："问你话就老实给我回答！"

女童被一巴掌扇到了地上，男童哭了起来，连忙上前扶他。一旁睡着的人们睁开眼睛，有惶恐不安的，有厌烦仇视的，但更多的是木然。

"不许哭！"船员说罢要踹男童。踹到一半，颐非咳嗽了一声，露出不悦之色，缓缓道："你这是要替老子做主吗？"

船员惶恐，连忙跪倒："不敢不敢，我这不是怕哭声惊扰到这位、这位姑娘吗……"

秋姜的伪装在刚才擦头发时都卸去了，露出了原来的容貌，看上去不过清秀，不像三哥的情人，因此船员心中也摸不透她的身份，只能一味恭维。

秋姜扫了一眼船舱里的人们，再看向两个害怕抽泣的孩童，什么话也没再说，转身回去了。

甲板上，海风吹散污浊之气，吹拂着秋姜高高束起的长发，她站在船头，给人一种马上要乘风而去的错觉。

颐非走出楼梯口，远远站着看了她一会儿，才走过来："那个女童叫齐福，男童叫齐财，是姐弟，父亲死了，亲戚们为了霸占家财，把娘儿三个全卖了。娘路上死了，就剩他们。"

秋姜不知想到了什么，笑了一下："难怪这批都资质平常，原来是买来的。"

颐非明白她的意思。略买略买，买来的，多是父母亲戚觉得最不好的一个。

而略人时，贩子们可都是朝长得漂亮的下手的。正如船员所言，如今燕国官府查得严，质量和数量都大不如前。

颐非目光闪动，忽道："聊聊？"

"聊什么？"

"你在如意门这么多年，必定见过很多天资出众的孩子，说来听听。"颐非看着一望无际的大海道，"我们还要十余日才能抵达莲州，再从莲州走陆路去芦湾。"

"你从前的随从们没告诉你吗？"她指的是山水、琴酒和松竹。

颐非摸了摸鼻子道："他们是银门的，空有一身蛮力，头脑都简单得很，哪有别的五宝多姿多彩。我听说琉璃门，也就是丁三三手下，有各种奇人异事。有一个笑面老妪，特别擅长接生，游走于难产的官宦世家间，刺探了许多情报，还能神不知鬼不觉地把婴儿调包……"

"她叫笑婆婆，但现在已经笑不出来了。"

"为什么？"

"她的脸上被人用刀画了个哭脸。"

"谁啊？"

秋姜冷冷道："我。"

颐非语塞，半晌后，又道："那……还有一位董夫人，剑法极高，是金银两门所有使剑弟子的向往……"

"我杀了。"

"怎么杀的？"

"阴谋诡计杀的。"

颐非想当我没问吧，然后绞尽脑汁地又想出了一个："对了对了，据说还有一个春娘，是如意门第一绝色，天生魅骨……"

"她骨头尽断全身瘫痪，这会儿，大概已经死了。"

颐非惊道："不会又是你干的吧？"

"是你妹妹。"秋姜的视线始终落在很远的地方，回答得漫不经心，"夫人派春娘指点颐殊公主房中术。公主学会后的第一件事就是打折了春娘全身的骨头。"

颐非摸着鼻子，尴尬地问不下去了。

"我给你讲几个？"秋姜忽道。

"好呀好呀！"

"有一个人，很能挨饿，最长的一次，二十天没吃饭，光喝水，没死。"

颐非一僵。

"有一个人，很能忍痛，凌迟时，左臂都削成白骨了，还跟行刑的人说'你可片得薄一点，不够三千片，要处罚的'。"

颐非更僵硬了。

"还有一个人，特别宝贝他手上的八个螺，因为他觉得长大后也许能靠那个找到家人。后来，有一次任务，要冒充另一人，可那个人是留下指纹的，一对比就露底了。怎么办？出发前，他把手按在了烧红的火炉上……"

颐非已经完全不知道该说什么了。

"还有一个人一紧张就喜欢说话，可主顾想要安静的侍卫，就被毒哑了送过去。对了，顺带一说，送去各大显贵家的死士，都是阉人。在他们净身之前，都要去猪圈亲自动手阉一头猪，因为夫人说，阉过的猪肉才好吃……很多人做完后就自杀了。"

颐非的眼神变化了。杀人诛心，炼人诛魂，最恶毒不过如是。

"风乐天曾问我一个问题，我现在问问你——三皇子，你觉得，律法是何物？"

颐非张了张嘴巴，想回答律法当然是维护王权之物，注视着秋姜平静平淡得几近空灵的脸，却说不出来了。

"听说薛相曾于去年的三王聚会时说过一句话——'帝王之威，不在一言灭天下，而在一语救苍生'。"秋姜笑了笑，笑容里有许多沧桑的味道，"不愧是姬婴看中的……而我觉得，所谓律法，是保护弱者，让他们有理可依，有冤可诉，有事可平。"

权贵不需要律法，他们有能力摆平很多事。真正叫天天不应叫地地不灵的人，从来都是普通百姓。

"但如意门里无冤可诉，将活生生的人剥了骨血拔了灵魂，炼成厉鬼傀儡，再放出去害人。循环往复，数量越来越多，影响越来越大……身为君王，久居仙宫，若对人间疾苦视而不见，那么终有一日，人间尽地狱。"

颐非久久没有出声。

他忽然意识到，这一趟旅程，其实并不是他帮秋姜寻找记忆回如意门，而是秋姜在帮他寻找回程的答案。

回程国后，做什么？报复颐殊？当皇帝？然后呢？当上皇帝后做什么？跟父王一样穷兵黩武，跟颐殊一样纵情声色，或者在三国的挟持下窝窝囊囊地当个傀儡？

此皆非他所愿。

可细问他到底想要什么，却又心绪起伏，一言难尽。然而千言万语，总结起来不过一个"好"字。

希望程国能好。

希望自己能好。

希望所喜欢的、牵挂的、期待的一切……都好。

而这一个好，想得容易，真要施行，难之又难。

"民为贵，君为轻"一语提出已千年，但真正做到了的帝王，又有几个？真正的繁华盛世，又有几年？

"你是谁？"不知过了多久，当颐非终于能说话时，他问了这么一句话，"如意门教不出你这样的弟子，江江一介药女，也不过童子之智。你，是谁？"

颐非终于明白为什么一直以来看秋姜，都感觉只是在看一幅画了。

因为，秋姜是假的。

她当然不是卖酒人的女儿秋姜。

她也不是如意门的七宝玛瑙。

她甚至可能不是江江。

江江被掳时不过九岁，虽是个聪明的女孩，但也只是小聪明而已，不会懂得这些大道理。而且进了如意门后，更不会被教导这些跟如意门相悖的东西。

可眼前的秋姜，身为如意门中最出色的弟子，在极尽狡猾冷静沉着之余，竟还保留着一腔热血和善念。怎么可能？

她是谁？

秋姜的眸光闪了闪。

她是谁？

这么多年，迷茫时，痛苦时，悲伤时，愤怒时，她都会问自己一句：我是谁？

秋姜注视着眼前的颐非，她还不够信任他，或者说，答案牵连太大，以至不到最后一刻，她承担不起任何暴露的后果。

于是，她沉思许久后，道："风乐天也这么问过我。"

颐非皱眉："然后？"

"然后他献出了自己的头颅。你也要如此吗？"

也就是说，只有死人才能知道她的真实身份？

颐非的心突然跳得飞快，他忽然意识到，自己猜对了。难怪面对风小雅时，她的表情总是很复杂，无论风小雅对她如何情深，都不能令她真正感动。

因为，她不是江江。

"真正的江江呢？"

秋姜抚摸着船舷上的栏杆，下方就是可吞噬万物的深深海水，多少受尽惊吓折磨惶恐死去的孩童，被无情地丢下去，就像丢掉一条死鱼一般。

于是颐非顿时明白了。江江，大概是已经死了。

而眼前的这个人，顶替了江江的名字和身份，进了如意门，一路爬到七宝的位置，准备从内部给予这颗毒瘤致命一击。

她……原本是谁呢？

青花船行十日，颐非在船舷上看云，一旁的熊哥赔笑道："再有两日就能到莲州了。这趟真是委屈三哥了。"

颐非装模作样地咳嗽起来，熊哥忙将披风给他披上："风大，三哥还是屋里休息吧。"

"七主呢？"

这几日，熊哥也知道了跟着三哥一起的女人竟是如意门内最鼎鼎大名的玛瑙，虽听闻七主出事失踪的消息，但对着两人，仍是毕恭毕敬，当下连忙答道："七主还在照顾那个齐财。"

齐财已病了好几天，高烧不退。船员们本要将他丢掉，齐福拼命拦阻，惊动了秋姜，这才作罢。

可船上药物有限，秋姜也只是略懂医术，几服药灌下去，仍不见好。同屋有个妇人也跟着病了，非说是被齐财传染的，大家一听，本是麻木旁观的，也激动起来，纷纷指责这对兄妹，要求将他扔掉。

秋姜什么话也没说，拿起一旁船员用的皮鞭抽了过去，妇人顿时吓得收了声。

所有人都安静下来，往后蜷缩。

秋姜抱起齐财，对齐福道："跟上。"然后带着二人回了她的房间。

齐福抹着泪，当即跪下了："姐姐，你救救我弟弟！"

秋姜淡淡道："人各有命。你跟他好好告个别吧。"

齐福大惊："弟弟他……弟弟！弟弟！"当即抱着齐财痛哭不止，"姐姐，你救救他，你一定有办法的！求求你！"

"即便好转，今后的路也苦得很。如此走了，或是解脱。"

"我们不怕苦！我们约好了要一起长大，回家找大伯他们报仇的！他不能就这么丢下我，不可以，不可以……"

她拼命摇动齐财的身体，然而齐财始终没能睁开眼睛，停止了呼吸。

秋姜在旁静静地看着这一幕，眼瞳深深若有所思。

齐福哭了一会儿后，放下弟弟，起身狠狠扇了自己两巴掌，然后收了哭腔，用袖子擦干净脸。

做完这一切后，她转过身，再次跪在秋姜面前，拜了三拜："姐姐，我叫齐福，我弟弟叫齐财，我娘叫方秀，我爹叫齐大盛。我的仇人叫齐大康、齐大元，还有他们的妻子儿子。"

"你跟我说这些做什么？"

"姐姐，我一定会活下去的。如果他日有再见的机会，劳烦你问我一句'齐大康齐大元他们都死了吗？'"

眼前的女童不过八九岁，脸上还未褪去稚气，眼中却已充满了仇恨。

带着仇恨之人，通常都能忍受不能忍受之事。

但带着仇恨之人，也将一生陷于阿鼻地狱，再无法触摸光明。

而人只有带着光明的希望活着时，才是"生而为人"。

秋姜蹲下身，平视着齐福的眼睛，缓缓道："好。但我还想再多问一句。"

"什么？"

"我为你安葬齐财的尸骨，这份恩情，你想好怎么报了吗？"

齐福一怔。

"报仇之后，记得报恩。"秋姜说罢摸了下她的脑袋，走出了房间。舱门合起后，里面传出齐福再次崩溃的哭声。

颐非不知何时来的，就站在两三步外，看着秋姜，挑眉一笑："报仇难，报恩更难啊。"

秋姜没有理会，继续前行。

颐非跟着她："你打算怎么安葬齐财？"

他很快就知道了。

秋姜让熊哥拆了两扇舱门，中间架木桩，隔为上下两层，上层堆满木屑棉絮浇上桐油，把齐财放进去后，推入海中，再用火把将上层点燃。

大火熊熊燃烧，吞噬了男童的小小身子。

齐福站在船头，望着这一幕，停歇的眼泪再次流了下来。

如此，等木筏烧得差不多后，秋姜拴绳跳过去，取了一截烧得最焦的骨头捏碎，装入罐中带回。其他的便跟着燃烧的船体慢慢沉入海中。

秋姜把罐子递给齐福，齐福俯身向她深深一拜，然后扭身回甲板下继续跟其他人待着了。

颐非道："你待她如此特殊，恐是害了她。"

"她若连那些人都应付不了，进了如意门，只有一死。"

"那你为何不送佛上西，索性让熊哥放了她？"

"一个九岁孤女，流落街头，只会更惨。"

"或者你告诉她，在如意门好好熬，如意门很快就完蛋了。"

秋姜用一种古怪的眼神看着颐非，忽然伸手来摸他的脸，颐非不备，就那样被她捧住了脸颊。他的心跳快了好几下："干、干什么？"

"没被替包啊……"秋姜嘲弄道，"那今天是怎么了？尽问愚蠢的问题。"

颐非一怔，扪心自问，自己确实问了一堆傻问题。起码，不应该是他会问出来的问题。只是，他自己也说不清楚。当发现秋姜不是江江，跟风小雅其实没有那么深的命运羁绊后，就忍不住想时常跟她说话。哪怕没话找话，哪怕被她嘲笑。

为了掩饰这种情绪，颐非用力大声咳嗽了起来。

秋姜睨了他一眼，继续看向海面，齐财的木筏已经沉得没影了。多少人来世上一遭，都是如此结局，未能引起任何改变，便烟消云散。

为他哭，为他执念，为他继续奔走的只有他的姐姐。

姐姐……弟弟……湿漉漉的两个词。

当夜，海上再次遭遇了大风。

熊哥指挥船员们收帆关门，并刻意来提醒颐非和秋姜："三哥，七主，这次风暴不小，不到万不得已，二位千万不要出来。"

颐非皱眉："都快到内海了，怎么还会遇到飓风？"

"月份不好啊，七八月，龙王怒。龙王这阵子心里又不痛快了吧……"熊哥说着又提着灯笼匆匆出去了。

颐非关好舱门，感慨万千："这一路，还真是风雨不断啊。"

秋姜闭目养神，并不想浪费体力。

然而颐非看到一旁有占卜用的铜板，眼睛一亮，当即取在手中摇了六下："来来来，卜一卦……"

卦象出来是凶，他额头冒汗，忙道："啊，我忘了洗手，再来再来。"

洗手再来，还是凶。

"忘了默念心中所求，再来再来。"

第三遍，还是凶。

颐非试探地把铜钱往秋姜面前递："要不，你来？"

"我不信这个。"秋姜翻了个身，索性背对着他。

"来试一下啦，试一下又不会怎样，来嘛来嘛来嘛……"声如老花魁当街拉客，听得人心头烦躁不已。

为了终止噪音，秋姜只好坐起，接过铜钱摇了摇，落下后，大凶。

两人彼此无语，你看我我看你地对视了半天。

颐非眨了眨眼："你也没洗手，不算。来来来，洗个手再来……"

秋姜气笑了，当即将铜钱往他脸上砸了过去，颐非不躲，眼看那三枚铜钱就要砸中他的鼻子，船身一震，铜钱斜飞出去，擦着他的耳朵落到了地上。

颐非却身子不稳，一头栽向秋姜。他本想赶紧躲开，但见秋姜下意识伸手来接，目光闪动间，立刻软绵绵地顺势靠了过去："啊呀！"

秋姜扶稳他，低声道："有点不妙。"

"是啊，风暴好大呀。"颐非继续往她身上黏。

"不是风暴。"

颐非一听，立刻收起嬉笑之色，坐直了。他打量四周，感应着船身的震动，面色渐变："摇摆有律，不是风暴，是火药。"

两人一个眼神交汇，迅速双双扑到门前，门却死死不动，竟是从外锁死了！

"邓熊背叛了我们！"

颐非当即去撞船壁，然而木头碎后，露出里面一层铁壁网。

秋姜苦笑："曾有很多人试图破船逃跑，自那后，青花船都加了铁网。"

这时呛鼻的浓烟从壁缝间源源不断地挤进来，与此同时，火焰燃烧着外层木板，隔着铁网烧了进来。

秋姜弹出佛珠手串上的镔丝，试图割开铁网，然而镔丝太细，铁网太大，燃烧得又太快，眼看根本来不及时，颐非想起腰间还有一把薄幸剑，当即抽了出来，狠狠劈过去。

两人一起努力，终于在熊熊燃烧的火中割出一个缺口，跳了出去。

然而外面也在燃烧，对方竟是将整艘船都用火药点着了！

秋姜和颐非互相搜寻了一番后，发现邓熊、船员和十九名被拐者都不见了。

"此地已近内海，他们坐小船逃走了。"颐非分析道，"邓熊故意装出顺从之态，稳住我们，到此时致命一击，竟要将你我都烧死。"

秋姜不说话，神色十分复杂。

"先不想这些，跳海！"颐非伸腿一踹，将一扇窗户踢落下来，当即抄在手中准备跳，回头一看，见秋姜还在发呆，便拽了她一把，"想什么呢？跳！"

两人一起纵身跳下船。

几乎同时，又一处火光窜天而起，整艘船从中间一分为二，向两头倒了下去。

跳进海中的颐非抓着木板赶紧游，巨大的旋涡一直追在他身后，像从中间开始燃烧的火苗追逐纸张的边缘。两人一口气游了好久，才敢回头看，旋涡已将船只无情吞没。

若刚才再慢一点，此刻两人就都被一起吞了。

颐非趴在木板上，下半身放松地泡在水中，抹了把脸上的水道："果然是凶啊。"

秋姜也趴着一半木板借力，视线仍停留在沉船的方向，神色恍惚。

"你怎么了？"颐非终于顾得上问这句话。

秋姜的反应很不寻常，完全失去了以往的镇定和敏捷，这还是颐非自跟她同行来第一次见她如此失态。

秋姜抿了抿惨无血色的嘴唇，轻轻道："青花虽属如意门所有，但他们直接听命于品先生。夫人若有命令，也需通过品先生下达。"

"所以？"颐非这才知道，如意门居然还是两权分立的。

"邓熊不过一小卒，怎敢杀我们两个？更何况此船造价不菲，给他天大的胆子，他也不敢私自毁损。"

"所以，是如意夫人或者品先生下命杀我们？"

秋姜的目光闪动着，显然也这么认为，神色却不是愤怒也不是迷惑，而是带了些许难言之隐。

颐非道："现在还是先想想，是一口气游回岸去，还是在这儿漂着撞运气，等船经过？"

夜色深黑，此地临近内海，出海船只一般都是白天出行；而回海船只又不会太多，毕竟莲州是程国最破落的港口。

秋姜迅速估算了一下两相利害，而且此刻海水在往东走，以她的体力应该能支撑到岸，便道："游！"

两人便一起托着浮板东游。

夜中的海水格外冷，体力流失比秋姜预想的快许多。而且可能真是应了卦象的大凶，一路上连鱼都没看见，更别提船。

两人游了一个时辰后都已精疲力尽。然而二人心中也很清楚，此时绝不能停，一旦停下，便再也没法继续了。因此无人开口，继续按着呼吸的节奏一点点往前挪。

半个夜月挂在天空，冷淡却又几近慈悲地给挣扎中的蝼蚁带来了些许光明。

颐非借着月色看了眼秋姜的侧脸，忽问："你最长游过多久？"

"三个时辰。"

颐非刚松了口气，却听秋姜又道："但那是白天。"

而人到夜晚，意志力通常都会打个折扣。

颐非刚要说话，面色陡然一变，动作也停了一停。

"怎么了？"

颐非很快恢复了镇定之色："没什么，继续。我好像看见灯光了……"

秋姜望去，前方黑漆漆的海岸线上，哪里有什么灯光。但这个时候她也没有体力和精力辨析，只是继续咬牙往前游。

游着游着，感觉托着的浮板越来越沉，一开始她以为是自己力竭之故，后来扭头一看，却是颐非趴在板上不动了。

她推了他一把，舌头在嘴里打了个转，突然一时间不知该叫他什么。

她以往见他，称呼他为花子大人；后来，叫他三皇子；再后来，很长一段时间叫他三儿。直到此刻，才意识到她从来没有唤过他的名字。

颐非被她一推，瞬间睁开眼睛，眸色有一瞬的恍惚："我睡着了？对不住……"他当即挥臂加快了速度，然而划几下又慢下去，最后越来越慢，越来越慢，又闭上了眼睛。

"颐非？！"秋姜终于叫出了他的名字，再次伸手推他，可这一次，怎么都没醒。她伸手去摸他的额头，发现体温低得可怕。

"颐非！颐非！"秋姜大急，当即将他捞起，平放到浮板上，然后深吸几口气，极力让自己镇定下来。

是拉着他继续游，还是自己游回去，找到船再回来救他？

前者，成功的希望不大，因为她此刻已累得不行，更何况拖一个人前行。后者，怕就怕他随波漂走或者就此沉没，再也找不到。

秋姜看了眼已经失去知觉的颐非，伸手探入他衣服中翻了一遍，找到两个小瓶子。一个瓶子打不开，另一个里是救心丹之类的药，当即喂了他一颗，自己也吃了一颗，然后深吸口气，解下腰带的一头拴在板上，拉着他继续游。

他救过她。

风小雅考验那次不算，上青花船那次也可以不算。但青花船炸裂之时，若非颐非那一拽，她肯定来不及跳。

报仇难，报恩更难。

秋姜想：仇可以不报，但恩，一定要报。

她拼命地游着。

像九岁时，拼命想要逃出高墙；像十二岁时，拼命想要逃出圣境；像十九岁时，拼命想从风小雅身边逃走……

这么多年，她一直在拼命。

与天拼，与人拼，与自己拼。

天将降大任于斯人也。虽总用这句话激励自己，午夜梦回之际，鲜血淋漓地嚼碎在舌底的却是三个字——为什么？

听说姬婴曾说过一句话："只因当年送走的那个不是我吗？"

她也有一句话："只因为，我是我……吗？"

为什么偏偏是我？

为什么非得是我？

为什么命运如此待我？为什么我要顺从命运？

为什么为什么为什么？

眼底有酸涩的东西往外溢出，视线模糊，不知是因为汗水、海水，还是其他。

血腥味不停从齿缝渗出，涌上舌尖，再被干硬地吞咽下喉。秋姜在迷糊之前，所想的最后一个念头是——若是有壶酒就好了……

然后她便梦见了一壶酒。

那酒装在紫砂茶壶中，被她端在托盘上，随她袅袅走进一间书房。

书房里有很多很多书，一眼望去几乎看不到尽头。

一少年坐在窗边晒着阳光看书，身旁的矮几上，茶和糕点都没有动。

他看得那么专注和认真，阳光落在他的睫毛上，金晃晃的。

少年穿着白色长袍，周身如沐神光，干净朦胧得像是一场梦境。

她将酒端过去，对他说："换杯茶吧。"

少年微微颔首，并未抬头，任由她在一旁将原先的茶泼掉，再沏满。

她将杯子递给他。

少年端起来眼看要喝，却在碰到杯沿的一瞬停了下来，然后扬起暖金色的睫毛，朝她灿烂一笑："又想骗我吗？"

又想骗我吗？

又想骗我吗？

又想骗我吗……

这句话一声声地从耳际扩散开，逐渐远去了。

却有什么东西被它一起带走，陷入黑幕。

秋姜醒了过来。

看见金灿灿的阳光，延续着梦境中的灿烂，照在她身上。她身下，是同样金灿灿的沙子——沙滩？

全身的骨头都像被打碎了一般，疼得眼泪鼻涕一下子涌了出来。她咳嗽出声，一边忍受这样的剧痛，一边艰难地挣扎爬起，然后发现，自己果然是在陆地上了。

她记得她游啊游，最后实在没了力气，晕了过去。

是幸运吗？海浪顺势将她冲上了岸。那么，颐非呢？

她跟跟跄跄地到处寻找，没多久，就看到一块破碎的礁石旁，有件熟悉的衣服。

秋姜跑过去将衣服撩开，露出下面的脸，果然是颐非，只不过他依旧昏迷，呼吸十分微弱。再检查他的身体，发现他的右腿青肿一片，上面有个被水母蜇过的伤口。

昨晚游到一半昏迷，原来是被水母蜇了。

秋姜拍打他的脸庞，颐非双目紧闭，脸色灰白，身体冷得厉害。秋姜一咬牙，把他背了起来。

没想到颐非看起来很瘦，居然挺沉。她自己本就在海里折腾了一回，五脏六腑疼得要命，再背着他，更是举步维艰。但即使这样，秋姜也没放弃，一步一挪地背着他往前走。

大概走了一顿饭工夫，总算看见远处有烟。

有烟，就是有人！

她萌生出一线希望，继续咬牙前行。每走一步，双脚都像踩在千万把刀子上一般，冷汗更是雨一样哗啦啦地顺着额头往下流。

好难受！

好难受！

身体在不停地抗议，意志却越发坚定。

"无论如何，"秋姜瞪着前方的炊烟，心想，"无论如何，我也要走到那里再停下。"

就这样一步、两步、很多步。

炊烟看起来明明近在眼前，却怎么也走不到。这时，背上的颐非忽然开口道："放我下来。"气息很弱，像是随时都会断掉一般。

秋姜却是一喜："你醒了？"

"把我放下吧。"

秋姜将他的身子往上托了托，答道："好。等找到人家。"

颐非看着她的耳朵，眼神变得深邃而忧郁："你走不到的。"

"谁说的？"秋姜不理他，"我马上就到了。看到那烟了吗？再走五十步就到了！"

颐非不再说话。

秋姜轻声数："一、二、三……"

她本来已到极限，无法坚持了，颐非的苏醒却忽然给了她新的希望，变得不再孤独，因为有了另一个人的陪伴，而可以继续勇敢前行。

她心中充满了力量。

可她自己并不知道，她的耳朵里正不停地流出血来，一滴一滴，汇集成行，混合着汗水，一直流进了她的衣服里。

颐非伏在她背上，看着那些鲜红色的血珠，心底深处，涌起难以言说的悲哀。

他知道，这一幕必将永远留在他的脑海里，洗刷过往，变成永恒。终其一生，将再也无法忘记：有个姑娘，是如何在耳鼻出血的情况下，背着无法动弹的他，一步一步往前走的。

这一幕，跟两年前湖底密道口为他死去的松竹重叠在了一起。

颐非的眼睛里，一片水雾弥漫。

而这艰难的五十步终于走完了。

一间破破烂烂的茅屋出现在了视线中，看在秋姜眼里，却比任何华丽的宫殿都要美丽。

"我们到了！"秋姜的嘴唇颤抖着，眼泪不由自主地流了下来，"我们到了！终于找到人家了！"她一鼓作气，背着颐非过去拍门，"有人吗？有人吗？"

"吱呀"一声，茅屋的门开了一线，一个白发苍苍、骨瘦如柴的老妪探出脑袋，木然地看着她。

"老人家，我们的船在海上遇难了，我哥哥受了伤，你能不能……"秋姜的声音戛然而止。她突然发现，眼前的景象变成了红色。无数红影弥漫上来，遮住了她的视线，她看不清了。

怎么回事？

她这才意识到自己在流血，血从她的眼睛里、耳朵里一直涌出来，她咳嗽了一下，吐出一摊血。

"你能不能……找大夫……"秋姜坚持将这句话说完，并从贴身亵衣的口袋里摸出了最后一片金叶子，塞入老妪手中。

老妪看到金叶子，表情震惊。

秋姜说完这句话后彻底无力支撑，将颐非放到地上，扶住一旁的墙喘息了起来。血还在一个劲地往外流，她想她的五脏六腑大概受了内伤，也不知道这种地方有没有好大夫，能不能及时得到医治……

老妪拿着金叶子沉默了好一会儿，才用一种复杂的神色打量二人，低声道："等着。"说罢拄着拐杖蹒跚地走了。

"你还好吗？"

秋姜听见颐非在一旁担忧地问，便笑了一笑："死不了的，放心吧。"

那么多九死一生都挺过来了，这次也一样。而且他们已经找到了人家，给了钱，有了希望。

秋姜默默地运气调息，苦苦支撑着。

时间过得异常缓慢，慢得只能思考，却又因为思考的事情太过复杂沉重而显得越发煎熬。

为什么那个人要杀自己？

大本营已毁，如意夫人现在何处？

不知是不是失血的缘故，身体冷得不行，这个时候要是能喝上一壶酒就好了……正当她这么想时，远处传来脚步声。

秋姜心中一喜，连忙回头，就见老妪带着一个六七岁的男孩回来了。

"三姥姥，就是这两人吗？"男孩好奇而天真地打量他们。

老妪点头。

秋姜道："老人家……"她刚想问找大夫的事，就见老妪举起手中的拐杖狠狠地朝她砸下来！

秋姜虽然极度虚弱，但身体还是自然而然地闪躲了一下，那一拐没能砸中她的头，而是砸到了肩膀上。

秋姜"噗"地吐了一大口血，怒道："为什么？"

老妪不回答，只是继续用拐杖打她。秋姜再也没力气躲避，身上挨了好几下。幸好老妪年迈无力，虽使上了全身的力，但还能忍受。

秋姜咬牙硬挺着，颐非突然扑过来，将她护在身下，用自己的身体挡住了老妪的拐杖。

男童叫喊起来："三姥姥，这个男人也还活着呀！"

"动手！"老妪喝了一声。男童从屋里抢出一条木凳，二话不说就往颐非身上砸。

一时间，无论是颐非还是被他护在身下的秋姜，都挨了好多下。

秋姜去抠佛珠，却发现里面的毒药早已用完了，十八颗珠子里只剩镂丝。她眼中闪过一丝杀意，刚想动用镂丝，却被颐非按住。

颐非脸白如纸，对她笑了一笑，轻轻道："不杀贱民……"

秋姜的手指一颤，松开了。

男童砸累了，放下板凳气喘吁吁道："三姥姥，他们怎么还没死呀？"

"别杀我们……"颐非软绵绵地求饶道，"我们有很多很多钱……"

"三姥姥说，你们一看就是大麻烦，只有死了才能变成不麻烦。"

颐非苦笑。

秋姜盯着同样气喘吁吁的老妪，沉声道："你错了。我们死了，我们的人会彻查此事，你们绝无侥幸置身事外。"

男童笑嘻嘻道："唬谁呢？你们死了，往海里一扔，被海鱼吃得干干净净的，哪有什么痕迹？"

秋姜看着他因天真稚嫩而越显残忍的脸，一时间不知该说什么。

颐非软软道："真的没的商量？我们真的有很多很多钱……"

"那就更留不得！"老妪再次举起了拐杖……

颐非附在秋姜耳旁低声道："我缠着他们，你能跑就跑。"

"我若有力气，早打趴他们两个了！"秋姜有些气愤地说道。

颐非哈哈一笑："这大概就是传说中的虎落平阳吧。"

见他这种时候还笑得出来，秋姜也是心生佩服。

"既然都跑不了，那就一起死吧。"颐非说着，将她搂得更紧了些，"死了就不用愁那么多事了，也挺好的。"

秋姜心中一"咯噔"。

确实，于她和他而言，活着都太累了。要做的事情太多，太难，太痛苦，死反而是解脱。可是，在沉泥中苦苦挣扎了那么久，若在此刻放弃，岂非之前的所有心血全部白费？

有太多太多的不甘心。

不甘心死。不甘心失败。不甘心被背叛了没能问个明白。

秋姜的手指深深地抠进土里，咬牙道："就算死，也要见到夫人再死！"说到这里，她积蓄了全身的力量顶开颐非，一把将老妪扑倒，张嘴咬在她的脖子上。

老妪痛得尖叫起来。

男童连忙上前抢救，但秋姜咬得极紧，老妪的惊呼变成了惨叫，鼻涕眼泪全都涌出来。

"杀人了！杀人了！"男童转身高喊着跑掉了。

过不多时，他带着两人回来。两人全是老头，跟老妪一样又干又瘦。

他们上来一起用力，秋姜背上挨了重重两下，喉咙一甜，再次咳嗽起来。这一咳嗽，牙就松开了。众人趁机将老妪从她身下拖走。

老妪捂着脖子道："杀了她！杀了她！"

"潋滟城南容巷的朱家铺子欠我五十金。你们只要去跟老板说句话，就能拿到五十金！"地上的颐非突然高声道。

"别听他们的，快杀了他们！"老妪大急，但两老头一听说五十金，眼睛都直了。一人颤抖着回头看向颐非："真的？"

颐非的表情诚恳到不能再诚恳："你们这就去取，取不到再回来杀我们也不迟。"

"别信，假的！他拖延时间呢！"

"你不讲信用，拿了我的金叶子，不给我请大夫！"秋姜也高声道，"把你袖中的金叶子拿出来，给这两位老人家！"

老妪顿时慌了，去捂自己的袖子："什、什么金叶子？胡说八道胡说八道！"

两个老头对视了一眼，双双扑过去一人制住老妪，一人搜她的袖子，果然从里面掏出了一片金叶子。

二人看着金叶子，目光大亮。

颐非趁机再次加价："我们很有钱！只要你们不杀我们，要多少给多少！"

老妪面如死灰："不能贪啊！不能贪！不杀了他们，他们肯定会找机会报仇，到时候我们全都有钱拿没命享啊！"

"滚！"一个老头一脚踹在她头上，将她踢得滚了好几个圈，"就知道你这婆子小气，成日吃独食，五十金的买卖都不叫我们，也不想想你自己一人能成吗？"

老妪急道："五十金啊！加我们全村人也成不了！"

两个老头对视了一眼，老妪心中一沉，知道自己说错了话，连忙朝男童喊道："阿栋，快跑！"

男童还在不明所以，一老头已扑过去将他按住捆了起来。另一老头则将老妪捆了起来。

老妪破口大骂道："你们两个疯了？这是要干……"

"我觉得这五十金我们两个分就够了，人越少越好。"老头说着抄起掉在一旁的拐杖，朝老妪头上砸落，只一下，那脑袋就开了瓢，白红二色流了一地。

男童刚想惊呼，被木凳一砸，也追着老妪而去。

这两人想用拐杖和木凳杀秋姜和颐非，最终反而死在了自己的拐杖和木凳下。

几滴血喷溅到颐非脸上，颐非静静地注视着这一幕，眸底涌动着无法言说的情绪。

两个老头将老妪和男童的尸体先拖进屋中藏好，再走到颐非面前道："说吧。去跟朱家铺子的老板说什么话？"

　　另一人恐吓道："你最好别耍花样，不然，那对祖孙就是你们的下场。"

　　颐非露出畏惧之色道："不敢不敢。你们跟朱老板说三花公子要喝酒，一种名叫相思的酒，取五十金来。"

　　两老头走到一旁叽里咕噜商量了一会儿，其中一个去取金，另一个留下来看着二人。

　　左右无事，老头拿了张破渔网来补，粗糙的手指从网线中穿过，却是十分灵活。

　　颐非搭讪道："老人家怎么称呼？"

　　"田。"老头爱答不理道。

　　颐非问："得了五十金后想做点什么？"

　　这个问到了点子上，田老头顿时来了兴趣："我就买艘新船，买张新渔网，再包个塘，养点鳖！现今这鳖可好卖了，送去酒楼一只能得二十文！贵人们都爱吃。"

　　看来此人是个务实派。秋姜想，拿了那么多钱居然不想着吃喝玩乐。

　　"送酒楼一只不过二十，若自己烹制了卖，可高达七八十。不想自己开家酒楼吗？"

　　田老头被说动，眼睛闪亮，但片刻后又黯了下去："咱没那命，不图那利。"

　　颐非注视着他骨关节格外粗壮的手指，悠悠道："你怎知没那命？"

　　"我们这种人，每次出海都是把命押上，老天不管，才能活着回来，老天若看你一眼，你便死了……"田老头说着补完了渔网，佝偻着站了起来，回视着颐非道，"我知道你跟我套近乎，想逃。因为你知道，老孙头拿不到钱回来，你们会死；他拿了钱回来，你们还是会死。我劝你们认命。这块破地，大家都得认命。"

　　颐非沉默了。

　　田老头出去了，从屋外锁上了门。如此一来，破旧发霉的小屋里，只剩下秋姜和颐非两人，还有藏在柴堆下的两具尸体。

　　秋姜身受重伤，耳目仍在流血。

　　颐非身中奇毒，发着高烧。

　　两人都已油尽灯枯。

　　看来不用等老孙头回来，他们两个就会没命。

　　颐非发了会儿呆，强打精神，转向秋姜道："是我拖累了你。若有下辈子，你希望我如何补偿你？"

　　"下辈子……"秋姜的眼神恍惚了一下，然后变得阴沉，"我不想要下辈子！"

　　颐非笑了："好吧好吧，那你就飞上天去当神仙，保佑下辈子的我吧。"

　　"你想要怎样的下辈子？"秋姜好奇。

　　"我想跟母亲重逢，有一个宽厚温柔的父亲。不必有钱有势，哪怕跟这里一样穷困，但大家都很努力，很和睦。"他看着破旧的茅屋，唇角的微笑越发轻柔了起来，"我从小就跟父亲一起出海，带着比我个头还高的鱼回来送给母亲，母亲一边夸我一边数落我又弄破了衣服，我把鱼身下的葡萄肉割下来，偷偷送去给隔壁最好看的阿花。再长大些，我就娶阿花为妻，生好多孩子，母亲一边喊带娃好辛苦，一边让我脱下衣服给她补……"

秋姜听着梦呓般的这番话，想着颐非的生平，觉得世事真是讽刺。

颐非虽然幼时吃了很多苦，但毕竟是天潢贵胄，他的前半生各种算计，韬光养晦，玩世不恭，都是为了一件事——争夺皇位。

夺位失败，流落异国，投靠姜皇后，隐忍不发，也是为了能够东山再起。

此后与她相遇，结伴同行，看他跟云笛筹谋，步步为营，是个不达目的誓不罢休之人。

然而此刻的他，却说下辈子要当个平凡人？

这是他内心深处最大的渴望，还是最大的遗憾？又或者，只是一种自我慰藉的假象？似乎有了那样岁月静好放马南山的幻想，便有力量在这血腥世界中继续杀戮前行？

秋姜终于开口，声音平静："你在这村子长大，酷吏常来盘剥，程王动不动就加税，你们一家三口连饭都吃不饱。你母亲虽不再遭受丈夫虐待，但会生病，病后无钱医治，只能躺在榻上等死。大海无情，每次出海都会死人。你父会死，你也会死。就算你不死，隔壁阿花也一心想嫁有钱人，逃离这个破旧贫穷的渔村。你会跟老孙头和田老头一样，一辈子光棍，根本娶不到老婆。"

颐非定定地看着她，轻笑变成了苦笑："都快死了，就不能让我做个好梦吗？"

"我说这些，就是要告诉你，没有来世，没有再来一次的机会。不想认命，就得把这一辈子改了！"秋姜说着一个翻身，奋力朝一旁的灶台爬过去。

现在放弃，就真的完了。

只要还有力气，就还有一线生机。

活下去！活下去！活下去！

一幕幕画面从她脑中闪过，全是加入如意门后的：那些残忍严苛的训练，那些九死一生的考验，那些必须放弃尊严放弃自我放弃一切才能完成的任务，那些只要有一丝软弱就会被痛苦吞噬的抉择……她经历过了那么那么多。

凭什么？凭什么？凭什么死在这里？

秋姜用胳膊一点点地挪动着，努力朝灶台爬去。

颐非触目惊心地看着她，看着她被血污染的脖子、长发和衣服，看着她眼中强大的求生欲，自己内心深处跟着涌起一股巨大的力量。那力量促使他也翻过身去，朝同一个目标爬了过去。

一寸、两寸……

一尺、两尺……

他和她终于并肩齐行。

事实上，这一路上，他们一直这样并肩齐行。

"怎么做？"

"算好时机，把手串烧了，可致人昏迷。"佛珠里的毒药虽然没了，但珠子本身燃烧后即是迷烟。只是如此一来，镇丝的机关也会失效，但生死关头，根本没的选择。

颐非表示会意，手使劲一伸，拿到了灶台上的火折子，递给秋姜。

秋姜将佛珠手串取下，塞进灶洞中，然后握着火折子，终于抓住了最后一丝生机，手都在抖。

两人爬了不过半丈距离，却似经历了一场生平最激烈的战争，此刻再躺着等待，就有种庆余生的感觉，不再想死了。

颐非半睁着眼睛，看着头顶微薄的光，那一丝光，却令眼前的一切都显得格外明亮。

无论小屋多么破旧，人心多么黑暗，可天上的太阳依旧灿烂如昔，照着万物。

"七儿。"他轻轻地说，"我并不想当皇帝。只是，我想做的一切，只有当上皇帝后，才能实现。所以……"

颐非用最后一点力气转过头，看着一臂之隔的秋姜，她看上去又苍白又荏弱，满是血污，充满着不详的秘密，落在他眼中，却似头顶的那一丝光。

"七儿，跟我联手吧。"

一年前，他曾对另一个姑娘说过这句话。

那时候他以为自己胜率很大，提出这样的建议不过是锦上添花。

带着轻佻，带着试探，还带着若有似无的暧昧。

最终的结果是——那姑娘拒绝了他。

一年后，他对秋姜说了这句话。

他的希望非常渺茫，成功的可能微乎其微，整个过程充满变数，甚至他自己都已奄奄一息。

却含着一颗不值钱的真心。

秋姜会答应吗？

颐非心中充满了忐忑。

像过了一辈子那么久后，他看见秋姜的唇角微微上扬，勾出了世界上最美丽的弧度。

"好啊。"秋姜道。

这两个字，跟颐非记忆中母亲的歌声交汇在了一起，那是迦陵频伽的声音。

脚步声终于由远而近。

秋姜和颐非对视一眼，强打起精神。秋姜再次捏紧手中的火折子，就在她准备点燃柴火时，却意识到不太对劲。

来人会武功！

颐非挪了一下位置，下意识地挡在她身前。

就在这时，门被重重踹开："有人吗？给我点吃的……"一句话没说完，来人跟屋中的两人打了个照面，声音戛然而止。

来人身高不足三尺，衣衫褴褛头发污秽，显得十分狼狈，但一双眼睛又大又亮，有种夺人的美貌，不是别人，正是红玉。

颐非心中一沉：完了。之前他们沉了玖仙号，红玉也一起掉进了海中。不知为何没被云笛的船捞捕到，反而独自来了这里。她虽然狼狈但步履轻快，可见并未受伤。他和秋姜却是强弩之末……

最糟糕的是，丁三三的伪装在水中泡了太久都没了，如今的他，是自己的脸。

红玉打量了他一眼，目光没有停留，掠向他身后。

颐非一把将秋姜的头压入怀中，厉声道："你是谁？为何私闯我家？"

"你家？"红玉乌溜溜的大眼睛扫了一圈，冷笑起来，"住这种破屋的人能穿得起你的鞋子？"

颐非身上穿的衣衫虽又破又脏，一双鞋子却是完好的。顶级小牛皮制成的鞋子，出水自干，确实与这破旧茅屋格格不入。

"你们两个……私奔呢？"红玉随口一猜，心思却不在二人身上，径自去里屋翻找，"丁零当啷"一通乱响后，她不悦地走了出来，"怎么什么吃的都没有？"

"那儿。"颐非看向窗外挂着的一串咸鱼。

红玉皱了皱眉，实在太饿，还是趴到窗口摘了一条下来，放入口中咀嚼，然后"呸呸"吐了出来："又臭又咸，难吃死了！"

颐非答道："没有别的了，我们也饿着呢。"

红玉只好坐下来，硬着头皮啃着，一边吃一边瞪着颐非和他怀中虚弱的秋姜："你女人怎么了？怎么这么多血？"

"我们坐船私奔，船沉了，漂到此地。本以为能找人求救，没想到他们反将我们打成这样，还外出找人去了，说是要卖了我们……"

"潋滟城这边，也就周先和红婆子。你们这把年纪，周先可不会要。让我看看你女人的脸，没准红婆子肯收。"

颐非立刻紧张地将秋姜抱得更紧了。

红玉"扑哧"一声笑了起来："你们这种小白脸，看似情深义重，其实半点本事没有，最后还不是让她跟着你一起吃苦？"

颐非心想这是在影射那个死了的五儿吗？

红玉用脚踢了踢他的腿："小白脸，想活吗？"

"想！"

"好，给你两个选择：要不，你自杀，我带她离开，给她点钱，让她可以安安稳稳地过下半辈子；要不，杀了她，我带你离开这里，给你荣华富贵。"红玉一笑起来，巴掌大的小脸显得越发可爱，说出的话，却是如此恶毒。

不愧是如意门的人啊。颐非想，换了真私奔的情侣，遇到这种考验，简直生不如死。

"我们不选！"颐非故意生硬地回答。

红玉道："那就两个一块儿死吧！"说着起身走到二人面前，抬起了手。

"等等！让我再想想！"颐非开始犹豫。

红玉本就在等他的这种反应，当即停了下来，笑眯眯地看着。他们越害怕越挣扎，她就越快活。这些年来，她已经用这种办法折磨过许多恋人了。

大部分人都经受不了考验，选择牺牲女人。当他们杀了女人后，她就会毫不留情地先阉了他们，再慢慢地凌迟，让他们在绝望和悔恨中死去。

偶尔有经受住考验愿意跟女人一起死的，她就找一群人当着他的面奸污女人，再放他们离开。经历过的人全都崩溃，疯的疯，自杀的自杀，没有一个例外。

而眼前的这对恋人，又会如何选择呢？

红玉一边遐想一边期待，整个人都很兴奋。

颐非沮丧地纠结了半天，眼看红玉就要不耐烦了，这才做出选择，痛苦地说道："好吧，杀了她吧！"

又是一个贱男人！红玉心中冷哼了一声，还没等她动手，颐非怀中的秋姜已发出一声尖叫，双手去掐颐非的脖子。

红玉顿时兴奋地睁大眼睛等着看好戏。

颐非怒道："你不是说爱我爱到肯为我死吗？这就去证明吧！"说着狠狠推了秋姜一把。秋姜的脑袋一下子砸在灶台上，呻吟着不动了。

红玉啧啧："看清楚了吧？这就是你选的男人。"

"她眼光是不太好，但你也不怎么样呀。"前一刻还在痛苦的颐非，这一刻却笑了。

"什么意思？"

"听说五儿生前风流成性，除了你还有十七八个情人呢。"

红玉大怒，当即上前狠狠扇了他一耳光："你再说一遍！"

"他跟我说，最受不了你这种矮子，所以他另外的十七八个情人，各个高挑丰满性感成熟……"

红玉形似稚女无法长大，是她内心深处最大的痛，如今被颐非以此取笑，当即气红了眼，左右开弓扇了颐非十几个耳光。

身后，似有什么东西烧了起来，她也没在意，只是逼问颐非道："你怎么认识五儿？你是谁？！"

颐非咧嘴一笑："你猜？我不但认识五儿，我还认识你。我知道你一直想要当玛瑙，却怎么也比不过七儿……"

红玉一个激灵，突然明白过来，转头看向倒在灶旁的女人："七儿？！"

那人抬起头，满是血污的乱发中，露出一张平平无奇的脸。

红玉顿时如坠冰窖，这才认出地上这个又虚弱又肮脏的女人竟是秋姜。而一旦她是七儿，所有的东西都开始不对劲了。

她立刻意识到灶里的火不知什么时候烧了起来，火苗舔食着稻草，"噼里啪啦"像是催命的魔音。

"七儿！"红玉立刻拔出腰间匕首，朝她扑过去。可刚扑到跟前，眼前视线骤然一黑。她连忙咬了舌头一口，才清醒过来。

七儿诡计多端，身上机关毒药又层出不穷，必定是在火里加了什么东西，可恶，自己刚才被那贱男人吸引，粗心大意之下没能察觉她就是七儿……

红玉又重重咬了自己一口，含着满口血腥抓着匕首朝秋姜心口扎过去。

颐非试图阻止，被她一脚踢飞，狠狠撞上柴堆，干柴四下滚落。颐非趁机将柴火向红玉丢去。

红玉的匕首顿时失了准头，贴着秋姜的腰扎在了地上。红玉咬牙拔出，再次朝秋姜刺去。

眼看秋姜就要被匕首扎中心口，外面突然飞来一道白光，击中红玉的手腕，红玉的手顿时松开，匕首被秋姜夺走。

颐非惊喜地喊出声："朱爷！"

一个魁梧的大汉从门外快步进来，左眉上的红色小龙此刻看在颐非眼中，实在是比世界上的任何花纹都要美丽。不是别人，正是薛采的贴身侍从朱龙。

而他肩上扛着老孙头，手上提拎着田老头，两人全都昏迷不醒。

朱龙将这二人扔在地上，伸手一抄，像老鹰抓小鸡一样抓住了红玉。红玉刚要挣扎，手脚一紧，被他绑了起来，红玉当即破口大骂，刚骂了一个字，嘴里被他塞了布团。

朱龙做完这一切后，上前查看颐非的脉象，颐非忙道："先救秋姜！"

朱龙微一沉吟，转身检查秋姜，皱眉道："他的毒好解，你的伤难治。"

秋姜注视着朱龙，眼睛里再次流出了血，含着血的眼泪，想要说什么，却一个字都没说出来。

颐非道："先离开这里。"

朱龙点头。

朱龙是赶着马车来的，他将颐非抱上车，回来接秋姜时，秋姜指向红玉道："把她也带上。"

红玉愤怒地"呜呜呜呜"。

朱龙看着地上的两个老头："他们呢？"

秋姜淡淡道："我不杀贱民。由他们去吧。"

朱龙不知想到什么，翘了翘唇角，先将红玉丢上车，再把秋姜放到了颐非身边。马车缓缓离开了渔村。

车轱辘转动，马车颠簸，秋姜从帘缝里看到茅屋越来越远，眼神复杂。

颐非挑了挑眉："想报仇？"

秋姜低声道："看这地方，不过是普通渔村，这些人，只是以捕鱼为生的普通乡民。在遇到落难的陌生人时，第一反应不是救，而是杀和卖……这样的风气，是多少年熏化而成的？而你将来，又要用多少年，才能驱散？"

颐非沉默了很久很久，然后才说了一句："你说的……好像我肯定会是一位明君似的。"

"不是肯定是，而是必须是。"秋姜的神色极为严肃，带了克制和凝重，"为何千百年来，律法要求文士推崇百姓呼吁都要明君？因为不是明君，国必死！"

她还有一句话没说，颐非却在心里接上了："而程国，已经在死的路上了。"

唯方大地，四国分立。燕王雷厉风行，宜王风雅有趣，便是璧国，都有个政见不足但仁爱公正的皇后。唯独程国，像条盘踞岛上庞大而贪婪的巨蛇，无情地吞噬一切可吃之物，吃到后来，将自己的尾巴也吞了进去，变成了一个蛇环。若不及时解开，必死无疑。

两人各怀心事，神色都很凝重。

一旁的红玉看看她又看看颐非，突然"呜呜呜呜"表示有话要说。颐非便将她嘴里的布团取了出来："说吧。"

红玉道："她是不是骗你说能帮你干掉颐殊，扶你当皇帝？她都快死了，你杀了她，我帮你！我……"

话还没说完，颐非又将布团给她塞了回去。

红玉急得直瞪眼，秋姜不禁莞尔。原本心事重重的气氛，便因这一笑而烟消云散了。

无论如何，事在人为。

就像朱龙的出现一般。

虽然一路诸多波折，但关键时刻，总能绝境逢生。

因为，他们彼此拥有这个世界上最可靠的同行者，风雨共济，生死默契。

马车驰入一家卖香粉的"朱家铺子"，在后院停下了。

颐非对秋姜解释道："我跟小狐狸约好，派朱爷来此随时接应。本还担心朱爷比我们晚到，幸好赶上了。"

秋姜注视着这家铺子，眉头却微微地皱了起来。

一旁的红玉发出几声含糊不清的冷笑。

颐非瞥了她一眼："这般聒噪，为何不杀了她？"

红玉立刻安静了。

秋姜淡淡道："蠹斯山倒，夫人的下落还要从她入手。"

红玉沉下脸，阴戾地盯着她。

秋姜便又道："不过看着确实讨厌，先打晕吧。"

红玉刚要反抗，脖后挨了一记手刀，顿时眼前一黑晕了过去。

朱龙将她拎下车，锁进柴房，再抱颐非和秋姜直接上二楼。"说来运气不错，刚得知东璧侯就在二十里外的凤县，已派人去请。"

颐非大喜，对秋姜道："太好了，那你的伤就能治好了！"

"东璧侯？"

颐非刚想解释，就听朱龙道："就是江淮那个不成器的儿子。"

秋姜露出想起来了的表情："玉倌啊。"

颐非"咦"了一声："你认得他？"

"嗯，知道一些。不过不知他封侯了。"秋姜说着咳嗽起来，又咳出一摊血。

朱龙连忙扶她躺下："你睡一会儿吧。"

"此地恐不安全。"

"越危险的地方越安全。放心。"

颐非不满道："你们在说什么？"

朱龙道："此地本是如意门的据点，香粉铺的老板朱小招是颇梨门的弟子。"

颐非惊讶："那你怎么选这儿？"

"他去宜国跟制香大师阿鸠婆修习，已近一年没回来了。此地目前被我们占着，伙计都是白泽的人，非常安全。"

颐非靠坐在窗边的榻上，见楼下就是大街，街上行人如织，十分热闹，满眼都是不输芦湾的繁华，不禁感慨道："柳腰款款风月地，樱唇漫漫美人乡。如此纸醉金迷、歌舞升平的漱滟城。"

天还没黑，路上已亮起了街灯，点点红光交映，可以清楚看见一家家赌坊青楼，生意络绎不绝。

而与之形成鲜明对比的，则是街道的另一面，没有灯光，茅屋鸽笼般密密麻麻地堆积在一起，狭窄的小路上污水横流，许多孩子光着脚跑来跑去，更有裸着上身的粗犷大汉三五成群地行走其中，看见孩子和狗就踢一脚，所到之处鸡飞狗跳。

朱家铺子就像一道门，分开了两个世界。

倚在窗边的颐非静静地看着这两个世界，身体一阵冷一阵热，如置身炉上，裹着冰雪一起炖。

偶尔回头看一眼榻上的秋姜，秋姜已睡着了。

她的话却再次回响在耳边："这样的风气，是多少年熏化而成的？而你将来，又要用多少年，才能驱散？"

他不知道。

甚至在此次回程之前，他并没有想过这一点。只是这一路上，所见所感，令他不知不觉中有了一些别的想法。

很少的一点想法，做起来很难很难。但是，因为一个人的存在，仿佛无论耗上多少年，都可以忍受。

——只要有你同行。

颐非想到这里时，也不知不觉地睡着了。

他做了个梦。

梦见母亲在海上，依旧不肯回到陆地上来。于是他站在岸旁，对她道："我用雪填平这肮脏之地，待春归之际，草木复生，以碧树红花为道，再接您归来。"

然后，鹅毛大雪纷纷落下。

大雪遮住万物，天地一片酷寒。他行走其中，只觉又冷又累，放眼望去，满目苍茫，找不到路，也找不到前行的方向。

就在这时，他看见了秋姜。

秋姜穿着白衣，本应该跟雪景融为一体，可她的头发和眼睛是那么黑，那么鲜明地出现在他眼中。

于是他大喜，挥手叫她："秋姜——秋姜——"

秋姜没有反应，行色匆匆，走得很快。

他想起来，对了，她不叫秋姜。

于是他又喊："七儿——七儿——"

可她还是没有反应。眼看她的黑发越来越远，他由欢喜变成了慌乱，连忙追上去："玛瑙？玛瑙？谢柳？谢柳？阿秋？阿秋？江江？江江——"

可是，无论他怎么喊，秋姜全都没有反应，再然后，她彻底消失在了风雪中。

雪水从鞋底一直渗进来，濡湿他的脚，寒气一个劲地往上爬，像藤蔓般将他裹了一层又一层。

他忽然意识到——他不知道她是谁。

颐非一下子睁开眼睛，从梦境中挣脱出来。

"醒了？"一个声音在身侧悠悠响起，颐非扭头，看见橘黄色的烛火上，一双手正在烤针。

银针细长，那双手白净灵巧骨节分明。

颐非不由得笑了，熟稔地招呼道："又见面啦。"

这个正在秋姜榻旁为她针灸的人，正是东璧侯江晚衣。去年他曾作为璧国的使臣来为父王贺寿，结果颐殊贪他秀雅，半夜找他私会，被他断然拒绝。颐殊大怒，反诬陷他跟父王的宠妃罗紫有染，闹出一场不小的动静。不知是不是那次程国之行让他非常抵触，他回璧国不久就辞官致仕远离朝堂，继续游走四方看病救人。

颐非去年见他，便觉此人像棉花，温暾柔软，洁白无瑕。看似可以随意捏搓，但不改其质。

此刻再见，他虽憔悴了许多，面含风霜，但神色坚定，就像棉花被揉成小球，有了密实的轮廓。

他平生见过妙人无数，其他人包括他自己都是凡尘俗物，唯独此人超凡脱俗，像个谪仙。

颐非将目光转向榻上的秋姜，梦境中那种焦虑紧迫的感觉似还残留在心间，烛影摇曳，令得秋姜的脸看上去很不真实。

她……到底是谁？

"她的伤如何？"

"还好。"

"还好是多好？"

"伤势虽重，但她底子好，又意志坚定。静心休养半年便能康复。"江晚衣说着收起银针，起身净手。

一旁的朱龙看着颐非："我们没有半年可以耽误。"距离九月初九只剩下半个月。

颐非注视着烛光下的秋姜，沉吟片刻道："那就让她在此养病，我们自己去芦湾。"

"能放心？"朱龙有些怀疑，"之前她失去记忆，也就罢了。而今，你说她已恢复了记忆，就不该让她离开视线……"

"你在担心什么？"

朱龙看着昏迷不醒的秋姜，严肃道："她毕竟是如意门的人，毫无节操，狡诈多变。"

颐非便轻笑起来："我知道小狐狸一向多疑，从不轻易信任别人。但他信我，便如我此刻信她。你若真要防着她，不如也防备防备我。"

朱龙皱眉，目不转睛地盯着他。

颐非微笑地回视着他，须臾不让。

两人间的气氛有点绷，江晚衣揉了揉眉心道："我先去抓药了。"说完转身就走，半点不肯多待。

朱龙低叹道："临行前相爷曾有交代，秋姜若一直失忆，便算了。一旦恢复记忆……"

"如何？"颐非心中微沉。

"看紧她，等他亲自前来。"

颐非很惊讶，没想到薛采竟如此重视秋姜。为什么？就算秋姜是七儿，是曾经的如意夫人继承人，但她毕竟失忆多年，如意门发生了很多事，如意夫人自身难保。照理说，现在的如意门分崩离析，就算没有外力打击，里面也是一团散沙，难成气候。为何薛采这么不放心秋姜，生怕她恢复记忆？

秋姜恢复记忆也有好几天了，除了性格更沉闷果决外，并没有太大的异样。薛采在担心什么？

如果是别人，可能是杞人忧天。但薛采绝不是那样的人。

也就是说，他的担忧一定有道理。

会是什么呢？

这一系列想法在颐非脑中跳动，最终全被他压了下去。"那你就通知他来。我们九月初五出发去芦湾，希望他来得及。"

"若来不及呢？"

"若来不及，你留在这里看着她，我自己北上。"

朱龙权衡了一下，觉得还是秋姜更重要，便点头接受了这个安排。

颐非觉得手脚有了些许力气，便起身下榻，蹒跚地走到秋姜面前。

他注视着她看了许久，最终默默地帮她盖上被子，吹熄了一旁的蜡烛。

睡吧。

不管如何，先养好伤。

这是目前最重要的事。

黑暗中，颐非摸索着回榻去睡了。一直沉睡着的秋姜却轻轻睁开了眼睛。

清冷的月光透过窗棂照在墙上，光影交织，边界模糊，分不出黑白。

她盯着面前的墙，似乎想了很多很多，又似乎什么都没有想。

此后的半个月，秋姜跟颐非就在朱家铺子老老实实地养伤。颐非的毒很快就排清了，恢复了活力。秋姜却一直咳嗽，手脚冰冷，酷暑天还要挨着火盆取暖，恢复得比想象中慢。她却似一点都不急，还变着花样想吃新的菜肴。

颐非哀叹道："我不会做饭！我只会吃！"

"我知道你不会，但有人会。"

"谁？"颐非将猜测的目光落到一旁捣药的江晚衣身上。江晚衣愣了愣，道："我只会煮粥。"

最后，坐在角落里磨剑的朱龙默默起身走了出去。

颐非惊讶道："朱爷擅厨艺？"

结论是，朱龙真的擅厨艺！

无论秋姜点什么，他都做得出来，味道还挺好。

颐非吃了几口，赞道："朱爷高才。"

"我已很多年没下过厨了。"

于是颐非又赞："宝刀不老。"

一旁的江晚衣忍俊不禁，而秋姜安静地吃着饭，苍白的脸上带着某种恍惚，像在追忆些什么。

颐非忍了又忍，还是忍不住，问她道："你在想什么？"

"想四儿和公爹。"

"他们怎么了？"

"他们都很擅长厨艺。"秋姜说到这里看向朱龙，"他们都死了。"

江晚衣顿时一口饭呛在了喉咙里，赶紧灌了好几口茶才止住，再看向被"间接诅咒"的朱龙，朱龙果然不悦地瞪着秋姜："真对不住了，我还没死。"

"我明天想吃干笋老汤鸭。"秋姜放下筷子，一脸冷傲地离开了。

朱龙当即就要摔碗，被颐非连忙拦住："别跟病人计较，朱爷您多担待。我去买鸭子，我最会挑鸭子了。"

江晚衣好奇道："三皇子还会这个？"

"曾跟鸭子一起住过一段时间。"颐非想起当时的遭遇，很是一言难尽。

红玉一直被关在柴房中，颐非去审问她，她睁大眼睛道："七儿为什么不来？叫她来！她不来，我一个字也不说！"

秋姜却偏偏晾着她，就是不去见她。

红玉压着一天天的怒火，嘴上起了好几个大火包。江晚衣无意中看见了，便捣了服药给她抹上。

红玉认出了他，很惊讶，继而不屑道："怎么哪儿都有你？"

"你见过我？"江晚衣并不介意她的无礼，敷药的动作依旧轻柔。

红玉立刻否认："没有。"过了一会儿，又道，"听说你见人就医，不管对方是何身份，是好人还是坏人。看来果真如此。"

江晚衣笑了一笑："你想知道为什么吗？"

"因为你傻呗。"

"在外游走，难免遇到各种麻烦。若我只治好人不治坏人，那坏人看见我，不会手下留情。可我是个只要你有病就给你医治的大夫，坏人就会想着日后也许会用上我，便会有所顾忌。"

红玉一愣。

江晚衣敷完药，收拾药箱起身道："放宽心思，按时吃饭休息，三日后便好了。"

红玉瞪着他，眼看他就要迈出门槛了，忍不住道："就算你这次医治了我，将来落在我手上时我也不会手下留情的！"

江晚衣没有回头，只是随意地摆了摆手，飘然而去。

红玉注视着他的背影逐渐消失在拐角处，再然后，被另一张放大的笑脸所取代。

红玉吓了一跳，下意识往后一挪——只见颐非不知何时进了柴房，此刻正从横梁上倒挂下来笑嘻嘻地看着她。

"你要……"她的话还没说完，颐非已将布团塞回了她口中："听见没有？放宽心思，少说话多睡觉。"

手脚依旧被捆嘴巴被塞的红玉气得鼻子都歪了。

日子就这么一天天地过去了，虽说时有磕磕绊绊，但比起之前的危机四伏，此刻的平淡便呈现出了难得的安宁。

只是所有人都知道，当薛采来时，这种安宁就会被打破。而打破之后等待他们的是什么，谁也不知道。

八月的最后一天，一场飓风登陆潋滟城。

官府敲锣打鼓做了提醒，全城戒严，家家户户闭门不出。从朱家铺子的二楼窗户望出去，楼前楼后难得陷入同样的沉寂。

颐非赶在风来前买了两大箩筐菜屯着，刚进屋，雨就下了起来，豆大的雨点很快将窗纸砸破了，众人不得不找了好些兽皮钉在窗上。

朱龙隔着兽皮的缝隙往外一看，天一下子黑了。

他是璧国人，常年住在璧国帝都，还是第一次赶上这种飓风天，当即皱眉道："这个要持续多久？会对海上有影响吗？"

江晚衣端详了一番，答道："看这形势大概要一到两天，从东北海上而来。"

颐非露出一个幸灾乐祸的笑容："看来小狐狸的运气不怎么好。"薛采此刻应该就在东北海上漂着呢。

朱龙不可思议道："相爷是你的靠山，也算你半个主子，他出事了，你有什么可乐的？"

颐非摇头道："这世上还没人能做我的主子。倒是你，我知道你隶属白泽，曾是姬婴的心腹。但你是从哪里冒出来的？一身本事，怎么就甘心屈居为奴呢？"

朱龙怔了一怔，脸上闪过很多古怪之色，最后变成了黯然。

颐非从菜筐中摸出两壶酒，点了一盏灯，拍拍坐榻道："来来来，飓风声中话生平，边喝边聊？"

朱龙皱眉道："我不饮酒。"虽这么说，却还是过去坐下了。

江晚衣也入座道："我酒量不怎么好，就当作陪吧。"

颐非扭头看向站在窗边看景的秋姜："你来不来？"

秋姜还没回答，江晚衣已道："她不能饮酒。"

秋姜挑了挑眉，颐非便不再叫她，径自给江晚衣和朱龙斟满了酒，道："真是令人怀念的飓风天啊。我自饮一杯，你们随意。"说罢，将酒一口饮尽。

江晚衣举杯同饮。朱龙盯着琥珀色的酒浆，又看了眼黑漆漆的窗户。风雨中的小屋，总是能给人一种莫名的安全感，而这种安全感，令人不知不觉放松了许多。朱龙想了想，最终拿起酒杯轻呷了一口。

颐非注视着杯中酒，讲解道："这酒名'是务'，'唯酒是务'，意思是只有酒是乐趣。听不到雷声，看不到泰山，不觉寒暑，忘却利欲。这世上的杂然万物，都不过是漂流在大河上的浮萍。"

"好酒。"江晚衣赞了一声。

朱龙什么也没说，默默地又抿了一口。

颐非问道："姬婴生前喝酒吗？"

朱龙想了想，回答："公子偶尔喝。"

"醉过吗？"

"只醉过一次。"

"那他真是个可怜之人。喝酒最怕什么？最怕的就是不醉。不醉，喝水喝汤不好吗？喝什么酒呢？"

朱龙垂下头，将杯中的酒一口闷了，低声道："他不敢醉。"

"所以我说他是可怜之人。"

秋姜一直靠在窗边，双手托腮看着外面的风雨，此刻终于忍不住回头看了围灯饮酒的三人一眼，目光最终停在了朱龙脸上。

朱龙拿起酒壶给自己倒满，忽笑了起来："可怜？不不不，你们不了解他。公子不觉自己可怜，更不要人觉得他可怜。尤其是你这种人，不配可怜他。"

朱龙是薛采派来接应颐非的，此前在璧国时，两人打过几次交道，除了执行命令外，鲜少表露出自己的情绪。因此，直到此刻，颐非才知道他居然看不起自己，但也并未生气，只是笑吟吟地扬眉道："噢？我为什么不配？"

"你喜欢姜沉鱼，不是吗？"

颐非的笑容顿时一僵，莫名有些慌乱地去看秋姜，秋姜本在看朱龙，听到这句话也似一怔，转头看向他。

两人目光交集，各自无言。

反是一旁的江晚衣诧异地"啊"了一声。

颐非立刻否认："没有的事！"

朱龙呵呵笑道："你们都喜欢她，可她只喜欢公子！所以，你们有什么资格可怜公子？"

江晚衣目光闪动，不知想到了什么，低声道："确实，'她'也只喜欢姬兄。"说着，也将杯中酒一口闷了。

颐非看着秋姜道："我真没有！只是当年想拉拢姜家，谋士建议联姻罢了，后来也没成，再说，都是过去的事了！"

秋姜诧异道："璧国的皇后喜欢姬婴？昭尹知道吗？"

她的关注点怎么在那个上？颐非一时间不知该松口气，还是该失落。

"昭尹当然知道，所以才强行下旨将姜沉鱼纳入宫中，就跟当年强纳曦禾夫人一样！"朱龙说得怒起，将酒杯握得直响。

江晚衣连忙敲了敲他的手道："息怒，息怒。都已是过去的事了。"

秋姜再次诧异："曦禾夫人又是怎么回事？难道她也喜欢姬婴？"

朱龙的眼眶不知怎的红了，怒道："她本是公子的情人！若不是昭尹，若不是他……"只听"咔嚓"一声，那杯子最终还是被朱龙捏碎了，碎片扎了他一手。江晚衣无奈地叹了口气，起身拿来药箱为他处理伤口。

颐非扶额。之前在璧国，他人在屋檐下，处处受缚，没能掌握多少切实有用的讯息，此刻难得有这么好的机会，本想借机从朱龙处套话，查探查探白泽组织的由来和底细，看看薛采手中到底握了怎样的底牌。结果一向沉稳内敛的朱龙一喝酒就情绪激动，还尽扯些情情爱爱之事……

没想到，你竟是这样的朱爷……

但相比朱龙，更令他意外的是，秋姜似对姬婴生前的感情纠葛十分感兴趣，追问不休。

朱龙脸上毫无醉意，但一改平日的冷静自持，对秋姜有问必答，把姬婴生前跟曦禾夫人和姜沉鱼的事全交代了，最后还红着眼眶睨着颐非道："你问我为何甘为人奴，我回答你——因为值得！能先跟公子，后跟薛相，我阿狗这一辈子，值了！"

"阿狗？"江晚衣诧异。

朱龙一怔，颐非立刻反应过来，"扑哧"一笑。

朱龙"哼"了一声，拿着杯子走到窗前，对着天空的方向拜了三拜道："公子赐我朱龙之名，委我凌云之志，小人此生永不敢忘！唯祝公子天上永安！"

颐非笑着笑着，不笑了，低声道："有奴效忠，有小狐狸继承，还有皇后惦念……我，确实没有资格可怜你啊，姬婴。"

风声呜咽，仿佛在回应他，又仿佛在嘲笑他。

就在这时，他们听见了拍门声，声音是从店铺前门传来的。

四人顿时神色一肃——如此飓风天气，还有来客？

朱龙当即拔剑就要去开门，被江晚衣拦住："我去吧。"四人中，秋姜病弱，朱龙醉酒，颐非是被通缉者，确实只有他最适合出现在外人面前。

江晚衣提着灯笼打着伞下楼，穿过院子去店铺开门。秋姜注视着他的背影，不知为何，表情变得有些凝重。

江晚衣进了店铺，许久都没回来。

颐非跟朱龙意识到不对劲，对视了一眼。

朱龙随手挽了个剑花，往墙上画了一个极其标准的圆，以显示他依旧手稳，然后道："我去看看。"

颐非便没再拦阻。

可是朱龙走后，也许久没有回来。

颐非的手指敲打着酒杯的杯沿，心中有股不安的预感。他忍不住看了秋姜一眼，秋姜靠坐在窗边，姿势表情都没有变化，却让他的不安越发重了起来。

半响后，他将杯中剩余的酒一口喝下，起身拂了一下衣袖："轮到我了。"

秋姜注视着他，并不说话。

颐非打开门，狂风一下子吹了进来，将他的长发往后吹拉得笔直。他的手按在门闩上，有些不受控制地战栗，却不知是因为冷，还是其他。

他注视着自己发抖的手指，苦笑了一下："我这一走，还能再见到你吗？"

窗边的秋姜也被风吹着，原本就没梳理的散发全都盖在了脸上，遮住了她的表情。

颐非等了好一会儿，才听见秋姜淡淡道："谁知道呢。"

"那我还是不走了吧！"颐非说着，后退一步，"啪"地将门关上，转身回到榻上坐下，并摇了摇剩下的酒道，"如此好酒，可不能浪费。"

门一关，风雨都被隔绝在外，那些不祥仿佛也就此被挡在了门外。留给小楼的，只有异常的安静。

秋姜伸出手拨开乱发，露出一双乌黑的眼睛。颐非觉得自己就像夜间误闯密林的路人，被树梢上的夜鸮给盯住了。

他不得不灌了一大口酒，以对抗这种令人倍感不安的凝视，然后道："你的伤要静养，如此耗费心力，可是会损元寿的。"

"总有一些事情要做。"

"就不能等上半年？"

"我已经浪费了五年。五年前，一切本该尘埃落定。"

"我不明白。"颐非放下酒壶，直勾勾地望着秋姜，"我真的不明白。你是已经逃脱樊笼的鸟，为何还要执着地飞回鸟笼？我们都想砸碎它，都想让你自由。"

"因为……"秋姜的目光转向了大门处，"逃不掉的。"

被颐非关上的门"吱呀"一声又开了，风雨呼啸着冲了进来，在地上扑出了一个湿润的人影。那人站在门口，斗篷从头罩到脚，显得十分臃肿。

下一刻，斗篷开了一线，一人从里面钻出来，挑衅地瞪了颐非一眼。

颐非一看，竟是红玉！红玉一钻出来后，斗篷立刻瘦了下去。

红玉蹲下身，为此人擦去靴子上的水珠，再踮起脚解开斗篷的带子，利索一拉，斗篷立刻服帖地叠挂在了她的手臂上。

颐非这才看清来人的模样，是一个二十左右的年轻男子，穿着一身白衣，带着一双绿色的手套，皮肤极白，模样清瘦，身上有种格外和善的气质。

这是哪里冒出来的葱？

颐非越想越觉得葱这个比喻妙绝，此人高瘦白嫩，加上那对绿手套，可不就像一根葱？他一边想着一边轻笑出声："哟，如此飓风天里，还会有客人啊。"

"我不是客人。"男子笑了起来，目光柔和，天生三分亲切。

"难道你是主人？"

"鄙人朱小招，见过三殿下。"

颐非一怔，他居然还真的是主人！

红玉在一旁朝他狞笑道："没想到吧？天堂有路你们不走，地狱无门非要住在这里！"

颐非叹了口气："是你通风报信的？"

"错！"红玉的眼睛闪闪发亮，充满了恶意，"我可没这么大的本事。是你的好秋姜报的信。"

颐非看着秋姜，叹了口气："这些天我一直看着你，你是怎么做到的？"

秋姜道："你不应该找江晚衣为我看病。"

"跟他有何关系？"

"一个大夫，一个很有名的大夫，总是会有很多人留意他的下落。"

红玉咻咻地笑："毕竟是很多人心心念念惦记着的玉倌嘛。"

颐非也笑了，索性重新回到榻旁坐下，继续饮酒道："有道理，如此有道理的话，当喝一杯。"

红玉见他这种时候了还如此镇定，心中十分不满。她就喜欢看人痛苦，对方不痛苦，她就痛苦。因此，她扭头看着朱小招道："你还不动手？"

朱小招笑道："不急。"

"怎么不急？他们两个都奸诈狡猾，迟则生变！"

"夫人有三个问题让我问七主，问完了再走。"

红玉十分不满，但只好强忍怒火："那你快问！"

朱小招走到秋姜面前，却是左手伸出一根食指，右手伸出三根手指地抱拳行了一礼。

秋姜的瞳孔开始收缩："你，就是新的四儿？"

"是。"

"东儿她们是你杀的？"

"东儿？"

"薛采府的三个婢女。"

朱小招露出恍然之色，一笑道："是的。"

"为什么？"

"夫人听说七主没死，出现在璧国的白泽府，便派我去找。但我到时，没找到您。我便留下信物，希望您来找我，尽快回如意门。"

如此看来，那个风铃的确是此人刻意留在香香手里的。她找他，他也找她。只不过当时她失忆了，不明白他的用意。但阴错阳差地，为了给东儿她们报仇和寻找记忆，她还是踏上了回程的道路。

秋姜沉默了一会儿后，淡淡道："你可以开始问那三个问题了。"

"第一个，品先生背叛。您是否知情？"

秋姜睫毛微微地颤抖了起来。

如意夫人练武走火入魔，不得不闭关，门中事宜，暂由品先生联同如意七宝负责。五年前的草木居中，她设局诱杀三宝，连带自己也失去记忆。如此一来，如意门等于一下子少了四个负责人。

这是一等一的大事。如意夫人本该出来主持大局，重新规整计划，但她没有。她保持了诡异的沉默，任由两个奏春计划继续往前推行。

两个奏春计划里，一个是让颐殊和罗紫联手毒倒铭弓，控制程国朝堂，并借为程王贺寿之名，邀请宜国国君赫奕、燕国国君彰华和璧国东璧侯来程赴宴，借机发动兵变，推颐殊上位。

这个计划秋姜一开始就知道，虽然中途发生了很多波折，但最终在六月底成功了。

另一个奏春计划则是用谢长晏将彰华引到海上，将之暗杀，然后扶彰华的孪生弟弟谢知幸上位，神不知鬼不觉地取代彰华。

这个计划如意夫人没有告诉她，她隐约猜到了一点，但因为失忆，而被迫强行与之断离。

当玉京的奏春计划紧锣密鼓地进行中时，七月，如意门大本营被毁；八月，淇奥侯姬婴死于意外，再然后，奏春计划失败。

如意门至此，可以说是一败涂地。

秋姜攥紧手心，以往想不明白的事情，在这一刻，全都得到了答案——

为什么草木居的除夕之夜，无人接应她？

因为，原本说好了螳螂捕蝉黄雀在后，带她和风乐天的人头回程国的人，是品先生。

为什么她被送上云蒙山那么多年，如意夫人没找她？

因为，如意夫人闭关中，品先生控制了一切，没有让风声透露到夫人耳中。

为什么程国的奏春计划能成功？

因为这是如意门的大本营，为了麻痹如意夫人，为了狂欢后的松懈，品先生还是按照计划让颐殊上了位。但颐殊已不是夫人当年看中的颐殊，这条美女蛇化龙之后，第一件事就是回过头狠狠地咬向如意门。

于是，螽斯山倒，大本营灭。

但如意夫人之所以是如意夫人，就在于她还是逃脱了。

她发现了品先生的背叛，逃了出来，然后蛰伏，等待时机。

她任由燕国的奏春计划失败，任由自己的一片心血一点点付诸东流。最终，等来了秋姜重新出现的消息。

"我不明白……"秋姜的声音变得有些喑哑，"品先生，为何背叛？"

"人的欲望无穷，背叛的理由自然千奇百怪。"朱小招倒是不以为意，"所以，七主是不知道啰？"

"我不知道。红玉一直跟着我，可以证明我也是受害者。"

红玉立刻"呸"了一声："谁知道你是不是跟品从目商量好的在演戏？"

朱小招则笑道："您是指邓熊炸船想烧死您那件事吗？"

"你知道了？"

"我的人在岸上截住了他，从一个叫齐福的女童口中证实了您在他的船上。"

红玉还是不满地嘀咕道："没准那一船人都是跟她串通好了的。"

朱小招没有理会她，继续问道："第二个问题，七主为何救三殿下？"

一旁饮酒中的颐非心想，总算问到这个问题了。他不禁也凝神屏息看向秋姜。

秋姜回答得很快："正如你说的，品先生叛变了，颐殊也不可用。如意门需要找一个新的寄主，好修复元气。"

红玉立刻睨着颐非道："我早说了，她只是想利用你！"

颐非灿烂一笑："只要能让我当皇帝，随便利用。"

红玉气得说不出话来。

朱小招脸上依旧带着和善的笑容，如此温文亲切的模样，让人很难将他和那个虐杀东儿的人联想在一起。"那么第三个问题，七主如何证明自己对如意门依旧忠诚？"

秋姜这一次沉默了很久，才开口道："你们如何证明我不忠诚？"

很多很多年前，一个人曾跟她说："什么是好细作？就是你做的每一件事，都可以既黑又白。想黑就黑，想白就白。"

迄今为止，她在这一点上做得很好。

她所做的一切都可以解：毕竟，风乐天是真的被她割下了头颅；而她也是真的一心一意地想回如意门；再加上品先生确实在追杀她。

品先生跟颐殊是一伙的，所以她就带着颐非回程来，准备夺回一切。

颐非看似优哉游哉地呷着杯中的酒，心头却沉甸甸的，压着千斤。虽然朱龙和江晚衣恐怕都落入了如意夫人手中，但从此番对话中得知：如意门现在在内讧，如意夫人想从品从目那里夺回权杖，就需要用自己去对付颐殊。所以，身为如此重要的棋子，他起码是安全的。

从朱小招此番进来，不急着抓他，反而请他喝酒便可以看出。

可是，秋姜为什么会在品从目和如意夫人之间选择如意夫人？借品从目之手一口气除了如意夫人不好吗？然后，等自己扳倒颐殊，再去对付品从目，不是更好吗？为什么非要执着地回到如意夫人身边？

失去大本营不得不躲藏起来的如意夫人身上，到底还有什么值得她去图谋？

你到底在想什么？

你的心果然是从不对任何人打开的吗？

风小雅也好，我也罢，那般生死之交，都没能让你真正信任？

就凭你那日两耳流血地背着我走向渔村，你的任何计划，我都可以配合。为何还要瞒着我执行？

嘴巴里的酒不知为何变得又酸又苦，难以下咽，颐非最终放下了酒杯。

而这时，秋姜的目光转到了他脸上："再说，我把三殿下和红玉都带回来了，足够表达我的诚意。"

红玉怒道："我是夫人的人，你却将我抓起来关在柴房中……"

秋姜打断她："第一，我并不知道你是夫人的人，万一你是品从目的细作怎么办？第二，我只是关你，没打你没骂你甚至还让江晚衣去医治你，已是看在同门的分儿上手下留情；第三，若不是我借江晚衣的行踪将消息传出去，四哥能提早回来，能第一时间放了你？"

红玉被问得哑口无言，只得恨恨地撇了下嘴道："你这声四哥倒叫得挺溜。"

"好说。你若也是七宝，我也能喊你一声姐姐。"

红玉眼中几乎冒出火来："你明明知道我为什么当不了七宝！"

"噢对。我记得某人跟我说过她有朝一日必定会拿回'玛瑙'这个名字。只可惜，我一日不死，你就无法上位。"秋姜笑了起来，那样一张寡淡的脸，一旦有了表情，就显得极具风情，"哪怕我失踪了五年，一日没有找到我的尸体，玛瑙之号就一日不能换人。"

红玉咬着嘴唇，不知为何，脸上的怒容退去了，转为了另一种更为深邃的怨恨："我去燕国找过你们。"

秋姜扬了下眉。

"品从目说，你在燕国的计划失败了，你、二儿、五儿和六儿都死了。我不信，我亲自去玉京挖出了五儿的尸体，发现他是被人一掌击碎天灵盖而死。但在死前，他中过你的迷药，四肢僵硬，腿骨断折。而且，我只找到了他们三个的尸体，没有你和刀刀。我又在牢房里找到了刀刀，从他口中得知了除夕夜的经过。所以，我坚持认为你没有死，只是躲了起来。"

秋姜一笑，不置可否。

朱小招在旁忽然补充道："红玉回来禀报夫人，夫人开始怀疑品先生，但她当时练功走火入魔，自顾不暇，只能交代我和红玉不要打草惊蛇，暗中监视品先生。"

红玉冷哼道："品从目十分狡猾，没有表现出任何异样，继续勤勤恳恳地打理门中事务，按部就班地推行奏春计划。无论是颐殊还是谢繁漪，都看上去没有任何问题。我找不到证据，也找不到你。"

"再然后，颐殊成功称帝，夫人也恢复得差不多，眼看就能出关时，品先生从燕国弄来了一种开山用的火药，炸毁了螽斯山。"

红玉不满道："你怎么还叫那厮先生？他算狗屁先生！"

朱小招苦笑道："他毕竟是我的老师。我们所学，皆是他教的。"

"他可没教我什么！他只偏心七儿！"红玉先是嫉恨地瞪了秋姜一眼，但随即又高兴起来，幸灾乐祸道，"可惜都是假的。他现在还不是要杀你？"

秋姜又不置可否地一笑。

朱小招继续道："我一直在监视品先……唔，品从目，等着他有所举动，所以那一夜，我提前发现不妙，冲进夫人闭关之地，告诉她品从目背叛，但已经晚了。"

红玉被勾起回忆，也是一脸的心有余悸："我和四儿带着夫人九死一生地从密道逃脱，夫人因为动用内功，再次走火入魔，形同瘫痪，只能躲藏。我们躲在寺庙中，靠偷窃为生。有一天我去镇上偷米时，听见人人都在说，淇奥侯姬婴死了。我回去将此事告知夫人，夫人当夜咳血，差点病逝。"

秋姜的表情没有变，但颐非就是敏锐地感觉到，她的气息变了。

怎么回事？她为何对姬婴那般关注？如意夫人也是，为什么听说姬婴死也会吐血？

"夫人一连烧了三天三夜，再醒来时对我跟红玉说，谁能杀了品从目，便把如意门留给谁。"

秋姜"噢"了一声，似笑非笑地看着红玉："原来你们两个现在是竞争对手呀？"

红玉冷冷道："你不用挑拨我跟四儿的关系。我们说好了的，各凭本事，愿赌服输。"

"那看来你们两个迄今为止都没赢。"

朱小招叹了口气道："品从目虽不会武功，但多智近妖，对付他，我没多大信心。所以，这一年我只是假装去了宜国，避开耳目，实则蛰伏观察。"

颐非想原来此人没离开啊，难怪能在这种飓风天里现身，打了他们一个措手不及。

"你们都怕他，我可不怕！"红玉板着脸道，"我想他肯定去了燕国，执行燕国那边的奏春计划。可惜，当我赶到时，那个计划失败了。燕王没有死，死的人是他弟弟。品从目自此失踪，再也没有出现。"

颐非和秋姜下意识地对视了一眼，从彼此脸上都看到了惊讶。

品从目居然也失踪了？也就是说，如意夫人和品从目，如今都是化明为暗，藏在了暗处？

　　"夫人听说品从目不见了，便让红玉联络旧部，看看还有谁可以调动。这时我们遇到了谢繁漪，从她口中得知你的确没死。风小雅没有杀你，只是把你关在云蒙山上，但当我赶到云蒙山时，你已逃了。"

　　红玉气呼呼道："夫人听说你没死，病一下子好了起来，交代我们一定要找到你。我们一路找到璧国，才知道你躲在白泽府中。我坚持认为你当年的假死是跟品从目串通好了，想借机脱离如意门。夫人却说，你不会。"

　　秋姜目光闪动，不知在想什么。

　　"我不信任你，但夫人信你。我说不过夫人，便决定监视你，看看到底怎么回事。"

　　"于是你出现在三儿处，说要杀我为五儿报仇，借此试探我和颐非的关系？你当时就知道他不是三儿了？"

　　红玉嗤笑了一声："丁三三是个色鬼，哪次见到我不是动手动脚的。颐非却连看都不敢看我一眼。"

　　颐非摸了摸鼻子，不禁苦笑。

　　"我一路远远地跟着你，看你上了云闪闪的船，我知道她要去参加快活宴，便先一步去了玖仙号等着你。"

　　"胡九仙身有如意门弟子，你从他那儿知道云闪闪在受邀名单上，也是通过他的安排成为操奇计赢的三件物品之一。"

　　"对。"

　　"他是谁？"

　　红玉一笑道："那就不能告诉你了。"

　　秋姜忍不住想：胡九仙身边的钉子果然有两个，一个胡智仁，还有一个仍藏在暗处。会不会是艾小小？

　　"我被你抓住，亲耳听到你和风小雅的对峙，这才确定，你是真的失过忆。"红玉继续说了下去。当日，她化名小玉儿，被秋姜扔在暗室里，看似昏迷，实则清醒，听到了他们的对话，心中却一点都不开心，反而很生气，有种宿敌不死又要回来争宠的无力感。

　　秋姜听到这里，对朱小招一笑道："现在，该问的都问了，该答的也都答了。可以带我去见夫人了吗？"

　　"不急。"朱小招笑道，"夫人还有句话问三殿下。"

　　秋姜微微拧眉。

　　朱小招走到颐非跟前，就像一个好客的主人在殷勤地招待客人那般再次为他将酒斟满，道："夫人说，殿下想见她吗？"

　　"日思夜想，魂牵梦萦！"

朱小招微微一笑："那么，用你腰间的这把薄幸，在七主的脸上划五下。"

此言一出，三人皆惊。

红玉的眼睛一下子睁到最大，喜出望外道："夫人当真如此说？！"

"夫人说，七主失忆，耽搁了这五年，虽是品从目的过错，但也是七主无能所致。所以，想要重归如意门，必须先领错。一年一剑，留刻脸上，以示警醒。"

朱小招的笑容还是那么亲切，声音也还是那么绵软，但听在颐非耳中，字字扎心。他忍不住去看秋姜，秋姜低垂着眼睛，长长的睫毛在脸上投下了一片阴影。

红玉拊掌道："不愧是夫人！比我还能考验人心。来来来，三殿下，你想要得到如意门的支持，想要见夫人吗？那就快点动手吧。"

颐非其实知道如意夫人此举的用意。他跟秋姜一路同行，风雨共济，生死与共，不知不觉已经建立起了深厚感情。如果秋姜还是从前的七儿，这对如意夫人来说是好事。但因为秋姜其间失踪又失忆，如意夫人又遭遇了品从目的背叛，所以越发多疑。既希望她回来，又担心她回来。所以，如果秋姜是假意回归，那么，借他之手毁了她的脸。这对女人来说无疑是世间最可怕的事情，就算他们真的情深义重，也会因此生出离隙。

颐非瞬间想通了这一切，摇头道："这样不太好吧？虽然她长得一般，不是什么美人，但往日里也靠着这张脸骗过不少痴情男儿，完成了许多任务。若我此刻毁了她的容貌，她今后怎么再执行细作类的任务？"

朱小招道："这点三殿下不用担心。七主也别怨恼。夫人说，只要你通过考验，等她见到你后，就将如意夫人之位正式传给你。今后，你自然不用再执行任何任务。"

"什么？我不同意！"红玉立刻反对，"夫人明明说谁杀了品从目就把位置传给谁的！"

"那是因为之前我们都以为七主死了。七主现在既已归来，那个位置，自然还是她的。"

"凭什么？她这五年逍遥快活醉生梦死的，我们却拼死拼活，蠡斯山倒，若不是我们，夫人早死了！若论功劳，你我远胜过她，凭什么传给她？！"

朱小招叹了口气道："这是夫人的命令。你若不服，去跟她提。"

红玉又是生气又是委屈，狠狠地瞪着秋姜，最后恨声道："我自会回去问！但现在，我要看着你毁容！"

秋姜终于抬起头来，素白的脸上却是一派平静，对颐非道："动手吧。"

颐非心头一颤："秋姜！"

"我对如意门之心，天地可鉴。区区一张脸算什么，性命也可以随时拿去。"说罢，秋姜从袖子里掏出块帕子，将散乱的头发扎了起来，露出脸，跪坐在了颐非面前。

颐非盯着这张近在咫尺的脸，却觉距离她越发遥远。

你在想什么？

为什么要这样？

为什么不顾一切也要回到如意夫人身边？

杀如意夫人有很多办法，为什么要选这种，还是……你根本从来没想过要杀她？你所做的一切，就是为了回到她身边，重新博取她的欢心，继承的衣钵？

红玉催促道："动手啊！怎么还不开始？你不舍得？"

颐非沉默片刻后，从腰间抽出了薄幸剑，轻薄的剑刃反射着烛光，像两点火苗，在彼此的眼中跳跃。

剑尖在距离秋姜脸颊半分处停了下来，颐非扭头道："那个，要不我就不见如意夫人了吧。"

红玉一直屏息以待，见他半途反悔，当即大怒："你说什么？！"

"我想了想，还是算了吧。如意夫人在你们看来多么多么尊贵厉害，在小王看来也不过那样，连个不会武功的品先生都斗不过，而且还跟颐殊闹翻了。我若跟你们搅在一起，没准还会输。算了算了……"

红玉冷笑道："程三皇子果然怜香惜玉得很，不舍得划花她的脸？那我就先划你的脸！"

眼看红玉拔出一根匕首扭身就要冲上去，朱小招连忙拦住她。

"放开我！他不知好歹，我给他点教训！"

"别急别急……"朱小招的声音虽然依旧慢吞吞、软绵绵的，手上的动作却一点都不慢。红玉被他挡住，竟是不能动弹，气得整张脸都红了。

"颐非，我告诉你，今天你必须划了她的脸，没有第二个选择！"

颐非扭头问秋姜："她怎么这么恨你？就因为你杀了她男人？"

"她的男人多得是，五儿没那么重要。"秋姜看着气急败坏的红玉，笑了一下，"她是觉得我抢了她的名字。"

"什么名字？"

"玛瑙。她本来的名字叫玛瑙。"

颐非恍然大悟，惊讶地看向红玉："哟，你还记得自己原来的名字啊？"据他所知，像江江那种九岁才被卖进如意门的孩童是少数，绝大部分弟子入门时都不超过六岁，再加上被重新训练改造过，基本都不记得自己的名字。比如琴酒、山水、松竹他们，对自己的出身来历就一无所知。

红玉似被这个问题问住，整个人一僵，所有的动作都停了下来，半晌才哑声道："关你屁事。你到底动不动手？"

颐非往后一靠，抱臂一笑："不。"

红玉再次冒火，扭头问朱小招："夫人没说他若不划怎么处理吗？"

朱小招微微一笑："夫人说了。若三殿下不做，就任其离开。如此多事之秋，多一个朋友比多一个敌人好。"

红玉尖叫道："什么？就这么放了？"

颐非挑了挑眉，也很意外。

然后就见朱小招话题一转，看向秋姜道："不过七主这边，恐怕就要费点事了。"

"你能不能一口气把话全说完？急死我了！"红玉跳脚。

"别急别急……"朱小招笑道，"你不是一直想当玛瑙吗？三殿下离开后，你跟七主打一场。你赢了，玛瑙之号就是你的。"

红玉心中一紧："当真？生死不论？"

"对。夫人说，七主若是打不过你，死在你手上，那是她无能。"

"这不公平！"颐非出声阻止道，"秋姜身受重伤。"

朱小招笑眯眯道："所以，她的性命其实掌握在殿下手中啊。"

颐非心想：不愧是天下最邪恶组织的头领，如意夫人之恶毒，远超他生平所见的任何一个人。

此刻，两条路摆在了他面前：一，划花秋姜的脸，跟秋姜一起回如意门，看她下一步会怎么做；二，不管秋姜死活，自己离开。

颐非的手在袖中握紧，松开，周而复始，手心中出了一层薄薄的汗。

红玉在一旁目光灼灼，跃跃欲试。

窗外狂风暴雨，飓风似要将屋顶掀掉，钉在窗棂上的兽皮不能完全挡风，冷冰冰的气流四下乱窜。他就像坐在一个大旋涡中，无法再保持镇定。

他看向秋姜，秋姜朝他点了点头，眼中的意思很明确：来！

她可真是半点都不把毁容当大事啊。

颐非不禁想起了自己所认识的其他姑娘：他的亲妹妹颐殊，是那种婢女梳掉了她的一根头发，都要砍对方头的人；姜沉鱼，也只肯用药物暂时毁容，一离开程境，就恢复了原样。尤其是回去的船上，因为跟她所仰慕的姬婴同行，她每天都很精心地打扮自己，只求姬婴能多看一眼……

他从没见过不在乎自己容貌的女人——除了秋姜。

秋姜从不打扮，很多时候泯然于众，随时根据任务需要调整自己的样子。

她像一幅画，所有的颜色线条都是另外添加上去的，而真实的她，呈现给人看的只有一片苍白。

所以此刻，在他看来万般不忍的事情，她却很坦然地接受了。

颐非闭上眼睛，长长地叹了口气。然后，再睁开眼睛时，他再次拿起了薄幸剑。

一旁的红玉抿紧唇角，瞪大眼睛，怕他再次反悔，又盼他再次反悔。

只见颐非手腕一抖，纸片般的剑身立刻变直，在他手上，就像一支笔，轻轻地落在了秋姜脸上。

秋姜觉得额头一凉，有些刺痛，紧跟着，一滴血滑下来，正好流在两眼之间，顺着鼻梁滑落。血珠很小，滑到一半便没了。而颐非已收剑笑了一笑："好啦。"

一旁的红玉立刻跳了起来："这不能算！"

"怎么不能？我出了五剑，划了五下，而且也见血了。"颐非睨着朱小招，沉下脸道，"莫非你们要抵赖？"

朱小招有些想笑，还要抱住发怒的红玉，劝慰道："别急，别急……这个，好吧，就先带回去，由夫人定夺吧。"

秋姜忽地起身走到一旁拿了面铜镜查看，发现自己的眉心上多了一朵花：五片花瓣，形如蝴蝶，虽颜色血红，但能看出是朵姜花。

颐非竟在她脸上文了一朵花！

难怪红玉气成那样，因为这朵花非常漂亮，在她脸上，反而为她寡淡平凡的五官增添了亮点。

秋姜注视着镜中的自己，一时间，心头五味掺杂。颐非的剑法真心不错，但更不错的，是他那不要脸的耍赖本事。如意夫人出题时必定没想到他会剑走偏锋钻空子。

红玉气得眼睛都红了："这个不算！浑蛋！七儿，有种跟我比一场！"

秋姜放下铜镜，转头看着她，回答道："不好意思，我一向挺没种。"

红玉再也说不出一个字。

秋姜的目光跟颐非对上，颐非对她眨了眨眼睛。

论起不要脸的耍赖本事，秋姜想，其实我也挺不赖的。

朱小招重新穿上斗篷，示意颐非和秋姜跟他走。

刚一开门，颐非就立刻掀起朱小招的斗篷钻了进去，紧跟着，扑涌而至的风雨将斗篷再次淋湿。

颐非在斗篷里笑道："这法子不错。"

红玉慢了一步，被他捷足先登，气得胸口发闷，幸好还有秋姜同样没伞，这才平衡一些。

朱小招带着他们穿过院子，来到柴房。虽然不过十几步路，但等他们走进柴房时，红玉跟秋姜全都湿透了。

朱小招解开斗篷，对跟狗皮膏药似的贴在他背上的颐非道："殿下可以下来了。"

颐非笑嘻嘻地松开他，环视柴房道："这里有密道？"

"是。"朱小招走到炉灶前，伸手往里面拨动一番后，灶洞内出现一道暗门，露出个刚好够人钻入的洞口来。

"毕竟是你的老巢。"颐非倒也不怎么惊讶。朱家铺子作为曾经如意门的据点之一，肯定有其特殊的传信之法。只是谁能想到烧火的灶内会有机关。他们霸占此地多时，一日三餐都在这儿生火，也没察觉出异常。

而如此飓风天气，外面行走艰难，朱小招却来得悄无声息，也只有密道可以解释了。

四人一个个地弯腰钻进洞中。入口虽小，但一进去里面另有天地，密道高近一丈，宽五尺，朱小招从柴房拿了一盏烛台在前领路，四人行走其中也不觉逼仄。

颐非左看看右看看，忽道："朱爷怎么样了？"

红玉在队尾嗤笑道："你怎么不问问江晚衣？"

"这世间任何一个怕死的人，见到他都只有好衣好食供起来的份儿。"

红玉的唇动了几下，似想反驳，但最终没吭声。

"朱龙没事。"说这句话的是走在第二个的秋姜。

颐非很想问为什么，但不知为何，看着前方秋姜的背影，却又不想说了。他有预感，现在就算问，秋姜也不会回答，而真相，等见到如意夫人后自会揭晓。

他们已经走了九十九步，差最后一步就能走到如意夫人面前，绝对不要节外生枝才好。

密道很长，分支极多，若非有朱小招领路，就算有外人闯入，也绝对会迷路。颐非一边走一边记路，记到一半毅然选择了放弃。

有时候，虽然自尊心难以接受，但不得不承认，跟真正的变态比起来，自己还是有所欠缺的，比如——怕死的程度。

想他皇子府的那个地道，虽然建在湖里十分隐蔽，但也就那么直来直去的一条，只求危难时能够第一时间逃走。

而如意夫人的地道，已经不仅仅是狡兔三窟，赫然像个庞大的蚁穴迷宫，也不知道是花了多少年，才神不知鬼不觉地挖成的。难怪她能躲起来这么久都没被颐殊找到。

如此大概走了一盏茶时分，朱小招在其中一条岔路前停下。前方有三条路，他却没有选择任何一条，而是直接在墙上一拍，"咔咔咔"，墙上移开了几块石壁，露出一个房间。

颐非想：唔，非常简单却又巧妙的障眼法。当前方出现三个路口的时候，人们总是会习惯性地思考该选择哪个路口，却不知真正的道路在来时路的墙壁上藏着。

四人走进房间，置身处，是个水汽氤氲的房间，四壁全是用光滑的大理石所砌，挂着重重纱帘。

掀起帘子，房间中央放着一个巨大的木桶，桶身以上好的紫檀木所制，上面镶嵌着许多宝石，透露着一股浓浓的奢靡之意。桶内装满了水，想必原来是热的，这会儿已经凉了。

桶旁有一组矮几，上面放着丝帕、水盆，还有一具铜雀香炉，袅袅白烟正从孔雀的三根羽翎中升起，香味沁人心脾。

颐非看得啧啧。这时，前方真正的门外突然响起了敲门声，一个稚气的声音道："朱公子，您可还好？夫人让来问问，是否需要什么。"

朱小招答道："不用。我马上就好。"

门外的声音应了一声，脚步声逐渐离去。

看来密道的这个出口，是某户人家的浴室。而朱小招是借着沐浴进入，神不知鬼不觉地回到朱家铺子的。

只是，这一来一返，差不多有个把时辰，这个澡确实洗得太久了些。

朱小招将斗篷丢弃在密道里，石壁又"咔咔咔"地合上了，肉眼几乎看不出缝隙，真正鬼斧神工。

做完这一切后，他打开门，门外已没人了。

但也无风无雨，一派祥宁。

颐非快走几步出去，发现原来外面还在屋内。

一个巨大的拱形屋顶，罩着眼前的一切：假山流水，翠竹琼花，一栋栋精巧的小楼沿着蜿蜒的鹅卵石小径而建，每隔二十步就有一根柱子支撑着屋顶，柱子之间拉着线，挂着一盏盏灯笼连绵起伏，一眼望去看不到尽头。

也就是说，他们现在置身于一个巨大的房子里，房子里面有楼，有花圃，有路，还有个不小的池塘，几尾锦鲤时不时地跃出水面，溅得水花叮咚。

颐非被眼前这番奢华到极点的景象所震慑，喃喃道："我们程国境内，竟有如此仙境吗？"

红玉道："你自然不知，因为这是你去年离国后，你的好妹妹建的。"

颐非更是惊讶："一年时间就能建成这一切？"

红玉讥笑："一年时间自然建不了这么多楼和路，但在原有的楼上加个屋顶，又算什么难事呢？"

颐非恍然大悟，再细看那一根根支撑着拱形屋顶的柱子，果然是新的。

也就是说，此地本就有这些精致屋舍和花圃景观，颐殊在上面加了个罩子，把这一片都罩了起来。如此一来，飓风天时，也丝毫不影响里面的生活。

可是，颐殊为什么要这么做？此地有什么特别的吗？

"此地名三濮坊，本是激滟城新贵们的居住地。去年司天台的国师说夜观星象，此地聚火生变，于女王的八字不合，故强令所有男子迁出，只能住女子。然后又加了这么一个罩子，用来镇风水。现今，此地住的多是达官显贵们的女眷或外室。"朱小招一边介绍，一边带三人进了最近的一栋小楼。

楼门内，两个美貌小丫鬟笑吟吟地等候着，也不问为什么朱小招洗了个澡就带着三人回来了，毕恭毕敬地将他们领上二楼，然后便躬身退了下去。

小楼一共就两层，房间不大，布置得十分奢美。颐非瞟了一眼，连挂帘子的金钩都镂金嵌玉，雕琢成凤凰的模样，心中暗暗唾弃：果然是新贵的住处，一副生怕别人不知道自己有钱的架势，土俗土俗的。

如此奢靡，通常不过两处：贪官别院，或是风月场所。

照他看来，此地应属后者。

如意夫人既要躲藏又要能随时掌控外界的动态，自然没有比青楼歌坊更好的地方。

朱小招走到一重珠帘前，深深一拜："夫人，我领七主回来了。"

珠帘后，依稀可见一个人背对众人坐在梳妆镜前，碧绿色的衣袍极为宽大，如一片荷叶静静地浮在地上。

如意夫人的两大标志：一绿袍，一细腰。

颐非想到自己马上就要见到传说中最神秘最邪恶的如意夫人，心不禁跳得很快。

秋姜立刻跪了下去，伏倒在地，轻轻道："我回来了。"

如意夫人没有回头，也没动，只是看着镜子。

室内一片静寂。因为静寂，而滋生出更多威压。

不知秋姜此刻做何感想，反正颐非觉得自己有点胸闷，脊背上也不由自主地沁出了一层薄汗。这种感觉，跟儿时见到父王时很像，充满了厌恶、恐惧和不甘。

就在他觉得很不舒服时，"嗖"一根箭从天而降，射向梳妆台前的如意夫人。

夫人没有动。

颐非不想动。

眼看如意夫人就要被那一箭射中头颅，秋姜和红玉一前一后地扑了过去。秋姜一把推开红玉，抱住了如意夫人，用自己的后背挡了那根箭。

冰冷的箭头刚刚触及她的衣衫，下一瞬，身体突然失重，掉了下去。

颐非大惊，连忙飞掠过去，想要抓住秋姜，但地板上的暗板弹了起来，将他弹开，紧跟着，砰地合上了。

颐非刚要拍打地板，就听身后风动，数道黑影撞破窗户，跳进屋内，将朱小招围了起来。有两名黑衣人看见了珠帘后的颐非，当即也举刀冲了过来。

颐非立刻撞飞最近的窗户跳了出去，边逃边喊道："风紧扯呼，朱兄保重！"

然而，他还没落地，就见下方竟还埋伏了数名黑衣人，当即暗道一声不好，连忙抓住楼体外的一根柱子，像猫一样"噔噔噔"地重新爬回了二楼屋顶上。

可是，屋顶上竟也站了两个黑衣人！

颐非这才想起刚才射向如意夫人的那支箭就是从这里发出的，暗骂了自己一句蠢货，脚步一扭，沿着屋檐狂奔，然后跳向另一栋小楼的屋顶。

黑衣人们就像嗅到血腥的鲨群，纷纷朝他会聚过来。

颐非一边跑，一边暗暗叫苦，难道是颐殊查到了如意夫人的藏身之地，所以早早安排了这么多杀手等着？

这下真是被如意夫人害死了！

也不知道秋姜怎样了……

颐非刚想到这儿，突然"砰"地撞上了前方的一幅画——不知何时某栋小楼的屋顶上架起了一幅画，画的风景跟真实景色完美融合在了一起，他狂奔中没来得及细看，就这么一头撞了上去。

画是软的，并不疼。但下一瞬，就软绵绵地裹了上来。

颐非拼命挣扎，却越挣扎越紧，最后被勒得一动不能动，只能像离了岸的鱼一样横躺在那儿喘粗气。

黑衣人们围了上来，手握尖刀，注视着他。

颐非苦笑了一下："诸位，你们觉得，我花多少钱，能买我这条命？"

黑衣人们全都不说话，其中两人一前一后地将他抬了起来，跳下屋顶，重新回到了如意夫人所在的那栋楼。

颐非觉得很奇怪，他这一番狂奔，闹出不少动静，此处却无一人出来看热闹。难道那些楼内没有人住？

他一边思索一边被抬回到珠帘前，看到了朱小招，只见他好整以暇地站在原地，似乎刚才的一切都没发生过。

颐非立刻明白了过来："这是……考验？"

如意夫人为秋姜设了最后一重关卡，来测试秋姜是否忠诚。在那电光石火的一瞬间，身有重伤的秋姜不顾自己安危地扑上去救了如意夫人。

只是……考验秋姜就好了，弄这么一大批人来抓自己做什么？

朱小招笑眯眯地看着他，挥手示意黑衣人们离开，然后朝颐非比了一个噤声的手势，示意他跟自己走。

颐非一头雾水地跟着他下楼，朱小招在楼梯下方的墙壁上一拍，又出现了一道暗门，领着他走了进去。

这是一个十分小的房间，墙上挂了一面镜子，镜子里能看到隔壁的情形。

颐非第一眼，就看到了秋姜。

秋姜抱着如意夫人从垫子下的机关里掉下来，在落地前将如意夫人一推，自己先着地。因为再次动用内力，旧伤崩裂，"噗"地吐了一口血。

与此同时，那根紧随她下来的箭，贴着她的发髻钉在了地上。

红玉在半空中抓住了如意夫人，用力一带，扶着她轻轻落地。

碧绿长袍像伞一样缓缓飘落，露出如意夫人的脸——一张看不出年龄、高雅美丽的脸。

秋姜心神一定——分别五年，她终于，再次，见到了这个人！

如意夫人缓步走到她面前，朝她伸出手。

秋姜咬了下嘴唇，抓住这只手站了起来。

如意夫人盯着她看了半晌后，掏出手帕轻柔地擦拭着她嘴边的血渍，柔声道："瘦了。"

秋姜眼眶微红，却一个字都没有说。

如意夫人又从怀中取出一个瓶子，掏出几颗药丸递给秋姜。秋姜毫不犹豫地吃了。如意夫人便笑了，笑得又和蔼又亲切。

一旁的红玉看得很是嫉妒，忍不住撇嘴。

如意夫人吩咐道："红玉，把箭给她。"

红玉弯腰，把地上的箭拔了出来，带着些许恶意期待地递给秋姜。

这支箭看起来已经很旧了，箭头上生着铁锈，放血槽中残留着瘀血，而且箭头淬过毒，在灯光下呈现出一种诡异的黑紫色，像火烛燃烧后的烛芯。

秋姜对这种颜色的毒毫不陌生，因为她的佛珠手串里曾经就有一颗这种毒。

她忽然明白了这是什么，手开始抖个不停。

而颐非在隔壁，看见的就是这一幕。

镜子很模糊，因此他依旧没能看清如意夫人的脸，只能根据身形轮廓分辨出三人。他看得出此刻的秋姜情绪起伏很大。

秋姜很少有这样失控的时候，那根箭上，到底有什么秘密？

"这是你从海蛇中萃取的毒液，毒液渗入血液后发作极快，并破坏凝血，中毒者会在十二个时辰内受尽痛苦而死。"如意夫人的声音显得很悲伤，"一年前的今天，姬婴在回城被卫玉衡一箭射杀，就是这根箭。"

这下不仅是手，秋姜的心也在颤抖。

"卫玉衡本不想让姬婴死，但有人换了他的箭，淬了你的毒。"

秋姜直勾勾地盯着眼前的黑色，好半天才沙哑着嗓音问："是谁？"

"你知道是谁。"如意夫人的眼神变得十分复杂，"那个人，先是杀你，然后杀我，再杀……姬婴。"

颐非很惊讶，没想到这根箭竟然跟姬婴有关。

这也越发验证了他之前的怀疑：秋姜确实对姬婴格外关注。如今看来，不仅秋姜，如意夫人也很关注姬婴？

为什么？

还有他们说的那个人，是品从目吗？真正杀死姬婴的人，是品从目？！

暗室里，秋姜握着手中的箭，整个人看起来如遭雷劈，好半天才喑哑地开口道："老师为什么要这样？"

"因为他想从我们手中夺走如意门。"

"他现在在哪里？"

"我也想知道。"如意夫人说着，将手搭在了她的肩膀上，"我让红玉和小招接你回来，就是为了同一个目标——找到品从目，为姬婴，为我，为大本营里被炸死的上百名弟子，报仇！"

秋姜抬眸看她，突似察觉到了什么，拉住她的手腕搭脉："你的身体……"

"我走火入魔两次，现在已形如废人，元寿不长。"如意夫人平静地说。

"那你刚才还用此箭试探我？若我没有挺身救你怎么办？"

如意夫人看了红玉一眼，叹气道，"不是我要试探你，而是红玉坚持如此。"

"没错，我放心不过你！"红玉死死地盯着她，毫不掩饰眼中的憎恶，"五儿他们是因你而死的。而且，风小雅说过，你是她的未婚妻，你本叫江江！"

秋姜微垂眼眸，不知在想些什么。

"你其实记得自己是谁，对吧？像你这样的人，被掳到了如意门，从风小雅的未婚妻，备受宠爱长大的药铺大小姐，变成了满手血腥的杀手。你会甘心？你会真的对夫人忠诚？你那个痴情的夫君风小雅，可眼巴巴地一直等着你回心转意，弃暗投明呢！"

秋姜继续沉默。

红玉又道："这些年，人人都说你是未来的如意夫人，因为，如意七宝中只有你是女人。但是，七宝之所以只有你一个女人，是因为其他冒尖的女弟子，都被你用各种方法杀了！"

秋姜挑了挑眉，既不承认，也不否认。

"为了避你的锋芒，我不得不韬光养晦，依附五儿，以他的女人的身份游走门内。但是，我不服！"

秋姜看着眼前这个身高只有自己一半的女子，看着她异常明亮决绝的眼睛，不知怎的就想起了第一次见到她时的情形。

那时她刚从南沿谢家回来，虽然拿到了足镣的配方，被夫人晋升为七儿，但并没有太多成功的喜悦，只觉身心俱疲，像是大病了一场。

她只想回房间去休息。

但在半路上，红玉拦住了她。

红玉对她说："我的名字叫玛瑙。"

她皱了皱眉，有点不耐烦："所以？"

"我现在被改成了红玉。但是，迟早有一天，我会叫回玛瑙这个名字。"红玉说完这句话后就走了。

秋姜想，大概就是从那天起，红玉把自己当作了假想敌。

她终于开口回应道："你现在，觉得自己有资格跟我摊牌了？"

"我已得了夫人的承诺。"

"但你还没杀死品老大。如意门还不是你的。而我回来了。"

"你已是废人一个，连你那串神奇的佛珠也都烧掉了，我只要一根手指头就能杀了你！这样的你，就算回来了，又能做什么？"

"江晚衣说，我的伤半年后就能痊愈。"

"你觉得，我会给你这半年？"红玉说着，从靴子里抽出了匕首，明晃晃的匕刃，在暗室中映亮了秋姜的眉心，和上面那朵颀非刻出来的姜花。

秋姜忽然笑了起来，连带着那朵姜花都跟着绽放了一般："夫人还在，你就要杀我？"

"如意门门规第一条'胜者为王'。我就是要在夫人面前击败你，让你输得彻彻底底！就算你回来，又如何？继承如意夫人衣钵的人，只会是我！"

摇曳的烛光把红玉的身影长长地拖在地上，显得无比高大。

她等这一天，等了很久。

她为了这一天，付出了许多许多。

从第一次在如意门中见到七儿时起，她就视她为此生最大的竞争对手，很想击败她。所以，她先是做了五儿的情人，因为砗磲负责监视同门，五儿拥有监视七儿的权力。她依附他，想抓住七儿的把柄和失误，但七儿太狡猾了，所做的一切都黑白不明，像一株最会投机的墙头草，无论风怎么吹，都能倒向最有利的一边，毫无破绽。

红玉只能继续等。她等啊等，却等来了五儿的死。

幸运的是，五儿虽然死了，七儿也失踪了，甚至可能背叛了组织，遁世逃了。这个发现让她激动不已，又若有所失。

激动是因为没了对手，失望也是因为没了对手。

她只能死守着如意夫人，做一条忠心耿耿的狗，对如意夫人不离不弃，在最困难的时候都没有放弃。因为她知道，如意夫人死了，她之前的一切也就全白费了。

她不是墙头草，她无法在如意夫人和品从目之间摇摆，最最重要的是，品从目也从来没有对她递过橄榄枝。她只能一条路走到底。

皇天不负有心人，她的忠诚终于感动了如意夫人。如意夫人许下承诺，只要她能杀死品从目，如意门就是她的。

偏偏这个时候，七儿重新出现了！

她本不想告诉夫人此事，可朱小招那个大嘴巴抢先一步说了。既然如此，那当着夫人的面打败七儿，这种胜利，甚至比继承如意夫人的衣钵更令她激动。

胜者为王。

背叛组织者死。

如意门，只有这两条门规。

如果不能证明七儿背叛了如意门，那么，就不择手段地打败她吧！

红玉想到这里，抖了抖手中的匕首，问道："七儿，你敢应战吗？"

颐非在隔壁房间，看见了这一幕，也听到了红玉的这一问。

他的心情十分复杂。

而比起秋姜跟红玉的对峙，更奇怪的是——为什么朱小招要带他来看？

他的目的又是什么？

他忍不住转过头看了朱小招一眼，朱小招感应到他的目光，冲他一笑，依旧是三分亲切三分热情三分体贴外带一分含蓄的神秘。

颐非打了个寒战，心想不愧是在香粉堆里打滚的生意人，笑得真恶心。

秋姜没看红玉，她只是看着手中的毒箭，颤抖和悲痛都已停止，现在只剩下一片平静。

"红玉，在迎战前，我先纠正你三点——一，我不是江江。"

"狡辩！你若不是江江，早被风小雅杀了！"

"正因为怕他杀我，所以才有了江江。"

红玉的脸色骤白，似想到了什么。

而秋姜眼中只有平静，在匕首的锋刃下看上去，像是某种怜悯。

这种怜悯的感觉更加刺激了红玉，她不敢置信道："你的意思是……江江是假的？"

"江江是真的。但夫人发现风乐天在找这么一个人后，自然不会留着这个大麻烦。"

如意夫人再次出声道："风小雅想要找江江，所以编造出四国谱在他手上的谎言。而我将计就计，派七儿伪装成江江接近他，为燕国的奏春计划做准备。"

秋姜淡淡道："想要神不知鬼不觉地替换燕王，必须先砍掉他的两条臂膀：一个风小雅，一个风乐天。我一开始，就是奔着他们父子去的。"

"所以，秋姜的姜，根本不是姜花的意思，是江江的暗示。我在风小雅那儿牺牲了三名得力弟子，就是为了让他相信，七儿就是他那个被略卖的未婚妻。"

"他信了。所以他父亲死了。即使他父亲死了，他也不能杀我。因为，他认为我是江江。"秋姜至此，露出了一个极尽残酷的微笑，即使是红玉这样杀人不眨眼的人，看见了这个微笑，都不寒而栗。

一墙之隔的颐非也在不寒而栗。

此事其实与他没有直接干系，但这一路行来，作为风小雅的同盟者和秋姜的同行者，他们两个之间的爱恨纠葛全部落入了他的眼睛。

他像坐在台下第一排的看客，看了一出跌宕起伏错综复杂的大戏。

戏中二人，男的痴，女的惨，让他也无可避免地跟着情绪忽起忽落。

可现在，居然告诉他，一切都是假的！从头到尾都是如意门的骗局？！

虽然他猜出秋姜可能不是江江，但万万没想到，秋姜是故意冒充江江。也就是说，从头到尾，风乐天和风小雅这对父子都被她和如意夫人耍得团团转。风乐天献出了头颅。而风小雅……赔上了心。

杀人诛心。

世间最恶。

这就是如意门？

这就是如意门最最出色的细作——鬼血玛瑙七儿？

颐非看着镜子里扭曲变形的秋姜，忽然发现，她的的确确就是一幅画，每个细节都是矫揉造作地画上去的。

他从没认识过画皮下的人。

"那又如何？"红玉沉默了一会儿，突然尖声叫了起来，"就算你不是江江，又如何？"

"那说明我的任务十分成功，我如今归来，如意门就应该是我的。"

"就凭现在的你？"

"这是我要纠正你的第二点——我看起来很虚弱，但只是假象。"

红玉面色微变，沉声道："我不信！"

"你可以试试。"

"如果我赢了？"

"如果你赢了，我就把玛瑙这个名字还给你。从今以后都听你的，你说什么就是什么。"

"一言为定！"红玉刚说完，就扑了过去。

秋姜距离她不到一尺，再加上她已没了佛珠，红玉很有信心一击必中。

杀了七儿，如意门就是她的！

红玉的动作极快，几乎可以说是她有生以来最快的一次。她故意挑着眉心的位置扎，因为她看那朵姜花很不顺眼！

然而，她忘了房间里还有一个人。

在她刺中秋姜的眉心前，一道白光从她后背刺入，瞬间穿透了她的身体。

红玉的匕首碰到了秋姜的眉心，但也仅仅只是碰到，再然后，脱手坠落，"叮当"一声，掉在了地上。

她低下头看着心脏处冒出头的剑尖，再扭头看向身后——如意夫人的手上握着一把剑，剑柄上有两根很长的丝带，而锋利的剑身就插在自己的身体里。

红玉颤声道："为、为什么？"

明明是她和七儿的决斗，为何夫人要出手？

她没有提防夫人，因为夫人已没了内力，更因为近一年来她们两个生死相依，同甘共苦。

她万万没想到，夫人会选择杀她……

"我老了……"如意夫人松开剑柄，轻轻地咳嗽了几声。

绿衣已不再，细腰依旧。

这是秋姜时隔五年后，再次见到如意夫人。她跟刀刀描述的一样，有一张假脸。因此，她的皮肤还是那么光滑，五官还是那么完美，头上戴着乌黑如墨的假发。但是……

她确实老了。

衰老从她微微蹒跚的步伐、微微佝偻的脊背，和连香粉都无法遮掩的腐朽体味中流泄出来，像一只年久失修的鼓风箱，随时都会破碎。

"所以，你不想把如意门传给我，你非要传给她？"血源源不断地从红玉的身体里流出来，同时流出来的，还有她的眼泪，"为什么？为什么？！"

这些年，只有她忠心耿耿地守在夫人身旁；

山崩那天，她背着走火入魔的夫人赤足走了三天三夜才逃出生天；

她为了给她治病四处偷窃杀戮，偷到的食物都先给夫人；

她像照顾生母一样照顾这个奄奄一息的女人……

固然是为了得到她的权力，但也确实付出了真心。

可在自己和七儿之间，夫人还是选择了七儿……

红玉眼中的震惊和悲伤变成了愤怒："你不公，我不服！"

如意夫人眸底似有叹息："傻孩子，如意门中，怎么可能有公平？"

"但强者为王，你是门主，更不该破坏规矩！"

如意门内，一切靠实力说话，就像养蛊一样，七宝全是一路拼杀冒出头的，这也是红玉敢在夫人面前挑战七儿的最大原因。

但这一次，如意夫人破坏了这条门规。

秋姜忽然笑了，笑得充满恶意："这就是我要纠正你的第三点——你认为，我为了当如意夫人，杀了所有的女竞争者。事实正好相反——是为了让我当如意夫人，所以没有第二个女候选人。"

"什么意思？"

"意思就是，从一开始，从我出生起，我就注定了是下一任如意夫人。"

秋姜说着，走到了如意夫人身边，跟她并肩站在一起。

两人的侧影被唯一的壁灯镀上了一层金边，红玉突然发现——这两人，长得有点像。

鼻梁的弧度，下颌的位置，竟像镜子的两面，完全一样！

"她是……你的……"红玉忽然有了个很可怕的想法，这想法令她再次颤抖起来，"女儿？"

秋姜轻笑了一声："不是。"

红玉还没来得及松口气，秋姜又道："她是我姑姑。"

颐非的手一下子抓住了镜子。

然后他扭过头，求证般望向朱小招。朱小招轻轻点了一下头，证实了这句话。

七儿，是如意夫人的亲侄女！

听起来非常不可思议，细想之下却又觉得，如果一个门派要延续，血缘的确是最安全的保证。

只是此事，红玉并不知道，朱小招却是提前知道的，为什么？

颐非心中的疑惑越来越深，那种不祥的预感也就越来越重了。

红玉定定地看看秋姜，再看看如意夫人，半晌后笑了起来，越笑越大声，嘴里流出了无数血沫，可她全然不顾，继续放声大笑。

秋姜淡淡道："现在，你服了吗？"

"我服，我当然服，有什么能比得上血缘呢？就像皇帝老子一样，大臣再忠心，皇位也是要传给自家儿子的……"红玉轻蔑一笑，看着眼前的这对姑侄，"我佩服你，夫人。我真心佩服你。如意门的训练这么苦，考试这么难，任务这么恶心，我们这些命不好的人，没的选择，只能承受。可你连自己的侄女都舍得塞进来跟我们一起混，让她杀父！杀友！杀公爹！杀丈夫……"

红玉说到这里，重新将目光对准秋姜，看着她，就像看着世界上最可怜的人："你是不是觉得自己赢了？你错了。输的人是你啊。因为我马上就能从这见鬼的地方解脱了。而你呢？你得活着，等待源源不断的敌人来找你报仇，等待野心和欲望将你一口口反噬。我祝福你，七儿。我祝你顺利接任如意夫人之位！带着如意门千秋万代！永远活在这个冰冷、恶心、满是血腥的地狱里！无父，无友，无夫，无亲人！"

说完，她用力握住心口上的剑尖，将整把剑从前方拔了出来，连带着拔出的还有长长的丝带。

血如浓浆般随着丝带的抽扯喷了出来，可她似毫无感觉，继续一把把地扯着。

剑器上的丝带足有三尺长，她拔了好久。

越到后来，动作越慢，眼看就要全部拔出来时，她的双腿再也支撑不住，"啪"地跪倒在地，伴随着骨骼碎裂的声音，人也朝前栽倒，倒在了如意夫人脚边。

如意夫人眼中终于露出了几分不忍之色："红玉……"

红玉冷冷道："我叫玛瑙！沈玛瑙！"然后她用力一拔，最后一截丝带也终于抽离了她的身体，带着血肉落到了地上。

与此同时，她的呼吸停止了。

如意夫人再次咳嗽了起来，不知道是不是老了的缘故，她觉得自己的心软了许多，看到这样的场景时，有些承受不住。

秋姜则用脚踢了踢红玉的尸体，挑眉道："一个侏儒，血倒是挺多。"

如意夫人看着她，心中五味杂陈，十分复杂。

这么多年，她终于成功地把七儿磨炼成了最好的继承人，可这一刻，七儿的冷血让她都感到了恐惧。

"我只剩下你了……"如意夫人无比悲伤地说道，"我也快走了，我们家……就剩下你了。"

"有什么关系？"秋姜道，"我会找人生孩子。女孩子，继续接管如意门。男孩子，继续当皇帝。"

她的表情云淡风轻，甚至还带了点漫不经心，仿佛只是在说明天天气会很好。

但这两句话听入颐非耳中，无异于晴天霹雳。

他有无数个问题想问，恨不得现在就撞破墙冲过去质问，但他也非常清楚，如果此刻过去，就没法再听闻真相。

所以，他只能一动不动地站在墙前，盯着镜子里模糊成条的秋姜，听着传音孔里传来的咳嗽声，等待着。

秋姜……到底……是谁？

她是皇帝家的人？哪个皇帝？父王，燕王，璧王，还是宜王？

然后他注意到秋姜手中依旧握着那根毒箭，答案如同跃出海面吐息的海鲸，突然发出了惊天动地的巨响。

"你要先找到品从目！"如意夫人的视线也落在了秋姜手中的毒箭上，"为你弟弟报仇！为我报仇！为如意门，清除背叛者！"

"知道了。"秋姜淡淡道。

如意夫人很不满意她此刻的平静，却又觉得这样的平静正是如意门最需要的。她心中充满了矛盾，只能"呼哧呼哧"喘着气，颓然地坐了下去，就坐在红玉的尸体旁："叫四儿进来处理吧。"

隔壁房间，朱小招听到这里，拍了拍颐非的肩膀，示意他该走了。

颐非最后看了镜子一眼，什么都没说，乖乖跟着朱小招离开。

朱小招将他送出大门，楼外不知何时停了一辆马车。

颐非上了马车，发现里面已经坐了一个人。

然后他闻到了一股熟悉的香味——姜花的味道。

姜花就放在一个人的膝盖上，八月天很热，他却穿了很多，一身灰蓝色的长袍看起来很厚，很破旧，好几处都露出了棉花。

但他非常非常好看。

他差不多是颐非此生见过的，最好看的一个老人。

"从目先生是个很高很好看的男人，跟你差不多好看，但他老了，你还年轻。"刀刀对风小雅描述过的特征，风小雅自然也告诉了颐非。

此刻，颐非注视着坐在他对面的男子，心中因为之前遭遇的惊讶已经太多，所以尽管此刻品从目活生生地出现了他面前，也不觉得如何了。

品从目打了个响指，马车便开始行动了。

颐非不问他为什么出现，也不问他要带自己去哪里。他只觉得很疲惫，莫名地想喝酒，想狂歌一曲，又或者是脱了衣服跳进湖里好好地泡一泡。

品从目忽然轻轻一笑，如青山碧水竹叶清泉，带着怡然自得的从容。

"你知道她是谁了？"

"知道。"颐非深吸口气，然后缓缓闭上了眼睛，"她是姬忽。"

忽，一个勿一个心，意忘也。

无心之人。

难怪秋姜总是说，她是无心之人。

颐非此生可算是大起大伏，经历过不少风浪。

他遇到过很多女孩子。有聪明的，有漂亮的，有厉害的，有高贵的，还有很特别的。

他遇到的第一个很特别的姑娘，自称虞，是东璧侯江晚衣的师妹，脸上有一块丑陋的红斑，弹得一手好琴，笑起来时睫毛会轻轻颤动，瞳上有月的弧光。

后来别人告诉他，那个虞姑娘不是药女，她叫姜沉鱼，是璧国国君昭尹的妃子。

他遇到的第二个很特别的姑娘，便是秋姜，薛采的婢女，风小雅的十一夫人，如意门的七宝玛瑙，性格变来变去不好说，但一路下来，颐非自认为看人看心，觉得她其实是个不错的好姑娘。

结果没想到，秋姜不是江江，她叫姬忽，也是璧国国君昭尹的妃子。

姬忽是谁？

世人皆知，姬忽是璧国世家姬家的嫡长女，淇奥侯姬婴的姐姐，从小天资过人，文采斐然，号称四国第一才女。

一篇《国色天香赋》名斐四国，被璧王看中，求娶入宫，是端则宫的主人。

她离经叛道，隐于深宫，不见外人，活得十分潇洒肆意。

她才华横溢，爱喝酒，据说歌也唱得极好。

她的事迹广为流传，为世人所津津乐道……

这样一个人，摇身一变，成了如意门的七宝。

颐非想到后来，不知为何，只想笑。

世间最荒谬的事情，似乎总能被他遇上。

虞姑娘是。秋姜也是。

于是他便笑了笑，再抬眼看向品从目时，眼神中有种说不出地漠然："为何让我知晓？"

越不可思议的事情意味着越是秘密，而秘密，是不能被太多人知晓的。

他记得自己在船上曾问过秋姜她到底是谁，秋姜回答说风乐天为了知道这个秘密，事后献出了头颅。那么他呢？此刻的他，又要付出什么样的代价？

"璧国姬氏，野心勃勃。一百二十年前，姬敞跟着季武一起打下了图璧江山，但季武无后，姬氏以自家血脉取而代之。不但如此，还暗中创建了如意门，用青楼赌场敛财，靠死士细作壮大。"

颐非放在膝盖上的手，慢慢地握紧了。

关于姬家，世间有很多传说。传说他们家有连城璧和四国谱，一个是巨大的财富，一个是天下的机密。有了这两样东西，姬氏可以永远兴盛。

但去年姬婴归国途中被杀，璧王昭尹一病不起，皇权落到了姜沉鱼手中。

而在姬婴死前，他做了一些外人看来非常奇怪的事情：他陆续罢免了族内弟子的官职，让他们迁居，不允许他们回京，并把自己的府邸和下属全部赐给了薛采。

百年姬氏，就此退出朝堂，退出了众人的视线。

颐非低声道："如意门……就是四国谱吗？"

"如意门把一百多年来掌握到的机密全部记在四国谱中，只有如意夫人知道四国谱在哪里。为了保证对如意门的绝对控制，每一任如意夫人，都是从姬家的嫡女中选出。"

难怪秋姜，噢不，姬忽，说如意夫人是她姑姑。

也就是说，如意夫人也是姬家的女儿。

难怪秋姜，噢不，姬忽，说她从一出生，就注定会是如意夫人。因为姬家这一代的嫡女，只有她一人。

其实再细想一下，把"姬"这个字拆分开，就是一个"如"加一个"门"字。

如意门，是姬氏的衍生物。

"可我还是不明白。据我所知七儿九岁时就进如意门了，那么姬家的那个姬忽，是谁？"

"是她的婢女。"

"那《国色天香赋》呢？"

"别人写的。"

"谁能替她写出天下第一的才名？"

"言睿。"

颐非顿时无声。

言睿是姬婴的老师，也是唯方第一名儒，只是那样一个人，也会替人捉刀？

"姬家既然要送女儿接掌如意门，让姬忽彻底死去不是更好？为何还要找人扮演她，让她入宫？"

"为了扶昭尹登基，姬家需要一个女儿，以联姻的方式表达他们的态度。"

确实，昭尹是在娶了薛家的嫡女和姬忽后才最终赢了太子、晋王和弘王，坐上了王位。

颐非皱眉沉吟片刻后，又问道："是你杀了姬婴？"

品从目的目光闪烁了几下："我若说那是意外，你信吗？"

颐非盯着眼前这个丰神俊朗，虽然不会武功，却莫名给人极大震慑感的老人，沉声道："那么，最后一个问题也是最开始的问题——为何让我知晓？"

品从目回视着他，眼神平静，看不出丝毫情绪："灾难发生时，人们都会带最重要的东西逃，我炸毁蟊斯山，故意放红玉和如意夫人，还有小招走，就是想知道四国谱在哪里。"

颐非确认了心中的猜测——朱小招其实是品从目的人，是他安插在如意夫人身边的。

"如意夫人没有带上四国谱？"

"没有。她是空着手逃的。此后一年，她们不停地换住处，每个地方我都仔细检查过，没有。"

"为什么不直接问她？"

"我认识如意夫人半辈子，她不想说的，从没有人能问出来。"

"所以你改变主意，打算从秋姜，噢不，姬忽……"颐非说着这两个字，觉得嘴巴莫名有些发苦，"那里入手？"

"人通常会在两种情况下吐露最大的秘密。一，极度信任；二，将死之时。我本以为小招能够继承如意门，没想到他做牛做马一年多，如意夫人仍只字不提。所以，想知道四国谱的下落，目前看来，只有姬忽才行。"

"你让邓熊杀我们。"

"如意夫人生性多疑，姬忽不能回来得太顺利，必须要让如意夫人和红玉确信你们是九死一生才回来的。"品从目说到这里，温文尔雅地笑了笑，"我若真要杀你们，你们现在已经是死人了。"

颐非的手攥得更紧了，脸上的表情却更加放松，也跟着笑了一笑："如此说来，多谢不杀之恩。"

品从目用欣赏的眼光看着他："你是聪明人，而且运气也很好。我知道薛采、风小雅都在帮你。甚至姬忽，也很看好你。"

"他们不是帮我。他们是在跟我做交易。"

"你还很清醒。这一点很好。清醒的人，往往会做出最明智的选择。"品从目说到这里，从坐榻旁捧出一个匣子，打开放在了颐非面前，"这是我的条件。我觉得，我比他们都有诚意。"

颐非看到匣子里的东西，呼吸不由自主一窒。

"薛采一心想让姜沉鱼坐稳江山；风小雅一心想找回江江除掉如意门；姬忽一心想要接掌如意门重振姬家。他们也许都能助你夺回皇位，但你要付出的是疆土，是利益，是尊严，是很多很多东西。而我，只要四国谱。为了得到四国谱，如意门的一切，任你取用。"

匣子里，厚厚满满，全是地契、房契、商铺契和奴仆的卖身契。

如意门一百二十年的精华沉淀，尽在此中。

颐非只觉嗓子干哑得厉害："举国财富，只为了换四国谱？"

"是。"品从目的眼神透过他落到了很远的地方，"四国谱是我的执念。我必须在死之前得到它。而我的时间，也不多了。"

眼前的这个男人，眉眼清透，举止优雅，整个人显得无比干净，年轻时必定是个难得一见的美男子。即使他现在老了，也老成了女人们最喜欢的样子。

颐非忍不住想，自己老了的话，肯定没法像他这么好看。

然后他笑了起来，神色越发放松，将匣子的盖子盖上，推回到品从目面前："确实很有诚意。但是，我拒绝。"

品从目的表情顿时变了。

他收敛了温雅，缓缓道："为什么？"

"程境内的一切都是我的，我的东西，你凭什么拿来跟我交易？"

品从目微微眯眼。

"而且，正如你说的，你都老得快死了，也许今晚一觉睡下就再也醒不过来。我为何不选择旭日，而选夕阳？"颐非的笑又贱又坏，充满刻意的恶意，是一种让人看了会迅速愤怒的笑。

品从目却没有生气，而是悠悠道："有点意思啊，小家伙。"

"谢谢，我一向很有意思。"

品从目的手在软榻上轻敲，车壁上顿时冒出了四个箭头，分别从东南西北四个方向指向颐非。

颐非叹了口气："买卖不成仁义在，何必？"

"既然你拒绝，我只能把你送给女王，退而求其次地继续选她。"伴随着最后一个字的尾音，箭头发出"咔嚓"的机关扣动声。

"咔嚓"声后，万物仿佛静止。

箭头依旧卡在孔里，没有射出来。

品从目挑了挑眉。

颐非"扑哧"一笑："听说你虽不会武功，但精通机关、毒术。秋姜，噢不，姬忽的那串佛珠就是你做的。你如此放心地跟我同坐一车，我猜这辆车里肯定藏了很多东西。"

"所以你动了手脚？"

"我什么也没做。"颐非无辜地摊开空空如也的双手。

品从目打了个响指，马车顿时停了下来。

但，只是停下来，然后是诡异的安静。那些暗中跟在车旁随时待命的死士，并没有出现。

颐非笑得越发开心："看来，旭日在时，不选择夕阳的人不止我一个。"

马车的车壁突然朝外崩裂倒下，落在地上，发出巨大的震响。

车外，是一栋小楼的前院。院子空旷，除了他们，只有车夫。车夫坐在车辕处，身形格外矮小。他将帽檐往上拉了拉，露出了同样稚嫩的一张脸。

品从目看到他，表情终于变了："薛采？！"

车夫正是薛采。

品从目看了颐非一眼："有点意思……"他突朝箱子踢了一脚，箱盖弹开，里面的契书像蝴蝶一样飞了出来。

颐非有一瞬的分神——没办法，面对如此多的钱，很少有人能真的不动心。

颐非自觉可以控制的欲望，在这一瞬让他恍惚了一下。

而就这么一下，一条飞索从远处甩来，卷住了品从目的腰，将他拉走。

颐非立刻飞扑上前，抓住了品从目的一只脚，正要拖拽，那只脚的鞋子里弹出一把匕首，划向他的面门。

颐非不得不松手后退。

绳索拉着品从目消失在视线中。等他追过去时，前方就是拱形屋顶的大门，外面狂风肆虐，他一下子就被淋成了落汤鸡。

而且风雨中天地一片浓黑，什么也看不见。

颐非"啐"了一声，只能转身回到院内，瞪着依旧坐在车辕上的薛采不满道："你为何不出手？"

"本以为你的武功足以应付，但我没想到，金钱的力量实在太大了。"

颐非的老脸不由得红了一红，看着散落一地的契书，还是第一时间选择了弯腰去捡。

薛采继续坐在车辕上看他捡，似乎觉得这一幕很有趣。

颐非捡啊捡，觉得不太对劲，拿起契书对着光仔细照了照，脸色慢慢变得相当难看。

薛采突然一笑。

颐非手一松，契书再次如蝴蝶般飘走："我就知道如意门的人说的话，一个字都不能信！不管是秋姜，噢不，姬忽，还是品从目！"

契书是假的，上面的印是用朱砂画上去的。

薛采笑得两眼弯弯，终于有了他这个年纪的孩子的活泼感。

颐非瞪着他："你既来了，为何不早出手？为何就自己来？还有你知道吗？秋姜就是姬忽……"

薛采收了笑，眼神再次变得深邃而复杂："我知道。"

颐非震惊："你知道？！"

"主人……"薛采垂下眼睛，出了一会儿神，才道，"去世前，告诉了我四国谱的真相。从那时起，我就知道，如意夫人是他的姑姑，而秋姜……是他的姐姐。"

颐非气得鼻子都歪了："那为何不早说？"

"主人说，姐姐既已前尘俱忘，就不要再打搅她。他们两个之间，起码有一人可以摆脱命运，是上天之慈。"

颐非哑然。

淇奥侯姬婴是个什么样的人呢？

在颐非看来，是天底下第一大傻瓜、倒霉蛋。

他对父母十分孝顺，对帝王十分忠诚，对朋友十分义气，对情人十分专一，对所有人都很和善……看似完美无瑕。然而，孝是愚孝，忠是愚忠，朋友全都受其牵连，情人更是被他大方地"让"出去了。

最后，还出师未捷身先死，留下一堆烂摊子。

颐非很不认同姬婴，而且，因为姜沉鱼仰慕姬婴，他还有那么点难以启齿地嫉妒姬婴。可随着姬婴离世，沉鱼称后，一切都已俱往矣。此刻再想起姬婴，其他情绪都已淡去，只剩下感慨万千。

不管怎么说，姬婴是个好人。

所以，这个好人在得知姐姐失忆后，为她做出了一个满含深情的选择：哪怕是在云蒙山上做个可怜的弃妇，也比回如意门好。

我无法摆脱，但你可以断舍。

我已绝望，你要幸福。

我已死，你要活。

姬婴本想用五年时间来慢慢处理姬家，处理如意门。在他的计划里，也许还有等姬忽的身体好了后，把她接下山另选归宿的安排，但这一切都随着他的猝死而终止。

他留下了很多很多遗憾。

他没来得及跟很多很多人告别。

他的一生，就像夜泉下埋在沙泥中的璧玉，想靠水流的力量冲掉上面的淤泥。然而，没等洗净，就已脆弱地提前碎裂。

薛采想到自己的这位前主人，心头一片悲凉。

颐非默立半晌，烦躁地踢了一脚地上的箱子，问："接下去什么安排？"

薛采反问他："你想如何？"

颐非不知为何，满脑子想的都是秋姜当初在沙滩上背着他时那对流血的耳朵。那对耳朵在涔涔流血，流得他心慌意乱。

他本来的计划是跟着秋姜回如意门，处理完如意门的事情后，带着如意门的力量前往芦湾，那会儿风小雅和云笛应该已把王夫候选者们全部处理干净了，就等选夫宴上布下天罗地网，反将颐殊一军。

然而，秋姜变成了姬忽，变成了如意夫人的亲侄女，变成了真正的下一任如意夫人。那么，她之前的所有行为全都有了另外的定义。

另一种截然相反的定义。

"我想见见姬忽。"沉默了很长一段时间后，颐非终于做出了决定，"我想问问她，她到底在想什么。"

薛采低声道："主人去前，曾拜托我：若姬忽一直失忆，保她一生平安。若她恢复了记忆，就……"

"杀了她？"颐非心头一跳。

薛采看着紧张的他，便一笑道："看在主人的面子上，放过她三次。"

颐非莫名松了口气，却又因此萌生出更多的烦躁来。

颐非跟着薛采走进小楼。

楼里竟已会聚了十人，全都身穿绣有白泽图案的衣服，看见薛采齐齐叩拜："主人！"

薛采点点头，对颐非道："为了赶在飓风前到潋滟城，我只带了这十人。"

品从目跑了，他毕竟是地头蛇，很快就会集结人手反击，所以行动一定要快！

颐非便带着这十人匆匆赶往如意夫人所在的小楼。

一路上颐非做了无数个试想，在见到秋姜后第一句该如何开口。可没等他想好到底怎么办，就发现自己已经不用想了。

因为——小楼在燃烧。

熊熊大火"噼里啪啦"地燃烧梁柱，街上却一派安静，没有任何人出现救火。

大火很快蔓延开来，将旁边的楼也烧着了。

颐非觉得自己的心也像此刻的景一样——外面狂风暴雨，里面火烧火燎。

无数期待、忐忑、疑惑都被这一把火烧成了灰烬。

小楼起火，只证明一件事——秋姜要"消失"了。

就像当年南沿谢家的"谢柳"消失时一模一样。

谢柳也好，秋姜也罢，最终的最终，只是幻觉一场。

明镜菩提真亦幻，提笔无意不可诗。

第四卷

前世·蛇环

让离开的回去，让偏差的纠正，
让一切回到原点。

让程国重新成为程国，
让姬氏重新成为姬氏。

让如意门的每个弟子，
得到原来的名字，返回他们的故乡。

芦湾司天台观星塔的最高层，站着一个身穿紫衣的少年。

少年负手立在塔上，塔极高，足有九九八十一层，能将整个芦湾城尽收眼底。月夜下的芦湾形如一条盘踞吐信蓄势待发的大蛇，其中两只猩红的眼睛，便是程国的皇宫所在。

他就那么静静地站着看，晚风吹着他的袖子和下摆，仿佛就要乘风而去。

一旁驻守的侍卫，和塔下等候的仆婢加起来有近百人，怕惊扰少年，全部跪在地上，低着头，不敢发出任何声音。

少年看了大概一盏茶的工夫。

那些人便跪了一盏茶。

最终少年将负在身后的手伸出来，遥指着蛇身的某个方位道："月侵太微，南出端门，燕雀惊飞，蜂群迁闹，左右挼门，将有地动。"

众人大惊——要地震？！

少年转身走到一张四四方方的矮几前，矮几虽矮，但十分大，长宽都是九尺九寸九分，上面赫然是一盘舆图。

如果谢长晏在这里，就会觉得跟公输蛙送给她的那张玉京舆图很像，只不过，更大，也更为精致。

而舆图所显示的，是整个程国。

而上面的五个地方，被各加了一个水晶罩。五个罩子联起来，像一个星星的形状。此刻，其中一个罩子里的屋舍模型已经烧毁了。

如果颐非在这里，就会看出烧毁的那一处，正是潋滟城的三濮坊。

少年的手依次从五个罩子上划过，就像划了一个星星一般，面色平静，看不出有什么情绪，最终起身道："走吧。"

侍从们齐刷刷起身，毕恭毕敬道："是，国师！"

这个少年，正是程国新立的国师，姓袁名宿字见见，今年不过十七岁，擅风鉴，精五行。更有传闻说他因面目姣好，是女王颐殊的新宠，女王对他言听计从，耗费巨资为他搭建观星塔不说，还在全国五处地方搭了五个罩子，名为聚星阵，用来给女王添福。

能不能添福大家不知道，但劳民伤财，搞得天怒人怨却是真的。

而且，几日前潋滟城那罩子真的着火了，整个三濮坊全被烧成了废墟，幸好没有波及其他地方。女王震怒，命潋滟城城主彻查此事，并命袁宿尽快修复聚星阵。

袁宿走下观星塔，便有一顶白色的软舆等着，抬舆的是四个脸蒙纱巾的妙龄女郎。对此很多人表示过奇怪：女王那般善妒，怎会允许她的新欢身边有其他女子？

袁宿目不斜视地上了软舆，一个女郎问："国师，去皇宫吗？"声音如出谷黄鹂，动听之极。

"不去了。"袁宿揉了揉眉心，淡淡道，"你们把观星的结果禀报陛下吧。"

女郎们对视着，显得有些为难："我们恐怕说不清楚。"

"那便明日再说。"袁宿说罢便闭上了眼睛。

女郎们只好抬着他回府。

"月侵太微，南出端门，燕雀惊飞，蜂群迁闹，左右掖门，将有地动。"半个时辰后，颐殊在寝宫中将这句话重复了一遍，拧眉不语。

蒙着面纱的白衣女郎道："启禀陛下，左右掖门要地震，得趁早做准备才是。"正是声音格外好听的那一个。

颐殊似笑非笑地瞟了她一眼："谁说这是要地震的意思？"

女郎一怔。

颐殊本已入睡，此刻掀开床帐，身上穿着一件光滑如水的宽大丝袍，光着两只脚，下榻踏在柔软的白虎地毯上。白虎稀罕，富贵人家不过用它拿来做衣，而她倒好，制成了铺满整个寝宫的地毯。

"月亮进入左右掖门，又向南出端门，意思是，会有大臣叛逆，君王将有忧患。"颐殊走到香炉前，将里面的香拨了拨，缓缓道，"再过三天就是九月初九，魑魅魍魉如今都聚集在了芦湾，谁对我忠心，谁会被收买，届时，就能看得一清二楚了。"

白衣女郎连忙伏地而跪："誓死效忠陛下！"

颐殊淡淡道："行了，你回去吧。若有人向你打听消息，就将观星结果告知，不必藏着。"

"是。"白衣女郎又行了一礼，刚要离开，颐殊忽又叫住她："见见最近在忙什么？"

"国师听闻三濮坊着火，三天三夜没合眼，今晚又上塔看了半宿的星星，疲惫得很，总算回去睡了。"

颐殊的目光闪了闪，笑了："去吧。"

白衣女郎行礼退下。

颐殊打个响指，某道垂帘后立刻冒出了一个身穿黑衣的死士。

"此女不能留了。"

死士点点头，又影子般消失在了垂帘后。

颐殊回到床榻，掀开帘子，榻上竟有另外一人。刚才白衣女郎进来禀事时，他便在帐内没出声。此刻，他看着颐殊，忽笑了笑："这是第几个了？为什么也不能留了？"

"我问她袁宿在忙什么，应回答'闭门不出，三日未眠'，而不是'总算回去睡了'。"

"有区别？"

"当然，前者是任务，后者是感情。她已对袁宿生了情谊，才不忍心见他不睡觉，才因他总算肯睡觉而松口气。"

男子道："你不让那些姑娘喜欢袁宿，就别安排她们去侍奉他。给袁宿派些男人抬舆，他好你好大家都好。"

颐殊明眸流转，咮咮地笑了起来："你吃醋啊？"

男子突然一把将她扑在身下，狠狠地掐了一把她的腰："小没良心的！三天后你就要嫁给我了，不该有的心思还是全都断了吧！"

颐殊边躲边笑："谁、谁说我、我一定会嫁你？"

"不选我，你想选谁？胡老头、薛毛头、风病鬼、马蠢货、云二傻，还是周道士？"

颐殊笑得眼泪都要出来了："是是是，他们都是傻子呆子孩子老头子，只有你，好哥哥，我的心中只有你……"说完，像一汪快要化开的水，柔软温存地朝男子裹了上去。

夜色深沉，程宫中却有春色无边。

夜色深沉，颐非却睡不着。

事实上，自三濮坊起火，失去秋姜，噢不，姬忽的下落后，他就睡不着了。

每每闭眼，就看见那对流血的耳朵，和留在沙滩上的那一个个颤颤巍巍的脚印。肆虐的海浪层层冲击上来，洗刷着那些脚印，也洗刷着他的心。

他翻来覆去，最终抱着枕头起身，敲响了隔壁房间薛采的门。

薛采穿着亵衣来开门。门才开了道缝，颐非就跟鱼儿似的从他身侧滑了进去，径自将枕头放在薛采榻上，笑道："说来咱们也认识许久了，相交匪浅，但还没同床共枕、抵足而眠过。这样的友情是不完整的，来来来，今日把这份情谊补上。"

薛采冷冷地看着他："一，我跟你没什么交情；二，我不与人共寝。"

"别这样，明日就要进芦湾了，危机四伏，生死难测。没准这就是咱们共处的最后一夜，来来来，陪哥哥谈谈心。"

薛采只说了一个字："滚。"

颐非眼中忽然有了泪光："明日就要见到鹤公了，实不知该如何跟他说秋姜的事情。"

大概是因为此事牵扯到了姬忽，薛采神色微动，将门关上了。但他没有上榻，而是找了个垫子席地而坐。

如此，颐非躺在他的榻上，他坐在榻旁的地上，两人彼此对视了一番。

颐非拍拍空着的半边榻："真不上来？"

薛采表情一沉。

"莫非你睡觉打鼾抠鼻磨牙放屁？"

薛采懒得再听他贫，直接道："你不必告知风小雅秋姜就是姬忽。"

见他说到正事，颐非收起散漫之色，盯着床头的流苏看了片刻，才道："我以为你跟风小雅是朋友。"

"我没有朋友。"薛采道，停一停，又补充了一句，"我只有主人。"

颐非明白了他的意思。姬忽一事事关姬婴，所以，薛采绝不会主动泄密，这是他对姬婴的一点柔软情怀，却比世间任何事都重要。

于是颐非忍不住问道："姜皇后知道吗？"他很好奇，在此刻薛采心中，姬婴和姜沉鱼，到底孰轻孰重。

薛采沉默了一会儿，似有不悦道："她更没必要知道。"

颐非轻笑起来，笑到后来，却复惆怅。他继续注视着床头的流苏，那流苏一荡一荡，他的心也似跟着荡来荡去，难以平静。"你知道吗？当我听品从目说如意夫人掌握着四国谱时，心中就冒出了一点期盼……"

"你觉得姬忽不顾一切地回去如意夫人身边，是为了得到四国谱？"

"对！"颐非一骨碌坐起来，热切地看着薛采，"你也这么想是不是？"

薛采答道："通常而言，我不会把人想得那么好。我建议你也不要太期待。"

颐非瞪他："你会不会安慰人？"

"颐非。"薛采忽然喊了他的名字，认认真真的口吻，令颐非也情不自禁地跟着严肃了起来。

薛采道："我让你跟姬忽一起回程，是因为我知道她会不停地将你卷进如意门的事情中，你会看到很多东西——是以前，身为尊贵的程三皇子的你，所看不见的东西。"

颐非默然。他知道薛采在说什么。

确实，这一路上，他看见了民生疾苦，亲自感受了略人之恶，他看见了危境，却也看见了出路。

正如秋姜所说的那样，不是明君，程国必死。

想要活下去，就得励精图治，重整民生，开启民智。而落实到具体措施上，第一件要做的事就是铲除如意门。

"而你现在……"薛采的声音在这样清冷的夜里，听起来很低沉，"最重要的事，不是秋姜。"

是颐殊。

三日后就是选夫盛宴，成败在此一举。

颐非想着想着，自嘲地笑了起来："所以，我这是被私情冲昏了头？"看着烛光中薛采人小鬼大的脸，他挑了挑眉道："喂，小孩，你瞧不起我吧？"

薛采翻了个白眼，倒头就睡，一副不愿再跟他多言的样子。

"其实，很多时候我也瞧不起自己啊。你看看我，一把年纪，一事无成，嫉妒自己的亲妹妹，却斗不过她，跟丧家之犬般东躲西藏，好不容易有人肯帮我，我却将一腔心思全放在了女人身上……"颐非看着头顶的流苏，流苏已经停了，他那点活动的心思也似跟着死掉了，"两次。两次，我两次喜欢上的，都是昭尹那厮的女人。你说，是不是挺可笑的？"

薛采的眉头皱了起来，但因为他背对着颐非，所以颐非看不见。

"姜沉鱼也就算了，她多美啊，偌大的程国就没出过一个正儿八经的大家闺秀。她来了，往船头一站，风吹着她的斗篷，飒飒作响，我当时在马车上看见她，心想，这大概便是《诗经》里说的'所谓伊人，在水一方'吧……"

薛采这下不仅仅皱眉，而是默默地攥住了被角。

"后来，她成了璧国的淑妃，再后来，又成了皇后。而我，变成了花子——叫花子。"颐非再次轻笑，笑声里却有无尽心事难以言述。也许是这夜色深沉，压抑得人很想倾诉。又也许，是因为他在薛采面前本就毫无形象，无须担心他耻笑自己，"坦白说，这一年，过得挺憋屈的。每日被"花子、花子"地叫着，都快忘了原来的名字是什么了……"

"我并没有让你等很久。"薛采终于开口道，却依旧没有回头。

"是。你够快了，才一年，就给我制造了如此好的反攻良机。可薛采，你如此帮我，图的又是什么呢？"

薛采的视线投递到很远的地方，仿佛看着谁，又仿佛是在看着自己："我一辈子只答应过两件事。一件，是姑姑，我答应她重振薛家；另一件，是主人，我要为他收拾残局。"

这个残局，就是如意门。

仿佛已经过去了很多很多年，但细想起来，那个吉日又似乎是昨日。

公子被抱在朱龙怀里，头发和衣服都湿透了，因此看起来越发荏弱苍白——他是当时天下最有权势之人，翻手为云覆手为雨，可在那一刻，所有人都看见了他的虚弱。

他快死了。

当时的薛采心中一片茫然，反复想的只有那一句话：他怎么会死呢？他可是姬婴啊！

然后，姬婴对他说："我本以为时机成熟，可以静下来好好整顿，但老天，不给我时间……也算是姬家的报应到了吧。我一死，姬氏这个毒瘤也终于可以被割掉了。小采，如果你选第二条路，就要为我做一件事情。"

他对他说的事，就是除掉如意门，以及……给姬忽一条活路。

薛采至今还记得姬婴说这些话时的表情，唇角含笑目光温柔——公子真温柔啊，那么那么温柔。温柔地拒绝了姜沉鱼，温柔地放过了姬忽，再温柔地将彼时奴隶之身的他从泥潭重新拉回天际，给了他无上荣光。

"我姐姐姬忽是个可怜人，我本想着她既已失忆，是上天垂怜，起码让她可以摆脱这般不堪的宿命。然而，我一死，谁也不知她会不会恢复记忆，更不知她一旦恢复记忆，会给天下带来怎样的麻烦。小采，必要之时，你就杀了她。"姬婴一边说着，一边握住他的手，他的手冰凉冰凉，可他的话暖彻人心，"做这种决定是很难受的。所以，在那之前，你放她三次，第四次，便可以毫无负担地下手了。"

"我不会有所负担。"彼时的薛采倔强地说。

姬婴便笑了，笑着摸了摸他的头："十年后，一切就拜托你了。"

他把白泽留给了他；

他把璧国留给了他；

他甚至把姬忽和如意门……也留给了他。

然而，姬婴没有想到的是，薛采并没有等十年。第一年，他动用手段将失忆的秋姜吸引到自己府中就近看着；第二年，他见姜沉鱼为略人之恶而哭，决定加快速度。他暗中筹备好一切，同燕王联手，将颐非和失忆的秋姜一起推上了回程的道路。

"不破不立。十年太久了。"年轻的薛相站在书房里，对着墙上那个巨大的白泽图腾沉声道。

秋姜若没有恢复记忆，自然会帮助颐非干掉颐殊。颐非称帝后，以他的性格绝不会容忍如意门，如意门必将灭亡。

秋姜若恢复记忆，看她选择。若肯弃恶从善，皆大欢喜；若跟如意门继续作恶，就杀了。

薛采想，他跟姬婴确实不一样。姬婴心太软，很多事明明可以干脆利落地处理掉，却总想兵不血刃地完成。可七岁就经历了满门抄斩，从贵族变成奴隶，从天堂堕至地狱的他，早已磨砺出了一颗钢铁之心。

姬婴让他放过姬忽三次，也许不是为的姬忽，而是他。

姬婴看出他的变化，担心他将来变成一个魔头，所以在他脚上系了根线，必要之时拉一把。

对他的担忧和慈悲，薛采有时候不屑，有时候感慨，但更多的，是想念。

好比此时此刻，睡在榻旁的地上听颐非说了半宿狗屁心事的薛采，觉得自己很想很想他。月光透过窗纸淡淡地照着窗边一角，他情不自禁地想起那个人说："这月光，照着程国，也照着璧国。有我的。是否也有你的？"他还记得自己当时回答："我没有牵挂的东西。"

可现在，他有了。

想到这里，薛采突然起身，大步走向颐非。颐非既惊又喜："你终于肯上榻跟我睡……"话还没说完，脑袋上已被他狠狠地打了几下。

颐非大惊："这是做什么？"

"胆敢觊觎吾国皇后，打你还是轻的。"

颐非连忙捂住脑袋道："不是的不是的，那是初见！当时她还是小药女，谁知道她后来会当皇后？女人沾了权势就不可爱了，我早就没那心思了……啊哟！啊哟！为什么还打？"

"敢说吾国皇后不可爱，放肆！"

两人正在打闹，房门忽被轻轻敲响。

薛采停手，跟颐非对视了一眼，扭头道："进来。"

门开后，一名白泽暗卫走了进来："公子，葛先生到了，说有急事求见。"

颐非从薛采肩上探出脑袋道："只有葛先生？鹤公没跟他一起？"

"只有葛先生。"

颐非顿时松了口气。

薛采一把将肩膀上的脑袋推开，理了理散发道："请他稍候，待我更衣。"

半盏茶后，薛采和颐非双双坐在了葛先生对面。

葛先生面色凝重道："宫中急讯，国师夜观星象，称月侵太微，南出端门，燕雀惊飞，蜂群迁闹，左右掖门，将有地动。"

颐非拧起了眉："颐殊的那个新宠？"

葛先生笑了笑："袁宿很有几分真本事，未必是以色上位。"

"他的本事就是提议在好好的楼房上加盖罩子？"颐非想到那个莫名其妙的拱形屋顶，很是不屑。

葛先生见薛采并不显得如何着急，便也放宽心，详细解说道："袁宿初入芦湾，衣衫褴褛，风尘仆仆，光着一双脚，每天行走在大街小巷，东看西看。然后有一天，在宫门外高喊求见女王，被侍卫一通暴打。第二日，鼻青脸肿地又来了，拉了条横幅，上书'龙脉将断，大旱将至'，侍卫们气得当即把他抓入狱中关了起来。此后整整三个月，芦湾没有下过一滴雨，更有海水倒灌，污染了很多河流。女王不得不祭天求雨，却没什么效果，直到听说有这么个人，便将他唤入宫中，问有什么解决之法。袁宿说要在城中布一个聚水阵，女王将信将疑，便让人按照他说的去做，封了六十六处浴场，并在西南海域一带的地下埋入定灵幡，最后开山取土，将被海水污染了的五百亩田垫高五尺，在上面全部栽种苜蓿草。说也稀奇，不久之后，就下雨了。"

薛采淡淡道："海水倒灌若是因温泉挖掘太多而致，确实把温泉封了就能大大缓减。"

颐非好奇道："你还懂这个？"

"我不懂。红子懂。"

颐非明白了。芦湾大旱之事肯定之前被汇报给了薛采，百言堂里的七智为他剖析了此中的道理。红子擅天文地理，看出袁宿这番做法分明是正统的治水之道，若直接说出来，反而没人会听，披了个神棍的外皮后，颐殊倒真的上当了。

颐非想到这里，暗骂了一句云闪闪。按理说，有云家内应在，对芦湾发生的大事颐非不会不知道，可袁宿此人早前被云闪闪讲给颐非听时，只用一句"女王的小白脸"带过了。现在看来，此人哪里只是小白脸那么简单。

"女王经此事后开始提拔袁宿。有一天，袁宿问她，最近是不是经常梦悸，女王回答梦见一只金蟾在水池里冲她哇哇叫，非要往她身上跳。袁宿告诉她绝对不能让金蟾跳进她怀中。女王问如何做到，袁宿回答禁欲，直到梦见金蟾离开。"

颐非"扑哧"一笑："这对颐殊来说恐怕很难。"

"女王半信半疑，命人将他送走。此后老老实实地禁了一个月，没忍住，还是破戒了。不久之后，女王便有喜了。"

颐非微惊："金蟾是有子之兆？"

"女王连夜将袁宿召入宫中，不知袁宿用了什么法子，女王的孩子又没了，且行色自如没有异样。自那后，女王便很信任他了。"

"葛先生真是耳目通达，如此隐秘之事，竟也了如指掌。"

葛先生笑了笑，笑容里却有很苦涩的味道："殿下图谋不过一年，而我们，已筹备等待了十五年啊。"

葛先生是"切肤"的头领，常年游走四国，表面上四处募捐做善事，私底下调查那些失踪孩童的去向，此中辛苦，不足为外人道。

颐非看着他耳旁微白的鬓角，心头微叹。

葛先生继续道："袁宿此后又给了好几个建议，被采纳后都被证实颇有奇效，便受封国师之位。而选夫盛宴订在九月初九，也是他选的日子。"

颐非看了薛采一眼："你对此人如何看？"

薛采沉默片刻，道："此人孤儿出身，从小跟着算命先生走南闯北。十岁时师父因病去世，他便跟着宜国的商旅四处漂泊。去年三月才回到程国，九月入芦湾，不过一年便已位极人臣。"

颐非的眼睛亮了起来："孤儿出身，意味着我们调查不到他真正的出身；算命先生离世，意味着我们无法获知他儿时的品行造化；跟商旅同行，意味着不知他跟什么特殊的人曾有接触……也就是说，他很神秘！而神秘，即意味着有问题。"

"时间太短，查不出更多。"

葛先生叹道："薛相所查，已远胜过我们。"

颐非皱了皱眉，沉吟道："那么你们觉得，他突然说有朝臣谋逆，是出于什么目的呢？"

"两种可能。"薛采答道，"一，选夫盛宴在即，女王担心诸如你这样的人回来闹事，所以让他寻个理由先在朝臣中彻查一番，以防万一。"

颐非哈哈一笑，摸了摸鼻子。

"二，有谁得罪了他，他想借此机会除去对方。"薛采又补充道，"当然，更有可能的是一石二鸟。"

"你看起来一点都不担心，所以你必定已有准备。"颐非眨了眨眼睛。

薛采盯着他，看了半晌，一笑。

地动的预言在一夜间传遍了芦湾。

有懂风水的，声称那是有大臣将叛变的预兆；不懂的，便从字面理解芦湾要地震了。

朝堂中，人人彼此怀疑猜测，有借机滋事把矛头指向政敌的；民间，百姓们则纷纷为地震而做准备。

第二天一大早，马家拉着周家在女王面前告了云家一状，说云笛之弟云闪闪在玖仙号上一掷万金，被马覆训斥后，于沉船之际发难，将马覆秘密杀害。所以迄今为止，玖仙号上的其他人都找到了，唯独没有马覆和周笑莲。周家复议，并搬出了许多云闪闪穷奢极欲的罪状，当面问云笛哪儿来那么多的钱。云笛反驳都是云闪闪母亲的嫁妆，同自己无关。两派在早朝时争吵不休，闹得女王头疼无比，命令云笛继续搜寻马覆和周笑莲的下落。

因此，如今芦湾人人皆知，女王的八个王夫候选人，少了三个，包括之前早就受伤养病中的王予恒。

到了下午时，又少一个。因为胡九仙年迈体虚，落水后大病一场，云笛请遍芦湾名医，都说要卧榻养病，尤其要避免过病气给其他人。

大家都在议论此事，直到黄昏时分，风小雅的黑色马车出现在了芦湾城门外。

无数人涌去看热闹。原因无他，这是目前赌场里赔率最小的候选者。在此之前，有关他的传奇生平、他的十一位夫人、他的美貌、他的病，早已传得沸沸扬扬，路人皆知。

大家都想看看，鼎鼎大名的鹤公是什么样子，是不是真的"小娘勿多望，望一望，就要别爹娘"。

然而谁也没见到。

黑色的马车关得紧紧的，风小雅从头到尾都没有露面。只有一队身穿银甲的妙龄少女，策马护卫在马车旁，神色肃穆，不容冒犯。

事后程国百姓们对此自有一番议论和比较："同样出行带姑娘，鹤公带的姑娘一看就不好惹；国师带的姑娘们一看很神秘；还是前三殿下带的姑娘们好看又风骚，走过路过，那各种媚眼抛得啊……"

易容凑在人群中看热闹的颐非冷不丁听到自己的轶事，不由得一怔，继而轻笑起来。

风小雅的马车直接去了驿站，驿站里的人总算见到了他，却发现车里不只他，还有一位小丞相。消息传出后，众人大惊——薛采也来了！

薛采赔率虽比风小雅高很多，论名气，却比风小雅大多了。在此之前，大家都以为他不会来的，没想到，他竟来了！

颐殊接到奏报，也很惊讶。她故意在璧国中选薛采，就是为了恶心恶心素来跟她不对付的姜皇后，结果，姜皇后竟真的同意薛采赴约了，葫芦里卖的什么药？

姜沉鱼一直想杀她。颐殊十分清楚这一点。

去年父王寿宴，化名小虞的姜沉鱼来到程国后大出风头，令彼时还是公主的她看得来气，很不顺眼，便派杀手想趁暴乱之际抹杀她——就像她之前抹杀过很多看不顺眼的漂亮姑娘一样。

结果自然没杀成。因为小虞不是普通药女，她是璧国国主昭尹的妃子，后来成了皇后，更在昭尹病重后临朝称制，成了璧国第一人。

而这一切，都让颐殊更恶心她。

姜沉鱼就像她的璧国翻版，却那么那么好命。没有暴虐疯狂的父亲，没有尔虞我诈的兄长，不用出卖身体，不用出卖尊严，她甚至没有野心，可权势会主动朝她扑过去，把桂冠戴在她的头上。

凭什么？

颐殊总是忍不住想：凭什么姜沉鱼那么幸运？好希望看见她的痛苦和绝望。

想到这里，她走到铜镜前，端详着丰容盛饰的自己，确信从头到脚没有一处不完美后，转身对侍卫道："那么，朕便去驿站拜会一下小薛相吧。"

侍卫惊道："陛下要去驿站？应让薛采入宫觐见……"

颐殊抬手打断他："休要啰唆，去备车。另外通知袁宿，让他陪朕一同去。"

侍卫不敢劝阻，躬身退下了。

颐殊继续注视着铜镜中的自己，目光微闪，却不知为何，带出了些许哀愁。

好快……

这就……一年过去了。

不过一年，却已物是人非，故人不在。

袁宿坐在马车里，膝上放着一个沙盘，流沙的图案随着马车的颠簸而有所变化，他全神贯注地盯着这些变化，好半天才抬起头来，看着坐在他对面、一身黑色斗篷的颐殊道："此行并不凶险，但还是建议陛下不要去。"

颐殊温柔亲切地看着他，微笑道："既无凶险，为何不让朕去？"

"因为陛下是带着愿望去的，而这个愿望，不能实现。"

"你知道我有何愿望？"

"陛下想收服薛采。"

颐殊摇了摇头："薛采虽早慧，但不过一总角小儿，又是璧国人，我既不像燕王那样爱才，也不像姜沉鱼那样信任他。留着他还怕被他反噬，要来何用？更何况，我已有了你。"说到后来，眉梢眼角情意绵绵。

袁宿却似完全看不出来，面色依旧很平静。"那么，陛下是想让薛采走。"

"你占卜的结果是薛采不会走，对吗？"

袁宿注视着沙盘："嗯。"

颐殊掀开车窗的帘子，外面夜色降临，华灯初起，正处于喧嚣平息、幽宁渐起之时，她的眼睛里也不禁有了很多变化。"去年也是这样一个夏天的晚上，璧国的白泽公子姬婴来见我，问了我一个问题。他问——想要自由，还是想要皇位。"

其实一开始想的没有这么复杂。

只希望那个名义上是她生父的男人死掉。

希望那个男人快点死，好结束那屈辱罪恶绝望的生活。

可是她的父亲不是普通人，是程国的皇帝。想要除掉他，太难了。

然后如意夫人出现了，说要帮她。她无比感激，觉得暗无天日的生活终于有了盼头，有了一道门。走过那个门，就可以获得新生。

结果，却在如意门的陷阱里越陷越深，如意夫人掌握着她所有的秘密，所有的人脉，在她身上扎了无数小孔，孔里系着线，想把她当作提线木偶一般操控。

请神容易送神难。等她有所发觉时，一切都已身不由己了。她无法摆脱如意门，无法抗拒如意门，必须按照他们说的做下去。

他们借她之手给程王铭弓下毒，却又不肯让铭弓死，因为要留着他的命挟持她。他们也给麟素下了毒，觉得病弱的麟素更适合作为下一任程王，下一个如意门的傀儡。

就在她一步错步步错，眼睁睁地看着一切都失控，都将落入如意门之手时，姬婴出现了。

姬婴问她："要自由吗？还是，要皇位？"

她却已不敢再轻易选择。

怕他又是另一个如意门，又一个让她生不如死的陷阱。

姬婴看出了她的犹豫和恐惧，什么也没说，只将一张卷轴缓缓打开，摆在她面前。卷轴里是一幅程国的舆图，他在螽斯山上点了一点，说："如意门的老巢，在这里。"

她非常震惊。震惊过后，却又萌生出了希望。

"你想让我做什么？"

"这就看公主殿下想要的，是自由，还是，皇位。"

"若要自由如何？"

"若要自由，你帮我做一件事，事成之后，我安排你假死遁世，找个海阔天空之地，重新生活。我保证如意门不会发现，也不会追寻。"

那是她梦寐以求的生活，却在抉择来临的这一刻，有了犹豫。她咬着嘴唇，沉声道："若要皇位呢？"

"我会说服燕王和宜王，一起出面扶你继位，你将会成为唯方百年来的第一任女王。"

她沉默了很久，最终还是选择本心："我要自由。"她要离开这令人窒息的生活，离开这肮脏丑陋的一切。

姬婴也不劝说，点头道："好。那么，公主现在带着我的人回宫，将你父王交给他们，便可以了。"

"父王身边有很多如意门的人看着……"

"不用担心。去吧。"姬婴微微一笑，他笑起来可真云淡风轻，她想，她从没见过这种类型的男子。外表温静柔软，可内里蕴满力量。

颐殊便转身准备回宫，来到马车前，车夫远远看见她就跳下车辕跪在了地上，一旁的侍卫们也都齐齐叩拜。她伸出脚踩在车夫的背上，被侍卫们扶上马车时，看见街道那头有一辆独轮车，车板狭窄，不过三尺宽，上面却垒着小山般高的酒坛，加起来差不多四五百斤。一个干瘦佝偻的女人吃力地将车推到一家酒肆门口。

此刻夜已深沉，周遭店铺都关门了。酒肆老板提着灯笼站在门口，见她就骂："怎么这么晚？"

女人连忙解释山路湿滑，进城门时又耽搁了一阵子。一边解释一边开始卸货。

颐殊注意到她的一只脚还是跛的，小小的身躯抱着一坛坛半人高的酒缸，艰辛地往肆内送。

酒肆老板还在一旁骂她，半点帮把手的意思都没有，还说她耽误生意，要扣酒钱。女人好脾气地赔着笑，好不容易搬卸完了，接过酒肆老板扔来的钱袋数了数，脸上露出刺痛的表情，但最终什么也没说，推着独轮车又走了。

颐殊将目光收回，这才看见自己的脚还在车夫的背上。于是她继续上车。

豪华马车缓缓驰过长街，她从车窗处看见那个跛脚女人找了个角落，铺开草席就那么蜷缩在车旁睡了。远处几个乞丐挤眉弄眼，像是要向她走过去。

然后马车拐了个弯，看不见了。

颐殊的手揪住了车檐上的流苏，忽道："掉头，回去。"

马车重新拐回那条街，她再次看见了那个女人。如她预料般，乞丐们已将她围了起来，她挣扎求饶，却死活不肯交出钱袋，于是他们开始撕扯她的衣服，她狠狠一口咬在其中一个乞丐的脖子上……

再然后，随着马车前行，又什么都看不见了。

颐殊将目光收回，落在自己的手上，忽然嗤笑了一下。

她并没有回去救那个女人。虽然那对她而言只是举手之劳。可是，既然当年并没有谁来救她，那么她也不会救任何人。

她只是命车夫将车赶回了姬婴的临时住所，再次敲响了那户人家的门。

朱龙来开门时，似半点都不意外，沉默安静地将她领去见姬婴。姬婴坐在院子里，正在看月亮。颐殊甚至注意到，他的左手拇指上戴着一只红色的扳指。他就那么一边轻轻抚摸着那只扳指，一边看月亮。他静坐的样子真好看啊，月光照在他的白衣上，绽化出玉般的柔光。

然后姬婴将目光转向了她。

然后她跪了下去，说："我选皇位。"

其实想想，这个世界上哪有什么自由？龌龊丑陋的事情每个地方都在发生。起码，身为公主，她从没为生计发过愁。既然同样都会受辱，那么，踩着别人的背去受辱，总比被人踩着要好一点。

我要当皇帝！

我要除掉如意门！

我要把那些欺凌过我的人通通踩在脚底下！

我要谁也没法再操纵我，我要随心所欲，我要万人之上无人之下，那才是真正的——自由！

颐殊在那个看似平凡其实很不平凡的夜里做出了改变命运的选择。

而在那个夜里，芦湾城的某条深巷里多了具跛足女子的尸体。

颐殊的马车再次从深巷前经过，颐殊从车窗里看着那个女人死时的样子，她的手里仍死死捏着钱袋。袋子被划破，里面的钱被拿走了。

乞丐们拿着钱正兴高采烈地准备分时，前方突然多了一道人影。

他们抬起头，便看见了一个很漂亮很漂亮的女人。女人朝他们微微一笑，再然后，用一杆枪，穿透了他们的喉咙。

后来她想，姬婴其实早就知道她会选皇位。

在自由和皇位之间，也许有人会选择自由，但那个人，绝不是她。

在笼子里被锦衣玉食养大的鸟，虽然会渴望外面蔚蓝色的天空，但把笼子打开，它们飞出去后，还是会迫不及待地回笼子，因为它们没有办法在外面生存。

即便如此，颐殊仍然感激姬婴，因为姬婴没有像如意门那样骗她，他真的让她当了女王，也真的就此放手，没有借机要挟她。更更重要的是，他很快就死了。死亡让他显得越发完美。他成了颐殊心中最最柔软的存在。

"虽然很想看到姜沉鱼痛失所依的样子，但是……薛采是公子的奴仆，他的心血，他的继承人。看在公子的面上，我决定放他一条生路。"颐殊一边说着，一边伸手抹乱了沙盘。

袁宿抬眸注视着她，最终什么都没说。

一盏茶后，驿站里薛采的房门被敲响，他打开门，看见了颐殊。颐殊朝他凝眸一笑，然后自行解了斗篷走进去。

驿站房间很大，薛采的行李却很少，几上放着一本半摊开的书，颐殊拿起来一看，竟是十九郎的《朝海暮梧录》第二卷。

十九郎是燕国皇后谢长晏写书时的笔名，说起来那也是个妙人儿，之前来程时，颐殊还见过她一面，对她很是欣赏。只不过人是很奇怪的，当时她以为十九郎是女扮男装走天下的奇女子，故而欣赏，可当听闻十九郎就是谢长晏，并且后来嫁给燕王成了皇后后，她就不太舒服了。

对命比她好的人，尤其是女人，她都不舒服得很。

因此颐殊只看了一眼，便又放了回去，笑道："驿站简陋，薛相无聊了吧？"

薛采看了眼外头已经被清理过一遍的院子，看见一个紫衣少年负手站在院中央抬头望天。那少年感应到他的视线，回过头来，两人的目光在空中对上，彼此都不动声色。

最后，薛采索性不关门了，回去继续坐下看书。

他神色冷淡，颐殊自然感受得到，说起来当年她来见姬婴时，薛采就对她很冷淡。她微微一笑，不予计较道："薛相日理万机，还能前来，朕心甚慰。此书中提及过一处温泉，建在京郊黄猿岭的半山腰上，四周开满扶桑花，此时开放正艳。薛相可有兴趣一游？"

薛采径自看着书，生硬道："没有。"

颐殊一噎，想起薛采高傲四国皆知，罢了，便又笑了笑："那么书中还写过凤县那边有个仙人洞，洞内景观十分雅致，千奇百怪的钟乳石……"

薛采从书中抬起头，不耐烦地打断她："不去。"

颐殊的笑容便再也挂不住了，她盯着薛采，目光渐冷："既无意与朕交好，为何而来？"

她笑时薛采不笑，她不笑时薛采反而笑了："你猜。"

颐殊沉着脸，没有猜。

薛采放下书，起身走到她面前，两人近在咫尺，他比她矮了足足一个头，颐殊却觉得自己在他面前浑身不自在，而他那种似笑非笑、充满鄙夷的笑，更令她很不舒服。

"我告诉你我来做什么。我让所有人都知道我来了程国，当他们以为我会赴你那个什么狗屁选夫宴时，那一天，我就穿得漂漂亮亮的，骑马出去东走走西看看，顺便再去你们这里最有名的青楼喝喝酒，就是不去皇宫。届时你觉得，程国子民会怎么说？天下人又会怎么说？"

颐殊的脸色一白。天下人会怎么说？他们当然会取笑她——身为女王又如何，人家薛采偏就不给你脸！不但不给，还刻意上门来打你的脸！

"你不是想恶心吾国的皇后吗？我也来恶心恶心你——这就是我来程国的目的。"薛采一笑，露出一排白皙的牙齿，有种不经意的天真，更有种刻意的恶毒。

颐殊再控制不住自己，气得整个人发抖："身为一国之相，你竟如此儿戏！"

薛采悠悠道："不及陛下多矣。"

颐殊甩袖，转身就走，走到门槛处，重重地垂了一下门："你会后悔的。薛采，如此羞辱朕，你必定后悔！"

"好啊，我等着。"薛采十分随意地答道。

颐殊的眼瞳变成了幽黑色，恨意浓得几乎要溢出来，她紧咬牙关，最后快步穿过庭院，回到了来时的马车上。

而一直在院中看天的袁宿至此回头看向房间，再次与屋中的薛采目光相对。袁宿忽然道："观君面容多智，折龄命难久长。"

薛采嗤鼻一笑，根本不搭理他。

袁宿便转身追上了颐殊。

颐殊在马车里，果然狠狠地抓挠着锦褥上的流苏，气得直哆嗦。

袁宿看着这个样子的她，默默地将沙盘拿起，一边推演一边说："我看薛采此人命格不长，陛下也无须太气。"

"他当然命格不长！我本好意想留他一命，现在……"颐殊冷冷一笑，"三天后，就是他的死期！"

袁宿注视着沙盘中的图案，双眉微蹙，若有所思。

颐殊忽然想到一事，掀帘吩咐侍卫道："传令下去，将《朝海暮梧录》列为禁书，不许再售卖！已买了的，都烧了！"

侍卫一头雾水，但他们已经习惯颐殊的莫名其妙，没有询问便去执行了。

颐殊倒回榻上，却犹嫌不解气，恨声道："我真该听你的，不该走这一趟。"

袁宿从沙盘中抬头，依旧平静地看着她道："陛下不来，自然无事，但来，成全了对淇奥侯的情义。陛下是有情之人。"

颐殊只觉得他这句话真是说到了心坎了，怒火顿时一扫而空："见见真是朕之知己。"

袁宿没再说话，低头继续看沙盘。颐殊则一直看他，好几次想伸手碰触他，但最终还是什么都没有做。

她只是含情脉脉地看着他，眼眸中尽是欢喜。

只要看着这个人，便已十足欢喜。

颐殊和袁宿离开以后，一个人影闪现，他将房门"嘎吱"合上，然后捶墙笑了起来。

先是轻笑，再变成了哈哈大笑。

薛采一脸无奈地看着此人，道："你就不怕被颐殊发现你在这里吗？"

"最危险的地方就是最安全的地方嘛！她若知道我在，又全程目睹了她如何受挫，估计就是周瑜第二了。"来人正是颐非，边说边扭身走到薛采面前坐下，眼巴巴地看着他，盼他接一句"为何是周瑜第二"，然后他就可以解释："因为被活生生地气死了呀。"

谁知薛采竟不问，不但不问，又低下头去看书了，一副不想跟他交谈的样子。

颐非便抬手将那本书一合："别看了，情敌的书，有什么好看的。"

这回，薛采终于皱眉问了："什么情敌？"

"天下皆知燕王爱你……"颐非贱兮兮地眨了眨眼睛，"他老婆自然就是你的情敌啰。"说完后他心中叫嚣：快反驳，快反驳我呀！

结果薛采只是"嗯"了一声，竟默认了，淡淡道："这书写得不错。"

颐非一口气憋在心口，顿觉自己重蹈了妹妹的覆辙。

但他的待遇终归跟颐殊是不一样的，薛采将书翻到某页，推到了他面前："谢长晏两年前便在书中指出，芦湾的温泉太多了，还时不时有地陷发生。"

颐非一怔，当即拿起书认认真真地看了起来。

"她走访了二十口老井，百姓都说早年井水离地不过一丈，如今吊桶的绳子不得不加到二十丈才能打到水。长此以往，芦湾将成一个漏斗，中间深，四周浅……就会……"

"海水倒灌！"颐非合上了书，神色严肃了起来，"而此事在半年前，真的发生了。"

"所以，这本书是不是写得不错？"

"如此好书，怎么没在程境内引起重视？"颐殊果然废物也！

"一叶障目者，只看得见眼前的落叶枯黄，看不到地底整棵树木都已溃烂。其实比起这个，如意门之危也不算什么了……"海水倒灌，淹没良田，数十万人无家可归，无饭可吃，那才是真正的大难。

颐非沉吟道："如此说来，袁宿倒真做了点好事。"

"你这么认为？"薛采挑眉，"女王一登基，此人就回了芦湾，步步高升，成为盛宠。是不是太巧合了？"

颐非盯着薛采的眼睛："是局？"

"颐殊为何深夜单独来找我，你不觉得好奇吗？"

"也是。你要是……"颐非的视线在薛采身上扫了一遍，"再大点，她来还能解释为找你寻欢。"

薛采没有理会他的调侃，继续道："她本不必走这一趟，不必见我，更不必受我的气。她要邀请我去黄猿岭和仙人洞玩，盛宴结束后再提也不迟。"

颐非说出了结论："她想做些什么，好把你调离在外。"

"除此，我想不出其他原因。"

"你设计选夫想对她逼宫，而她将计就计要将我们一网打尽。"

"颐殊并不是真的无脑女人。"

"可她又想对你手下留情……为什么？"

"可能是因为这个——"薛采抬起衣袖，袖角上绣着一个白泽的图腾。

颐非讥笑道："颐殊什么时候起这么重情义了？"

"很多人对活人无情，但对死人有情。因为死人能给他们彻底的安全感。"所以颐殊想起姬婴，想到的全是他的好，从而觉得自己越发感激他，越发地想要为他做点什么。

"我们布局多时，却没察觉出颐殊也在布局。她的局布在了何处？"

薛采沉默许久，才缓缓说了两个字："袁宿。"

颐殊先将袁宿送回住处才回宫。回到寝宫时，已近子时。

宫女们上前为她拆发，她看见铜镜上的某处，眸色微动，道："不必了，你们全都退下吧。"

宫女们便躬身退了下去。

铜镜镶满珠宝，镜顶盘踞着一条蛇，蛇眼是由可活动的红宝石制成，本是睁着的，此刻却被闭上了。因此颐殊便知道了——那个人来了。

"这么晚了还来找我，是出什么大事了吗？"颐殊在梳妆台前坐下，一边亲自拆发一边问道。

床旁的幔帐里，缓缓走出了一位老人，一位很好看的老人，不是别人，正是品从目。

品从目此刻脸上的表情却不太好看："你不应该去见薛采。"

"噢？为什么？"如此问的时候颐殊忍不住想，若说这句话的人是如意夫人，她肯定是不敢反问的。

"薛采十分警觉，你走这一遭，必定让他生疑。再加上朝堂中有不少人明里暗里帮他，万一查出了点什么……"

颐殊淡淡一笑："不过个毛头小孩，就算是白泽公子教出来的，也不可能料事如神。他要查就去查好了。"

品从目皱了皱眉。

"别紧张，一切都会水到渠成，就像去年的螽斯山一样，轰——说倒就倒。"

品从目低声道："七儿回来了。"

颐殊表情微动。她自然是见过七儿的。事实上，如意门最早来接触她的人，就是七儿。

她还记得那是六年前一个大雪纷飞的夜晚。她跌跌撞撞地行走在芦湾的街道上，不想回宫。雪落在她身上，她也感受不到冷。相反的，她觉得热。她的身体上有一道道鞭痕，火辣辣地疼。她脑海里只想着一件事：快点天亮，快点天亮。天亮了，疼痛就过去了。等到感觉不到疼时，就可以睡着了。

入夜的芦湾十分冷清，家家户户闭门熄灯，因此显得特别黑。

她行走在黑暗中，一遍遍地想：快天亮，快天亮……

就在那时，前方出现了一点亮光。

那点光渐行渐近，竟是一个少女提着灯。少女穿着普通，模样也普通，但她提的灯精巧极了：灯头雕琢成凤鸟回眸之形，灯罩是两片白羽，灯光透过羽毛照射出来，平添几分梦幻之意，更有两根长长的白色尾羽拖曳及地，随着少女的行走轻轻摆动，那鸟便像是活了一般。

颐殊定定地看着那盏灯，一时间竟挪不开眼。

少女来到她跟前，忽笑了："喜欢？"

颐殊下意识地点头。

少女将灯柄掉转，递向她："送你？"

颐殊警觉起来，没有接，而是将她细细打量了一番，沉声道："你是什么人？宵禁之时为何还在外行走？"

"你不也是吗？"

"本宫是公主！"

"伤痕累累的公主吗？"

少女清亮的眼神仿佛透过她裹在身上的斗篷，直接看到了她丑陋的身体。这种被冒犯和秘密被知晓的感觉，令颐殊勃然大怒："你到底是谁？！来人！来人！来人啊——"

她并不是一个人出来的。

她的侍卫们全都远远地跟着她。

可颐殊喊完后无人应答，回头一看，发现自己身后空空，已经积了一层薄雪的地上，除了她，并没有别的脚印。

颐殊咬牙，决定自己出手。

这些年，父王心情好时，偶尔会教她几招。她学得很努力，练得很刻苦，幻想有一天能打过那个男人，从而得到解脱。因此，她不但会武功，还相当不错。

然而，她连少女的衣角都碰不到。无论怎么出招，对方总是能提前一步避开，凤鸟灯也跟着飘来飘去，尾羽画出漂亮的弧度。

颐殊被毒打了一顿，又在雪地里走了半天，气力难支，最后只好停下来，气喘吁吁地瞪着三尺外的少女道："你到底是谁？想做什么？"

少女再次将灯柄递到了她面前："要吗？"

颐殊索性一把接过来，灯入手中，近看之下更为精致，每片羽毛都是真的，摸上去柔软弹韧。这种精细的做工，绝非程国产物，只有玩物丧志的璧国，才肯耗费这么多心思在无用之处。

"你是璧国人？"

"你喜欢璧？"

"父王说了，迟早有一日打下来变成我们程国的领土！"颐殊也不知道自己为什么要这么说，明明她恨透了那个人，可是提及这样的话题，仍让她感觉到荣耀。也许，对权势的野心和欲望，已经随着血缘埋在了她的骨子里。

少女听闻这般嚣张的话，笑了笑："好战必亡啊。"

颐殊"呸"了一声："我还忘战必危呢！"

少女的目光闪烁了几下，不知为何，显得有些失望："看来你跟我想的不太一样。罢了，把灯还我。"

颐殊却不肯还，退后两步道："给了本宫就是本宫的！"

少女身形一闪，颐殊只觉手中一空，灯就没了。眼见她拿着灯飘然而去，唯一的一点亮光就要消失在无边雪夜中时，颐殊鼻子一酸，突然红了眼。

她索性完全不顾及形象地在雪地里坐了下来，抓起一把雪狠狠地投掷出去："一个个的！全都欺负我……凭什么？凭什么凭什么凭什么？"

鞭伤炙疼，而身体冰冷。颐殊绝望地想：这样的日子何时是尽头？

她突然从靴子里拔出一把匕首，对准自己的咽喉，颤抖地戳下去。

而这一次，也和之前无数次一样，在触及肌肤的一瞬划了过去，甚至没有留下红印。

她整个人重重一震，然后惨笑起来："懦夫！连死都不敢！"

一声轻叹从她背后响起。

颐殊吓了一跳，顿时蹦了起来，却发现那个少女不知何时又回来了，只是熄灭了灯，所以出现得毫无先兆。

颐殊咬牙道："你不是走了吗？"

少女看着她，眼神中带着一股让她恶心的东西，对了，是同情。她同情她。

颐殊想：本宫才不需要人同情！她冷哼一声，转身准备回宫。就在与少女擦肩而过时，少女忽道："程王嗜战，为我所不喜。我要换个人当程王。你，有没有兴趣？"

颐殊心中大惊，简直不敢相信自己的耳朵，而等她回过神来，说的第一句话就是："你算老几？你说换就换？"

少女展齿一笑，用手指了指自己的鼻子道："我是七儿。如意门的七儿。未来的如意夫人。所以，我想换，就能换。"

颐殊的心沉了下去——她知道如意夫人这个名字。

有几个深夜里，父王睡得正香时，心腹来禀说夫人来了，父王无论多不情愿，也会起身去见。她心中好奇，但不敢问。有一天在父王书房的火炉里发现一根没烧完的毛笔，毛笔的笔管是中空的，里面的东西已经烧光了。自那后她上了心，时常检查有没有多出来的笔，终于有一天，她看见了一根没动过的笔，赶在父亲来前拆开笔管，里面果然有密笺，写着让父王尽快将今年的农桑税送过去，而落款就是"如意夫人"。

她这才知道，自己那不可一世的父王，竟要听别人的话。那人就是如意夫人。

而此刻，眼前这个比自己大不了多少的姑娘竟然说她就是未来的如意夫人，并且说不喜欢她的父王，要换皇帝，怎不令她震惊。

颐殊愣住了，浑身发抖，却半天也说不出一个字。

少女七儿忽然伸出手摸了摸她的头："你回去好好想想，三天后，我再来找你要答案。"接着，她将灯重新点亮，再次塞入了她手中，然后飘然而去。

颐殊就那么提着灯，一直一直望着她，直到消失在路的尽头，只觉所发生的一切都很不真实。若非手里多了那盏灯，简直要以为是一场梦境了。

那是颐殊初遇七儿。

七儿给了她一盏灯，还给了她一个提议。

她为此反复纠结了整整三天，好不容易鼓起勇气决定试一试时，三天后，七儿没有来。来的人是罗紫——父王的宠妃。

她这才知道，罗紫竟是如意门的人！而且是带着现任如意夫人的命令来的。她忍不住向罗紫打听七儿，罗紫道："她被夫人派去做其他事了，暂时不在程境。"

然后她便再也没见过七儿。只从罗紫口中听说七儿失踪了，很有可能死了。

再然后，她等到了如意门内讧，借品从目之手毁了如意门大本营，逼得如意夫人仓皇逃亡，从此消失在她的世界里。

而此刻，品从目竟然告诉她七儿回来了，这意味着什么？

"你没抓到她，也没抓到如意夫人？"

品从目淡淡道："所以我特来告诉你，你的敌人再次出现了，不但如此，还有了帮手。你若掉以轻心，下一个要逃亡的人就是你。"

颐殊的脸色变了又变，最后却仍是冷笑道："挺好，正好一网打尽了。"

品从目见她固执，便不再多言，转身要走。

颐殊见他要走，忽然转了转眼珠，娇滴滴道："这么晚了，住一晚再走吧。"

品从目似笑非笑地看了她一眼，摇了摇头，消失在了黑夜中。

颐殊手中还握着梳子，梳子里多了好几根断发，要是宫女给她梳头梳成这样，早被她杀了，可这次是自己梳的，只能面无表情地拔掉，然后继续。

"我会赢的。"她注视着铜镜里的自己，一遍一遍地说道，"最苦的阶段都熬过来了，没什么可以再阻挡我。我一定一定会赢！颐非、如意夫人、薛采……跟我作对的人，通通都得死！"

九月初八的早上，芦湾晴空万里无云，天气十分燥热。

马家和周家的人天天围堵在云家门前，找云笛要人。云闪闪气不过冲出来将他们打了一顿。

马家和周家的家主听闻消息，立刻进宫老泪纵横地向女王哭诉，哭诉到一半，未老先衰的马康不知是气的还是热的，"啪嗒"晕倒了，最后不得不躺在大象背上打道回府。

正午时分，胡九仙的船只抵达港口，运来了一整船的冰，因为胡老爷要在此养病但又嫌天热。人人艳羡地看着一块块与人等高的巨大冰块被抬进胡老爷在芦湾的私宅，认为做人做成他那样子，娶不娶女王都无所谓了。

更有许多人眼巴巴地等在驿站外面，递拜帖求见风小雅和薛采。风小雅全都拒了。薛采倒是来者不拒，因此他的门前排起了长龙。

这一日芦湾城的百姓们所看的热闹，比过去一年加起来还要多。而到了黄昏时分，最大的一出戏上场了——杨烁来了。

杨烁虽是程国的世家公子，但若论名气，远不及薛采、胡九仙和风小雅，甚至不及他父亲杨回。而且他很低调，孤身一人骑着一匹小棕马来到城门外，连随从也没带，本丝毫不引人注目。

可是，正当守城门的侍卫按照惯例检查路引时，突然一辆牛车疾驰而来，沿途行人都惊呆了——从没见过跑得这么快的牛！

车上坐着一个须发皆白的老头，老头挥鞭赶牛，硬生生地赶出了雷霆之势。

杨烁一见，面色顿变，催促侍卫道："快点！"

他这么一催，侍卫反而不乐意了："催什么催，赶着投胎啊？"

话没说完，牛车已冲到了关卡前，老头喊道："杨烁，你敢进城一步试试！"

周遭行人里有好几个认出了他，纷纷上前行礼："先生？！您怎么来了？"

"这位可是杨老先生？在下李某某，拜见先生……"

老头谁也没理，跳下牛车挤开众人冲到了杨烁跟前，气得呼哧呼哧。

杨烁叹了口气，转过身时，脸上带出一个轻浮轻慢的笑意："哟，父亲，好久不见了。"

此人正是他的父亲杨回，不过五十岁，却已老得像七八十岁，头发全白了不说，还快秃了，再加上身穿粗布麻衣草鞋，看起来活脱脱一个乡下种田老农，谁能想到竟是程国第一名士。

而周遭的人这才知道，眼前这个年轻男子，就是王夫人选之一的杨烁。只见他魁梧高大，一双剑眉极具正气，但笑起来时只扬一侧唇角，带了十足的邪。如此格格不入的两种特质在他脸上完美并存，显得别有魅力。

大家全都兴奋起来，目光炯炯地看着这对父子。

杨回平息了一会儿，停止急喘后才开口道："只要你现在跟我回去，一切既往不咎。"

杨烁唇角的弧度加深了一些，似笑非笑道："若儿子不呢？要跟我断绝父子关系吗？"

杨回注视着他，片刻后，走到城门前，盘腿坐下，然后从怀里取出一物，端端正正地放在膝前："你若进此门半步，我便让此物立刻派上用场。"

众人定睛一看，原来是个牌位，上面已经写好了杨回的名字！

早听说杨回极其厌恶颐殊，说她"淫乱魅国，程之罪人"，女王为了表现自己礼贤下士，还亲自登门拜会过他，被他拒在门外。如今，他更来阻止儿子入京参选，以死相逼。

众人纷纷把目光移向杨烁，看他如何应对，更小声地议论了起来："杨烁若执意进京，逼死了父亲，肯定也就选不上了。"

"未必。没准反会中选。听说女王自己也是那啥了先帝……"底下的声音渐不可闻。

一片纷杂声中，杨烁又叹了口气，道："何必。"

杨回沉声道："你小时候，我四处授学，分身乏术，未能好好管教你，让你长成了一个如此荒淫无术、寡义廉耻之辈。我这样的人，纵教出弟子三千，名士无数，也无面目再谈育人。你今日同我一起回去，我重新教导你，何时教好了，板正了，再出山为师。"

此言一出，人群中起了一阵惊呼声："先生，您不教书了？"

"先生万万不可！程国学堂本来就少，您不教了，那孩子们怎么办啊？"

"先生，我们这就帮你拦住令郎。杨公子，百善孝为先，既然先生不允，那王夫不选也罢。"

守门的侍卫立刻反驳："那怎么行？陛下之命谁敢不从？"

一时间，两派人争吵了起来，整个城门处乱糟糟闹哄哄的。出城的不急着走了，入城的也不急着进了，全都围在那儿看热闹。更有好事者听说此事，源源不断地赶过来看。

杨烁扫视了一圈，道："父亲真要如此兴师动众？"

杨回垂目不答，双手放在膝上，正襟危坐，仿佛不是坐在黄沙地上，而是坐在高高殿堂上一般，瘦小的身躯给人一种极大的震慑力。

杨烁扭头问还拿着他的路引的侍卫，问道："看完了？"

侍卫正看热闹看得起劲，被他一问，自然也成了众人的焦点，当即大感荣耀，笑着将路引递了回去："看完了看完了。杨公子，还给您。"他倒想看看，这城门，杨烁敢不敢过。

杨烁将路引揣回袖中，抬步朝杨回走过去。

眼见他离城门口越来越近，一步、两步、三步……距离杨回只有半步时，他停了下来。

"父亲，你说，如果我进此门半步，您就自刎，此言不虚？"

杨回面沉如霜："我这一生，从未食言。"

"很好。希望你说到做到。"杨烁说完，下一步便从他身侧迈了过去。

大家全都震惊地睁大了眼睛，没想到此人竟真敢进，那杨回会不会真的自刎？

杨回的脸剧烈抽动了起来，从膝前拿起牌位攥在手中，指关节因用力而发白。

眼看一场悲剧就要发生，走到城门处的杨烁突然脚尖轻点，整个人直飞而起，抓住城门上的青砖，"噔噔噔"地爬了上去，不过一眨眼工夫就爬到了城楼上。

杨回一愣，忙不迭地站起来抬头。

就见他纵身一跃，跳进了楼内，并回头朝杨回吹了记口哨："父亲大人，儿子我没进城门，您也不用死了。再见！"说罢，从城楼直接进京去了。

众人目瞪口呆。

万万没想到此人竟然玩了这么一出文字游戏，摆了他爹一道。但这城墙足有十余丈高，他说爬就爬，说上就上，足以证明此人武功非凡。

众人又觉好笑又觉钦佩。只有杨回既不钦佩也不笑，反而气得整个人都在抖，最后恨恨地将牌位一摔，在地上砸了个粉碎，赶着牛车离开了。

一场父子反目的大戏至此结束，众人看得心满意足，且心情愉快，因此谈论起来也就更加兴致勃勃，很快传遍了整个芦湾。

当所有人都去城门外看热闹时，颐非已在门前犹豫地站了许久。

天很热，太阳的余晖火辣辣地照着他，这种时候他本应找个清凉之处喝上一杯冰镇过的好酒休憩，可他易了容，贴着长长的胡子站在风小雅的住处前，想着要不要进去，要不要告诉他秋姜的事。

最后，颐非低声道："姬婴对小狐狸有恩，对我可没恩，不但没恩还有仇呢，老子才不买他的账！"说罢一狠心一咬牙，抬手敲响了房门。

"请进。"风小雅的声音从屋内传来。

颐非推开门走进去，见他坐在案旁，手里拿着一块粗布，正在摩擦一些小珠子。颐非看了一会儿，问道："你在做什么？"

"听说秋姜的佛珠手串没了，想着给她补上。虽不如足镰那般好用，但更轻巧好看些。"风小雅的声音很轻柔，动作很轻柔，却莫名刺痛了颐非的眼睛。

颐非心中那好不容易鼓起来的勇气，瞬间消失了。他别过头暗骂了一句，又扭头问："你如何知道手串没了的？"

"我命人沿途追寻你们的行踪，发现你们在海边的若木村待过，那里有户人家，离奇死了一老妪一孩童。我的人从两个老头口中探听到你们确实在那儿短暂逗留过。检查炉灶时，发现了佛珠残核。"

颐非僵了半天，只能低叹道："你可真是用心良苦。"

他在屋中踱步。

风小雅也不管他，继续摩擦那些珠子，把珠子的表面打磨得光滑圆润。

颐非看着看着，觉得自己再也看不下去了，冲到案前一把按住了风小雅的手。

风小雅手腕一转，从他手下挣脱了，并反过来弹了一下他的手背："做甚？"

颐非只觉手背被某根针扎了一下，忙不迭地收回："你做甚？"

"不要随便碰我，会被反噬。"他体内的七股气，像盘踞其中的七只怪物，彼此之间争斗不休，然而当有外力来袭时，便会自动出击，因此亲近之人都知道这个忌讳。

颐非吹了吹刺痛的手背，喃喃道："那日海里秋姜救你，对你又搂又抱的，怎么就能碰了？"

风小雅一怔，目光闪动，表情变得很是古怪。

颐非也自觉出失言来，将攥紧的手心松开，沉声道："我要跟你谈谈。"

"谈秋姜吗？"

颐非硬着头皮，心想这般婆婆妈妈，真不是老子的作风，便一口气说了出去："她不叫秋姜，也不叫江江。她是姬忽，璧国白泽公子姬婴的亲姐姐！"

风小雅盘珠的手停了一下，但只是一下，立刻又继续了。他表情郁白，眉睫深浓，天生一副郁郁寡欢的脸，因此此时此刻，颐非竟看不出他有没有伤心。

"我知道了。"

"你知道？"这下轮到颐非震惊，"什么时候知道的？怎么知道的？"

风小雅抬头看了他一眼，神色平静："见你独自来芦湾，我便知她选择了如意门。至于她是姬忽，是刚刚你告诉我的。"

"那、那……"颐非被他的反应弄得措手不及，见他还在慢条斯理地擦珠子，不禁道，"你不说点什么吗？"

"没什么可说的。"

"怎么会？"颐非气得跳脚，"姬家就是如意门，如意门的每任夫人都是姬家的女儿，所以姬忽很小就被送进如意门，留在姬家和嫁给昭尹的那个姬忽是假的！姬家简直丧心病狂，罪大恶极，竟把全天下人都当傻子，把程国、璧国、燕国的国主之位全都玩弄于股掌之间……姬忽根本不是江江，她假扮江江接近你，就是为了杀你爹，好除掉燕王的臂膀，并为谢知幸和谢繁漪的计划铺路……"

风小雅的脸本就很白，此刻又白了几分，他的手微微发抖，再也擦不下去了，最后只得将珠子放下，回视着颐非道："你为什么要说这些话？"

颐非一怔。

"你希望我恨她？你希望看见我痛苦？"风小雅停了一下，缓缓道，"是不是看见我很痛苦，同样因此而痛苦的你，就会好受些？"

颐非顿时无语。他想反驳说自己没有这么恶劣，可扪心自问，又觉得风小雅好像说得有道理。他选择将秋姜就是姬忽的事情告诉风小雅，固然是希望这个可怜的痴情人得知真相，不要再被谎言和误会蒙蔽，但又隐约期待着什么。至于他期待的到底是什么，却连自己都说不清楚。

我希望看见他痛苦吗？

我很痛苦吗？

或许，我只是卑劣地希望他能就此跟姬忽彻底一刀两断，前尘皆忘。然后我就可以不用再在意所谓的"朋友妻"的禁忌？

颐非的表情变了又变，半晌后，苦涩一笑："我真是个小人。"说罢，扭头要走，竟是不想再多待。

风小雅却叫住了他："颐非。"

颐非在门槛处停了一下，因这声呼唤而目光微颤，低声道："抱歉。"

"颐非，你回头，看看我。"

颐非忍不住回头。就见风小雅缓缓站了起来，站得笔直，然后行走，每一步都是一样的距离。他就像公输蛙做的机关小人，一举一动都极尽标准——标准得……不像人。

"我从襁褓时起，对这个世界尚不能感到光明之前，便已先领略了痛楚。"婴儿出生时眼睛是闭着的，需要好些天才会睁开，那时的视力也很微弱，看不清什么。但它们能感觉饥饿、温暖、柔软、疼痛等本能。而对风小雅来说，他从出生那一刻起，就感到了疼痛。他的骨骼，先天缺陷。

"后来，长大些，会说话了，会哭了，就经常哭泣。所以我小时候，是经常哭的。我问父亲，为什么我这么痛苦？"风小雅小时候，按照江江的话说就是"娇滴滴的相爷家小公子"，常常哭哭啼啼。但颐非从认识他的那一天起，就没见他哭过，甚至没见过他软弱的样子。就像此刻，他神色郁结，却又异常平静。

"父亲便向陛下请了三天假，专门带我出去看。我看见手脚残疾的乞丐趴在污水沟里捡残羹；看见醉酒的男子因为郁郁不得志而动手打妻子；看见鼻青脸肿的妻子挨完打还要收拾屋子；看见小孩因为背不出书而被竹板打得哇哇大哭；看见白发人送黑发人；看见大腹便便的新妇在桥头等在外当兵的丈夫……我看到了很多很多。父亲对我说，你看，这世上并不只有你痛苦。"

颐非心头微颤，想说点什么，但最终沉默。

"我便问，如此痛苦，为何还要活下去？"风小雅凝视着他，问，"你呢，颐非？去年，你失去了一切，为何宁可像狗一样逃亡，也不肯体面地自我了断？"

颐非的手在袖中缓缓握紧，过了好一会儿才答道："因为不甘。"

不甘输给颐殊。不甘让程国落入那样的人之手。不甘没让父王承认错误。不甘没让母亲在天之灵得到宽慰……

他不甘的事情太多太多，绞在一起，变成了一道绳索，牢牢系在他脚上，不甘让他就此死去。

风小雅得了他的答案，并不评价，而是继续道："父亲带我看一夜之间从枝头绽放的桃花；看从蝌蚪长成的青蛙；看从茧中飞出来慢慢振开翅膀的蝴蝶；看云雾散开，旭日升起；看雨后倒映在水上的七色虹光；看见乞丐舒服地闭起眼睛晒太阳；看见男子酒醒后给妻子买了一根木簪；看见妻子用木簪戳他的脸，一边戳一边笑；看见小孩陶醉地吃糖葫芦；看见婴儿诞生全家喜极而泣；看见新妇等到了来自边关的家书……"说到这里，他笑了笑，"父亲说，你要看一些好的东西。美好的，有生命力的东西。然后你就会允许这个世界有太多痛苦。无论经历多少苦难都还能相信奇迹。这便是为什么，我们每个人都还活着的原因。"

颐非默立许久，才哑着嗓子道："你有一个好父亲。"

"我有一个好父亲，这便是为什么，我活着。我还有一个好朋友，是个心怀天下雄才伟略的好皇帝。我还有一个非常非常好的未婚妻，听说我生病，就去幸川为我点灯祈福。我还有一对很好的随从，他们待我宛若亲人。我还遇到了很多妙人，精彩纷呈，各具特色。甚至，我还遇到了你……"

颐非失笑起来："我也算？"

"起码，薛采不愿意告诉我的真相，你告诉了我。"

"我想让你痛苦，然后对秋姜死心。"颐非终于说出了真心话。

风小雅道："我知道。但不可能。"

"为什么？她不是江江，不是你那个非常非常好的未婚妻！"

"但她是秋姜啊。"风小雅轻飘飘的一句话，落在颐非心里，沉如千斤。

他明白他的意思。

姬忽虽不是江江，但她化名秋姜之际，是真真正正地嫁给了他。他们朝夕相处了半年，虽彼此带着目的，谁又能说在那场虚幻游戏里，没有用过真情呢？

秋姜，是一场专门为风小雅设立的局。但最终这个名字也在姬忽的身上打下了烙印。

"哪怕姬忽当了如意夫人，接掌了如意门，延续着如意门的罪恶……也无所谓吗？"这一点，也正是颐非最担心的。他问过自己无数次：若姬忽是个那样的人，怎么办？他没有答案，所以，他想从风小雅这里听到答案。

也许，这才是他选择将真相告知风小雅的最大原因。

风小雅想了想，道："正如你所说的，我有一个好父亲。"

这跟风乐天有什么关系？

"我父生前，给秋姜写了一副对联——"风小雅一字一字地背道，"春露不染色，秋霜不改条。"

颐非咀嚼着这十个字，便明白了他的意思："你信任她。无论她是谁，你都相信她。"

"我必须相信。因为，我是为此而活的。"

人世间的极致痛苦，我已时时刻刻都在承受。若不相信奇迹，又怎么能坚持得下来？

颐非看着风小雅，看着他挺拔站立的身姿，看着他白釉般冷郁却明亮、脆弱却坚毅的脸，最终什么也没说，转身离开了。

他想，他跟他终归是不一样的。

不一样的两个人。

被父母家人疼爱着长大的人，身上会有一种珍贵的乐观。能让他们在挫折中看见的永远是希望，而不是绝望。这很重要，比聪慧、隐忍、果断等一切品质，都要重要。

所以，风小雅是个乐观的人。

所以，风小雅的答案很好，对他而言，却没什么用。

因为他是个悲观之人。

他身上只有种种的不甘心，胶凝到秋姜一事上，就变成了患得患失。他既无法像风小雅那般信任她，也无法像颐殊那样果决冷血地毁灭她。他的纠结、茫然、犹豫，连他自己都感到了厌恶。

我真是个小人。

还是个浑球。

更是个懦夫。

颐非一边如此想，一边走了出去，混入驿站外黄昏的人潮。

夕阳一点点地沉了下去。他的身影也一点点地暗了下去。

风小雅关上房门，回到案旁，准备继续盘珠子时，眉心突然微动，感应到了什么似的朝某道幔帐看过去："秋姜？"

是她的气息！

风小雅立刻掠过去，一把扯开幔帐，然而后面只有半开的窗户，几缕热风吹拂在他脸上。

风小雅跳窗而出，后院空旷无遮挡，并无人影。

可他知道，她还没走远，也许还在某个地方看着他。

风小雅的手握紧，珠子紧紧地勒着他的手心，仿佛抵在他的心上。他深吸口气，缓缓开口道："你所做一切的真正原因，我猜到了一些。有可能是错的，但也可能是真的。真真假假，其实对我而言并不重要，我曾经说过一句话，现在，还是那句话——我想救你。"

后院静谧，没有一点声音。

更没有人回应他的话。

风小雅注视着空无一人的前方，一字一字道："若以我之死，可换你新生，那么，我的头颅，也可拿去。"

一道风声微动。却不是来，而是走。

秋姜的气息，在他说完这句话后，彻底消失了。

风小雅又静静地站了半天，眼眸沉沉，同夕阳的余晖一起暗了下去。

　　颐非沿着人流一直走，走到了程国的皇宫前。程国粗犷，宫殿修建得大而高，不玩雕花嵌玉那一套，看着有种拙而朴的厚实感。

　　以人相喻，璧国的皇宫像个丰容盛饰的江南美人，从头到脚无一处不精致；宜国的皇宫像个喜爱纷杂兴趣宽广的道士，穿着朴素的青袍，却戴了琳琅满目的法器；燕国的皇宫像个冷静自持的年轻男子，一身黑衣不苟言笑。而程国的皇宫，就像个孔武有力的武夫，一副捶着胸口大喊"不服来战"的剽悍之态。

　　颐非注视着眼前的宫殿，不由得想：其实它跟父王才般配。而父王的四个孩子，麟素、他和颐殊都不像他。也许只有涵祁继承了那么点野心，可惜是个侏儒。

　　他逃亡一年，藏在璧国皇宫，领略了同程截然不同的人文气息后，再回来看自己的皇都，便觉出些陌生了。

　　这里似乎不是他的归宿，跟他格格不入。

　　颐非一边想，一边收回视线，随着人潮继续前行，没有在宫门外驻步。这几天，随着选夫盛宴的即将开始，芦湾也开始例常戒严。按薛采所言，颐殊已经猜到他会回来，在京中布下了天罗地网。可城内的守卫依旧一如既往，并未升级。这又是何故？

　　沿着朱雀大街一路西行，不远就是一座十分精美的宅子——尤其跟皇宫一对比，精美得过了分。

　　门上贴着封条，照理说这种被查封的房子应该会因为无人打扫而蒙尘败落。然而芦湾临海，一年四季海风吹拂，又鲜有尘沙，因此依旧显得明艳整洁。

　　它像一个十五六岁不用打扮就很动人的青春少女，俏生生地站在那儿，当颐非走过门前时，她歪了歪脑袋，露出天真好奇的模样："你怎么不进来呀？你都回来了……"

　　是的，回来。

　　这座宅子，是程三皇子曾经的府邸，里面所有的屋舍都是建在一棵大树上的，不着陆地。

如今，院门虽未改色，里面的大树却已被颐殊砍掉了。

颐非揉了揉脸，揉去因为那棵树而被勾动的某种不该有的情绪，继续往前走。

大概又走了盏茶工夫后，到了云笛的府邸。门前依旧聚了一群人，看衣着打扮还是马周二家的亲眷家奴，只不过因为早上云闪闪冲出来揍了一批人，现在的这拨人只是静坐，不再叫嚣，倒是挺安静。

夕阳仅留最后一线余晖，夜马上就要来了，这些人都不回去吗？

颐非刚想到这里，一样东西朝他飞来。他下意识想躲，但最终没躲，于是那样东西便砸在了他的一只衣袖上，弹落到地上——竟是一颗花生。

颐非朝着花生来源处回头，看见了云闪闪。

只不过他也头戴斗笠，鬼鬼祟祟地跨坐在一辆路旁的马车上。

两个戴斗笠的人碰了头，云闪闪将兜里的花生掏给他一把，一边继续恨恨地盯着自家门外的那些人。

颐非剥了颗花生嚼着道："你哥勒令你不许再上？"

"看出来了？"

"那你为何不在府里待着，在这儿干看着生气？"

"与其在府里啥事都不知道，还不如在这儿看着他们。你说说，他们怎么就认准了马覆和周笑莲在我哥手上呢？"

"唔……有奸细？"

"让我找出是哪个，他就死定了！""咔嚓"一声，云闪闪狠狠地咬碎了一颗花生。

颐非莫名地打了个寒战，将剩余的花生还给了他："那你继续盯着吧。我继续巡视去。"

"你那相好的呢？"云闪闪直到现在仍不知颐非和秋姜的真实身份，一直以为他们就是如意门的丁三三和七儿，是他哥找来的帮手。

颐非听后嘴角微抽，此人真是哪壶不开提哪壶，因此他没回答，只是随意地摆了摆手便离开了。

此时夕阳已经彻底沉落，夜色笼罩了大地。云闪闪将花生一丢，起身准备回府先吃个晚饭，再出来监视。

因此，他开开心心地去翻墙，翻了好几次，最后还是刀客们在底下托着才成功翻过去，然后开开心心地准备去饭厅，路过云笛的院子前发现书房里有灯光，便想叫上哥哥一起用饭。

然后，他开开心心地径自推开书房的门："哥……"
最后，他的声音卡在了这个字上。

这一夜的芦湾，无月无星。

天空像一块密不透风的黑布，笼罩着大地。与之相比，人类的灯光是如此渺小，什么都照不清晰。

袁宿站在观星塔的最高层，看着没有星星的夜幕，低叹道："天垂象，见吉凶。但天若不垂象……当如何？"

他负手转身下手，每一步都走得格外凝重。

到得舆前，看见四名蒙纱女郎，目光从她们的眼睛上一一掠过，问道："央央呢？"

央央就是那个声音很好听的女郎。

四人连忙摇头："吾等不知。"

袁宿似想到了什么，垂下眼睛道："罢了。"然后弯腰上舆，回了府邸。

他在芦湾的府邸正是颐殊从前的公主府，颐殊提拔他担任国师后，便将自己从前的宅子赐给了他——这也是证明他是女王入幕之宾的证据之一。

"看，连曾经的公主府都赏给他了，是得多受宠啊。"

对此类言论，袁宿有所耳闻，但从不理会。

他走进卧室——这也是颐殊曾经的闺房。如今里面所有的家具摆设都挪走了，四四方方空空荡荡，只在地上用法器摆了一个阵。

阵就摆在门口的地上，进来时不留意很容易踩到。

法器十分简单，一把木剑，两根红丝，三个铜板，四盏灯。

灯按东南西北四角摆放，红丝对角相连，铜板平放在线上，看起来像个三角形，却是歪的。

袁宿看到三个歪了的铜板，皱了皱眉，然后猛地一扭头，盯着黑暗的角落："出来！"

一个脚步声响起，从角落里走了出来。

那是个面色苍白的年轻人，清瘦的脸上有两个大大的黑眼圈，一副常年缺觉的疲惫模样。

"你来了。"袁宿见是他，便蹲下去将铜板重新归位。年轻人好奇地看着他的举动，道："我摆得不对？明明按你走时的位置摆得一模一样。"

"不一样。"

"哪里不一样？"

"总之不一样……你来做什么？这里已经没有你什么事了，你应该在回燕国的路上。"

年轻人的目光闪烁了一下，突然上前握住他的手道："你跟我一起走吧！"

袁宿再次皱眉。

"大仇马上就能得报，现在正好抽身，你跟我回燕，从此远离这一切。"

袁宿平静地看着他，然后慢慢将手抽了出来："没有亲见如意夫人死，不能算真的报仇。"

"明天她肯定会来芦湾的，没准这会儿已经在了。只要她来，就走不了！"

"我不想当然。我只信自己的眼睛。"

"你疯了？"年轻人怒道，"你要跟着他们一起死吗？"

袁宿不再说话。

年轻人急得跳脚，却又没办法，最后恨恨道："那我也不走了！"

袁宿道："也好。"

"什、什么？"年轻人始料未及，十分错愕。

"你为了我做了那么多叛师之举，就算你师父愚笨没有发觉，但百年之后地下重逢时难免追究。你同我一起殉葬于此，便当是还了他的恩情吧。"

年轻人的脸色变来变去，最后骂了一句："有病！"说罢，头也不回地走了。

袁宿目送着他的背影消失不见，轻轻一笑，不知是嘲笑那人还是嘲笑自己，然后轻轻关上了门。

他在阵法中盘腿坐下，注视着那三个铜板，眼眸沉沉，却又无情无绪。

"最后一夜……"

会出什么变故呢？

然而芦湾城的这一夜，最终还是平静地过去了，并没有发生什么变故。

第二天，太阳早早从海平线上升起，向世人宣告——九月初九，到了。

这一日，芦湾的百姓们全都起了个大早，在宫门外等着看热闹。

最早来的人是杨烁，依旧一人一骑，洒脱得很。昨天他跟他爹的对决早已传遍芦湾，因此见他来到，人群开始起哄，有夸赞的，也有嘘他的。

他毫不在意，双手环胸，任由马儿自行行走。棕马倒也灵秀，认路似的径自走向了皇宫大门，进去了。

紧跟着到的，是风小雅颇具特色的黑色马车——玖仙号沉了，这辆车是由银甲侍女们搭乘另一艘船送来的。

车门依旧紧闭，风小雅依旧吝啬地不让世人看见他的模样。众人只能继续看那些银甲侍女打发时间。

人群开始议论纷纷："薛相就在这辆车里吗？"

"才没有！我邻居家的二婶说，一大早就看见薛采骑着马，到菜市那边喝豆浆去了。"

"什么？他不跟鹤公一起来？"

"小孩子嘛，怕饿，宫里头又规矩多，估计他要吃得饱饱的再来。"

"听说胡老爷不来，是不是真的？"

"听说他今天早上挣扎着想要爬起，被大夫们联手给按住了。"

"他倒还真是人老心不老啊……可惜，没那个命！"

"对了，马公子和周公子到现在也没找到？"

"没呢。马家和周家的人到现在还堵在云府外。也不知云闪闪出不出得来。"

"如此说来，咱们程国自家的候选者就剩杨烁了？"

刚说到这里，一顶青布软轿出现在长街那头，轿子的灯笼上写着"王"字。

"哟，王予恒的伤看样子好了，竟然来了！"

众人起哄："王公子，王公子，露个脸啊！"

轿帘掀起，坐在里面的是个黑瘦精壮的年轻人，眉如刀削唇似剑刻，生得一张天生闲人勿近的脸。他沉默地朝众人抱了抱拳，便又放下了帘子。

"听说王予恒有喜欢的姑娘了，不想娶女王，所以故意找人比武弄伤自己。现在看来还是没拗过他娘。他娘比杨烁的老子有办法。"

"那是，王家男人全都短命，这一代就他一根独苗，王夫人不知多辛苦才把他拉扯大，王公子可是个孝顺孩子……不过你们说说，咱们女王有什么不好？这一个两个的，怎么都推三阻四的？"

"女王确实美颜过人，就是那个，太放纵了些……"

"啐！男人当皇帝三宫六院平常事，女王不过区区几个男宠就被说成放纵，凭什么？"说这话的是个虎背熊腰的妇人。旁边的男人们便就此打住，不再吱声。

幸好这时，万众瞩目的云闪闪出场了，甫一亮相，便吸引了所有人的目光——

只见他坐在一辆巨大的马车上。如果颐非在场的话，就会发现，那原本是他的马车"走屋"，共有二十四对车轮，由二十四匹骏马拉着，极尽招摇。

车身分为两部分，前半部分是平台，台上坐着数位乐师，吹拉弹唱，声势浩大。后半部分车厢的四扇车门全都开着，十六七个身穿黑衣的刀客盘膝而坐，面色严肃。

云闪闪则坐在车顶上，戴着金冠，身穿金袍，被太阳一照，整个人闪闪发亮。

一人捂眼道："我要瞎了！"

众人纷纷跟着别头，不敢直视。

云闪闪却自觉颇是威风，更为得意，频频朝众人招手。快到宫门前时，他忽然一抬手坐了个停止的动作，乐师们立刻停了下来，马车也跟着慢了。

一名刀客将一个箱子提拎着窜上车顶，毕恭毕敬地放在云闪闪身旁。

云闪闪打开箱子，从里面抓出一大把的铜钱，随手那么一撒，顿时引起了一片争抢。

他就那么一边撒钱一边前行，哈哈大笑道："骑大象那老头，看见没？小爷我就是这么有钱！等我当了王夫，我就去你家门前撒钱。就问你服不服——"

"服服服！二公子威武！"百姓们一边捧场一边抢钱。

极尽招摇的云闪闪终于进了宫门。因他而沸腾的街道再次恢复了平静。众人又等了一会儿，薛采还是没有来。

"薛相怎么还不来？时候快到了啊。"

"我刚托人去菜市那边看了，说他还在某家琴行看琴呢。"

"不会吧？这个点了还看琴？他不来吗？"

"谁知道呢？照理说不应该啊，他都来芦湾了……"

就在众人还在宫门外议论薛采来不来时，风小雅已弯腰下了马车，在宫女的引领下进了宴厅。

他一个人进去，银甲少女和孟焦二人全都留在了殿外。

殿内布置得十分奢华，共有八张客榻。东首最末的那张榻上，杨烁歪躺着正在自斟自酌，见他来了，也不起身，只是举了举杯。

风小雅被引到西首第一张榻上，一看案上的菜肴，全是他爱吃的素斋，而旁边配的酒更特别，竟贴着"归来兮"的标签——是秋姜在燕国时的那对所谓父母酿的酒。

酒庐烧毁，酒已没了，也不知颐殊从哪里弄来的这壶酒。而且她此举分明是在告诉他——看，我对你可是知道得很多……

风小雅垂下眼睛，不动声色地提坛给自己倒了一杯，浅呷一口。坦白说他没喝过归来兮的酒，因此也无法分辨真假，只觉入喉辛辣，酒性甚烈。秋姜想必喜欢。

杨烁看着他，忽道："你那什么酒？给我尝点行不？"

风小雅便示意宫女将酒坛拿去。宫女给杨烁倒了一杯，杨烁尝了一口，眼见宫女拿着酒坛要回去，连忙按住："这酒不错啊！肯割爱否？"

风小雅还没回答，云闪闪已大叫着冲了进来："不能给他不能给他！这种奸佞小人有什么资格喝你的酒，给我给我，给小爷我喝。"

他不是自己进来的，手里还拖拽着一人，正是王予恒。王予恒长得那么生人勿近，此刻却被他死死抓着手，一脸生无可恋。

云闪闪冲到杨烁榻前，便要拿那坛酒，杨烁轻轻地一拖一拽，云闪闪尖叫一声，右手无力地垂了下去——脱臼了。

一旁的王予恒皱了皱眉，抬手"咔嚓"一声，给他接上了。

不过一个呼吸之间，云闪闪就痛了个死去活来，粉雕玉琢的脸"唰"地白了。

"你你你……"他怒瞪着杨烁，却再也不敢贸然伸手了。

杨烁举杯朝他微微一笑："先来后到，二公子讲讲道理呀。"

"跟你这种小人有什么道理好讲？"云闪闪输人不输阵，当即扭头对风小雅道，"快，你让他把酒还给你，女王特地为你准备的酒，凭什么白白便宜他？"

风小雅跟这二货处了几天，倒也不反感他这种挑拨离间的作风，便看向杨烁道："酒给你。坛子还我如何？"

杨烁好奇地抓起坛子看了眼："归来兮？好名字。"说着仰脖一口气将里面的酒喝了个精光，然后一掷，酒坛旋转着朝风小雅飞去。

这一掷看似轻描淡写，实则暗含内力，若接不好，必定受伤。

眼看酒坛飞到风小雅面前，他还未动，一道白光从屏风后射来，叮地击中酒坛，去势不歇，擦着风小雅的肩膀飞过去，将酒坛钉在了他身后的墙壁上。

酒坛未碎，白光渐止，却是一杆枪——通体雪白，唯独枪头一点红樱，红得极是耀眼极是美丽的一杆长枪。

云闪闪作为同样用枪之人，怎会认不出此枪。确切来说，整个程国无人不认识此枪。因为这是女王的枪。

颐殊来了！

屏风被宫女们撤走，后面垂着一重金丝纱帘，帘后便是主座，座上勾勒出一具娉婷人身，正是颐殊。

只听颐殊笑道："这酒多的是，不必争抢。"说罢拍一拍手，便有一行宫女抱着酒坛走进殿来，赫然全是"归来兮"。

云闪闪拉着王予恒入座，忙不迭也倒了一杯尝味，一尝之下"噗"地喷了出来，呛个不停："好辣好辣！"当即提筷夹了一大口菜塞入口中，想要止辣。

一旁的王予恒动了动唇，似要拦阻，但没来得及。云闪闪的菜一入口，只觉体内火山迸发，头发全都竖了起来，再看那道菜，上面是片得薄薄的青翠芦笋，底下却铺了厚厚一层芥末。因全是绿色，一眼间没能分辨出。

如此烈酒加芥末，不过又是一个呼吸间，云闪闪就被辣得黯然销魂，原本苍白的脸涨成了粉色。

一旁的宫女忍不住掩唇直笑："听闻云二公子嗜辣，所以为您准备的都是辣的菜呢。"

云闪闪不由得想起当初船上他逼丁三三吃辣的情形，心想莫非这就是传说中的现世报？

就在这时，远处传来了钟声——巳时到了，意味着选夫宴正式开始。

可是看这八张坐榻，还只坐了一半。也不知帘子后的女王如何想，脸色想必很难看。

不过颐殊就算心中不忿，也不会表现出来，她轻笑了一声，道："多谢诸君不远千里而来。朕特地为今日盛宴写了首诗。"说罢拍拍手，两个宫女抬着一幅半人高的丝帛走进来，将上面的字展给四人看。

云闪闪立刻大声地念了起来："一生一代一双人，或得或失或浮生。半醒半梦真人世，孰识孰忘怎销魂。"念完，心里评价：真酸。

女王竟学闺阁女子写春怨般的酸诗，真是要命。

云闪闪其实本来对颐殊印象很好，因为她也使枪。因此哥哥让他参选，他还挺高兴的，毕竟，能娶女王为妻，多有面子！刚才见识了颐殊从屏风后射出的那一枪后，更觉得找到了志同道合之人。直到看见这首诗，一盆冷水泼下来，倒让他这辣得发烫的身体稍稍清醒了些。

他平生最头疼的就是吟诗作对，万一婚后女王天天要跟他对诗，可怎么办？

宫女们上前，竟是给每个人案上摆了一套文房四宝。

云闪闪颤声道："这、这是要我们……续写吗？"

颐殊在帘后轻笑了一声。帘子旁的一位老宫女替她道："陛下想问诸位三个问题。第一个，你此生得到的最好的东西是什么？第二个，你此生失去的最痛苦的东西是什么？第三个，如果可以重活一次，你必定会去做的一件事是什么？请答写在纸上。"

云闪闪顿时松一大口气，不写诗就好。他当即提笔，不假思索地写道："我有一个好哥哥。我没失去过什么东西。重活一次，还像现在这样就挺好，当然我娘再长命些就更好了……"

四位王夫候选者在殿内奋笔疾书之际，另一位王夫候选者在云翔街的万众瞩目下溜达。

此人当然是言出必行的薛采。说不给女王面子就不给女王面子，说出来溜达就出来溜达。

他先去看了眼已经关闭的蔡家铺子，然后到琴行买了一把琴，让老板送去驿站后，又进了一家成衣铺子。他的到来令这些老板受宠若惊，也让他们胆战心惊。

可薛采只是看，看过了就走，素净的小脸上看不出什么表情。

终于人群中有好事的忍不住喊着问了出来："薛相啊，你怎么还不进宫呀？"

薛采扭头看他，那人忙不迭将脖子一缩，藏在了其他人身后。

另一个大婶大着胆子喝道："进什么进？这么小娶妻可是要折寿的！"

薛采似愣了愣，然后羞涩一笑，进了一家茶楼。

"天啊，他居然笑了！好可爱！"

"他居然也能这么可爱？！"

"所以说，毕竟是个孩子嘛……"

茶楼内，薛采走上二楼，将众人的议论声尽数关在了门外。

二楼的巨大包间里，已坐了一个人，正在低头煮茶。茶香四溢、白烟袅袅，衬得此人丰神隽秀，宛若谪仙。

薛采在他面前坐下时，一杯茶正好沏到八分满。他拿起来呷了一口，透过半开的窗户看着楼下仍不肯散去的围观人群，淡淡道："这种时候还与我相见，不怕被人认出来？"

"正是这种时候才要与你相见，失之毫厘谬以千里啊。"

薛采显得有些惊讶："为何这么说？"

"有些事脱离了我们的掌控……又或者说，从一开始就被我们忽略了。"煮茶人说着放下茶盏抬起头，面如美玉历久弥新，正是那位老得很好看的品从目。

巳时钟声响起的时候，皇宫的羽林军正在交接。颐非穿着侍卫服混在人群中，看着领人交接令牌，清点人数，确认无误后换岗。

这一年来，颐殊将羽林军都换得差不多了，老的丑的都不要，因此看上去一水的英俊少年，很是赏心悦目。也因此，大家彼此间都不太认识，更没见过从前的三皇子。

一切都很顺利，没有任何意外变故发生。

唯独迟迟不见云笛赶来，难道是被马家和周家的人给截堵了？

颐非一边想，一边跟着侍卫们进入皇宫，远远看见琼池殿那边张灯结彩，选夫宴就是在那儿办的，也不知风小雅他们进行得如何了。

颐非这一队人负责四处巡逻，他提前算过，半个时辰后正好巡到琼池殿，而午时的钟声也会在那时敲响。

午时一到，立刻逼宫。

芦湾的护卫军共有三支：神骑军、羽林军和锦旗军。神骑军驻扎城外，无召不得随意入城，据他安插在那儿的探子回禀，神骑军目前并无异动，再说，就算有异动，半个时辰也是赶不过来的。而羽林军已被云笛全面管控，只等着钟声敲响。此外，就剩原本叫素旗军，现在改名锦旗军的颐殊私兵了。锦旗军人数不多，只有千余人，当值者不过百人，如今正守在琼池殿外。届时，只要破这百人闯入殿中，并在其他锦旗军赶来支援前解决颐殊，便能锁定大局。

只是，颐殊的布局会在哪里？她既已猜到自己会来，没有道理如此门户大开，不设防备。

颐非忍不住回头望了琼池殿方向一眼，心头划过一股不祥的预感。

"忽略？您是指什么？"薛采见几案上有核桃，便伸手拿了一颗，捏碎，将核桃肉细细地剥离出来，推到品从目面前。

若颐非在这里，看见了肯定会很震惊——薛采竟亲手给人剥核桃！除了已死的姬婴和现在的姜沉鱼皇后，几曾见他这般心甘情愿地服侍人？更何况是服侍一个人贩子头领。

"袁宿称夜观星象有大臣谋逆，闹得朝堂人心惶惶，颐殊却没有真的追究谁。那么，袁宿提那句话的意义何在？此其一。"

薛采沉吟。

"我以不该见你为由试探颐殊，颐殊却显得胸有成竹，丝毫不担心。为什么？若三军皆落入你手，芦湾政局全由你把控，她成了瓮中之鳖，插翅难逃，为何不急？此其二。"

薛采倾耳聆听。

"我告诉她七儿回来了，如意夫人也会回来。按理说她那么恨如意夫人，不可能无动于衷。可这两天，颐殊依然毫无动作。为什么？"

薛采放下茶杯，道："事出反常必有妖。而我们，迄今为止仍未查到袁宿的真实身份。"

品从目听到这里弹了个手指，茶楼的店小二便敲门进来，对他耳语了几句。品从目点头道："直接带到这里来。"

店小二应声而去。

品从目对薛采道："我埋伏在袁宿府外的人，昨夜看见有人偷偷潜入袁宿房间，跟他见了一面后又匆匆离开，去了港口登船离境。我的人在海上追了半天才追上，把他抓回来了。"

"从此人口中可以得知袁宿的秘密？"

"希望如此。"

不多会儿，店小二将人带到。那是个精神萎靡相貌普通的年轻人，被五花大绑堵住了嘴巴。

品从目亲自上前将他口中的布团拿掉，微笑道："我们谈一谈？"

那人目光闪动，沉声道："没什么好谈的，我什么都不知道！"

品从目道："无妨。你只需介绍你自己就可以了。虽然给我几天也能查出来，但你现在说出来，大家都能省点心。"

"我什么都不会说的！"年轻人紧紧闭上了嘴巴，更闭上了眼睛，一副油盐不进的模样。

品从目叹了一口气，正准备弹响指时，一旁的薛采忽然开口道："我知道他是谁了。"

此言一出，不只品从目惊讶，年轻人也一下子睁开了眼睛，愣愣地看着薛采。

薛采朝他笑了一笑："三年前，我出使燕国，除了见燕王外，还在玉京好好游玩了一番。其间去过求鲁馆。"

年轻人的脸顿时一白。

"当时，一向恃才傲物的蛙老，因为听说燕王将他精心雕刻的冰璃送给了我，便一改常态地领着众弟子出来迎接。"

年轻人的脸色更白了。

薛采微微眯眼，做沉思状，唇角的笑意一点点加深："第六排，左数，第七、唔，是第八，第八个弟子，就是你。"

年轻人整个人都开始发抖，而薛采的下句话更是让他一下子跳了起来："蛙老中途叫了你一声，你好像叫……长旗？"

年轻人跳起，就要扑向薛采，品从目的袖子里忽然飞出一物，"啪"地绕在了他的脖子上，那物细而长，正是镶丝。

"别乱动。否则你的脑袋就要掉了。"品从目依旧轻声细语。

孟长旗却已不敢再动，甚至不敢发抖，生怕那比刀刃还要锋利的丝线就此划进皮肉中。他直勾勾地盯着薛采，哑着嗓子道："妖物！"

薛采当年不过六岁，而他也不过是求鲁馆弟子里十分普通的一员，他竟能就此记住他，不是妖物是什么？！

"有了名字，可以去查了。"薛采收起笑容，淡淡道。

品从目打了个响指，交代店小二去查。

孟长旗忽地笑了起来，一边笑一边流泪，模样显得说不出地怪异："晚了。你们现在就算查到什么，也通通晚啦！"

薛采瞥他一眼："小心镶丝。"

这么四个字，顿时让孟长旗止住了所有的声音和表情。

品从目走到窗边往外看，街道依旧热闹，阳光依旧灿烂，除了天气更加炎热了一些外，似乎并无什么奇怪的地方。然而，他突然神色一凛，扭头再看向孟长旗时，显得有些惊悸："炎热本身，就是一种怪异。"

尤其是当它，跟求鲁馆联系在一起时。

琼池殿内，四人的答案都写好了，被宫女收了上去。

帘后的颐殊一张张地翻看，那慢条斯理的动作，勾得云闪闪心里像有只小猫在挠，忍不住问道："陛下，他们都写了些什么啊？"

老宫女笑道："陛下出的题目，答案自然只有陛下能知道。"

云闪闪"噢"了一声，又问道："那陛下，您觉得我写得怎么样啊？"

老宫女又笑了："云二公子别急。少安毋躁。"

云闪闪睁着一双大眼睛，扑闪扑闪地瞅着她，老宫女不禁诧异道："云二公子为何这般看着奴？"

"你这个嬷嬷挺爱笑，跟别人不太一样。以往宫里的嬷嬷，都是不敢笑的。"

此言一出，其他三位候选者的目光竟同时朝那老宫女看了过去。

老宫女面色微变。云闪闪丝毫不知自己说了一句怎样的话，还在盼着女王快点出结果时，一道黑影掠过，竟是坐榻上的风小雅动了。

紧跟着，杨烁也动了。

两人一前一后地掠向金丝纱帘。

老宫女惊呼了一声，没来得及说什么，纱帘已被风小雅一把扯落，主座上的女子惊骇抬头，紧跟着，响起云闪闪更为震惊的声音："你是谁？陛下呢？！"

帘子后坐的根本不是颐殊，而是一个身形跟她很像，且会模仿她说话的宫女。

与此同时，钟声远远地响了起来——"当当当当当当"，六下，午时到了。

羽林军们正好巡逻到琼池殿外，颐非还在思量如何发难，就听殿内传来惊呼声。众人立刻冲了进去。

守护女王的锦旗军们也冲了进去。

一时间，偌大的殿堂被他们塞得满满当当。

"你是谁？！陛下呢？！"云闪闪的这句话，喊出了所有人的心声：颐殊去哪儿了？！

颐非的心沉了下去——这就是颐殊的局吗？女王选夫，但女王本人消失不见，皇宫等同于成了一座空城。包围了空城的羽林军就算再厉害，也没用。

颐非目光一凛，立又判定：不！不只是这样！空城只是第一步。颐殊睚眦必报，其后必有反击。

当炎热跟求鲁馆联系在一起时，薛采和品从目脑海里第一时间跳出的东西是同一个——火药！

燕国为了开运河而在蓝焰的基础上发明了开山用的火药。去年，颐殊更借火药炸毁了螽斯山。那么，皇宫呢？

薛采和品从目对视一眼，彼此知道了答案——颐殊那个疯子，必是做得出炸了皇宫的事的。

薛采跳过去一把揪起孟长旗的衣领，沉声道："火药埋在何处？"

孟长旗咧嘴一笑，并不回答。

薛采眯起眼睛，眼中寒意一闪而过，随即放开他，扭身对品从目道："在左右掖门。"

品从目略一思索，便认同了他的推测："很可能。"

他正要打响指，就听天边响起了两声巨响——来自皇宫的方向。

"月侵太微，南出端门，燕雀惊飞，蜂群迁闹，左右掖门，将有地动。"一时间，整个芦湾的人，都想起了国师袁宿在三天前的预言。

琼池殿内的侍卫们当然也第一时间想到了这个预言，顾不得其他，纷纷又冲出殿门向左右掖门奔去。

人群中的颐非和风小雅对视了一眼，一人选了一个方向。

云闪闪慌忙道："等等我！"当即追上了颐非。

然而，没等他们跑到，左右掖门就同时炸了。

城墙瞬间崩裂，地动山摇间，巨石从天而降，将门砸成了废墟的同时，也形成了一座小山，堵住了出口，火龙熊熊燃烧，吞噬着一切可吞噬之物，并形成了厚厚的火墙，阻挡里面的人逃出去。

偌大的皇宫，在这一刻，彻底变成了一口瓮，一口着火的瓮。

"颐殊舍了皇宫，炸毁左右二门，准备瓮中捉鳖？"薛采站在窗口眺望着皇宫方向，忽又摇头道，"不对！"

"确实不对。"品从目也道，"因为她的敌人不只是颐非，还有如意夫人。"颐非会为了逼宫而在选夫盛宴时进宫，如意夫人却未必。而且，就算炸毁了左右掖门，城墙对会武之人来说也不是什么难事，颐殊有什么把握能够绝对控制皇宫？

一旁的孟长旗什么都没说，只是冷笑，一副"你们尽管猜吧，就算把脑袋想破了也猜不出来"的模样。

薛采看了他一眼，问道："袁宿现在在哪里？"

"在观星塔。"品从目答道。

"这个时候，还在观星塔……"薛采若有所思。

袁宿站在观星塔的最高层，俯瞰着白天的芦湾城。没了灯光后的芦湾，就像失去红目的巨蛇，不再慑人。整整齐齐的屋舍，熙熙攘攘的人群，开阔疏朗的建筑，原始质朴的人文。一代又一代的人在此出生、长大、成亲、生育和老去。周而复始，源源不息。

袁宿想，好多人。

据官府登记，芦湾共有住户一万八千二百人，而外来的客商旅人，更不计其数。也就是说，此时此刻的芦湾城内，少不得有三万人。

三万滴水珠加起来，也足以溺死一个人。

更何况三万条人命。

袁宿想到这里，轻轻地唱起了歌："广开兮天门，纷吾乘兮玄云。令飘风兮先驱，使涷雨兮洒尘。君回翔兮以下，逾空桑兮从女。纷总总兮九州，何寿夭兮在予……"

正当他唱到这里时，一根丝飞了过来，像多情女子的眼波，温柔而不易察觉地缠绕在了他的脖子上。

"芸芸众生闹闹嚷嚷，谁生谁死，都握于君手。而君之命，却在我手。那么这一局，谁赢了？"

伴随着这个声音，一个人缓步走上楼梯，出现在了他身后。

袁宿面不改色地回过身，看着来人，看见她的月白僧袍，看着她的淡淡眉眼，平静地叫出对方的名字："七儿。噢不，该叫如意夫人了。"

来人正是秋姜。

秋姜的手中还牵着那条镔丝，镔丝在袁宿的脖子上被阳光一照，亮闪闪的，显得醒目了许多。

秋姜朝他微微一笑："颐殊现在在哪里？"

袁宿道："你猜。"

"我猜……她恐怕已离开了芦湾。"

袁宿"噢"了一声，既不承认也不否认。

秋姜补充道："整个芦湾都要沉了，她当然要离开芦湾另建都城。"

并不只是炸掉皇宫而已。既然确定颐非和如意夫人于九月初九都会赶来芦湾，那么，何不弃了整个芦湾？只要能杀死这两人，令这座有两百年历史的都城跟城中三万人与之一起殉葬，又如何？

——这便是疯狂的颐殊设计的，真正的局。

"颐殊跟颐非不同。颐非只恨程王，并不恨芦湾，相反，这里是他的故乡，他朝思暮想的都是如何改变这里，让它变成一个令人喜爱的地方。但对颐殊来说，芦湾见证了她屈辱的前半生，很多地方都烙印了她的伤痛，她恨这里。她希望离开这里。或者说，她希望能毁灭这里。"茶楼里，薛采和品从目很快猜到了一些真相，你一言我一语地开始推测。

"所以，炸毁左右掖门，困住皇宫，只是第一步。"

"所有人都知道那个预言。此时此刻，他们的注意力全都在左右掖门的地动上，就会疏忽其他。比如——芦湾的城门，于此刻关闭了。"

昨天还上演了杨回杨烁父子对抗大戏的芦湾城正东门，此刻紧紧关闭。驻守在城外的神骑军们并无异动，因为他们根本不需要动。他们不进城，只是将城门封上，以戒严为由阻止百姓再进城。其他三处城门，皆如是。

芦湾城内，人人涌向左右掖门，忙着救人解困。

宫内，措手不及的羽林军和被作为弃子的锦旗军，正在积极自救，想要脱困。

而离海岸线不远，曾经因为被污染而垫高了的五百亩苜蓿地，突然坍塌。

埋在西南海域下的定灵幡，同时炸裂。海水再次逆流倒灌，以雷霆之势，涌向芦湾。

原本还阳光灿烂的天，瞬间暗了下去。

袁宿脖子上的镔丝也瞬间不再闪光，天边浓云密布，狂风怒号，吹得他和她的衣服头发张牙舞爪地飞起来。

他平静的面容上，终于露出了一丝笑意："开始了。"

秋姜的视线越过他，落到塔下的芦湾城上，皇宫正在起火，阴霾的天色下，巨蛇再次复活，两只红瞳跳跃燃烧，欲将万物吞噬。

"你为何不走？"秋姜忍不住问，"女王值得你为她的疯狂计划殉葬？"

如果颐殊的计划是毁灭整座芦湾，身为她最宠爱的臣子的袁宿，为何此时此刻，仍在城内？当然，他如果也跟着走了，颐非他们必会警觉，就不会按照原计划入宫了。

"陛下以国士待我，我自当誓死相报。你这种人，不会懂。"

秋姜错愕了一下，继而意味深长地眯起了眼睛："我这种人？我是哪种人？"

"你是如意门精心培养出来的怪物，泯灭一切人性，只剩下贪婪、残忍、不择手段……"

秋姜本该生气的，可袁宿每说一点，她的眸色便加深了一分，到得最后，竟是笑了起来，缓缓道："原来……你是在等我。"

袁宿的目光闪动着，忽然别过脸去："没有。"

"你跟我有仇？"

"没有。"

"你不惜帮女王杀三万人，让自己的双手沾满血腥，更在最后时刻非要留在这里亲眼见证一切，是为了我？"

袁宿沉声道："你再废话下去，你的同伙们就真的死定了。"

皇宫还在燃烧，也不知里面的人都怎样了。

但秋姜根本不去看，只是盯着袁宿道："海水倒灌，怎么解决？"

袁宿冷漠道："没有解决之法。"

"任何阵法都有阵眼，毁之即可破阵。"

"就算你破了阵也来不及。借海之势已成，海水正来，已非人力所能阻止。"袁宿说到这里，指向西南方向的城门，依稀可见海啸像个不断膨胀的巨型怪物，一波波地冲过来，每冲一次，身形都变得更加巨大，也能看见乌泱泱的人群像蚂蚁般飞快逃窜。然而他们的速度也像蚂蚁一样慢，迟早会被海啸追上。

不得不说，要想看这出世间极致的惨剧，没有比观星塔更好的地方了。

秋姜将镔丝拉得紧了一些："我再问一遍，阵眼在哪儿？"

袁宿的视线落在镔丝上，凝视着它，像在凝视着一生的挚爱般，目光温柔。再然后，顺着镔丝一点点移动，看向秋姜。

"如意夫人。"他道，"你莫非是想救这三万人吗？你这样的人，竟也会想救人吗？"

秋姜想了想，答道："只有救他们，才能自救。"

"也对。"袁宿点了下头，然后道，"杀了我吧。"

秋姜目光一紧。

袁宿的表情再次恢复成了平静，平静得看不出丝毫波澜："芦湾必沉。而你，必死。"

他是真的想死在我手上，不，或者说，他的目的就是引我来此，亲眼看着跟我一起死。

为什么？

他是谁？为何对我有如此大的恨意？

秋姜的心沉了下去。

"禀先生，城门确实封死了，出不去了！"店小二回来禀报。

品从目皱了下眉。

店小二从怀中取出一本书册道："另外，关于求鲁馆的记录，只有这么多。"

孟长旗盯着这本书册，表情微变。

品从目拿起书册，书皮上写着"求鲁馆"三个字，然后开始翻看。薛采凑过头去看了几眼后，瞥了孟长旗一眼："求鲁馆上次坍塌，看来是你搞的。"

孟长旗一震。

"上面记载，你是李沉引荐给公输蛙的……李沉，这个名字挺耳熟。"薛采沉吟道。

孟长旗的脸无法控制地抽动了起来，心中期盼薛采想不起来，可惜，薛采还是想到了，而且，还很快："啊，是谢柳那个病死的未婚夫。"

品从目从书册中抬眸，盯着孟长旗道："你从求鲁馆盗取火药配方，经由袁宿之手献给女王，好让女王炸了螽斯山？"

薛采看向品从目："炸螽斯山一事不是你和颐殊共同谋划的吗？"

"火药由她解决，颐殊没肯细说。我虽派人暗中留意，但没查到这般精细。"而且当时的他急着去玉京处理另一个奏春计划。

薛采不再细究，继续推测道："经由螽斯山一事后，颐殊对袁宿越发信任，便将今日之局也交给了他布置。"

"所以袁宿早在入城前，其实已跟颐殊相识，聚水阵是他们自导自演，为今日之事埋的伏笔。"

"表面查封温泉，实则继续挖掘。表面填高农田，实则动摇根基。表面设置白幡，实则埋入火药……"薛采握了一下拳，望着窗外还不知大祸已至的人群，眼中明明灭灭，"可恶！"

品从目当机立断道："你速速离开此地！"

"你呢？"

"我还不能走。"

孟长旗突然大笑了起来："走不了了！谁也走不了！你们通通都得死！全跟着我和见见一起埋葬！"

"袁宿真的叫见见？"薛采突然发问。

孟长旗立刻闭上了嘴巴，但是已来不及了，薛采对品从目道："拿李沉家的档籍来。"

"别看了，你快走！骑上我的马，带着你的人，快走！"品从目抓着薛采的手就往外走。

薛采直勾勾地盯着他："你呢？"

"他们时间仓促，一年太短，虽能破坏地脉引来海水，但毕竟不是真的天灾。海水看似汹涌但后继无力，应对得当能有一线生机。"品从目说到这里，看了街外的人潮一眼，微微一笑，"我留在此地，能活一人便活一人。"

这一笑，如明珠美玉，熠熠生辉。

薛采注视着他的脸，忽然想，若公子没有死，想必他老了时，就会是这个人的模样吧。

这个想法让他的心，有了一瞬的柔软，也有了一瞬的改变。他突然止步，反握住品从目的手道："我留下来帮你。"

"别犯傻。"

"你和姬婴都在这里。若公子天上有知，必希望我留下来，帮帮你们。"

"你何时起这般惦念你那个短命公子了？"

薛采的眸光黯然了一下，软弱的情绪有些控制不住，流泻了出来："可能因为在芦湾。"这里的月光讨厌得很。每每照到他，就会让他想起姬婴。

想起姬婴说的"月光之下，应有你牵挂的人"。

想起姬婴说的"大千世界，芸芸众生，总有一个人，对你来说与众不同"。

品从目看着他，忽然伸手摸他的头。

薛采下意识地想要打掉那只手，但最终没有动，任由那只手落在了他的头发上，轻轻地摸了摸。

这是继姬婴死后，第一次，有人摸他的头。

摸一个九岁孩子的头。

皇宫内，装水的水缸很快空了，然而火势未歇，而且随着狂风渐大有越烧越旺之势。

颐非跟着众将士一起救火，眼见着不行了，很多人都疲惫地放弃了。

他看得来气，过去踢了在地上偷懒的云闪闪一脚："起来，继续！"

云闪闪委屈道："还继续什么呀？水都没了！没水怎么救火啊？"

旁边另一个偷懒的士兵附和道："要我说还是烧吧，烧完了大家也就能出去了。幸好皇宫地大，空旷的地方多，咱们挤一挤，应该烧不着人。"

"对对对，屋子烧完了也就好了。"

"看这狂风大作的，没准等会儿会下雨，下雨了也就不烧了……"

眼看大家七嘴八舌越说越颓，颐非暗叹了口气，转身去找羽林军的统领："云笛为何还没出现？"

云闪闪一听，表情顿变，连忙爬起来凑上前去。

羽林军统领不耐烦道："谁知道呢！没准跟女王一起走了呗。"

颐非心中"咯噔"了一下——很多没有想起来的细节，在这一瞬串联：为什么马家和周家天天追着云笛要儿子？消息是怎么泄露的？为什么马家和周家频频闹到颐非面前，颐殊却不处置？为什么今日云笛迟迟不出现？

这一切，都是他和颐殊商量好的！

他故意放出消息让马家和周家肯定儿子在他手上，然后教唆两家人到他府前闹事，制造他被逼得无法外出之相。其实暗中筹备，表面上把羽林军的一部分兵力交给了颐非，其实带着真正的大军跟颐殊一起离开了。

当颐非以为借助他的帮助顺利入宫时，其实是踏进了他跟颐殊设置好的陷阱，将他明确地留在了宫里！

为什么云笛非要云闪闪参加王夫选拔？

为了让颐非安心——你看，届时我弟弟也会跟你一起进宫，所以放心。

为什么云笛要处处纵容云闪闪？

为了让颐非认为他很宠爱这个弟弟。我就算不救你也会救我弟弟，怎么可能牺牲他？

可事实的真相是：云闪闪只是云笛的弃子。

可以背叛第一次的人，就能背叛第二次、第三次……而云笛始终效忠的对象只有一个：颐殊。

颐非注视着站在他身旁的云闪闪，云闪闪果然不信，怒斥该头领道："胡说八道！我哥才不会丢下我！"

颐非心中暗叹口气，望着眼前熊熊燃烧的大火，心头一片发寒。半晌后，他自嘲地笑了起来——

罢了，技不如人，输得心服口服。

可是，输不意味着死。想要我死，没这么容易，颐殊。

颐非想到这里，一个纵跃，飞身朝某处跑了过去。

品从目的手按在薛采的头发上，眼神中有很浓的慈爱，很淡的悲伤。

再然后，薛采的身体忽然软了。

品从目顺势接住了软软的他。薛采睁着一双大眼睛不敢置信地看着他，但也只来得及看一眼，便合上眼睛晕了过去。

巴掌大的脸，一旦闭上眼睛，收敛了所有超出年纪的东西后，便成了一张真正的孩童的脸。

品从目注视着怀中的孩子，勾唇笑了一笑："你的未来还长着呢，赌在这里不值得。"

他打了个响指，立刻有四名金门死士出现："护送他走。他能活，你们，便也能活。"

死士们彼此对视了一眼，齐齐跪下磕了个头，便背着薛采飞速而去。

品从目又打了个响指，更多黑衣的金门死士出现了。他环视着这些久经训练但始终活在暗幕中的年轻人，笑了笑："你们曾经接受过很多任务，杀人害人坑人骗人……今天，要不要跟我一起——试试救人？"

这时，第一重海浪冲垮一切阻碍，终于冲到了西城门前，"砰"一声撞上十余丈高的城墙，为这个尚在为左右掖门起火而震惊的都城，再添惊雷。

颐非掠进了琼池殿中。

此时此刻，殿内空无一人，只有被撕毁了一半的金丝纱帘随风不停摆动，慌乱无助地等待着最终被火势吞噬的命运。

颐非冲到主座的凤榻前，在上面摸索着，突摸到一物，按下去。

只听"咔咔"几声，北墙上出现了一道暗门。

颐非的心稍稍一稳——这是当年父王在宫中修建的众多密道之一，用以跟如意门的人私下见面。他正好知道其中几条。之前确定颐殊将选夫宴定在此地时，他就想到了这里有条密道，是通往凝曙宫的——而凝曙宫，正是颐殊当公主时在宫里的住处。

今日看来，颐殊其实出现过，比如她扔出来的那一枪——那枪法，绝非替身所能完成。只不过她扔完枪后，便由此密道离开了。那么，她又是如何离开皇宫的呢？跟着密道走，应能有所发现。

颐非正要进密道，脚上踩到一张纸，左下角署名"风小雅"。他愣了愣，抬脚拿起来一看，发现上面写着三句话——

"此生所得者众，吾父为最。"

"此生所失者众，吾妻为最。"

"若此生重来，盼父非父，妻非妻，相忘江湖，安乐长宁。"

颐非挑了挑眉，倒也没扔，随手揣入怀中，然后弯腰进了密道。就在这时，殿外冲进一人，竟是云闪闪。

云闪闪见他进了密道，连忙也跟上前道："等等我！"

颐非定定地看了他一眼，一瞬间，闪过无数个杀了算了的念头。但看见对方惊慌失措楚楚可怜的眼睛，最终叹了口气，道："跟紧了。"

密道很长，地上本积着厚厚一层灰。颐殊大概没想到，在宫中一团混乱之际，还有人能找到这条密道，追寻她的踪迹，因此大咧咧地任由脚印留着没有遮掩。

一开始只有她一个人的，到了半途某个拐弯处时，跟另一对脚印会合了。

云闪闪盯着新脚印，颤声道："这是我哥的脚印……"

颐非挑眉道："你确定？"

"我哥跟我穿的鞋子一样，而且都是七寸七的脚，你看。"云闪闪抬起自己的鞋底给颐非看，果然纹路一模一样。

颐非当即按着脚印前行。

云闪闪含泪道："我哥真的跟女王走了，把我一个人留在宫里头……"

"闭嘴。"

云闪闪瑟缩了一下，只好不说话了。

地上两串脚印一前一后飞快前行，最终停在一道分支处。

颐非试了试，没能找到机关，正在焦灼时，想起了腰间的薄幸剑，当即拔了出来。石壁如豆腐般被剑割出一个四方形，再抬脚一踹，立刻碎裂，露出了石壁那头的房间。

颐非和云闪闪爬了出去，外面却不是凝曙宫，而是净房，用来存放马桶的。

云闪闪立刻嫌弃地捂住鼻子："臭死了臭死了！"

颐非看了一圈，叹服道："真豁得出去啊，颐殊。"

"什么意思？"

"宫里马桶收拾完后，由粪车统一将便溺之物拉去城外处理。而颐殊跟你哥，就是借此神不知鬼不觉地离开皇宫的。"

"什么？！你说我哥藏在粪车里？！"

颐非没理他，径自走出小屋，看见火势已经快要蔓延过来，人都逃光了。

看看一侧巨高的围墙，再看看那些堆放在院中几百个之多的马桶，颐非喃喃了一句："女王都能借粪车而逃，我借个粪桶逃也不算什么了。"说着，一脚一个马桶地朝围墙踢过去，如此一个个叠在一起，堆成了一个摇摇晃晃的桶梯。

"你在做什么呀？"

颐非冷冷道："少废话，不想死跟上！"当即冲刺，踩着马桶"噔噔噔"跃上围墙。云闪闪无奈地跟上，刚要翻墙跳落，就看见外面黑漆漆的数排弓箭，齐刷刷地对准了他二人。

颐非一惊。没想到都这种时候了，云笛还留了一手，竟安排了一队羽林军弓箭手在此埋伏。

眼看就要被射成刺猬，颐非连忙往云闪闪身后一躲道："云笛之弟云闪闪云二公子在此！尔等还不住手？！"

云闪闪也连忙叫道："住手住手！咱们是一家啊！"

一名领头的弓箭手冷冷道："我们奉将军之命守在这里，谁出来都不可放过。"停一停，加了一句，"包括云二公子。"

云闪闪睁着一双大眼睛，顿时蒙了。

颐非一看他那样子就知道云二的身份派不上用场了，当即佯怒道："岂有此理！左右掖门都炸了，宫里到处都在着火，你们不去救火就算了，还要落井下石不让人逃？"

弓箭手们面面相觑。他们自然也听到了巨响声，可领头的不许他们妄动，所以一个个憋屈地在这儿等了许久，不知要等到什么时候，本就一个个满腹狐疑，如今再被颐非一说，顿时动摇了。

"你就是领头的？来来来，我也是羽林军的，有令牌，看看咱俩谁官大……"颐非一边说着一边从怀里摸出一物，朝领头的弓箭手走了过去，哥俩好般搭上那人的肩。

那人的注意力全在他掏出来的东西上，也没有拒绝。可下一瞬，他看清了颐非手里的东西，根本不是令牌，而是一张纸，刚要说话，就发现自己的身体不能动弹了，紧跟着两眼一翻晕了过去。

"看到了吧？我比你官大，你得听我的老弟！现在赶紧救火，那可是大功劳，等什么啊！"颐非继续半搂半推着领头之人往前走。

其他弓箭手见状，也纷纷放下了弓箭，再一听救火什么的，立刻开始行动了。

唯独云闪闪依旧失魂落魄地坐在墙头，依旧沉浸在云笛要杀他的震惊中。

颐非叫了他几声，见他没反应便算了，挟持着领头之人往前走，正琢磨着怎么找个机会把他扔了闪人时，就听一个弓箭手放声尖叫了起来。

颐非回过头，看见远处天边，涌起了一道海浪。

一时间，还以为自己的眼睛看错了。

皇城之内怎么可能看到海浪呢？虽从舆图上看芦湾临海，可放之于现实，城墙距离最近的大海也有几十里地啊！

紧跟着，那浪打过来，吞噬了一排房屋。而在那道浪后，还有一层层、无穷尽的滔天大浪。

矮小的房屋、牲畜、围栏被瞬间冲垮，像无根的浮萍般漂移。

颐非在一瞬间想透了颐殊的局——

颐殊，要让整个芦湾，跟他一起死。

白雾如烟。

薛采想，噢，又是芦湾。

只有芦湾的早晨才有这种大雾。他曾在大雾的公主府里看过一株曼殊沙华花，然后有个人走过来问他："这是什么花？"

他心中升起某种柔软的情绪，准备耐心地好好跟人解释一番。但当他刚要开口时，心中突然一个"咯噔"，警醒过来——那事已经发生过了。已经发生过的事情不可能再发生一次。所以，现在是……梦境？

当他想到这一点的时候，他便醒了。

他睁开眼睛，发现自己在一人的背上。

同行者共四人，一人背着他，三人分三个方向保护着他。

薛采的目光在他们的衣服上停了一下——如意门的金门弟子。

薛采开口道："停。"

四人没有停。背着他的那人道："先生吩咐，必须送你到安全的地方！"

"你们知道哪里安全？"

四人的脚步呆滞了一下，背着他的那人道："往凤县跑总没错的。"凤县在芦湾的西边，四周皆山，确实安全。

然而，薛采摇了摇头道："现在的程国，最安全的地方只有一个——颐殊所在之处。"而想彻底解决眼前的一切，也只有一个办法——擒住颐殊。

谁知道她后面还有没有更疯狂的计划，毕竟此人疯起来连皇都都可以不要，没准会连程国都不要，全给炸沉了——虽然实际操作上很难。可薛采没有忘记，袁宿还在程国各地罩了五个诡异的罩子。

颐殊已经证明了她的所有举动都是有计划的。那五个罩子，必定也有用途。

金门弟子们为难道："我们并不知道女王现在何处。"

"我知道。"薛采从那人的背上跳下来，冷笑道，"如此大戏，她怎么舍得不亲眼看？所以，她现在肯定在一个很高的、可以看到整个芦湾沉没的地方。"

他走了几步，伸手指向某处："就是那里。"

芦湾城南十余里处有一雀来山，山上有一个废弃的古塔，据说是多年前的一个雷雨天里被雷给劈了，僧侣也死了，后来的人们嫌弃山高路远修复困难，就任之荒芜，久而久之，罕有人至。

而此刻，焦黑的残楼顶上，坐着一人，站着一人。

坐着的那人在一边喝酒一边望着远处的芦湾。站着的那个警戒四周，偶尔为她倒酒。

坐着的自然是颐殊，站着的正是云笛。

"好哥哥，别紧张，坐。此处如此高，任谁来了都能第一眼看见。"颐殊笑着拍了拍身旁的空地。

云笛摇头，注视着芦湾城的方向没有说话。从这里看，芦湾城宛如一张宣纸，被水快速渗透，变得模糊。

"你可后悔了？毕竟你的弟弟……"

云笛轻笑着打断她："为女王誓死不悔。倒是女王，后悔吗？"

颐殊大笑："我这一生，在外人看来要后悔的事实在太多了，可他们不知，我只觉得快活！如此畅快淋漓疯癫一场，当世能有几人可领略，可实现，可承受？只有朕！"说到后来，她豪情顿生地站了起来，对着天地举杯道，"只有朕！纣王不过炮烙，卫宣公不过纵淫，秦始皇不过坑儒，刘子业不过杀宗亲……而朕，把他们做过的全做了，他们没做的，朕也做了。引海灌，沉帝都，杀三万人，淹十万田。暴乎？虐乎？无德乎？又如何——"

海风怒吼，卷起千堆雪，咆哮如天怒。

而她迎风而立，笑看苍生覆灭，无动于衷。

云笛在一旁看着看着，不禁有些恍惚，有些惶恐，却又难以抑制地兴奋。他突然上前搂住颐殊的腰，深深地吻了下去。

颐殊眼中有一瞬的戾色，手却自然而然地反搂住他的脖子，轻笑道："好哥哥，你想做什么？"

云笛在她耳边低声说了句什么，颐殊笑得越发妩媚了起来："也是。如此千载难逢的时刻……"声到最后，渐不可闻。

与此同时，海啸冲垮堤岸良田官道城墙，疯狂地涌入城中……

好好的街道中间，出现裂缝，人们一开始还能指着裂缝惊呼，待得裂缝越来越大，好几人掉进去后，才想起逃离。

在矮地的人往高处逃，可高处的楼都在摇摆。

富贵人家套了马车，刚驰出院门，渗水泥化的地面就将车轮吃了进去，再也动不了。

人们慌乱地抓住各种能抓之物，期待这种晃动能够停止，却不知再远一点的西南城墙方向，潮水已来……

颐非站在宫墙前，愣愣地望着眼前的一切，不知为何，想起了他重复过无数次的那个噩梦。梦境里，他对母亲承诺，迟早有一天，能接她上岸。

而如今，梦境极具讽刺地在现实中实现了。

可当这一幕真实地发生在眼前时，就像一只手擦去了镜子上的雾气，让他终于看见了自己的真心。

故土如心，怎舍其灭，百姓如子，怎忍其死？

颐非紧咬牙关，突地扭身冲过去将被他扔在一旁的弓箭手首领拍醒："醒醒！醒醒！"

那人迷迷糊糊醒来，尚不知发生了何事。

"叫上你的兄弟们，跟我走！"

"凭什么？"

颐非指着眼前地动楼摇的景象，一把扯去了假胡子等伪装，露出本来面目道："凭这大难临头。凭我姓程。凭我……是颐非！"

首领看着他的脸，眼神由茫然转为惊讶，再转为更大的惊恐。

而云闪闪依旧坐在宫墙上，注视着眼前的一切，一向喜怒分明的脸上失去了所有的表情。

在场众人都在逃命奔波惶恐。

他却连惶恐也感觉不到。不动，不躲，不说话。

没有人理会他。

没有人看他。

他在被云笛放弃、被整个世界放弃后，自己把自己放弃了。

秋姜盯着袁宿，确信自己从未见过此人，但时间已经不容多想，她决定快刀斩乱麻。

"你看这个。"手腕轻转间，她手指里多了一颗药丸，朱红如血，"知道这是什么吗？"

袁宿皱了皱眉。

"这是诛心丸。百杀之中诛心为最。吃了这颗药，你会想起生平最不愿想起的记忆，重复人生中最痛苦的经历，你的心会一直一直疼痛……"

袁宿打断她："无妨。"

秋姜一噎。

袁宿看了眼下方城中肆虐前进的海水，看上去速度不快，但所到之处，吞噬万物。"半个时辰，海水就会淹到这里，到时候你我都会死。就算你想凌虐我，也最多半个时辰的时间。"

秋姜叹口气，将药丸放回怀中，再伸出手指时，里面变成了一颗碧绿色的药："罢了。既然要一起死，那么临死前就做点快乐的事情吧。"

袁宿看着这颗药，表情终于变了。

这回轮到秋姜笑："你认识这个的，对吧？这是特地为你的好女王炼制的销魂丹，催情用的。你的好女王以国士待你，想必没邀你同享过。来来来，将死之前狂欢一番，咱俩也算一睡泯恩仇，如何？"

袁宿睁大了眼睛，他很想继续保持镇定，可是那颗药离他的嘴巴越来越近，他再也控制不住地颤抖了起来："无、无耻！"

"你早就知道我是这种人了。"秋姜说着抓住他的下颌，手指一捏，袁宿的嘴巴不由自主地打开了，药丸滑入喉中，他几乎魂飞魄散。

秋姜松开手，看着面无血色的袁宿，眨了眨眼睛："袁郎，你喜欢怎么玩？"

袁宿悸颤地盯着她，眼中浮起了一层水光。

秋姜笑着伸出手去解他的衣袍，袁宿终于崩溃，颤声道："谢……见。"

"什么？"秋姜的动作没有停，转眼间灵巧地脱去了他的外袍。

"我是谢见！"

秋姜的手指终于停住了，她抬起头，直勾勾地盯着对方的眼睛，半晌后，跟跄着后退了半步。

袁宿的目光落在脖子上的镔丝上，低声道："十二年前，你假扮谢柳，从我家骗走了镔的配方，五年后，借出嫁假死。父亲以为你真的死了，听到消息呕血暴毙。母亲被族人逼问配方下落。她交不出来，自尽谢罪。我七岁，被族人扫地出门，乞讨为生。我本以为一切都只是命不好。直到有一天，我在路上见到你。"

秋姜又踉跄地后退了半步。

"你变化很大，但我还是认出了你，可我不敢相信。我远远地试图跟着你，但被人拦住了。那人告诉我，你的一切都是假的。你是如意门精心为我谢家准备的一颗毒药，毒得我们家破人亡，失去所有。"

秋姜沉默地听着，素白的脸上没有任何表情。

"那个人对我说，想报仇的话，就得好好地活下去。只有活得比你更久，走得比你更高，才有机会扳倒你。"

秋姜沉声道："那个人是谁？"

"你已经杀了那个人了。噢不，是原来的如意夫人杀了她。"

"红玉？"

"她告诉我，她叫玛瑙。"

秋姜长长地叹了口气。她想起了红玉临死前的话，那句"源源不断的敌人来找你报仇"原来不是无的放矢，在这里等着呢。

"你怎么知道沈玛瑙死了？"

"你以为女王想要在程境内找一个人，又有品从目做帮手，会找不到？"

"也就是说……"

"我当然知道老如意夫人在哪里，也知道她苟延残喘不敢出来，我留着她，就是为了等你。虽然很多人都说你已经死了。可是，我不信。你，怎么可能不死在我的手里？"狂风吹拂着袁宿的脸，那沉静的眉眼已经找不出昔日谢家小公子谢见的模样。

而且秋姜假扮谢柳时，跟这位弟弟并不亲近，因此时隔多年再见，未能认出。

可对她而言的一场游戏，却是他一生惊天动地的转折。

袁宿盯着她，一字一字道："拿了别人的东西，是要还的。如意夫人。而今日芦湾之难，三万人之死，不是女王的过错，是你们！是你们如意门的……罪孽！"

一滴眼泪滑出秋姜的左眼，很快被风吹走。

她心中淡淡地想：我果然连哭的资格都没有。

芦湾城内人仰马翻，人人都跟没头苍蝇似的。只知地动厉害，不知另一头漫天海水已来。

大家有的开始逃，有的还在家中收拾被震得遍地狼藉的物件。

直到门外羽林军策马而过，高呼道："海啸来了！往高处逃！往东城门逃！"

逃乱又是一番景象。

有站在自家楼上惊呼："哇，哇！厉害啊！"

有背着自家老母艰难地行走在泥路上，被母亲哭求："放我下去，儿啊你自己逃吧，求求你了！"

有将孩子放在木桶里一边包裹一边哭泣的。

更多跟跟跄跄搀扶前行的……

"逃！往高处逃！往东城门逃！"这成了他们唯一的指望。

可是，当一些人好不容易来到东城门时，发现城门被从外锁死了！

慌乱中，无数人被踩死踩伤。大家拼命撞击城门，想要逃出去，可是沉达千斤的城门纹丝不动。

就在这时，一队羽林军飞奔而来，高声喊道："让开，让我们来！"

百姓们越发慌乱，像锅沸腾的稀粥根本让不出完整的通道来。

领头的颐非从马上跳起，手里抓着一面巨大的旗帜，踩着众人的头飞奔过去，在东城门前将旗帜迎风展开，上面金丝绣成的蛇形图腾在如此暗淡的天气里仍闪闪发光："废物！一群废物！不就是水吗？我们是什么？我们是蛟龙之国！每个人都会游泳！能坐船！世世代代不知经历过多少海啸风暴。不就是海水倒灌，你们怕什么？慌什么？！"

众人先被旗子一晃，再被颐非一吼，顿时安静了下来。

"想死的尽管继续，不想死的听我号令！"

"你谁呀？"人群中有人喊道。

颐非目光如箭，顿时射在了他脸上，他什么也没说，只是从脖子里拉出了一根链子，链子上的比翼鸟虽然小巧，却比旗子上的金丝图腾更耀眼炫目。

离得近的人们看得很是清楚，一个汉子顿时惊呼出声来："蛮蛮！他、他是三殿下！"

"真的是三殿下！三殿下回来了！三殿下回来了！"

"三殿下回来了——"

惊喜的欢呼一声接一声地传了出去，更有人已经开始屈膝下跪。

程三皇子离境不过一年。一年时间不算久，起码，芦湾的百姓们还没有完全忘记他。起码，在这危难时刻，当他再次出现在众人面前时，象征的不是灾难，而是力量——是名为希望的光。

品从目将一个老人扶上藏书楼的顶楼。这是三条街内最高的一栋楼，高达四层，占地宽广，如今已容纳了二百余人。

老人含泪看着他："我已老了，把位置让给那些孩子吧。"

"他们会来，你也得留。"

"可这里就能保证一定安全吗？"

"不能。但是，这里是你目前所能抵达的最安全的地方。"他将老人交给一个金门弟子，转身继续下楼。

金门弟子急声道："先生，您还要下去？"

品从目回头朝他安慰一笑，然后挥挥袖子，飘然下楼去了。

被他扶上楼的老人忍不住问金门弟子："请问，那位老先生高寿？"

"先生今年七十二岁。"

"比我还小十岁！"老人久久震撼。

除了藏书楼，城中的高楼还有十余处，人们在金门弟子引领下纷纷前往避难。

东城门处，颐非带领羽林军和百姓一起拆了某栋酒楼的柱子，然后抬着柱子开始撞击城门。

偌大的芦湾城，在灾难面前度过最初的慌乱后，开始显露出不屈的一面来。

而这时的雀来山上，云雨正浓。

颐殊忽意识到某种不对劲，伸手推云笛："等等！"

云笛没有理会。

颐殊急了，刚要说什么，就看见一把剑横架在了云笛的脖子上。与此同时，一滴冷汗从他额头滴下来，落在她的胸脯上。

"别动。"一个声音如是道。

云笛虽然没有转身，但也听出了声音的主人，越发惊悸。

而颐殊则通过他的肩膀，看到了来人——来人一共五个，持剑之人她认得，是品从目身边的一名金门死士。说话之人站得稍远些，身形也最矮小，却比其他四人可怕一千倍一万倍。

因为，此人是薛采。

颐殊又急又气，当即去推云笛，云笛脖子上的剑立刻紧了一分。薛采道："我说了，别动。"

颐殊冷笑道："你一毛都没长齐的小孩子，竟有看活春宫的嗜好？"

"若非你们荒淫至此，怎会连我上山都不知道？"薛采说着笑了笑，"你们的人守在山下，频频示警，可惜你们什么都没听见。"

颐殊盯着薛采的笑脸，只觉这真是世上最可恶的一张脸："你是怎么从芦湾逃出来的？"

"这正是我要告诉陛下的——我都能出来，更何况颐非他们。所以，你的计划已经破灭了。"

颐殊死死地咬住下唇，气得整个人都在哆嗦。

"你原本接下去还想做的那些丧尽天良的事，就此打住吧。"

颐殊冷冷道："你知道我还有什么后招？"

薛采看了眼山下的情形，眼中哀色一闪即过，声音却越发舒缓："海水倒灌固然可怕，但总有那么几栋楼比较结实比较高，能熬过去。待在那些楼上的人等海水退去后，就能获救。所以，你的计划远不止引来海水。你锁死城门，挖空城下，还在其他地方盖了五个罩子，为的就是把整个芦湾从岛上分离开来，让它彻底沉没。对吗？"

颐殊脸上露出刺痛之色。

"现在，你要杀的人已经不在城里了。芦湾可以不必沉了。"

颐殊听到这里，目光一闪，却笑了："真的吗？"

薛采心中一"咯噔"。

"若颐非和如意夫人真的已不在城里了，出现在此地的人，就不是你，而是他们了。"

薛采冷冷道："他们另有事做。"

"能有什么事比抓我更重要？我可比你更了解我的好三哥。"颐殊观察着薛采的表情，哧哧地笑了起来，"其实我也比你想象的更了解你。你啊，不过是个虚张声势的小家伙。你现在心里其实乱极了，慌极了。但你不敢显露出来，因为你还指着翻盘。可是薛采，我告诉你，今日芦湾必沉。你，改变不了任何事情，也救不了任何人！"

薛采的眼眸一下子沉了下去。

观星塔上，袁宿盯着秋姜，看着她面无血色的模样，只觉心头一阵快活。他常年压抑，喜怒皆不敢形于色，为的就是这一天。

家破人亡的记忆，颠沛流离的过去，被背叛和谎言毁了的人生，都在这一刻，得到了释放。

"你不是心心念念要当如意夫人吗？为了当上如意夫人你做了那么多错事，毁了那么多人，造了那么多罪孽，今日，就是你偿还之时！"

秋姜的手慢慢地攥紧，再缓缓地松开，最后猛地一拽。袁宿顿觉那根镔丝嵌入了他的脖子里，血立刻流淌了下来。

"我不杀贱民。"秋姜冷冷道，"但是幸好，你现在是个国师！"

袁宿却大笑起来，笑得镔丝又往皮肉里嵌入了几分："听玛瑙说你虽恶贯满盈，但手上并没有直接沾过人血。我便想，迟早有一日要你破戒。你习惯于杀人诛心。可今日，你诛不了我的心，你只能沾血。"

秋姜大怒，当即将镔丝又拉紧了几分，袁宿顿时说不出话来，连笑也笑不出来了。他像上岸的鱼般剧烈地喘息着，脖子处的血源源不断地流下来，眼看就要死在她手里……

就在这时，一双手伸过来，按住了秋姜的手。

紧跟着，黑白二色撞入视线。

黑的衣服，白的人。

秋姜定定地看着此人，听他开口说："不要杀人。"

这是时隔五年后，风小雅再次对她说这句话。

"咚"的一声，柱子第几百次撞上城门时，外面钉死在门上的铁片终于崩裂，"咔咔"几声扭曲着从门上弹落。

人们顿时发出欢呼声。

衣衫已被汗水浸湿的颐非看着裂出一道缝的城门，抹去脸上不知是汗水还是泪水的水痕，将插在一旁的旗帜再次拔起，指向门外："冲——"

"冲啊——"人们咆哮着朝城门撞过去，十余丈高的城门被撞开，露出生路。

薛采闭了闭眼睛，再睁开时，低声道："我错了。"

颐殊嗤笑了一声，刚要说话，薛采看了她一眼，这一眼令她心头莫名地涌起一股寒意来。

——那是一个猎人，看着猎物的眼神。

"我确实错了。从现在起，你不是程国的女王了。"

颐殊惊道："你说什么？！"

"把他们两个都抓起来，不许穿衣。拿我的手令调动各州兵力，速度赶来赈灾救人！"

"你说什么？！他们怎么可能听你的？"

"他们不必听我的，只需——"薛采说着从旁边散落的衣物上摸出一物，正是程国的玉玺，"听它的。"

颐殊尖叫一声，不顾自己赤身裸体就要朝薛采扑去，却被金门死士中途拦截，说捆就捆，竟是毫不怜香惜玉。

颐殊看向一旁呆呆的云笛，骂道："你是死人吗？平时那般警戒，这会儿是死了吗？"

"我、我这不是没、没穿……"云笛十分尴尬，声音越说越低，可说到一半，突然发难，根本不顾剑锋在脖子上划出了不浅的伤口，跳到薛采跟前，伸手就去抢玉玺。

薛采跟他对了一掌，整个人顿时横飞出去——他虽武功不错，但跟程国第一大将相比还是差了许多。

云笛顺手一抄，将玉玺抢到手中。

已被捆住的颐殊顿时大喜："做得好！杀了薛采！"

金门死士上前将云笛围住，云笛以一敌四，竟是打了个势均力敌。

薛采从地上几个翻滚，回到了颐殊身边，一把掐住她的喉咙。云笛的动作顿时一僵。

"把玉玺给我！"

颐殊嘶声道："不许……"话没说完，薛采一掐，她便发不出声音了。

"我数三。不想你的女王死，就把玉玺扔过来。一！"

云笛满脸纠结。

"二！"

颐殊拼命用眼神示意他不许给。

云笛举起了玉玺："放开女王，不然我砸碎玉玺，看你拿什么号令程国！"

薛采微微眯眼，突然抓着颐殊的耳环狠狠往下一扯。颐殊发出撕心裂肺的一声尖叫，一只耳朵竟活生生地被他扯下了。

薛采冷冷道："不要威胁我。我一生气，她就少一样东西。"

云笛大惊，看着颐殊血肉模糊的左耳，手指一松，玉玺坠地。眼看就要砸碎，一名死士飞扑过去将之抱在怀中。

颐殊睁大了眼睛，从剧痛中回过神来，颤声道："我、我的耳朵……"

"三万条人命，杀你三万次都不过分。这只是开始。"薛采将耳朵扔到她面前的地上。颐殊亲眼看见自己的左耳和耳环，再次尖叫，然后两眼一翻，晕了过去。

而死士们更将放弃抵抗的云笛擒住，同样捆了起来。

云笛望着地上的那只耳朵，没有跟颐殊一般晕厥，而是抬头盯着薛采，沉声道："今日一耳，他日必要你全身来抵！"

薛采勾了勾唇："尽管来。"

"不要杀人。"风小雅牵住秋姜的手，轻声道，"你是为救人而来。"

秋姜的唇动了动，又一滴眼泪滑落。这次，没等风吹干，风小雅伸出拇指，替她擦去了。"也没到该哭的时候。"

他将视线转向袁宿，道："阵眼在南沿，对吗？"

袁宿面色微变。

"你在芦湾城中以查封温泉为由，封锁了六十六个浴场。每个下面都埋入机关，联成全阵，只等大水来时，同时启动。"风小雅说着，走到一旁的舆图前，手指从六十六个方位上扫过，最后划向五个罩子，"这个所谓的五星阵只是障眼法，里面真正有用处的只有这里。"他所指的正是南沿城城中那个。

"此处为阵眼，机关在此启动，六十六个浴场同时崩塌，连带着南沿一起从舆图上消失。"风小雅一边说着，一边将芦湾和南沿从整块舆图上掰了下来，与其他的区域断离。

袁宿的身体不受控制地抖了起来。

"这恐怕不是女王要求的，而是你的私心。你恨南沿的谢家族人落井下石，欺凌你们母子，所以要连他们一起弄死。"风小雅说到这儿，将芦湾和南沿两处的木板托在手上，对秋姜微微一笑，"你精通阵法，当知所谓死路有时候就是退路。"

秋姜的眼睛开始发亮："只要能保住南沿，芦湾便可不沉！"

风小雅点了点头。

袁宿再也忍不住，厉声道："不是的！根本不在那里！你们没有生路，你们必须死！必须死——"

秋姜将他绑在了观星塔的栏杆柱子上："你不是觉得痛快吗？那你就在这里继续看着，看你的狗屁计划怎么失败，看老天会不会站在你那边！当然，老天要真沉了芦湾，你也跟着一起死吧！"

秋姜想了想，狠狠踹了他几脚，这才扭身下楼。

风小雅看着她踹袁宿，不由得笑了，但见她要走，于是连忙跟上："我跟你一起去。"

秋姜停步，回眸看着他，欲言又止。

风小雅的脚步便也停下了，目光闪动，最后笑了一笑："好的，我不跟你去。你……万事小心。"

秋姜心口发闷，不得不深吸口气，才能点点头继续下楼。

等她走出塔时，忍不住抬头回望，见风小雅就站在袁宿身旁，黑衣翻飞，明眸如星。

那星光，如影随形，一直照耀着她。

他见她抬头，便朝她拱了拱手。

秋姜没说什么，这一次，真的走了。

而她刚走，风小雅便以袖捂唇，咳了起来，咳得上气不接下气。

袁宿有些惊讶地看着他，问："你就是风小雅？"

"嗯。"风小雅不得不在他身旁坐了下来，开始运功。他之前为了逃出皇宫，耗费了巨多内力，又隐约猜出袁宿会在这里，匆匆赶到此处，没想到会再遇秋姜。之前绷着一口气没太感觉到，此刻秋姜走了，那口气松了，七股内力又开始作妖。

袁宿满脸不解："你为什么帮她？我听说她杀了你父。"

"我父死于自愿。我想，你父亦是如此。"

"不可能！"

"你父右手小臂上是不是有个伤疤，形如柳叶？"

袁宿一颤，逼紧了嗓音："你怎么知道？"

"我三天前在驿站，收到程境内'切肤'的一些旧档籍，发现谢缤也是'切肤'的一员。"

"什么是切肤？"

"是一群有着切肤之痛的可怜人。他们加入这个组织的目的只有一个，找回丢失的孩子。谢缤加入的时间，是在二十年前。"

袁宿重重一震。

"也就是说，在七儿化名谢柳出现在你父亲面前之前，他便已经知道女儿被略卖了。"

"那他怎么会相信她？！"

"所以，我觉得，你父也许，也是死于自愿。"

"为什么？为什么为什么为什么？"

"为了帮七儿铺路，为了帮她，彻底除掉如意门。"

"我不信！"

"你应该信的。"风小雅叹了口气，注视着底下的汪洋大海，生灵涂炭，"当她出现在你面前时，你就该知道——她不是如意夫人。"

如意夫人只会自己逃。

如意夫人不会理会芦湾百姓的死活。

如意夫人会第一时间杀了袁宿解恨。

可秋姜，出现在这个地方，出现在袁宿的面前，是为了救芦湾——只是为了救芦湾。

没有人能在生死之时继续伪装——这是风小雅上个月在海上，就已经证明了的事情。

袁宿久久说不出话来。

他以为他亲眼见证了一场弥天大谎。

可如今，那个所谓的谎言，就像此刻的芦湾城一样，再次被洪水冲垮。

颐非率领众人来到城外，驻守在那里的神骑军们眼睁睁看着城门被撞破，十分不爽，领队之人当即骑马上前训斥道："你们什么人，竟敢违抗圣旨私自出城……"话没说完，脑袋横飞了出去，却是被弓箭手首领给砍了。

神骑军们顿时哗然，刚要暴动，颐非策马上前将旗帜"唰"地展开，沉声道："云笛谋逆，连同袁宿一起炸毁皇宫，劫持女王逃走现不知所终。尔等在此困城拦截，莫非是他们的同党？"

神骑军们面面相觑，一人反驳道："胡说八道！我们明明是奉女王之命在此戒严，防止有人趁选夫盛宴闹事！"

"那为何要封死城门？"

"头儿说只是暂时封城。"

"那他有说何时解禁？"

"这……"

"你们把城门都封死了，那盛宴结束时，怎么往外传消息？"

"这……"

"还有，你们可知此时此刻，就是现在！西南海域海水倒灌，已冲垮堤坝，淹进了芦湾城？！"

众人大惊，有家人在城中的，当即冲进城去寻人。再加上头儿没了，剩下的人一时间都没了主意。

颐非道："我是颐非，女王现在不知所终，也就是说，皇族之内，以我为尊。众将士听令！"

神骑军们更加震惊。普通百姓不知，可他们多多少少是知道的，女王当年借太子的军队杀死二皇子，再逼走三皇子，然后又不知用什么办法弄死了太子，让燕璧宜三国都支持她继位，这才成为女王。这一年来，虽说明面上没把三皇子打成叛臣，没有公开缉捕，但实际上两人是仇敌。可如今，芦湾城不知发生了什么变故，这个三皇子突然窜了出来，说女王失踪了，要听他的，这也太……

人人心头闪过了"篡权夺位"四个字。可没等他们细想，一人指着城门内的方向惊呼起来："水！真、真、真的海啸来了！"

海啸来了——

在大自然的灾难面前，人类彼此间的纷争瞬间变得不再重要。一名神骑军士兵当机立断跪下道："三殿下！快下达命令吧！"

"速分十队，分别前往周边城镇报讯，速度安排撤离避难。你们，去命凤县、罗边、胰口三地的驻军立刻带着物资过来救人！"

"他们不听我们的怎么办？"

颐非咬牙，他的旗号，在海啸中有用，但到了太平之地，人家根本不会理会，又不能像刚才那样说砍掉头领的头就砍掉对方的头。

正在焦灼时，一个声音道："我们有圣旨。"

颐非惊诧扭头，看见了风尘仆仆的薛采。

藏书楼，老人看着潮水汹涌而来，堪堪没过三楼。他们在四楼楼顶，眼睁睁地看着周遭不及此地高的房屋被淹没。有一栋酒楼，高三层，上面原本挤了很多避难的人，两栋楼靠得不远，彼此能看见对方的身形。然而，一眨眼的工夫，潮水冲过来，他们没了，而此地的人，还活着。

一时间，巨大的恐惧和绝望席卷了所有还活着的人。老人一把抓住金门弟子的手，颤声道："你们的先生、你们的先生……"

"先生不会武功。"金门弟子垂下眼睛，然后双手合十，沉默地抵在了额间。

老人见状，便也将手抵额默默祈祷起来……

离他们大概三条街的某栋阁楼里，发出了幼童的呜咽声。

品从目正好从下方奔过，听到声响后止步，想了想，推门而入。

沿着楼梯走上去，里面物品撒了一地，主人似已撤离。他便试探地问道："谁在哭？"

那个声音顿时消失了。

品从目柔声道："别怕。我是来救你的。你在哪里？"

一片狼藉的小阁楼里，有一具佛龛，下方的帘子动了动。

品从目连忙上前掀开帘子，看见里面的景象后，不禁失笑起来："是你啊，小家伙。"他伸手将对方抱了出来——原来是一只浑身麸毛、吓得瑟瑟发抖的黑猫。

品从目轻轻抚摸着黑猫的下巴道："好了，没事了，跟我走吧。"刚走一步，楼剧烈地摇晃了起来，黑猫尖叫一声，从他手里跳走，并在他手上留下了三道血痕。

品从目叫道："别走！"

黑猫匆匆逃下楼梯，然后又飞快地跑了回来——紧跟着它来的，还有水。

水瞬间没上阁楼，慌乱中的黑猫被品从目抓住，然后他提拎着它的脖子从阁楼唯一的窗户爬了出去，爬到了屋顶上。

放目四望，周围已都被海水淹没了。若他刚才不是听见叫声以为是小孩而上楼看看，此刻，也已在街上被冲走。

品从目心有余悸地将黑猫抱入怀中，感慨道："原来是你在救我……多谢啊，小家伙。"

秋姜跳上北城门的城墙时，心口突然一抽，差点从上面摔下来。她拼命伸手抓住城墙上的凸起，才重新跳上去。

而等落地时，右膝先着，失去控制重重地砸在了砖石上。

她不得不躬身，从怀中摸出一瓶药，吃了一颗碧绿色的药丸下去——正是她先前强行喂给袁宿的那一种——此物虽长得跟颐殊的催情丸挺像，但其实是治她的内伤的。

她的身体至今没有康复，全靠药物勉强支撑，若得不到静养，只会继续恶化。可惜，她的运气真的很差，虽然早知颐殊会在九月初九这天搞事，但没想到会搞出这么大的事。

要知道，当年三王夜聚程国内乱，不过一夜时间就平息了。

而这场海啸，就算几个时辰后退去了，也会留下长时间的灾难。而且，还不知道芦湾城能不能保得住。

其实一切本与她无关。

她虽是奉如意夫人之命来除掉颐殊，可如意夫人自己并没有来，依旧躲在潋滟城里。

也就是说，此刻的她是自由的。

她可以第一时间逃回如意夫人身边。也可以先找个安全的地方养养伤，甚至可以趁机回璧国。不必拖着病体，急着赶去南沿。不必顾及跟她毫不相干的程国人的生死。

可是，袁宿的那句指责就像诅咒一样沉甸甸地压在她心上，冥冥中似有两只眼睛，在一直不怀好意地注视着她——

"今日芦湾之难，三万人之死，不是女王的过错，是你们！是你们如意门的……罪孽。"

"拿了别人的东西，是要还的。"

她吞下一颗药丸，觉得不够，又倒出第二颗、第三颗吃了下去，身体因为疼痛而不停发抖。

"我还！我还！我会还的！我现在正在还……"秋姜一边喃喃，一边咬牙站起来，猛提一口气，抓着镔丝从城墙上爬了下去，匆匆奔向南沿。

芦湾的这次灾难，被后世称为"腾蛟日"。

其寓意有三个。

那一天，久违的三皇子颐非重新出现在众人的视线中，犹如蛟龙得雨，重新腾跃一般。

那一天，芦湾经历浩劫，但城中百姓井然有序地避难撤离，互相协助，最终存活了一半人，是在海啸相关的记载中存活人数最多的一次。

那一天，芦湾的西南区与别的区域彻底断开，变成了废墟，却将其他区域垫高了三尺，如此一来，从舆图看，蛇形的程国断了一截尾巴，反而显得像是在纵跃准备腾飞一般。

而程三皇子那句"怕什么？我们可是蛟龙"的口号，更是一时间传遍四国。

正如品从目所说的，此次海啸不是自然天灾，而是人祸，因此来得突然，走得也快，海水冲出芦湾城后不久便力竭退走了，留下满目疮痍的断壁残垣和劫后余生的人们。

凤县等地的物资在女王圣旨的号令下很快送来了，周边各镇的兵力也陆续会聚到了芦湾，在颐非的带领下帮助百姓重建家园，更有无数人听说京都出事，自发赶来帮忙。

女王的圣旨一道接一道地发往全国各地，一辆辆粮草，一队队人马，前赴后继地来到这片废墟。

日落时分，一辆简陋的马车离开芦湾，颠簸着穿过被水淹得坑坑洼洼的泥地，前往南沿。

赶车之人正是孟不离和焦不弃，而车内之人除了风小雅，还有袁宿。

不过短短两天，他整个人发生了巨大的变化，从意气风发变成了颓废沮丧，从隐忍自持变成了厌弃万物。

风小雅没有再绑着他，可他似连行走的力气都没有了。

那日，他被秋姜绑在栏杆上，眼睁睁地看着海水退去，幸存的百姓如雨后的蚂蚁般重新开始行动，他所期待的二次毁灭始终没有来临。从那时起，他便知道秋姜成功了，她及时关闭了南沿的阵眼。

但她也没有再回来。

因此，风小雅待得跟孟不离和焦不弃会合后，便马不停蹄地去寻妻了。

一路上，官道无比拥挤，都是从四面八方赶来赈灾的人，有官府的，也有自发的，有年轻人，还有老人。

因他们的马车是从芦湾城方向走的，还被拦住过好几次，路人们纷纷向焦不弃打听皇都的情况。

风小雅坐在车中，忽对袁宿道："你觉得这些人是为何而来？"

袁宿没有理会。

"他们的亲人、朋友在芦湾，他们为情而来。"

袁宿终于开口了，声音冷漠："我没有这样的亲人。"他的亲人，全赖他父而生，却在他父死后，想要夺取足镇配方，夺不到，就各种落井下石地逼害他。

"听说薛相之前从海上抓回了一个叫作孟长旗的人。"

袁宿表情微变。

"你有一个好朋友。"风小雅笑了笑，"只是不知他现在，在不在那些幸存的人里面。"

袁宿的手抖了起来，他以为自己已经够绝望了，没想到此刻，竟还有消息能令他陷入更大的惶恐中。

"他在芦湾？"

"如果你当时知道他还在芦湾，会不会停止？"

袁宿垂下眼睛，久久后，握了握拳："不会。"他为复仇筹谋了那么久，好不容易才找到女王这样的志同道合者，有了这样的机会，不可能为孟长旗而放弃的。

这时孟不离正好捧了一碗向路人讨来的清水进来，听他这么说，忽开口道："你、听、见了？长、长旗兄。"

袁宿一惊，下意识扭头朝车外望去："长旗？！"

车停在路旁，路上一眼看去很多人，一时间没找到孟长旗的身影。倒是车辕上的焦不弃"扑哧"一笑。车中的风小雅一边接过水碗，一边对孟不离摇了摇头道："淘气。"

孟不离低着头出去了。袁宿这才知道自己被摆了一道。孟不离十分沉默寡言，他还以为他是哑巴，没想到居然会说话，而且还会骗人。

一时间，袁宿不知自己是应该为孟长旗不在这里松口气，还是为刚才说出"不会"二字的自己感到羞愧。巨大的情绪起伏令他再次陷入绝望。

风小雅静静地喝着水，没有再说什么。

南沿距离芦湾约五十里，马车足足走了一天，到得南沿时，天色已黑，好不容易抢在城门关闭前进去了。

焦不弃在一家客栈门前停车，对风小雅道："天已黑了，这会儿就算到了谢家也黑灯瞎火看不清什么，不如在此休憩一晚明日天亮了再过去？"

风小雅坐了一天车，脸色十分惨白，但仍摇头道："不。"

焦不弃担忧地看了他一眼，没再说什么继续赶车。

如此大概又走了盏茶工夫后，终于看见了高达十丈的拱形圆罩子。与潋滟城的罩子一模一样，但下面罩着的不是一栋栋精巧小楼，而是一家家工坊。

工坊数目虽多，但大多都已废弃关闭，只剩下寥寥几家还在支撑，悬挂着招牌。一家店的火炉里亮着微光，一名老妪坐在炉旁打盹，薄光照着她满脸的褶子，呈现出跟此地一般败落的感觉来。

袁宿从车窗里看见了她，眼神微动。

风小雅对焦不弃道："去打听一下。"

焦不弃翻身下车，走到店门前，拱手道："老人家。"

老妪耳背，足足唤了好几声才听见，揉着眼睛转头，看见马车，当即露出欢喜之色道："客人要点什么？小铺大到刀枪，小到船钉，什么都能做。"

"我想定制一把铁剑，但剑刃要用镔。可以吗？"

老妪脸上的殷勤之色顿时没了，冷冷看了他一眼，转身重新坐下了，道："那做不了。"

"老人家可知哪里可以做？"

"哪儿都做不了，镔的配方已失传了。"老妪说到这里，带出了些许怨恨之色，"若非如此，我们这里，怎会萧条至此……"

马车上的袁宿突然嗤笑了一声。

老妪扭头看向他，两人的视线隔着半开的车窗对上，老妪一怔，而袁宿已"唰"地放下了窗帘。

焦不弃又问道："那么向您打听一个人。可曾见过这样的姑娘？"说着从怀中取出一幅画，上面画的正是秋姜。

老妪有些不耐烦，生硬道："不知道。"

焦不弃道："劳烦您好好看看，她应该前天，噢不，昨天来过此地。"

"不知道就是不知道，谁耐烦一天到晚帮你记人？"

车内，袁宿眼中又露出了嘲讽之色。风小雅看在眼里，对袁宿道："那是你的亲人？"

袁宿不回答。

风小雅想了想，给焦不弃使了个眼色。

焦不弃从怀中取出一锭金子道："现在，能帮忙了吗？"

老妪眼中顿时绽出精光，直勾勾地盯着那锭金子道："她昨天中午从这儿经过！但不是自己一个人，还有个又白又俊的男人，两人贴着抱着亲密得不得了，我还以为是哪家私奔的小情侣呢。"

风小雅一怔。

袁宿目光闪烁着，哈哈大笑起来。

焦不弃尴尬地付了金子："还有吗？"

"没了呀。然后他们就走了，什么也没买。纯粹路过。"老妪接过金子用仅剩的几颗门牙咬了咬，确认是足金后心满意足地开始关店门。

焦不弃道："老人家，这便关门了？"

"都有这么多钱了还开什么店，十天半月都没活的……"老妪人虽然老，手脚却挺麻利，不一会儿就关好门落好锁，又对着马车车窗瞅了几眼，似在回味刚才看见的那个年轻人，扭身走人。

焦不弃回到车上对风小雅道："公子，还查吗？"

风小雅望着眼前一栋栋工坊，黑灯瞎火中看起来全都一模一样。他叹了口气，看向袁宿："你还是不肯告诉我，阵眼在哪里吗？"

袁宿收了笑，再次恢复成往日平静的模样："芦湾没有沉，此地也没断。你有的是时间挨家挨户找。"

"你没听见刚才你姑姑说……"

袁宿冷冷打断他："她不是我姑姑！"

"那就是你婶婶？姨婆？终归是你的什么人，她说秋姜跟一个男人走了。"

"是吗？那恭喜你又得了一顶绿帽。"

风小雅轻笑了一声，但很快转成了担忧："秋姜身受重伤，想必是被那人劫持了，才会看上去搂搂抱抱地离开。"

袁宿不敢置信地看着他，半晌，才讥讽道："你很擅长安慰自己。"

"我必须尽快知道发生了什么事，谁带走了她，又去了哪里。"风小雅注视着他，说，"所以，接下去，我可能要对你做些不好的事情了，直到你肯告诉我阵眼的位置。"

"什么不好的事？莫非你也要喂我吃一颗催情丸？"说到这个袁宿心头一阵窝火。那天秋姜骗他说那东西是催情丸，害他吃下后胆战心惊了半天，不得不说出自己的真实身份，结果等了半天，体内什么异样都没有。那个骗子！果然一个字都不能相信！

风小雅不再说话，只是抓住了他的手。

袁宿立刻感到自己被握住的地方似被一根针扎了进来，穿骨而入，激灵得他差点跳起来。

他立刻咬牙强行忍住，然而第二根、第三根、第四根……大概有六根针先后扎进来。最后来的不是针，而是一把剑。冰冷而犀利的剑意直冲血脉而入，瞬间，冷汗浸透了他的后背。

"你！"

风小雅将手上移，移到了他的脖子处。于是那六根针加一把剑便从脖子处刺入，袁宿眼前一黑，正要晕厥，风小雅的另一只手伸过来，按住了他的天灵穴。

天灵穴的剧痛让他重新清醒。

袁宿的牙齿发出一阵"咔咔"声，沉声道："就算、你、再会、用刑，我、我也不、不说！"

"用刑？"风小雅失笑了一声，淡淡道，"不，这还不是。我只是先让你感受一下我的感觉。"

袁宿一震。

"你感受到的这七股内力，时时刻刻都在我体内流窜。所以，如果别人碰触我，也能感觉得到。有意思的是，被我碰触的人似都无法坚持。可我，已坚持了十五年。"从十岁起，被父亲强行从死亡线上用这七股力拉回来后，这七股力就成了他的生机，也成了他的痛苦。

"我要告诉你，我之所以忍受这个，就是为了秋姜。我的决心远超你之想象。你必须告诉我阵眼所在，否则，我会做出任何能够帮助我从你口中得到答案的事。"风小雅逼近他，那双乌黑如墨的眼瞳在他眼前放大，呈现出一种难以言喻的恐怖来。

可袁宿仍是不甘，忍不住问："你会怎么做？"

"我会把你送给刚才那位老妇人。"

十分平淡的一句话，却比此刻冲击着他脖子和天灵的那些内力有用得多。袁宿的脸瞬间白了。

"我会告诉她们，你知道足镔的配方。所以，谢家复兴有望了。"

袁宿的脸从白到红。

"我还会告诉她们，你还有个叫孟长旗的好朋友，是公输蛙的弟子，掌握着很多机关巧件的图纸。有了镔，再有了图纸，谢家不仅可以复兴，还能一跃而上超过周家……"

袁宿的脸再次从红转白。

"她们当年如何对你和你娘，现在就能如何对你和孟长旗。"

"魔鬼！"袁宿嘶哑着声音道，"你和七儿一样，都是魔鬼！"

"阵眼在哪儿？"

袁宿浑身战栗。

风小雅睨了他一眼，扭头吩咐车外："焦不弃，去带孟长旗……"说到一半，身后已传来袁宿崩溃的声音："第九家！第九家！在第九家炉下！"

风小雅将手从他脖子和天灵穴上撤走，微微一笑道："受累了。"

袁宿一下子瘫软在车榻上，大口大口喘着气，眼泪哗哗流下来，因为屈辱，因为痛苦，更因为绝望。

第九家工坊看上去最是破旧，似已废弃了许多年，招牌都没有了。推门而入，里面全是蛛丝，屋内空空，除了一口冶炼用的大火炉，能拿走的东西都被拿走了。

火炉壁上刻着一片柳叶。看到这片柳叶，风小雅便知道袁宿没有撒谎。这里是谢缤当年的工坊，作为他的儿子，在复仇时，自然将机关设在了此处。

风小雅凝视地上的灰，地上有一层薄灰，还有很多脚印。脚印很新，应是这两天留下的。

袁宿在一旁跟着，他不会武功，因此三人并不提防他。

孟不离和焦不弃将火炉拆开，找到炉下的机关，机关是开着的，没有合拢，露出黑漆漆的洞口。

焦不弃拿着火折先跳了下去，过了一会儿，喊道："可以下来了。"

孟不离便带着袁宿一起跳下去。最后是风小雅。

底下是个很大的房间，搭建着一个巨大的类似水车的东西，只不过，它是铁制的。孟不离曾经跟随燕国的皇后谢长晏常年出入求鲁馆，一眼认出这东西跟求鲁馆里的某个模型一模一样。据说是公输蛙专门为运河开山设计的，填入火药后借助水力运转，能令火药的威力增加数倍。

如今水车已经停住了。地上狼藉一片，有一根横梁掉下来，正好卡死在车轴处，将它停下。

风小雅第一眼看见的却是血。

血溅在其中一片风车扇叶上，褐色中带着黑色的小结痂，正是肺腑受过伤的表现。也就是说，这是秋姜的血！

焦不弃蹲下身仔细检查了一番地面，得出结论道："夫人在此逗留过大概半个时辰左右，血迹不是与人交手导致，而是启动机关时不慎被这根木杆打到，应该是在这个方位，所以吐出的血才会溅到那里……另外，地上的灰尘在她来前被清扫过，抹除了痕迹……也就是说，在夫人来前，就有人先一步赶到这里，杀了袁宿安排在此地看守机关的手下。"

风小雅微微眯眼。

袁宿的表情很难看。

"当夫人吐血后，对方再次出现了，这里有个脚印，唔……身高应与夫人差不多，是个年轻男子……"焦不弃还在推测，孟不离突蹲下身，从一堆木屑里捡出一片衣衫的布。白布，绸缎，上面还有一股沁人心脾的香味。

风小雅立刻得出结论："朱小招。"

焦不弃惊道："带夫人走的，是朱小招？！"

风小雅摸了摸断裂的木杆，上面有被利器割断又重新钉上的痕迹："有人在机关上动了手脚，当秋姜靠近它时，才会被它打中。"

他又朝扇叶走过去，指着上方的血渍道："秋姜被击中后，本可以离开原地，但她没有，因为她用自己的身体抵住了这根木杆，想强迫机关停止。"

焦不弃点点头："朱小招想必就是趁这个时候出现的。"

　　"他没有靠近，不是出于同门之情，而是秋姜做了什么，逼得他不敢靠近。"风小雅说到这里，神色越发沉重。

　　焦不弃迷惑道："据我所知，朱小招是品先生的人。"

　　风小雅的眼瞳由浅转深，变成了深深担忧："他背叛了。"

时间在这一刻仿佛倒转，场景回到了两天前的午夜时分——

秋姜提着灯笼好不容易找到炉下的机关，欢喜地跳了下来。下来后，看见无人自转的机关，她顿时头大，喃喃自语道："我可不会这玩意儿啊……谢长晏在这儿就好了。"

对着眼前这个庞然大物静静地看了一会儿后，她叹了口气："时间紧迫，只能死马当活马医了！"

她将灯放在地上，束起头发道："既然是阵法，那么应有生门。休、生、伤、杜、景、死、惊。正东为生，就那根吧！"

秋姜抓准时机，拔出匕首跳上不断运转中的风叶，刚抓住正东方向的杆子，杆子突然掉转方向朝她砸下来。

秋姜立刻脚尖一点，横飞出去，然而杆头还是砸在了她的后背上，喉咙顿时一甜，"噗"地喷出一口血。

秋姜心想都已经挨砸了，更没道理放弃，索性反手一抱，抓住木杆爬了上去，抓着杆头跳到横梁上，用镔丝在横梁上飞快切出一个缺口，再将木杆死死地嵌在了上面。

伴随着"咔咔咔咔"一阵震动声，风叶停下了。

秋姜也累出了一身大汗，更糟糕的是再次咳血，咳得停不下来。

她坐在横梁上，气喘吁吁地掏出药瓶，数了数，还在犹豫吃几颗，就听到了脚步声。她索性将瓶子里剩下的药一口气全吞了下去。

上方的暗板轻轻滑开，一人像白纱般轻飘飘地坠落于地，在微弱的灯光中抬起头，望着将杆头死死按住横梁的她，微微一笑："需要帮忙吗，七主？"

此人正是无论什么时候都很亲切的朱小招。

秋姜回了他一个微笑："你来得正好，快，快上来搭把手，我都按累了。"

"如此劳累，我劝七主还是放弃吧，夫人还在等您回去呢。"

"那你又是什么情况？为何不好好地留在潋滟城照顾我姑姑，跑这里来监视我？"

朱小招叹了口气："我是来帮您的。"

"那你就快上来呀。"秋姜露出十分急切的样子。如此一来，朱小招反而不敢上去了，停步在她下方道："七主，可愿听我一言？"

秋姜笑眯眯道："我听着呀。"

"虽然我不知道七主心中是不是另有想法，但我看得出来，您跟夫人是不一样的人。"

"噢？"

"您也看得出来，夫人已是强弩之末，肯定斗不过老师。"

"原来你是老师那边的呀？"

"老师是个了不起的人，但他有个缺点，致命的缺点——太婆婆妈妈。他非要四国谱，所以要留着夫人，他要留着夫人，就得留着颐殊。结果呢？疯狂的颐殊做出了这般疯狂的事。"朱小招说着指了指密室中的机关，脸上的神色有些悲悯，有些感慨，但更多的是坦然，"这一切，本可以不发生。"

秋姜眨了眨眼睛："也许四国谱真的很重要？"

"会比芦湾的三万百姓性命更重要？再放而任之下去，不仅芦湾，整个程国乃至唯方四国，都将再起动荡。你从燕国来，相信您会看得更清楚——如意门，已是四面楚歌，三国公敌，必将灭亡。"

秋姜叹了口气："一百二十年的基业啊……"

"这都是因为夫人无能，而老师过柔所致。"

"那你觉得应该怎么办？"

朱小招笑了起来："我觉得七主就很好。"

"哪里哪里。"

"七主有姬家血脉，是如意门名正言顺的继承人。老师又一向很疼爱你。我之前听说过的诸多传说，这些日子亲眼见到您，又跟您相处了一段时间，觉得您无论才学品行，都十分出众，若是由您带领如意门，必将破蛹化蝶，重振辉煌！"

"谬赞谬赞。"

"我愿奉七主为主，马首是瞻。"

"你说了这么多，却连上来帮我按着它都不肯。"

朱小招的笑容变得意味深长起来："那是因为，这不是如意夫人该做的事。"

"如意夫人应该做什么事？"

"芦湾沉没，程失国都，必定大乱。颐殊也好，颐非也罢，他们狗咬狗，就无暇顾及别的事情。我们送走夫人，说服老师，重新整合如意门，重建鑫斯山，等到时机成熟，趁颐殊和颐非两败俱伤之际出手，将女王的罪行公布天下，再一举取而代之！"

秋姜眯起眼睛，悠悠道："原来你想当程王？"

"我的一切都是为了如意门。如意门要钱有钱，要人有人，为何要一直活在暗处？为何不能化暗为明？为何非要姓程的人坐龙椅？他们已经证明了，他们既不能当好皇帝，也当不好傀儡。"

秋姜沉思了一会儿，缓缓道："可是，你若坐了龙椅，又如何保证对如意门的忠诚呢？"

朱小招有些不好意思地笑了笑，清了清嗓子道："若七主肯纡尊降贵，嫁与我为妻，那么，如意门门主就是程国的皇后！我们始终利益相关，一体同心。"

秋姜似有些错愕地挑起了眉毛："原来如此，你倒是为我想得很周全。"

"七主风姿过人，实令我寤寐思服。"朱小招说着拱手行了一个大礼。

秋姜不禁莞尔一笑："我同意。"

"当真？"朱小招露出惊喜之色。

"但是，我没有信心送走姑姑。"

"我自会助七主一臂之力！"

"我也没有信心说服老师。"

"只要七主把那杆子放下。老师此刻正在芦湾城中，他不会武功，芦湾城若沉了，他就无须我们去说服了。"

"有道理！"

"而且，只有芦湾沉没了，我们才有理由去讨伐女王。所以，芦湾，是必须要沉的。"

"你说得对，是我想岔了！"秋姜说着松开手，又一阵"咔咔"声后，杆头脱离横梁上的缺口，弹回了原位。而原本停止的风车，再次旋转了起来。

秋姜朝朱小招招手道："我听你的了。我要下去啰。"

朱小招张开双臂："我接着您！"

秋姜咯咯一笑，朝他跳了下去。朱小招一把将她接住。

秋姜在他怀中顺势搂住了他的脖子，笑问："你是什么时候开始喜欢我的？"

"自然是从……"

在朱小招的回答声中，秋姜手指微弹，弹出镔丝，悄无声息地朝他的后颈靠紧，眼看就要系上时，朱小招突在秋姜心口重重一按。

一阵剧痛顿时令她眼前一黑，手指无力松脱。

朱小招反手将镔丝从她手中抽走，笑着道："自然是从看见七主用此物干脆利落地杀人开始。"

"你胡说。"秋姜身体剧痛，但脸上还是笑吟吟的，"我从没用它杀过人。"

朱小招也笑眯眯的："这样啊……那看来，我自然也是从……没有喜欢过七主的了。"

两人目光相对，彼此笑得就像一对情投意合的恋人。

秋姜叹了口气："我什么都听你的了，你却不喜欢我。"

"你若能一直这么听我的，我肯定会喜欢上你的。"朱小招说着抱着秋姜转身要走。

秋姜突道："啊哟！我疼！我难受！"

"我这就带你去看大夫。"朱小招脚步未停。

秋姜伸手抓住墙上的凸起物道："你先带我回去见夫人吧。我们想想怎么才能送她走。"

朱小招在她心口又狠狠地按了一下，秋姜顿时痛得双手无力垂落，再也抓不住任何东西。"见到夫人后，尽管听我的就好。"跟他狠辣的动作截然相反，他的声音依然很亲切，笑容依旧很温文。

"好吧好吧。那你好好走。我好累，好困啊……"秋姜见自己偷偷撕下的那片衣服碎布已经神不知鬼不觉地飘到了角落里，便放心地在他怀中闭上了眼睛。她来此地风小雅是知道的，若他稍后寻来，便会知道是谁带走自己。她确实已经精疲力竭，又被朱小招狠狠按了两下，没好多少的五脏六腑估计又开裂了。

朱小招对她的温顺虽感到些许诧异，但搭她的脉息确实是油尽灯枯之势。这个女人暂时还不能死。

他一边想着，一边抱着秋姜从炉洞里重新跳了出去……

密室里的风小雅飞身跳上断裂的横梁，看到了断口处留下的镔丝痕迹。秋姜一开始在这里用镔丝划了个缺口，将木杆卡在此处。然后，在她跳下去前，用内力暗中一击。因此横梁上半部分是光滑切痕，后半部分却是毛刺的断层。

"她跟朱小招离开后，这根横梁才断，倒下来，卡住了风叶。于是再次停止了机关。"

"也就是说，朱小招以为自己胜券在握，带走夫人。不想此地的机关还是被毁去了？"焦不弃提出疑惑道，"芦湾未沉，他应该知道是机关又出了问题，但他没有回来，为什么？"

"想必是又发生了一些事，他没法再回来了……"风小雅看到这里，当机立断道，"走。我们找找看他们去了哪里！"

孟不离当即背起袁宿往上跳。袁宿至此忍不住出声道："你们就这么肯定自己推断的是事实？没准是你们的好夫人劫持朱小招走的，而横梁是朱小招弄断的呢？"

风小雅和焦不弃还没回答，孟不离已开口道："没准、是、长旗、兄。"

袁宿顿时紧闭嘴巴，再也不说话了。

颐非站在城楼上，久久凝望着十室九空、满目疮痍的芦湾城。

这时，薛采匆匆走了上来，睨着他道："你很闲？"

颐非苦笑道："总得让我喘口气啊，都两天两夜没睡过觉了。"

"既如此，为何不去睡？"

颐非敲了敲自己的脑袋："这里疼得很，怎么也睡不着。总觉得还有什么事没做，还有更大的危机在前方。"

薛采沉默了一会儿，道："你是不是想问颐殊在哪里？"

颐非立刻站直了，正色道："可否告知？"

"告诉了你，甚至把她带到你面前，你能如何？"

颐非一怔，面上犹豫之色渐起。

"你什么也做不了。你毕竟是她哥哥，也许还有什么软肋在她手上。她一哭一求一威胁，你就会束手束脚。颐非，你的心还不够狠。"薛采神色淡漠，说出的话更是字字诛心，"所以，把她交给我，才是最合适的。放心，杀她之前，我会告诉你的。"

颐非忍不住又敲起自己的头，薛采的这番话不无道理，却让他的头更加疼了。

"至于你所担心的事……我的人已追上鹤公，从他那儿得知，南沿的机关彻底被毁，芦湾不会沉了。"

"当真？！"颐非大大松了一口气，再看着芦湾城时，便看出了百废待兴的希望来。

这时一人飞身上楼，赫然是消失了一段时间的朱龙。颐非忍不住问道："朱爷？这段时间去哪儿了？"

朱龙哈哈一笑。

那一天，朱龙去朱家铺子前院开门，落入朱小招手中，又被朱小招送给了品从目。品从目自然将他放了，但他没有回到薛采身边，而是奉薛采之命去追查如意夫人的下落。

"如意夫人本在潋滟城，昨天下午，突然来了一辆华丽马车，将她接走了。我没能及时追上，目前失去了她的下落。"

"记住马车的样子了吗？"

"是。"朱龙从怀中掏出一幅画，"大致画了下来。"

薛采看着那幅画，眼角微微抽动："此番事了，回去后好好练练画吧。"

颐非好奇地凑过去一看，然后安慰地拍了拍朱龙的肩膀："人无完人。"

朱龙无语。

薛采将画合上道："然后你便回来了？"

朱龙露出迟疑之色。

薛采微微拧眉："怎么了？"

"我还看到了秋姜跟朱小招。"

颐非面色顿变，一把抓住他的手："在哪里？"

"如意夫人被接走后不久，朱小招抱着秋姜来了，没找到夫人后，又走了。我就派人跟着他们了。"

"你为何不自己跟着他们？！"

朱龙奇道："我为何要跟着他们？"他纳闷地看看颐非再看看薛采，见二人的表情都很凝重，便察觉出些许不对劲来，"是不是我……错过了什么？"

颐非这才想起秋姜身世揭晓之时朱龙并不在场，也就是说，朱龙尚不知道秋姜就是姬忽，因此在他看来，秋姜自然是没有如意夫人重要的，所以他选择自己去追如意夫人，而把秋姜交代给了白泽的其他人。

颐非看向薛采，薛采对他道："你留此处继续，我去找他们。"

颐非欲言又止。

薛采便又加了一句："放心。如意夫人和秋姜，我都会带回来的。"说罢，他便带着朱龙离开了，小小的身影混入人潮后，便如遁形了一般。

颐非在城楼上敲着自己的头，看着芸芸人潮，想起小时候看雨后的蚂蚁，一群群，一列列，忙碌而有序。也许在天神眼中，人类和蚂蚁并无不同。一样努力，一样卑微。

这时一名兵卒跑上来，对他匆匆耳语了一番。颐非面色顿变："确定是他？"

"跟您描述的人很像……"

颐非立刻扭身下楼，跟他走过两条街，来到一栋楼前。楼高三层，楼顶站了两个兵卒。颐非"噔噔噔"冲上阁楼，从窗户爬上去，看见品从目。

品从目奄奄一息地躺在屋顶上，脸色惨白，神情却很淡然。几步远外，趴着一只猫，懒洋洋地晒着太阳。

颐非不由得想：这猫是怎么活下来的？

品从目看见他，招呼道："三殿下来了。"

"是啊。你的死期也到了。"

品从目微笑道："我觉得我还能再活一会儿。"

颐非想了想，挥手示意兵卒们退下。兵卒们离开后，屋顶上便只剩下了两人一猫。颐非走到品从目跟前，拉开他的衣袍，不出意外地看到他的下半身红肿溃烂——这是海水浸泡中感染所致。芦湾城存活下来的一万人里，便有三千人目前饱受此苦。

品从目毕竟是七十多岁的老人，又不会武功，看上去状态比普通人更差。

颐非冷笑道："多行不义必自毙。这也算是你的报应。"

"我真觉得还能再活一会儿。比如，殿下会救我。"

"你恶贯满盈，死一百次都不足惜，我为何救？"

品从目笑了起来——他的脸已经变了，变得苍老憔悴，可这一笑，还是莫名地很好看："之前的那个提议，还能谈谈。"

颐非觉得很荒谬："你好像已经快死了吧？"

"我死前，将如意门留给你。"

"哈？"说到这个颐非就来气，"你似乎忘了，你上次给了我一盒假地契！"

品从目两眼弯弯，看着他，便像是看着很争气的孙儿一般慈祥："因为我在那之前不认识你。我想给你一些东西，总要先确认一下，你是什么样的人。"

颐非皱眉，若有所思地盯着品从目，好半天才道："你到底是什么人？"

"我是……"品从目说到这里，颐非听到身后的风声，立刻横飞出去。一根毒箭射中了他刚才所在的地方，因为颐非躲开了，那一箭便射在了品从目的腿上。

与此同时，四个银门弟子蹿上屋顶，将品从目围了起来。

颐非当机立断，立刻转身逃，却不料底下早有布置，一张大网突然张开，正好接住跳下去的他，把他紧紧捆了起来。

颐非在网中对品从目道："是你安排的？！"

品从目似笑非笑，只是看了眼自己流血不止的腿。

一个银门弟子道："一起带走！"

颠簸的马车上，秋姜的眉头始终皱得紧紧的，额头的冷汗一滴滴地顺着鬓角滑入衣领，但她一声不哼。

坐在她对面的朱小招脸色很不好看，一向亲切的笑脸此刻也不笑了。一名银门弟子跪在他脚边，浑身发抖。

"我让你们看着夫人，怎会让她被人接走？"

银门弟子颤声道："我们试图阻拦，但夫人看见车中之人后，执意要走，且不让我们跟随……"

"你们不会偷偷跟？"

"我、我们……我们不敢……"

朱小招注视着该弟子，脸上带着一种奇怪而复杂的表情。那名弟子哆嗦得越发厉害起来："对、对不起！四爷，我、我们真的不敢违抗夫、夫人……"

朱小招忽然看向秋姜道："如意门训练弟子，便如熬鹰训象，从小开始养，长大了他们就都不敢反抗。你看夫人的鹰熬得多好啊。"

秋姜淡淡道："不也有你这样的异类吗？"

朱小招微微一笑："既然猎鹰者终会被鹰啄瞎眼睛，那我为什么不能当那只与众不同的鹰呢？"

"是是，你好厉害好了不起。"

朱小招很是满意秋姜的识趣，踢了该银门弟子一脚："滚吧。"

银门弟子便真的"滚"下了马车。

朱小招眼中再次露出那种奇怪的表情，道："这种熬好了的鹰，很好用，但也很无趣。"眸光一转，转到秋姜脸上，看着她默默忍痛的表情，亲切一笑道，"还是七主好。因为，七主是个'人'。"

"所以你开始喜欢我了吗？"

"只要你告诉我，如意夫人去了哪里。"

"我怎么会知道？"秋姜诧异道，"我可一直跟你在一起。"

朱小招"唰"地展开一幅画，画上是银门弟子凭记忆画出的马车，同样的马车，这一幅比朱龙那幅好了不止一点半点，如果薛采在这里看见，肯定吐血。

朱小招将这幅画展给秋姜看："见过这辆马车吗？"

秋姜仔细辨认。

朱小招挑了挑眉："你果然见过。"

"这是颐殊的马车。"

"你是说，接走如意夫人的人是女王？怎么可能？！"

秋姜叹了口气："是啊，怎么可能呢……"

颐殊设计将仇敌全部吸引到芦湾，想将他们一起杀死，其中就包含她最恨的如意夫人。可是如意夫人生性狡猾又有伤在身，没有亲自去，而是让秋姜去了芦湾。

如此一来，颐殊计划落空，自己也被薛采所擒。

可现在，有一辆她的马车突然出现，将如意夫人接走了，怎么可能？！

秋姜也想不明白。不过她乐见此事发生。见不到如意夫人，即意味着她暂时安全，她还有机会从朱小招身边逃脱。

只要她能逃脱，一切就还有转机。

一念至此，秋姜再次闭上眼睛，想要抓紧时间再次疗伤。但朱小招一眼看出她的意图，便伸手在她心口再次重重一按。

秋姜顿觉喉咙一甜，血液溢满口舌，又被她死死地咽了回去，依旧没有发出痛苦的呻吟声。

朱小招目露赞许之色道："七主，果然是'人'啊。"

"你也果然不是'人'啊。"

朱小招笑了起来，笑得十分愉快。就在这时，马车骤停，震得秋姜一口血憋不住，"噗"地喷了出去。

朱小招显然有些意外，当即掀帘道："什……"刚说了一个字，他就看见了一辆马车——

跟画像上一模一样的马车，此刻赫然挡在了他的马车前方。

一时间，连秋姜的心都提到了嗓子眼——怎么回事？！

朱小招目光闪动，人却立刻跳下车去，躬身行了一个大礼："是夫人吗？属下带着七主去潋滟城，没有找到夫人，正不知该如何是好……"

他的话说到一半，那辆马车的车门打开了，露出里面坐着的人来。

里面只坐了一个人。

但是，看到这个人，朱小招和秋姜顿时明白如意夫人为何会执意跟此人走了。

因为这个人是江晚衣——天底下所有的病人，都最想看见的一个人。

便连秋姜此刻看见他，都莫名觉得自己的疼痛减弱了一些。

朱小招盯着江晚衣，又看了眼空无他人的车厢，道："原来是江神医！听说夫人上了您的马车，请问她现在何处？"

江晚衣不回答，而是直接走下车，径自来到秋姜跟前，握住她的手开始搭脉。

良久，才放下。

"你快死了。"他道。

秋姜"扑哧"一笑："能不能说点好的？"

"我叮嘱过，要你精心休养。你不但不听，四处奔波，伤上加伤……而且，还一口气将我给你的养心丹全部吃了，药性过量，你的身体已经严重透支，活不过今晚了。"

秋姜一怔。

朱小招也一怔，忙道："可还有救？"

"没有了。"江晚衣说罢就走，回自己的马车去了。

朱小招跟了上去："神医！求你救救七主！"她此刻还死不得啊！

"她咎由自取，恕我无能为力。"

"那、那夫人现在何处？"

"在捧珠楼。"

朱小招看向驾车的银门弟子，该弟子立刻答道："是凤县最大的青楼。"

朱小招疑心顿起，盯着江晚衣道："夫人为何会在那里？"

"我怎么知道？"江晚衣显得极尽冷淡，"我还要赶赴下一个病人处。"

见朱小招还挡在路中不动，江晚衣挑了挑眉："你不让我走？"

朱小招心念转动，但最终没敢拦，让出了道路。

江晚衣的马车便离开了。

秋姜望着他的马车离开，轻叹道："当大夫真好啊，连老鹰都不敢啄。"

朱小招没好气地瞪了她一眼："你先想想自己怎么办吧。"

"谁让你一路上落井下石，我本还能多活几天的……现在看来，你只能留着我姑姑，娶她当皇后了。"

朱小招的微笑再也维持不住，脸部肌肉抽动了起来："闭嘴！"

"我姑姑虽然年纪大了些，但比我美多了，你将就将就。"

"我说——闭嘴！"朱小招一掌拍在车门上，马车剧烈地震动了一下。秋姜又

"噗"地吐了一口血。

然后，她抬起衣袖，擦干净嘴边的血渍，柔声道："我都活不了几个时辰了，你让我说点遗言吧。"

朱小招无奈且烦躁地叹了口气，沉着脸上车道："行，你说！"

"我吧，其实性格跟你听说的那个七儿不太一样，我是个可爱笑的人了。我呢，又爱笑，又喜欢看人笑，还爱逗人笑。看见大家都笑，我就开心。"

朱小招控制不住地翻了个白眼，只觉车内是如此聒噪。

"可是我命不好。我遇到的人，除了老师以外，都不爱笑。"

这句话莫名击中了朱小招，他怔了一下，再看向秋姜时，猛然意识到——她是真的在说遗言！

"我娘就不爱笑。她每天都特别忙，忙得根本没有时间听我说话。我弟弟也不爱笑，特别少年老成，端着收着，无趣得很。后来，我进了如意门，终于看见了姑姑的笑，可她的笑，是假的。如意门里的人，也都不笑。"

朱小招不由得接了一句："哭都哭不出来的鬼地方，还笑？"

"是啊，如意门真是一个让人哭都哭不出来的地方……"秋姜叹了一声，眼神中荡起了重重涟漪，宛若哭泣，但没有眼泪，"我的太太太太姑婆肯定没想过，她的如意，其实是很多很多人的不如意。"

如意门的第一代如意夫人名叫姬意，她将姬字拆为如，加上她的名字便是如意夫人。

此后的一百多年，这三个字，是很多很多人的噩梦。

秋姜想，这就是姬家的原罪，所以即使这一代的姬家出了一个圣人般的姬婴，也到底没能赎清罪孽。

朱小招忽道："你有什么遗言？"

"你要帮我完成吗？"

"听听无妨。"

秋姜轻笑一声："我想要四国谱。"

朱小招诧异地挑眉："怎么你也想要那玩意儿？就算它记载了许多了不得的秘密，但你都快死了，就算拿到了，也要带着秘密走，还能兴什么风作什么浪吗？"

"我留给你。你替我兴风作浪如何？"

朱小招当然心动，但又觉得是陷阱，盯着秋姜默不作声。

"我们现在去捧珠楼，演一出戏给我姑姑看，若能从她口中得到四国谱的下落，你找到后烧给我。我做鬼也感激你。"

朱小招目光闪动："你认真的？"

"人之将死其言也善，听说过没？"

"我只知道祸害遗千年。"

秋姜哈哈一笑，笑得再次咳出了血沫："那你考虑吧。快点决定，因为再晚些，我便连演戏的力气都没有了……"

马车摇摇晃晃，帘子飘飘荡荡，朱小招注视着外面明明灭灭的道路和行人，还在犹豫不决。

朱小招一直夹在品从目和如意夫人中间做双面细作，亲眼看见了品从目为了得到四国谱而夜不能寐，心知它必定有其特殊之处，才会令品从目和秋姜都如此念念不忘。

可是，巨大的诱惑意味着巨大的危险，有必要为了此物增加不必要的麻烦吗？

就在这时，车后传来一阵马蹄声。

朱小招回头看了一眼："停车！"

马车停下，一队银门弟子策马而来，行礼道："四爷！"他们从马背上拖下二人，扔在地上，赫然是被五花大绑的颐非和奄奄一息的品从目。

朱小招大喜道："送上车来。然后，出发去捧珠楼！"

颐非和品从目被送上马车。

颐非看见秋姜，整个人都惊呆了——她怎么会在这里？薛采呢？还有……她怎么了？

秋姜的目光却是先看向了品从目，品从目朝她微微一笑，秋姜这才移向颐非，黑漆漆的眼睛里看不出何情绪，然后闭上了眼睛，竟是要睡了。

而这时，朱小招开口了："老师，您还好吗？"

品从目强打精神，稍稍坐起了一些，他腿上的箭已被拔掉了，但包扎得很草率，一路上又在马背上颠簸，因此直到此刻还在渗血，再加上大面积感染，连说话都很费劲。但他还是微笑地答道："我很好。看见你，我就更好了。"

"老师，我现在就带您去找如意夫人。"

"乖。"

朱小招看看他，又看看秋姜，以往两个不可一世之人此刻都在他的掌控下，如此荏弱可欺，如此任凭揉捏，这种感觉令他感到十分愉快，再看看颐非，便觉得更愉快了。

"三殿下，你也来啦。"他打招呼道。

颐非苦笑："我可真是不想来……我能问，到底发生了什么事吗？"

"我让弟子们去接老师回来，没想到他们把你也带回来了。既来之则安之，三殿下就随我去如意夫人面前走一趟吧。"

"她怎么会在你这儿？"颐非指了指秋姜。

"七主快死了，我带她回去见夫人最后一面。"

颐非心中顿时一紧，直勾勾地盯着秋姜，秋姜闭着眼睛，没有回应他的视线。

"她怎会如此？"

"这个啊……"朱小招歪头很认真地想了想，"女王埋了火药想借海水淹没芦湾，老师跟七主在城中彼此争斗两败俱伤，然后我及时出现，制止二人继续内讧，将他们带回，由夫人定夺处置——您觉得，这个说法如何？"

颐非的心沉了下去，睨着朱小招看了半天，道："真是很棒的说辞。你立了如此大功，七儿又快死了，如意夫人恐怕也命不久长，如此一来，如意门只能由你接手了。"

"知我者，三殿下也。"

"那你带着我做什么呢？莫非你也想跟我合作，扶我做下一个如意门的傀儡程王吗？"

朱小招哈哈一笑："这是夫人的想法，七主的想法，老师的想法，但是……我有更好的想法。三殿下想听听吗？"

"请——"

朱小招凝视着颐非，缓缓道："王侯将相宁有种乎？为何程国一定要你们姓程的人，当皇帝？"

颐非终于明白了他的意图，也明白了他为何背叛品从目，此人竟有如此野心，如意门都不能满足他。"你说得对！"

"三殿下真这么觉得？"

"我还有别的选择吗？我若说不行，岂非立即就会没命？"

朱小招呵呵笑道："三殿下真是个聪明人，比您的兄弟姐妹都要聪明许多。"

"你若真能从如意夫人那里得到如意门，我便以前三皇子的身份声讨颐殊，将她的罪行公布天下，然后荐你为王，逼她禅位，如何？"

朱小招有些意外，充满狐疑地看着颐非："你这么听话？"

"我是聪明人嘛！只要不杀我，什么都好说。"

朱小招沉默了，目光闪动，不知在想些什么。

品从目忽道："别信他。你驾驭不了他，若留着他的命，最终会被他反噬。"

朱小招抬头盯着品从目，一向和善的脸突然扭曲着变化了："您还是……这么……看不起我啊。老师。"

品从目淡淡道："这是事实。"

"什么是事实？事实是我当年想学武，您不教；我想学奇门遁甲，您不教；我想学的一切您都不教，唯独教我捣鼓那些娘们儿用的无聊香粉！"

若非情势特殊，颐非几乎要失笑出声。没想到朱小招跟品从目之间还有这种心结，难怪他一口一个老师，叫得充满刻意。

品从目皱了皱眉，不说话了。

"您什么都不教我，没关系，我自己学。您偏爱七儿，也没关系。因为现在，我已经证明了，我比七儿，比您，都要厉害。你们的生死，此刻已经掌握在了我的手中。"

颐非凑趣地鼓掌道："天将降大任于斯人也，朱四爷果是人中龙凤。佩服！"

朱小招并不是一个爱听奉承的人，也心知此人口蜜腹剑，可颐非毕竟是三皇子，来自他的恭维话，总是听着比普通人要舒服很多。因此他笑得越快愉快了些："老师，您还有什么话想指点弟子的吗？"

品从目看着他，轻轻一叹："小招，你想不想知道……自己原来的名字？"

朱小招一怔，警觉地戒备："什么意思？"

"你四岁入如意门，儿时的事都不记得。如今大权在手，若是真的当上程王后，可会想寻根问祖？"

朱小招生硬地回答道："我没想过这个问题。"

"那么从现在起，不妨好好想一想。"

朱小招心中升起某种不安来，他盯着品从目道："你为何要对我说这个？"

"你说得对，程国的皇帝，不一定要姓程的人当，换成姓朱的也可以。但是，你真的姓朱吗？"

这么简单的一个问题，令朱小招所有的得意和欢喜荡然无存。颐非在一旁看着，莫名对品从目起了敬畏之心：此人不愧是如意门的副门主，大魔头，真是懂得诛心之术啊。

马车颠簸，车内三人都不再说话。而秋姜始终闭着眼睛，没有发出任何声音。

如此过了盏茶工夫后，车夫停下马车，道："四爷，到了。"

捧珠楼大门紧闭。

赶车的银门弟子去打听了一番后回来禀报道："四爷，说是楼里的姑娘们听说芦湾出事，纷纷上街捐东西去了，且停业三天，拒不接客。"

朱小招嗤鼻道："莫名其妙！跟她们有什么关系？"

颐非若有所思地看着他。

朱小招注意到了他的眼神，挑眉道："你有话要说？"

"没有。四爷说得对，一帮卖皮肉的贱人，哪有资格忧国忧民？"

朱小招眯起眼睛："你在讥讽我。"

"怎么会呢？我觉得关楼挺好的，等会儿见了如意夫人，也无须担心会有外人骚扰。"

朱小招冷哼了一声，示意弟子们包围捧珠楼，然后让他们背着品从目和秋姜，拖着颐非一起走进门内。

秋姜终于醒了，迷迷糊糊地睁开眼睛，脸色看上去越发不好。颐非担忧地看着她，两人目光相对，秋姜依旧没有任何表情。

她在想什么？颐非心中说不出地失落。

捧珠楼里一个人也没有，空空荡荡的三层建筑，整个一层是个巨大的圆形大堂，围绕中间的高台摆放着许多坐榻，一个弧形楼梯从高台一角蜿蜒上升，直通二楼，二楼是一间间客房。而最上面的三楼则是四大美人的住处，只用来招待她们的入幕之宾。能登上捧珠楼的三楼，是所有来这里的男人的梦想。

几个抢先进来搜罗一番的银门弟子此刻纷纷从楼上直跃而下，禀报道："四爷，楼里真的没人。"

"就算外出捐东西，也不可能不留看门的……"朱小招想到此处，转身从弟子手中接过秋姜，扶着她往前走，"七主，还是让我扶您走吧。"

一旁的颐非看得火大，这是拿秋姜当人质啊！

秋姜却灿烂一笑道："朱郎可真是体贴……"

朱郎？！颐非一愣，脚步慢了半拍，被拖他的银门弟子踹了一脚："快走！"

颐非咬牙，只能继续前行。

"七主，你说夫人会在哪里呢？"

"恐怕……在后院？"

"七主高见。"朱小招使个眼色，银门弟子们便朝后院摸过去。过不多时，回来禀报道："后院有竹林，林中有阵。"

朱小招转头看向秋姜，笑道："那就劳烦七主费神了。"

秋姜也笑道："愿为朱郎一尽绵薄之力。"

颐非吸了口气，觉得牙都快酸掉了。

一行人出了后门，外面是一道回廊，回廊尽头是一片碧绿色的竹子。

竹林深幽，落叶满地，似乎平坦，却内有乾坤。

秋姜强打精神抬步走进去。朱小招牢牢抓着她的手臂，步步紧随。

颐非翻了个白眼，跟在二人身后，而被银门弟子背着的品从目看着他，莞尔一笑。颐非不禁道："你笑什么？"

品从目道："有点意思。"

又是这句……此人还真是个人物，被自己的弟子弄得人不人鬼不鬼，都这般境地了还笑意款款，似半点没把生死放心上。话说回来，他到底是谁？他如此从容淡定，莫非是因为另有倚仗？

而随着秋姜的脚步，眼前的竹林起了一系列奇妙的变化，明明无路的地方多出了道路，明明有路的地方变成了陷阱……

颐非想，如此奇技，朱小招学不到，难怪他心里不忿。

朱小招看着眼前的玄机，忍不住侧头看了秋姜一眼。阳光照不进来的竹林里，她的肌肤显得越发苍白，倒比往日多了几分病弱的美感。可惜今晚就要死了，否则还真挺适合做个傀偏皇后的……

朱小招刚想到这里，秋姜开口道："到了。"

前方出现了一幢小楼，小楼的屋檐下，挂着一个铃铛——砗磲做的铃铛。

朱小招和秋姜对视一眼，看见了彼此眼中的疑惑：五儿已经死了，自那后，因为红玉的关系，夫人并未另选新的砗磲门主。此刻却出现了砗磲门主的信物，莫非新的五儿出现了？

朱小招往前走了一步，秋姜没来得及阻止，他脚下的青石块突然向下陷入，一阵急促的铃声响了起来。

紧跟着，"唰唰唰唰"，四道风声后，四名手持长剑的白衣少女出现："何人闯阵？"

朱小招忙道："颇梨门朱小招，携玛瑙门主七儿，青花老大品先生和前三皇子颐非，求见夫人！"

白衣少女们默默地盯了他们几眼后，转身带路。

小楼从外面看不高也不大，进去了才知道别有洞天，有一半房间都是临岩而建的，岩石上有水涔涔流下，落进下面的石臼里，没出来后，就流到了小池中。池中有鱼，一个宫装丽人在池旁喂鱼。

颐非惊讶道："罗紫？"

宫装丽人回过头来，看见这几人也很惊讶："颐非？！七主？！品先生？！还有你是……"

朱小招拱手行了如意门内的见面礼："潋滟城朱家铺子的掌柜朱小招，于去年晋升为四。"

宫装丽人便回了一礼道："你们都认得我，我便不自我介绍了。我于昨日晋升为五。"

此人二十岁出头年纪，梳着高高的发髻，别着十根对插彩云簪，仪容端丽，正是前程王铭弓的妃子罗贵妃。

对秋姜和朱小招来说，她是琉璃门弟子，本归丁三三管。

派她去铭弓身边，除了监视铭弓外，还有联系颐殊，掌控内庭之用。

去年，铭弓死了，颐殊登基了，按旧例，她应该继续待在宫中，享受荣华富贵的同时监视颐殊，或者返回如意门等待下一次任务。但鑫斯山倒，如意门内讧，一时间失去对她的管束。没想到她竟出现在了凤县的青楼里，还在昨天被提拔成了五儿……发生了什么事？

似看出众人的疑问，罗紫嫣然一笑道："我这一年来都在这边休养生息，其间听说夫人病了，派人寻找，直到前天才找到。我将夫人请来，请玉倌为她看病。夫人十分高兴，便赏我当了五儿。"

她这话听起来没啥问题，但其实语焉不详。起码，就朱小招所知，江晚衣跟罗紫可是有过节的，怎么还肯跟她往来？

罗紫本是璧国太医院提点江淮家的女婢，服侍江家的公子江晚衣，跟着他学了不少医术。江晚衣是个怪胎，虽然喜欢医术却不肯入太医院，跟父亲大吵一架后离家出走了。罗紫则被远亲赎身接回家中。

然而，所谓的远亲其实是如意门弟子，如意门需要这样的人，罗紫就此落入更加身不由己的境地。

她进如意门时十三岁，彼时秋姜正从南沿谢家回来，正式受封七主，两人远远见过一面。后来，罗紫被挑选入宫，入宫者共有十人，秋姜在垂帘后看过这十人后，目光落在她脸上道："依我看，此女有希望留到最后。"

如意夫人问："为何？"

秋姜注视着双手紧紧绞在一起的罗紫，道："她眼中有欲望。有欲望的人，往往比只会听从命令的人厉害。"

最终证明她猜对了。

十个绝色美人里，只有罗紫能够忍受暴虐成性的铭弓，当上了贵妃。再后来，她跟颐殊一起，联手扳倒了铭弓，给他下毒让他中了风。

此后，颐殊以贺寿之名邀请三王齐聚芦湾时，罗紫更是帮她掩饰行踪，不惜自毁名节，声称跟江晚衣有染。若非当时姜沉鱼急智，当场替江晚衣洗清嫌疑，江晚衣早已身败名裂。

可是，若非见到江晚衣，如意夫人怎会离开溦滟城来到这里？

而且，江晚衣刚才也确实出现在了他和秋姜面前，为秋姜诊脉……

朱小招越发警惕了起来。在他的计划中，他抓了秋姜和品从目后，直接回溦滟城逼如意夫人将权杖传给他。可现在，如意夫人换了地方，多了个罗紫，还有个颐非。计划出现变故，而变故通常意味着一个不慎满盘皆输。

他一向小心，又极擅长隐忍，因此当即打定主意，先不急着对付如意夫人，看看再说。

一行人跟着罗紫，走进寝室。小楼虽然向阳而建，但北面依岩，格外阴凉。今年干旱，虽已九月，还是炎热，可走进这里，顿跟走进了深秋一般，一身闷热汗意全都跟着蒸发了，说不出地舒爽。而且屋内陈设，精致奢华，与如意夫人在溦滟城的小楼相比，品位高了不止一点半点，比起璧国的皇宫亦不逊色。

秋姜心想，此女不愧是如意门派出去的细作里地位混得最高的，竟给自己弄了个这么享受的退隐之地。相比之下，无论是混成南沿谢家大小姐、风小雅十一夫人的她，还是混成胡家分部总管的胡智仁，以及老燕王近身侍从的四儿，都得一直很苦。

寝室内有一张很大的锦榻，如意夫人正拥被坐在榻上，旁有两名白衣婢女正在服侍她吃药。

罗紫第一时间上去接过婢女手中的药和汤匙道：“我来。夫人，他们来了。”

这是颐非第一次近距离地看见如意夫人，她终于不再是镜子里的模糊影像，可颐非觉得，其实也没什么区别。

风小雅曾经告诉他：“刀刀交代说，如意夫人是个很好看的女人，但头发是假的，眉毛是假的，牙齿是假的，笑起来脸是僵的，感觉哪儿都是假的。”

当时他想，怎么会有这样的人。

现在他想，形容得太绝了！

这是个人偶般的美貌女子，光洁的脸上看不出年龄，一举一动都优雅到了极点，她坐在那里喝药，却像坐在宫殿中准备接见臣民一般。

不愧是在背地里操控了父王三十年的女人啊。

颐非刚那么想，如意夫人的目光已看向了品从目，沉声道：“从目。”

品从目回应道：“夫人。”

如意夫人使了个眼神，背着品从目的弟子便把他放在了地上。如意夫人从品从目的腿慢慢地看到他的脸，问朱小招道：“这是什么情况？”

“回禀夫人。”朱小招毕恭毕敬道，“夫人派七主去芦湾，借选夫盛宴擒拿女王。属下觉得七主一人难免有疏漏，便带人前往支援……"

如意夫人眯起眼睛："这就是你擅离我身边的原因？"

朱小招连忙跪下了："我接到消息，老师也去了芦湾。事出紧急，当时夫人又服药睡下了，便没来得及请示就先走了……"

如意夫人静静地听着，没什么表情。

"而当我赶到芦湾时，七主身受重伤，未能擒获颐殊，我们只好先将老师请了回来。"朱小招已说得一头冷汗。

如意夫人又盯着他看了好一会儿，才缓缓开口道："是吗？你起来吧。"

"多谢夫人！"朱小招松了口气。

如意夫人瞥向一旁脸色惨白的秋姜，道："废物。"

秋姜屈膝跪下，伏地不起。

颐非在一旁看着她，心中莫名难过——这就是你不惜一切代价也要回到她身边的结局吗？如此卑微，如此懦弱，如此顺服。

我认识的那个人，聪慧，机灵，坚强，虽浑身秘密但处处闪耀的那个人，真的只是一幅画而已吗？

究竟是什么样的理由，值得你这么做？

然而，秋姜没有感应他的眼神、他的痛苦、他的纠结心绪。她毕恭毕敬地匍匐在地上，宛若毫不起眼的尘泥。

如意夫人最后看向颐非："为何把他也带来了？"

朱小招还没来得及回答，颐非回过神来，弯了弯腰道："小王当年逃去璧国，多亏夫人暗中相助，尚未当面言谢，一直引以为憾，今日得见夫人真容，真是三生有幸！"

如意夫人轻轻一笑，眼神似一汪春水，又温柔又清澈，看得人很是舒服。颐非心中一荡，继而警惕：魅术？

"三殿下可真是会说话啊……四儿，给三殿下松绑。"

朱小招应了一声"是"，扯去颐非身上的绳索。颐非得到自由，第一件事就是走到秋姜身边站着，然而秋姜并不看他。倒是站在如意夫人身边的罗紫，专注地盯着他看。

感应到罗紫的目光，颐非侧头，见罗紫冲他嫣然一笑。

这一笑，意味深长。

颐非心中若有所悟。

罗紫喂完最后一口药，躬身道："夫人，可要遣退左右？"

如意夫人点点头。罗紫便挥手让银门弟子和白衣婢女们都退了出去，关上门，再次回到如意夫人榻旁。

如意夫人掀开被子，起身落地，步步生莲地走到品从目跟前。

颐非见她行走如常，很是惊讶——听说她走火入魔，之前镜中所见，也是一副重伤在身的模样，此刻竟似已全好了！

品从目看到如意夫人行走的样子，也是微微一怔。

如意夫人在他面前转了一个圈："如何？"

品从目叹道："看来江晚衣非浪得虚名。"

"是啊，他说我好得很，起码还能再活二十年。所以你我之间的这场仗，最后，还是我赢。"

品从目笑道："我心服口服。"

"是吗？可我怎么觉得，你心中根本不这么想？"

品从目刻意瞥了朱小招一眼，道："也许……因为最后抓住我的，是他，而不是你？"

朱小招立刻道："我所做的一切都是为了夫人。我是夫人的第三只手。所以，我抓住你，就是夫人抓住你！"

"来时的马车上你可不是这么说的。"

朱小招眼中闪过一丝怒意，转身跪下道："夫人，此人在挑拨离间！"

"我心中有数。"如意夫人对品从目道，"我知道你想说什么。你是不是想说，他其实是你安插在我身边的棋子，这一年来，一直替你监视着我？"

品从目笑道："你都知道了？"

"这些小招来到我身边的第一天，就告诉我了。"

品从目的笑容顿时僵硬了一些。而朱小招已笑了起来："我是如意门弟子，如意门只有一个主人——不是老师，是夫人。"

颐非则在一旁看得叹为观止：这哪里是双面细作，简直是三面、四面、无数面！难怪秋姜和品从目都会栽在此人手上。现在就算他们告诉如意夫人朱小招别有居心，想自立为王，恐怕如意夫人都不会相信，没准还会成全他。

品从目也想通了这一点，笑了笑道："好吧。是我用人不当，满盘皆输。"

"那么，回答我一个问题。"

"夫人请问。"

如意夫人凝视着他，一直一直看着，颐非不禁心想：妈呀她不会喜欢他吧？

终于，如意夫人开口道："我认识你有二十年。十六年前，你请求加入如意门。我爱惜你的才华，虽然如意门不收十岁以下的弟子，但我还是破例收了你，并提拔你当副门主，接管'青花'。"

品从目淡淡道："夫人对我有知遇之恩。"

"我这个人，虽有时刚愎自用了些，但赏罚分明，自认没有什么对不起你的地方。你在如意门内，可以说是一人之下万人之上……"如意夫人俯下身，近在咫尺地盯着他，像一条蛇死死地盯住了一只青蛙，一字一字地问，"所以，为什么？"

品从目作为那只被盯住的青蛙，却没什么慌乱之色，依旧带着淡淡的笑意，回答道："夫人想问，我为什么背叛你？"

"我想不透你做这一系列事的原因。图财？如意门的大部分钱财早就归你打理；图权？我闭关多年，门内弟子都任你调控；图自由？不想再受我掌控，杀了我就好，为何不赶尽杀绝，还派小招照顾我，留着我的命？"

品从目看了朱小招一眼道："我派他留在你身边，所为何事，他没告诉你？"

"小招说，你留着我的命，是为了从我口中套出四国谱。"

"没错，就是为了四国谱。"

"撒谎！"如意夫人斩钉截铁道，"世人以为那是记载了四国秘史的宝贝，他们不知道，但你会不知吗？那东西根本毫无价值，你要去何用？"

朱小招心中一紧。颐非也立刻专注了几分。

四国谱到底是什么？

为什么品从目和秋姜都想要，如意夫人却说它毫无价值？

品从目沉默了一会儿后，自嘲般笑了起来："你果然不信啊。你既觉得它无用，为何不肯给我？"

"因为如意门的门规，它只属于如意夫人。我不能坏了祖上的规矩。"

"你这么遵守规矩？那我问你，她都年过二十了，你为何还不退位让贤，把门主之位传给她？"品从目忽然将手指向了地上的秋姜。

这下，便是秋姜也不得不抬起头了。她看看品从目再看看如意夫人，神色极尽复杂。

如意夫人的假脸，也顿时白了几分，冷冷道："你这是什么意思？"

"根据门规，每一任如意夫人都从姬氏的女儿中挑选。十岁前带入门中，悉心教导，待得成年接掌如意门，而老如意夫人就可以返回姬家。"

"那是因为她十九岁去执行风小雅的任务时，我以为她死了！"

"但你后来知道她没死。她回来了，回到你的身边，你为何不禅位给她？"

如意夫人怒道："你这是在挑拨我们姑侄的关系吗？"

品从目看向秋姜道："我只是想告诉你，你的姑姑根本不想传位给你。你就算为她赴汤蹈火死一百遍都没有用。还有你——"他又看向朱小招，"她也不会传给你。只要她活着一天，她就会把一切都牢牢地攥在自己手里，不会分给任何人。"

"你！"

如意夫人刚要反驳，品从目已打断她："你说如意门的钱财都是我在打理，但地契房契都在你那儿，我只能运营无法买卖。"

颐非想，难怪上次给他的全是假的。

"你说如意门的弟子都归我调控，但他们都怕你怕得要死，你的如意笔一出现，所有人都魂飞魄散。"

一旁的朱小招眸光闪烁，默默地握紧了手心。他想起了那个从他马车上滚下去的银门弟子，他们一个个都是夫人熬的鹰。

"你为什么会走火入魔？因为你修炼魔功，你想让自己的脸永远年轻没有皱纹，你害怕苍老。苍老意味着退场。所以，一开始，你阻挠姬忽入门，你不喜欢她。但是琅琊对你施压，你没办法，只好让步。然后，姬忽来了，你本该把她当继承人悉心栽培，可你没有，你让她跟其他弟子一起，历经磨难九死一生。你给她指派的全是最危险的任务！你希望她死在任务里。"

"一派胡言！"如意夫人转头对秋姜道，"没有这样的事。此人背叛我们，还意图挑拨，可恶至极！"

秋姜定定地看着品从目，忽开口道："当年除夕夜，你为何不来？"

品从目一怔。

"我给你送了信。我会在除夕夜设局杀死风乐天，让你接应我，将我带回如意门。可你没来，我落入风小雅之手，失去记忆，生不如死。"

品从目的表情有些僵硬。

如意夫人立刻道："没错！是他！是他不救你，不是我！我当时走火入魔正在闭关，根本不知道你出了事！而且你当时正好十九岁，我想着那是最后一个任务，待你胜利归来，我就传位给你。真的！"

品从目冷笑了一声。

秋姜又道："你说姑姑不喜欢我，想借任务杀我。可我没有死。不但如此，我还完成了任务，一步步地成了玛瑙。正因为我是凭实力上去的，门内弟子全都对我很信服。"

"对！"如意夫人赞许地拍了拍她的肩膀道，"凭借自己的实力当上如意夫人，才是我的好七儿。姑姑对你如此严苛，恰恰是为了如意门能在你手上更加发扬光大。"

品从目冷笑道："那你传位给她吧。此刻！现在！你敢吗？"

"我有什么不敢的？我当然可以现在就——"如意夫人说到这里戛然而止，目光在秋姜和品从目之间扫了个来回，忽笑了，"我说，你们两个……莫非是串通好了的？"

颐非心中一颤：真的是双簧吗？

但下一刻，他就打消了这个念头，因为秋姜的状态实在看起来太差了，似是随时都会死去一般。

品从目幽幽一笑道："是啊，我是跟她串通好了的，逼你传位给她——给一个死人。"

如意夫人猛地转身抓起秋姜的手腕搭脉，过得片刻，犀利的目光射向朱小招道："七儿这是怎么回事？"

朱小招惴惴不安道："七主体内的伤本就没好……"

"我知道她没好，但怎会变得如此严重？"

"许是一路奔波……路上碰到过江晚衣……"

"神医怎么说？"

"神医说，七主大概……活不过今晚了……"

此言一出，众人皆惊。最震惊的是颐非，他一把抓住秋姜的另一只手，只觉那只手冰凉冰凉，没有丝毫热度，再搭她的脉搏，忽疾忽慢，更是紊乱至极。

他忍不住颤声道："江晚衣现在何处？"

朱小招道："他说既然此人已经无救，那么就不浪费时间了，他还有下一个病人要看……"

罗紫立刻躬身道："夫人，我这就让人把他请回来！"

如意夫人点点头，罗紫便出去了。

秋姜将颐非的手推开，然后抓着如意夫人的手摇摇晃晃地站了起来。

她继续摇摇晃晃地走到品从目面前，从怀里掏出一个包扎得非常小心的小包，打开一层还有一层，足足裹了好几层，最里面躺着的，是一个锈迹斑驳的箭头。

颐非一下子认出这是射死姬婴的那个箭头。

秋姜将此物捧到品从目眼前，低声道："我再问你，认识此箭吗？"

品从目的嘴唇动了动，忽然沉默了。

一旁的如意夫人微微眯眼。

"姑姑是否愿意传位给我，何时传位给我，皆是我们姬家人之事，用不着你在旁指手画脚。而我弟弟之死，才是我最在意的……告诉我，是不是你？"

品从目长长一叹："这是个意外……"

"啪！"秋姜重重一个耳光打了过去，打得品从目栽倒在地，"噗"地吐出一大口血来。

秋姜一把抓起他，将箭尖对准了他的眼睛，沉声道："所以是你！是你的毒药，你的意外，导致了姬婴的死？"

"是。"

"除夕夜不来接，任我在云蒙山上失忆，阻止我回如意门的人，也是你？"

"是。"

"为什么？"

品从目看了如意夫人一眼，再看向秋姜时，眼神中多了很多怜惜："你是我的学生……我最喜欢的一个学生。既然我要与如意夫人决裂，与其让你帮她对付我，不如将你摘除出去。你在云蒙山上，虽然过得很苦，也比留在如意门内继续出生入死满手血腥强……"

秋姜厉声道："我的命运不用你帮我选！也不用任何人帮我选！"

品从目悲悯地注视着她。

"您怎么能如此对我？五年！整整五年！你们怎么能够这样对我？"说到后来，声近哽咽。

品从目直起身，从她手中拿走箭头，注视着上面的斑驳血渍，一笑道："罢了。终究是要付出代价的。我已满盘皆输回天乏术，赢的人是……"他看了如意夫人一眼，然后又看了朱小招一眼，最后回到秋姜脸上。

"你。"

伴随着最后一个字的尾音，品从目将箭头往自己的心口拍去。

秋姜一惊，连忙伸手去夺，但箭头已整个没入品从目体内，鲜血立刻涌出，一开始是红的，很快变成了乌红色……

如意夫人推开秋姜，上前一拍，将箭头用内力震了出来，然后飞快点了周边穴道为他止血，急声道："我还没允许你死！你背叛我，背叛七儿，背叛如意门，做了这么多错事，休想一死了之！"

品从目哈哈一笑，唇角涌出大团血沫来。

如意夫人又怒又急，不停拍打他的穴道，想将毒逼出来。虽然箭上残留的毒素很少，但品从目的身体太虚弱了，本就在发烧溃烂，心脏再被箭头一扎，立刻就不行了。

如意夫人眼中升起了蒙蒙雾气，恨声道："不许你死！品从目，我不许你死！你欠我那么多，不还清你凭什么死？"

这时罗紫回来了，看见这一幕，连忙上前阻止她："夫人！您刚喝了药，不能擅动内力！"

"滚开！"如意夫人用内力将罗紫震到一旁，继续刺激品从目的心脏："你为什么背叛我？如意门内任何一人背叛我都可以忍受，唯独你不行！我对你不仅有知遇之恩，还有救命之恩！我给了你世间上最好的一切，权势，地位，荣耀，尊贵，信任，你却这般对我！"

品从目的目光动了动，没有看她，而是透过她，望着她身后的秋姜，最后微微一笑，闭上了眼睛。

如意夫人一怔，停下了疯狂的动作，她摸了摸品从目的脉搏，他的脉搏已经不跳了。

如意夫人又去探他鼻息，他的呼吸也停了。

如意夫人脸上起了一系列的表情变化，喃喃开口道："怎么会呢……"她缓缓起身，在屋子里踱了几步，回头，再次冲过去确认品从目的脉搏，确实什么也摸不到。最后她重重一震，如梦初醒。

"从目？从目！从目，不是真的……这、这……"她慌乱地看向屋子里的其他人，其他人也目瞪口呆地看着她。

颐非看到这一幕后，心头的那个怀疑得到了证实——原来如意夫人真的喜欢品从目。

如意夫人踉跄后退了几步，"啪"地跌坐在地上。

罗紫连忙上前搀扶她，担心道："夫人？"

如意夫人垂下眼睛，看向自己的手，她的手上残留着他的血，已经凉了。然后她轻笑了一下，又笑了一下，最后变成了哈哈大笑。

"这就是背叛如意门的下场！"她猛地睁眼，犀利地看向朱小招，道，"你看见了？"

朱小招大惊失色，"扑通"又跪了下去，道："属下不敢！属下对夫人忠心耿耿啊……"

"是吗？"如意夫人冷笑起来，扶着罗紫的手走到他面前，一只脚狠狠地踩在他的手背上。

朱小招不敢吱声，疼得冷汗一下子冒了出来。

"你把他带给我，你把毫无反抗之力的他带给我……居心何在？"

朱小招一怔，慌乱抬头："夫人？"

"你把他带给我，你知道我不会放过他，你也知道他会气死我。你想看我们两败俱伤？"

朱小招露出不敢置信之色，颤声道："他背叛了您，按照门规理当抓回处置，我、我到底错在了哪里？"

如意夫人笑了笑，眼睛里却没有丝毫笑意："我并没有吩咐你去抓他！"

朱小招如遭重击，身子剧烈晃动了一下。

"我没有吩咐你去帮七儿，我没有吩咐你去抓从目，我给你的命令是留在我身边！可你擅自行动，你真的以为我不知道你心里在想什么吗？"未等朱小招回应，她另一只脚也狠狠地踩了上去。

朱小招眼睁睁看着自己的手发出"咔咔咔"的声音，指关节一节节地断了。

如意夫人给了罗紫一个眼神，罗紫拍了拍手，白衣婢女们押着一队人从外面走进来。颐非一看，都是之前跟朱小招在一起的银门弟子。

罗紫道："此人此番来，带了二十名弟子，除了两个刚才反抗被杀外，其他十八人都已擒获，请夫人发落。"

颐非这才知道她刚才出去，根本不是替秋姜派人去找江晚衣，而是帮如意夫人肃清朱小招的手下去了。

朱小招面色大变，惊恐地看着那十八个鼻青眼肿、处处挂彩的银门弟子。

刚才这个房间里发生的一切都太吸引他了，他看得目不转睛、全神贯注，以至完全没有听见底下的打斗声。

一个声音沉甸甸地从内心深处涌出，一遍又一遍，层层扩散，越来越大——

完了。

完了!

"来,告诉夫人,四爷都吩咐你们做什么了?"罗紫踢了踢一人的腿。那人扑地跪下,本想抬头去看朱小招,但先看到了如意夫人,顿时整个人一僵,喉咙里发出"咔咔咔"的声响。

如意夫人一扬眉毛。

那人顿时战栗,汗如雨下,急声道:"四爷让我们赶在金门弟子前找到品先生,把他抓回来,留活口。"

"他没跟你们一起行动?"

"没,他说他要单独去做一件事,不让我们任何人跟着。我们后来也是蹲在凤县的官道上,才看见他的马车,与他会合。"

如意夫人问朱小招:"你说你去了芦湾,帮七儿,抓从目。但那些都是他们做的。你去哪里了?"

朱小招忍不住看了秋姜一眼。奄奄一息的秋姜没有看他,而是看着地上的品从目,眼底有无尽的悲伤。

于是朱小招不由得也将视线转到了品从目的尸体上,他的嘴角甚至还带着一丝微笑,闭着眼睛似是睡着一般,半点看不出生前遭受了那么多痛苦。

"小招,你想不想知道……自己原来的名字?"

他的那句话于此刻不合时宜地出现在他脑中,朱小招的目光闪了闪,抬头凝望着如意夫人道:"夫人,我四岁入门,十四岁开始接受任务外出,迄今八年,虽做的事没有七主多,功劳没有七主大,但也始终谨小慎微没有疏漏。老师命我监视你,我第一时间向您坦白,对他阳奉阴违。这一年,是真的用生命在保护您……"

如意夫人冷笑了一下:"你是在邀功吗?"

"我说这些,不是邀功。"朱小招说着缓缓起身站了起来,两只指节粉碎的手无力垂在身畔,"夫人擅长熬鹰之术,每个弟子经过重重考验被淘汰,被你折磨得人性尽失。就像他们,空有一身武功,却只会服从,从不知反抗。"

十八个银门弟子闻言惊愕,彼此面面相觑。

"红玉更是,被你虐待长大,可长大后,反视你为母,对你一心一意。她毫无过错,只是想要如意夫人之位,便被你亲手杀了。当时,我以为你是为了维护七主。现在才知……你是为了自己。"

如意夫人面色微变,沉下了脸:"你说什么?"

"此刻,你当着如此多弟子的面要惩戒我,理由只是因为我没听你的命令留在你身旁?不是的,你要杀我,不过是因为发现我也想当如意门门主。你这哪是熬鹰人,你是蚁后。熬鹰人老了,都会想着把手艺绝活传给下一任。只有蚁后,才会杀掉所有可能成为新蚁后的蚂蚁。"

"一派胡言！"罗紫大怒，要上前教训他，被如意夫人阻止。

"让他说完。"

朱小招看着自己被废的手，低声道："蚂蚁中有一种红蚂蚁，自己不会干活，就出去各种抢夺别的蚂蚁的卵回穴孵化。等这些蚂蚁长大后就是红蚂蚁天生的奴仆，不会反抗。如意门就是这样的红蚂蚁。而你这个蚁后，也最终赢了。老师去了，七主快了，三殿下落于你手，如意门安全了，很快就能重振。门内所有想当蚁后的蚂蚁，都被你除干净了……"说到这里，他低下头，用嘴巴一点点地将手上的绿色手套摘掉，露出里面血肉模糊的双手。

"夫人可知我为何一直戴着这双手套？"

如意夫人看着被自己踩碎的那双手，眸光微闪："你不是说因为胭脂水粉会让你发痒？"

"是啊，我说我对胭脂水粉发痒，求您给我安排别的任务。可您不允，偏偏让我去当朱家铺子的掌柜，还说，朱家是我的本家，我就该去那儿。您把智仁派去胡九仙家时也是这么说的，您说他本就姓胡……"朱小招说到这里轻轻一笑，"我们中只有红玉记得自己姓什么，所以她特别想当七宝玛瑙，可您一直让七主待在玛瑙的位置上，就是不肯成全红玉。你用这些看似微不足道的东西吊着我们，束缚我们，囚禁我们，还要我们对你生出爱戴之意……这难道不可笑吗？"

颐非看到这里，不禁心想朱小招倒是难得的一个明白人。野心有时候会毁掉一个人，但也会成全一个人。起码这个人，没有活得像其他弟子那样麻木不仁。

只可惜，他依旧斗不过如意夫人。

这大概是他最后的遗言了。

正当颐非这般想时，如意夫人突然面色一变，抬手捂住了自己的脸。

朱小招笑得越发亲切起来："还有您的脸，快七十的人了，天天顶着这样一张脸，不觉得可笑吗？您真的认为自己可以不老？还是认为胭脂水粉真的能让你永葆青春？"

如意夫人眼中绽出了凶光："你对我的脸做了什么？"

"我为什么戴手套，因为我怕中毒。我为什么怕中毒，因为夫人的胭脂水粉都是我配的。"

如意夫人连忙抚摸自己的脸，然后发现她的脸又麻又痒，像被千万只蚂蚁在啃噬一般："你居然对我下毒？解药呢？交出来！"

"没有解药。我不想给你留任何退路，所以，从一开始，就没有解药。你用的胭脂水粉越久，毒素积累越多，而等我摘下这双手套的一刻，药引催发，所有毒性同时爆发，你的这张假脸，就会一点点地烂掉。"朱小招伸展着他不成形的一双手，却如同紧紧掐住了如意夫人的命门。

如意夫人大怒，当即要朝他扑过去，但又莫名畏惧他的手，只想退离得远远的。"五儿，杀了他！噢不，不能杀他！逼他交出配方，肯定能解！去找江晚衣来，让他给我解毒，快！"

朱小招大笑："你尽管找大夫试试。"

罗紫掠至他身前："交出配方！"

"凭什么？"

"交出配方，让你死前少受痛苦。"

朱小招想了想，满不在乎地道："我不怕死。从地狱里爬出来的人，怎么会怕死呢？"

罗紫一僵，没了办法。

如意夫人挠了一下自己的脸，这一挠便一发不可收拾，恨不得将整张脸都挠掉。她气得整个人都在哆嗦："凌迟！将他给我凌迟！"

朱小招笑道："没有更新鲜的了吗，蚁后？"最后二字，说得极尽讽刺。

"你想要什么？你到底想要什么？如意门吗？我传给你！传给你！"如意夫人的声音里带了哭腔，原本光洁如玉的脸庞被她挠出了一道道红痕，最可怕的是，她只觉得越来越痒，痒得已经无力思考，快要疯掉。

朱小招冷冷地看着她，不开口。

如意夫人整个人都开始在地上打滚，原本高高绾起的发髻一下子散开了，优雅高贵的形象荡然无存。

"我的脸！我的脸……啊！啊啊啊——"如意夫人突然发狠，扑过去抓住朱小招，一口狠狠咬在他脸上。

朱小招被咬后，反而笑得更欢愉了："没有用的。夫人。"

如意夫人生生将那口肉咬了下来，可当她看到朱小招脸上出现的血洞，猛然想起自己的脸也会如此，顿时崩溃了。

"七儿！七儿！"她扭身冲回到秋姜面前，紧紧握住她的手，"你救救姑姑，七儿！你一向最有办法，你救救姑姑！"

秋姜咳出一口血沫来。

如意夫人一抖，似这才真正意识到眼前之人命不久长一般，眼眶一下子红了："七儿……"

秋姜颤巍巍地伸出手，握住她的手，秋姜的手冰凉冰凉，但她说出的话，暖彻人心："别怕，姑姑。"

如意夫人的眼泪一下子流了下来。

她摸了摸自己的脸，摸到一手血渍，不知是自己的还是咬朱小招时沾到的，然后她又看到了品从目的尸体，低声喃喃道："幸好你看不到……"

如意夫人伸出手，抓住自己的发髻，然后用力一扯——假发脱离了她的脑袋，露出里面半秃的白发来。白发很是稀疏，又常年被假发压着，盘踞在她头上，此刻被风一吹，四下翻飞，又可怖又可怜。

罗紫惊道："夫人？！"

如意夫人没有理会，再从自己嘴里抠出两排假牙，她的嘴巴一下子瘪了进去。

再然后，她用从品从目心口取出来的那个箭头，划破了自己的脸，箭伤一出，巨大的疼痛感顿时削弱了痒的感觉，她这才得以恢复镇定，回身看向朱小招。

朱小招笑声顿止，心底涌起无穷无尽的恐惧，儿时的经历在脑海里翻滚浮现，那些痛苦，那些耻辱，那些绝望……原来并没有消失，而是一直一直藏在记忆中。

他绝望地发现，到头来，他还是一只被熬过的鹰，无法抵挡对熬鹰者发自内心的恐惧。

如意夫人轻轻道："你以为，伤了我的脸，便能伤到我吗？"

朱小招没有回答，他已恐惧得说不出一个字。

"能把我逼到这一步，你这只蝼蚁也算不错了。"

下一刻，朱小招感觉眉心一疼，却是如意夫人的指甲在他眉心上划了一道口子。他顿时如坠冰窟。

他曾见过夫人用这招。

惩戒一个想要跟恋人私奔脱离如意门的弟子。

如意夫人用指甲在那弟子的恋人的眉心上划了一条缝，然后用力一扯，生生将整张皮都剥了下来，扔到该弟子面前时，人皮还会动。

"拿着吧，你们永远在一起了，也不用脱离组织。一举两得，对不对？"

他在旁边站着，亲眼看见了全过程。那个弟子当时的表情，直到现在他还能清晰地想起。而今，轮到了他自己。

朱小招定定地睁着眼睛，看着那只点在他眉心上的手。心中不是后悔，也不是悲哀，只有深深的恐惧。

恐惧之种，生出了无数根茎，牢牢盘踞着他的心。所谓振翅飞翔的梦想，不过是错觉一场。

然后，他听见如意夫人问他："看在你如此不错的分儿上，我赐你一死。死前，你还有什么要说的？"

朱小招一点点地抬起眼睛，注视着这个从四岁起就成了他最大的噩梦的女子，忽道："四国谱是什么？"

如意夫人惊讶，问他："你只想问这个？"

朱小招自己也说不清楚，如此绝望的时候，为什么还会对这个好奇。

如意夫人环视了一下屋子里的所有人，答道："是你们的来历。每一个如意门弟子的出身来历。"

朱小招顿时恍惚了起来。

如意门的分支"青花"从四国略人，然后从孩童中挑选天资不错的送入如意门接受训练。因为年纪都很小，入门后又接受一系列残酷洗礼，所以很少有人能记得自己是谁。便是红玉，也只记得自己本名叫作沈玛瑙，但父母是谁生在哪里，一无所知。

这也是如意门防止弟子长大后寻找身世，确保他们继续忠诚的手段之一。

如此说来，此物对外人而言确实毫无用处，对很多已被磨去人性只会杀人的弟子而言，也没有用处。难怪品从目说他的目标是四国谱时，如意夫人不信。

朱小招本也不理解，可就在这瞬间，他想到他快要死了。根本不知道自己是谁，就要死了。品从目的声音再次响起——

"小招，你想不想知道……自己原来的名字？"

我是谁？

我本姓什么？我有父母吗？我不在后，他们还好吗？我死后，能回到儿时的家看他们一眼吗？

这个声音一遍遍地问，原本并不重要的东西，却在将死的一刻，变成了渴望。

"我是谁？"他忍不住问了出来，"我的出身来历，是什么？"

如意夫人笑了，满脸血污的脸变得越发扭曲丑陋："你觉得我会告诉你？"

朱小招不顾眉心的伤口朝她狠狠地撞过去。

如意夫人始料未及，被他撞倒，紧跟着，朱小招压在她身上用手臂死死按住了她的脖子："告诉我！告诉我！"

罗紫大急，连忙示意白衣婢女们上前救人。

白衣婢女们抬剑就刺，朱小招却似感觉不到疼痛一般，继续用胳膊卡着如意夫人的脖子，吼道："我是谁？告诉我？！"

一剑又一剑狠狠地刺进他的后背，不一会儿，他的后背就变成了马蜂窝。白衣婢女们都开始手抖。

如意夫人骂了一句"废物"，出指如电，用力插进朱小招眼中。

朱小招大叫一声，去捂自己的眼睛。如意夫人趁机将他一脚踹飞。他撞上墙壁，再重重落地，"噗"地喷出一大口血。

他抬起头，两只眼珠已经没有了，再加上脸上少了一块肉，一共出现了三个血洞，嘴里依旧喃喃着："我是谁？"

"这个问题死后问阎王吧。"如意夫人说着，夺过一名白衣婢女手中的剑，一剑穿心，了结了朱小招。

朱小招的身子抽动了一下，便不再动了，身下的波斯地毯被污红了一大块。

如意夫人将剑一丢，气喘吁吁地走到梳妆台前，拿起了铜镜。她注视着镜子，房间里一下子安静了下来，每个人连呼吸都不敢大声，担心她再次崩溃发疯。

然而，如意夫人没有。她静静地注视着自己的脸，忽然一笑："原来我老了是这样子的……"

说罢，她侧头看向地上的品从目："真不公平啊。为何你可以老得这般赏心悦目呢……"

　　颐非只觉鸡皮疙瘩都起来了。难道如意夫人如此在乎自己的脸，是因为品从目老得太好看了？变态之人果然不能按照常理推断。只是这一出大戏，品从目死了，朱小招死了，接下去会如何？秋姜她……

　　一想到秋姜，他的心抽动了一下，忽觉这场大戏无论最后结局如何都似不再重要了。

　　他凝望着秋姜，秋姜也终于回眸看了他一眼。

　　这一眼，颐非觉得自己有很多话要说，却一个字都说不出来。

　　秋姜朝他微微一笑。

　　笑得他心中又是一抽。

　　这时，罗紫上前道："夫人，这十八人如何处置？"

　　如意夫人的目光将他们一个人一个人地看过去，被她扫到的人无不颤抖。最终，她淡淡道："你们全都先退下，我同七儿有话说。"

　　"是。"罗紫亲自过来抓住颐非，拖着他往外走。

　　颐非下意识挣扎，罗紫给了他一个警告的眼神，不由分说地将他拖出门外。小楼的门缓缓合上，将秋姜的最后一点身影也吞没了。

　　罗紫把颐非拖到之前喂鱼的小桥上，再示意白衣婢女将银门弟子关押。如此一来，待得众人走后，小桥上只剩下颐非和罗紫二人。

　　罗紫打量着颐非，见他面无血色，失魂落魄，不禁咯咯一笑："你怕什么？夫人跟颐殊已经闹翻了，今后必会重用你。你当程王，指日可待。"

　　颐非紧抿嘴唇并不搭话。

　　罗紫转了转眼珠，悠悠道："我知道了，你怕七主死？玉倌说了，她没的救了。这对我来说是个挺好的消息，虽说如意夫人都是从姬家挑选的，但据我所知，姬婴生前可没少折腾他的族人们，如今，姬氏全都窝在他们的封地里，年轻一代中十岁以下的女童一个都没有。所以，在下一个女童诞生之前，我会是如意门中一人之下万人之上的存在。"

　　颐非终于睨了她一眼："你就这么甘心做蚂蚁？"

　　"做蚂蚁有什么不好的？总比那位一心想当自由的鹰的强。"

　　颐非忽然笑了。

　　"你笑什么？"

　　颐非环视着前方的小楼，缓缓道："六百年紫檀木雕成的庆寿纹宝座，九龙西番莲纹四件柜，长达两丈的紫檀照壁，光几上那个鱼龙海兽笔筒，就价值千金……你若是蚂蚁，也是最贵最会享受的一只蚂蚁。"

　　罗紫嫣然道："三皇子果真识货得很啊……"

　　"然而这座小楼加楼前的竹林，从东走到西，最多三百步；从南走到北，最多五百步。三百步加五百步，已经困住你整整一年了。你甘心这一辈子，都被困在此地吗？"

　　罗紫的笑容消失了。

　　"如意夫人残暴不仁，对红玉和朱小招说翻脸就翻脸，你能确保自己在她身边安然无恙？"

　　"所以三皇子现在是在挑拨离间？"

"我只是不明白。"

"不明白什么？"

"红玉和朱小招，入门时年纪太小，泯灭了本性情有可原。而你进如意门时应该已经大了，为何还会对如意夫人保持着忠心？在目睹了他们那么惨的结局后仍痴心不改？"

罗紫微微一笑："原因你不是知道吗？"

"噢？"

罗紫指着眼前的小楼道："六百年紫檀木雕成的庆寿纹宝座，九龙西番莲纹四件柜，两丈长的紫檀照壁，还有鱼龙海兽笔筒，还有这楼内的一切……"

颐非的眼眸由浅转深。

"我从小家境贫寒，七个妹妹一个弟弟，等到娘终于生出弟弟时，家里也已穷得揭不开锅了。于是他们商量了一晚上，第二天便把我卖了。"

颐非皱了皱眉："于是你就被卖到江家了？"

罗紫嘲讽一笑："贩子觉得我漂亮，想卖个高价，虽然每夜都会猥亵我，但始终没做最后一步。可我当时八岁，已经懂得一些事了，每当他的手朝我伸过来时，就恶心得想吐。有一次我真的吐了出来，他便拿冷水泼我，外面在下雪，我躺在地上，浑身哆嗦……虽然很冷很痛，但身上没留伤痕……"

颐非顿时不说话了。

"然后我就病了，病得很重，眼看就要咽气的那种。贩子没办法，不甘心赔本，便把我拉去找大夫……那一天，外面全是大雪，但是阳光特别亮，我迷迷糊糊地躺在平板车上，听见一人问：'她怎么了？'"罗紫脸上起了很温柔的变化，"贩子回答说我病了，那人问：'我可以看看吗？'贩子怀疑地说：'你？'那人说：'嗯，我。'然后一只暖乎乎的小手，搭在了我的额头。我睁开眼睛，看见一个比我还小的男童，也就七岁，一脸认真，踮着脚趴在车旁看我。"

颐非猜到了那个人是谁。

"后来我才知道，他是江太医的独子，小名玉倌。他跟贩子说我能治好，但要花很长的时间，很多药材。贩子一听要花那么多钱，就不打算治了。于是最后，玉倌用十斗米买了我，把我带回了江家。"

颐非终于再次开口道："你运气不错。"

"是啊，我的运气，真的很不错……"因为说到了开心的事，罗紫的神态更加温柔了，"我在江家做了玉倌的小婢女，病慢慢地好了，跟着玉倌学到了很多很多。他是个很好很好的人，我想，如果有一天，他需要的话，我愿意为他去死。"

"可你没有为他去死。相反的，去年他作为璧国使臣来程，你跟他再遇后，毫不留情地配合颐殊栽赃陷害他。"

罗紫的脸一下子沉了下去，温柔之色尽褪，像融化后的雪地，无瑕白色变成了污水横流："因为他是个蠢货！放着太医院提点家的公子不当，非要去体验什么百姓疾苦！"

颐非心中暗叹了口气。

"他那样锦衣玉食养大的人，没在滴水成冰的冬天洗过衣服，没在三伏天干过农活，从没为明天无钱买米发过愁，从不知一件丝绸衣服有多贵……而我知道，正因为我知道，我发誓再也不想过那样的苦日子！我更不能原谅那些天生幸运的，一出生就拥有这一切的人，如此轻易地舍弃了这样的好日子！"

"他救了你。"

"他谁都救！"

颐非一愣，继而明白了：恐怕这才是罗紫的心结所在。她本以为自己是特别的那个人，是遇到江晚衣后改变了人生的人。后来却发现，自己毫不特殊，在她视如天神般的公子心中，世上只分两种人：病人和没病的人。所以因爱生恨？

"我苦苦哀求他不要走，甚至到最后，我请他带着我，如果他坚持要去吃苦，那么，我愿意陪他一起吃苦……可是他没有。他抛弃了我！我再也不是江家公子的贴身婢女，我变成了一个普通的婢女，再然后，夫人想把我许配给马夫……"罗紫看向桥下的池塘，池水倒映出她的影子，她仿佛天生就该穿这么华丽的衣服，也唯有这样的衣服才配得上她艳丽妩媚到了极致的容颜，"一个半年都不洗一次澡，身上带着汗臭和马粪味的男人，也配娶我吗？"

颐非眸底似有叹息，却不知叹的是江晚衣，还是罗紫。

"所以我不甘心，但我没办法。就在那时，我出门买东西时看见了那个贩子。他还记得我，认出了我，我也认出了他。他从前只是自己一个人，现在却有了好几个跟班，穿上了丝绸衣服，看起来有了一些地位。我听他的随从们说，要送一拨姑娘去圣境，我问他，圣境是个什么样的地方。他痴迷地看着我的脸，伸手想摸却最终没敢摸，他说——那本是你五年前该去的地方。"罗紫冷冷一笑，"我不想嫁给那个马夫，我不想当贱奴，我想当被人服侍的人。所以，我来了如意门。"

颐非挑眉道："所以，不是如意门找上你，而是你主动找上了如意门。"

"对！如意门不收十岁以上的弟子，我是唯一一个。"

颐非想了想，道："你真是个运气不错的人。你落入人贩手中，能够遇见江晚衣。你不想嫁给马夫时，又能遇到人贩。你想要荣华富贵，如意夫人便让你去服侍一国之主。你成为贵妃后不想再伺候那个暴君了，那暴君就完蛋了。你想回如意门时，就找到了如意夫人，而她身边的两大臂膀双双折断……你所想的每件事似乎都成了。"

罗紫点头一笑："所以，挑拨离间无用，我不会背叛夫人的。"

颐非看着她，再次沉默了。

罗紫道："现在，你还有什么话要说？"

"有。我想知道，你都那般背叛江晚衣陷害江晚衣了，为什么他还肯替你给如意夫人看病呢？"

罗紫的笑容再次僵住了。

两人彼此面对面凝视着对方。

如此过了好一会儿，罗紫唇角的笑容才再次一点点翘起："你发现了什么？"

"你笑得太好看。"

"你也算我半个儿子，我对你笑得好看，噢不，慈祥些又算得了什么？"

"如意夫人不明白为何同样衰老，品从目能老得那般好看，而她费尽心思也只是弄出张假脸，美貌依旧荡然无存。"

"为什么？"

"因为——相由心生。"颐非注视着年过三十却依旧带了点少女天真的罗紫，笑了笑，"同样，你笑得那般好看，说明你——心无恶意。"

罗紫似呆住了，一时间，忘记了接话。

"江晚衣虽在行医一事上没什么原则，但他不是傻瓜，相反，他极其聪明。不是绝顶聪明之人，也成为不了神医。他会不计前嫌地帮你，只说明……你值得他帮。"

罗紫的眸光闪了闪，低声道："你还知道什么？"

"我还知道薛相和朱爷先我一步离开芦湾，临行前，他向我保证——"

"放心。如意夫人和秋姜，我都会带回来的。"薛采当时如是道。

颐非想到这里，笑得越发开心了一些："薛采虽是个小狐狸，但一向说话算话，而且不得不承认，他是个挺有办法的人。那般有办法的人，比我早出发，却到现在没出现，为什么？"

罗紫歪了歪脑袋："是啊，为什么呢？"

"当然是因为……还不出来吗？"颐非看向竹林方向，一字一字道。

微风拂过竹林，发出洞箫般的呜呜声。呜呜声中，一少年踩着落叶，缓缓地走了出来。白衣绿竹，衬得他眉目分明。

是个孩子，却又不像孩子。

他不是一个人出来的，他身后还跟着江晚衣。

罗紫顿时一怔："你……怎么回来了？你不是看别的病人去了……吗？"

江晚衣没来得及回答，薛采已开口道："他担心你的手不够快，没能骗过如意夫人，坚持在旁候着，以防万一。"

罗紫脸色大变，她想到了之前跟颐非说的那些话，那些关于她对玉偃的仰慕、怨恨、心结……全都于此刻煞红了她的脸。

江晚衣的脸也红了一下，有些不好意思。

颐非此刻没有心情落井下石揶揄这两人，他快步上前几步，走到薛采面前道："这到底怎么回事？"

"你不是已经猜到了吗？"

"秋姜她……"

薛采默默地点了点头。

颐非的心再次抽痛，回头看向小楼，想着那个人此刻在楼内的遭遇，既担忧，又心疼。

小楼内，如意夫人先是将一条毯子盖在了品从目身上，温柔地摸了摸他的脸，道："我从没想过，他会这么轻易地死了。"

秋姜在一旁咳嗽，面色灰白，嘴唇干裂，只有一双眼睛还带了些许精神气。

于是如意夫人又看了她一眼，道："我也从没想过，你会这么轻易就死。"

秋姜咧嘴勉强一笑："人生不如意，十之八九。"

"是啊。虽然我叫如意夫人，但我这一生，可真是没怎么如意过啊……"如意夫人在她身边坐下了。

秋姜将身子往她倒去，如意夫人叹口气，只好搂住她。人的肢体有时候会带有强烈的暗示，好比此刻，当她搂住秋姜时，才深切意识到：她是她的侄女，她的晚辈，她的另一个孩子。

"我九岁时被送进如意门，得知自己的命运时，非常震惊。在那之前，我是姬家三房的嫡女，父母宠爱犹如至宝，我从没想过要成为如此庞大组织的首领，我当时非常喜欢族学的一位先生，想着长大后能够嫁给他为妻，然后为他生一堆可爱的孩子……"

再然后，命运给了她一个大大的打击，告诉她，你的人生不是那样的。

"我哭过，闹过，争过，都没有用。十二岁时，当时的如意夫人，我的姑姑，送给我一份生日礼物，我打开盒子，看见了先生的头颅。她杀了他，想要断绝我的念头。"如意夫人靠着墙，搂着冰凉的秋姜，目光投递到很远的地方，那是她的人生，她最不堪的过往，"我没有屈服，我痛不欲生，自暴自弃。于是不久后，又收到了一个盒子，里面，是我娘的头颅。姑姑问我，还想要下一个盒子吗？"

如意夫人看向怀中的秋姜："从目说我对你严苛，可我没有这样对过你。"

秋姜的眼中升起了一抹泪光。

"我在十二岁时学会低头认命。当我十八岁成年，继承如意门时，所做的第一件事就是杀了姑姑，把她的尸体送回姬家。我……恨姬家。"

秋姜怔了一下，注视着眼前这张已经面目全非的脸，忽然发现，她从第一天见如意夫人时，看见的就是一张假脸，十多年了，竟是不知道她原来的模样。就像她不知道姑姑身上，竟也发生过那么悲惨的往事。

"我恨姬家，但又没办法摆脱它。尤其是你娘嫁给族长后，族长也就是我堂哥对她言听计从，她以女主人的身份不停命令我指挥我，我忍不住想——凭什么？"

秋姜的睫毛颤了颤，一直以来她都不明白，为何如意夫人始终不肯完全信任她，不肯传位给她。品从目说那是因为如意夫人舍不得放权，现在看来，分明是跟她娘有关。

"我的身份无法曝光，我的父亲还牢牢掌握在你娘手里，我只能听命。我就这样日复一日、年复一年地熬啊熬，熬到琅琊跟我说，是时候可以开始栽培你了。"

秋姜胸中一闷喉咙一甜，又咳出了大团瘀血，她直勾勾地看着自己吐出来的那口血，就像看着深埋心底又被重新挖出来曝晒的伤口。

琅琊……

那是一个非常熟悉，却又已经很遥远的名字。

对白泽公子姬婴来说，人生的转折点，是从母亲琅琊病逝那晚开始的。

那晚，琅琊告诉了他家族最大的秘密：璧国的国君昭尹，是他的亲弟弟。当他追问既然如此姐姐怎能嫁给弟弟时，琅琊没能说完，撒手而去。

那一天，是图璧三年二月初十。

千里之外的燕国，失忆的姬忽正在云蒙山上艰难起身，想要恢复行走。

琅琊虽死，但父亲姬夕还活着，姬婴从他口中挖出了姬忽的下落，也挖出了另一个姬家的秘密，那就是——四国谱。

"这么多年来，为了保持姬家的繁盛，先祖暗中训练死士细作，往其他各族布眼线，埋钉子。后来，人越来越多，渐渐不好管控，先祖很头疼。正好当时姬家一个叫姬意的女儿成了寡妇，无所事事，想要做一番事业。先祖便把这个组织交给了她，她接手后，正式为其取名'如意门'，自称如意夫人。"

姬意是个很有能力的女人，在她手里如意门井然有序地壮大着。她的夫家在程，她在程国住了很多年，觉得那里更适合作为大本营，便经姬敕的允许，将这个见不得光的组织挪到了程国。彼时的程国落后贫穷，官府无能，为略人一事大开方便之门。

就这样，如意门一步步壮大。

姬意晚年回璧国议事时看中了族内一个叫姬允的女孩，将她带回如意门，精心栽培，并在逝世前将权杖传给了姬允。

于是这便成了如意门一个秘而不宣的门规：每一任如意夫人都是从姬家的女儿中选出。此事极为隐秘，除了每一任的姬氏家主，便连女儿的父母都不知道，对他们只说是意外病死了。

如此一来，姬家表面上是璧国的世家，族内弟子光鲜亮丽，极尽风雅之事；暗地里却操纵如意门敛财探秘暗杀，发展到后来，向各大世家输出死士暗卫，从而掌握了不少世家的秘密。

转眼间，一百年过去了。

这一任的姬家家主姬夕，身子极弱，族中大小事宜，都由妻子做主。妻子琅琊十分崇拜姬意，觉得那样的人生才叫精彩快活。因此，当如意夫人上了年纪，到了要从姬家女儿中选继承人的时候，琅琊坚持送自己的亲生女儿姬忽过去。

如意夫人对她芥蒂已久，得知下一任继承人还得被她安排，心中越发不满，因此对姬忽十分苛刻，将她丢入同一批入门的弟子中不闻不问，一扔三年。

十二岁的姬忽再次出现时，是作为同批弟子中的佼佼者，由品从目亲自领着走进蠡斯山，走到她的面前。

如意夫人注视着十二岁女童沉静淡漠的脸，忍不住想：当年的我，可是远远不如她的。

琅琊，选对了人。

然而这个结论令她心中越发不忿——凭什么？她被那女人胁迫，为如意门操劳半生，到头来却是为她的女儿作嫁衣吗？

虽说琅琊所做的一切都是为了姬家，但姬家跟她，有杀母杀师之仇不说，还软禁了她父亲一辈子。

"我知道你很好，每次交给你的任务，无论多难，你都能完成。可你完成得越好，我就越从你身上看见琅琊的影子。她明明已经死了，可她的儿子女儿，还活着，始终在我面前晃悠……"如意夫人回忆到这里，拈起秋姜的下巴，眼眸沉沉，如暴风雨来临前的大海，"我又讨厌你又可怜你，越欣赏你就越害怕你，所以，我一直没把如意门传给你。你……恨我吗？"

秋姜摇了摇头。

"为什么？"

秋姜想了想，低声答道："也许是因为……我也没那么喜欢姬家。"

如意夫人眼底起了一系列的变化，亮起来又暗下去，最后伸手将秋姜唇边溢出来的血丝擦掉："原来如此……"

秋姜剧烈地喘息了起来："姑姑，你能告诉我一件事吗？"

"说吧。"

"四国谱在哪里？"

如意夫人皱了皱眉。

"不能告诉我吗？"

如意夫人犹豫了好一会儿，终于贴近她的耳朵，低声道："四国谱在……"

门外，颐非紧张地盯着十余丈外的小楼，袖子里的手握紧松开，手心沁出一层薄汗。

"这是你们设的局？为了从如意夫人口中套出四国谱的下落？"

"对。"

"我不明白……四国谱有那么重要？"

薛采也注视着那扇静悄悄的门，门紧闭着，如意夫人到底会不会上当，会不会告诉秋姜四国谱的下落，谁也不知道。

"四国谱对你对我来说，都不重要。但对秋姜、对主人，非常重要。"

"为什么？"

"为了还债。"

"还什么债？"

"还姬家欠下的债。"

颐非重重一震。

薛采垂下眼睛，看着衣袖上的白泽图案，想起了那个人说过的话——

"我们都成于家族，却又为家族所累，一生不得自由。家族面前，无自我，无善恶，无是非……也算是姬家的报应到了吧。我一死，姬氏这个毒瘤也终于可以割掉了。"

"怎么割？"

"如意夫人的计划，名为'奏春'，意指偷天换日，换四个皇帝。而我的计划，叫作'归程'。"

"归程？"

"让离开的回去；让偏差的纠正；让一切回到原点。让程国重新成为程国，让姬氏重新成为姬氏。让如意门的每个弟子，得到原来的名字，返回他们的故乡。"

"这不可能做到！"

"我一个人不行，但有很多人帮我，很多人一起，甚至很多国一起，就有可能做到。"

"就算回去了，他们失去的童年不可能回来，他们受过的苦痛不可能忘记，他们杀过人的手不可能洗干净……那样的回去，有意义吗？"

"对他们，也许有，也许没有。"那人抬起眼睛，明眸如星光下平静的大海，蕴含着力量，却饱含温柔，"但对我，有意义。"

于是，在那个人死后，在时机成熟时，这个计划在薛采手上开始实施。

联三国之力，想要杀如意夫人也好，想要毁掉如意门也罢，其实都很容易。然而，想要安置如意门的三万弟子，想要让他们重新做"人"，想让一切不动声色地回到原点，实在太难、太难了。

可是，白泽死士九百人，人人本应有名字。

孟不离焦不弃，也本有名字。

山水松竹琴酒，那些死去了的人的墓碑上，也该有真正的名字。

薛采经常会坐在书房中发呆，偶尔，化名阿秋的婢女会经过他窗前，一脸天真懵懂。那时他就会想：要不要唤醒她？

归程计划，若无这个人，只怕是不成的。

但若要她加入，就必须让她恢复记忆。

可公子当年没有。公子曾在图璧三年的一个雨夜赶赴玉京偷偷上了云蒙山，他在榻旁看着已经睡着了的秋姜，久久地看着，最终只是替她盖好被子，悄然离去。

他认为有他就可以了。他和品从目再加上成为新程王的颐殊，一定能将如意夫人逼入绝境，得到四国谱的下落。

他觉得他还有五年时间，足够完成这件事。

但他没想到，他在回国的路上死在了回城——卫玉衡的弓箭手换了一支箭，那支箭上有品从目的毒，于是，白泽公子身死异乡。

品从目也没想到这一点，他知道这件事后三天三夜没睡觉，到第四天，红着双眼来找薛采，说："把姬忽唤醒。"

薛采不同意。

品从目沉声道："我知道你对阿婴有承诺，可他忘记了，这已不是他姐弟之事，不是他一家之事，甚至不是一国之事！我老了，不知还能坚持几年，我等不到下一个领路人了。"

既然计划叫归程，那么自然要有一个领路者，带领众人回家。姬婴，就是那个领路人。如今姬婴死了，颐殊不受控制，薛采又分身乏术，不可能常年在程国待着……天下虽大，确实没有比姬忽更合适的人选。

"首先，我们如何保证一定能唤醒姬忽的记忆？其次，我们如何保证姬忽会是我们的人？最后，我们如何保证姬忽恢复记忆后，会愿意当那个领路人？此中变数太多，变数过多，就会导致失败。"

品从目笑了起来，这一笑，蕴含着力量，却饱含温柔——竟跟姬婴笑得一模一样："小忽也是我的弟子。而且，作为老师，比起处处手软顾全大局的阿婴，我一直更喜欢诡秘多变的小忽。我相信，她可以。"

薛采久久沉默。

他仍没有被说服。直到风小雅来信。风小雅问他，他的十一夫人秋姜，是不是躲在白泽府。

薛采凝视着绘有仙鹤梳翎图腾的信笺，眼睛一点点地亮了起来。

姬忽不可控。失忆的姬忽更不可控。但是，如果有风小雅的加入，变数就会少许多。

更何况，还有颐非。

颐非要回程国夺位；风小雅要帮"切肤"铲除如意门，寻回这些年丢失的孩童；品从目在等待一个如意夫人会信任的继承人；燕王的皇后想要为父母报仇……一股股力量交织在一起，最终变成了一条牢固的绳索。

再然后，将秋姜系在绳索的那头，引领她前往目的地。

秋姜和颐非离开的那天，薛采一直在远处凝望他们的背影，觉得世事真是变幻无常。秋姜本该是领路者，现在，却被拖着前行。

"我希望——"薛采望着外面的雨，缓缓道，"这一路，经历了许许多多事后，无论能否恢复记忆，秋姜都会选择跟我们一起……归程。"

"我们会成功的。"风小雅的声音低沉而坚决。

桥下的锦鲤跳出水面，吐了几个泡泡。

颐非看着那气泡在水面漂浮了几下，归复平静，他终于想明白了全部的事——

姬家在百年前秘密建立了如意门，如意门历代门主皆由姬家的女儿担任。这一代的如意夫人生性残暴偏执，比之前的夫人们都要邪恶，野心图谋也大得多。她拟制了一个叫作"奏春"的计划，动用暗中的力量欲将四国国主全部换成她的人。

程国，是颐殊。这个计划在姬婴的配合下完成了。但姬婴之所以选择颐殊，就是为了反制如意夫人，可惜他突然身死，以至后面失控崩溃。

璧国，是昭尹。随着姬婴之死，昭尹目前被姜沉鱼控制，计划失败了。

燕国，是彰华。但彰华识破了她的计划，再加上品从目联手颐殊提前发难，炸毁螽斯山，如意夫人也失败了。

至于宜国，目前尚无异动，大概是如意夫人没来得及。

总之这是一个非常疯狂的计划，却一度非常地接近成功。若真被如意夫人做成了，四国会怎样，唯方会怎样，无法想象。

此后，薛采设局将失忆的姬忽引下云蒙山，引到白泽府近距离观察，确定此人生性不坏，且得了风小雅的保证后，联燕璧程三国之势开始正式施行"归程计划"。

颐非，作为这个计划中代表程国的棋子，踏上征程。

他必须跟秋姜在一起。

他让秋姜见识程国的朝堂纷争，秋姜让他见识程国的民生疾苦。他们彼此影响，彼此改变，一路风雨同行。

这是薛采押在颐非身上的赌注，也是风小雅押在秋姜身上的赌注。

薛采信任他。而风小雅信任秋姜。

所以最终的最终，秋姜恢复了记忆，走回到了如意夫人面前。

接下去，品从目现身，用自己的死为秋姜铺路。

当如意夫人亲眼看见自己最大的敌人死了，背叛她的弟子也死了时，就是她最放松也最脆弱的时候。也只有这个时候，狡猾多疑的如意夫人才可能满足马上也要死去的秋姜的要求。

品从目在赌这一刻。

薛采也在赌这一刻。

而此刻站在桥上想明白了全过程的颐非，泪流满面。

"四国谱在哪里？"

如意夫人皱了皱眉。

"不能告诉我吗？"

如意夫人犹豫了好一会儿，终于贴近她的耳朵，低声道："四国谱在……"

秋姜屏息等待着。

谁知如意夫人突然停下，眼眸深处露出了警惕之色。

秋姜心中"咯噔"了一下。

"你知道这个做什么？"

秋姜垂下眼睛，遮住心头惊涛骇浪般的紧张，低声道："我在圣境接受训练时，有一个朋友。他手上长着八个螺，他特别宝贝那八个螺，盼着长大后，能凭借这个记号找到他的家人……"

如意夫人微微眯眼。

"后来，姑姑让他配合我去南沿窃取谢家的足镣配方。他要扮成谢家的一个远房亲戚，需要对比指纹，怎么办呢？临出发前，他把手按在了火炉上，抹掉了那八个螺。"这是秋姜第二次说起这个人，上一次，她诉说的对象是颐非。

当时颐非听了很难过。此刻如意夫人听了却没什么反应。

"所以，你想要四国谱，帮他找回姓名？"

"对。他在南沿为了帮我死了，我答应他有朝一日告诉他，他原本是谁。"秋姜说到这里，深吸了几口气，"我不想就这样空着手去地下见他。这是我最后，也是唯一的心愿……姑姑，求求你。"

她抓住了如意夫人的手。她的手冰凉冰凉。

这种冰凉感消去了如意夫人的多疑和猜忌，她终于点头道："好。我告诉你——"说着，如意夫人将那个杀死姬婴、杀死品从目，并划花了她的脸的箭头按进秋姜心口。

秋姜一下子睁大了眼睛。

"四国谱在……"如意夫人用力一按，箭头整个没入秋姜体内，"品从目家中。"

秋姜的手颤抖着，想要推开她，却已没了任何力气，只能眼睁睁地看着血涌出来，染红她的衣襟和如意夫人的手。

"从目想要四国谱，虽不知他要去何用，但我还是愿意满足他。可惜他到死也不知道，四国谱就藏在他家中，早早地给他了。"

秋姜喉咙里发出细微的声响，她想说话，却已说不出完整的字音。

"还有你，不管你出于什么原因想知道，我也愿意满足。但是，我老了，这一路背叛我的人实在太多了，除了死人，谁也无法真正让我相信。所以，我成全你的好奇，你也成全我的疑心吧。"如意夫人说着，将箭头又拔了出来，血顿时喷溅而出，好些溅到了她脸上，她伸手缓缓擦去。

在这个过程中，秋姜终于没了呼吸。

她的眼睛睁得极大，却失去了神采。

如意夫人将她的眼睛合上，俯下身，亲了亲她的额头："恭喜你解脱了。来生聪明些，别再投胎到姬家。"

小桥上，一条锦鲤再次跳出水面，然后翻着肚子死去了。

颐非心中一紧。紧跟着，他听见如意夫人的惊呼声从小楼里传了出来。

薛采面色微变道："出事了！"

罗紫立刻扭身冲向小楼，颐非也跟了上去。

门撞开后，只见如意夫人正在跟一人交手，两人动作都极快，拉出了一绿一黑两道线。

颐非一眼看出黑线正是风小雅，心中微宽，当即四处寻找秋姜，最后在墙角找到了她，却是一具尸体。

颐非顿觉大脑"唰"地一白，连心跳也跟着几乎停止。

罗紫看到这一幕，忙叫道："玉信！玉信——"

江晚衣不会武功，因此这时才赶到，忙将药箱打开，为秋姜抢救。

那边，如意夫人一掌击退风小雅，大怒道："你们果然联合起来骗我！"

罗紫嫣然道："我记得我入门时，夫人教的第一课就是'骗术'。夫人授人以骗，就要做好被骗的准备。"

如意夫人当即朝她掠去，却被薛采中途拦截。

如意夫人冷笑道："就凭你？"

薛采抬起袖子，"嗖"的一箭，如意夫人立刻折腰，腾空翻了好几圈，才堪堪避过这一箭，再落地时，发髻已乱。

"袖里乾坤。据说你一直想要？给你。"薛采说着射出了第二箭、第三箭……

如意夫人慌忙躲闪之际，风小雅再次掠到，跟薛采配合一前一后夹击她。

如意夫人喊道："来人！来人——"

罗紫笑道："没有人会来的，夫人。您当着那么多弟子的面，杀了品先生，又杀了朱小招，他们怕都怕死了，哪里还敢再靠近此地？"

"我是如意夫人！我的命令他们敢不听从？！来人——"她的嘶吼声远远地传了出去，然而，没有任何人进来。

罗紫继续说风凉话道："夫人一生尊崇无双，一呼百应莫有不从，便连程王都为你所控。正如朱小招所说的，您是蚁后，所有的蚂蚁都不敢不听你的话。可是，您忘了，在一种情况下，蚂蚁们会杀了蚁后——"

她说着伸出手拿起梳妆台上的镜子，对准如意夫人道："就是当蚁后老了。"

如意夫人一眼看见了镜子里自己的脸——满是血污红点和伤口的一张脸！

她的动作顿时慢了。

然后她倒了下去。

袖里乾坤的最后一支箭终于射中了她的眉心。

她躺在地上挣扎，却发现四肢都已不听使唤。

薛采抬步缓缓走到她跟前："我跟公输蛙不同，公输蛙不屑在箭上用毒，但我必须用。你可知为何？"

如意夫人瞪大眼睛直勾勾地盯着他，充满了震惊和惶恐。

"你当然知道我在箭上抹的什么。因为，你也曾经把它抹在另一支箭上，用它杀了你的侄子。"

此言一出，屋里的所有人都震惊了。

江晚衣猛地扭头道："公子是她杀的？！"

他这一转头，手里的银针顿时偏了几分，一旁全神贯注盯着秋姜的颐非顿时急了："你专心点！"

江晚衣只好收敛心神回来继续为秋姜施针。

而颐非后知后觉地一怔，这才意识到刚才薛采说了什么，震惊抬头道："姬婴所中之毒不是品从目的吗？"

"卫玉衡那废物的手下，怎么可能拿到此毒？有此毒的只有先生、姬忽和如意夫人三个人。姬忽当时在云蒙山，而先生不可能杀公子，只有你，如意夫人……"薛采盯着如意夫人，眼眸黑浓，因为汇聚了太多悲伤而无法解读，"你恨姬家，你恨琅琊，所以，你杀了她的儿子。"

如意夫人挣扎着想要爬起来，却被薛采上前一脚踩在她的手上——就像她之前踩朱小招那样。

"一年一个月又十二天，我每天都在想，怎么把这支箭还给你。先生不让我杀你，姬忽不让我杀你，因为他们都要完成公子的计划。而现在，你说出了四国谱的下落，你终于可以死了。"

如意夫人的目光从薛采移向风小雅，再移向颐非罗紫，最后落到满头大汗的江晚衣和他针下毫无反应的秋姜身上，喃喃道："原来如此……难怪从目临死前说赢的人是……她。"

她突然喊道："神医，她还能活吗？"

江晚衣没有答话，神色十分严肃，额头的汗一滴滴地淌过脸庞。

如意夫人看在眼中，冷笑了起来："神医，你可莫要让他们失望啊。不过据我所知，你已经让很多人失望了。当年，你没能救回曦禾夫人的好朋友……"

江晚衣的手指一顿。颐非急道："别听她的！"

"后来，你没救回姬婴。再后来，你连你最爱的女人曦禾夫人也没救……"

薛采突然抬脚踩在她的嘴巴上。

如意夫人大怒，拼命挣扎，却一个字都说不出来了。

然而，江晚衣的手已经不受控制地抖了起来。

颐非急声道："那不是你的错！生死有命医术不是万能的，你已经尽力了！"

如意夫人虽不能说话了，但还能笑，因此整个屋子回荡着她的诡异笑声。

薛采皱了下眉，这时风小雅过来，俯身在她脖子处一按，如意夫人一震，顿时没了任何声音。

薛采埋怨地看了风小雅一眼："慢了。"

风小雅苦笑了一下，转头看向秋姜，脸色苍白魂不守舍，最后更是站立不住，只能慢慢地坐了下去。

"你还好吗？"薛采看出些许异样，担心道。

风小雅没有回他的话，而是注视着江晚衣，缓缓开口道："秋姜告诉我，如意夫人说出四国谱的下落前，不论发生什么事，都不许出现。所以，你们都在外面，我却在这里。我在这里，却没有救她。"

颐非这才知道原来风小雅一直藏在楼内。也是，他们中此人武功最高，若要留一人监控全局，也唯有他能不被如意夫人发觉。

"我没有救她。这对我来说，是世上最痛苦的事。同样，曦禾夫人当时一心求死，你没有救她。那对你来说，也是世上最痛苦的事。我明白。"风小雅说到这里，对江晚衣笑了一笑，"所以，就算你此刻不能救回秋姜，我也不会怪你。她死得其所，她没有遗憾。"

江晚衣扭头目露感激之色，刚要说话，颐非却一把揪住他的衣领道："不行！她没遗憾，我有啊！他不怪你，我可不干！你必须给我救活她！否则我就砸碎你的药箱……"

薛采走过来，一脚将颐非踢开："你算老几？"

江晚衣怔住，片刻后，轻笑出声。

风小雅的话让他很感动，颐非这一闹却令他瞬间放松了下来。他再次拿起银针，朝秋姜的穴道扎了过去，这一次，稳如泰山——

伏愿垂泣辜之恩，降云雨之施，追草昧之始，录涓滴之功，则寒灰更然，枯骨生肉。

方不负，这神医之名。

一阵风来，吹得屋檐上的铃铛摇了起来。
风来风停，叮叮当当。

今生·蛇蜕

第五卷

她在做那样看似毫无意义的事情。

却要付出那么那么多的东西为代价。

而最后的最后，

她甚至为之献祭了爱情。

秋姜做了很长很长一个梦。

梦境中，有一个少年在读书。他是那么专注，以至忘记了周遭的一切，也忘记了她。

于是她心生不满，将棋子放入几旁的青团子中。

那少年一边看书一边拿起青团子吃，"咔嚓"一声，崩了一颗门牙。

他震惊地抬头，看见了趴在窗外的她，便苦笑起来："我得罪了姐姐？"

"没有。"

"那这是为何？"

"疼吗？"

"当然。"

于是她展齿一笑道："那样你就会记得我啦。"

少年露出不解之色。是啊，他什么都不明白。不知道她就要离家，前往异国，去完成姬家女儿的使命。

大家族的女儿，都是有用处的。

长大了或用来联姻，维系利益；或出任女官，光耀门楣。而她的使命更与众不同一点，她要前往一个叫作如意门的地方，去做那里的主人。

母亲琅琊在临行前将她叫到房中，仔仔细细地看着她的脸，半晌才道："你是否不愿意？"

她道："这是母亲想要的吗？"

"是。"

"那么，我愿不愿意，不重要。"她望着琅琊，时间长长，"母亲送二弟走时，也没有问过他愿不愿意。"

琅琊顿时变了脸色，沉声道："你知道？"

她淡淡一笑。二弟被送走时，她虽然只有三岁，但早慧知事，将一切都看在了眼里。

她问爹爹二弟被送去哪里了，爹爹连忙捂住她的嘴巴，警告她不要乱说话。

再后来，老师来了。老师来教导她和大弟上课，有一天教了一首诗，诗里有两句："昔为鸳与鸯，今为参与辰。"意思是：曾经形影不离的兄弟，如今相距千里天各一方。她便想起了不知去了哪里的二弟。

老师见她情绪低落，问她在想什么。

她当时已经十分信任老师，虽心有顾虑，还是告诉了他："我有个弟弟，一生下来就不知被母亲送去了哪里。我偶尔会梦见他。明明连脸都看不清楚，可就知道他在哭，哭着求娘亲不要送他走。"

不知为何，老师听了那话后神色非常复杂，过了很长一段时间后，他问她："你想知道他去了哪里吗？"

"老师知道？"

"我可以带你去。但是，你要保证这是你我二人的秘密，即便阿婴，也不可以告诉。"

她同意了。

第二天，老师带她和阿婴去踏青，再然后，把她交给一个黑衣人："他会带你去，只看一眼便回来。"

她从小就是个胆大包天的姑娘，一点都不害怕，不但不害怕还觉得很兴奋，尤其是那个黑衣人抱着她在空中飞，穿梭于屋顶之上，风声灌得她耳朵生疼生疼，她却爱上了那种飞的感觉。

她问黑衣人："这是武功吗？快教我教我！"

那人张开嘴巴，给她看他的舌头，他的舌头只有一半，他不会说话。

她心中震惊，有更多的话想问，比如你的舌头怎么没的？你为什么听老师的话？你到底要带我去哪里？我真的能见到二弟吗？

这一系列问题很快就有了答案。那人将她抱到一个很荒芜的院落，趴在屋顶上。院子里有一个女人在洗衣服，另一个三四岁的男孩蹲在一旁帮忙。

那是冬天，天很冷，女人的手浸泡在水中又红又肿，男孩便从怀里摸出一壶酒，递到她嘴边。女人小小地抿一口，笑着蹭了蹭男孩的鼻子，男孩便咯咯咯笑起来，笑得眉眼弯弯。

于是在那一瞬，她明白了——他就是她的二弟。

男孩似母，他跟阿婴都长得像娘，延续了她的一副好相貌。唯独她像爹爹，五官平凡。

女人洗了一个时辰的衣服，她便趴在屋顶上吹着冷风看了整整一个时辰。直到女人洗完小山般的衣服，拉着男孩的手回去了，黑衣人才抱着她离开。

她被送回到老师面前，老师问她如何，她还没回答，眼泪便一下子流了下来。

"我不明白。"她道，"老师，这一切我都不明白。"

"有朝一日，你会明白的。"老师看她的眼神，就像看着世间最可怜之人一般，充满了悲悯和叹息。

而那个所谓的"有朝一日"，一年后，来临了。

母亲告诉她，姬家有个组织叫"如意门"，每一任门主都从女儿中选出，这一代选中的人，是她。

她恍恍惚惚地听完，浑浑噩噩地回到房间，午夜从梦中惊醒，赤裸着双脚就冲了出去。

她跑到老师所在的客房，哭着问他："为什么？我还是不明白！老师。"

老师擦干她的眼泪，再为她处理脚上被石子割出来的伤口，对她说："我有答案，但我的答案未必是你的答案。因为你看见的也许跟我看见的不一样。我的选择不是你的选择。你的答案是什么，需要你自己寻找。你的选择是什么，也需要你自己决定。"

她十分不解。那个时候的她，真的是什么都不知道。

她在姬婴的青团子里藏了棋子，崩掉了他的一颗门牙，希望他能永远记住自己。然后去琅琊房间，气得母亲心口剧痛不得不躺下。再然后，她被送上了青花船，没有跟任何人告别。

船在海上漂啊漂，拥挤的船舱每天都有孩子死掉，船夫们将死掉的孩子扔进大海里，她在近在咫尺的距离里看着，素白的脸上没有任何笑容。

可她原本，是个多么爱笑的人啊……

秋姜想，这个梦太长了，而且马上就要梦见很可怕的经历了，不行，她必须快点长大，快点把那段时光熬过去才行。

然后，梦里的速度真的变快了，五颜六色飞快流转，再停下来时，她被品从目牵着手，走出圣境，来到了蠡斯山——如意门的大本营。

如意夫人坐在一整块翡翠雕成的如意椅上，一身绿意，几与翡翠混为一体。她的脸很白，头发很黑，五官没有任何瑕疵，依稀间还跟自己有点像。

于是她确定了——此人，果真是她的亲人，体内同样流淌着姬氏的血。

她展齿一笑，轻盈地拜了下去："见过姑姑！"

如意夫人久久地打量着她，半晌后，才说了第一句话："叫我夫人。"

从那时候起，她就明白了，姑姑不怎么喜欢她。一开始她以为那是她对她寄予厚望，后来又觉得恐怕是天性凉薄，最后依稀察觉出了某种微妙。

于是她问品从目："姑姑为何不认我？"

品从目回答："看来只能等你满十八岁了。"

满十八岁，按照族规，如意夫人就要传位给她了。她耐心地等待着。

然后十四岁，接到一个外出的任务——去南沿谢家，窃取足镣配方。

窃取东西有很多办法，如意夫人让她自行选择。她回到自己的房间，对着有关谢缤此人的档籍研究了整整十天后，去敲品从目的门。

她道："我不想杀他。那么，有什么办法能让我拿到足镶？"

品从目回答："不，他必须死。"

"为什么？"

"谢缤少年时在青楼认识了一名歌姬，生了个女孩，想要娶进家，二老不同意。有一天上街时孩子被贩子抱走了。歌姬受不了打击疯了，然后跳河而死。此其一生之痛。"

她知道，这些在档籍中都写了。

"谢缤发迹后，便派人四处寻找女儿，跟南沿的青花势成水火，常年拦截他们的船，给如意门造成不小的损失。所以，夫人才把任务目标定到他身上。她真正要的不是足镶，而是他的命。"

她的手攥紧成拳，半晌后道："我不杀人。"

品从目走过来，将她的手指一根一根地掰开："你有这样的底线很好。但这是她给你的第一个任务，你必须完成，且要完成得很完美，这样，她才没有任何借口不把权杖交给你。"

"我不明白，老师。我认同您说的如意门是万恶之地，我认同您说的如意门应该毁灭。可为什么，不能早一点？每一天都有新的罪恶诞生，每一天都有无辜孩童死去。早一天，就能好一点，为什么要拖延？为什么非要等我接掌如意门？"

"如意门是万恶之地，但如意夫人不是万恶之源。杀了她，还是有人略有人买有人杀人有人作恶。没有如意门也有别的门，没有青花还会有红花绿花……沿海三十洲，无数乡民借此谋财，无数渔民借此活命……所以，杀一个夫人没有用，灭一个门也没有用。时机尚未成熟。"

"那什么时候才算成熟？"

"待四国国主皆励精图治，待唯方百姓皆齐心协力。待你……"品从目抬手，轻轻抚摸她的头顶，一字一字，意味深长，"长大，大到足以承受一切风雨。"

"我……"她咬着嘴唇，却是泣不成声，"我想回家。"

她好想回家。

她好想念那个一边看书一边吃青团子的少年。

她还经常会想起那个喂酒给别的女人，把别的女人当娘亲的男童。

她想念既能看日出又能看日落的朝夕巷。

她想念璧国精美的瓦舍和整洁的长街，还有那镶着玉璧的高高城墙……

每一任如意夫人都要在传位给下一任如意夫人后，才能回家。在那中间，她们就算路过璧国，也绝对不能踏足姬家。

而她在离开时，还崩了大弟一颗门牙，没有好好地跟他告别。

不知道他现在变成了什么模样，是不是还是那样皱着眉，不爱笑，像个老头子一样……

　　"等你接掌了如意门，结束这一切后，就能回家了。"品从目轻轻地抱了抱她，说了一个字，"乖。"

　　十二岁时，她扮作谢柳，去了南沿。

　　见到谢缤，她的第一句话是："我不是谢柳。我没有名字。我来自如意门。夫人命我从你这里，拿到足镔的配方，然后杀了你。"

　　谢缤闻言大骇，下意识去抓他身旁的镔剑。

　　她又道："你若杀了我，夫人还会派别的弟子来，一个又一个，层出不穷，直到你死为止。"

　　"你想如何？"

　　她从怀中取出一块玉佩，玉佩上雕刻着几根垂柳，意境斐然。

　　谢缤看到这块玉佩，表情顿时一紧，一把抢了过去："这是、这是……柳儿的玉佩！你如何得到的？"

　　"她在如意门中，但我不知道哪个是她，只有夫人知道，她把玉佩给了我，告诉我可以假扮成她。"

　　"她还活着？"

　　"我不知道。"

　　谢缤抓着那块玉佩僵立原地，脸上的表情变了又变。

　　"你想找到她吗？"

　　谢缤抬头，目光犀利如电，仿佛随时都会朝她扑过来。

　　"我的目标是如意夫人。我已经走了九十步，就差最后几步。所以，需要您的帮助。"

　　"你想我怎么帮你？"

　　"把足镔的配方给我，并承诺不再找青花的麻烦。如此，等我结束如意夫人之后，若谢柳还活着，把她交给你。若她死了，把她的尸体给你。"

　　谢缤盯着她看了半天，忽笑了："我是傻子？"

　　"能从普通矿石中提炼出镔的人，怎么可能是傻子？"

　　"那么，你凭什么觉得我会相信你？又凭什么觉得，我会用配方换一个不知死活的女儿？"

　　"我已经来了。这是我的第一个任务，夫人会对我稍微宽容些。"

　　"所以？"

　　"我有五年的时间可以让你慢慢考虑。其间，暂停对青花的骚扰，你和谢家都会安然无恙。五年后，若您想清楚了，再把镔的配方给我。"

　　谢缤眯着眼睛盯了她很久很久，没说答应，也没说不答应。

如此过了三天，品从目出现，给了她十个人。她带着这十个人敲开谢缤工坊的门。他看见这十个人时，面色顿变。

"您想通过他们向如意夫人告密，揭发我对她有异心。"她朝他笑了笑，而那十人已跪地不起浑身战栗。

他们都是青花的人。谢缤一向跟青花不对付，但打交道久了，也认识了那么几个组织里的人。在她这个假谢柳出现的第二天，他就去收买青花的人，一层层地引荐上去，想要告发她。

他的目的很简单——我不信任你。所以，如果能用你换我女儿的下落最好，不能，出卖一个如意门弟子也不算什么。

可惜，整个青花都在品从目的掌控之下，因此，这十个人前脚刚被收买，后脚就被抓了。

她注视着面沉如霜的谢缤，笑了一笑："我带他们过来，就是告诉你——这招没用。我在如意门中比你想象的厉害。如果这个世界上有能够对付如意夫人的人，只会是我，而不是你，不是其他任何人。如果这个世界上有人能够找到谢柳，那也是我。"

谢缤沉默，他也只能沉默。

他默许了她的提议，任由她以谢柳的身份住进谢家。

她知道他没有放弃继续寻找谢柳，她也知道他什么都查不到。谢柳失踪于品从目加入如意门之前，因此，她的档籍在四国谱中。而四国谱的下落，只有如意夫人一个人知道。

四年里，她扮演谢柳，度过了一段还算惬意的时光，甚至还因为要跟李家的公子联姻，而趁机去了一趟璧国。

她的马车在朝夕巷前停了整整一个下午。然而人来人往的身影中，没有阿嬰。

她很想跳下车冲进去，大喊一声："我回来啦！"

到时候所有人脸上的表情都会很好看，尤其是娘。

可是当她想要不顾一切地任性妄为一场时，看见了路边几个五六岁的小孩，正在打打闹闹吃着糖葫芦穿着花衣裳，而同样差不多的年纪，圣境内的孩子已开始学习拿刀杀鸡杀羊杀小狼。

孩子们打闹着从马车前跑过，留下一连串清脆的笑声。

紧闭的车门内，她靠着车壁长长叹息，最后轻轻一笑，吩咐马车继续前行。

然而，当马车经过另一条叫作浣溪巷的窄道前，她看见了一个极美的小姑娘。

小姑娘手捧杏花站在一家叫作"天墨斋"的字画店前，夕阳微沉，为她镀了一层金光，她比杏花更夺目。

小姑娘从车窗里看见了她，忽然一笑，凑上前来："姐姐，买花吗？"

马车没有停，小姑娘便一直追着车道："姐姐，买一枝吧！"

她见她追得辛苦，便让车夫停车，掀帘问道："这枝杏花多少钱？"

小姑娘甜甜一笑："两文钱。"

她不禁想：如此美貌，只是卖花，真是浪费。

车夫给了小姑娘两文钱，小姑娘将最漂亮的一枝花递进窗来。于是她不禁又问："你叫什么名字？"

"我叫曦禾。姐姐若要买花，再来天墨斋找我呀。"

秋姜想，那真的是她人生中很微不足道的一件小事——她路过一条街，看见一个漂亮的小姑娘，花两文钱买了一枝杏花。

彼时的她，万万没想到，那个卖花的小姑娘最后成了她弟弟的劫数。

两个弟弟共同的劫数。

当她跟李家的公子李沉相完亲回南沿时，谢缤将她请进了密室，告诉她，他想通了，愿意把足镄的配方给她。

她问："是什么让您突然改变了主意？"

谢缤苦涩一笑，将一块沾血的手帕递给她："我得了痨病。大夫说我没几年可活了。"

她盯着那块手帕，不说话。

谢缤又道："你这次议亲归来，内子在帮你准备嫁妆。我看着那些嫁妆，就忍不住想，柳儿比你大一岁，若她还活着，也到了嫁人的年纪了。我已经找了她十几年，再找下去，就算能找到，也耽搁了她最好的年纪。我不仅想让她平安归来，更希望她此生余年快快乐乐，像寻常人家的姑娘一样，有家人庇护，有夫君爱怜，有儿女孝顺。所以，我用足镄，买她余生。"

她沉默了好一会儿才道："万一她已经死了呢？"

谢缤的眼神尖厉了起来，沉声道："那么，我用足镄，买如意夫人的命。"

于是她在谢家又待了一年。看着谢缤的病一天天严重，看着嫁妆一点点备好，看着婚期一天天临近。上婚船前夕，谢缤终于把配方告诉了她。

"我只说一遍。"他当即背了一遍，"记住了？"

她默默记下，确定没有疏漏后，反问道："为什么？"

"什么？"

"为何你从不问我是谁，为什么想要对付如意夫人？"

"你来到我家，五年了。五年里我一直在观察你。"

"你认为我可信任？"

"不。"

她皱眉。

谢缤又道："但你有一句话说得没有错——如果这个世界上有能够对付如意夫

人的人，那个人，是你，不是我。"这五年，他将她的一切都看在眼里，时常会有一种荒谬之感。在那之前，他不认为世上有那么聪明的人，学什么都能学得很好，他认为上知天文下知地理，精通五行八卦琴棋书画奇门遁甲经济兵略的人不可能存在。可她突破了他的认知。她甚至还会武功，当她想在夜晚偷溜出去时，没有任何家丁追得上她……

这样的人，是不可能真的为足镴配方而来。她所图谋的东西，必定极大，大得常人难以想象。

所以，他决定赌一把。

"记住，我买的是……"

"谢柳的余生，或者，如意夫人的命。"

谢缤一笑，向她伸出手掌，她以为是要跟她击掌，刚要迎上去，那手掌却落在她的头上，轻轻地抚摸了一下："什么样的人家才能养出你这样的孩子呢？既养出了你这样的孩子，怎么舍得让你做这些事？"

她感应着那只手，眼眸沉沉，忽然间，失去了声音。

十二岁到十七岁。她在谢家顶着他女儿的身份长大。

那是一段跟圣境，甚至跟姬家完全不同的时光。

在姬家时，父亲很疼爱她，母亲虽然严厉，但也对她寄予了厚望，更有弟弟陪伴，任她欺负受她捉弄，那时候她觉得自己是公主，万千宠爱于一身。

在圣境时，每天都九死一生，接触的全是背叛、杀戮、欺诈等人性中最阴暗的一面。那时候她觉得自己是个禽兽，若非始终有老师在一旁牵引指导，早已迷失和沉沦。

可在谢家，谢缤从不限制她任何事，谢夫人也表现出了正妻对外室女儿的宽容，虽然疏远，但并不使坏。至于谢家的其他人虽然背地里议论她，偶尔玩些小把戏想欺负她，但跟圣境里的弟子们相比，根本不值一提。

那是她最自由的一段时光。

她几乎忘记了如意门，忘记了如意夫人，尽情地跟老师学习一切她所喜欢、所感兴趣的学问。

她知道老师经常回璧国教导阿婴，便总问他："我和阿婴，孰好？"

老师笑道："你学得比他快。但他学得比你精。"

她只能叹气。她性格跳脱，不像阿婴那般沉得下心去钻研，所以很多技能于她而言学会就行。比如武功，在圣境的同批弟子中就只能算是中上。

她总是向老师打听弟弟的消息，老师便问她："想不想见见？我可以安排你们见一面。"

"见到后，抱头哭一通，然后各回各家吗？"她的神色严肃了起来，抿紧唇角，"不，事不成前，我不见。"

她当时想：我得等到尘埃落定，一切结束，再干干净净地回到阿婴面前，叉腰告诉他，你知道你姐姐做了多么了不起的事情吗？你是不是很崇拜我，佩服我？

她想象着那样的场景，便觉得有了盼头，有了些许对抗绝望的力量。

然而，她万万没想到的是，她再也没能见他一面。

她的弟弟姬婴，死在了如意夫人的阴谋下。

秋姜飞快地奔跑着，梦境回转，她仿佛还在那辆马车上，马车停在了朝夕巷，她不顾一切地打开车门，冲了下去，一脚踹开姬府的大门，高声喊道："阿婴——阿婴——"

门内空空，一个人也没有。

"阿婴！阿婴——"她绝望地哭出声来，"我回来了！我成功了！我从如意夫人口中得到了四国谱的下落，如意门的三万弟子都可以回家了，他们都回家了，我也回家了……"

可是为什么……你不在了呢。

父亲不在了，母亲病逝了，连你也不在了的这个家，我虽然回来了，又有什么意义呢？

"你们骗我！你和老师骗我！你们拟定了这个狗屁计划，说成功了就能回家的！你们两个大骗子！大骗子！"她号啕大哭。

这个梦境真的很长很长。

秋姜看着自己在荒芜一人的白泽府中嘶声痛哭，像是要把这么多年的委屈、痛哭、抑郁和绝望通通哭出来。

但她心中非常清楚，回不去了。一切都回不去了。

从言睿踏足姬府，成为他们两个的老师时起，就已注定了百年不倒的如意门，终于迎来了结束它的人。

结束它的不是她，不是姬婴，而是品从目。

言，视为三口，幻化成品。

睿，取其下半部，拆为从目。

品从目，就是言睿。

这位名斐天下的唯方第一大儒，本是闲云野鹤，世外仙人般的存在，却因看见民生疾苦而入世，为了铲除如意门而来到姬府。他收姬忽和姬婴为徒，为的就是感化二人，从源头上结束一切。

他教了姬婴仁善，教了姬忽百变，将大义的种子埋进两个少年的心中，然后再精心灌溉，耐心等待，等到他们成年。

他让姬忽配合如意夫人执行"奏春"计划，而他和姬婴则在"奏春"的基础上设计了最早的"归程"。后来，姬婴不幸早逝，于是薛采接替他，将这个计划修正和完善——

"联三国之力，想要灭掉如意门很简单。但想妥善安置门内的三万弟子，防止他们暴动作恶，必须得找到四国谱。一个人，只有有了名字，才是'人'。而一个人，有了家，才会安分。这不仅仅是公子的心愿，也是皇后想要的真正的安定。"

阴暗的小屋内，薛采、品从目和风小雅一起商讨着这个计划。

"这一年来，通过红玉和朱小招可以确认，即使亲近忠诚如他们，如意夫人也毫不信任。所以，她只会将这个秘密告诉下一任继承人。"

"可她偏偏又不服老，不到最后一刻，不会放权。"

"要让她亲口说出四国谱的下落，可能只有下一任继承人将死之时。"

风小雅皱眉："将死之时是什么意思？"

"我认为，既然如意夫人迟迟没有传位给姬忽，就说明她不信任姬忽。想让她告诉姬忽四国谱的下落，除非她死。"

"她不能死！"风小雅一口拒绝。

薛采盯着他的眼睛道："她可以假死。就像当年，你'杀'她那次。"

风小雅沉默了。

品从目听到这里，开口道："如何杀？如何让她刚好'死'在如意夫人面前？如何让她'死'前来得及提问和得到答案？"

薛采的眸光闪了闪，沉声道："我们还需要两个人。一个医术很好的人，能确保假死成功和死后及时复活。一个如意夫人还算信任的弟子，顶替红玉给她安全感，好让她放心地待在某个地方，看完这出戏。"

房间里安静了一会儿。

品从目道："我知道有那么一个弟子。但她不一定听我的。"

风小雅道："谁？"

"罗紫。老程王的妃子，颐殊继位后她就逃了。"

薛采忽笑了起来："很好。我正好认识一个医术很好的朋友，而且那个朋友也认识罗紫。"

品从目眉梢微动，猜出了答案："江晚衣？"

秋姜想那真的是个不错的计划。江晚衣说服了罗紫，罗紫答应帮忙，她把如意夫人带到了她的小楼里。那里又隐秘又安全。只等她完成芦湾的任务，抓了颐殊归来，就可以借江晚衣之手假死在如意夫人面前，问出四国谱的下落。

只是谁也没想到，颐殊会那么疯狂，会想把整个芦湾都沉了。

也没预料到，朱小招突然撕掉亲切和善的面具，暴露出了想要当程王的野心。

更没想到，芦湾大水会令品从目奄奄一息，落到了朱小招手中。

幸好薛采及时赶到，跟风小雅会合，然后随机应变，让江晚衣出面把朱小招引到罗紫的小楼，并在马车上给她诊脉时偷偷将假死药塞入了她手中。

　　到小楼后，罗紫又一直挡在她身前，品从目吸引如意夫人和朱小招的注意力，让秋姜掐着时间服了药。

　　品从目自知落入如意夫人之手会生不如死，为了彻底动摇如意夫人的心志，也为了给秋姜铺路，他结束了自己的生命。

　　他的死给了如意夫人巨大的打击，再加上朱小招的死，如意夫人的精神不由自主地松懈了。

　　秋姜于那时开口问她四国谱，她果然告诉了她。

　　但如意夫人最终还是留了个心眼——她亲自动手又"杀"了秋姜一次。

　　这一箭可真疼啊。

　　秋姜在梦中看见这一箭，穿过她的身体，射中如意夫人的脸，然后，再穿过她的头颅，射中了品从目，最后，穿透品从目射向了遥远的墙角——

　　那里坐着一个白衣少年，一边捧着书，一边拿起青团子吃。

　　秋姜泪流满面地注视着那个少年，看着箭头最终来到了他跟前。

　　快逃啊，阿婴。

　　快逃！快逃啊！

　　她拼命挣扎，想要冲过去推开他，然而，身体像是被什么东西紧紧束缚住了，完全无法动弹，只能眼睁睁地看着那支箭射进了他体内。

　　少年手中的青团子"啪嗒"落地，镶嵌在青团子里的棋子"嗒嗒嗒"地滚到她脚边。

　　那是一颗黑色的棋子。

　　再然后，无边黑暗席卷而至，将眼前的景象连同她一起吞噬。

　　阿婴……

　　一道霹雳划过夜空，雷声轰鸣，暴雨却迟迟未下。

　　就像三尺外的小楼，房门紧闭，江晚衣仍没有出来。

　　颐非坐在抄手游廊处的栏杆上，看着夜空中诡异变幻的景象，心中盼这场大雨快下，又怕这场大雨真下。

　　就像他既盼小楼的门快点打开，又怕打开后江晚衣告诉他不行，救不活秋姜。

　　秋姜的身体本就在海难中受了重伤，一直没有好好调理，又连日奔波，还被朱小招落井下石地戳了好几下。按照江晚衣的话说："就算我不给她假死药，她也能真死。"

　　他这才知道，江晚衣上朱小招的马车时，这场最后的局便开始了。

　　而这一局的关键是——让如意夫人确信秋姜会死。

虽然中途出了很多意外，但最终还是得到了四国谱的下落。如意夫人死了，薛采也安排人去品从目家中搜四国谱了。所有人都在忙碌。他本应尽快回芦湾，那里还有一大堆事等他处理。

　　可他不敢走。

　　不知为何，他有一种强烈的预感，他这一走，就再也再也见不到秋姜了。

　　颐非屈起膝盖，将额头抵在腿上，眉毛处到后脑勺像有无数根铁丝拼命箍紧，像是芦湾一个个衣衫褴褛的百姓，一栋栋残破不堪的房屋，在不停地召唤他……

　　他突然跳起，一拳狠狠地砸在栏杆上。

　　栏杆"咔嚓"一声断了。随即响起罗紫的惊呼声："你这是干什么？！"她冲过来，无比心疼地抓住断裂了的栏杆，凄声道，"这可是我特地从东海运来的黄花梨啊……"

　　颐非觉得有些尴尬，忙落地站好，想要道歉，却又觉得更尴尬了。

　　罗紫对他怒目而视："你为何不去做你该做的事，留在此地祸害我的宝贝？"

　　颐非叹了口气。

　　"你还有脸叹气？"罗紫围着他转了好几个圈，突然跳起来打他的头，"皇位啊！皇位在等着你啊，还不走？！"

　　颐殊仍在薛采的控制中，颐非此刻回去，正是趁机收买民心积累功勋的绝佳时机。筹谋了那么久，期盼了那么久，偏偏卡在此处，连她看了都着急来气。

　　颐非没躲，生生挨了那一下，然后又叹了口气。

　　罗紫冷笑道："亏我以往还觉得你是铭弓的孩子里最成气候的一个，现在看来，也不过是个感情用事的麟素。你比他还废物，你想为了美人不要江山，也得看看那美人心里有没有你。人家是有主的，莫非你还想跟鹤公抢？"

　　颐非若有所思地注视着她，神色显得有些古怪而复杂。

　　罗紫便又抬手打他头道："看什么？怎么，我说不得你？名义上我可还是你的母妃呢！"

　　"你会跟我回宫吗？"

　　颐非轻轻一句话，令罗紫动作顿止，她脸上的表情变了又变，情不自禁地伸手去摸断了的栏杆，最后叹了口气。

　　"白泽公子想让如意门的可怜人们全都'归程'，却不知有些人，是没法回家的。"罗紫说着颇为讽刺地笑了一下，"他站得太高了，把世人都想得太好了。在我看来，他比颐殊可疯狂多了。我能理解颐殊，但我理解不了他。"

　　颐非沉默了一会儿，才答道："我也不是很理解，但我敬佩那样的人。"

　　"是啊……起码在这个狗屁的世界里，真的有一帮人在做一些让它变得好一点的事，甚至不惜付出性命……"罗紫又摸了摸栏杆，"无论如何，这一次，我是真的自由了。可是……"

"可是，当你有自由时，你反而更加眷恋钱财权势的感觉。"

罗紫抬头朝颐非哈哈一笑："没办法，小时候穷怕了嘛，其实你跟我是同一类人，小时候缺什么，长大后就格外想要什么。我缺钱，所以我贪财；你缺爱，所以你在这里徘徊，不肯走。"

颐非的目光闪烁了几下，没有接话。

"但是小非……"罗紫伸出手，轻轻地搭在了他的肩膀上，"我们跟他们不是一类人。白泽公子、品先生，还有你的美人，他们是一拨的。他们随时可以为了大义去死，把自己折腾得多惨都无怨无悔。那样的人，就像滔滔江水，直奔海洋而去，不会为沿途的任何风景停留，自然也不会为岸上的谁止步。你如此缺爱，就不应该喜欢上那样的人，因为，注定从他们身上得不到你想要的东西。"

"你漏说了一个人。"

"什么？"

"他们那一拨人里，还有一个江晚衣。"

罗紫面色顿变。

颐非笑了起来："所以你这番话，其实是说给自己听的。"

这下轮到罗紫沉默，她的手在栏杆上握紧松开，再握紧松开，栏杆上留了一个微湿的手印。

"你父王……虽是一国之君，却常年处在如意夫人的淫威下，他有很大的野心，却郁郁不得志，只能从别的地方发泄。颐殊所承受的一切，我都受过。"

颐非心中一悸。

"我这样的人，虽用最华丽的衣服和最昂贵的珠宝装饰自己，显得人模狗样，其实……内里肮脏不堪。"罗紫朝他挤出一个微笑，轻轻地说道，"我不配啊，小非。我连仰慕一个人，都不配。"

颐非的目光从她脸上转向她身后，她身后，小楼的门不知何时开了，江晚衣显然听到了她的话，僵立在门口。

罗紫顺着颐非的视线回头，看到他，顿时一惊，连忙岔开话题道："那个七儿，噢不秋姜，噢不姬忽，管她是谁呢，她醒了吗？"

江晚衣摇了摇头。

颐非的心一下子攥紧了。

"不过，她的命，算是暂时救回来了。"话音未落，颐非已冲了进去。

江晚衣看向罗紫，罗紫慌乱地绾了绾发髻："突然想起大家都没吃晚饭，我去准备……"说罢忙不迭地走了。

江晚衣注视着她的背影，在心里叹了口气。

秋姜躺在榻上，呼吸平稳，面容宁静，仿佛只是睡着了。

颐非的心稍稍放下了一些，然后才注意到，风小雅坐在窗边，静静望着这边。

他不禁舔了舔发干的嘴唇，问道："如何了？"

"若今晚能醒，便无事。若不能醒……"风小雅说不下去了。

这时江晚衣回来了，替他接了下去："若不能醒，恐怕就一直这么睡着了。她这种情况已非药物可控，要看她自己的意志。"

颐非敏锐地抓到了重点："你的意思是——她自己不想醒？"

江晚衣点点头："你看她现在面容平静，是因为我点了佛手柑，在此之前，她一直在无意识地挣扎，应该是梦见了很可怕的事。"

颐非注视着秋姜毫无血色的脸庞，心中一片冰寒。

"请你进来，是让你和鹤公一起想想办法，如何唤醒她。我必须要提醒一句，她就算醒来，状况也不会很好。五感皆有一定程度的损伤，内脏也是伤痕累累，武功是肯定没有了，能否跟正常人一般行走也是未知数，总之……就算醒，也会活得很辛苦。"

颐非没有表态。

风小雅也没有。

房间里变得很安静，静谧得有点可怕。

江晚衣注视着眼前的景象，不由得想起不久之前发生在璧国宝华宫的一幕。在那里，也有一个人，这么静静地躺在榻上，等待命运的抉择。

守在她身旁的姜皇后哭得双目红肿，不肯让她就此死去，甚至不惜跟他闹翻。可最终，薛采进去，替皇后做了选择，也替那个人做了选择。

两个场景在他眼前重叠，世事如此折腾人心，尽教人，两难抉择，生死销魂。

于是他没再说什么，悄悄地退了出去。

颐非和风小雅彼此对视了很长一段时间。

颐非心想看来我不开口此君是不会开口了，算了，还是我先来吧，便深吸口气，道："我们尽人事听天命吧……你先来，还是我先来？"

风小雅沉默了好一会儿，才道："在你进来前，在神医抢救她的这段时间里，我一直坐在这里，想一件事。"

"什么事？"

"我在想，姬婴当初上云蒙山，见到她时，为何不唤醒她？"

颐非心中一"咯噔"，薛采的那句话重新浮现在他的脑海中——

"姐姐既已前尘俱忘，就不要再打搅她。他们两个之间，起码有一人可以摆脱命运，是上天之慈。"

那其实不是上天的慈悲，而是姬婴的慈悲。

姬忽此生，可以说是活得太苦。比他和风小雅还有任何一个人都要辛苦。她既背负了姬家的使命，也承受了姬家的罪孽。她既要获得如意夫人的认可，又要坚持信念不动摇。她骗了所有人，也救了所有人。而她牵挂了十几年的弟弟，至死也没能再见一面。

她所经历的一切，换了其他任何人都坚持不到最后。她虽坚持了下来，却已遍体鳞伤。也许就此离开才是最好的解脱，可他们太贪心，拼命把她留下来，想从她身上求一个结果。

颐非的手颤抖了起来。

风小雅缓缓起身，走到榻前，注视着秋姜平静的睡容，缓缓道："我不打算唤醒她。我想跟她一起走。"

"什、什么？"

"她想要的，已经得到了，她想做的，已经实现了。人世间于她而言，于我而言，都已没有遗憾……"风小雅直视着颐非的眼睛，一字一字道，"让我们走吧。"

颐非张了张嘴吧，却已发不出完整的字音。

江晚衣再进来时，看着两人的表情，便明白了："你们已做好决定了？"

风小雅点点头："是。我们……"

在他的话语声中，颐非什么也没说，扭头离开了。

他飞快地来到马厩开始套马，咒骂自己浪费了那么多宝贵的时间，最可恶的是，浪费到最后，也依然改变不了任何事情。

他心头既憋屈又恼火，套马的动作便有些粗鲁，马儿吃疼，不满地叫了起来。

一声音忽道："拿畜生撒火，你可真出息了！"

回头一看，又是罗紫。

颐非不答话，继续套马。罗紫挑了挑眉毛道："马上就要下暴雨了，又近子时，你非要这个时候上路？"

他将马牵出马厩，刚要离开，罗紫挡在了前方。

颐非心中无奈叹气，喊了一声："母妃！"

这个称呼令罗紫的表情微变，但她没有让路："你真要走？你可想仔细了？这一走，再也见不到她了。"

"一刻钟前你还在劝我赶快离开，现在我要离开却又拦阻，这是什么道理？"

"我之前劝你走，是因为我觉得有鹤公在，你那小美人应该没事。可现在，我听说鹤公不打算唤醒她，也就是说天亮之前，她不能自己醒的话，就死了。小非，你再想一想吧。"

颐非的嘴唇动了几下，突地扭过头去，沉声道："我不配，母妃。我连挽留一个人，都不配。"

他在秋姜的人生中，出现得太迟太迟。

这一趟归程，他更像个看客，得以近距离地目睹一场传奇。

而且在最后的那场大戏中，也没能切实地帮上什么忙。

这样的他，这样软弱无力的他，这样一无是处的他，甚至不曾从头到尾完全信任她的他，有什么资格决定她的结局呢？

尤其是，至亲如姬婴，至爱如鹤公，都选择了让她离开。

又一道霹雳划破夜幕，这次，暴雨终于宣泄而下，瞬间打湿他的头发和脸颊。

他消瘦微黑的脸颊上，一片水珠。

那道闪电也再次扯开了无边无际的黑暗。

秋姜眼前出现了一点微光，再然后，她发现自己可以动了。

她下意识地朝姬婴所在的方向走过去，然而景物依旧，榻上已没了人影。

阿婴？她一边喊，一边四下寻找。去哪儿了？他去哪里了？

然后眼前的一切快速旋转，场景变化了。

她的前方有一条河。一条冻结成冰的河。

河上方的天空里，飞着无数盏孔明灯。灯光繁密，宛若星光。

啊，这里是……幸川。

河岸上全是人，忙忙碌碌，全在放灯。他们在祈祷，求上苍垂怜宰相大人的独子，能够病好。

有一个小姑娘，也挤在人群中，歪歪扭扭地用木炭往灯上写字，她写的是"盼上青天偷灵药，佑他此生得长宁"。

江江。

是江江。她在为风小雅祈愿。

秋姜的心骤然一紧，对她喊道："快逃！快逃啊！"

你可知灾难马上就要来临？你可知你会成为那个人的一生之痛？

你快逃！你快逃啊！

那小姑娘似听见了她的心声，朝她这边转过头来，继而露出欢喜之色，问道："你有灵药吗？"

我、我……我没有……

小姑娘灿烂一笑："那我上天去啦。"说着将手一松，孔明灯飞了起来，她也跟着飞了起来，越飞越高，越飞越远，逐渐变成了一个小黑点。

秋姜情不自禁地想：完了。终究是欠下了这份因果。

当想到"欠"这个字时，她猛地想起了其他一些事——我还没有拿到四国谱，我还没有让那些人真的"归程"，我还没有还清因果啊……

秋姜皱起眉头，好不容易平静下去的躯体，再次无意识地挣扎起来。

一旁的江晚衣连忙过来查看，然后对风小雅道："她要醒了。"

风小雅脸色顿白。

大雨滂沱，将万物遮挡，前方的道路便再也看不清晰。

颐非一瞬间就被浇透了，罗紫赶紧将他和马都拉回马厩，叹了口气道："看来，天要你留啊。"

颐非看着这场大雨，不知为何再次想起了秋姜那对流血的耳朵。

"你走不到的。"

"谁说的？我马上就到了。看到那烟了吗？再走五十步就到了！"

"你还好吗？"

"死不了的，放心吧。"

"若有下辈子，你希望我如何补偿你？"

"我不想要下辈子！我说这些，就是要告诉你，没有来世，没有再来一次的机会。不想认命，就得把这一辈子改了！"

颐非整个人突然一震，像被雷击中了一般。

罗紫紧张地注视着他："你怎么了？"

颐非脸上本就全是水珠，如今又添了两道水痕。

他哭了？！说起来，这还是罗紫第一次见他哭，心中十分震惊。下一刻，却见薄薄的两片唇角往上勾起，笑得有点贱有点坏有点挣扎而出的洒脱。

"她不是那样的人啊。"

"什么？"

"她怎么可能甘心死呢？她啊，是个无论到了什么时候都不会放弃，咬牙拼命活下去的人。是个无法动弹无法行走被软禁在云蒙山上，明明什么都不记得了，却仍不服输，耗费无数光阴重新学会走路的人。那样的人，怎么甘心被别人决定命运呢？姬婴不能。风小雅也不能。"颐非仰天大笑出门，突然扔了马缰，走进雨幕，走向风雨中的小楼。

秋姜的身体动得越发激烈了起来。

江晚衣和风小雅全都定定地看着她。江晚衣问："要让她再次平静吗？"说着，伸手去拿香炉，却被另一只手横空拦截。

江晚衣扭头，便看见了颐非，全身湿透但一双眼睛亮如明星的颐非。

"我要唤醒她。不，是她自己想醒，我要帮她。她还没有完成任务。她还没有真正归程。她，还有遗憾，不能死。因为……"颐非说着，将目光转向风小雅，一字一字掷地有声，"姜花还没有开。"

风小雅的眼中一片雾色，最后慢慢地凝结成了水珠。

秋姜追着江江的孔明灯拼命奔跑，她不知道自己这样奔跑有何意义，也不知道自己还能跑多久，而就在那时，脚下发出"咔嚓"一声轻响，踩中了某样东西。

她低下头，看见了另一盏孔明灯，上面有一行歪歪扭扭的孩童笔迹："求让阿弟的病快快好。"

于是她想了起来，这盏灯是真的。她在幸川并没有真的见过江江，却真的捡到过一盏灯。不知是谁家的女童写了这行字做了这盏灯，却最终没放上天，遗落在了岸旁。

阿弟的病……

阿弟的病不用治啦，他已经飞去了天上，自此无病无痛无伤无憾。

一个声音突然问："你只有一个弟弟吗？"

晴天霹雳，场景旋转，她再次回到了荒芜的小院，看见了洗衣服的女人和喂酒的男童。男童展齿一笑，笑得眉眼弯弯。

然后，他突然转头朝她看过来，唤道："姐姐。"

她心中一紧。

下一瞬，荒芜的小院变成了姬家的书房，少年坐在棋盘上，同样转头朝她看过来，满脸惊喜地唤道："姐姐？"

一时间，如梦似幻，心神俱碎。

少年款款起身，挥袖一拂，像拂走尘埃一般拂走了射向他的那根箭，然后对她张开双臂，微微一笑："欢迎归来，姐姐。"

秋姜一个惊悸，缓缓睁开了眼睛。

入目处，一道晨光从半开的窗棂处照了进来，照在两个人的身上。他们坐在榻旁，一左一右地看着她。

左边之人静郁，右边之人跳脱。而此刻，两人的表情一模一样，齐齐开口道："欢迎归来。"

秋姜想起身，然后发现自己动不了，手脚全都不听使唤。

"我怎么了？"

两人对视了一眼，各自为难。而这时，第三人才走入她的视线，叹了口气道："还是我来告诉你吧。你得再花一段很长的时间……学走路了。"

秋姜怔住，脸上的表情变幻不定，最后突地哭诉出声来："天啊，还是让我死了吧！"

颐非和风小雅双双一怔，片刻后，同时轻笑了起来。

太阳正式升了起来，风小雅将秋姜抱到窗边——就像云蒙山上，月婆婆和阿绣经常把无法行动的她抱到窗边晒太阳。

温暖的阳光照在秋姜脸上，她忍不住轻轻闭了下眼睛。光明驱散了一切黑暗，那个长长的梦境在这一刻遥远得恍如隔世。

她忽开口问道："月婆婆和阿绣还在吗？"

"在。为何问起她们？"

"她们照顾这样的我很有经验，能否接来再次帮我？"

风小雅怔了怔："来？"然后他微微一笑，将她的双手握在掌间，"待此间事了，待你好一些，能坐船了，我们得回家。"

秋姜凝视着他，眉睫深浓。

"别忘了，你种的姜花，快开了。"

姜花开时，如你所愿。

那是多少年前的誓言，兜兜转转，再次回到了眼前。失忆时所看不懂的眼神，在这一刻，明晰如斯——

他一直一直深爱着她。

"你说过的，我欠了十年，所以，要还你十年。现在，既然我们都还活着，便是履诺之时了。"风小雅说着，抓起她的手放到唇边，轻轻地吻了吻。

秋姜的眼神却越发悲哀了起来。

"你会好起来的。我会一直陪着你。"风小雅说到这里，笑了起来，"看，我们两个都是药罐子，正好凑一对。"

他一向郁郁寡欢，然而此刻这一笑，真真是明艳四射。

于是秋姜也情不自禁地跟着笑了一笑。

还能活，还能笑。

这大概便是世界上最好的事情了。最好的。

颐非在抄手游廊里，从这头走到那头，从那头走到这头，翻来覆去地走了不下二十趟。

游廊有一排长长的栏杆，他开始数："去，不去。不去，去……"然而数到之前被他砸断的那根木头时，便迟疑了，"这根到底算不算呢？"

算的话，就得去。不算的话，就不去。

他纠结半天，索性"哐当"一下砸碎了另一根木头，道："行了，这下子明确了，去！"

他深吸口气，抬步走到小楼前，敲了敲门。

"进来。"里面传出秋姜仍显虚弱的声音。

他推门走进去，却见屋里只有秋姜一人，不禁一怔："他呢？"之前明明看见风小雅进来的啊，什么时候出去的？

秋姜坐在窗边，视线本落在窗外，有些发呆，此刻见他进来，便看着他。

不知为何，被她黑如点漆的双瞳一注视，颐非顿觉浑身上下更不自在了。"那个……我，唔，天挺好的。我呢，也挺忙的。主要雨也停了，地也干了……现在走，马能跑起来……"

"你要回芦湾了？"

颐非的声音戛然而止，片刻后，点点头。

他尽量让自己笑起来，显得不那么扭捏和拖泥带水，"我回去后看看宫里头还有没有好东西剩下，有你用得上的药材立马给你送过来。当然，如果你有什么需要我帮忙的，写封信。咱们可是一路出生入死，过命的交情。你千万别不好意思，尽管开口。"

秋姜静静地凝视着他。

颐非觉得自己说不下去了，只好清清嗓子道："那……我走了。"他挥了挥手，转身离去。

眼看他就要迈出门槛，秋姜忽道："只是这样吗？"

颐非的脚步不由自主地停下了："什么？"

"没有别的话要对我说？"

他顿觉自己的心飞快地跳了起来："什、什么别的话……"

"我以为你会问我……"秋姜停下了，这一停顿让颐非觉得魂飞魄散，某种一直压抑着的情绪再也无法掩藏，眼看就要冲出咽喉，不顾一切地宣泄而出时，后半句话出来了，"问我要不要跟你一起走。"

颐非的手指一下子抠紧了门框，声音更是喑哑了几分："一起……走？"

"薛采在老师家里找到了四国谱。如意门目前有三万弟子，分散在四国，想解散他们，安置他们，都需要一个漫长的过程。我也有一堆事情要处理，哪有时间留在此处？"

颐非一怔，若有所思地回头看着秋姜，从她完全不能动弹的手和腿，看到她连说话都有气无力的脸，哑然失笑。

"你还真是……"

"什么？"

"没、没什么。"他心里彻底服气了。亏他刚才紧张得差点魂飞魄散，以为被她看出自己的心意有了什么想法，结果，果然是自作多情一场。姬忽心中只有归程，还是归程。

但是，如果她真的想去芦湾主持大局，梳理后续事宜的话，也就是说……他们会有很长一段时间继续在一起……

颐非好不容易平息些的心又"扑通扑通"跳了起来。"你跟我走……那、那鹤公怎么办？"

他想他真是卑鄙，这个时候了竟还想着排挤情敌。

秋姜垂下了眼睛。

他的这个问题让她难过了吗？颐非顿生后悔，连忙道："那个，我当然可以带你一起走，只要你准备好了，我随时可以！"

"他走了。"秋姜淡淡道。

"走了？这个时候？！"颐非的目光再次从她的手看到她的腿，不敢相信风小雅会丢下这样的秋姜离开。他去了哪里？天下还有什么事会比照顾她更重要？

"他去宜国了。"秋姜说完，抬头忽然看向一旁的矮几，"我刚才送了他一个盒子。现在，也送你一个盒子。去看吧。"

颐非按捺心绪，走到几前，上面果然放着一个小小的盒子，打开后，里面有三张薄薄的纸。

他一头雾水地展开纸张，再然后，目光就钉在了上面，再也不能挪移分毫。

秋姜道："我拜托薛采找到四国谱后，先把四个人的档籍送过来。琴酒、松竹、山水，这三个是给你的。"

纸张在颐非手中颤抖了很久。

最后，他转过头，回视着秋姜道："我在心中发过誓，要给他们三个各修一个很大很漂亮的坟，在上面，刻上他们原来的名字。"

秋姜道："所以，名字其实很重要。"

"很重要。"

秋姜笑了："那我和老师，就没白忙一场……"她的话没能说完。

因为颐非已冲过去，一把将她抱起，旋转了起来。

秋姜一惊。

"我替他们三个谢谢你！我也替我自己谢谢你！谢谢！谢谢……"

"我接受你的感谢。但是，可以先放下我吗？"秋姜挑了挑眉。

颐非这才意识到自己还紧紧地抱着她，连忙将她放回榻上，手足顿时无措起来："抱、抱歉，一时忘形……"

秋姜见他窘迫，眼底闪过一丝笑意，道："那么，一起走吗？"

"当然！我这就去套车！肯定把车布置得舒舒服服的……要是我的走屋还在就好了……"颐非一边兴奋，一边东撞一下西碰一下地出去了，走到门外，突又探回头，"你给了我三个人名，那第四个是给鹤公了吗？"

秋姜点点头。

颐非便嘿嘿一笑，颠着出去了。

秋姜的笑容慢慢消失，阳光照在她脸上，看起来无比明亮，然而当睫毛覆下时，便拉出了丝丝阴影。

总有一些阴霾无法避免，无处可藏。

一盏茶前，风小雅对她说要带她回玉京。她并没有立刻表态，而是让他去开案上的盒子。

那儿有两个盒子，一个给风小雅，一个给颐非。

给颐非的是山水松竹琴酒三人的档籍，里面记载了他们出生何处，生日何时，父母是谁。

那是颐非曾经的三个贴身侍卫，为了救他全部死在了颐殊的追杀下，成了颐非心上一道沉甸甸的伤口。

从那时起她就想此人的心原来这般柔软，跟外表所展现出来的卑鄙无耻一点都不一样。

从那时起她便想，有一日得到四国谱后，就先找出那三个人的原名，送给他。

只是，这三个名字是跟另一个人的名字一起被薛采命朱龙快马加鞭送过来的。

而第四人的名字，在给风小雅的盒中。他看见了会有什么反应？会如何选择？

风小雅走到案前，拿起了左边的盒子，刚要打开，一直凝视着他的秋姜突然心中一紧："等……"一个"等"字都说出口了，却又停下。

风小雅扭头，扬了扬眉毛："怎么了？"

秋姜做了一个深呼吸，然后摇了摇头，遏制了心底那个不切实际的想法。

"咔嚓"轻响，盒盖开了，里面的纸很薄，字很短，却在一瞬间，灼烧了风小雅的眼睛——

"江江，燕国玉京复春堂江运之女。赐名茜色。赴宜。"

从窗外吹进来的风，吹起了秋姜的发丝，也撩起了风小雅的衣袖。

风小雅的手指骤然一松，盒子"啪嗒"落地，那张纸却轻飘飘地飞了出来，被风一吹，牢牢吸附在他的衣袍下摆上——宛若附骨之疽般恶毒的宿命。

秋姜心中暗叹了一声，声音却越发平静："这个名字我有印象，在玖仙号上，胡倩娘身边的大丫鬟，就叫茜色。"

宜国，茜色。全都对上了记号。

素来过目不忘的秋姜，甚至能想起她穿着一身红衣，站在胡倩娘身边巧笑嫣然的模样。那一日她问红玉，如意门的钉子除了胡智仁还有谁，是谁安排红玉上的玖仙号。红玉当时笑而不语。此刻，答案终于浮出了水面——

是茜色。

也是……真正的江江。

风小雅喃喃道："她没有死……"

"是啊。上天仁慈。"然而不知这样的仁慈，对风小雅是不是另一场煎熬。

"我当时也在船上，她知为何不与我相认？"当时胡倩娘身边一群莺莺燕燕，叽叽喳喳，他嫌烦，甚至没有细看一眼。可现在秋姜告诉他，江江就在那群人中？

"也许，她也失忆了。也许，她有难言的苦衷。"

风小雅只觉体内的七股内力又开始四处乱蹿，以至他不得不扶着几案才能站住。

"现在……"秋姜咬着嘴唇，轻轻地说，"你还要带我回燕吗？"

——我啊，不是你的江江啊。你的江江没有死，还活着。

——是啊，我的江江原来没有死。她没有死，我应该非常非常高兴才对。

——既然我不是江江，真的江江在等你，你还会选择我吗？

——既然我的江江还活着，在别处，我还能选择你吗？

两人默默对视，一时间悄寂无声。

过了良久，风小雅像做了某种决定似的，开口道："就算如此，我真正喜欢的人是……"

没等他说完，秋姜突然打断他："我很痛苦！"

风小雅一愣。

"每次看见你，我都很痛苦……"秋姜别过脸，看向窗外的蓝天白云，缓缓道，"那时候我已满十八岁，姑姑却迟迟不肯把位置传给我，偏偏你还弄出一个四国谱在你手里的谎言，想要找江江。那让姑姑更加觉得四国谱很重要，不能告诉任何人。我很痛苦。为了取信于她，我不得不假扮江江去见你。"

风小雅沉默了。

"如意门弟子没有贞洁可言，为了任务随时可以献出身体。但我一直受到老师庇护，表面看无所顾忌，其实并无色诱的经验。所以嫁给你的那些天，我每天都很焦虑。有时候我会觉得没什么大不了，睡了就睡了。有时候我又会莫名恐惧，怕真的对你动心，到要离开时，就不能断个干净。最最让我焦虑的是……"秋姜垂下眼睛，遮住快要溢出来的情绪，"你太好了。"

风小雅没有说话，他只是看着贴在下摆上的那张纸，纸被风吹得"哗啦哗啦"响，偏偏不肯飘走，就那么一直贴着。

"你太好了。你父亲也太好了。你们好得……让我无所适从。尤其是你父，他最后猜到我不是江江，猜到我对如意门的背逆之心，为了帮我，他主动帮我设了除夕夜的局。"

那一天，风乐天写完对联将她叫进屋，请她喝酒吃鹿肉，对她说："你是个好孩子。"他伸出手，轻轻地拍了拍她的手背，用一种说不出的慈爱眼神注视着她，然后轻轻说了一句话。

他说的是："谢缤为你，死得其所。"

听到那句话后的秋姜，眼眶一下子红了起来，一时间，手都在抖，带着不敢置信，带着极度惶恐。

"您、您怎么知道……"

风乐天笑了笑："我总不能让一个不知底细的人，嫁给我的儿子啊。"

"那、那您还知道什么？"

"没了。你被藏得很好，挖到底，也只不过挖出了加入如意门后的事。在入如意门前，你是谁，为何落入如意门之手，实在查不到……不过我猜……"风乐天朝她眨了眨眼睛，"你应该是主动入门的。从一开始，你的目标就是杀了如意夫人。"

秋姜的耳朵嗡嗡作响，不知该说什么。

"我跟谢缤一样，活不了多久了。要不要，我也帮帮你？"

秋姜舔了舔发干的嘴唇："鹤公知道此事吗？"

风乐天呵呵笑："他若知道又该哭鼻子了，看着多烦。等我走了再让他随便哭。"

"我……"秋姜低声对风乐天说了一句话。一句关于她的真实身份的话。

风乐天非常震惊，好半天都没能说话，而当他能够说话时，先长长叹了口气，最后又笑了起来。

"原来……是你啊。"

是啊。那个人，才是我。

雪原之上，很容易迷失方向，必须要用一样东西提醒自己。而她的那样东西，是她真正的身份——无心为忽。她是姬忽。

"就按你想做的去做吧。"风乐天走到院前，注视着他书写的春联，缓缓道，"不用管小雅，不用管任何人，甚至……也不用管我。你们，会赢的。"

回忆到这里，眼中的情绪再也压制不住，化作眼泪滑过秋姜的脸庞。她哽咽道："我进如意门时，老师跟我说不要杀人。杀人，在如意门是很容易的一件事，一点都不难。但只有坚持了这个底线，才能坚持住别的一些东西。比如尊严，比如信念，比如……悲悯之心。所以我一直没杀过人，我用'不杀贱民'做借口，如意门的人也都信了。你父亲是我杀的第一个人，也是至今为止唯一的一个。他喝下毒药，含笑看着我。我取出镔丝，割下了他的头颅。一直到我把那颗头拿在手中时，他脸上还在笑，似乎没有任何痛苦……"

风小雅的身子摇晃了几下，"啪"地坐下了。他已站立不住。

"我亲手杀了你父！不管出于什么目的，什么理由，都是我，杀了他。"秋姜说到这里，终于再次转过头看向了他，"所以，我很痛苦。只要见到你，我就非常非常痛苦。如此痛苦的我，怎么能跟你……走呢？"

一切从一开始就注定是场悲剧。

老师说："你要做的，是一件非常艰难、孤独、不为世人理解，而且希望渺茫的事。你会遇到很多诱惑，困境，生死一线。而你只能独自面对，没有人可以提供帮助。"

"如果你的心有一丝软弱，就会迷失。"

她做到了没有迷路，却失去了很多很多。

她的弟弟，九岁一别此生再无法相见。

她的父母已逝，想要最终对峙都已无机会。

她的家族已经支离破碎，族中所有人都会恨她而不是赞美她。

如意门弟子也不会感激她，如意门的解散会让其中大部分弟子失去方向，陷入迷茫。

那些丢失孩子的家庭更不会感谢她，因为她出现得太迟动作又太慢，孩子的童年和青春都已被摧毁，再无法补偿……

她在做那样看似无意义的事情，却要付出那么多那么多东西为代价。

最后的最后，她甚至为之献祭了爱情。

"姜花开时，如我所愿……姜花会开，可是……我不是秋姜。"姬忽凝视着风小雅，每个字都很轻，但落在他耳中，每个字都很重。

风小雅伸手拈起下摆上的那张纸，注视着上面的名字，眼眸一点点变深。

姬忽咬了咬嘴唇，低声道："你该去找……真正的她。"

风小雅抬头看她，风吹拂得他手中的字条不停颤抖。姬忽觉得自己的心也跟着颤抖了起来。于是她别过脸去，不再看，狠着心道："放过我吧。我有我的事要做，你也有你的事要做。就此别离，再不相见，便是你，对我最大的仁慈了。"

我啊，是个卑鄙的小偷呢。

我偷了江江的一切。她的出身，她的身份，她的名字，还有她的未婚夫。

我甚至还偷她的时间，让她至今仍受控于如意门，在胡九仙家中不知遭遇着怎样的磨难。

我给她带去了那么多不幸，我给你也带去了这么多不幸。

这样的我，如何能再跟你在一起呢？

我得把你还给她。

所以，你该去找真正的江江了。

姬忽看着地上自己的影子，跟风小雅的影子重叠在一起。

就像他们的人生，以为彼此交集，但其实不过虚幻一场。

微寒的秋风呼呼地吹着。

风小雅手中的字条抖了很久，发出一连串"哧啦啦"的噪音。

最后，他伸手将字条折起，放入怀中。那急切的压迫声终于停止了。

他扶着几案慢慢地站起来，站直，就像他以往那般端正。

然后他走到秋姜面前，伸出手，掰过她的脸庞，让她跟自己对视。

"姜花开时，如你所愿。若此生再不相见是你的愿望，那么……"他又笑了笑，笑得依旧明艳，还多了很多温暖、温柔和温存，"可以。"

姬忽怔怔地望着他。

"我父为了大义，死得其所，他没有遗憾。我痴缠追你，是我愚昧，既已知追错了人，这便改正，我也没有遗憾。所以……"风小雅的手轻轻地落在她的头顶，用一种异常宽和的声音缓缓道，"我宽恕你。"

姬忽不受控制地颤抖了起来，眼眶一下子红了。

"我宽恕你了。"他又说了一遍,眼瞳深深,印刻着祝福——你之罪已解,盼你余生再不痛苦,起码,不必为此事痛苦。

"小雅……"姬忽情不自禁地唤了一声——这是她第一次直呼对方的名字。

风小雅冲她笑了笑:"嗯。再见。"说罢,他抬步走了出去,脊背挺得笔直,每一步距离都一样,他的衣摆随风翻舞,就那样一点点地走出了姬忽的视线……

再见。

除了"盼与你再次见面"之外,也可以解释为"再不相见"。

而风小雅的这句,是后者。

姬忽怔怔地看着已经空了的门口,心中一遍遍地想着:不管如何,我跟他告别了。有那么多那么多人,没能好好告别。但起码,我这个假江江,跟风小雅,说了一句再见。

愿你找到真的江江,找回你们之间丢失的过往。

愿她不改善良天性,能够温柔待你。

愿你的苦痛就此结束,剩余的全是幸福和欢喜……

愿你……

"愿你……忘记我。"姬忽低声说了最后一句话,将脑袋轻轻地搁在了窗棂上。

她闭上眼睛,湿润的睫毛上凝结着一颗水珠,又在阳光下悄无声息地蒸发了。

颐非颠着走出小楼,去管罗紫要马车,得知秋姜决定跟他一起回芦湾,罗紫非常震惊:"怎、怎么可能?她、她……"她竟然没选风小雅,而选了颐非?吃错药了?

颐非却嘿嘿直笑,将两只手伸到她面前,一只手竖起三根手指,一只手竖起一根手指,问道:"知道这是什么吗?"

"什么?"

"我三,他一。"

"什么什么?"罗紫还是没明白。颐非却不打算细说,选了最好的马,最软的坐榻,然后备上吃食清水书籍棋子等物。

罗紫气得在一旁拼命拦阻着:"不行不行,这个不能给你!不行不行,那个很贵的!"

"别小气,回了芦湾,我派人送十倍还你。"

"呸!芦湾现在根本就是一片废墟,我才不信能有什么好东西留下……啊呀,别再拿了!再拿我跟你拼命!"

颐非肩上扛了一包,手上提了两包,胳膊上还挂着两包,一脸开心地走了。

罗紫不干追了上去,结果路上遇到了江晚衣。颐非将江晚衣往她跟前一推:"你们也告个别。我先去备车!"

罗紫脚步顿停，这才想到秋姜一走，江晚衣也要跟着走的。

江晚衣静静地看着她，一时间也不知该说什么好。两人的气氛莫名尴尬了起来。

最后，罗紫看见江晚衣腰上的玉带钩歪了，便自然而然地上前为他理正，道："此去芦湾务必小心。听说那边开始有瘟疫了……"

"我正是因此而去。"照顾秋姜，只是顺带的。

罗紫闻言不禁一笑："你可真是活成了想要的样子。"

江晚衣也笑了起来："嗯。"

罗紫抬头，看见他的笑脸，心想他还真是跟小时候一样，明明长着这么乖的脸，却敢忤逆他多。

"玉倌……"她的动作慢了，心也跟着酸了，"谢谢你。"

谢谢你不计前嫌，肯原谅我。

谢谢你始终不曾对我口吐恶言。

更谢谢你，在经历了这么多事后，还会这样温柔地对我笑。

你也许并不知道，你的原谅和笑，对我来说多么重要，是我此生得以厚着脸皮活下去的力量啊……

江晚衣看着马上就要哭出来的罗紫，时光在这一瞬，仿佛回到了儿时。她也是这样半蹲着替他整理衣袍，抬起头时，这样满是憧憬地看他。

那时候他不理解。现在，终于知道了原因。

"你……"他迟疑了一下，还是开口了，"要跟我一起去吗？"

罗紫一怔。

江晚衣环视着前方的小楼和竹林，缓缓道："虽然这里很好，但有点小。外面虽然不太好，但很大，大到可以遇见很多很多人，很多很多事。也许有一天，你就会觉得没什么大不了的。"

"没什么……大不了？"

"痛苦。"江晚衣冲她笑了一笑，"人类天生具备忘记痛苦的本能，在他们遇见更多更多的人和事时。"

罗紫怔住，僵立原地，大脑一片空白。

江晚衣等了一会儿。这时，远处传来了颐非的呼唤声："好啦，走啦——"

于是他又问了一遍："要跟我，一起走吗？"

罗紫整个人重重一震，如梦初醒，看了他一眼后，突朝颐非的方向冲去："要去！我得看着我的那些宝贝！免得被那臭小子祸害了！"

她身后，江晚衣轻轻地笑了起来。

笑得又暖又乖。

薛采闭目坐在马车里，他身边是一册册案卷，几将车厢内的其他空间全部塞满了。而这只是如意门二十年来的档籍。还有前一百年的，因为弟子差不多都死了，也就不着急了，留在了品从目家中，派人慢慢整理。

薛采此刻心情挺好。

他想起了姜皇后写在奏折上的那行字："家失子，国失德。民之痛，君之罪。"还有字上的泪痕。

终于，终于对她的那行字有了交代。

不管过程如何，只要结果是好的，就是好的。

他垂下眼睫，吩咐车夫再快一点。他想回去了。尽快回璧国，尽快回到那个人身边。

然而就在这时，朱龙策马急奔而来，唤道："相爷！相爷——"

薛采吩咐车夫停下，费力地从小山般的档籍中挤出身道："怎么了？"

朱龙的表情十分凝重："颐殊逃掉了。"

薛采眼眸骤沉。

薛采在亥时，披着一身星光快步走上雀来山。

他在此处抓到颐殊后，曾对外派出好几队人马，让人以为他将女王秘密转移去了别处，其实还囚在塔中，看守她的是白泽里最忠诚的十名下属，都是跟了姬婴多年的老人。

按理说，不可能走漏风声。颐殊是怎么逃脱的？

当他走进塔中时，第一眼，看见了云笛的尸体，尸体上插满了刀剑，就像一只刺猬。

"云笛牺牲自己，缠住所有人，让颐殊趁机逃脱，并且，他以一人之力，杀了我们所有人。"

云笛身边横七竖八地倒着十个人。

从每个人的死状看，薛采脑中都能再现出当时惨烈的情形，但他并没有忙着感动，而是眯了眯眼睛道："他们全都服了药物，无法运功。是怎么恢复的？"

朱龙的表情变了变，最后低下头道："恐怕……十人中，有人背叛。"

若非如此，无法解释云笛怎么能够以一敌十，也无法解释颐殊怎么有力逃走。

薛采在十具尸体中走了一圈，最后停在一具尸体前："他是背叛者。"

"因为他是第一个死的？"

"他自知背叛难逃一死，索性先死在云笛手中。第一个死，死得如此干脆了断，真是没受什么痛苦啊……"薛采面色深沉，索性狠狠踹了尸体一脚，"查查他的身份来历，为何帮助颐殊。"

"是。"朱龙停一停，又问，"女王逃了，颐非那边怎么办？"

"玉玺还在，袁宿还在，可以将颐殊的罪行公布天下了。民愤如雷，看她能往

218

哪里逃！"

薛采冷冷道。

此时的他还不是很担心，因为大局还掌控在他这边。

可随着调查的深入，朱龙带回的信息十分不妙："那个背叛的下属叫元竟，根据四国谱记载，他是宜国人。我已派人去他的家乡继续追查了。此外，胡九仙之前一直在芦湾装病，芦湾海难后，我们去他的住处没有找到他。昨日，海上巡逻舰传回消息，说有胡家的船只从凤县离港。船上有胡倩娘和那个叫茜色的婢女。但有没有胡九仙，暂不得知。"

"你的意思是……颐殊很有可能被胡九仙接走，带去了宜国？"薛采一怔。

"鹤公已经追那条船去了。"

薛采负手在塔里走了几圈，最后停在云笛的尸体前，忽然问了一个看似毫无干系的问题："马覆和周笑莲呢？"

"昨日得知胡九仙可能有问题后，我第一时间派人去查他们两个了，果然跟着胡九仙一起不见了。"

"若真是胡九仙带走的还好，他可是四国首富，不可能躲起来，终究要出来抛头露面，怕就怕……"

"就怕有人藏在他身后，用他遮挡了我们的眼睛。"

薛采拧眉沉思，过了好一会儿，道："写信给宜王。将此地发生的一切都告知于他。"

"宜王会帮忙吗？"

"他……"薛采的神色忽然变得有些不耐烦，"他不帮，我们就不还钱了！"

之前国库空虚，姜皇后管宜王借了一大笔钱。当时薛采不在京城，得知后气得不行，跟皇后发了一通脾气。因此此刻提及此事，他还是很生气。朱龙挑了挑眉，自以为懂了。

薛采走出古塔，望着月色山下百废待兴的大地，危机尚未真正解决，就像人生，充满了变数。

最终，他只说了一句话："不管如何，先回家。"

回家了。

外界纷扰无尽时，暂放一边先回家。

他已离开那个人太久。久到看这月光都不顺眼。

姬忽坐在窗边，艰难地伸出手，拆开一封信。

她的动作很慢，她的额头冒出了细密的汗，但手指一点点地动了，捏住信笺，慢慢地将它展开。

她松了口气，先笑了一笑。同样的苏醒后不能动弹，这一次，可比云蒙山那次进步得快。

信是宜国来的，右下角绘了一只鹆余——这是宜国国主赫奕的图腾。

一个月前，颐非写信给赫奕，告知他程国发生的事情和颐殊可能逃去宜国的推断，洋洋洒洒写了十几张。

宜王的回信今天才到，只有五个字——

"那就……来宜呀。"

尤其最后一个"呀"字的一撇，拖得又弯又长，仿佛一个大大的笑容。

赫奕别号悦帝，据说性格风趣幽默，喜爱笑。姬忽虽没见过他，但从这个字就可以推断，还真是个妙人。

信是回给颐非的，颐非自然先看过了，再拿给她。

之前，他紧张地看她拆信，现在，紧张地等着她发话。

姬忽想了一会儿，看向他："你觉得？"

"防人之心不可无。没准这一切的主使者正是赫奕。"颐非对那位悦帝可是半点好感都没有，"他下令给胡九仙，救走颐殊，再设局诱我们去，然后将我们一网打尽。别忘了，程国和宜国的关系可素来不好。"他父王生前，就心心念念想要吞掉宜国。

姬忽又沉吟了一会儿，点点头："你说的不无道理。"

"对嘛，而且我们这边还有一堆事没做呢，忙得不可开交，根本去不了。算了算了，颐殊之事先放一放，芦湾重建和放归如意门弟子才是最重要的……"颐非说着把信抽回来，一卷就要扔掉，听姬忽忽道："但我还是决定去。"

颐非扔信的动作顿时停了下来，盯着她，神色渐渐复杂。

"我好一些了，晚衣说我可以坐船了。我想回璧国一趟……看看昭尹。"

"你有没有想过……璧王病重，其实是姜皇后和薛采搞的？"虽外界流传说是曦禾夫人给昭尹下了毒，导致昭尹病重。可在他看来，此事必定是薛采在背后当推手。所以，从另一方面来说，姬忽回去看弟弟，如果她要追究此事的话，即意味着要跟姜沉鱼为敌。

姬忽看到他脸上的担忧之色，轻笑了一下："放心，我不是去问罪的。我就只是……想看看。免得，又看不到了……"

她跟姬婴已经错过了告别。

不想这样的遗憾再发生一次。

哪怕她知道现在的璧王据说形如木偶，不会动也不会笑，再不可能两眼弯弯地冲她笑，甚至无法回应她的目光，可她还是想见一见。单方面见一次也好。

颐非不说话了，他发现自己找不出任何反对的理由。

"芦湾港目前无法出行，想出海得去凤县，不途经迷津海和长刀海峡。那样的话，我先到宜国，再从宜直接走陆路去璧，会方便一些，也安全一些。"姬忽认认真真地跟他解释道，"所以，我决定去一趟宜国。"

颐非盯着她："你知道我没法陪你去……"

"我知道。"

"你知道我因为没法陪你去，而很难过。"

姬忽的目光闪了闪，低声道："你应该换一个词，比如——担心？"

"我才不担心。因为……鹤公在宜国。"他在那里，他怎么可能让你出事。可偏偏因为他也在宜国，才让我更加难过。

姬忽看着这个样子的颐非，忽然失笑："你是在……吃醋？"

本以为他不会承认。结果颐非重重点了一下头道："对！"他走过来，半蹲在她身前，平视着她的眼睛道，"我吃醋，我难过。所以，你要向我保证一件事，我才让你去。"

"我保证不见风小雅。"事实上，他们已经说过此生再不相见。

颐非轻轻地哼了哼鼻子："谁要这个？而且就算你不见他，他也会厚着脸皮来见你，你又行动困难，哪里阻止得了……我要你保证的是……"

他停下来，伸出手指点在姬忽额头的那朵姜花上——那朵他亲手刻出的姜花。

"要归来。"

姬忽心中一悸，眼前的一切顿时模糊了起来。

水去云回，追月万里，蹈锋饮血，败寇成王。如此九死一生地往前走，往回走，为的从来不是什么王权霸业，而是家。

只有家。

让每个人都能回家。

这是老师、阿婴，和她毕生的心愿。

而现在，她也有可回的地方了。

"好，我会回来的。"她很认真地说。

颐非的眉毛挑了挑，换回了嬉笑的表情，伸手入袖道："看在你这么乖的分儿上，这个可以给你了。"

"是什么？"

"我可不知道。又不是给我的，哪敢擅自拆。"颐非从袖子里取出一个长条形的匣子，放到她膝上，"你慢慢看。我走了。"

他说罢就走了，竟是半点没留恋。

姬忽觉得他的反应有点微妙，连忙伸手开匣，匣子很好开，手指刚放到锁上就自动弹开了——用这个匣子的人明显考虑到了她行动艰难。

匣子里是一副折起来的对联。

秋姜有些吃力地将它打开，一行熟悉的字映入眼帘——

"春露不染色，秋霜不改条。"

这是……风乐天当年为她写的对联。

对联下静静地躺着一朵姜花，姜花已经干了，能想象之前盛开时是多么明艳。

除此之外，再无其他。那人没有留下只言片语。

秋姜轻轻将盒子盖上，对着窗外的阳光长长一叹。

"都说了我更喜欢另一副对联呀。"

拥彗折节无嫌猜，输肝剖胆效英才。

行路难。归去来。

且将白骨葬蔓草，拾弆再扫黄金台。

来宜……呀。

【全文完】

番外 | 波岸有姜

一

我在这个宅子里，住了整整十年。

唯一的工作就是替主人家养花。

十年后，有人来拜访，看着我，问："这么多年来，你一直都在这里？"

我点头。

那人望着阳光下云海一般的花圃，似有叹息："只种姜花？"

我再点头。

"这些年……除了我，还有谁来？"

我的视线一下子模糊了。

没有了。

除了你，再没有人来。

那些个丰神隽秀、天神一般的男子，再也再也没有回来……

只有姜花，日复一日，年复一年地生长着，开开败败。

那人定定地看着我，最后，说了一句话："崔娘，你……要不要嫁给我？"

我整个人一震，拿花锄的手，就那样停住了。

二

二十年前，我在市集卖花，经我之手的花卉总是显得特别鲜艳，花期也比别家长远，久而久之，大伙便都知道了北市红砖墙下，有个卖花的崔娘擅长种花。

那一日，雨下得很大，但因为快七夕了，家家户户都会买花送人。学堂的先生曾说什么"伊其相谑，赠之芍药"，意思就是七夕节最该赠送芍药。可芍药一般都在五月开花，我就费尽心思地使用各种方法，将它延迟到了七月。眼看这几日都下雨，我的花就要被淹死了，趁着还没败谢赶紧卖了才是正事。因此，尽管大雨滂沱，路又难走，我还是拉了一车的芍药出去。

集市上人不多，我撑着伞哆哆嗦嗦地缩在车后，晌午过后，正捧了个窝窝头啃着，一辆马车踏碎风雨，突然停在了我面前。

那是一辆全身漆黑的马车，看起来平凡无奇，拉车的马，却是一等一的好马。疾奔而来，瞬息停止，丝毫不带喘气，一身皮毛更是油光水亮，神骏异常。

我再看向给我拉车的老驴，顿觉一个天一个地，差得也太远了！

"你就是那个很会种花的崔娘？"驾车的车夫问我。我点点头。他一拉车门："上车。"

等等，这是要干吗？

虽然我长这么大还没坐过马车，但断断没有不清楚对方来历就上人车的道理。

去哪儿啊——我比着手势问。

"我家公子府里的花不知怎的一夜间都死了，听说你种花很有一套，快上车，治好了我家公子的花，重重有赏。"

我犹豫了一下——可我的这车花怎么办？

车夫"啪"的将一袋钱币丢在我面前的地上："这车花我们全买了，你总可以放心走了吧？"

地面有水，那钱袋便在泥地上落陷出了深深一个凹印。

我默默地看了许久，才弯腰，慢慢将钱袋捡起。

"快走啊！"车夫见我捡了钱，更焦急地催我。

我却把钱袋递还给他。

他面色顿变："你什么意思？"

我没什么意思。只不过，我种花卖钱，路人用钱买花，来往之间，讲究的不过一个公平。这种投掷到地上的钱，我是不接的。

也不稀罕。

车夫看出我的拒绝，便大怒道："不识抬举的东西！"说着一挥马鞭，不偏不倚地打在我身上。

自小市井长大，见惯了世情百态、地痞街霸，并不是第一回挨打，我早已习惯。因此，也不反抗，只是抱住自己，尽量用背去抵鞭子。

周围很多人围了上来，有劝说的，有看热闹的。

就在一片嘈杂的指指点点中，我听到一记冷笑声。

周围有很多声音，那记冷笑声音并不大，却偏偏像针一样刺入我耳中，听了个真真切切。

我扭过头，见不知何时对面又来了辆马车，车门半开，一个白衣的少年目光如水，比冰雪更清冽。而他，就那样远远地望着我，唇角上扬，对身旁之人说了四个字："贵市真乱。"

他身旁之人立刻跳车。

围观的人群纷纷退避，让出一条路来。

那跳车之人撑着伞大步走到跟前，冷冷道："住手！为什么打她？"

车夫转头看见他，表情大变，连忙拱手："孔大、大、大人……"

不仅他惊，我也惊。只因为，这个身穿紫衣年过三旬的男子，不是别人，乃是我们燕国鱼丽城的城主孔三关。

我曾远远见他在城墙上发号施令，却不想，有朝一日，会近在咫尺。

孔三关皱了皱眉："你不是……那个……风府的车夫吗？"

"是是是。大人记性真好！我家公子三年前去拜访大人时，就是小人赶的车子。"车夫见他认得自己，喜上眉梢，结果孔三关立刻沉下了脸，厉声道："你家公子给了你几个胆子，居然当街殴打一个手无缚鸡之力的女子？"

车夫一怔，连忙辩解："不是的，大人，是她先挑衅我，还辱骂我家公子的……"

周围突然起了嗤笑声。紧跟着，变成了哄笑。

"笑什么？你们笑什么？我没乱说，是这个刁妇先侮辱我家公子，我出于愤慨才忍不住打她……"车夫慌乱辩解，结果众人全都笑了。

一人指着我道："她是个哑巴，怎么辱骂你？"

"撒谎也不先问问清楚，哑巴都能骂人，那天可真要塌了！"

"你这仗势欺人的狗奴才，跑我们鱼丽城来撒野，管你家主人是谁，城主大人，可一定要严惩他啊，不能让咱们城的人白白挨打！"

这些人，刚才不见他们出手拦阻，如今见孔三关来了，倒各个义愤填膺起来。

孔三关问我："你要不要告他？"

依我朝律例，挨了打，是可以告的，然后由官府来判处，或赔钱，或坐牢。

我记得有一次，邻街的王叔砍柴时被一恶少推下山，伤得不轻，于是这位孔大人就判恶少替王叔砍一个月的柴。那位娇生惯养的少爷哭天喊地，家属们去求情，孔大人说："知人艰辛，方能怜人不易。"结果，恶少砍了一个月的柴后，性格大改，从一个嚣张跋扈的纨绔子弟，变成了一个谨言慎行的大好儿郎。

那是孔三关最令百姓津津乐道的一段佳话。

如今，他这样问我，我打量着那打我的车夫，想象着他帮我站在街角卖花的情形，不由得莞尔了。

孔三关见我这种情况下还能笑，便怔了怔："如何？"

我摇摇头，指指马夫的鞭子，再摸摸我的后背，露出不疼的样子。不过确实也不太疼，那车夫还是手下留了情的。

孔三关点头道："好。既然这位姑娘不追究，你走吧。"

车夫却不肯走，表情焦躁："大人有所不知，我家的花一夜之间全死了，公子心疼不已，我等四处寻访会种花的奇人，听说鱼丽有个崔娘很厉害，连夜赶车来请。是我太过着急，这才得罪了姑娘，刚才挥鞭子，也只是吓吓她，并没真的打……大人，请务必让这位姑娘跟我回去看看花还有没有救啊……我从帝都来一趟也不容易……"

原来他是从帝都来的，难怪不知道我是个哑巴。

孔三关冷冷道："她不愿，你就硬请吗？哪天我见到鹤公，倒要好好请教一下，他是怎么管教底下人的，竟越来越嚣张了。"

车夫突地屈膝，顾不得一地泥浆跪倒在地上，再抬起头时，眼中便蕴满了泪："大人、大人你有所不知……我家公子……已经快不行了……若非他日日指着窗外的花度日，若非那花突然枯了，我也不会如此急躁失礼……"

孔三关吃了一惊："鹤公怎么了？"

"我家公子病了好几年了，一直不让对外说……尤其这半年，更是连床都下不了了！"车夫说着，失声而泣。

孔三关显得很震惊，呆立半晌后转向他自己的马车，朝白衣少年看去，白衣少年默默地点了点头。

孔三关当即道："如果真是这样，那就另当别论。崔娘，你若没什么事，就同我们走一趟如何？"

他说的是"我们"，难道他也要去？

可是我的花……

孔三关看出我的疑虑，又道："你的花我让别人帮你卖着，卖完后将驴车送回你家，并向你的家人报备一声，你看可好？"

车夫在旁边道："对对对，再给你家人十金，让他们安心。"说着，将那个被我还回去的钱袋又递了过来。

我却照旧不接。

旁边有知底细的乡邻道："她没有家人的，你给也是白给。"

车夫一呆，尴尬地把钱袋收了回去。

我则转向孔三关，比了个"走吧"的手势。

车夫忙开车门："姑娘请上车。"

我睨了他一眼，微微迟疑，孔三关觉察到了，道："要不……你坐我们的车？"

我忙不迭地应了。

虽然那什么风府的车夫是救主心切，但他毕竟打过我，我不愿跟他在一辆车上待着。能跟着孔三关走，再好不过。

三

于是我便上了孔三关的马车。

车上只有他和白衣少年。少年看起来很年轻，不过十五六岁年纪，眉目深然，瞳眸漆黑，宛若冰雪铸就，凡人若是离得近了，都会亵渎了他一般。

我不由自主地往车角缩了缩，尽量离他远一点。

而他压根不看我，只是望着窗外风雨凄迷的街道，若有所思。

"没想到……风小雅竟然病了……"孔三关低声感慨。

风小雅？我怔了一下。作为燕国人，我自然是听过这个名字的。他是前臣相风乐天的独子，举国皆知的风流人物。他怎么会病？莫怪那车夫如此着急。

白衣少年则表情淡淡："他很久前就病了。"

"咦？我三年前见过他一面，他当时还很精神啊。"

"融骨之症，不会表露在脸上，只会令他的骨头越来越软，到最后形同瘫痪。"

"融骨之症？"孔三关惊道，"这是什么病？他怎么会得这病的？"

"你以为他为什么从来都是马车出行？"

孔三关一怔。

"他天生软骨，大夫预计活不过十岁。但风乐天真真是个人物，不但没有放弃，反而寻了绝顶高手来教他武功。风小雅的骨骼较一般人柔软，剑走偏锋，竟练就了一身好本领，也一口气活到了现在。"说到这儿，白衣少年停了停，眼神更深，"一心要与天命争的人，最后往往还是争不过天……很讽刺啊……"

明明不过束发之年年纪，却如此老气横秋。而且他跟孔三关同车而坐，孔三关身为燕国第一大城——鱼丽城的城主，竟对他毕恭毕敬，这个少年……究竟什么来头？

不过，管他是谁，跟我又有什么关系呢？

我之前在集市上站了半天，又冷又累，如今坐进了温暖如春的车厢里，困意很快袭来，便闭上眼睛睡了。

等我再醒过来时，马车里只有白衣少年一人，点了盏灯，捧着本书在灯旁看。孔三关却已不在了。

见我动弹，少年瞟过来："醒了？"

我忙掀帘子往外看，马车是停止的，停在一个院子里，外面楼影重重，灯火依稀。这里……是哪儿？

"我们已到目的地了。"少年道，"孔大人见你睡得很熟，不忍叫你，让你继续安睡。"

我心中一暖，复又惭愧。

我这个人，最见不得别人轻视我，因此那车夫只是把钱袋扔到地上，我便不愿跟他走；但另一方面，别人若对我好，我便会十分不好意思。

孔三关如此人物，竟会这般体恤人，真真叫人暖到了骨子里。

而这时，一连串脚步声由回廊那头传过来，我定睛望去，正是孔三关。

孔三关见我醒了，很是高兴："崔娘你醒得正好，快跟我去看看那些花究竟怎么了。"

白衣少年先行下车，然后转身来扶我，我有点意外，但还是把手交给他。他的手，冰凉冰凉，竟似没有温度一般。

我心中小小地惊诧了一下。

而他很快将手收走，转身前行。

一名管家打扮的妇人在前带路，我们跟着她走。一路雅舍精美，深院豪宅，处处彰显着此地主人的威仪。

等我穿过第六重拱门后，终于见到了生平首见的风景——

月夜下，深蓝色的湖边，种满了花。

每隔十步，竖有一个雕成花瓶形状的石柱，瓶子里则点着灯火，远远望去，一盏盏，连绵成线，汇集成一朵花的样子，极尽妍态。

我一眼认出，那是姜花。

灯柱之间，成千上万株姜花，枝枯叶尽，死了个彻彻底底。

我连忙跑过去，翻开枯叶细看。按理说，姜花抗逆性很强，除非遭受冻害，一般不会枯萎。如此夏日，正是花开之期，此地又没下雨，为何突然全死了呢？

管家在我身后问道："姑娘，你看这花，还有救吗？"

我没有回答，只是刨出其中一株的根细看。

耳中，听孔三关问道："这些花是一夜之间死的？"

"是的，三天前还好好的，前日一早起来就全死了。问遍了府里的下人们，都说没碰过。这几日到处找巧匠来治，都束手无策……"管家说到最后，渐有哭腔。

孔三关又问："那鹤公还好吗？"

"公子就住那边。"管家一指西边的小屋，"他半年前搬至此屋，这样每日开窗，便能看见这些花。所以，他是第一个发现花死了的。虽然公子什么都没说，也没怪我们，但大伙见他身体越来越差，都疼在心中，所以到处想法子。听说连一得罪了这位姑娘，他跟随公子时间最久，脾气又暴躁，我替他跟姑娘赔不是！"管家说着过来要给我下跪，我连忙扶住她，摆摆手，表示自己不介意。

管家满是忧愁地看着我："姑娘可看出了缘由？"

我点点头。

管家大喜："真的？是怎么回事？"

我虽然看出这些姜花是怎么死的，但口不能言，又不识字不能书写，因此琢磨着该怎么解释才好。这时，白衣少年突道："你比画，我来帮你说。"

咦？我怔了一下。他能看懂我的手势？不过，试试也好。

当即先指了指手上姜花的根茎，比了比长短、粗细，还在迟疑该怎么表达，少年清凉冷傲的声音，已悠悠响了起来："姜花的根茎本应横向匍匐生长，但这株的根明显过细了。是不是这意思？"

我又惊又喜。惊的是他竟然能从我这么简单的动作里读出我的意思，喜的是大千世界，竟真有人在不了解我的情况下就能解读我的话。一时间，欣喜难言，望着白衣少年，只能用拼命点头来表达我的激动。

少年没太在乎我的激动，只是淡淡说了两个字："继续。"

我连忙又走到湖边，指着湖水，然后用花锄把湖边的土壤刨了个坑，挖出里面的土，捧到管家眼前。

管家自然是看不明白的，忙求助地看向少年。

少年沉吟了一下，才道："她认为，问题出在湖水上。水里有毒，腐蚀了湖畔的土壤，然后破坏了姜花的根茎。"

我继续激动地点头，又打了桶湖水，舀起一勺闻了闻，伸出手指蘸了蘸，刚要放入舌尖尝试，手却被孔三关一把抓住。

"既说湖水有毒，怎么自己去尝？"孔三关轻声责怪。我顿觉鲁莽，羞得脸颊一片绯红。

少年则凝望着那桶湖水，幽幽道："是谁下的毒呢？看来，这个答案只能由风小雅，亲自找出来了。"

管家忙道："公子还在擦澡，再过一盏茶工夫就好。三位请先客厅小坐，喝杯茶，等公子好了，我就领你们去见他。"刚说着话，姜花前方小屋的窗就开了，一人用竹钩挑了盏灯笼挂到檐前，于是屋前的道路就被照亮了。

管家喜道："呀，公子已经洗完了！如此各位这边请——"

我跟着他们走向小屋，说是小屋，其实也不小，只不过比起前院的精舍来，这间大约五丈见方的木屋显得朴拙而简陋。

管家通禀了一声后，门就开了，一股湿漉漉的、好闻的香气扑鼻而至。我又仔细辨别了下，原来是木樨香。

之前挑灯的人迎出来，刚才距离甚远，没有看清面容，近了一看，竟是位身穿银甲、眉目如画的女子。

银甲女子躬身行礼，我发现虽然孔三关走在少年前面，她行礼时，却是冲着少年："让各位久等了。请进。"

屋子不大，用一道锦帘隔成两半，帘子后头便是卧室。一张大床，正对着面向姜花的窗户。床上躺着一个男人，穿着一件黑袍，长发微湿，正搭在枕头上晾着。

银甲女子用垫子垫高他的身子，扶他稍坐起了些，而那么轻易的一个动作，像是耗费了他全部的力气，他气息微急，闭着眼睛，显得很是疲惫。

孔三关上前一步，握住他的手急切道："一别三年，鹤公怎病重至此？"

这个人……就是风小雅吗？

我在心中默念着这个被外界传颂成天神一般的名字，再看前方那个奄奄一息的病人，真不敢想象是同一个人。

可等他睁开眼睛，朝我这边看过来时，我就像被雷电击中了一般，再不敢怀疑他的身份。

那样清亮的、仿佛墨夜中寒星一般的目光啊……

让人怎敢相信他是个垂死之人？

风小雅定定地看向我身旁的白衣少年，然后笑了。

他五官冷峻，本是一个看起来喜怒不形于色、颇具威仪的男子，但此刻一笑，眉目柔软，眸光四溢，竟有无限温柔。

"你怎的来了？"

少年答："看看你死了没有。"

他又笑："你还没死，我怎会死？"

"想我死，可不容易。"

"那我自然也是要随着你活的。"他虽这样说，但眉头突然皱起，五官绷紧，难掩疲惫。

"晚衣不在这里吗？"少年环顾四周。

风小雅笑了笑，没说话。倒是一旁的银甲女子忍不住开口道："公子把江先生赶走了。"

孔三关一怔："赶走了？为什么？为什么要赶走江晚衣？"

江晚衣，听说是个周游四方的神医。有他在，风小雅应该会没事吧？为什么要赶走那么重要的人啊？

我跟孔三关一样纳闷不已。而银甲女子委屈地看了风小雅一眼，说道："公子说他的病反正是治不好了的，留江先生住在这里，是浪费江先生的宝贵时间，还不如放他出去救别人……"

少年竟然点一点头："也是。"

银甲女子一愕，急了："哎呀，薛相你不劝劝我家公子，竟还认同他！"

"薛相"二字一出口，我顿时知道了眼前这个少年的身份！

普天之下，四国之内，唯有一个丞相姓薛。

也唯有一个丞相是少年。

那便是璧国素有神童之名的冰璃公子——薛采。

原来是他！果然……是他！想来想去，如此年纪就能让孔三关敬畏的，也只有薛采一个了。

他竟来了燕国，来做什么？

"但你坏了我的事。"薛采对风小雅道，"我这次来燕，为的就是找晚衣，本以为在你府中，直接带走即可，你却偏将他赶走了。"

"有什么关系，我又不是第一次坏你的事。"风小雅说这话时，唇边噙着一丝云淡风轻的笑，似戏谑又似调侃，"不过，你找他做什么？你的女王又病了吗？"

薛采皱了皱眉。一旁的孔三关代他做了回答："是瘟疫。入夏之后，璧国寒渠、汉口等地突然爆发了可怕的瘟疫。所以，薛相此行，是特地来请江先生的。"

风小雅"啊"了一声，面露愧色："那倒真是我坏了大事……"

"无妨，我们可以再找。倒是你的花……"孔三关见话题扯远，忙切入正题，"这位崔娘已查出了端倪，可要听听？"

管家忙道："公子！崔姑娘说是湖水有毒，腐蚀了姜花，才害得它们一夜枯萎的！"

风小雅眉心微动，目光突地向一旁的银甲女子飘了过去："是你，对不对？"

银甲女子面色发白，我也没想到他立刻就能找出元凶，不由得一怔——这也太快了吧！难道不应该把各个下人都叫进来盘问一番，然后顺藤摸瓜反复勘察，最终才能得出结论的吗？

会不会……是弄错了啊？

就在我为那姑娘辩驳时，银甲女子已"扑通"跪了下去，将头贴住地面。

管家大惊之后则是大怒："裳裳，竟然是你？！你对湖水下毒？为什么？为什么要那么做？！"

银甲女子裳裳伏在地上，身躯颤抖个不停，没有回答。

管家抓住她的手臂，死命摇晃道："你到底下的是什么毒，还能补救吗？你明明知道姜花是公子的心爱之物，怎下得了手……"

"正因为是他的心头之物，所以才要毁掉！"裳裳突然尖厉地叫了起来，直起腰时，双目赤红，"我不要他这样！我不要他每天都看着那些花！我不要他把那些花当作那个人的代替品！我不要他这样日日夜夜想着那个人！"

管家更急，气得发抖："你不要你不要，你凭什么替公子做决定？公子想着谁，喜欢做什么都跟你没关系，你别忘了自己的身份！"

"我没忘！我知道自己只是个侍婢，我知道就算没有那个人，我也不可能成为公子的什么人，但是，我只知道一点——我要他活下去！"裳裳"嗖"地站了起来，走到床前，双手紧紧抱住了风小雅的手，哀求道，"公子，求求你，求求你活下来！大家都以为，你看到那些花就会精神些，就能活得更长久，但我知道，只有我知道！那些花根本是催命的毒药，蚀骨的梦魇！你看着那些花就永远沉陷在痛苦之中，你永远不会好！公子，求求你，我求求你！"

"你想说你毒死那些姜花，其实是为了救公子？"管家睁大眼睛。

"是！"裳裳毫无愧色，眼眸深深，望着风小雅一眨不眨，"公子，我知道你已经了了老爷的夙愿，你觉得自己已经完成了要做的事情，你已经没有目标了。

于是，你就用你的余生来怀念那个人，你用姜花折磨自己，每日带着眷恋入睡。所以你的身体才越来越差的……这不是你！公子，这不是你！你不应该是这样的！你是世间最慈悲、最勇敢、最坚强的人！你忘了你曾经奔波千里，只为了帮一个漂泊在外的旅人带信给他的双亲吗？你忘了你曾经与人比剑，三天三夜没有合眼，只因为那人第四日就要遁入空门，从此再不碰兵刃吗？你忘了你为了儿时的承诺，寻觅了整整二十年吗……公子，那样的公子，才是你！那样的公子，才有活下去的资格！所以，我求求你！求求你不要再看这些花了！如果你真的这么喜欢那个人，这么放不下，那就去找她！把她抢回来！她是你的！她本就该是你的妻子啊！凭什么要让给别人呢？"

她哭得声音沙哑。

而屋子里的其他人，全都没了任何声音。

我想也是，面对这样美丽的女孩子的哭泣，听闻她言词中那样缠绵深邃的爱慕，便是世间再绝情的人，都无法拒绝，更何况，是明明情深的风小雅？

虽然我不知道裳裳口中的那个她是谁，但想来也是个很了不起的女子，才能被如此优秀的男人，这样深爱着吧。

过了很长一段时间，风小雅终于从她手中将手抽出去，然后，轻轻按在她头上："傻孩子……"

裳裳哽咽："我不是孩子……"

"是啊，你长大了。我竟忘了，原来，你已经长大了……"风小雅说这话时，哀伤的眼神中带着一丝坚决，然后抬头，看了薛采一眼，"晚衣的去处，裳裳知道。让她带你去。"

薛采还没说什么，叫裳裳的女子已面色大变："公、公子！你、你要打发我、我走？"

"你去吧，然后，不用回来了。"风小雅说完这句话后，似乎已经累到了极致，便闭上了眼睛。

裳裳颤颤地扶着床沿站起来，喃喃道："不，不……我、我……我不走……"

管家立刻横在风小雅前："既然如此，你快收拾包裹吧。"

"月婆婆，不要赶我走……"原先的激动、固执，瞬间不见，转变成了慌乱无助的表情，裳裳抓住管家的手，颤声道，"我错了！我知道错了！求求你，饶了我吧。只要不赶我走！只要能让我继续留在公子身边，我保证不再乱说话乱做事！"

管家轻轻一叹："便是公子不赶你走，你觉得，我们能让一个会在湖里下毒的人，继续留在这府里？"

裳裳重重一震，松开手，后退两步，"啪"地跌坐在地。

管家强行将她扶起来，带了出去。

门合上了，房内又陷入一片死寂。

过了好一会儿，先开口的人是薛采："我可没允许你拿我当包袱收容所。"

风小雅低声一叹："她带你找到江晚衣后，你就任她去吧。"

薛采眼底似有异光："她若死了？"

"她的武功足以自保。"

薛采轻轻一哼，不再说什么。

我却听得难过起来，看这意思，真的是放手不管了啊！此人好狠的心！不管怎么说都是伺候了自己这么多年的丫头，怎么说赶走就赶走了呢？

这时，风小雅目光虚弱地朝我看了过来："姑娘，我的花，还有救吗？"

我先点了点头，又摇了摇头。本还盼着薛采再替我传达一下意思，却见风小雅点了点头道："是没十足的把握吗？没关系，能救活多少，是多少。一切，就劳烦姑娘了。"

此人也看得懂我的手势。

七窍玲珑心的人，以往一个都遇不着，而这会儿，一遇好几个。我看看风小雅，看看薛采，再看看孔三关，不知怎的，忽然有些欢喜。

为了天外飞来的这段奇遇，更为了，这些能够懂我的人。

四

我就这样留在了风小雅府中。

虽然对他赶走裳裳一事稍有不满，但后来管家曾告诉我，裳裳喜欢风小雅很多年，所以风小雅必须赶她走。因为，只要继续留在他身边，裳裳便不会真正长大，拥有自己真正的幸福。

也是啊……风小雅病成这样，就算能娶她，又如何呢？恐怕没几年就要当寡妇了。与其来日痛苦，不如快刀斩乱麻。

想明白了这点后，我便释怀了，开始专心致志地救花。

我让人先把姜花全部挖出来，用软泥裹住根茎，先栽到盆里；再将湖水抽干，把湖边的土壤翻新，重新引入干净的、清洁的水源；最后，将盆里重新生根的姜花种回地里。

这段过程足足耗费了三个月。

每日里，风小雅都从窗口默默地看着我们行动，一看就是一天。

他真的是个很寂寞也很绝望的人。

一个人如果不寂寞，是不会闲得把每株花长着几片叶子都给数了的。

一个人如果不绝望，是不会只敢用借物思人的方式去爱着别人的。

我听说，他思念的那个人，那个连名字都成了忌讳，不得在这个府内提及的人，是他曾经的侍妾。后来，因为一些事情，离开了他。

谁都不肯细说那段过往。那大概，真的是，伤到极处的疮疤，不敢揭开，更无法直视。

十一月初一的早晨，我看到其中一株上面，重新绽出了花朵。

开花了！我好是欣喜，正想去禀报风小雅这个好消息时，却见另一人，竟也蹲在花前，望着花朵若有所思。

此人是什么时候来到我身边的？我吃了一惊，等再看到他的面容时，心中则是一喜——薛采！

他怎么又来了？！

对了，他上次带着裳裳走后，有找到江晚衣吗？璧国的瘟疫治好了吗？一连串问题在我脑中升起，我"咿咿呀呀"比着手势，他果然一一看懂："嗯，找到了。嗯，差不多了。我来找风小雅，他死了吗？"

怎么一开口就咒人家死呀。我不满地瞪了他一眼，却还是开开心心地替他去通禀了。

因为我成功救回了这批姜花，所以府里头上上下下都把我视为大恩人，风小雅也对我格外客气，我把薛采带到他面前，他也不让我回避，望着薛采，也是满脸惊讶："你怎么又来了？"

他来看你死没死。我在心里替薛采答。

结果，薛采说的是："有件事情，想来想去，只能求你。"

风小雅却像听见了世间最震惊的话一般，整个人一震："你……求……我？"

"嗯。"

风小雅嘴唇一弯，笑了起来："冰璃公子，这是你第几次求人？"

薛采想了想，才回答："八岁之后，尚属首次。"

八岁，就是他成为丞相的年纪吧？也是，当了丞相，自然是不需要再求人了的。我自以为是地那么想着，后来才知道我错了，错得多么离谱……

因为，薛采其实从来没求过人。

他七岁前，要风得风要雨得雨，所有人包括我们的大王，都眼巴巴地把世界上最好的东西捧到他面前，只为了盼他高兴。

而他七岁时，全家灭门之际，亦不曾求人怜悯。

后被赏赐给淇奥侯为仆，虽自云端坠入深谷，但还是不卑不亢，傲气十足。

薛采他……从不求人。

而他唯一一次相求，便是二十年前的那个初冬，他来风府，求风小雅，帮他找一个人。

他要找的人，是姬忽。

五

那是我最后一次见薛采。

薛采求风小雅帮他找一个叫姬忽的女人。听说是璧国前朝非常有名的一个妃子。

风小雅沉默了许久，最终允了他。

他匆匆来，又匆匆走，未作停留。

只在临走前，又看了外面的姜花一眼，道："姜花开了。"

风小雅微笑："是的。我已看见了。"停一停，问，"你喜欢吗？要不要带一株走？"

"不用了。我不喜欢姜花。"

"我知道，你喜欢的是梨花。"

薛采面色微变，似乎想要否认，但最终变成了冷笑："我不像你，如此懦弱。"

风小雅则还是笑，笑容里，却有什么东西凝结了，变得雪一般冰凉："你不是我。你们不曾阴错阳差，不曾欠过因果。"

我听不懂他们话中的玄机，他们都说得太深奥了。我只看见他们的表情，截然不同的两张脸，却有着一模一样的表情，那是——

一种隐忍到了极致，因而显得淡漠无情的牵挂。

姜花一朵朵地开了。

又一朵朵地败了。

其间风小雅出了一趟门，当然还是坐着他的马车去的，等他回来时，身体就彻底垮了，连抬头向窗外看的力气都没有了。

管家抱怨为何要不顾身体地出门。风小雅的回答只有一句话："薛采来求我。"

是啊，薛采来求他，所以，他拼着死，也要帮薛采把事给办了。

这是他们两人的友情。

也是他们之间的承诺。

风小雅有没有帮薛采找到那个叫作姬忽的女人，我不知道。我只知道，当最后一朵姜花凋谢的时候，一个震惊四国的消息漂洋过海从璧国传了过来——

他们的丞相薛采……死了。

府里的下人偷偷告诉我，他们从宫人那儿听说，我们的大王听闻此讯，手中的酒顿时洒了，三天三夜没吃下饭。

我想我能理解大王，因为我听了这个消息，也是三天三夜吃不下饭。

虽然我一共只见过薛采两次，但我永远记得他坐在马车中，远远看着我的样子，以及他跳下车，转身来扶我。

他的手是那么凉。当时我没察觉，现在想来，他是不是，也身体不太好呢？

管家颤颤地走进小屋，把这个消息告诉风小雅，风小雅躺在床上一动不动，连眼睛也没睁开。

管家出来后一直躲在墙角哭。我递帕子给她，她擦了擦红通通的眼睛，对我道："崔娘，你说，公子会不会也跟薛相一样，就这么去了啊……"

我连忙"咿咿呀呀"地安慰。

管家凝望着远处的天空，喃喃了一句："若是秋姜能来看看公子，就好了……"停一停，又摇头，"算了，她还是别来了。"

秋姜。

我终于听到了那个连名字都不能提的人的名字。

原来她叫姜。

莫怪这府里，种满了姜花。

我万万没想到，管家一语成谶。

第二日，我捧着一盆偷偷种在温室中，将花期整整延续了一个月的姜花兴致勃勃地推开木门，准备告诉风小雅这个好消息时，就见管家站在床头，将一张白毯慢慢盖住了风小雅的脸。

"公子……去了……"

管家对我说。

我手中的花，就那样"啪"地落到地上，砸了个粉碎。

<h1 style="text-align:center">六</h1>

我在这个宅子里，住了整整十年。

十年里，我住在风小雅曾经住过的木屋里，继续照护着那些姜花，没有人来赶我走，于是我便一直一直住着。

十年来无人拜访。

只有一日，我晨起梳头时从窗户看到花海中间，似乎有个人影，娉娉婷婷，像是个女子。

我连忙跑出去，那人却又不见了。

我想，这大概是我的幻觉。谁会来拜访一个主人已经去世，下人们也各自散离，荒废了大半的宅子呢。

直到这一日——

孔三关来了，定定地看着那灿烂如雪的花海，再看看我，问我："崔娘，你……要不要嫁给我？"

我眼中忽然有泪。

像是回到了那个暴雨倾盆的七月，他撑着伞走过来，问车夫，为什么要打我。

直到过了这么这么久之后，我才发现——其实，我的人生，是从那一天开始，绚烂起来的。

"我、我是觉得，我、我们挺有缘的。十年了，你还在这里，而我哪里也没去，偏偏来了这里。我们都老了，所以，要不要考虑看看，在一起？"孔三关如此问我。

当然要在一起！

我守着这片姜花，便是因为曾经亲眼见证过，那些人是如何不能在一起。

无论多么优秀，无论多有权势，他们，风小雅和薛采，都不能跟自己喜欢的人在一起。所以一个只能睹花思人，一个鞠躬尽瘁还搭上了自己的性命。

我不要跟他们一样！

我要跟你在一起。

七

彼岸有姜。而姜，永在彼岸。

【完】

后记

2010年，写完《图璧》后，我写了很多番外，其中一篇是关于姬忽的。在那个番外里，姬忽跟言睿来了一场师生恋。当时我所认识的编剧朋友郭宝贤看完番外后，很认真地告诉我："我一点都不喜欢这个番外，你毁了我心目中的姬忽。"

我非常震惊，且疑惑。

在我的设定里，姬忽就是在言睿的引领下，虽然成了四国谱的主人，但是心怀大义想要改变世界……挺中二的设定，但挺带感的，对不对？

然后过去了好几年。当我开始写《归程》时，我终于明白了郭宝贤为什么那么说。姬忽的确不应该是那篇番外里的那个样子。她应该更叛逆，更大胆，也更痛苦，更孤独。她是一个被遗忘在战场边缘处的斗士，当她醒来时，战友全死了，而战斗还在继续。

所以，归程一直写得我很郁卒，很心力交瘁，写写停停，拖了好多年。

但幸运的是，我终于迈过了那道坎。我停下它，先去写《式燕》，而当《式燕》完成后，姬忽的面容在我心中已经很清晰了。我看得见她的一颦一笑，也看得见她笑容下的伤痕，从不呻吟，从不倾诉，笑着把秘密藏到了最后。

我终于完成了《归程》。

写到第五卷时，其实还有好多好多故事。我发现越写越长，长得无法收尾，正头疼时，编辑暖暖对我说："《祸国》系列一共几本呀？"

"写完《归程》就没啦。"

"什么？只有三本吗？怎么也要凑'沉鱼落雁闭月羞花'四本吧？四个国家，你怎么能厚此薄彼？一个国家一本啊！"

"啊？可是宜国……我从没想过它的故事啊！"

"那你现在开始想啊！"

我想啊想，发现，确实有很多情节可以挪到宜国去写。而且《图璧》当年写得太草率，关于赫奕很多都是一笔带过，甚至关于薛采，也只细写了他八年后的结局。

而在八年中，其实有那么多事情发生，真相被层层掩藏。

既然还不到别离之时，何不尽情地煮茶听雨，聊聊生平？

关于这些人儿，我还有很多很多细节可以说。

来宜，适时而来，充满玄机的两个字。若八年前我真的写完了《归程》，想必，也就没有它了。

它来得很晚，但是，来得很合适。

所以，《归程》就到这儿了，敬请期待明年的《来宜》。此间，我的另一个大坑《不逢不若》（原杂志连载名《烟色空城》）即将上市。"不逢不若"出自《左传》，意指魑魅魍魉之物，说的是看见不祥的东西时，要躲开，免得跟它相遇。然而对男女主角而言，遇见彼此，却是此生最幸运的事。希望你们喜欢。（是的！所有的旧坑我都慢慢填上了！）

十四阙于三月空寂无人的海边

图书在版编目（CIP）数据

祸国·归程：全2册 / 十四阙著. —— 南京：江苏
凤凰文艺出版社, 2019.6（2024.6 重印）
ISBN 978-7-5594-3592-7

Ⅰ.①祸… Ⅱ.①十… Ⅲ.①长篇小说 – 中国 – 当代
Ⅳ.① I247.5

中国版本图书馆 CIP 数据核字 (2019) 第 072978 号

祸国·归程

十四阙 著

选题策划	北京记忆坊文化
特约策划	暖 暖
特约编辑	诗 杰 朱 雀
营销编辑	杨 迎
责任编辑	白 涵 刘洲原
封面绘图	无 轩
人设绘图	魃 尧
封面设计	80零·小贾
版式设计	天 缈
出版发行	江苏凤凰文艺出版社
	南京市中央路 165 号，邮编：210009
网 址	http://www.jswenyi.com
印 刷	环球东方（北京）印务有限公司
开 本	670×970 毫米 1/16
印 张	32.5
字 数	647 千字
版 次	2019 年 6 月第 1 版 2024 年 6 月第 3 次印刷
书 号	ISBN 978-7-5594-3592-7
定 价	76.00 元（全二册）

江苏凤凰文艺版图书凡印刷、装订错误可随时向承印厂调换

MEMORY
HOUSE